Frank Goldammer

BRUCH IN EISIGEN NÄCHTEN

FRANK GOLDAMMER

BRUCH

IN EISIGEN NÄCHTEN

KRIMINALROMAN

WUNDERLICH

Dem Roman liegt eine wahre Begebenheit zugrunde.
Alle Figuren dieses Romans sind fiktiv.

Originalausgabe
Veröffentlicht im Rowohlt Verlag, Hamburg, September 2023

Covergestaltung Hafen Werbeagentur, Hamburg
Coverabbildung Shutterstock; iStock; Silas Manhood/Trevillion Images
Satz Quadraat Pro bei hanseatenSatz-bremen, Bremen
Druck und Bindung CPI books GmbH, Leck
ISBN 978-3-8052-0091-2

IN EISIGEN NÄCHTEN

Prolog

Karsten Simon, Erster Hauptkommissar der Dresdner Kripo, saß in seinem Büro. Es war noch sehr früh, weit vor Dienstbeginn. Er hatte einen Anruf bekommen, man verlangte seine Anwesenheit von oberster Stelle. Jetzt saß er an seinem Schreibtisch und wartete ungeduldig, fragte sich, warum man ihn bestellt hatte, denn niemand kam, keiner rief an, nichts geschah.

Simon war ein großer, stämmiger Mann mit Glatze, einem Stiernacken und einem Faible für großblättrige Zimmerpflanzen. So hatte er inzwischen die Zeit genutzt, hatte seine Pflanzen, die in zahlreichen Töpfen auf der Fensterbank standen, mit Wasser besprüht, die Blätter mit einem Lappen abgewischt, vertrocknete Teile entfernt und in den Papierkorb geworfen. Seine Unterlagen hatte er ein wenig sortiert. Nun lehnte er sich in seinem Stuhl zurück, keine Lust, noch irgendetwas zu tun.

Nach einigen Minuten fiel sein Blick auf die Schublade unter der Tischplatte. Er öffnete sie, blies kurz die Backen auf. Es herrschte blankes Chaos. Zettel, Stifte, Heftklammern, Reißzwecken, Radiergummis, Ladekabel. Eines nach dem anderen nahm er heraus, sortierte es wieder ein. Normalerweise bestellte man ihn nicht umsonst, normalerweise folgte ein Treffen, oder es kamen Instruktionen. War etwas dazwischengekommen? Langsam verlor er die Geduld und wurde unsicher, hatte er etwas falsch verstanden?

Dann, endlich, hörte er Schritte, seine Tür wurde geöffnet, ohne dass jemand geklopft hatte.

Simon riss die Augen auf.

«Was machst du denn hier?», fragte er. «Und wieso zum Teufel ...?»

Es waren seine letzten Worte, denn ein Schuss fiel, schmetterte ihn samt seinem Stuhl an die Wand. Von dort prallte er nach vorne und kippte um. Ehe er auf den Boden schlug, war er tot.

1

In den letzten Wochen hatte sich Nicole Schauer daran gewöhnt, mit der Straßenbahn zu fahren. Es war ganz unkompliziert und tausendmal besser, als jeden Tag einen Parkschein für ihren kleinen Volvo zu ziehen. Es war noch sehr früh, nur wenige andere Menschen waren in der Bahn. Während sie mit halb geschlossenen Augen döste, kam etwas Unruhe auf, als die Bahn den Pirnaischen Platz überquerte. Vor dem Polizeigebäude auf der Schießgasse schien etwas vor sich zu gehen. Es war, als ob da im hellen Laternenschein vor dem Haupteingang Uniformierte mit Maschinenpistolen standen, Blaulicht flackerte. Doch zu spät hatte sie es registriert, den Kopf gehoben, schon war der Blick verdeckt, die Bahn fuhr in die Haltestelle ein. Nicole Schauer erhob sich von ihrem Platz, stieg aus. Es war ganz ruhig, keine Sirenen gingen, niemand rief etwas. Wer weiß, dachte sie sich, was ich gesehen habe? Vielleicht hatte sie nur geträumt. Nun überquerte sie die Fahrbahn. Kalt war es, zumindest kalt genug, dass der wenige Schnee liegen blieb, der gestern gefallen war, und es war noch immer stockdunkel. Man könnte es sich in seinem Büro direkt ein bisschen weihnachtlich gemütlich machen, überflüssige Unterlagen schreddern oder ein paar alte Sachen sichten, die liegen geblieben waren. Mord verjährte schließlich nicht. Es sei denn, man hatte einen Kollegen, der Felix Bruch hieß, dann war nämlich nichts normal und erst recht nichts mit Gemütlichmachen. Einer wie er tickte am Ende noch aus, wenn man ein Räucherkerzchen anzündete. Und sicherlich war das aus Brandschutzgründen sowieso verboten.

Als sie um die Hausecke des Präsidiums bog, zögerte sie. Da stand tatsächlich ein Rettungswagen, dessen Blaulicht angeschaltet war, zwei Uniformierte im Kampfanzug mit Maschinenpistole bewachten den Eingang. Es herrschte keine Hektik. Vielleicht hatte irgendein Spinner versucht, ins Haus zu gelangen, wäre nicht das erste Mal. Sie setzte sich wieder in Bewegung, lief die letzten fünfzig Meter zum Haupteingang, dort stellte sich ihr einer der Polizisten in den Weg.

«Ich arbeite da drinnen», sagte Schauer, wollte in ihre Jacke greifen, um den Ausweis zu zeigen, da zuckte der Mann zurück und richtete die Maschinenpistole auf sie.

«Mensch, bleib mal locker», mahnte Schauer, «ich hole nur meinen Ausweis heraus.» Der Bursche war ganz jung, hatte sicher noch nicht mal Bartwuchs, so weich, wie sein Gesicht aussah.

«Was ist denn überhaupt los?», fragte sie und zeigte dem Mann ihren Ausweis.

«Sie können rein!», erwiderte der Polizist nur.

Drinnen musste sie erneut den Ausweis vorzeigen. Noch im Erdgeschoss, vor dem Treppenhaus, sah sie schon Buchholz stehen, gemeinsam mit ein paar anderen Kollegen ihrer Abteilung. Richtig warm war sie mit allen noch nicht geworden, in den wenigen Wochen, die sie nun schon hier war. Kein Wunder, wenn man die Partnerin eines so schrägen Typs wie Felix Bruch war. Mitgefangen, mitgehangen war die Devise. Niemand im Team schien Bruch zu mögen, und doch war er durch eine seltsame Aura der Unantastbarkeit vor jeglichen offenen Anfeindungen geschützt. Gerüchte der übelsten Art kursierten über ihn, doch niemand wagte ihn direkt zu konfrontieren. Vielleicht lag es daran, dass ihr Chef Simon seine Hand über ihn hielt, vielleicht aber auch nur, weil er ganz unberechenbar schien.

«Was ist denn los?», fragte Schauer ihre Kollegen, ohne vorher zu grüßen, und tat so gelassen wie möglich, dabei hatte sie ein ganz ungutes Gefühl beschlichen.

Buchholz hob die Schultern. «Muss irgendwas vorgefallen sein.»

Nein, wirklich, dachte sie zynisch, behielt es aber für sich. «Und was?», fragte sie nach. Einfach nur, damit sie nicht schweigend herumstehen mussten. «Können wir nicht hoch?»

«Nee, das ist es ja, auf unserer Etage muss was vorgefallen sein, eine Schießerei oder so.»

Schauer hob das Kinn. Eine Schießerei. Oder so. Viel konkreter ging es wohl nicht. Nun kam Oberkommissarin Schmidtke die rückwärtige Treppe hoch, sie hatte das Gebäude durch den Hintereingang betreten.

«Simons Auto steht hinten», sagte sie leise. Sie war wohl extra nachsehen gegangen.

Das bedeutete, dass Simon da war. Schauer wunderte sich über die betroffenen Gesichter. Was war los? Wusste Buchholz doch mehr? Wurde sie hier bei irgendetwas ausgeschlossen?

«Was ist denn? Kann mal einer Tacheles reden?», fragte Schauer jetzt deutlicher.

Schmidtke nickte ihr zu, hob die Schultern, reckte das Kinn. «Jemand war oben, eine Reinigungskraft. Dann haben sie den Arzt ins Büro vom Chef gerufen und nach dem Rettungsdienst verlangt. Irgendwas ist. Wir sollen noch nicht hoch.»

«Simon hat bestimmt einen Herzinfarkt», mutmaßte einer. «Der hatte in letzter Zeit immer so einen roten Kopf.»

«Oder einen Schlaganfall, sein Vater hatte mal einen in ganz jungen Jahren», wusste es jemand besser.

«Deshalb sollen wir nicht hoch?», fragte Schauer misstrauisch, und ihr übles Gefühl wurde zu etwas Handfestem, als stellte sich Bauchweh ein, nachdem man schlecht gegessen hatte. Sie sah sich unauffällig nach Bruch um. Langsam sollte der hier auch eintreffen. Oder war er schon da? Eigentlich war er immer einer der Ersten. Gut möglich also, dass er schon oben im Büro hockte, im Dunkeln, wie vor einigen Wochen, als sie ihm das erste Mal begegnet war.

Sein letzter Depressionsschub hatte ihn regungslos in seinem Bett liegen lassen wie einen aufgebahrten Toten. So lag er, wann immer sie ihn besuchte. Mehrere Tage, besorgniserregend lang. Ob er gegessen und getrunken hatte, schien fraglich, doch immerhin musste er wenigstens einmal am Tag aufgestanden sein, er hatte seine Katze gefüttert. Vielleicht hatte ihn das letztlich wieder auf die Beine gebracht, sodass er eines Tages plötzlich wieder im Büro erschienen war. Danach war er zuerst wieder ins alte Schema verfallen, wortkarg, kalt, ohne jede menschliche Regung. Erst in den letzten Tagen, ganz aus heiterem Himmel, schien etwas in ihm vorgegangen zu sein, das ihn in einen neuen, beinahe noch unheimlicheren Zustand versetzt hatte. Ob es daran lag, dass es geschneit hatte, dass die Leute ihre Weihnachtsbeleuchtungen rausgeholt hatten, dass gelegentlich die Sonne schien, was auch immer, Bruch wirkte zunehmend aufgedrehter. Er saß nie lang still, trommelte mit den Fingern, blinzelte auffällig oft, war immer ein paar Gedankensprünge voraus, als würde die Zeit für ihn schneller vergehen. Vor allem registrierte er Dinge, die sonst keiner bemerkte. Dass einmal ein Auto mit Münchner Kennzeichen an drei Tagen auf dem großen Parkplatz gegenüber an derselben Stelle stand oder Buchholz zwei verschiedenfarbige Socken trug, obwohl man die eigentlich gar nicht sah, oder dass eine der Leuchtstoffröhren in ihrem Büro ganz unmerklich anderes Licht gab.

Schauer beschloss, einfach hochzugehen, denn genau genommen hatte ihr noch niemand untersagt, das zu tun. Auf der Treppe drehte sie sich nicht um, sie wusste, dass ihr alle nachschauten. Es hielt sie niemand auf, jedoch folgte ihr auch keiner.

Oben auf ihrer Etage war alles ruhig. Doch vor Simons Büro stand eine Fahrtrage aus einem Rettungswagen, und im nächsten Moment trat auch schon jemand vom Rettungsdienst durch die Tür in den Flur. Der Mann bewegte sich ganz gelassen, Hektik schien nicht vonnöten.

«Guten Morgen. Sind Sie von der Spurensicherung?», sprach er sie direkt an.

Wahrheitsgemäß schüttelte Schauer den Kopf. «Das ist meine Abteilung.» Die Spurensicherung sollte kommen? Sie lief einfach weiter den Gang runter auf Simons Büro zu.

«Man hat uns eigentlich gesagt, dass die Spurensicherung hier reinmuss, bevor irgendwer sonst kommt. Ich meine, ich weiß ja nicht, wie Sie das jetzt handhaben.» Der Mann zuckte mit den Achseln. Nun entstand Bewegung, ein weiterer Rettungssanitäter kam aus dem Raum, hob seinen Rucksack auf die Trage und begann den Inhalt zu sortieren. Schauer nickte er knapp zu. Noch immer war sie nicht an Simons Tür angelangt. Nun trat eine Notärztin in den Gang, zog sich blutige Handschuhe von den Fingern. Eine kleine Frau von ihrem Alter etwa, noch nicht ganz vierzig.

«Sind Sie von hier? Kriminalpolizei?», fragte sie scharf.

Schauer nickte. «Mordkommission», sagte sie, und bisher war nichts davon gelogen. «Was ist geschehen?», fragte sie leise. Ihr Magen hatte sich in einen schweren Stein verwandelt.

Die Notärztin schüttelte knapp den Kopf. «Da kann man nichts mehr machen. Glatter Schuss ins Herz. Durchschuss. Sofort tödlich. Was die Putzfrau gesehen haben will, kann nur ein Nervenzucken gewesen sein.»

«Was hat sie denn gesehen?», fragte Schauer vorsichtig, als könnte sie dieses fragile Gebilde von Vertrautheit mit der Notärztin mit einem zu lauten Ton zerstören. Eigentlich sollte sie nicht hier sein. Besser wäre, sie hätte mit den anderen unten ausgeharrt

«Er hätte gezwinkert, sagt sie. Vermutlich haben die Augenlider gezittert, man weiß ja nicht, was in so einem Körper in dem Moment vor sich geht.»

Schauer nickte. Früher hatte sie gelegentlich ihren Großvater bei der Jagd begleitet, hatte nicht nur einmal gesehen, wie ein eigentlich tödlich getroffenes Wildschwein Veitstänze aufführte oder ein Reh mit einem Bleibolzen im Herzen noch Hunderte Meter rannte. Unmerklich veränderte sie nun ihre Position, bis sie an der Ärztin vorbei in Simons Büro sehen konnte. Der lag auf dem Boden, den Kopf in Richtung des Fensters, auf dem Rücken, sein blutiges Hemd aufgerissen, der Brustkorb freigelegt, ein Loch in der Mitte, groß wie ein Zweieurostück.

«Das war kein Suizid», sagte sie leise.

Die Ärztin glaubte das an sich gerichtet. «Nein, ziemlich sicher nicht. Erstens hatte der keine Waffe in der Hand, zweitens wäre es sehr ungewöhnlich, sich ins Herz zu schießen.»

«Wo befand er sich?» Schauer hätte gern mehr gesehen, wagte sich jedoch nicht näher an die Tür. Hier musste tatsächlich die Spurensicherung ran, und die Überwachungsvideos mussten geprüft werden. Es kam keiner ins Haus, ohne gefilmt zu werden.

«Als ich kam, lag er schon auf dem Boden, auf dem Bauch, wir haben ihn hinter dem Schreibtisch hervorgezogen», gab die Ärztin arglos Antwort. «Kannten Sie ihn?»

«Mein Chef, meine Abteilung, Mordkommission.»

«Das ist der Chef der Mordkommission?», fragte die Frau noch einmal nach.

Schauer nickte und nahm sich jetzt doch einfach die Freiheit. Ohne den Raum zu betreten, beugte sie sich so weit wie möglich hinein. Sah, dass alles an seinem Platz stand, die Pflanzen wirkten aufgefrischt. Der Schreibtisch war aufgeräumt, sein Handy und die Brieftasche lagen noch da, keine Schranktür stand offen. Der Schuss hatte ein Loch in die Rückenlehne des Stuhls gerissen und war in die Wand eingedrungen. Das musste eine Waffe mit großem Kaliber und hoher Durchschlagskraft gewesen sein.

«Kollegin!», mahnte plötzlich eine Stimme. Das war Klemm, der Chef der Spurensicherung. Schauer nahm den Kopf aus der Tür. Ganz ernst und besorgt blickte er drein, logisch. Jemand war im Polizeipräsidium umgebracht worden. Doch während er auf sie zukam, kam es ihr vor, als ob seine Besorgnis viel tiefgründiger war. Schauer zwang sich, ihn nicht allzu lang zu mustern. Sie musste aufpassen, nicht zu viel in die Gesichter zu interpretieren.

«Wir müssen das hier erst mal alles sperren!», sagte Klemm. Er hatte Schutzanzug und Handschuhe angezogen, seinen Mundschutz trug er noch unter dem Kinn. Er war groß, hager. Hinter ihm standen vier Kollegen, ebenfalls in Schutzkleidung. «Haben Sie was angefasst, Schauer?»

Sie schüttelte den Kopf, verkniff sich mit aller Mühe eine pampige Bemerkung. Sie war ja nicht dämlich, wollte sie sagen.

«Das gab's noch nie», sagte Klemm. «Kann ja im Prinzip auch jeder im Haus gewesen sein.»

Das war es also, was ihm Sorgen machte. Und ihr noch mehr.

«Gibt's da was, das man wissen müsste?», fragte Schauer. Natürlich gab es da was, das war ihr schon von der ersten Sekunde an aufgefallen. Hier ging es schon seit Langem nicht mehr mit rechten Dingen zu. Lange bevor sie hierherkam, bevor Michael Bartko bei einem Autounfall starb, der Freund und Kollege von Bruch. Bruch, der für seine psychischen Probleme von einer Unbekannten Tabletten bezog, der geschützt wurde von Simon und wer weiß noch wem von ganz oben. Wer weiß, welche krummen Geschäfte hier liefen, möglich war vieles.

Klemm schürzte die Lippen. Schien zu überlegen, was er ihr erzählen konnte. Er müsste ihr nur sagen, dass es besser wäre, sie würde von hier verschwinden. Sie würde es vermutlich tun. Vergiss den Job, es wird schon irgendetwas anderes geben. In einer anderen Stadt.

Jetzt schüttelte Klemm den Kopf, und was ihr so ewig erschienen war, wie lange er darüber hatte nachdenken müssen, war vielleicht nur eine Sekunde gewesen. Jemand betrat weiter hinten beim Treppenhaus den Gang. Es war Bruch.

Er hatte registriert, dass etwas geschehen war. Vermutlich hätte er stehen bleiben müssen, sich zu den anderen gesellen. Informationen austauschen, Gerüchte, Mutmaßungen. Doch gerade hatte er Mühe, überhaupt mit der Realität in Kontakt zu bleiben. Die Augen brannten ihm, vom grellen Licht im Gang, vom Schnee draußen, der in klirrendem Weiß das Licht der Scheinwerfer und Laternen reflektiert hatte. Bruch hatte den Anblick kaum ertragen können. Auch jetzt war ihm, als müsste er die Augen schließen, sie zukneifen, um sie zu schützen. Doch er hielt stand. Denn er wusste, ihm würde nichts geschehen. In ihm brannte die Sonne. Ein Feuerball aus gleißendem Gold. Es würde seinen Augen nicht schaden. Im Gegenteil. Er saugte das grelle Licht, die Farben, die Gerüche in sich ein, auch wenn es schmerzte. Seine Füße berührten den Boden nicht. Zumindest spürte er ihn nicht, das war für ihn dasselbe. In diesen Momenten wusste er, war er unbesiegbar. Weder spürte er die Hitze des Glutballs noch die Kälte des Winters. Niemand konnte ihm etwas anhaben. So war er hier angekommen, ohne jede Erinnerung daran, wie. Mit den Händen in den Jackentaschen hatte er das Präsidium betreten, als öffneten sich alle Türen für ihn, als durchschritte er Wände. Er sah weder nach rechts noch nach links, als er die Gänge durchmaß. Um ihn war alles in Zeitlupenmorast getaucht. Das war seine Zeit. Er kreierte sie, bestimmte den Takt der Sekunden. Er war derjenige, der sie durchschnitt wie eine scharfe Klinge. Er sah Schauer an Simons Tür stehen. Er sah Klemm und dessen Leute. Ihre weißen Schutzanzüge blendeten ihn. Er wusste, was zu tun wäre. Wie er sich geben müsste, um zu ihnen zu gehören, als normaler Mensch zu gelten. Simon musste etwas geschehen sein. Sie alle waren betroffen. Die Betroffenheit floss aus ihren Augen, aus all ihren Poren. Sie sahen ihn an. Sie erwarteten, dass er zu ihnen käme, um zu fragen, was geschehen war, um selbst Betroffenheit zu zeigen. Er hatte es vor. Sich zu ihnen zu stellen, zu fragen, was geschehen war, zu tun, als wäre er einer von ihnen. Doch ganz sicher konnte er nicht sein, ob er das auch tun würde. In diesem Zustand waren die Dinge, die er tun wollte und schließlich tat, nicht immer dieselben.

Als bemerkte er all die Leute nicht, kam er näher. Automatisch gaben ihm alle den Weg frei. Etwas hatte er an sich, dachte Schauer. Dem traute keiner, nicht einmal die Sanitäter, die ihn überhaupt nicht kannten.

«Moin», sagte Schauer, bevor er an ihr vorbeilaufen konnte. Ihm zuliebe. Damit ihm die Möglichkeit gegeben wurde, wie ein Mensch zu agieren. Jetzt verzögerte er seinen Schritt. Bis zu diesem Moment hätte man ihm noch zugestehen können, dass er vielleicht nicht ausgeschlafen war, nicht erkannt hatte, was passiert war, dass überhaupt etwas passiert war.

Bruch sah sie an, sah an ihr vorbei in Simons Büro, alles innerhalb einer Sekunde. Nein, er war nicht unausgeschlafen, er war nur ganz in seiner Welt, wo immer das auch war in diesem Moment.

Er sah, was geschehen war, ersparte sich jede Frage. Ob es ihn traf, Simon da liegen zu sehen, ob es ihn überhaupt tangierte, war nicht zu erkennen.

Alle blieben stumm, und Schauer sah sich gezwungen, etwas zu sagen. Nur um ihm das Reden abzunehmen, damit sie als Partnerin nicht dumm dastanden. «Ihm wurde direkt ins Herz geschossen.»

Bruch verlagerte sein Gewicht ein wenig, um aus unmerklich anderem Winkel ins Zimmer sehen zu können. «Das da», sagte er und zeigte auf den Schreibtisch.

Klemm von der Spurensicherung sah sich genötigt, sich umzudrehen. «Was denn?»

«Er hat seinen Schreibtisch aufgeräumt. Die Schublade.»

Wie er darauf kam, wusste Schauer nicht, zwei Radiergummis

lagen auf der Schreibtischplatte, ein paar Büroklammern, ein paar Zettel, Kugelschreiber.

«Und?», fragte Klemm.

Wüsste sie nicht, was es mit Bruch auf sich hatte, es wäre ihr genauso egal gewesen. «Kann das sein?», fragte Schauer.

Klemm zuckte wieder mit den Achseln, zog sich die Maske über Mund und Nase, betrat Simons Büro. Mit großen Schritten machte er einen großen Bogen um den Leichnam, ging zum Schreibtisch, zog die Schublade auf.

«Kann sein, ja», sagte er, kam zurück. «Und?»

«Warum ist das wichtig?», fragte Schauer ihn. Gerade noch war ihm die Antwort plausibel erschienen. Doch nun, in der Sekunde, da er es begründen musste, blieb nur ein vages Gefühl, dass es irgendetwas bedeutete. Und schon hatte er vergessen, was sie ihn gefragt hatte, denn von einer Blattspitze fiel ein letzter Tropfen. Bruch sah ihn auf dem Boden zerplatzen und in seine Atome zerstäuben. Er sah, wie das Leben in den Äderchen der Pflanzen pulsierte, hörte, wie es in den Zellen rumorte. Er zwinkerte mit den Augen, kämpfte um seine eigene Aufmerksamkeit. Er musste gewisse Regeln einhalten, damit er nicht als völlig irre abgestempelt wurde. Doch es war schwer in diesem Zustand, in dem alles voller Farben und grellem Licht war. Niemand kam vor Dienstbeginn ins Büro, nur um seinen Schreibtisch aufzuräumen. Simon war zeitiger gekommen, weil jemand es von ihm verlangt hatte. Er hatte sich gelangweilt, weil nichts geschah. Hatte die Pflanzen gepflegt, den Schreibtisch aufgeräumt. Dann war sein Mörder gekommen und hatte ihn umgebracht. Man musste nur in Erfahrung bringen, wer ihn so früh ins Büro bestellt hatte, dann würde man wissen, wer den Auftrag zum Mord gegeben hatte. Es war so einfach, so offensichtlich, und doch, ahnte er, würde genau das nicht geschehen.

«Ist es nicht völlig egal?», fragte Klemm, «Vielleicht kam er deshalb so früh ins Büro, weil er aufräumen wollte.»

Bruch löste seinen Blick von den Pflanzen, richtete sein Augenmerk auf Schauer. Nun bemerkte sie seinen Blick. «Was ist?», formten ihre Augen die Frage.

«Wie geht das denn jetzt weiter?», fragte Klemm, dem das Schweigen zu lang und unangenehm wurde.

«Jemand wird Simons Posten besetzen müssen», sagte Bruch, wandte sich ab und ging zu seinem Büro. Er hörte, dass Schauer ihm folgte.

«Was geht hier vor sich?», fragte Schauer, nachdem sie sich in ihr Büro gesetzt und einige Minuten geschwiegen hatten. Sie spürte, dass sie jetzt erst zu realisieren begann, was geschehen war, was sie gesehen hatte. Die Ungeheuerlichkeit nahm Ausmaße an. Ihr wurde heiß am ganzen Körper. Der Drang, fortzugehen von hier, jetzt in diesem Moment, wurde beinahe übermächtig. Ihr Chef war in seinem Büro eiskalt erschossen worden. Mitten in der Stadt, mitten im Polizeipräsidium. Niemand wollte den Schuss gehört haben. Die Putzfrau, die am frühen Morgen ihre Runde ging, hatte ihn entdeckt, wenige Minuten nach der Tat, immerhin hatten ihren Angaben nach Simons Lider noch gezuckt. Hier war etwas geschehen, das Einfluss auf ihr Leben nahm. So viele Tote hatte sie schon gesehen. Erfrorene, überfahrene, unglücklich gestürzte, Leute, die sich den goldenen Schuss gesetzt hatten, aber auch jene, deren Leben von Menschenhand beendet worden war, sei es in einer Prügelei im Suff auf dem Kiez, in wilder Rage oder mit Vorsatz. Doch niemals war sie so involviert gewesen wie hier. Das hier betraf sie direkt.

Sie kannte Simon zu wenig, als dass sie nun wirklich traurig war. Was sie in den letzten Wochen mitbekommen hatte, warf kein gutes Licht auf ihn und überhaupt jemanden hier in der Abteilung.

«Felix», wiederholte sie, «was geht hier vor sich? Ist hier etwas vorgefallen, von dem ich wissen sollte? Hat das etwas mit dir zu tun? Mit deinem Kollegen Bartko? Was hat das alles zu bedeuten?»

«Ich weiß es nicht», erwiderte Bruch in einem Tonfall, der jedoch nur bedeutete, sie sollte aufhören zu fragen.

«Felix, wer marschiert hier am frühen Morgen rein und knallt den ab? Es ist ja gut möglich, dass sich der Täter noch im Haus befindet. Felix, ein Polizistenmörder ist unter uns, verstehst du das? Das könnte jeder sein. Könnte hier reinkommen und beschließen, dass ich die Nächste bin oder du oder sonst wer.» Er reagierte gar nicht, schien sich da keine großen Sorgen zu machen. «Felix, weißt du etwas? Über Simon? Gibt es jemanden, der Anlass dafür hat, ihn umzubringen? Warum hier, warum nicht bei ihm daheim, oder beim Joggen an der Elbe?»

«Du weißt es selbst», sagte Bruch. «Du hast es gerade gesagt.»

Sie wollte sogleich widersprechen, doch sie besann sich, denn er hatte recht. Sie hatte es selbst gesagt: Hier drinnen war der Täter geschützt. Jeder, der hier reinkam, war legitimiert, viele trugen Waffen mit sich. Eine überzählige Patrone zu besorgen, sollte nicht schwer sein. So wie bei der Bundeswehr jährlich Tausende Schuss Munition abhandenkamen.

Sie sah auf, und noch während sie es aussprach, wurde ihr die Bedeutung ihrer Worte bewusst. «Felix. Du weißt, was das bedeutet. Jeder hier im Haus ist verdächtig. Jede Waffe muss geprüft werden. Das ganze Präsidium muss auf den Kopf gestellt werden.»

Bruch nickte.

«Jetzt, Felix, es müsste jetzt sofort passieren.»

Bruch nickte wieder, und was auch immer das in seinem Gesicht war, es sollte wohl ein Lächeln sein.

Sag doch, was du sagen willst, wollte sie auffahren, denn es schien, als versuchte er, ihr die Worte in den Kopf zu pflanzen, anstatt sie selbst auszusprechen. Wer sollte das befehlen, dachte sie, wer bestimmte, dass jedes Büro, jede Kammer, jede Tasche, jede Schublade durchsucht wurde? Welches Misstrauen würde gesät unter den Kollegen? Wer sollte die Durchsuchung durchführen? Man brauchte unheimlich viele Leute dafür. Sollte eine Abteilung die Räume der anderen durchsuchen? Das war es, was Felix mit seinem Blick zum Ausdruck brachte. Und es mochte sein, dass er damit genau das erreichte, was er wollte. Mit einem Schlag verlor sich all ihre Angespanntheit, das Gefühl, sofort etwas tun zu müssen. Zu handeln, zu agieren, dies oder das anzuweisen. Sie lehnte sich in ihrem Stuhl zurück. In diesem Moment konnte sie nichts tun.

«Felix, ich mach da nicht mit. Verstehst du?» Sie sah ihn an. Er erwiderte den Blick, konnte ihr nicht ruhig in die Augen sehen, seine Pupillen zuckten, es war, als scannte er immerzu ihr Gesicht auf jede Regung.

«Felix, ich habe keine Ahnung, was hier abgelaufen ist. Und ich will es nicht herausfinden. Ich will keinem in die Augen sehen müssen, der seine Waffe auf mich richtet und abdrückt. Davor hab ich Angst. Verstehst du das?»

Natürlich verstand er es nicht. Oder wollte nicht, wollte sie zappeln lassen oder war in Gedanken schon längst viel weiter.

«Ich glaube nämlich», sah sie sich gezwungen zu erklären, denn sie hatte das dringende Bedürfnis, ihm zu sagen, dass sie keine Angst vor dem Tod hatte, «ich glaube nämlich, dieser Moment, wenn jemand ins Zimmer kommt, die Waffe hebt, und du kannst nichts tun, dieser Moment, der wird eine Ewigkeit dauern. Davor hab ich Angst.»

«Ich weiß, was Ewigkeit ist», sagte Bruch.

Wie immer spürte sie den Drang, ihm sofort eine sarkastische Bemerkung an den Kopf zu werfen, doch sie konnte sich beherrschen. Vielleicht wirkte dieser dämliche Antiaggressionskurs ja doch, an dem teilzunehmen Simon sie gezwungen hat. Einmal die Woche saß sie zusammen mit Jugendlichen, Hooligans und anderen Typen, die ihre Fäuste nicht unter Kontrolle hatten. Manche von denen hatte sie fast schon lieb gewonnen, so dämlich waren die, und manche von denen hatten eine Kindheit, die zwangsläufig dazu führen musste, dass sie Gewalttäter wurden. Da fragte sie sich, was ihr Problem eigentlich war, denn gegen diese Aneinanderreihungen von Prügelstrafen, Alkoholexzessen, Erniedrigungen und Missbräuchen war ihr Leben der reinste Ponyhof gewesen.

Dass Bruch wusste, was Ewigkeit ist, konnte sie sich denken. Was sollte es anderes sein, wenn man tagelang nur lag und an die Decke starrte. Im Moment fehlten ihr alle Worte.

«Etwas wird passieren», sagte Bruch in die Stille hinein.

«Es ist etwas passiert!», korrigierte Schauer. Dann sah sie ihn wieder an. Dass er einfach so sprach, war nicht gewöhnlich. Vielleicht dachte er gar nicht an Simon, sondern meinte etwas ganz anderes.

«Was meinst du?», fragte sie und bereute es schon wieder. Denn es konnte gar keine Antwort darauf geben. Was sollte er schon wissen?

Bruch erhob sich und ging zur Jalousie, zupfte eine Lamelle zurecht, die ein ganz klein wenig schief gehangen hatte.

Etwas war mit ihm. Er tat Dinge, die er in ihrer Gegenwart noch nie getan hatte. Redete. Bewegte sich unaufgefordert.

«Es geschieht. Lange Zeit war es ausgeblieben, doch seit einigen Jahren geschieht es wieder.»

Schauer realisierte, dass er über sich selbst sprach. Brachte er Simons Tod mit seiner Vergangenheit in Verbindung? Es wäre fast logisch. «Du meinst deine Depressionsschübe? Du hattest das schon als Kind?»

Bruch dachte nach. «Möglich, ja. Ich kann mich an nicht viel erinnern.» Er ging wieder an seinen Platz. «Eine Zeit lang war es unter Kontrolle. Bis ich diese Kiste bekam.»

«Es begann wieder, als du diese Kiste bekamst? Dieser Karton, der unter deinem Bett liegt?»

«Als die Kiste kam, war es, als hätte mir jemand ein Gift gespritzt, das mich langsam, aber sicher umbringen wird. Mir wurde klar, das Leben, das ich bis dahin führte, war nicht echt.»

Die Kiste, zwei Polaroidbilder, eine Keramikscherbe, ein Ohrring, ein verschmorter Plüschteddy. Ob er überhaupt wusste, dass sie sich den Inhalt angesehen hatte? Dass sie sich schon gefragt hatte, warum er, der kaum etwas besaß, diese Dinge aufbewahrte und was sie zu bedeuten hatten?

«Du weißt», sagte Bruch, «dass wir nur Teile der Wirklichkeit sehen, dass uns das meiste vorenthalten wird.» Er wischte mit den flachen Händen über den Tisch, betrachtete jetzt seine Handflächen, als gäbe es da etwas Interessantes zu sehen.

Sie wusste nicht, was er ihr sagen wollte. Dass er ausgerechnet jetzt, in dieser Situation, anfing, über sich selbst zu sprechen, überforderte sie. «Felix, du musst zum Arzt. Ich kenne mich nicht aus, aber du bist manisch-depressiv. Oder hast eine bipolare Störung oder wie das alles heißt. Du musst dir helfen lassen, du darfst nicht einfach so diese Tabletten nehmen. Das muss unter ärztlicher Kontrolle geschehen, das muss eingestellt werden. Du musst in eine Klinik. Mag sein, dass das kein besonders schöner Gedanke ist. Aber danach geht es dir besser. Du kannst dann bestimmt auch wieder deine Tochter sehen.» Schauer schloss den Mund. Das hätte sie sich verkneifen können. Es ging sie nichts an, es war sein Leben. Die Entscheidung, seine Tochter nicht mehr zu sehen, den Kontakt zu ihr abzubrechen, hatte er selbst getroffen.

Bruch legte die Hände flach auf den Tisch. Einen Moment verharrte er so, und die Vorstellung, dass er in seine Jacke greifen, seine Pistole ziehen und sie abknallen könnte, wurde so realistisch, dass sie vor Angst regelrecht gelähmt war. Doch nun nickte er.

Mit dieser Kiste hatte es wieder begonnen. Dieser Karton, der unter seinem Bett lag, hatte ihm gezeigt, dass alles, was er glaubte zu wissen, alles, was er glaubte zu besitzen, alles, wovon er glaubte, es gehörte zu ihm, nur eine Illusion war. Seine Frau, sein Kind, sein Beruf, sein Leben. Es hatte ihn in Depression gestürzt, noch dazu, weil er sich, obwohl er wusste, dass alles falsch war, an nichts von dem erinnern konnte, was real gewesen war. Er war in ein tiefes Loch gefallen, und hätte er die Tabletten nicht bekommen, er wäre sicherlich nicht mehr am Leben. Die Tabletten halfen ihm, doch sie schalteten alles ab, was ihn menschlich machte, sie machten aus ihm ein kaltes Etwas, umhüllt von einem Kokon, etwas, das man niemandem zumuten konnte. So lebte er zwar, doch hatte er seine Frau und seine Tochter verloren, hatte vor allem Letztere aufgegeben, nur um sie vor sich zu schützen.

Doch was Schauer nicht wusste, nicht einmal ahnte: Allein durch ihre Anwesenheit, durch ihre beharrlichen Fragen, hatte sie etwas in Gang gebracht, das sich vermutlich nicht mehr aufhalten ließ. Mit ihm geschah etwas, etwas veränderte sich, und er wusste nicht, ob er das gutheißen sollte. Ein Riss hatte sich aufgetan in diesem Sarkophag aus Beton, der seine Vergangenheit umschlossen hatte.

2

«Die Kugel stammt nach ersten Untersuchungen nicht aus Polizeibeständen», gab der Mann vorn bekannt. Irgendeiner aus der Ballistik. Schauer kannte ihn nicht. «Sie ist natürlich sehr deformiert, aber vermutlich handelt es sich um eine Neunmillimeterpatrone. Die Zusammensetzung wird noch metallurgisch geprüft, doch einige Hinweise lassen darauf schließen, dass es sich, wie gesagt, nicht um Munition aus unseren Beständen handelt. Nach der Durchschlagskraft kommen einige Waffen infrage. Es ist zwecklos, dahingehend zu spekulieren.» Mehr gab's nicht zu sagen. Der Mann setzte sich an seinen Platz.

Im großen Besprechungsraum kam einiges an Gemurmel auf. Schauer sah viele betroffene Gesichter. Ein paar Kollegen weinten, der Schock stand ihnen ins Gesicht geschrieben. Gerade Schmidtke, die sich sonst so hart gab, konnte gar nicht aufhören zu schluchzen. Auch Buchholz hatte immer wieder alle Mühe, sich zusammenzunehmen. Nur Bruch guckte, als ginge ihn das alles nichts an. Niemand beachtete ihn.

Hundert Leute saßen vielleicht hier. Schauer hatte sich an den Rand gesetzt, lehnte mit dem Rücken an der Wand, konnte so recht unbemerkt alle betrachten. Einer von ihnen könnte es gewesen sein, dachte sie. Einer sitzt hier und heuchelt.

Jetzt trat Voss vor, Oberkommissar, auf Bildauswertung spezialisiert. «Soweit wir die Aufnahmen der Überwachungskameras gesichtet haben, ist keine verdächtige Bewegung zu erkennen. Keine Person, die unbefugt das Präsidium betreten hat oder auf den ersten Blick als Täter infrage kommt. Es gab keinerlei Besucherverkehr, niemand Hausfremdes. Das heißt jedoch nicht, dass sich nicht schon am Vortag jemand im Haus versteckt haben könnte. Das werden wir natürlich noch überprüfen. Es scheint auch niemand im Zeitraum kurz nach der Tat das Haus zu verlassen. Das Reinigungspersonal und alle Zulieferfirmen werden noch geprüft, doch auch hier scheint es so, dass niemand Neues an den üblichen Vorgängen beteiligt war, sondern nur angestammtes und geprüftes Personal.»

«Könnte ja ein Schläfer gewesen sein!», rief jemand dazwischen.

Voss sah sich nach Hilfe um, das war nicht sein Metier. Er hatte nur die Videoaufnahmen ausgewertet. Der Raum füllte sich mit Raunen und Getuschel.

Jetzt erhob sich vorne ein Mann, Schauer hatte ihn noch nie gesehen. Wahrscheinlich ein Chefinspektor, extra eilig mit dem Hubschrauber eingeflogen. Neben ihm der Polizeipräsident. Das war eine Sache von politischer Tragweite. Nicht lang, da wird die Presse vor der Tür stehen, überlegte Schauer.

«Kolleginnen und Kollegen. Spekulationen haben keinen Sinn. Noch ist nicht einmal geklärt, ob Kollege Simon gezielt angegriffen oder nur Opfer eines Zufalls wurde.»

Keine Spekulation, sagt er, dachte Schauer und begann sogleich selbst damit.

«Natürlich steht die Frage über ein weiteres Vorgehen im Raum. Es bedarf einer gründlichen Untersuchung, der Aufmerksamkeit aller. Alle Vorgänge im Haus müssen geprüft werden.»

Sogleich kam erneut großes Raunen auf, dabei sagte der Mann nur, was logisch war. Sie konnten sich gegenseitig nicht mehr trauen, bis der Täter gefunden war. Jeder hier war mehr oder weniger verdächtig. Viele waren erst nach der Tat zum Dienst erschienen, aber einige waren schon im Haus gewesen, und von denen hatten einige hier auf der Etage oder direkt darüber oder darunter gesessen und wollten von nichts gehört haben.

«Natürlich», hob der Inspektor die Stimme, um gegen den Unmut und die aufbrandenden Diskussionen anzukommen, «natürlich ist Misstrauen kein Zustand unter uns Kollegen, der den Alltag bestimmen darf. Was ich verlange, ist Kooperation und Aufmerksamkeit, alle müssen an einem Strang ziehen. Jeder Einzelne muss sich fragen, ob es nicht etwas gibt, das uns bei der Aufklärung dieser Tat helfen könnte. Das hat nichts mit Verrat zu tun oder gegenseitigem Bespitzeln. Es wird nicht ausbleiben, dass wir in den nächsten Stunden und Tagen Einzelbefragungen durchführen.» Wieder musste er die Stimme heben, um gegen die aufkommende Lautstärke anzukämpfen. «Kollegen. Bleiben Sie konstruktiv. Es ist eine schwierige Zeit. Gemeinsam können wir sie überstehen. Bitte bleiben Sie sachlich. Und ich muss Sie alle darauf hinweisen, dass dies äußerst diskret behandelt werden muss. Wie wir mit dieser Angelegenheit an die Öffentlichkeit treten, werden wir in den nächsten Minuten intern besprechen. Ich bitte Sie alle, sich an keinen Spekulationen zu beteiligen oder sie noch zu befeuern, geben Sie das auch in Ihren Abteilungen so weiter. Und ich muss nicht extra erwähnen, dass diese Angelegenheit aus ermittlungstechnischen Gründen bis zu einer ersten öffentlichen Stellungnahme und darüber hinaus streng vertraulich behandelt werden muss.»

«Moment, Hauptkommissarin Schauer?»

Sie war gerade auf dem Weg nach draußen, hatte gewartet, bis die meisten den Raum schon verlassen hatten. «Ja?» Sie sah die junge Frau an, die sie aufgehalten hatte. Locker erst Mitte zwanzig. Sie trug zivile Kleidung, war im Gefolge des Inspektors gekommen.

«Wenn Sie mir bitte gleich folgen würden!»

«Wohin denn bitte?», fragte Schauer.

«Da gleich in den kleinen Besprechungsraum.»

Vielleicht hatte sie die Frage falsch formuliert, warum denn, hätte sie fragen sollen, und vor allem, warum ich. Sie folgte der jungen Frau, einfach aus purer Verblüffung. An der Tür ließ die andere ihr den Vortritt, schloss hinter ihr. Nun sah sie sich einem Tisch gegenüber, an dem drei Männer saßen, allesamt um die fünfzig Jahre oder älter.

«Hauptkommissarin Schauer, setzen Sie sich bitte», bat der Mittlere. «Wir sind Polizeirat Erler», er zeigte auf den Mann rechts von ihm, dann nach links, «Erster Hauptkommissar Schüttburg und meine Wenigkeit, Hauptkommissar Wenzel, wie Bube.»

«Wenzel wie Bube?», fragte Schauer.

«Wie beim Kartenspiel.» Wenzel versuchte es mit einem Lächeln. «Wir möchten Sie als eine der Ersten vor Ort zum Anschlag auf Kollege Simon befragen.»

«Moment bitte.» Schauer hob die Hand, bemerkte es aber erst, als sie oben war, und nahm sie gleich wieder runter, sie war hier nicht in der Schule. «Ich war längst nicht eine der Ersten vor Ort!»

«Nein?» Wenzel sah nach rechts und links zu seinen schweigenden Nachbarn.

«Nein!», sagte Schauer mit Nachdruck. «Als ich kam, standen unten im Erdgeschoss schon mehrere Kollegen von mir. Als ich hochging, waren zwei Rettungsassistenten und eine Notärztin bei Simon. Soweit ich weiß, hat ihn eine Putzfrau gefunden, dann muss ein Arzt aus dem Haus der Nächste gewesen sein, der den Raum betrat, und wer weiß, wer sonst noch.»

«Nun ja, aber trotzdem waren Sie ja einer der Ersten.»

Schauer atmete aus. «Was ich sagen will, ich kann Ihnen nicht helfen. Als ich kam, lag Simon schon auf dem Boden, die Durchführung lebenserhaltender Maßnahmen war beendet, und mindestens fünf Menschen waren vor Ort, in dem Zimmer oder im Flur. Im Haus selbst waren auch schon mindestens vier oder fünf Kollegen aus unserer Abteilung. Ich bin also die vollkommen falsche Ansprechpartnerin. Und außerdem ...» Das wurde ihr gerade erst bewusst. «Kann das sein, dass ich die Allererste bin, die deshalb vernommen wird?»

Wenzel schürzte die Lippen. «Irgendwo muss man anfangen.»

«Ja, stimmt», sagte Schauer und spürte etwas in sich aufsteigen, das dringend unterdrückt und kleingehalten werden musste. Warum redet ihr nicht zuerst mit diesem übergeschnappten Typen in meinem Büro, drängte es sie zu sagen, warum lernt ihr nicht erst mal, richtig Deutsch zu sprechen, war der nächste Gedanke.

«Welches Verhältnis hatten Sie zu Hauptkommissar Simon?»

«Welches? ... gar keins. Er war mein Chef. Wie Sie sicher wissen, bin ich erst ein paar Wochen hier in der Abteilung. Ich hatte kaum Gelegenheit, ihn kennenzulernen, es gab gleich viel zu tun.» Ein Kind war vermisst gewesen, es zu finden, hatte sie beide, Bruch und sie, an den Rand körperlicher und geistiger Erschöpfung gebracht.

«Und sonst? Sie müssen ja gesprochen haben.»

Ihr wurde gerade bewusst, dass der Typ gar nicht sächsisch sprach. Das war irgendein anderer Dialekt. Kam gar nicht von hier. Westdeutscher. Wie vermutlich auch die anderen beiden. «Natürlich haben wir miteinander gesprochen. Aber welches Verhältnis baut man zu seinem Chef in vier, fünf Wochen auf? Guten Tag, auf Wiedersehen, wie geht's der Frau?»

«Kannten Sie seine Frau?», nahm Wenzel das sofort auf.

«Ob ich ... das war nur so dahergesagt, ich weiß noch nicht mal, ob er eine hatte.» Schauer lehnte sich zurück und verschränkte die Arme vor der Brust. Sie hätte ihre Fäuste gern in die Jackentaschen gesteckt, doch sie hatte keine Jacke an, und die Hose war zu eng dafür. Deshalb musste sie sich so behelfen. Aber das war nicht gut. Gar nicht.

«Simon lebte in Trennung von seiner Frau», half Wenzel aus.

«Keine Ahnung!»

Wenzel nickte. «So ist es aber.» Er blickte auf sein Papier, sah wieder hoch. «Hauptkommissar Simon hat vor einigen Wochen veranlasst, dass Sie an einem Kurs teilnehmen.»

Schauer sah ihn an, dann Erler und Schüttburg, die regungslos auf ihren Stühlen saßen. «Ist das eine Frage?» Nimm dich zusammen, mahnte sie sich. Bleib cool. Denk dran, du bist nicht der einzige Mensch auf der Welt, andere haben größere Probleme. War aber leicht gesagt, denn man hatte ja nun mal immer nur seine eigenen Probleme.

«Nein, im Prinzip nicht. Was ist das genau für ein Kurs?»

«Ein Kurs zur Aggressionsbewältigung. Hauptkommissar Simon war der Meinung, ich hätte das nötig.»

«Nicht nur er», sagte Erler leise. Auch er hatte einen westdeutschen Dialekt, bayrisch oder so was. Nicht nur er. Was hieß das, war sie bekannt? Hatte man mit ihren ehemaligen Vorgesetzten in Hamburg geredet? Rote Blitze zuckten vor ihren Augen. Versuche, dich auf deine Mitte zu konzentrieren. Such deinen inneren Kern. Finde einen Ruhepol.

«Haben Sie das Gefühl, es trägt Früchte? Wie oft sind Sie da, einmal pro Woche?», übernahm Wenzel wieder.

«Ungemein viele Früchte. Ich bin die einzige Frau dort. Von der Kursleiterin abgesehen. Wir unterhalten uns ganz prima. Basteln Knetfiguren. Demnächst wollen wir mit Yoga beginnen.»

«Sie sind sarkastisch, Kollegin, das ist nicht konstruktiv.»

Schauer beugte sich vor, presste die Arme an den Leib, zwang sich die Fäuste unter die Achseln. «Bitte sagen Sie mir, was konstruktiv an Ihren Fragen ist. Was hat das alles mit Simons Tod zu tun?»

«Wann sind Sie heute Morgen zum Dienst erschienen?», fragte Schüttburg.

«Kurz vor sechs. Das muss nachprüfbar sein. Ich bin durch den Haupteingang gekommen und wurde zweimal kontrolliert.»

«Es wird auch nachgeprüft. Wann waren Sie oben und haben Simons Büro betreten?»

«Kurz nach sechs war ich oben. Aber ich habe es nicht betreten.»

«Wann sahen Sie Simon das letzte Mal lebend?»

«Gestern zum Dienstende. Ich hab Tschüs gesagt.»

«Sie waren am Abend nicht bei ihm?»

Schauer musste erst mal innehalten, um zu überlegen, ob sie wirklich richtig gehört hatte. «Ob ich bei ihm war? Natürlich nicht, nein. Ich habe dazu keinerlei Veranlassung.»

«Seine Ex- oder zumindest Noch-Ehefrau vermutet schon seit Längerem, dass er eine Affäre unterhält.»

«Das hat sie Ihnen gerade gesagt?», konnte Schauer sich nicht verkneifen zu fragen.

«Wir wissen das schon länger. Also?»

«Also was?», fragte Schauer. Bleib locker, Mädel, dachte sie, bleib locker, die müssen das fragen, würdest du auch machen. Vielleicht nicht so überheblich und selbstgefällig wie diese Kerle, aber fragen müsstest du doch. Die Sache war bloß die: Heute Morgen noch war sie zur Arbeit gegangen und hatte geglaubt, ein Kollege, der heimlich Psychopharmaka zu sich nimmt, wäre ihr größtes Problem. Nun schien es, als wäre das ein gewaltiger Irrtum. Sie atmete durch, schloss kurz die Augen, dachte an die Typen in ihrem Kurs, von denen alle schon geflennt hatten, nachdem ihnen bewusst geworden war, welch schreckliche Personen sie waren, nur sie noch nicht. Die hatten Probleme. Vom Vater missbraucht oder vom Onkel, drogensüchtig mit dreizehn, von der Mutter verlassen im Kindesalter. Was war da schon ein kleines Mädchen, dem es eigentlich an nichts gemangelt hatte, außer vielleicht ein bisschen Liebe von Mutti und Vati, die nur Augen für die kleinere Schwester hatten?

«Wie gut kannten Sie Simon, verkehrten Sie auch privat mit ihm?», konkretisierte Wenzel.

«So, ganz einfach und zum Mitschreiben», sagte sie, «Ich kannte Simon nur über die Arbeit. Ich weiß weder, wann er Geburtstag hatte, noch, wo er wohnte, noch kenne ich seine Familienverhältnisse. Ich hatte keine Affäre mit ihm oder mit sonst wem hier im Haus. Ich habe mich gestern von ihm verabschiedet, und als ich heute Morgen kam, war er wohl schon eine halbe Stunde oder länger tot. Ich kenne keinen, der ein persönliches Motiv hätte, Simon umzubringen, weil ich weder von dessen Privatleben noch von irgendeiner Vorgeschichte einen blassen Schimmer habe!» Schauer lehnte sich wieder zurück und wagte, die Hände auseinanderzunehmen.

Wenzel sah wieder nach rechts und links. Tja, Sportsfreund, dachte sie, da gibt's jetzt erst mal nichts nachzuhaken. Jetzt liegt es an euch, die Aussagen zu prüfen.

Es sei denn, irgendein falscher Zeuge behauptete einfach, sie, oder zumindest eine schlanke Frau mittlerer Größe, mit schwarz gefärbtem kurzem Haar, wäre gestern bei Simon daheim gewesen, hätte sie durchs Fenster gesehen oder sonst was. Weil er vielleicht dafür bezahlt wurde. Schon war es vorbei mit dem Höhenflug. Sie musste sich zum Atmen zwingen, so angespannt war sie.

Doch Wenzel nickte nur, notierte sich etwas. «Ich muss Sie bitten, uns Ihre Dienstwaffe zur Prüfung zu überlassen.»

«Machen Sie das bei allen oder nur bei mir?», schoss es sofort aus ihr heraus.

«Bei allen natürlich!»

«Das müssen Sie mir aber quittieren.»

«Natürlich!»

Jetzt saß sie in ihrem Büro, wusste nicht, was sie denken sollte. Bruch war ebenfalls da, starrte auf seinen Computerbildschirm. Herrgott, wo war sie hier nur gelandet! Da war es doch in Hamburg tausendmal schöner gewesen, vergaß man einfach mal die alltäglichen kleinen Erniedrigungen, die sexuellen Anspielungen vom Volk draußen und den Kollegen drinnen. Wie einfach waren all die Gewaltdelikte zu behandeln, wo die besoffene Alte ihren Mann im Affekt abstach. Wo ein Penner den anderen totschlug, weil der ihm angeblich 'ne halbe Pulle gestohlen hat. Da musste man zwar jeden Abend ewig duschen, bis man das Gefühl hatte, den Dreck von der Straße loszuwerden. Und manchmal heulte man, ganz für sich allein, weil die Welt ein so beschissener Ort sein konnte. Nee, nicht die Welt, die Menschen, weil Menschen so beschissen sein konnten. Weil Menschen anderen Menschen Dinge antaten, die kein Tier einem anderen antun würde. Weil es manche gab, die hundert Leben bräuchten, um ihr Geld zu verbrauchen, und andere, deren Kinder aus der Mülltonne fressen mussten.

«Und haben sie dich schon verhört?», platzte es nun aus ihr heraus, weil Bruch nicht einmal gefragt hatte, wo sie so lange geblieben war.

Bruch schüttelte den Kopf. Und so würde es auch bleiben, dachte sie, den befragt niemand, weil es sich niemand getraute. Weil Bruch irre war, das wussten alle. Weil der Einzige, der ihn hier halbwegs hatte händeln können, gerade im Leichenwagen abgefahren war. Und weil im Raum stand, dass jemand seine Hand über Bruch hielt, jemand, der noch über Simon stand. Jemand hier im Haus, jemand beim polizeiärztlichen Dienst, vielleicht sogar einer von den dreien vorhin.

«Die haben meine Waffe zur Untersuchung eingezogen. Deine auch?»

Jetzt nickte er. Wenigstens das. Wenigstens. Aber es half trotzdem nicht, gegen das Gefühl anzukämpfen, das sie seit dem Verhör beschlich. Dieses elende Gefühl, dass es irgendwie einem gelungen war, ihre Waffe auszutauschen, gegen die Mordwaffe, vorher oder nachher. Oder schlimmer noch: dass die ihre Waffe einfach so manipulierten, dass alles schön passte. Die aus Hamburg war's, würden sie sagen. Hat es mit Simon getrieben, war sauer, weil er nur vögeln wollte, keine Beziehung, schon gar nicht mit einer Kollegin. Die ist reinmarschiert, hat erst diskutiert, war ja klar, dann ist die ausgerastet, weil die nämlich ständig ausrastet. Also ich meine, richtig aus-ras-tet. Hat die nicht schon ein paarmal richtig zugelangt? In Hamburg und in Dresden, hat die nicht sogar ihren Ex-Verlobten krankenhausreif geschlagen? Die diskutiert mit Simon, der lässt sie abblitzen, sie kriegt einen Film, zieht die Waffe, drückt ab, aus die Maus!

Schauer gab sich einen Ruck und setzte sich gerade hin – Herrgott, was war nur mit ihr los?

Schauer hatte Angst, er sah es ihr an. Sie leuchtete nicht mehr, eine dunkle Aura umschloss sie. Nicht unberechtigt. Niemandem konnte man trauen. Er wollte ihr helfen. Er konnte jedoch nicht. Nicht ehe er wirklich wusste, was vor sich ging.

Bruch wusste, dass Schauer ihm geholfen hatte, einen Weg aus dieser schwarzen Leere zu finden, allein dass sie ihn besucht hatte an jedem dieser endlos langen Tage. Er hatte dann auch wieder begonnen, seine Tabletten zu nehmen. Er wusste, das, was nach der Schwärze folgte, war der andere Scheitelpunkt der Amplitude. Dann sah er und hörte und schmeckte und roch und fühlte Dinge, von denen er nicht wusste, ob sie nur in seinem Hirn so leuchteten und pulsierten und bei niemandem anderem sonst. Fakt war jedoch, dass er in diesem Zustand Rätsel lösen konnte, Knoten entwirren. Dass sekündlich Eindrücke und Wahrnehmungen auf ihn eindrangen, seine Aufmerksamkeit verlangten. Dann hatte er ebenso viel Mühe, all das zu sortieren, zu unterdrücken, zu ignorieren, wie er sonst Mühe hatte, überhaupt Zugang zu dem zu finden, was andere Alltag nannten. In den Tagen, Wochen und Monaten der Lethargie, durch die Tabletten verursacht, konnte er tagelang ohne Schlaf auskommen, durch das Fernsehprogramm zappen, auf der Suche nach etwas, von dem er gar nicht wusste, was es war. Doch nun, da alles zu leuchten begonnen hatte, zu glänzen, zu vibrieren, da fuhr er durch die Stadt, auf der Suche nach dem Haus auf der Fotografie. Die Fotografie, die er in einer Kiste aufbewahrte – ein Relikt aus seiner Vergangenheit, das er nicht zuordnen konnte. Darauf war ein Haus mit lila Anstrich zu sehen. Dieses wollte er finden, in der Hoffnung, dass sich ihm dort eine weitere Tür in seine Erinnerungen öffnete. So viele Straßen konnte es in dieser Stadt nicht geben. Es musste zu finden sein und damit vielleicht der zweite Ohrring, der Ursprung der blauen Scherbe, die sich ebenfalls in der Kiste befanden. Und die Schulter, die sich in das Bild geschoben hatte.

«Sie werden nichts finden», sagte er, damit sie sich nicht ganz allein fühlte.

«Nein?» So schnell wie sie geantwortet hatte, musste ihr die Zeit, in der sie geschwiegen hatten, unendlich lang vorgekommen sein. Sie focht einen Kampf aus, einen inneren, wollte ihn hassen und hing doch an seinen Lippen, wollte ihm glauben, denn sofort verflüchtigte sich ein Teil ihrer dunklen Aura. Sie gab sich hart. Sie wollte hart sein, und sie war hart. Doch es gab Zustände, die existierten gleichzeitig. So konnte man hart und stark sein und zugleich ganz weich und schwach. So konnte man leben und war doch gleichzeitig nicht existent.

«Sie werden nichts finden», sagte er noch einmal.

«Na, wenn du das sagst», murmelte sie.

3

Sie fühlte sich wie gerädert. Es war eine unruhige Nacht gewesen, trotz Bruchs Versicherung, dass an ihrer Pistole nichts gefunden werden würde. Sie glaubte ihm. Wenn er es sagte, würde es auch so sein, denn offenbar kannte er sich aus mit solcherart Untersuchungen im Haus. Dass sie sich aber nur etwas vormachte, war ihr ebenso bewusst, denn der Typ wusste ja noch nicht einmal, was mit ihm selbst los war. Kein Wunder, dass sie sich die ganze Nacht im Bett rumgewälzt hatte und in einer endlosen Schleife von Träumen gefangen war, in denen sie immer wieder festgenommen und des Mordes an Simon angeklagt worden war. Wie im Fieber war das gewesen, wenn der Körper gegen eine Krankheit ankämpfte.

Sie rieb sich den Nacken, als sie den Gang zu ihrem Büro passierte. Simons Büro war versiegelt. Die Spurensicherung war sicher dabei, die Arbeit des gestrigen Tages auszuwerten. Buchholz kam aus der Küche, mit seiner Tasse in der Hand. Er grüßte mit einem Nicken.

«Moin», zwang Schauer sich zu sagen.

«Ach, Nicole. Du kannst deine Waffe wieder abholen», meinte Buchholz, als er schon fast bei seinem Büro war.

Es schien, als sei er nicht so gesprächig wie sonst. Mochte sein, das lag an Simons Tod. Mochte auch sein, er war nicht ganz unvoreingenommen. Immerhin war sie gestern vor aller Augen als Erste zur Vernehmung gebeten worden. Ob er jetzt eigentlich der neue Chef wurde? War es noch zu kurz nach der Tat, so was zu fragen? «Geht klar», erwiderte sie nur. Das schien ein gutes Zeichen. Ein klein bisschen Erleichterung machte sich breit. «Sonst Neuigkeiten?»

Buchholz schüttelte den Kopf, wollte weiter. Ob er auch vernommen worden war? Oder war hier niemand weiter vernommen worden außer ihr? Bleib cool, flüsterte sie sich zu, bleib cool, du warst den Rest des Tages im Büro, du kannst es gar nicht wissen.

«Gibt's hier noch mehr Leute, die glauben, ich hätte etwas mit Simon gehabt?», hörte sie sich sagen.

Buchholz zuckte regelrecht zusammen. «Ach, Blödsinn», sagte er, was sich in ihren Ohren anhörte wie: ja, alle.

«Ja, Blödsinn!», betonte sie. «Bis dann!» Sie hob knapp die Hand, lief weiter, den Gang runter bis zu ihrem Büro.

Bruch saß dort, im Dunkeln. Sie wunderte das längst nicht mehr. Ob er nun manisch drauf war oder depressiv, er schien kein Licht zu brauchen. Ohne zu fragen, schlug sie auf den Lichtschalter. «Moin.»

Bruch sah sie an, sah aus, als hätte er nicht geschlafen. Tiefe Augenringe hatte er, wirkte sehr ausgezehrt. Mehr als sonst. Gut, sagst du eben nichts, dachte Schauer. Sie wagte einen genaueren Blick. Schien, als ob seine Pupillen auf die Helligkeit gar nicht reagierten, obwohl sie ganz weit waren.

Ihr kam plötzlich eine Idee, und sie hatte alle Mühe, nicht laut auszusprechen, was sie dachte. Was, wenn sie sich ein bisschen Einblick verschaffte, was Simon betraf? Musste doch möglich sein, zu erfahren, was der so getrieben hat in seiner Freizeit. Vielleicht hatte er wirklich ein Verhältnis mit irgendwem. Oder mit jemandem Speziellem. Bruchs Ex-Frau schien über interne Vorgänge sehr gut informiert gewesen zu sein, sie hatte bei ihrem Gespräch vor einigen Wochen sogar von ihrer Vergangenheit in Hamburg gewusst. Simon könnte ihr davon erzählt haben. Sie kannten sich bestimmt, sicher gab es Weihnachtsfeiern, Ausflüge, auch mit Partnern und Kindern, da entstanden manchmal Sympathien. Doch wollte sie das, sich derart einmischen? Darüber musste sie nachdenken. Vorher aber wollte sie Bruch klarmachen, dass er nicht einfach so davonkam, ohne einen Gruß am frühen Morgen. Dann aber klingelte ihr Telefon.

«Schauer», ging sie ran. «Gut.» Sie notierte sich die Adresse. «Ist festgenommen? Geht in Ordnung, wir fahren los!» Sie legte auf, sah Bruch an. «Offenbar ist ein Raubüberfall auf ein Eigenheim eskaliert. Ein Mann schwebt in akuter Lebensgefahr. Eine Tatverdächtige wurde festgenommen. Wir sollen uns darum kümmern.»

Bruch nickte, erhob sich und hielt sich kurz am Tisch fest, doch nicht, als wäre ihm schwindelig, sondern als fürchtete er abzuheben.

«Bist du irgendwie auf Koks oder so?», fragte sie misstrauisch, doch er schüttelte nur den Kopf.

Gut, reden wir eben nicht, dachte sie, während sie auf rutschigen Straßen zum Tatort fuhren. Sie mussten auf die andere Elbseite, die Bautzner Straße hinauf, wo irgendwo mal dieses Stasigefängnis gewesen war. Sie musste sich eingestehen, dass sie nach über zwei Jahren in Dresden noch immer nicht wusste, wo es genau lag.

Der Verkehr bewegte sich zäh. Der Schnee auf den Straßen war längst zu grauem Brei zerfahren, sprühte auf, legte sich als Film auf die Frontscheibe. Hier in Dresden schneite es kaum. Und wenn, dann blieb der Schnee nur ein paar Tage liegen. Konnte ihr egal sein, sie brauchte das Zeug nicht. Sie wurde nur sentimental, wenn es mal richtig in dicken Flocken fiel. Dachte dann an irgendwelche alten Zeiten, die es niemals wirklich gegeben hat. Alles nur Verklärung.

«Irgendwas?», ging sie Bruch so unvermittelt an, dass sie selbst ein wenig darüber erschrak. «Nichts zu sagen? Gut geschlafen?»

Bruch antwortete nicht. Sie warf ihm einen wütenden Blick zu, wenigstens irgendwie reagieren könnte er. Doch sie sah, dass er nach unten blickte. Die Hände auf seinen Oberschenkeln nach oben gekehrt, starrte er seine Handflächen an.

«Was ist denn mit deinen Händen passiert?», fragte Schauer neugierig und entsetzt zugleich. Nun sah Bruch auf, und seinem Gesichtsausdruck nach wusste er das auch nicht.

«Zeig mal», forderte sie, nahm einfach sein linkes Handgelenk, hob seinen Arm an, damit sie während der Fahrt einen genaueren Blick darauf werfen konnte. Die Innenseiten seiner Finger schienen wund, und auch auf seinem Handteller waren aufgescheuerte und blutige Stellen, wie Blasen in zu engen Schuhen.

«Bist du gestürzt?», fragte sie und gab die Hand wieder frei. Bruch schüttelte nur den Kopf. Aber wie Schürfwunden von einem Sturz sah das wirklich nicht aus. Jetzt nahm sie selbst die Linke vom Steuer, betrachtete die Innenseite ein paar Augenblicke. Von ihrem festen Griff am Lenkrad markierten sich genau die Stellen, die bei Bruch blutig waren. War das gestern bei ihm auch schon so gewesen? Da hatte sie nicht darauf geachtet, sie hatten fast nur an ihren Schreibtischen gesessen. Und den Tag davor auch.

«Felix, woher ist das? Kommt das vom Autofahren?»

Er antwortete nicht. «Pass auf!», sagte er aber.

Eilig sah sie nach vorn, und ein Kleinwagen links neben ihr, der auf der zweispurigen Straße bis zu diesem Moment keinerlei derartige Anstalten gemacht hatte, wechselte plötzlich in ihre Spur. Schauer musste recht heftig bremsen, beherrschte den Drang, mit der Faust auf die Hupe zu schlagen.

«Felix, was machst du? Fährst du? Wann denn, nachts? Die ganze Nacht? Alle Nächte?», fragte sie erneut. So einen hatte sie schon mal, der war auf Ecstasy gewesen, ist in drei Tagen einmal rund um Deutschland gefahren. Seine Hände hatten genauso ausgesehen. Hatte man erst nachträglich in Erfahrung gebracht, durch Überwachungsaufnahmen von Tankstellen. Der Typ selbst wusste nichts mehr davon. Hat danach in einer Minute vier Stück Torte gegessen, die seine Mutter ihm in den Knast gebracht hatte.

Bruch sah wieder seine Hände an. Und so, wie er sie ansah, lohnte sich keine weitere Frage. Er konnte sich wohl selbst keinen Reim darauf machen. Toll, toll, ganz großartig, dachte sie. Konnte kaum noch besser werden.

Er wusste, wie sehr es sie verletzte, dass er nicht sprach, aber gerade fiel es ihm schwer genug, seine Sinne zusammenzunehmen und zu atmen. Durch einen Tunnel aus Licht raste er. Noch war es ein Gefühl, als würde er fliegen. Als wäre er derjenige, der all dies erschuf. Doch er wusste, irgendwann musste es unweigerlich einen Aufprall geben.

Seine Hände waren blutig, sie schmerzten, doch es störte ihn nicht ungemein. Sie hatte recht. Er war gefahren, diese Nacht und die davor und wer weiß wie viele Nächte noch. Was ihn irritierte, war der Umstand, dass er sich nicht genau daran erinnern konnte. Wenn er versuchte, sich zu erinnern, hatte er nur immer die gleichen Bilder vor Augen, er sah nur Lichter in der Dunkelheit an sich vorbeifliegen, spürte eisigen Wind im Gesicht, als hätte er alle Fenster offen gehabt.

Als Schauer in die Straße einbog, sahen sie schon Streifenwagen, einen Transporter der Polizei, einen Rettungswagen. Ein jüngerer Uniformierter kam ihnen gleich entgegen. Bruch kannte den Mann, hatte ihn schon einige Male gesehen. Das war einer, der das Leben leichtnahm. Vielleicht nicht für immer, jedoch momentan. Seine Miene war voller ehrlicher Gefühle. Ihn mochte er nicht, das zeigte sein Blick, auf Schauer schien er neugierig.

Der junge Uniformierte wartete vor dem Auto, bis sie ausgestiegen waren, salutierte lässig. «Gerade haben sie den Mann weggebracht, gleich rüber in die Uniklinik. Es sieht schlecht aus,

Schuss in den Brustkorb. Die hatten ihn gerade so stabil, dass sie losfahren konnten. Die Tatverdächtige wurde auch schon abgeführt.»

«Moment», Schauer hob die Hand. Bruch trat heran, sah, dass auch in ihr eine Saite anschlug, obwohl der Polizeimeister sicher viel jünger war. «Ein Schuss?»

«Pistole. Ich hab sie nicht gesehen. Kollegen sagen, es wäre eine Beretta. Ein Schuss wurde abgefeuert. Die Nachbarn haben es gehört und die Polizei gerufen.»

«Jetzt? Also heute Morgen?»

«Ja, vor einer Stunde etwa.»

«Und wer wurde abgeführt? Seine Frau?»

«Nein, eine Frau, eine junge. Die Umstände sind noch völlig unklar. Bisher gingen die Kollegen davon aus, dass sie versucht hat, in das Haus einzubrechen, der Besitzer hat sie überrascht, sie hat geschossen.»

«Das Opfer ist wie alt?», fragte Schauer weiter.

«Zweiundsechzig. Die Frau sechzehn.»

«Sechzehn? Das ist ja ein Kind!» Schauer sah Bruch an.

Ihr Geruch hatte sich verändert. Der Geruch des Uniformierten auch. Schon wandte sie sich wieder von ihm ab, Bruch war es recht. Er glaubte, noch etwas riechen zu können. Ein bekannter Duft, kaum mehr als eine Note. Nicht der Erwähnung wert. Zudem konnte er gar nicht wissen, ob der nur in seiner Einbildung existierte.

«Gehen wir rein?», fragte Schauer. Bruch stimmte mit einem Nicken zu und folgte ihr.

Das Haus war eines dieser neuartigen Eigenheime, ein Versuch, sich modern zu geben, mit Betonelementen, Glas, geformt wie eine Schachtel, davor straff organisiertes Grün. Am Eingang empfingen sie zwei Kolleginnen vom Dauerdienst, die den Tatort von den Streifenpolizisten übernommen hatten. Beide grüßten nur mit knappem Nicken. Ihre Ablehnung galt nicht nur ihm, auch von Schauer schienen sie sich ihr Bild gemacht zu haben. Sie gaben sich abgebrüht, doch unter dieser Fassade konnte er deutlich sehen, dass sie geschockt waren.

Gemeinsam betraten sie das Haus, das auch innen gleichsam teuer und geschmacklos aussah, ebenfalls viel Glas, viel Beton. Durch einen Flur gingen sie gemeinsam ins Wohnzimmer. Ein großer Raum, mit Parkettfußboden, einem riesigen Fenster, viel teurer Technik. Das Haus war sehr sauber. Zwar überwog der Blutgeruch, doch Bruch roch auch Putzmittel, sah keinen Staub, sah keinen Schmutz an den Fenstern, trotz des Niederschlags die letzten Wochen. Der Mann schien viel Geld für eine Reinigungsfirma auszugeben. Noch andere Noten konnte Bruch ausmachen, Essensgeruch, Duschbad, Shampoo und anderes, Menschliches.

«Der Mann wohnt anscheinend allein», erklärte eine Kollegin vom Dauerdienst, sah dabei nicht ihn an, nur Schauer, «das hier ist sein Zweitwohnsitz, er stammt aus Baden-Württemberg, ist hier Geschäftsführer einer Controlling-Firma. Sein Name ist Walter Juskat. Er ist verheiratet, seine Frau lebt aber in der Nähe von Stuttgart. Die Täterin ist ins Haus eingedrungen, hat den Mann offenbar hier im Wohnzimmer überrascht. Sie drängte ihn mit vorgehaltener Waffe in Richtung der Küche», die Kollegin zeigte auf die Wohnküche. «Dort schoss sie, vielleicht gar nicht absichtlich. Sie traf, der Mann stürzte.»

Auf den Marmorplatten der offenen Küche zeichnete sich eine Blutlache ab, aber auch die Spuren der Rettungsassistenten und Sanitäter.

«Ist das Ihre Theorie, oder hat er das ausgesagt?», fragte Schauer.

«Wirklich aussagen konnte er nicht, aber er kam zweimal zu Bewusstsein, und aus dem, was er uns mitteilen konnte, schließen wir auf diesen oder einen ähnlichen Tathergang.»

Bruch sog noch einmal tief Luft ein. Das war gelogen. Der schwer verletzte Mann log.

Auch Schauer schien zu zweifeln, sah Bruch. «Gibt es denn eindeutige Einbruchsspuren?», sagte sie. «An der Eingangstür ist mir nichts aufgefallen.»

«Nein. Das ist noch nicht schlüssig. Vielleicht klingelte sie, und er öffnete die Tür.»

«Seltsame Uhrzeit für einen Raubüberfall», sagte Schauer und sah ihn an, damit er auch etwas sagte. Es gab aber vorerst nichts zu sagen. Nur ihr zuliebe nickte er.

«Vielleicht gerade deshalb», sagte die andere Kommissarin. Ein wenig schienen sie ihre Vorbehalte Schauer gegenüber abgelegt zu haben, glaubte Bruch aus ihrem Tonfall zu hören.

«Und die Täterin war noch im Haus?», fragte Schauer weiter.

«Zufall wahrscheinlich. Jemand aus der Nachbarschaft hörte den Schuss, rief die Polizei, und es befand sich gerade ein Streifenwagen in unmittelbarer Nähe. Die waren also keine fünf Minuten später hier.»

Schauer runzelte die Stirn. «Fünf Minuten sind viel, um zu verschwinden. Aber sie war noch im Haus?»

Beide Polizistinnen nickten. «Vielleicht hat sie nach Wertgegenständen gesucht.»

«Hatte sie irgendwas bei sich, als sie aufgegriffen wurde?»

«Die beiden Kollegen von der Streife sagten, sie hätte nichts dabeigehabt, hätte sich nicht zur Wehr gesetzt.»

«Wo sind die Kollegen von der Streife?»

«Schon abgerückt, mit ihr.»

Schauer hob das Kinn, dachte nach, sah sich um. «Warten Sie mal, wie sind denn die Kollegen von der Streife reingekommen?»

Die beiden Frauen sahen sich an, als müssten sie sich gegenseitig vergewissern. «Tja, das ist so. Die Kollegen sagten, sie hätten geklingelt, niemand hätte reagiert. Dann sind sie zum Wohnzimmerfenster, sahen hinein, da saß die junge Frau auf der Couch. Sie deuteten ihr an, dass sie die Tür öffnen soll. Da hat sie sich erhoben, ist zur Tür gegangen und hat sie geöffnet.»

«Sie hat auf der Couch gesessen und ist dann die Tür öffnen gegangen?», fragte Schauer nach.

«So haben es die Kollegen gesagt.»

Bruch hatte Mühe, sich auf das Gesagte zu konzentrieren. Unter allen Gerüchen hatte er nun einen ausgemacht, den er draußen schon glaubte vernommen zu haben. Nun wurde ihm klar, woher er diesen Geruch kannte. Jetzt hätte er sich gern festgehalten oder sich gesetzt, doch er konnte nicht. Durfte nicht zeigen, wie ihn diese Erkenntnis traf. Dies hier würde Einfluss auf sein Leben nehmen und auch auf Schauers.

«Kapier ich alles nicht», sagte Schauer. «Was hat sie ausgesagt?»

«Gar nichts.»

«Stand sie unter Schock?»

Schauer glaubte wohl, dass sich der Schuss versehentlich gelöst hatte, doch so war es nicht gewesen. Nichts war, wie es schien.

Die beiden Polizistinnen sahen sich an, hielten stummes Zwiegespräch. «Nein, sie stand nicht unter Schock, sie war ganz gelassen, hat nur gegrinst.»

«Also gelächelt», korrigierte die andere.

Schauer warf nun wieder einen Blick zu Bruch. Ihr zuliebe übernahm er, und um seine plötzliche Schwäche zu überspielen. «Hatte der Mann einen Waffenschein, gehörte die Waffe ihm?» Seine eigenen Worte hallten in seinen Ohren wider wie ein mehrfaches Echo.

«Einen Waffenschein hat er, soweit wir wissen.»

«Wozu?»

«Ist wohl Sportschütze, oder Jäger, müsste noch geprüft werden. Die Waffe ist dort.» Die eine Polizistin deutete zum Esstisch im Wohnzimmer. «Wir haben sie gelassen, wo sie war.»

Schauer warf ihm einen prüfenden Blick zu und übernahm wieder. «Und stimmt es, das Mädchen ist wirklich erst sechzehn?»

Die andere Kommissarin nickte bedeutungsvoll. «Wir kennen sie schon. Jasmin Mahler.»

Bruch wäre fast ins Taumeln geraten. Dieser Name. Allein ihn zu hören, verursachte in ihm mehr als nur Unbehagen. Der Tunnel aus buntem Licht, in dem er sich befand, bekam Risse, etwas mit Tentakeln wie pulsierende rote Adern versuchte einzudringen. Das hier betraf ihn. Ihn, Simon, Michael, alles.

«Im Ernst? Sie kennen die schon?», fragte Schauer.

Die andere nickte wieder. «Ja, im Ernst, aber am besten, Sie machen sich selbst ein Bild! Sie wurde ins Präsidium gebracht. Wir warten hier derweil auf die Spurensicherung.»

Schauer musste sich eingestehen, sie fürchtete sich ein wenig vor der Begegnung. Warum genau, wusste sie nicht, denn im Prinzip hatte sie mit jeder Art Mensch in jeder Lebenslage zu tun gehabt. Tote und Lebende jeden Alters. Auch Mädchen dieses Alters, rotzfrech, rastlos, brutal.

Warum sie nun diese Begegnung fürchtete, war nicht so einfach zu erklären. Vielleicht war es einfach der Umstand, dass diese junge Frau einen Mann niedergeschossen und sich dann hingesetzt hatte, um auf die Polizei zu warten. Vielleicht weil Bruch einen Moment lang ausgesehen hatte, als hätte er einen Geist gesehen.

Sie betraten den Vernehmungsraum, sie zuerst, Bruch nach ihr. An einem Tisch, in Handschellen, saß die junge Frau, vielmehr noch ein Mädchen. Ihr dunkelblondes Haar war wirr, Überreste einer schwarzen Färbung waren zu erkennen, vor Monaten schon rausgewachsen. Make-up trug sie nicht. Sie hatte einige Pickel im Gesicht, an denen sie wohl kratzte, und einen Ausschlag im Mundwinkel. Ihre Kleidung war seltsam, sie trug zu große Jeans und eine alte Jacke, die einem Rentner gestanden hätte und vielleicht sogar einmal einem gehört hatte. Unter der Jacke trug sie einen Rollkragenpullover, ihre Schuhe waren ausgetreten. Genau genommen sah sie aus wie eine Obdachlose, stellte Schauer fest.

Das Mädchen sah gelangweilt auf, doch unter dieser Langeweile schien ein gewisses Maß Amüsement versteckt. Das kannte Schauer allerdings von ihrer Zeit in Hamburg, egal wie abgefuckt die Leute da waren, egal wie beschissen dran, immer hatten sie ein hämisches Grinsen für die Bullen übrig. Denen war noch der dreckigste Keller voller Pisse zum Pennen und eine infizierte Nadel lieber, als ein Bulle zu sein, und noch der letzte Penner hielt sich für etwas Besseres. Okay, dachte Schauer. Das ist machbar, kein Grund, Angst zu haben.

«So», sagte sie, als sie sich dem Mädchen am Tisch gegenübergesetzt hatten, «wir sind Hauptkommissar Bruch und Hauptkommissarin Schauer. Darf ich dich duzen, oder möchtest du mit Sie angesprochen werden?»

Die junge Frau reagierte nicht, sah sie gar nicht an. Sie sah Bruch an, und jetzt, da es ihr auffiel, stellte Schauer fest, dass Jasmin schon von der ersten Sekunde an, seit sie aufgeblickt hatte, nur Bruch angesehen und seitdem nicht aus den Augen gelassen hatte.

«Weißt du, warum du hier bist?», fragte Schauer. Das Mädchen nickte unmerklich, ließ von Bruch nicht ab. Der erwiderte ihren Blick so emotionslos, wie nur er es konnte.

«Dein Name ist Jasmin? Jasmin Mahler?»

Bei Nennung ihres Namens bleckte das Mädchen kurz die Oberlippe. Schauer sah, dass ihr oben ein Zahn fehlte.

«Bist du nicht in der Lage zu sprechen? Willst du mit mir nicht sprechen oder mit niemandem?»

Jasmin begann zu schmunzeln, doch nicht herablassend, sondern eher, als glaubte sie, sie würde hinters Licht geführt oder hier filmte die versteckte Kamera.

«Jasmin, dir wird vorgeworfen, einen Mann niedergeschossen zu haben. Er wird zurzeit operiert, doch die Ärzte rechnen ihm keine guten Chancen aus. Jasmin, weißt du, was das bedeutet? Mord. Bestenfalls Totschlag. Verstehst du das?»

Jasmin drehte ihr jetzt den Kopf zu. «Das bedeutet Knast», sagte sie leise, sah dann wieder Bruch an. Ihre Stimme war rau, fest und überraschend erwachsen, wollte zu dem zierlichen Körper gar nicht passen.

«Möchtest du vielleicht mit ihr sprechen?», wandte Schauer sich an ihren Kollegen. «Offenbar scheint sie dich ...» Schauer verstummte einen Moment, als sie erkannte, was vor sich ging. «Ihr kennt euch?», fragte sie dann leise.

«Und wie», hauchte Jasmin.

Wüsste sie nicht, dass Bruch ein komplett asexueller Mensch war, konnte man dies hier komplett falsch verstehen, dachte Schauer.

«Riech an ihr», forderte Bruch sie unvermittelt auf.

«Bitte?»

«Riech an ihr», wiederholte er.

Jasmin schien diese Aufforderung überhaupt nichts auszumachen. Sie neigte sogar ihren Kopf ein wenig zur Seite, beugte sich leicht vor wie jemand, der sich eine Parfümprobe in die Halsbeuge gespritzt hatte.

Nur, aber wirklich nur, weil Bruch nie ein Wort zu viel sagte, erhob sich Schauer, ging langsam um den Tisch bis hinter das Mädchen, beugte sich dann vorsichtig hinab, für jeden Angriff gewappnet. Es war nichts Besonderes an dem Mädchen. Schauer verstand nicht, warum sie hatte an ihr riechen sollen. Die Kleidung roch, als wäre sie wochenlang getragen und nicht gewaschen. Das Mädchen selbst roch nach Duschbad und Shampoo.

«Was soll denn sein?», fragte sie, und der alte Reflex funktionierte auf Anhieb wieder. Sofort glaubte sie, Bruch machte sich einen Spaß mit ihr. Dann aber ging ihr ein Licht auf. Jasmin war frisch geduscht und hatte ihre Haare gewaschen.

«Kann ich mal kurz mit dir sprechen?», fragte Schauer Bruch und deutete mit dem Kinn zur Tür.

Bruch erhob sich sogleich, verließ vor ihr den Raum.

«Du kennst die also?», fragte Schauer, kaum hatte sie die Tür geschlossen.

Bruch nickte.

«Seit wann wusstest du das?»

«Seit die andere Kollegin sagte, sie würden das Mädchen schon kennen.»

Schauer sah ihm in die Augen. Sie glaubte ihm. Wollte ihm glauben, wie immer. Weil sie unbelehrbar war. Weil sie sich zwar immer einredete, alles allein hinzukriegen, und dann doch jemanden suchte, an dem sie sich festhalten konnte.

«Ist es das, was du meintest mit etwas wird geschehen? Wusstest du etwas?»

Bruch erwiderte ihren Blick, ohne zu blinzeln. «Es war nur ein Gefühl.»

«Wirst du mir sagen, woher du sie kennst?»

Bruch nickte, und sie gab sich damit zufrieden. Sie wusste genau wie er, sie wollte sich nur selbst in dem Glauben wiegen, alles unter Kontrolle zu haben. In Wirklichkeit hatte sie vieles, nur nichts unter Kontrolle.

«So und jetzt sachlich. Die ist frisch geduscht. Die ist nicht eingebrochen. Die hat da also übernachtet?» Schauer sah Bruch an, der starrte zurück. «Felix, das war eine Frage. Ist es das, was du denkst?»

Bruch nickte.

«Aber du hast es schon geahnt, als wir das Haus betraten. Ich hab es dir angesehen. Du hast sie gerochen.»

Bruch ging darauf nicht ein. «Es gab einen Vorfall vor vier Jahren, seitdem ist sie in verschiedenen Heimen und auf der Straße.»

«Niemand hilft ihr?»

«Unzählige Leute haben versucht, ihr zu helfen. Es ist unmöglich. Sie reißt aus, sie passt sich nirgendwo an, geht seit Jahren nicht zur Schule.»

«Du meinst, nicht regelmäßig?»

«Nein, nie.»

«Also gut. Was hat sie in Juskats Haus gemacht?»

«Es ist offensichtlich.»

Er wollte an ihr vorbei, doch sie hielt ihn auf. «Felix, sag, was du denkst. Ich will, dass du es aussprichst, damit ich nicht die Dumme bin, die sich lächerlich macht.»

«Sie hat dort übernachtet. Möglich, dass er sexuelle Dienstleistungen von ihr bekommen und sie dafür bezahlt hat.»

Schauer ließ seinen Arm los. «Sexuelle Dienstleistungen», wiederholte sie abschätzig, wie er das aussprach. «Die ist sechzehn!»

«Ich weiß», sagte Bruch und ging zurück in den Vernehmungsraum.

«Jasmin, kannst du uns den gestrigen Tag schildern? Kannst du uns erzählen, was am Abend und in der Nacht geschehen ist? Bist du in das Haus eingebrochen? Hat Walter Juskat dich gezwungen, in sein Haus zu kommen, hat er dir dafür etwas versprochen? Wie kam es am frühen Morgen zu dem Schuss?» Schauer hielt inne, suchte nach weiteren Fragen.

Jasmin schwieg, starrte nur Bruch an.

«Jasmin», begann Schauer noch einmal, und das sollte dann der letzte Versuch sein, «es ist nicht normal, wie du lebst, verstehst du? Auf der Straße leben, nicht zur Schule gehen. Dein Leben kann geändert werden, du musst nur bereit sein zu sprechen. Du bist noch jung, du hast dein Leben noch vor dir. Ich komme aus Hamburg, da hab ich viele wie dich gesehen. Die werden nicht alt, verstehst du. Die leben von einem Tag zum nächsten ...»

«Wie ist es denn normal?», fragte Jasmin. «So zu leben wie du? Sieh dich doch an, du bist doch beschissener dran als ich.»

Schauer hatte augenblicklich rote Blitze vor den Augen. Rote Blitze und ein Impuls, nach vorn zu schnellen, über den Tisch, ihr noch ein paar Zähne auszuschlagen. Nichts hatte ihr Antiaggressionskurs gebracht, nichts. Aber Bruch hatte sich bewegt. Ein paar Millimeter nur, doch die hatten genügt, sie zur Räson zu bringen.

«Du weißt nichts über mein Leben. Es gibt keinen Grund, zu mir gemein zu sein», sagte Schauer, sie versuchte sich und die Stimmung im Raum zu beruhigen. Es war so schwer, den Ratschlägen von Frau Oberschlaumeier zu folgen, die einmal wöchentlich erklärte, wie wichtig es ist, sein Ruhezentrum zu finden, in sich zu gehen und sich in die Lage der anderen zu versetzen. Der Klügere gibt nach, leck mich.

«Kann ich was fragen?», sagte Jasmin, als hätte sie nur gewartet, dass sie zum Zug kam.

«Ja, gern.»

«Ist es vielleicht möglich, dass ich meine Mutter sehe?» Jasmin sah sie an, Bruch, wieder sie, wieder Bruch, blinzelte ein kleines unschuldiges Mädchenlächeln. Selbst ihre Stimme hatte sich geändert, war ein wenig heller geworden.

Schauer sah zu Bruch, wollte sehen, wie er darauf reagierte. Doch Bruch zeigte keinerlei Regung, logisch, wieso auch. «Wenn du mir sagst, wo deine Mutter wohnt!», erwiderte Schauer, wieder an Jasmin gewandt.

Das Mädchen hob die Augenbrauen, beugte sich ganz leicht nach vorn in Richtung Bruch, gab sich, als wäre sie ganz vertraut mit ihm. «Ist die irgendwie dumm?»

Es war wieder Bruch, der sie aufhielt, doch diesmal genügte keine kleine Bewegung. Schneller, als sie ihm jemals zugetraut hätte, war er aus seinem Stuhl geschnellt, hatte sich zwischen sie und Jasmin geschoben. Schauer prallte regelrecht gegen ihn, nachdem sie aufgesprungen war, fühlte sich von ihm an den Schultern gepackt.

Da sie Zwangslagen wie diese noch mehr hasste als alles andere, war ihre nächste Reaktion, dass sie sich mit einer geübten Bewegung rausdrehte, herumfuhr und dabei den Ellbogen hochfahren ließ, um Bruch die Nase oder das Jochbein zu brechen. Doch er musste das geahnt haben, hatte seine Rechte bereits zur Abwehr gehoben und hielt sie einfach fest.

«Nicht», sagte er, und obwohl er so schmal geworden war, so übernächtigt aussah, kam sie nicht gegen seinen Griff an.

Schauers Energie verpuffte, sie riss sich los. Als ihr Blick auf Jasmin fiel, grinste die, hatte ihren Spaß am Gerangel der Polizisten und der offensichtlichen Missstimmung.

Noch einmal riss Schauer ihren Arm beiseite, obwohl Bruch sie gar nicht mehr hielt. Dann stieß sie ihren Zeigefinger in Richtung des Mädchens. «Findest du das lustig? Wird dir schon noch vergehen, der Spaß. Wenn sie dich erst verknacken, sitzt du erst mal vier Jahre, dann bist du zwanzig, einundzwanzig, wenn du rauskommst. Und ich sag dir, du wirst es bereuen, später mal. Und ich sag dir noch was. Solche wie du, die bleiben dann nicht lange draußen, die gehen wieder in den Knast, wieder und wieder, wie so ein Scheißflummi, den man gegen die Wand wirft.»

Langsam ließ sie den Arm sinken, sie hatte schon zu viel gesagt.

Jasmin hatte sich alles angehört, und wenigstens das freche Feixen war ihr vergangen. «Sie machen mir keine Angst», sagte sie leise. «Aber Sie, Sie sollten Angst haben.»

«Ich? Aha, ach ja?» Das war lächerlich. Alles. Dass sie sich so aufregte, sich so provozieren ließ. Dass sie wirklich Angst bekam.

Jasmin nickte nun ganz ernst, und sie schien wirklich besorgt. Das war es, was Schauer diese Angst einflößte.

«Zweimal lässt du mich wie eine Dumme dastehen», fauchte sie Bruch in ihrem Büro an, nachdem sie den Verhörraum verlassen, wutentbrannt die Treppen hinaufgestiegen und ihren Gang passiert hatte, ohne nach rechts und links zu blicken. Bruch war ihr stumm gefolgt, was sie nur noch zorniger hatte werden lassen. «Das hättest du mir vorhin sagen können! Du erzählst mir jetzt, was mit ihr ist, bevor wir wieder zu ihr gehen. Alles, verstehst du, ich will nicht noch einmal wie der letzte Trottel dastehen!» Zornig sah sie Bruch an. Mit seiner abwesenden Art, mit dieser stoischen Ruhe, reizte er sie zur Weißglut.

«Ihr Vater wurde vor vier Jahren umgebracht. Ihre Mutter wurde vor knapp drei Jahren wegen Mordes verurteilt, sie sitzt in Bautzen im Gefängnis», sagte Bruch. «Jasmin war Zeugin der Tat. Sie hat drei jüngere Geschwister, die leben alle bei ihrer Tante, Hannah Welbe. Sie aber wollte nicht dort leben, kam deshalb in ein Heim. Dort blieb sie nicht lang, durchlief in den ersten Monaten einige Einrichtungen, lebt inzwischen hauptsächlich auf der Straße. Sie gilt als unberechenbar, gewalttätig, psychisch labil, konsumiert jede Art Betäubungsmittel, deren sie habhaft wird. Sie stiehlt, raubt, besucht seit Jahren die Schule nicht mehr. Gelegentlich wird sie aufgegriffen, kommt in Heimen unter, reißt bei der ersten Gelegenheit wieder aus.»

«Mensch, Felix. Das hätte ich alles wissen müssen. Warum sagst du mir das nicht gleich? Ich mache mich zur Idiotin. Mord, verstehst du, so etwas muss ich wissen. Ich hätte die da drinnen beinahe verprügelt. Ihre Mutter hat den Vater umgebracht? Vor ihren Augen? Das ist so ... elementar, wie kannst du mich vorher nicht darüber informieren?»

«Es ist nicht einfach», sagte Bruch, starrte gegen die Wand.

«Was, es ist nicht einfach?», fuhr sie ihn sogleich an. «Ich bin so enttäuscht, weißt du, von dir. Ich dachte irgendwie ...» Ja, was, du Idiotin? «Weißt du, jeden Tag bin ich zu dir gekommen, als du in deinem Bett lagst. Jede freie Minute. Hab dich gezwungen, zu essen und zu trinken. Ich habe mir Sorgen gemacht, dass du dir was antust. Ich hätte einen Arzt rufen müssen und hab es nicht getan, weil ich wusste, dass du das nicht gewollt hättest ... Wir arbeiten doch jetzt zusammen, da wäre es doch gut ...» Ja, was. Was wäre gut? Vertrauen? Der konnte sich selbst nicht trauen, wusste ja noch nicht einmal, was er in der Nacht tat, anstatt zu schlafen. Nicht nur von ihm war sie enttäuscht. Von sich selbst. Sie hatte tatsächlich geglaubt, etwas bei ihm erreicht zu haben, hatte auch geglaubt, mit ein bisschen Zureden könnte sie in wenigen Minuten das Vertrauen des Mädchens erlangen. Dabei kannte sie solche gescheiterten Existenzen zur Genüge. Leute wie sie, so abgehärtet vom Leben, die knackte man nicht. Denen konnte man nicht vertrauen. Die nahmen, was sie kriegen konnten, und wenn es nichts mehr zu holen gab, waren sie weg. Denen konnte man Wohnung und Job besorgen, und drei Monate lang ging alles gut, und plötzlich ließen sie alles stehen und liegen. Abhängige kamen aus der Entziehungskur, schworen bei allem, was ihnen heilig war, nie wieder zu konsumieren, und nach zwei Wochen fand man sie wieder vollgedröhnt in irgendeiner versifften Ecke liegen. Knackis, gerade noch voller Träume und Pläne, verballerten noch in der ersten Nacht ihr komplettes Entlassungsgeld. Und jetzt erst, nachdem der erste Zorn über seine Worte verpufft war, wurde ihr bewusst, was Bruch gesagt hatte. Es ist nicht einfach. Er, der gefühlskälteste Mensch, der ihr je begegnet war, hatte sich ein winziges bisschen geöffnet, und sie hatte es gar nicht bemerkt. Es ist nicht einfach. Sich zu öffnen? Normal zu sein?

«Sie war Zeugin? Das heißt, sie hat gesehen, wie die Mutter den Vater umbrachte?», fragte Schauer, um wieder konstruktiv zu werden.

Bruch zögerte, er wollte antworten, sah sie, doch offenbar suchte er nach Worten. Warum nur, warum redete er nicht einfach?

Dann, endlich, sprach er. «Sie hat vom ersten Moment an für ihre Mutter ausgesagt. Sie haben beide ausgesagt, jemand anderes wäre es gewesen.»

«Aber die Indizien sprachen gegen diese Aussage, sprachen für eine Tat der Mutter?», fragte Schauer.

Bruch nickte wieder. Zögerlich.

«Wie wurde der Mann umgebracht?»

«Erschlagen. Mit einem Hammer.»

«Himmel», stöhnte Schauer. Und ihr war nun, als hätte sie damals von dem Fall gehört. Im Fernsehen war darüber berichtet worden. Dass musste man sich ausmalen. Mit zwölf Jahren stehst du da, siehst jemanden deinen Vater mit dem Hammer erschlagen, oder die Mutter selbst tat es. Egal wer, da musst du ja irre werden.

«Was machen wir denn eigentlich nun? Versuchen wir herauszufinden, ob der Mann das Mädchen schon länger kannte?»

Das Telefon auf dem Schreibtisch klingelte. Automatisch nahm sie ab, Bruch machte sowieso nie Anstalten dazu.

In ihm löste sich etwas. Als würde aufbrechen, was ihn umschlossen hatte all die Jahre. Alles, was bisher geschehen war, die dunklen Phasen, in die er gelegentlich geriet, die hellen Phasen, in denen ihm alles langsam und grell erschien, und die langen Phasen dazwischen, in denen ihn die Tabletten in einem stabilen Zustand hielten, der sich nicht anders anfühlte, schmeckte und roch wie aufgeweichte Pappe. Das alles waren nur Dinge, die innerhalb dieser Hülle geschahen.

Waren es einzig die Tabletten, die ihn festhielten, verhinderten, dass er Zugang zu all den Vorgängen fand, oder war es in seinem Kopf? Eine Sperre.

Er könnte es herausfinden, indem er die Tabletten nicht mehr nahm. Doch was, wenn dann die dunklen Phasen noch endloser wurden und das Gleißen unerträglich? Was, wenn er etwas herausfand, das er selbst einst weggesperrt hatte, gerade um es zu vergessen?

Schauer sprach. Sie war beleidigt. Sie war verletzt. Er verletzte sie, indem er sich zurückhielt, bremste, tot stellte und sie damit eigentlich nur schützte. Dieser Satz, der ihm entfahren war, das war wie eine Erinnerung an den Menschen, der er einmal gewesen sein musste. Denn er hatte ja ein Leben geführt, war Polizist geworden, hatte eine Frau gehabt, und ein Kind. Einst war er selbst eines gewesen, wo war es hin?

Nun sah sie auf.

«Hast du mitgehört?»

Er musste den Kopf schütteln. Wollte gar nicht hören, was sie zu sagen hatte. Es war zu befürchten, dass ihm nicht gefiel, was sie sagte.

«Das war Klemm von der Spurensicherung. Es wurden auf der Pistole keine Fingerabdrücke von Jasmin Mahler gefunden. Gar keine Finger- oder Handabdrücke, die Waffe war ganz sauber, bis auf einige Fasern von einem Tuch aus der Küche, mit dem die Waffe gereinigt wurde. Sehr gründlich, meint Klemm, es wurde sogar ein Reinigungsmittel verwendet. Fragt sich jetzt nur, warum sollte sie alle Fingerabdrücke entfernen, bleibt aber dann auf der Couch sitzen und wartet auf die Polizei?»

«Weil sie weiß, dass man sowieso überall im Haus Spuren finden wird, wenn sie die Nacht dort verbracht hat.» Jedes Wort war wie ein Schmerz in seinem Kopf, jeder Satz eine Klippe, mit scharfen Kanten, an denen er sich mit blutigen Händen hinaufziehen musste. Vor allem, weil er wusste, all das Gesagte hatte keinen Wert. Er sprach nur ihretwegen.

«Du meinst, sie hätte sowieso nicht leugnen können, dass sie da war, aber so wird es schwieriger, ihr nachzuweisen, dass sie geschossen hat? Warum sagt sie dann nicht aus und erzählt eine andere Geschichte? Warum sollte sie nicht wenigstens lügen?»

Bruch konnte nur die Schultern heben, unfähig, auch nur ein Wort mehr zu sagen. Es war, als stürzten Felsbrocken auf ihn hinab und wollten ihn zerquetschen.

«Felix, alles okay mit dir?»

Er sah, wie sie sich erhob, doch für ihn war es, als löste sie sich von der Schwerkraft und schwebte auf ihn zu. Er sah all ihre Wunden, die äußerlichen und die inneren. Sie strahlten wie Sonnenstürme, die Millionen Kilometer weit ins All stießen.

«Felix?»

Er hörte sie noch, dumpf, wie aus weiter Ferne. Er sah sie, doch es war, als starrte er in grelles Sonnenlicht.

«Felix?»

Sie wusste nicht, was sie tun sollte. Auf so etwas hatte sie niemand vorbereitet. Wo war sie hineingeraten? Es war nicht mehr, als taumelte sie auf einen Abgrund zu, sondern als fiele sie schon.

«Felix?» Sie wedelte mit der Hand vor seinen offenen Augen, doch er reagierte nicht. Wie versteinert saß er da, starrte, nicht einmal die Pupillen bewegten sich. Sie lief um den Tisch, packte seine Schulter, schüttelte sie. Bruch drehte ihr den Kopf zu, doch es war ganz sicher nicht er, der sie gerade anstarrte, dessen Blick sich buchstäblich durch sie hindurchbrannte.

«Felix, hör auf damit!», bat sie atemlos. Das war zu verrückt, das konnte sie nicht mitmachen.

Er drehte den Kopf wieder nach vorn, seine Augäpfel verdrehten sich nach oben. Sie musste einen Arzt rufen, das war ein Anfall, ein Schlaganfall vielleicht. Schon war sie an der Tür, doch eine Bewegung von Bruch ließ sie zögern. Seine Hand steckte in der Jackentasche, und mit unheimlicher Langsamkeit zog er sie wieder heraus, in ihr sein Handy. Dann aber verlor er das Gleichgewicht, begann seitlich zu kippen. Schauer sprang zu ihm hin, fing den Sturz ab, ließ Bruch zu Boden gleiten und stieß den Stuhl weg, damit sie seine Beine ausstrecken konnte. Dann nahm sie ihm das Telefon aus der Hand. Presste seinen Daumen auf den Sensor, der Bildschirm öffnete sich. Auf seiner Anruferliste gab es nur zwei Nummern, die ihn in den letzten Tagen und

Wochen angerufen hatten. Das waren ihre Nummer und eine weitere. Diese Nummer wählte sie.

«Felix?», fragte eine weibliche Stimme nach dem ersten Klingeln. Schauer war sich sicher: Es war die Frau, die Bruch gelegentlich anrief und ihn mit seinen Tabletten versorgte.

«Es geht ihm schlecht!», sagte Schauer.

«Es ist nicht gut, dass Sie anrufen», sagte die Frau leise, fast kalt.

«Er hat einen Anfall, etwas muss passiert sein. Er liegt am Boden, regt sich nicht.» Was sollte das schon bedeuten, es ist nicht gut, dass ich anrufe. Hier ist gar nichts gut.

«Hat er einen Depressionsschub?»

«Nein. Das ist was anderes. Ich denke, er hat mehrere Nächte nicht geschlafen.»

Nun schwieg die Frau. Ja, genau, mach dir mal Gedanken darüber, dachte Schauer. Doch allzu lang sollte es nicht dauern.

«In Ihrem Schreibtisch sind Tabletten. Im untersten Fach links.»

«Woher ...?», wollte Schauer fragen, doch sie sprach nicht weiter. Logisch, woher die Frau das wusste. Michael Bartko, der tote Kollege, war eingeweiht gewesen, es war früher sein Schreibtisch.

«Geben Sie ihm eine. Wenn er nicht schlucken kann, lösen Sie sie in Wasser auf und versuchen Sie es ihm einzuflößen. Wenn es nicht besser wird, rufen Sie mich noch mal an. Ansonsten nie wieder.»

«Sagen Sie ...», setzte Schauer an, hörte es tuten und sah das Display an, der Anruf war beendet. «Miststück», zischte Schauer, doch dann steckte sie Bruch das Telefon in die Jackentasche zurück und ging zu ihrem Schreibtisch. Sie ließ sich auf die Knie nieder, öffnete das linke untere Schubfach. Tabletten hatte sie darin noch nie gesehen. Aber im Prinzip hatte sie seit ihrem Start hier die Schublade nur einmal geöffnet und wieder geschlossen, weil sie leer war.

Nun tastete sie in der leeren Lade herum, fühlte die Unterseite der darüberliegenden ab, musste schließlich tief hineinfassen, um die Rückseite der Schublade erreichen zu können. Dort war eine Tüte mit Klebeband festgemacht. Schauer riss sie ab. Die kleine Tüte war verschweißt, etwa zehn Tabletten darin. Schauer riss sie auf, nahm eine heraus. Nun fiel ihr ein, dass sie kein Wasser hier hatte, sie musste in die Küche.

Als sie mit einem Glas Wasser in der Hand zurückkam, traf sie Buchholz auf dem Gang, der musste auf sie gewartet haben.

«Weißte schon, Wenzel wird Interimschef.»

Das war der, der sie vernommen hatte. Wenzel wie Bube. Sie hob nur kurz das Kinn, irgendwer musste es ja sein. Buchholz hatte vielleicht gehofft, er könnte den Posten haben.

«Und wir ermitteln nicht selbst. Das BKA klinkt sich ein.»

Eigentlich wollte sie weiter, musste sich beeilen. «Weil wir befangen sind», erwiderte sie kurz angebunden. Aber eines interessierte sie nun doch. «Sollen wir uns jetzt offiziell um den Fall Juskat kümmern?»

«Nee, das meinte ich ja, das BKA macht das, beides, Juskat und ...» Er sprach es nicht aus, sondern neigte den Kopf nur in Richtung Simons versiegelter Bürotür. «Wir alle sind bis auf Weiteres beurlaubt. Die ganze Abteilung.»

Er sagte es so beiläufig, dass sie es im ersten Moment für irgendeine Floskel hielt, mit der man sich nach einem kurzen Ganggespräch wieder zur Arbeit verabschiedete.

«Was?», entfuhr es ihr dann.

Buchholz zuckte mit den Achseln. «Bezahlter Extraurlaub. Ist doch logisch, oder?»

«Ist es das? Mir erschließt sich das nicht. Keiner von uns war anwesend, als Simon umgebracht wurde. Da kann man ja gleich das ganze Haus beurlauben.»

«Bleib doch mal cool.» Buchholz tätschelte ihren linken Oberarm und wusste nicht, wie fest er damit am Ohrfeigenbaum schüttelte. «Ich denke, das ist normal. Nutz doch die Zeit für Weihnachtseinkäufe. Oder schlaf dich ein bisschen aus, siehst aus, als könntest du es gebrauchen.» Er hob die Hand zum Gruß, ging zurück in sein Büro.

Schauer stand für einen Moment ratlos da. Was wollten die damit erreichen, fragte sie sich. Glaubten die tatsächlich, jemand aus der Abteilung hätte Simon umgebracht? Oder war das nur der Übereifer, alles richtig zu machen, keinen Vorwand für Klagen zu geben? Störte dieses Vorgehen von den anderen Kollegen niemand? Nahmen sie das einfach so hin? Vor allem, was blieb ihr zu tun? Daheim zu sitzen, abzuwarten? Was geschah mit Jasmin? Erfuhr sie, ob Juskat überlebte, was er aussagte? Was sie wusste, wusste sie nur von den Kolleginnen vor Ort und vor allem von dem jungen Polizeimeister.

Bruch fiel ihr ein, dem musste sie helfen, wenngleich sie ihn genauso liegen lassen konnte, denn von ihm war weder Dankbarkeit noch Hilfe noch Vertrautheit zu erwarten.

Sie lief zurück, warf die Tablette ins Wasserglas, rührte mit dem kleinen Finger um, weil sie einen Löffel vergessen hatte, streifte ihn an der Hose ab. Sie würde sich das nicht bieten lassen. Sie würde sich nicht hilf- und wehrlos mit hineinziehen lassen. Und ganz sicher hatte sie nicht vor, noch einmal eine solche Befragung über sich ergehen zu lassen.

Sie kniete sich hinter Bruchs Kopf, fasste ihn unter den Schultern, stemmte ihn hoch, bot ihm ihren Körper als Stütze. Halb liegend, halb sitzend, konnte sie ihm das Glas an die Lippen halten.

«Trink das, du Idiot», forderte sie ihn auf. Wenn es wirklich so war, dass er mehrere Nächte nicht geschlafen hatte, dann war dieser Zusammenbruch eine logische Konsequenz. Wenn der so drauf war wie die Leute auf Meth, dann war es gut möglich, dass er drei Nächte durchzog, der Körper, dehydriert und übermüdet, dann aber seinen Tribut forderte.

Bruch trank, und noch während der erste Schluck seine Speiseröhre hinabglitt, begannen sich seine Lider zu bewegen, er kam zu sich.

«Wir können nach Hause fahren, hörst du? Wir sind beurlaubt! Ich kann dich bringen, wenn du willst.»

4

Es war noch Nachmittag, als sie heimkam, doch es wurde schon dunkel. Sie fror, es war noch kälter geworden. Die eisige Luft zwickte ihr im Gesicht. Überall waren die Fenster mit leuchtenden Sternen oder Schwibbögen geschmückt. Nur ihre nicht. Sie hatte null Bock, ihre Wohnung zu dekorieren. Null Bock auf Weihnachten. Auf nichts. Sie fand einen Parkplatz ganz in der Nähe ihrer Wohnung. Dass sie den Dienst-BMW trotz Freistellung fuhr, war ihr gerade richtig egal. Sollten sie doch anrufen, wenn sie ihn brauchten.

Bruch hatte sich, nachdem er zu sich gekommen war, aus dem Präsidium in den Wagen und dann die Treppe hoch in seine schreckliche Plattenbauwohnung gequält, ohne ihre Hilfe anzunehmen. An der Tür war sie wortlos stehen geblieben, hatte nur zugesehen, wie er sich hineinschleppte, wie die Katze in der Wohnzimmertür erschien. Das Tier hatte sie angesehen, fast als fragte sie, ob sie nicht mit hineinkommen und ihr Gesellschaft leisten wollte. Dann aber hatte sie sich ganz loyal ihrem Besitzer angeschlossen. Schlaf dich aus, hatte Schauer den Rat von Buchholz weitergegeben. Bruch hatte sich auf die Couch gelegt. Danke für nichts, hatte sie noch gesagt und die Tür geschlossen.

Auf dem Weg nach Hause hatte sie nachgedacht. Es dauerte eine halbe Stunde vom Stadtteil Gorbitz nach Striesen. Genug Zeit jedenfalls, um sich klar zu werden, dass sie weg von hier musste. Einfach kündigen und verschwinden. Über nichts mehr nachdenken. An keinen hier mehr einen Gedanken verschwenden. Weder an Bruch noch an den toten Simon noch an Jasmin. Vielleicht sollte sie fragen, ob die Stelle in München, die sie vor ein paar Wochen angeboten bekommen und abgelehnt hatte, doch noch frei war, denn heim nach Hamburg wollte sie auch nicht. Das dritte Babyannouncement, die dritte Pullerparty, das dritte Genderreveal ihrer Schwester zu ertragen, dazu hatte sie keine Kraft. Was war daran, dass man diesen ganzen Mist feiern musste. Ihr habt gevögelt, Gratulation.

Schauer parkte das Auto, löste die Hände vom Lenkrad und betrachtete ihre Handinnenflächen. Sie wurde schon genauso sonderlich wie Bruch. Sie zog den Zündschlüssel raus, öffnete die Tür, und erst jetzt nahm sie eine Frau wahr, die auf der anderen Straßenseite auf dem Gehweg stand. Sie trug einen langen Mantel, wie einen Trenchcoat, hatte den Kragen hochgeschlagen, um den Hals noch einen dicken Schal. Schauer kannte die Frau, hatte sie vor wenigen Wochen kennengelernt, als sie das vermisste Kind in Goppeln suchen mussten. Sie war vom Fernsehen. Claudia Wondrak hieß sie. Was machte die hier? Wusste die etwa, dass sie hier wohnte?

«Wollen Sie zu mir?», rief Schauer rüber. Konnte die schon von Simon wissen? Noch gab es keine offizielle Mitteilung über seinen Tod.

«Können wir reden, ein Stück laufen vielleicht?», antwortete Wondrak.

Ein paar Autos rauschten durch. Inzwischen war es dunkel wie in der Nacht. Die hübschen, aber fast nutzlosen Laternen spendeten kaum Licht. Ihr war kalt, sie war müde. Und im Grunde hatte sie beschlossen, das alles hier sein zu lassen. Einzig ihre Neugier veranlasste sie zu nicken. Sie überquerte die Straße. Ohne sich abzusprechen, gingen sie nach links, weg von ihrem Wohnhaus.

«Wir hatten keinen so guten Start», sagte die Wondrak. Sie war neiderregend schön, auch wenn ihr Gesicht ganz hart erschien. Groß war sie, schlank, elegant vor allem. Die Stiefel, die Kleidung, auch die große Handtasche, alles aufeinander abgestimmt. Neben ihr kam Schauer sich wie eine Hinterwäldlerin vor, dabei kam sie aus der Millionenstadt, und hier war der Hinterwald. Was sie auf diesen Beginn erwidern sollte, wusste sie nicht.

«Wenn Sie mögen, sagen Sie Claudia.»

«Nicole.» Schauer zog die Schultern hoch. Selbst das hatte Stil, siezen, aber mit Vornamen ansprechen.

«Wie geht es ihm?», fragte Wondrak.

«Gerade schlecht. Schlechter als sonst. Wissen Sie etwas über ihn?» Sie wussten auch gleich beide, von wem sie sprachen.

«Sie meinen von früher? Wenig. Er ist als Waise aufgewachsen, bei seinen Großeltern wohl. Scheint nicht besonders schön gewesen zu sein. Und er scheint kein einfaches Kind gewesen zu sein.»

«Hatten Sie ... na ja, hatten Sie was mit ihm?», fragte Schauer direkt.

«Eine Zeit lang war ich interessiert, wenn man das so sagen kann. Da war er schon von seiner Frau getrennt.»

Mehr sagte sie nicht, doch den Teil konnte man sich denken. Sie hatte festgestellt, wie abgedreht Bruch war, hatte seine kalte, trostlose Bude gesehen und eilig die Kurve gekratzt.

«Warum sind Sie hier? Bestimmt nicht, um über Bruch zu sprechen.»

Wondrak schüttelte den Kopf, stumm liefen sie bis zur nächsten Kreuzung. «Jasmin Mahler, haben Sie sie heute kennengelernt?», fragte sie dann.

«Allerdings.» Und wie zum Teufel konnte die Frau das wissen?

«Kennen Sie ihren Fall?», fragte die Wondrak.

«Nur einen Bruchteil, ich habe heute erst davon erfahren. Ich wollte gleich noch einmal im Internet schauen, was die Presse damals darüber berichtet hat.» Ihr blieb nichts anderes übrig, aufgrund der Beurlaubung konnte sie keine Akteneinsicht bekommen.

«Da werden Sie viel finden. Aber wenig, was stimmt.»

«Was wollen Sie denn, was interessiert Sie an Jasmin?»

«Sie tut mir leid. Ich glaube, ihr ist viel Unrecht geschehen.»

«Ja, und?»

Wondrak blieb stehen. «Ich weiß nicht. Ich ... ich habe jedenfalls etwas mit, Unterlagen und einen USB-Stick, da finden Sie alles, was ich damals über den Fall zusammengetragen habe.»

Die Frau schien ehrlich besorgt, doch Schauer wollte ihr nicht trauen, immerhin war sie vom Fernsehen, also selber eine von denen, die sie gerade erst kritisiert hatte.

«Ich bin für den Fall nicht verantwortlich, das BKA ermittelt jetzt. Außerdem kann man nicht jedes Problem der Welt lösen. Mädchen wie Jasmin habe ich ausreichend kennengelernt, denen allen wurde Unrecht getan.»

«Ich versteh schon. Aber wenn Sie sich das ansehen würden. Da ist so vieles falsch gelaufen.»

«Kann sein, aber was soll ich dabei tun? Die Mutter wurde wegen Mord verurteilt, sitzt in Bautzen, soweit ich weiß. Im Prinzip bin ich völlig fremd hier, habe Kontakte zu niemandem. Ich werde eher gemieden, mit Felix zu arbeiten, wirkt wie eine ansteckende Krankheit.»

Wondrak ignorierte die letzten Sätze einfach. «Jasmins Mutter, Nora Mahler, behauptete von Anfang an, unschuldig zu sein. Schon bei ihrer Verurteilung vor zweieinhalb Jahren haben ihre Anwälte Revision beantragt, dem ist nun stattgegeben worden, morgen ist der erste Sitzungstag.»

«Morgen?»

Wondrak nickte. «Wenn der Prozess neu aufgerollt wird, heißt das, alle Zeugen werden wieder vorgeladen.» Sie machte eine bedeutungsvolle Pause.

Schauer unterdrückte erfolgreich den ersten Impuls nachzufragen, nahm sich ein wenig Zeit, dachte einen Schritt weiter. «Bruch und Bartko waren die Ermittler?», sprach sie ihre Vermutung aus.

Wondrak nickte wieder.

«Und Simon logischerweise ihr Vorgesetzter in dem Fall», ergänzte Schauer noch.

«Bartko ist tot», sagte Wondrak, sah dann nach hinten über die Schulter. Das machte Schauer am meisten Angst. Denn die Wondrak wusste offenbar noch nicht einmal, dass auch Simon tot war.

Wondrak schüttelte knapp den Kopf. «Ich weiß nicht, was vor sich geht. Aber etwas ist da seit Jahren im Gange.»

«Ist das der Grund, warum wir nicht im Auto sitzen und nicht in einer Wohnung?»

Wondrak hob entschuldigend die Schultern und nickte wieder.

Nun griff sie in ihre Tasche, kramte eine Mappe heraus und einen USB-Stick. «Sehen Sie es sich wenigstens an. Bitte. Tun Sie wenigstens das.»

Wenigstens das. Diese beiden Worte, ob sie nun mit Bedacht ausgesprochen worden waren oder nicht, sie nagten an ihr. Als ob sie zu irgendetwas verpflichtet wäre. Als ob sie irgendjemandem etwas schuldig wäre. Schauer warf die beiden Sachen achtlos auf den Wohnzimmertisch, ging sich bequeme Kleidung anziehen. Ausgerechnet eine vom Fernsehen. Hatten sonst auch keine Probleme damit, Menschen zu zeigen, denen es schlecht ging, machten sogar ganze Sendereihen dazu. Problemfamilien, Hartz IV Leute, Fettleibige, Messies. Kosteten alles schön aus, bis auch der letzte Cent rausgequetscht war. Als ob Jasmin der einzige Mensch auf der Welt wäre, dem Unrecht geschah.

Schauer ertappte sich dabei, dass sie im Schlafzimmer stand, nur in Unterwäsche, die Jogginghose in der Hand, und vor sich hin schimpfte. Sie musste echt versuchen runterzukommen. Vielleicht war es wirklich diese Weihnachtszeit, in der man richtig zu spüren bekam, dass man allein dastand, ohne Familie, ohne Freunde, ohne Mann. Vielleicht sollte sie nicht gleich in jedem einen Feind vermuten. Auch nicht in der Müslitante vom Aggressionskurs. Die war ja wirklich bemüht und hatte unheimliche Geduld mit diesen Typen da, in deren dumme Gesichter man manchmal wirklich gern einfach nur reinschlagen wollte.

Dass sie einen Hass auf die Welt hatte, wusste Schauer schon immer, und dass sie mit ihren Ausbrüchen schon oft großen Schaden angerichtet und vor allem häufig falsch gelegen hatte. Selbst ihre Schwester meinte es sicherlich nicht wirklich böse, war nur gefangen in altmodischen Schemata, und vielleicht war sie gar nicht so glücklich in ihrem Heim mit den Bälgern, die einem manchmal wirklich auf die Nerven gehen konnten. Doch manchmal kam ihr der Gedanke, dass ihre so offen gezeigte Ablehnung nur Neid auf ihre Schwester war. Warum wollte man immer gerade das haben, was man nicht bekam? Warum schätzte man nie wert, was man hatte?

Schauer zog sich an, streifte einen bequemen Pullover über. Ansehen konnte sie sich die Sachen ja mal, allein damit sie nicht dumm dastand, weil niemand sich bemüßigt fühlte, sie aufzuklären.

Eine Stunde später rieb sie sich mit Daumen und Zeigefinger die Nasenwurzel, lehnte sich zurück. Es war stockfinster um sie herum, sie hatte ganz vergessen, die Lampen einzuschalten. Nur der Laptop spendete Licht.

Die Wondrak hatte sich wirklich Mühe gemacht. Hatte gewissenhaft alle Umstände aufgelistet, die ihr bekannt waren, ein ziemlich genaues Bild von der Lage gezeichnet, hatte die Prozesse von Jasmins Mutter beobachtet, wusste recht gut über die Ermittlungen Bescheid. In der Mappe fanden sich unzählige Zeitungsberichte, die sie ausgeschnitten und zusammengetragen hatte, außerdem einige Polizeiberichte, die sehr vertraulich wirkten und bei denen man sich fragen musste, wie die Wondrak an sie herangekommen war. Auf dem Stick waren Fernsehberichte und Gerichtsreportagen gespeichert. Alles in allem ergab sich für Schauer folgendes Bild:

An einem Apriltag vor vier Jahren war ein Notruf in der Zentrale eingegangen. In der Nacht um zwei Uhr bat eine Frau um Hilfe. Sie behauptete, eine Person wäre in ihr Haus eingedrungen, kämpfte mit ihrem Mann in der Küche und wäre gerade dabei, ihn umzubringen. Von diesem Anruf gab es eine Aufzeichnung, die jedoch verloren gegangen ist. Diesen Fakt hatte Wondrak mit drei Ausrufezeichen versehen. Schauer konnte sich auch nicht ausmalen, wie so etwas verloren gehen konnte. Notrufe wurden für neunzig Tage gespeichert, soweit sie wusste, und sicherlich wurde etwas Derartiges für die Prozessparteien auch vervielfältigt. Die Polizistin in der Zentrale, die den Notruf entgegennahm, sagte vor Gericht aus, Nora Mahler, Jasmins Mutter, hätte sehr teilnahmslos gewirkt, dafür, dass ihr Mann angeblich gerade um sein Leben kämpfte. Sie hätte weder geweint noch geschrien noch abgehetzt, panisch oder auf sonst irgendeine Art seelisch betroffen oder emotional gewirkt, noch hatte man im Hintergrund Kampfgeräusche vernehmen können.

Ein in der Nähe befindlicher Streifenwagen wurde zum Ort des Geschehens geschickt, ein Einfamilienhaus am Rande der Dresdner Heide. Schauer konnte mit dem Straßennamen nichts anfangen, musste erst noch nachsehen, wo das sein sollte. Eine ruhige Gegend, so die Aussage der Polizisten, schlecht ausgeleuchtet in der Nacht. Zur besagten Küche gab es einen Extra-Eingang, hieß es in der Beschreibung. Durch diesen soll der Täter ins Haus eingedrungen sein.

Als der Streifenwagen vor Ort eintraf, lagen das Haus und das gesamte Grundstück vollkommen still und dunkel, in keinem Fenster brannte Licht, niemand kam ihnen entgegen oder wartete am Haus auf sie.

Die beiden Polizisten entschieden, anstatt durch Klingeln oder Klopfen auf sich aufmerksam zu machen, das Haus von außen auf Einbruchsspuren zu untersuchen. Sie sagten nachher beide aus, da alles so still lag, vermuteten sie, jemand hätte sich mit dem Notruf nur einen Scherz erlaubt. Mit Taschenlampen und Pistolen in Vorhalte betraten sie das Grundstück, fanden auf der Rückseite des Gebäudes die Tür zu einem Anbau aufgebrochen. Genau genommen hatte jemand die Glaseinfassung der Tür eingeschlagen, die Tür selbst war noch geschlossen.

Zuerst riefen die Beamten hinein, fragten, ob sich jemand drinnen in einer Notlage befand, bekamen aber keine Antwort oder Reaktion. Als sie durch das kaputte Fenster in den Anbau leuchteten, der als Küche diente, sahen sie einen Mann am Boden liegen. Ein Tisch war beiseite gerückt, mehrere Stühle umgefallen, einige Schubladen standen offen, eine war heruntergerissen, zwei Schranktüren hingen schief an ihren Scharnieren. Der Mann am Boden lag regungslos, eine Blutlache hatte sich ausgebreitet. In der Verbindungstür zum ursprünglichen Haus stand eine Frau in einem Nachthemd und an ihrer Seite ein etwa zwölfjähriges Kind, ebenfalls im Nachthemd. Beide standen ganz stumm, bewegten sich nicht, reagierten zuerst nicht auf die Rufe der Polizisten.

Als Nächstes registrierten beide Polizisten einen Hammer, den die Frau in der Hand hielt. Vom Hammerkopf war Blut auf den Boden getropft, aber auch auf den Saum ihres Nachthemdes.

Nach mehrmaligem Rufen und nachdem die Frau von den Taschenlampen direkt angeleuchtet wurde, nahm diese nun die Polizisten wahr, legte auf Aufforderung den Hammer weg, kam zur Tür, entriegelte diese von innen, damit die Männer eintreten konnten. Von da an leistete sie jeden Anforderungen Folge und antwortete auf alle Fragen. Beide Polizisten gaben später an, dass sie dabei teilnahmslos erschien, sehr ruhig war und ohne Betonung sprach.

Zuerst hielten sie dies für eine Reaktion auf die Tat, einen Schockzustand. Das Kind in der Tür, Jasmin, blieb die ganze Zeit über stumm, weinte nicht, zeigte eine ähnlich teilnahmslose Miene wie ihre Mutter. Die anderen drei Kinder im Haus, damals sechs, drei und ein Jahr alt, schliefen in ihren Zimmern.

Dem Mann am Boden war nicht zu helfen, stellten die Polizisten fest, sein Schädel war zertrümmert, er zeigte keinerlei Lebenszeichen. Sie riefen trotzdem den Notarzt und meldeten der Zentrale die Tat.

Auf die erste Frage, was geschehen sei, sagte die Frau aus, jemand hätte die Scheibe in der Tür eingeschlagen, wäre durch die Öffnung geklettert und hätte unvermittelt ihren Mann, Thomas Mahler, angegriffen. Die Gestalt sei schwarz gekleidet gewesen, das Gesicht vollkommen verhüllt. Genau genommen sagte die Frau aus, die Gestalt hätte kein Gesicht gehabt. Jasmin bestätigte die Aussagen ihrer Mutter und wich auch später nie von diesen ab.

Die herbeigerufenen Ermittler, das mussten Bruch und Bartko gewesen sein, vermutete Schauer, zweifelten offenbar von der ersten Sekunde an der Aussage der Frau. Es gab eine Anzahl von Indizien, die dagegensprachen. Zum einen ergab eine Prüfung der Tür und ein später nachgestellter Versuch, dass es so gut wie unmöglich war, durch die kaum vierzig mal vierzig Zentimeter große Öffnung zu kriechen. Dass der Täter auf dem Weg nach draußen die Tür nicht einfach entriegelte, sondern wieder durch das Fenster geklettert sein sollte, schien ebenso unlogisch. Den Riegel zu lösen, hätte nur eines Handgriffes bedurft. Ebenso seltsam war der Umstand, dass Thomas, Nora und Jasmin Mahler sich in der Nacht um kurz vor zwei allesamt zufällig in der Küche aufgehalten haben sollten, als der Täter eindrang, und nicht vom Geräusch des brechenden Glases oder der Kampfgeräusche erwacht waren, wie eigentlich zu vermuten war. So jedenfalls haben es Jasmin und ihre Mutter ausgesagt. Ihre Tochter litt an Schlafstörungen, erklärte Nora später, und es wäre ganz üblich gewesen, dass sie sich mehrmals die Woche in der Nacht in der

Küche einfanden, um etwas zu trinken. Die Schlafstörungen des Kindes waren jedoch durch keinerlei ärztliche Atteste belegt. Auf die Frage, warum sie ihrem Mann nicht geholfen hätte, antwortete die Frau wortwörtlich, es hätte keinen Zweck gehabt. Weder an ihr noch an Jasmin hatte der Täter irgendein Interesse gezeigt. Nachdem er Thomas Mahler sechs- oder siebenmal mit dem Hammer auf den Kopf geschlagen hätte, wäre er einfach wieder verschwunden.

Zum genauen Vorgang der Tat sagte Nora Mahler aus, ihr Mann habe am Tisch gesessen, sie und Jasmin hätten an der Spüle gestanden, da sie meist Leitungswasser tranken. Das Licht hätten sie nicht angeschaltet gehabt. Als die Gestalt eindrang, hätten sie alle drei nur verwundert zur Tür geschaut.

Dies und der nächste Fakt überzeugte die Staatsanwaltschaft von ihrer Schuld, denn die Tatwaffe, der Hammer, stammte aus dem Haushalt der Mahlers. Er hatte sich in einer Werkzeugkiste befunden, die im Schrank unter der Spüle stand, genau dort also, wo Nora und Jasmin behaupteten gestanden zu haben. Nach Aussage Nora Mahlers soll der Täter sich zuerst das Werkzeug genommen und damit auf ihren Mann eingeschlagen haben. Nach dem ersten Schlag, der Thomas Mahler wohl nur am Hinterkopf streifte und die Schulter traf, entspann sich ein Kampf, in dessen Folge Tische und Stühle verrückten und umfielen, Schubladen und Schranktüren auf- und abgerissen wurden. Schließlich aber gelang es dem Täter, Mahler mehrmals am Kopf und auch einmal auf die Kehle zu treffen, was den Mann hilflos zu Boden gehen ließ. Der Täter hatte sich über ihn gebeugt und noch einige Male heftig zugeschlagen. Dann hatte er sich aufgerichtet, den Hammer einfach fallen gelassen, war zur Tür gegangen, um wieder hinauszuklettern.

In einer Randbemerkung hatte Wondrak notiert, dass beide Polizisten ihre Aussagen nach einer ersten Anhörung immer weniger konkret werden ließen. So waren sie sich schon bei ihren

Auftritten beim ersten Prozess gegen Nora Mahler nicht mehr einig, wo und wie genau Jasmin mit ihrer Mutter in der Küche gestanden hatte, als sie eintrafen. Sie wurden sich auch uneins darüber, wie sie weiter vorgegangen waren. Sie nahmen immer mehr Details zurück, widersprachen sich zunehmend. Nora Mahler wurde bei diesem ersten Prozess aus Mangel an Beweisen freigesprochen, worauf die Staatsanwaltschaft sofort Revision einlegte. Bei einem zweiten Prozess gegen Nora Mahler, der knapp ein Jahr später stattfand, verweigerten beide Polizisten schließlich die Aussage, weshalb sich die Anklage auf ihre ersten Aussagen berufen musste. Das war, soweit Schauer wusste, gar nicht rechtens, sollten die Polizisten diese zurückgezogen haben. Warum die beiden Polizeiobermeister, Schubert und Piotrowski, ihre Aussagen nachträglich widerriefen, das ging aus den Unterlagen nicht hervor. Bei diesem zweiten Prozess wurde Nora Mahler schließlich, trotz der verweigerten Aussagen und einiger Ungereimtheiten, wegen Mordes und besonderer Heimtücke zu lebenslanger Haft mit anschließender Sicherungsverwahrung verurteilt.

Schauer sichtete die gesammelten Zeitungsberichte, die Wondrak aus dem Internet kopiert oder vom Original abfotografiert hatte. Diese enthielten einen riesigen Wust an Mutmaßungen und Spekulationen. Sie enthielten aber auch konkretere Informationen zu den Gerichtsverfahren. So begann der erste Prozess gegen Nora Mahler schon sieben Wochen nach der Tat, scheiterte aber bereits nach wenigen Tagen aus Mangel an Beweisen. Nora Mahler wurde aus der Untersuchungshaft entlassen, kehrte zu ihren Kindern zurück, die bis dahin in einem Heim untergebracht worden waren. Vierzehn Monate nach der Tat, in denen Nora Mahler mit ihren Kindern weiter in dem Haus wohnte, wurde sie erneut angeklagt und nach mehreren Wochen, bei eigentlich unveränderter Beweislage, verurteilt. Diesmal hatte sich die Staatsanwaltschaft mehr Mühe gegeben. Man wies durch Versuchsanordnungen nach, dass es unmöglich war, durch das Küchentürfenster zu steigen. Als weiteres Indiz galt, dass man in der Küche keinerlei Hinweise auf eine fremde Person fand, weder Haare noch Blut noch Speichel oder Hautzellen. Noch dazu müsste der Täter exakt gewusst haben, wo sich der Hammer befand. Und wenn die Aussage stimmte, dass Nora und Jasmin an der Spüle gestanden haben, so hätten sie wegtreten müssen, um dem Eindringling Gelegenheit zu geben, den Hammer überhaupt an sich zu nehmen. Außerdem wurden Nora Mahler in verschiedenen psychologischen Gutachten Heimtücke, Gefühllosigkeit und ein Hang zur Grausamkeit unterstellt. Wie die Gutachter zu diesen Annahmen kamen, erschloss sich Schauer nicht.

Um das Motiv dieser Tat gab es Uneinigkeit. Der Staatsanwalt behauptete, Nora Mahler litte unter Verlustängsten und hätte befürchtet, ihr Mann könnte sich von ihr trennen. Außerdem hatte er erst kürzlich auf ihr Betreiben hin eine neue teure Lebensversicherung für sich abgeschlossen, weshalb ihr als Witwe jetzt fast zweihunderttausend Euro zustanden. Die Versicherung selbst hatte beantragt, eigene Sachverständige in dem Fall ermitteln zu lassen, das wurde jedoch durch richterlichen Beschluss verweigert. Nora Mahlers Verteidiger versuchten den Vorwurf des hinterhältigen Mordes zu mildern, indem sie Thomas Mahler unterstellten, seine Frau und möglicherweise auch Jasmin misshandelt zu haben, weshalb sie sich auch mitten in der Nacht in der Küche aufgehalten hätten. Sie hielten es für möglich, dass Thomas Mahler sich gerade an Jasmin vergriff, die Mutter zum Schutze des Kindes den Hammer aus dem Schrank nahm und auf ihren Mann einschlug. Die Legende vom Einbrecher hätte sie nur erfunden aus Angst, die Kinder zu verlieren. Diese Theorie wurde jedoch weder von Nora noch von Jasmin untermauert. Im Gegenteil, beide widersprachen dieser Vermutung, obwohl sie sich entlastend für sie ausgewirkt hätte. Anders als in den Vernehmungen direkt nach der Tat beantwortete Nora Mahler die Fragen des Richters nicht, sie wiederholte immer nur ihre erste Aussage und schien laut den Berichten der Prozessbeobachter den ganzen Prozess mit einem leicht amüsierten Blick zu betrachten, als wäre sie eine Außenstehende und nicht die Angeklagte. Noch dazu wies der Zustand der Kinder auf keine körperliche Misshandlung hin.

Die Aussagen der Ermittler Bruch und Bartko unterstützten die These der Staatsanwaltschaft, wobei sich Hauptkommissar Bruch in seinen Äußerungen sehr zurückhielt, sein Kollege Bartko hingegen unverhohlen seine Meinung zur Tatverdächtigen in diesem Tötungsdelikt kundtat. Er hielt sie für berechnend, niederträchtig und gewalttätig.

Erst das zweite Mal sah Schauer ein Bild von Bartko. Er war ein schöner Mann gewesen, mit dunklem Haar und gepflegtem Vollbart, sportlicher Kleidung, durchtrainiert und charismatisch. Wüsste sie nicht, wer er war und dass er seit einigen Monaten unter der Erde lag, sie hätte sich sicherlich in ihn verschossen, selbst mit dem Wissen, dass einer wie der Frauen nahm und ablegte wie Unterhemden. Aber Bruch, dachte sie beim Anblick der Bilder entsetzt, was war nur geschehen mit ihm in den letzten zwei, drei Jahren? Auf den Fotos sah er ganz anders aus, hatte keine Augenringe, kein ausgezehrtes Gesicht, eine gesunde Hautfarbe, unscheinbar zwar neben seinem strahlenden Kollegen, aber doch ansprechend. Dagegen wirkte er jetzt wie eine räudige Katze.

Schauer wandte sich wieder den Dateien zu. Klickte durch die Informationen, die Wondrak über Jasmin gesammelt hatte. Der Journalistin schien tatsächlich an dem Mädchen gelegen, sie hatte einige Informationen gesammelt und alles sorgfältig chronologisiert. Nach der Verurteilung ihrer Mutter hatte das Jugendamt zuerst bestimmt, dass alle vier Kinder bei ihrer Tante, der Schwester von Nora Mahler, blieben, um zusammenleben zu können. Doch Jasmin geriet mit ihrer Tante und ihrem Onkel immer wieder in Streit und riss aus. Ehe die Situation völlig eskalierte, nahm man das Mädchen aus der Familie, brachte sie in einem Heim unter, wo sich die Situation jedoch immer weiter zuspitzte. Jasmin, die vorher von ihrem Umfeld als still und manchmal etwas seltsam beschrieben wurde, veränderte sich und mutierte zu einem fast schon bösartigen Kind, riss immer wieder aus, schwänzte oft die Schule, bis sie irgendwann gar nicht mehr hinging. Manchmal blieb sie wochen-, später monatelang weg. In der Zwischenzeit wechselte sie von einem Heim ins nächste, bekam sogar einen Platz in einer geschlossenen Klinik, aus der es ihr noch am selben Tag gelang zu flüchten, indem sie einen Auszubildenden mit sexuellen Versprechungen in einen Nebenraum gelockt, ihn niedergeschlagen und ihm den Schlüssel entwendet hatte. Zweimal schon wurde sie wegen lebensbedrohlicher Zustände ins Krankenhaus eingeliefert, im Alter von vierzehn erlitt sie eine Alkoholvergiftung, vor einem halben Jahr wurde sie auf einer Bahnhofstoilette entdeckt, völlig apathisch, dehydriert, mit einer Blutvergiftung, die sie sich durch eine Verletzung zugezogen hatte. Inzwischen, so schien es, hatten die Behörden das Kind aufgegeben. Zwar war sie noch in einem Heim gemeldet, dort aber schon seit Wochen nicht mehr aufgetaucht.

Schauer musste innehalten. Das war wirklich schwerer Tobak. Der Vater vor ihren Augen ermordet, die Mutter im Gefängnis, von der Tante ins Heim gegeben, vermutlich ohne Kontakt zu den Geschwistern, und ab dann wurde sie immer nur weitergereicht, als Problem, mit dem sich andere abgeben sollten. Fast schämte sich Schauer, Jasmin so angegangen zu haben. Sie konnte wirklich nichts für ihre Situation. Schauer malte sich aus, wie es ihr in diesem Alter in dieser Situation ergangen wäre, und es war ihr kaum möglich, so ungeheuerlich und bedrückend waren die Vorgänge um Jasmin Mahler.

Endlich raffte sie sich auf weiterzulesen, und nun kam, was Claudia Wondrak angekündigt hatte. Die Anwälte Nora Mahlers hatten jetzt, nach fast zwei Jahren Haft, eine Neuverhandlung durchgesetzt, und wie es schien, standen die Chancen nicht schlecht, Nora Mahler freizubekommen. Zu offensichtlich hatte man im zweiten Prozess Hinweise übergangen, die Nora Mahlers Schuld infrage stellten. Viele Beweise gegen sie standen auf sehr wackeligen Füßen. Hauptsächlich warf man der Polizei eine sehr mangelhafte Beweisaufnahme vor, zu einseitige Ermittlungen. Von den Hunderten Blutspritzern wurden gerade mal zehn analysiert, auf der Tatwaffe, der Tür, an Tisch und Stühlen war von Anfang an nur nach Fingerabdrücken von Nora Mahler gesucht worden. Man hatte von vornherein jegliche Fremdeinwirkung ausgeschlossen und einzig nach Indizien gesucht, die Nora Mahler belasteten. War das ein Vorwurf, den Bruch sich gefallen lassen musste? Welche Rolle spielte er in dem Dreiergespann aus ihm, Bartko und Simon? Von den dreien schien er der am wenigsten dominante gewesen zu sein. Außerdem gehörten mehr dazu als diese drei Männer. Die Staatsanwaltschaft, der Richter, die Techniker, die Spurensicherung, die Forensik – eine ganze Maschinerie.

Schauer klickte zurück, öffnete ein Ordner mit Bilddateien. Sie betrachtete Nora Mahler auf verschiedenen Fotos. Dafür, dass sie vier Kinder hatte, war sie recht jung, sie hatte Jasmin mit neunzehn schon bekommen. Sie war schlank, wirkte auf allen Bildern sehr blass, ihr Haar war dunkel, gefärbt vielleicht, mit ihrem dunklen Lippenstift war sie eine Erscheinung wie Schneewittchen. Dabei hatte Schauer nicht das Gefühl, sie hätte es darauf angelegt. Eher schien sie eine der Frauen zu sein, die nichts Besseres mit sich anzustellen wussten.

Angenommen, dachte sich Schauer, angenommen, es stimmte, was Mahler sagte. Jemand dringt ins Haus ein, erschlägt ihren Mann. Sie, völlig im Schock, das Kind an ihrer Seite, kann kaum mehr tun, als die Polizei zu rufen, um dann ganz erstarrt zu sehen, wie der Vater ihrer Kinder stirbt. Dann kommt die Polizei, und der Albtraum endet nicht, sondern beginnt erst. Sie gerät unter Mordverdacht, was meistens schon ausreicht, um ein Leben zu zerstören, denn Menschen bildeten sich zu schnell ein Urteil und hatten eine zu kurze Geduldsspanne, um sich eine Geschichte bis ganz zum Ende anzuhören. Zuerst wird sie freigesprochen, bekommt ihre Kinder wieder. Doch welche Art von Freiheit sollte das sein, allein mit vier Kindern, mit dem Makel des Mordverdachts, mit dem Damoklesschwert der Revision über dem Haupt. Dann der zweite Prozess, sie wird schuldig gesprochen, trotz mangelnder Beweise. Wie musste es sich anfühlen, in die Mühlen der Justiz zu geraten, an einen Richter vielleicht, der sich sein Bild schon gemacht hatte? Wie musste es sein, sich von seinen Kindern zu verabschieden, ohne zu wissen, wie es ihnen ergehen wird, wie sie es aufnehmen, dass Vater und Mutter weg sind? Wie musste es sein, zu erfahren, dass das erstgeborene Kind so aus der Bahn geworfen wird, ohne etwas dagegen tun zu können? Und dann noch Jasmins Schicksal, hin und her gebeutelt, allein und verlassen. Himmel, das war kaum zu ertragen. Danke, ja danke dafür, werte Frau Wondrak. Als ob sie nicht schon genug Mist an der Backe hatte, musste sie sich nun darüber auch noch den Kopf zerbrechen.

Ganz unvermittelt knallte es auf der Straße wie ein Schuss, und Schauer zuckte zur Seite. Hastig sprang sie auf, lief leicht geduckt zum Fenster, sah vom dritten Stock hinab auf den Gehweg, wo zwei Kinder oder Jugendliche davonliefen. Vermutlich hatten sie nur einen Vorjahresböller gezündet.

«Gottverflucht!», zischte Schauer, und ein nicht kleiner Teil von ihr verlangte danach, den Burschen hinterherzusprinten, um ihnen für den Schreck eine reinzuhauen. Entspann dich, mahnte sie sich aufs Neue. Vollkommen verkrampft war sie, diese Story hatte sie wirklich verstört, zumal sie einige Protagonisten kannte, nein, mehr noch, sie steckte ja mit drin. Und sich vor allem die Frage stellte, ob es ein Zufall war, dass Simon ausgerechnet jetzt gestorben war, zwei Tage vor Prozessbeginn? Und Bartko, war sein Tod wirklich ein Unfall gewesen? Es wäre sicher nicht das erste Mal, dass man Zeugen aus dem Weg räumte. Einige große Fälle gab es, in denen kerngesunde junge Leute plötzlich an Herzinsuffizienz, bei Hausbränden oder bei Autounfällen ums Leben kamen. Musste man nur an diesen NSU-Fall denken, auch hier in Sachsen, da stimmte hinten und vorne nichts. Und war Bruch deshalb in Gefahr? Wer waren denn genau die Leute, die ihm die Tabletten gaben? Wie ging es ihm überhaupt? Schauer zog ihr Telefon aus der Hosentasche.

Bruch erwachte. Er öffnete die Augen. Es war dunkel. Durchs Fenster warfen die Straßenlaternen matte Lichtflecken an die Zimmerdecke. In seinem Mund hatte er den Geschmack von Metall, giftig, als oxidierte Kupfer. Die Katze saß mit erhobenem Kopf am anderen Ende der Couch. Sie sah nicht ihn an. Bruch hob den Kopf ein wenig, unter der Jacke glomm ein Licht. Er nahm sein Telefon heraus, musste das Display seitlich drehen, um nicht geblendet zu werden. Schauer rief an. Noch einmal sah Bruch zur Katze. Jetzt starrte sie ihn an, als erwartete sie eine Entscheidung von ihm. Doch die wurde ihm abgenommen. Der Anruf endete. Das Display erlosch.

Bruch wusste, dass Nicole enttäuscht sein würde. Er wusste, dass sie kurz davor war, alles aufzugeben. Nicht nur ihr Leben hier in Dresden. Sie war bereit, sich aufzugeben, all ihre Wünsche und Vorsätze. Obwohl sie wusste, dass sie nicht in ein übliches Schema passte, war sie bereit, sich in eines zu fügen, nur um nicht allein sein zu müssen. Er wusste, wenn er ihr nicht entgegenkam, wenn er ihr keine Zeichen gab, nichts, woran sie sich festhalten konnte, wäre es nur eine Frage von Tagen.

Warum rief er sie nicht zurück? Sie würde so tun, als täte sie ihm einen Gefallen, würde tun, als tangierte sie es nicht, als nervte er sie. Und doch wäre sie froh. Er wusste, dass er in ihr jemanden hatte, auf den er sich verlassen konnte. Geschwiegen hatte sie bisher. Hatte niemandem von Bartkos Waffe, von seinen Geldbündeln und der Tüte Stoff erzählt, die er beiseitegeschafft und in seiner Wohnung versteckt hatte, um noch nach dessen Tod Schaden von Michael abzuwenden. Schauer hatte all dies in seiner Wohnung entdeckt. Sie wusste, dass er Tabletten nahm, die er illegal bezog, und hatte auch darüber geschwiegen. Hatte, obwohl sie sonst unnachgiebig war, nicht wieder nach seiner Tochter gefragt, der er sich selbst entzogen hatte und seitdem ihr Zimmer hütete wie einen Heiligen Gral. Sie hatte nicht gefragt, warum seine Wohnung eine gesichtslose Hülle aus weiß gestrichenem Beton war, ohne jeden Reiz, ohne jede Ablenkung, hatte nie gefragt, warum er stundenlang vor dem Fernseher saß und im Sekundentakt durch die Kanäle zappte. Sie hatte sich seiner angenommen, ohne es zu wissen, ohne es eingestehen zu wollen, glaubte genau das Gegenteil zu tun. Sie hatte ihn aufgefangen, als er mit Lichtgeschwindigkeit aus dem flirrenden Stroboskoptunnel geschleudert worden war, hatte ihn nach Hause gebracht. Sie konnte ihm guttun. Er hatte auch nur sie. Er brauchte sie, doch gleichzeitig wusste er, war es wahrscheinlich, dass er sie dadurch mit in den Abgrund zerrte.

Bruch setzte sich auf, sah auf dem Telefon nach der Uhrzeit. Sollte es noch derselbe Tag sein, hatte er gerade fünf Stunden geschlafen, doch er fühlte sich, als wäre es eine Woche gewesen, oder ein ganzes Jahr. Die Katze streckte sich, betrachtete ihn. Er hatte noch nie mit ihr gesprochen, so wie Schauer es immer tat. Er wusste, es war absurd, doch er fürchtete sich vor dem, was geschehen konnte, wenn er es tat. Er konnte sich nicht trauen, seinem Gehirn konnte er nicht trauen.

Nun erhob er sich von der Couch, ging in die Küche, holte ein Fertiggericht aus dem Schrank, tat es in die Mikrowelle. Dann nahm er eine Büchse Katzenfutter und öffnete sie. Die Katze kam, lief gemächlich, roch am Futter. Bruch lehnte sich an die Anrichte, strich sich über die Wange. Drehte dann den Kopf seitlich, roch. Zwar trug er die Kleidung vom Vortag, doch er stank nicht. All die Mechanismen funktionierten. Als wäre er trainiert worden. Füttern, rasieren, waschen, essen, zur Toilette gehen. Er tat all das, selbst wenn er sich an nichts erinnern konnte. Welcher Mensch war er? Welcher Mensch war der richtige Felix Bruch? Der auf einem grellen Lichtstrahl durch den Tunnel ritt, oder der im dunklen Loch?

Die Mikrowellenglocke erklang hell, doch Bruch dachte nicht an sein Essen. Er hob die Hände, betrachtete die offenen Blasen und wunden Stellen. Wenigstens das war ihm bewusst. Er war auf der Suche gewesen. Auf der Suche nach dem Haus mit der lila Fassade. Das Haus von dem Bild aus dem Karton. Es hatte seinen Grund, dass es die Aufnahme gab und dass sie ihm zugeschickt worden war. Vielleicht war es ein Puzzle, ein Rätsel, das nur zu lösen war, wenn man einen Schritt nach dem anderen tat. Er musste das Haus finden, dort würde sich der nächste Schritt offenbaren, dort würde er erfahren, was es mit dem Ohrring, der Scherbe und dem versengten Plüschtier auf sich hatte.

Jetzt nahm Bruch sich das Essen aus der Mikrowelle und eine Gabel aus der Schublade. Selbst das tat er, sein Besteck aufwaschen. Essen und Katzenfutter kaufen. War er am Ende nur eine Marionette? Er entdeckte etwas, legte die Gabel ab. Ein Brief. Aus dem Umschlag gerissen, halb entfaltet. Eine Zeugenvorladung. Morgen sollte der Prozess beginnen, dann würde er sie wieder sehen.

Nora Mahler, diese Frau mit den toten Augen. Ihre Tochter Jasmin, die schon durch alle Abgründe gegangen war. Die Erzählung von der Gestalt, die in die Küche kam, indem sie durch das Fenster stieg, vielmehr glitt, den Mann mit einem Hammer erschlug, ganz gesichtslos, nur ein Schemen. Nora Mahler war kein normaler Mensch. Sie war wie er. Dieser Fall hatte ihm vor Augen geführt, dass etwas war mit ihm, sein vorheriges Leben mit Frau und Kind nur eine Illusion.

Im Wohnzimmer leuchtete sein Telefon auf. Die Katze hatte schon vorher den Kopf gehoben. Sicher Schauer, die es noch einmal versuchte. Bruch ging nachsehen. Nein, sie war es nicht. Er nahm den Anruf an.

«Sie hat mich angerufen heute», sagte die Frauenstimme leise.

Das wusste er nicht. Es musste geschehen sein, als alles Licht um ihn explodiert war.

«Sie wird alles wissen wollen», sprach die Frau weiter, «zwar denkt sie, dass sie das Gegenteil will, aber sie wird sicher zu einem Problem.»

Bruch schwieg weiter.

«Du kannst keine weiteren Probleme gebrauchen.»

Das wusste Bruch.

«Geht es dir besser?»

«Ja», antwortete er endlich.

«Was hast du getan die letzten Tage?»

War das ein Test, oder wusste sie es wirklich nicht?

«Das will ich herausfinden.» Das war gelogen, er wusste, was er getan hatte.

«Simon ist tot», sagte die Frau.

Das wusste er auch. Das und noch mehr.

«Simon war dein Freund», sagte sie.

Warum sagte sie das? Simon war nicht sein Freund gewesen, nie.

«Wer auch immer sein Nachfolger wird, er wird dir das Leben nicht so leicht machen», fuhr sie fort.

Auch das wusste er.

«Walter Juskat, ist der Mann von Bedeutung?», fragte sie nun.

Das war allerdings etwas, was er herausfinden musste. Nichts, was geschah, geschah ohne Grund. Er schwieg weiter.

«Man hat ihn operiert. Sein Zustand ist kritisch, aber stabil. Gute Chancen zu überleben», fuhr sie fort.

«Ich verstehe», sagte er jetzt.

«Wirst du vor Gericht erscheinen?»

«Ich muss.»

Nun schwieg sie einen Moment. Sie wusste so gut wie er, dass er nicht einfach wegbleiben konnte.

«Du wirst wissen, was du tust», sagte sie und legte auf.

5

Es war nicht verboten, was sie tat, als sie am nächsten Morgen mit dem Dienstwagen losfuhr. Schlau war es vielleicht nicht, aber sie hatte das Gefühl, es tun zu müssen. Sie hatte nicht richtig schlafen können, hatte sich den Kopf über diesen Mord zerbrochen. Welchen Grund es überhaupt gegeben haben mochte, dass sich Vater, Mutter und Kind unter der Woche mitten in der Nacht in der Küche aufhielten, obwohl er früh am Morgen zur Arbeit musste und Jasmin in die Schule. Das Mädchen ging ihr nicht aus dem Kopf. Es würde unweigerlich eines Tages tot aufgefunden werden, wenn sich nicht augenblicklich jemand um sie kümmerte. Es war wohl das Beste, man verurteilte sie, wegen versuchtem Totschlag an Walter Juskat. Im Gefängnis konnte sie ausnüchtern, sauber werden, dort konnte sie untersucht und geheilt oder wenigstens behandelt werden. Denn es war beinahe zwangsläufig, dass sie irgendwelche Krankheiten in sich trug, Syphilis, HIV, Herpes, Hepatitis, Hunderte andere Viren, die den Körper zerfraßen. Dann konnte man sie vielleicht therapieren. Konnte ihre Traumata lösen, konnte vielleicht einen Menschen aus ihr machen, der zwar nicht normal war, aber wenigstens keine Gefahr mehr für sich oder andere.

Schauer parkte den BMW am Straßenrand und stieg aus. Sie hatte per Handy nach dem Weg suchen müssen, war in einer Gegend von Dresden, die sie bisher gar nicht kannte, Klotzsche hieß der Ortsteil. Es war noch dunkel am frühen Morgen, nur im Osten glomm ein heller Schein. Der wenige Schnee, der von den Tagen zuvor noch liegen geblieben war, machte alles noch ein wenig heller. Sie sah sich um, gab sich, als wäre sie jemand, dessen Job sie hierhergeführt hatte, sollte jemand aus dem Fenster sehen.

Das Grundstück der Mahlers wirkte zugewachsen und unübersichtlich, große Rhododendren nahmen viel Platz ein, eine Lärche stand kahl, dunkle Tannen vor dem Haus. Dahinter, am Ende des Grundstücks, begann der Wald. Dazwischen hohes Gras, von Schnee und Nässe niedergedrückt. Eine Schaukel und eine Rutsche aus rotem und gelbem Plastik standen neben dem Haus, spröde und verblichen. Und so schäbig war auch das Haus. Ein zweistöckiges Gebäude, mit schwarzem Satteldach, zu klein eigentlich für sechs Personen, bestimmt achtzig oder hundert Jahre alt. Rauer, graubrauner Putz, alte Kastenfenster. Frühere Umbauten zeichneten sich durch helleren Putz ab, niemand hatte sich je die Mühe gemacht, das durch einen Anstrich anzugleichen. Niemand hatte sich während Nora Mahlers Haft um das Grundstück gekümmert, Wein und Efeu waren wild am Haus hinaufgewachsen, die Fensterscheiben waren blind, von den Rahmen platzte der Lack ab. Aus den Dachrinnen hingen Laub und Lärchennadeln der letzten vier, fünf Jahre, das Wasser war an verschiedenen Stellen an der Hauswand hinabgelaufen, hatte sie ausgeblichen und Moos und Algen wachsen lassen, das Gartentor hing schief, aus den Ritzen der Gehwegplatten zum Haus wuchs Unkraut, hatte einige sogar nach oben gedrückt. Es war nichts Schönes hier in diesem Moment und würde es wohl noch nie gewesen sein. Selbst bei Sonnenschein im Frühling wäre es ein düsteres Gebilde, das seinen Zweck erfüllte, indem es ein paar armen Seelen ein Obdach gab.

Schauer atmete noch einmal durch, dann betrat sie das Grundstück, als hätte sie die Erlaubnis dazu. Sie steuerte direkt auf die Haustür zu, zog am Knauf, versuchte durch das kleine Zierfenster zu erkennen, wie es drinnen aussah. Doch es war einfach nur finster.

Und weil sich bisher noch niemand bemerkbar gemacht hatte und auch auf der ruhigen Nebenstraße so gut wie gar kein Verkehr war, lief sie wie die beiden Polizisten damals vor vier Jahren ums Haus herum. Durch das hohe Gras voller nassem Schnee machte sie große Schritte. Die Spuren, die sie hinterließ, würden heute noch abtauen, wenn die Sonne aufging.

Die Seite des Gebäudes war nichtssagend, die Fenster gerade so hoch, dass sie auf Zehenspitzen hineinsehen konnte. Doch auch von hier waren drinnen nur Schemen und Umrisse zu erkennen. Den Versuch ihres Gehirns, ihr irgendwelche Bewegungen vorzugaukeln, ihr Angst zu machen, indem es sie daran denken ließ, wie es wäre, wenn ihr plötzlich von innen ein Gesicht begegnete, ignorierte sie. Das war einfach nur ein altes Haus.

Nachdem sie den tristen, verwilderten Spielplatz der Kinder passiert hatte, erreichte sie auf der Rückseite des Hauses den Anbau, in dem der Mord geschehen war. Thomas Mahler hatte wirklich kein Geld oder Sinn für Ästhetik gehabt, dieser Gebäudeteil wirkte viel zu massig, die Fenster zur linken und zur Rückseite schienen vom Sperrmüll, sie waren verschieden groß und aus unterschiedlichen Materialien. Der Anbau unverputzt, die Ziegel eine wilde Mischung aus allem, was man von Abbruchhäusern bekommen konnte. Gelbe, rote, braune, auch Gasbetonsteine, waren wild durcheinander gemauert, ziemlich sicher war dieser Bau nie genehmigt worden. Immerhin konnte man selbst aus den Nachbargrundstücken die Rückseite des Hauses kaum einblicken. Das Dach des Anbaus war flach, einfach mit Teerpappe gedeckt, die an den Seiten ausfranste. Für eine Dachrinne hatte es an dieser Stelle noch nicht gereicht.

Schauer war verblüfft, die besagte Hintertür nur angelehnt zu sehen. Soviel sie gelesen hatte, wohnte Nora Mahler nach dem ersten Freispruch noch einige Monate in dem Haus, doch bei ihrem Haftantritt nach dem zweiten Prozess würde man das Haus nicht offen gelassen haben. Auch bei den Nachuntersuchungen sollte eigentlich sichergestellt worden sein, dass alles verschlossen und versiegelt war.

Schauer sah sich nun doch verstohlen um. Ihr war unbehaglich. Den Wald im Rücken, was im Sommer vielleicht idyllisch erschien, wirkte es jetzt einfach nur bedrohlich, als lauerten dort Wesen, die das Haus beäugten.

Einfach mal Schnauze halten, mahnte Schauer ihr Gehirn. Noch einmal würde sie weder auf sich noch auf irgendwelchen Hexenkram reinfallen. Sie trat an die Tür heran, drückte mit dem Ellbogen dagegen.

«Hallo», rief sie leise. «Polizei!»

Es blieb vollkommen still. Kalt schien es in dem Haus zu sein. Kälter als draußen.

«Jemand da?», rief Schauer noch einmal. Die Tür war nicht aufgebrochen, sie hatte einfach nur offen gestanden. Es war eine Tür aus weißem Kunststoff mit einer kleinen Fensteröffnung, eigentlich nicht als Außentür gedacht, vielleicht aus dem Schutt gerettet oder das Billigangebot eines Baumarktes, sie hatte auch auf der Außenseite eine Klinke. Das vom Täter eingeschlagene Fenster war mit einem Brett verschlossen worden, das jemand von außen einfach angeschraubt hatte. Die Öffnung schien wirklich zu klein, als dass jemand hindurchklettern könnte, höchstens vierzig Zentimeter im Quadrat. Auszuschließen aber war es nicht. Doch warum sollte derjenige nicht gleich eines der größeren Fenster eingeschlagen haben? Und womit eigentlich? Den Hammer hatte der Täter nach Noras Aussage erst aus der Werkzeugkiste genommen, nachdem er hineingekommen war.

Die Tür hatte außen eine Klinke, vielleicht war sie nach den letzten Ermittlungen einfach nur zugeworfen worden, und ein Zufall hatte sie geöffnet. Recht große Äste lagen hier vor der Tür, vielleicht war einer bei einem Sturm im Herbst abgebrochen und auf die Klinke gefallen. Vielleicht war es ein Marder oder ein Waschbär gewesen, die sich inzwischen auch hier herumtrieben, sie galten als sehr geschickt. Vielleicht waren es aber auch neugierige Kinder gewesen.

Nach einem letzten Blick nach hinten trat sie ein. Zuerst inspizierte sie den Riegel an der Innenseite, ein einfacher Griff, den man drehte, schon war die Tür offen. Es gab wirklich keinen plausiblen Grund, warum der Täter das nicht genutzt haben sollte, anstatt wieder nach draußen zu klettern.

Inzwischen war es ein wenig heller geworden, im diffusen Licht erkannte sie Laub, das durch den Türspalt geweht worden war, betrachtete die Küche. Genau wie der Anbau selbst, war sie aus allem zusammengestückelt, was man vermutlich billig aus dem Internet bekam. Mindestens drei kleine Küchen schienen hier verbaut, die Möbelfronten ganz verschieden, selbst die Höhen der Arbeitsplatten variierten. Der Herd stand frei, der Spülschrank war scheinbar selbst konstruiert, ein dauerhaftes Provisorium, das Abflussrohr war durch eine laienhaft gesägte Öffnung an der Seitenwand geführt. Ein zusätzlicher Schubladenschrank und ein Tisch mit sechs verschiedenen Stühlen komplettierten das Bild. Hier hatte man keinen Wert auf Schönheit gelegt, das hier erfüllte alles lediglich seinen Zweck. Schauer ging langsam herum, versuchte sich darauf einzustellen, dass möglicherweise ein Tier von ihr aufgeschreckt wurde. Kein Kinderbild hing hier, was ungewöhnlich war, dafür, dass es vier Kinder in dem Haushalt gegeben hatte. In der Küche ihrer Schwester hing jede Kritzelei, die je von einem ihrer Kinder gemalt worden war. Aber es konnte ja sein, dass die jemand alle entfernt hatte. Dann aber stellte sie fest, dass zwei Schranktüren schräg hingen und beinahe abfielen, als Schauer sie öffnete. Ebenso ließ sich eine Schublade nicht richtig schließen. Konnte es sein, dass dies noch die Spuren des Kampfes waren, hatte Nora Mahler sie in den Monaten, in denen sie hier noch gelebt hatte, nicht reparieren lassen?

Schauer fröstelte. Die Frau war offensichtlich nicht mit Reichtum gesegnet, außerdem war ihr Mann tot, sicher hatte sie andere Probleme gehabt. Sie ging zur Spüle, öffnete die Tür des selbst gezimmerten Schranks und fand eine Werkzeugkiste vor, ein Blechkasten, der offen stand, der Einlegekasten mit Kleinwerkzeug, den man herausnehmen konnte, lag quer darauf. Im Dunkeln war das schwerere Werkzeug nicht auseinanderzuhalten. Schauer hockte sich hin, nahm ihr Handy, um hineinzuleuchten. Der Hammer lag nicht darin, wie auch, als Beweisstück. Aber müsste nicht die ganze Kiste konfisziert und auf Spuren untersucht worden sein? Hatte man sie zurückgegeben? War das eine neue Kiste, eine andere? Schauer war sich da nicht sicher. Wondrak hatte in ihren Aufzeichnungen deutlich gemacht, dass die Ermittlungen nicht sehr gründlich geführt wurden, ganz im Gegenteil. Aber konnte das heißen, dass der Kasten so stand, wie der Täter ihn zurückgelassen hatte?

Schauer klappte die Tür zu und richtete den Lichtstrahl auf den Boden aus billigem PVC-Belag. Was sie jetzt erkannte, entsetzte sie einigermaßen, denn unter dem Tisch schien es, als zeichneten sich die Umrisse eines großen dunklen Flecks ab. Nach einem kurzen Zögern überwand sie alle Skrupel. Sie schob den Tisch beiseite und betrachtete den unregelmäßigen Ring genauer, er war im Umfang groß wie ein aufgespannter Regenschirm. Sie kratzte vorsichtig mit dem Fingernagel am Rand, er war hartnäckiger, als es ein Kaffeefleck wäre oder sonst ein Lebensmittel. Das hier war das Blut des toten Mannes, und jetzt, da sie aufmerksam geworden war, erkannte sie größere Blutspritzer und sogar ganz schwach noch Schuhabdrücke der Polizisten, die in die Lache getreten waren.

«Leck mich doch!», flüsterte Schauer. Das war zu viel, dachte sie. Armut hin oder her. Der Boden war ein bisschen gewischt worden, aber niemand hatte sich die Mühe gemacht, ihn gründlich zu reinigen oder auszuwechseln. Stattdessen hatte die Frau Tische und Stühle zurechtgerückt und mit ihren Kindern hier gesessen und gegessen, unter ihnen buchstäblich das Blut ihres toten Vaters. Kein Wunder, dass Jasmin einen an der Waffel hatte.

Aber was bedeutete das alles? Sagte das irgendetwas über die Frau aus? Machte es sie schuldig? Oder stand sie nur unter Schock, hatte sie das Vertrauen ins Leben verloren, Vertrauen in die Konstanz? Das Gefühl, es lohnte sich gar nicht, zu viel Aufwand zu betreiben, da das Leben sowieso endlich war und mit einem Schlag vorbei sein konnte? Schauer selbst hatte so gefühlt, während ihrer Krebserkrankung und auch danach, als sie genesen war. Wieso alle paar Tage das Bad schrubben, wieso zweimal im Jahr die Fenster putzen, wieso ständig staubsaugen, wenn es dich eines Tages sowieso umschmeißt? Dann war das doch alles umsonst. Schauer spürte, dass sie sich gern mit jemandem darüber ausgetauscht hätte. Mit Bruch hätte sie gern gesprochen, mit einem vernünftigen Bruch. So konnte sie genauso mit einem Baumstamm reden.

Musste sie ihm und Bartko einen Vorwurf machen, schlecht ermittelt zu haben? Wäre sie nicht auch voreingenommen gewesen, angesichts der Situation, die sich ihnen hier geboten hatte? Stimmte überhaupt, was die Wondrak behauptete? Es war immer leicht gesagt, die Polizei hätte nicht richtig gearbeitet.

Schauer zog den Tisch wieder zurecht und hielt erneut kurz inne. Angenommen, sie würden Nora Mahler bei diesem dritten Prozess wieder freisprechen, würde sie hier wieder einziehen? Würde sie das Haus wieder nutzen, als wäre nichts geschehen? Schauer trat in die Verbindungstür, ein offener Durchgang, dort wo Jasmin mit ihrer Mutter gestanden haben soll, als die Streifenpolizisten kamen. Dahinter befand sich ein Wohnzimmer, altmodisch eingerichtet, als hätten die Mahlers das Haus von einem alten Menschen gekauft und alles so belassen, wie es war. Die Couch mit geschwungenen Lehnen und dunklem Stoff wirkte wenig einladend, der niedrige Tisch davor war mit einer dicken Staubschicht bedeckt, die Möbel waren allesamt dunkel, der ganze Raum wirkte extrem düster. Vielleicht wurde er kaum genutzt und diente nur als Durchgang zum restlichen Haus, denn hier musste man durch, um ins Treppenhaus zu gelangen.

Schauer zwang sich, den Raum zu betreten, obwohl es noch gar nicht lang her war, dass sie sich geschworen hatte, sich nie wieder allein in finstere verlassene Häuser zu wagen. Sie leuchtete den Flur aus, soweit es ging, machte ein paar Schritte bis hin zu einer Tür, hinter der sich eine Toilette befand. Alles hier war locker fünfzig Jahre alt, Fliesen, Waschbecken, selbst die Klobrille. Einen Spülkasten wie diesen hatte Schauer ewig nicht mehr gesehen, knapp unter der Decke, mit einer Kette dran. Auch hier war alles staubig, und es gab nichts, was irgendwie daran erinnerte, dass hier einst Kinder gelebt hatten.

Jetzt betrat sie den nächsten Raum, der wohl ursprünglich als Küche diente. Dieser war umgebaut, wurde als Arbeitsraum und Abstellkammer zugleich genutzt. Ein Computerarbeitsplatz war vorhanden, wenn auch die Geräte veraltet wirkten. Der Boden war mit billigstem Baumarktteppich belegt, Holzregale standen voll mit Lebensmittelkonserven und allem, was sonst in einem Haushalt anfiel und gebraucht wurde. Ein Bügeleisen, Staubsaugerbeutel, Aufbewahrungsboxen mit Kleidung, Toilettenpapier, Windelpakete. Ein Ventilator stand hier, ein Bügelbrett, ein Schaukelpferd, ein Kinderhochstuhl, alles sah aus wie aus dem Sperrmüll geklaubt.

Schauer verließ den Raum, stieg langsam die Treppe hinauf. Sie leuchtete die Stufen an, obwohl es inzwischen heller geworden war, sodass sie auch ohne Licht ausgekommen wäre. Sie wollte sehen, ob hier vor ihr jemand gewesen war, und es hatte den Anschein, dass es auch so war. Im Staub auf den Stufen zeichneten sich Spuren von Schuhen ab, die recht neu sein mussten, zumindest keine zwei Jahre alt.

«Hallo?», rief Schauer nach oben. «Jemand da? Polizei!»

Nichts regte sich. Vielleicht knisterte etwas. Mäuse. Oder es knisterte nur in ihren Ohren. Oben im Flur waren alle Türen geschlossen. Vier Stück waren es und eine Dachbodentür. Schauer langte nach der ersten in ihrer Nähe, klinkte, öffnete die Tür mit einem leichten Stoß. Es war ein Schlafzimmer, hier mussten Nora und ihr Mann geschlafen haben. Bett, Schränke und Kommoden passten nicht zusammen. Die Schiebetüren der großen Kleiderschränke standen offen, die Fächer waren vollgestopft mit zusammengelegter Kleidung, das meiste dunkel oder schwarz. Auch hier stand überall etwas herum, Dinge, die eigentlich nicht in ein Schlafzimmer gehörten. Zeitungsbündel, eine Kabeltrommel, Kartons, ein weiterer Ventilator mit geöffnetem Gehäuse, als hätte sich jemand vorgenommen, den Motor zu reparieren, und dann aufgegeben, so auch ein Radio und ein alter Fernseher. Es roch muffig, nicht nur nach altem Haus, sondern nach einem Feuchtigkeitsproblem. Schauer wagte einen Schritt ins Zimmer, sah das Bettzeug auf einer Seite zerwühlt, als hätte Nora Mahler gestern hier noch geschlafen.

Das nächste Zimmer war ein größeres Bad. Hier entdeckte sie nur Zweckmäßiges, keine Gummiente, keine Kerze, kein Aufkleber auf den alten Fliesen, dafür billiges Shampoo und Handseife, die Wanne und die Toilette waren viele Jahrzehnte alt.

Das dritte Zimmer war das größte, doch weil hier drei Kinderbetten standen, gab es gerade genug Platz für schmale Wege. In den wenigen Regalen lag kaum Spielzeug, wenige Bücher, hauptsächlich Kleidung, und ganz sicher war selbst diese schon zehn Jahre alt oder älter, und jedes Kind trug die Kleidung seiner älteren Geschwister, sobald diese herausgewachsen waren.

Ein wirklich kleines Haus für ein Ehepaar mit vier Kindern, der Küchenanbau war dringend notwendig gewesen, und vermutlich war dieser eine, größte Raum der Sammelpunkt der Familie gewesen, während der Rest des Hauses nur als Schlafstatt diente.

Thomas Mahler war eigentlich kein armer Mensch, wusste Schauer, laut den Unterlagen hatte er studiert, arbeitete seit Jahren in einem Institut. Mit seinem Gehalt und dem Kindergeld sollte ein höherer Lebensstandard zu erwarten sein. Doch vielleicht wollten sie es ja genau so. Vielleicht war es ihre Einstellung gewesen, mit dem Nötigsten auszukommen. Vielleicht war es ja schön für sie, und vielleicht hatten sie einfach keinen Bock, Kindergekritzel an die Wand zu pinnen. Und vielleicht waren es die Kinder gewöhnt, draußen zu spielen und genügsam zu sein. Es gab solche Menschen, wusste Schauer, Leute, die sogar noch spartanischer lebten, und sie waren glücklich mit diesem Leben. Sah man ja an ihr, dass man mit einer gemütlichen Wohnung, hellen Wänden und hübschen Möbeln längst nicht automatisch glücklich war. Und vielleicht lagen ja auf einem Konto der Mahlers zigtausend Euro.

Ob Nora Mahler das Versicherungsgeld nun doch bekam, wenn sie freigesprochen wurde, fragte sich Schauer und öffnete die letzte Zimmertür.

Sie fuhr zurück. Der Raum war komplett finster, damit hatte sie nicht gerechnet. Sie schaltete die Lampe ihres Handys wieder an, leuchtete hinein. Es war eigentlich ein ganz normaler Raum, mit Teppichboden, einem Bett und ein paar anderen Möbeln, doch offenbar hatte jemand das Fenster völlig lichtdicht verhängt. Auf einer Anrichte, aber auch auf dem Fußboden standen Kerzen oder was von ihnen übrig geblieben war, außerdem lagen hier leere Packungen von Käse, Wurst und Brötchen. Hier hatte es sich doch ab und an mal jemand gemütlich gemacht.

Schauer trat ans Fenster, griff nach der Decke, die davor hing, und schon bei der ersten Berührung fiel sie zu Boden. Unter ihr befand sich eine weitere Decke, die ebenso halb von der Gardinenstange rutschte, hinter die sie nur geklemmt war. Kissen auf dem Fensterbrett hatten noch die letzten Lichtstrahlen abgeschirmt. Offenbar sollte der Lichtschein der Kerzen die Nachbarn und Passanten nicht aufmerksam machen. Schauer riss die zweite Decke ganz hinunter. Nun konnte sie die Lampe ihres Telefons ausschalten, und was Schauer jetzt sah, machte es ihr nicht behaglicher. Die Wände waren mit Zeichen übersät. Kreise, Runen, geometrische Figuren waren großflächig an die Tapete geschmiert. Schauer trat näher, versuchte zu erkennen, ob es Farbe war, kratzte daran, es schien Ruß zu sein. Was die Zeichen darstellen sollten, war ihr nicht klar. Doch ihre Art ließ auf irgendwelchen Satansquatsch schließen oder was auch immer Jugendliche sich so ausdachten. Nicht ganz ungefährlich, was sie da getan hatten, die Kerzen auf dem Teppich und die Rußspuren an der Raufasertapete, das hätte leicht zu einem Brand führen können.

In diesem Zimmer stand nur ein Bett in normaler Größe, es ließ darauf schließen, dass es Jasmins Zimmer gewesen war, wenn auch es hier keinerlei Zeichen dafür gab, dass ein Teenager hier gelebt haben sollte. Keine Bücher, kein Laptop, kein Schmuck, keine Poster oder irgendetwas, das zur Zierde oder Verschönerung diente.

Schauer sah aus dem Fenster, über das Grundstück hinweg, über die kleinen krüppeligen Obstbäume, die Tannenreihe, die wie eine dunkle Wand schien, raus auf den Wald. Warum dieser Aufwand wegen des Lichts, hier kam sowieso niemand vorbei, dachte sie sich. Wäre das Fenster vorn zur Straße gerichtet, wäre es angebrachter gewesen. Sie drehte sich um, und das Bett rückte wieder in ihr Sichtfeld. Auch dieses war zerwühlt, als hätte kürzlich jemand drin geschlafen.

«Oh nein», flüsterte Schauer, als sie endlich verstand. Hier waren keine Jugendlichen eingedrungen. Jasmin war hier gewesen, hatte hier geschlafen, gegessen, sich die Kerzen angezündet. «Oh nein», flüsterte Schauer noch einmal, bückte sich nach der Brötchentüte, die Jasmin vermutlich in einer Kaufhalle gestohlen oder von erbetteltem Geld gekauft hatte. Jetzt erst wurde ihr bewusst, was die Wondrak wirklich fühlte. Dieses Kind war allein, ganz allein, hatte niemanden, konnte keinem trauen. Lieber schlief sie hier, in dem Haus, das einst Heimstatt ihrer Familie gewesen war, bis zu dieser einen furchtbaren Nacht. Hier in dem kalten, stromlosen Gebäude, ohne fließend Wasser, ohne Geschwister und Eltern hockte sie, aß Brötchen, die hätten fertig gebacken werden müssen, schlief in der Bettwäsche, die schon seit Jahren aufgezogen war. Schauer konnte sich kaum dagegen wehren, dass es ihr die Tränen in die Augen trieb, dass sie schlucken musste, so sehr nahm sie das mit. Doch nicht allein Jasmins Schicksal war es, was sie bewegte, ihr eigenes Schicksal war es, auch sie war allein, hatte niemanden, dem sie trauen konnte, ihre Familie, wenn man sie so nennen konnte, war so weit weg, Freunde gab es nicht, nicht einmal in Hamburg, weil sie immer alles mit sich ausgemacht hatte. Einmal hatte sie sich geöffnet, für Sebastian, ihren Ex-Fastverlobten, hatte die Bastionen geschleift, hatte sich auf etwas eingelassen, das dem Leben nahekam, von dem immer alle sprachen. Und was war dabei rausgekommen? Sie war in einer fremden Stadt gestrandet, mit einem irren Kollegen, einem toten Chef, und Stunden nach Dienstschluss, die sich ewig langzogen, und Nächten, in denen sie nicht schlafen konnte, weil sie den Sand rieseln hörte.

«Schluss jetzt», sagte sie wütend, warf die Packung weg. Das dumme Geheule nützt auch nichts. Komm damit klar oder jag dir eine Kugel in den Kopf. Sie wollte klarkommen, wollte nicht aufgeben, wenn sogar einer wie Bruch nicht aufgab, der ja offensichtlich noch viel mehr verloren hatte. Wie stünde sie da? Keiner würde Mitleid haben oder sich nach seiner Schuld fragen. Sie war schon immer eine Loserin gewesen, würden die Leute sagen. Hat es eben nicht hingekriegt.

Schauer verließ das Zimmer. Wondrak hatte erreicht, was sie wollte. Sie war dabei. Sie würde sehen, was sich machen ließe, auch wenn sie beurlaubt war. Sie konnte sich umsehen, konnte Leute befragen, Simons Witwe vielleicht, Bruchs Ex-Frau, Felix selbst und viele andere. Sie würde sich den Prozess ansehen. Konnte herausfinden, wie Bruch und Bartko gearbeitet hatten, und vielleicht auch, ob wirklich ein Zusammenhang bestand, dass der Fall neu aufgerollt wurde und Simon starb.

Schauer war schon halb die Treppe hinab, als sie innehielt, weil ihr etwas eingefallen war. Sie ging wieder hinauf, sah sich suchend um, fand im Bad über einem Eimer hängend einen Putzlappen. Mit diesem lief sie herum und bemühte sich, alle Klinken und alles, was sie berührt haben mochte, abzuwischen. Das würde denen passen, hier noch ihre Fingerabdrücke zu finden. Selbst auf den Stufen schlug sie hinter sich mit dem Lappen die Abdrücke ihrer Sohlen im Staub weg. Zwar widersprach das jedem Grundsatz eines Kriminalpolizisten, denn sollte es zu einer neuen gründlichen Beweisaufnahme kommen, konnten selbst jahrealte Fingerabdrücke auf Türklinken von Relevanz sein. Aber nach all dem, was Schauer hier schon erlebt hatte, war es besser, sie dachte erst mal an sich.

Wieder auf der Straße, fühlte sie sich befreit, mehr, als es eigentlich nötig schien. Ein wenig war es, als übte dieses Haus einen Druck auf sie aus. Selbst jetzt noch, aus der Distanz, schien es eine gewisse Präsenz zu besitzen.

Ein Stück die Straße hinab nahm sie jetzt eine Bewegung wahr. Ein Mann mittleren Alters ging zu seinem Wagen, hatte vermutlich gesehen, wie sie aus dem Grundstück kam.

«Entschuldigen Sie», sagte Schauer, ging auf ihn zu. «Müller», stellte sie sich vor, «Müller Immobilien. Sagen Sie, haben Sie in letzter Zeit jemanden das Haus betreten sehen?»

Der Mann schien freundlich, aber reserviert. Das Haus, aus dem er kam, war vermutlich dem der Mahlers ganz ähnlich gewesen, nur war es aufwendig renoviert. Er war kein direkter Nachbar, wohnte über die Straße etwa fünfzig Meter entfernt. «Es soll wohl verkauft werden?», fragte er.

«Ich will es erst mal bewerten. Ich dachte, es stünde leer, aber es scheint, als ob da jemand ein und aus geht.»

«Also, eigentlich kann das nicht sein. Die da gewohnt haben, sind seit zwei Jahren weg. Da ist wohl etwas geschehen, ein Mord, deshalb verkauft es sich wohl nicht.»

«Ein Mord? Hat schon mal jemand versucht, es zu verkaufen?»

«Offenbar ja, aber wie gesagt ...» Er hob die Schultern.

«Jetzt haben Sie mich aber neugierig gemacht», gab sich Schauer jovial. «Kennen Sie die Leute?»

«Ich war damals gerade hergezogen. Ich weiß nicht genau, was vor sich ging. Die Leute hier sagten nur, dass in der Zeitung immer nur die Hälfte stand.»

Schauer gab sich naiv. «Verstehe ich nicht.»

«Die da wohnten, müssen sehr seltsam gewesen sein. Aber wissen Sie, ich muss zur Arbeit!»

Schauer trat beiseite. «Aber seltsam ist ja ein weiter Begriff. Religiös, oder wie?»

«Nein, das meine ich nicht, oder vielleicht doch, ich weiß nicht. Aber die Frau soll, gleich nachdem ihr Mann gestorben war, also gleich als sie aus der Untersuchungshaft kam, einen Neuen gehabt haben.»

«Gleich danach? Was heißt denn das?»

«Zwei, drei Wochen später. Das ist schon sehr seltsam, oder? Also abgesehen davon, ob sie den wirklich umgebracht hat oder nicht. Aber fragen Sie mal die Nachbarn da, die wohnen schon ganz lange hier», nur mit den Augen deutete er auf das Nachbargrundstück links von dem der Mahlers. «Aber ich sag es Ihnen gleich, die sind auch seltsam. Die grüßen keinen, und meine Frau sagt, sie hat sie manchmal schreien hören in der Nacht.»

«Im Streit?»

«Nee, eher nur so ein Schrei. Es scheint, die wohnen alle zu nahe am Wald.» Jetzt grinste er und stieg ein. Ehe er die Tür schloss, wandte er sich noch mal an Schauer. «Sie sehen übrigens kein bisschen wie eine Immobilienmaklerin aus.»

Schauer sah ihm nach, wie er davonfuhr, wartete, bis er abgebogen war. Dann drehte sie sich um. Wenn sie schon einmal dabei war, konnte sie durchziehen, jetzt war es kurz vor acht, alte Leute waren da sicherlich schon wach.

Am Tor und am Klingelschild stand kein Name. Die Klingel schien auch gar nicht zu funktionieren. Schauer öffnete das niedrige Tor, dessen Holzlatten ganz und gar mit Flechten und Moos überwachsen war. Das Haus schien noch viel älter, grauer und geduckter. Rings ums Haus waren Wacholderbüsche zu richtigen Bäumen gewachsen, saugten alles Licht auf, ließen keinen anderen Pflanzen Raum.

Mangels einer Klingel an der alten verzogenen Haustür klopfte Schauer fest. Sie wartete, klopfte noch einmal, noch heftiger. Dann trat sie ein Stück zurück. Hatte sie sich geirrt, war es noch zu früh? Licht brannte nirgendwo. Dann kam ihr die Idee, dass man früher, zumindest auf dem Dorf, ein Haus so gut wie nie durch den Vordereingang betrat, sondern durch das Waschhaus.

Sie ging am Haus vorbei nach hinten, vom Grundstück der Mahlers zu ihrer Rechten war wirklich kaum etwas zu sehen, die Wacholderbüsche waren auch hier hoch und vollkommen blickdicht. Hinter dem Haus gab es eine kleine Terrasse, neben einem niedrigen Anbau. Dort befand sich auch eine Tür, auf einem uralten Campingtisch standen zwei Emailleschüsseln mit Kartoffelschalen, Körnern und anderem Futter. Sie klopfte an der Tür, lauschte, klopfte noch einmal, griff dann zur Klinke. Dann kam ihr eine bessere Idee. Sie nahm die Schüsseln, ging noch ein Stück weiter ums Haus, sah am Anbau die Tür offen stehen.

«Hallo», rief sie hinein.

Drinnen rumorte und klapperte es. Schauer schob die Schuhspitze in den Spalt der Tür, drückte sie ein wenig weiter auf. In dem Anbau, der kaum mehr war als ein niedriger Verschlag mit winzigen Fenstern, war es fast völlig finster. Es roch nach Heu und Tieren. Es raschelte heftig, als sie eintrat.

«Guten Morgen», sagte sie. Ein kleiner, ganz alter Mann drehte sich nach ihr um, schien nicht ein bisschen überrascht.

«Stellen Sie es dahin!», sagte er und zeigte auf eine Hobelbank aus massivem Holz. Schauer stellte die Schüsseln neben zwei leeren ab, musste noch ein wenig warten, bis sich ihre Augen an die Dunkelheit gewöhnt hatten. Dann erkannte sie an der Rückwand die Karnickelställe, kleine vergitterte Boxen, in denen die Tiere ihr Dasein fristeten. Es war ganz sicher, dass sie hier drinnen geboren wurden und nicht einmal rauskamen, bis sie schließlich groß genug waren, um geschlachtet zu werden. So was ging heute im Prinzip gar nicht mehr. Aber früher war das eben so, wusste Schauer. An einem Balken unter der Decke hingen zwei Felle aufgespannt.

Der alte Mann wollte nicht wissen, wer sie war oder was sie wollte. Er nahm jetzt eine der vollen Schüsseln, öffnete eine Box, tat von dem Futter hinein, klapste einem Karnickel auf die Nase, das seinen Kopf allzu weit hinausgesteckt hatte. Den Rest des Futters gab er in die nächste Box. Schauer wartete geduldig, bis der ganze Vorgang beendet war.

«Gehen wir ins Haus.» Der alte Mann ging mit ganz kurzen Tippelschritten voran. Stumm folgte ihm Schauer, betrat nach ihm das Haus durch die Hintertür.

Im Waschhaus stellte der Alte die Schüsseln ab, stieg mühevoll zwei Stufen hinauf. Schauer folgte ihm in einen Flur, der zu einer Küche führte. Es verschlug Schauer den Atem, so sehr roch es hier nach alten Leuten, faulem Essen und ewiger Feuchtigkeit.

«Ihre Frau ist auch da?», fragte Schauer laut, um sich bei dem Alten in Erinnerung zu rufen und gleichsam bei seiner Frau anzumelden. Der Alte reagierte gar nicht.

In der Küche stand seine Frau an einem Gasherd, nahm einen Topf kochendes Wasser herunter. Als sie Schauer erblickte, stutzte sie kurz, dann ging sie mit ebenso winzigen Schritten zum Tisch, schüttete vom kochenden Wasser in zwei Blechtassen, vergoss dabei eine nicht unerhebliche Menge. Dann stellte sie den Topf ab.

«Ja bitte?», sagte sie dann, wischte sich die Hände an einer gänzlich verdreckten Schürze ab.

«Guten Tag, Schauer mein Name, ich bin Polizistin.» Jetzt war es auch egal, die beiden würden ihren Namen vergessen haben, sobald sie aus der Tür ging. «Darf ich Sie zu Ihren Nachbarn befragen? Der Familie Mahler.»

Der Alte grunzte, schien also doch verstanden zu haben, obwohl es gerade noch den Eindruck gemacht hatte, als wäre er taub. Er setzte sich an den Tisch, über den eine Wachstuchdecke gespannt war, nahm seine Tasse.

«Wir sprechen nicht gern über diese Leute», sagte die Frau.

«Ich möchte Sie auch nicht belästigen, aber es gibt verschiedene Umstände, die müssen geklärt werden.»

Die Frau ging ebenfalls zum Tisch und setzte sich. Ein Vorgang, der ewig dauerte. «Wir sind beide neunzig Jahre alt, wir wollen an unseren letzten Tagen nur unsere Ruhe haben.»

«Aber haben Sie die nicht? Herr Mahler ist tot, Frau Mahler ist im Gefängnis, die Kinder sind weg ...»

«Wir wissen nicht, was vor sich ging!», unterbrach die Alte sie sehr schroff.

«Das wollte ich auch gar nicht wissen.» Doch, das wollte sie schon, nur ein alter Reflex hatte sie so trotzig reagieren lassen. «Ich wollte nur fragen, haben Sie in den letzten Wochen und Monaten da drüben gelegentlich mal etwas gesehen? Ging jemand in das Haus? Die Tochter vielleicht? Jasmin?»

Unvermittelt schlug der Alte mit der Faust auf den Tisch, sagte jedoch nichts.

«Geben Sie sich nicht mit dem Kind ab!», sagte die Alte stattdessen.

«Aber sie ...»

«Hören Sie, was meine Frau sagt!», fuhr der Alte auf. «Was immer da drüben vor sich ging, das wollen wir gar nicht wissen. So viele Jahre haben wir friedlich hier gelebt, dann zog diese Familie da ein.»

«Wann war das?»

«Vor zehn Jahren vielleicht», der Alte bemerkte nicht, dass er nun doch in das Gespräch eingestiegen war. «Nein, weniger, fünf vielleicht, oder sechs.»

«Waren sie laut?»

«Laut? Nein.» Der Alte schüttelte den Kopf und wurde nun mahnend von seiner Frau angesehen, sah es nicht oder wollte nicht zurückstecken.

«Die Hasen haben sie uns gestohlen.»

«Das weißt du nicht, Alfred.»

«Und ob ich's weiß.» Mürrisch starrte er zum Fenster, aus dem man wegen der Büsche so gut wie nichts sehen konnte. «Da war was drüben, sag ich Ihnen!»

«Aber was denn?»

«Alfred, wir wollten nicht darüber reden!»

«Nun, was nützt es uns denn? Sag, was nützt es, nichts. Es klopft nachts an der Tür!»

«Aber nun schon lang nicht mehr!», widersprach die Frau.

«Wirst sehen, es geht wieder los!»

«Red nicht so, Alfred.»

Der Mann sah nun ein, dass es genug war. Er zeigte zur Tür. «Gehen Sie jetzt!»

«Was heißt denn, es klopft an der Tür? Wer denn?», fragte Schauer.

«Das wollen Sie gar nicht wissen! Und jetzt gehen Sie, und ich sage Ihnen, hören Sie auf den Rat alter Leute. Wenn Ihnen Ihr Seelenheil lieb ist, lassen Sie von diesen Leuten ab. Die haben noch keinem gutgetan!»

Wenn mir mein Seelenheil lieb ist, wiederholte Schauer draußen auf der Straße. Ziemlich verschroben, die alten Piepels, gehörten schon längst ins Altersheim. Sie zückte ihr Telefon. Die Wondrak hatte ihre Nummer hinterlassen, sollte sie sich ihren hübschen Kopf ruhig mit zerbrechen.

Schon nach kurzem Klingeln ging die Fernsehfrau ans Telefon.

«Also erstens», begann Schauer ohne Gruß, «Jasmin muss gelegentlich in dem Haus übernachtet haben, das hat wohl nie jemand überprüft?»

«Waren Sie da drin?», fragte Wondrak leise, als säße sie in einer Sitzung.

«Ja, hab es mir angesehen.»

Nun blieb die Fernsehfrau stumm, Schauer hörte sie nur atmen.

«Was ist denn?», fragte Schauer.

«Nichts, ich denke nur nach. Ich denke, die Behörden haben keinerlei Interesse mehr an Jasmin. Außerdem betritt niemand gern das Haus, habe ich mitbekommen. Im Übrigen haben beide Polizisten gerade über ihre Anwälte ausrichten lassen, dass sie für den neuen Prozess jegliche Aussagen vor Gericht verweigern.»

«Die Streifenpolizisten, die damals zuerst vor Ort waren?»

«Schubert und Piotrowski. Schubert hat schon vor zwei Jahren den Dienst quittiert, obwohl der noch ein paar Jahre gehabt hätte.»

Schauer fragte sich, ob das ging, dass Polizisten die Aussage verweigerten. «Warum wollen sie nichts sagen?»

«Beide sagen unabhängig voneinander, sie könnten sich inzwischen an nichts mehr erinnern.»

«Ob die unter Druck gesetzt werden?»

Wondrak schwieg wieder. Glaubte die, ihr Telefon würde abgehört?

«Woher wissen Sie das alles?», sprang Schauer eine Frage weiter.

«Ich bin Journalistin, da hat man seine Quellen.»

«Ist es wahr, dass Nora Mahler gleich wieder einen neuen Mann hatte, kaum dass ihr Mann beerdigt war?»

«Ich dachte, das hätten Sie in den Unterlagen gelesen?»

Daran konnte sich Schauer nicht erinnern. «Kann sein, dass ich nicht jedes PDF durchgelesen habe.»

«Nicht diese Mitteilungen, in meinem Bericht zu den Ermittlungen stand es. Nora Mahler hatte einen neuen Freund, hat ihn ein paar Wochen nach dem Tod ihres Mannes kennengelernt, nachdem sie nach dem ersten Prozess freigesprochen worden war, eine Woche später zog er bei ihr ein. Er passte sogar auf die Kinder auf, wenn Nora Mahler mal nicht da war, und ging mit Jasmin zum Schwimmen.»

«Woher wissen Sie das denn alles so genau? Wurde die Frau beobachtet?»

«Nicole, das steht alles in den Unterlagen», Wondrak sprach noch leiser, als ob das etwas nützte, sollten sie wirklich abgehört werden.

«Ist es nicht ungewöhnlich, dass sie so früh nach dem Tod ihres Mannes gleich einen Neuen hat?»

«Nicole, dieser Neue war Michael Bartko!»

Für einen Moment war es Schauer nicht möglich, das alles auf die Reihe zu bekommen. «Bartko? Bruchs Kollege?»

«Ja, der.»

«Aber, ich verstehe nicht, haben die sich bei den Ermittlungen kennengelernt?» Sie war regelrecht blockiert, so absurd war das. Ein Ermittler durfte auf keinen Fall irgendeine Art Beziehung mit der Hauptverdächtigen oder irgendjemand Beteiligten in einem Tötungsdelikt eingehen.

«Nicole, das war keine wirkliche Beziehung, der war undercover. Die sind mit den Ermittlungen nicht vorangekommen, der erste Prozess endete mit einem Freispruch, obwohl sich alle sicher waren, dass Nora ihren Mann umgebracht, hat. Deshalb haben sie beschlossen, es auf diese Art zu versuchen. Nora Mahler kannte Michael Bartko bis dahin nicht. Die ersten Ermittler nach der Tat waren Bruch und Simon. Als ihr Mann umgebracht und sie die ersten Male verhört wurde, war Bartko im Urlaub gewesen. Als er zurück im Dienst und der erste Prozess vorbei war, kam jemand auf die Idee, er könnte sich an sie heranmachen, um auf diese Weise irgendetwas in Erfahrung zu bringen.»

«So was gibt es in unserem Land gar nicht, das ist komplett illegal!», keuchte Schauer. Wo zum Teufel war sie hier gelandet, es wurde ja jeden Tag schlimmer. «Und er ist da ein und aus gegangen? Hat auf die Kinder aufgepasst, ihnen Essen gemacht?» Schauer atmete aus: «Hat er mit ihr geschlafen?»

Was musste Jasmin denken, gerade wurde ihr Vater umgebracht, dann kam ein neuer Mann, mochte sein, dass sie ihn lieb gewann, Vertrauen aufbaute, und dann? Verließ er sie wieder? Fand sie heraus, dass es ein Polizist war? Wem sollte dieses Kind jemals noch vertrauen?

«Was hat er denn herausgefunden?»

«Nichts, rein gar nichts. Nach noch nicht einmal einem halben Jahr brach er ab.»

«Er brach ab? Einfach so? Wie wurde die Aktion denn genehmigt? Kam das vor Gericht zur Sprache?»

«Mahlers Anwälte bauten die Verteidigung beim zweiten Prozess darauf auf, dass die Ermittlungsmethoden illegal waren, doch das wurde komplett ignoriert. Der Staatsanwalt argumentierte, dass ihnen nur das Motiv fehlte, obwohl die Tat faktisch bewiesen wäre. Auf diese Art hätten sie nur sichergehen wollen. Und jetzt kommt der Witz: Gerade weil Bartko dabei nichts herausfand, argumentierte man, wäre die ganze Sache nicht relevant.»

«Noch mal kurz zurück: Bartko hat sich an sie rangemacht?»

«Er ist ihr beim Einkauf sozusagen zufällig über den Weg gelaufen.»

«Und sie war empfänglich dafür? Ich meine ...» Man musste es gar nicht aussprechen. Ihr Mann war umgebracht worden, sie war tatverdächtig, und sie sollte andere Sorgen haben, als sogleich einen neuen Mann zu finden.

«Es ist nicht einfach zu erklären. Bartko sagte wohl einmal, ihm war gewesen, als fügte sie sich einfach.»

«Das verstehe ich nicht.»

Wondrak schwieg, suchte wohl nach Worten. «Ich weiß es nicht aus erster Hand, aber Bartko muss gesagt haben, Nora Mahler nahm es einfach hin. Er sprach sie an, sagte, er würde gern mit ihr essen gehen. Sie hätte genickt und gesagt, sie könnte aber nicht weg von daheim. Er sagte, gut, dann essen wir bei dir. Sie hätte wieder zugestimmt. Dann aßen sie da, einige Tage später, mit den Kindern.»

«Mit den Kindern?», entfuhr es Schauer entsetzt.

«Ja, und als die ins Bett gegangen waren, hat Bartko sein Programm abgezogen, hatte auch sexuellen Kontakt mit Nora Mahler, und als er einige Tage später sagte, er würde bei ihr einziehen, hat sie einfach so zugestimmt.»

«Claudia, ich versteh das nicht!», stöhnte Schauer. Das war alles vollkommen absurd. Und was war Bartko für ein Mensch, hatte er kein Gewissen, dass er sich für so etwas einspannen ließ? Wenigstens den Kindern gegenüber? Und Simon, der die Aktion mit genehmigte, und Bruch, der wenigstens davon wusste? Und hatte Bartko keine Angst, Nora könnte ihn im Schlaf erschlagen?

«Wenn Sie die Frau gesehen hätten, Sie wüssten, was ich meine», flüsterte Wondrak, «sie ist ganz ... ganz anders als andere Menschen. Aber ich habe Zugang zum Gericht morgen, ich kann dafür sorgen, dass Sie mit reinkommen. Dann können Sie sehen, was ich meine.»

6

Schauer klang erstaunt, als er ans Telefon ging.

«Wo bist du?», fragte sie zögerlich.

«In meiner Wohnung», antwortete Bruch.

«Ich komme vorbei, wir müssen reden.»

Bruch nickte, dann fiel ihm ein, dass sie das nicht sehen konnte. «Ja», sagte er und legte auf. «Gefällt es dir nicht?», fragte er und meinte die Katze, die auf der Couchlehne saß und ihn betrachtete wie ein Forscher seine Laborratte.

In der nächsten Sekunde, so zumindest fühlte es sich an, klingelte Schauer. Bruch erhob sich, ging zur Tür, balancierte auf Zehenspitzen, bemühte sich, nichts zu verschieben. Er öffnete die Haustür unten, lehnte seine Wohnungstür an. Dann stakste er mit großen Schritten zurück zu seinem Platz auf die Couch. Ihm war kalt. Er genoss das Gefühl, denn viele Wochen, Monate lang fühlte er gar nichts und wusste, dass es auch wieder so werden würde.

Die Wohnungstür öffnete sich, Schauer trat ein, oder zumindest wollte sie es, blieb vollkommen konsterniert in der Tür stehen. Er verstand sie, konnte sie wirklich verstehen, konnte ihr jedoch nicht erklären, was vor sich ging, so schnell, wie die Fäden in seinem Kopf sich verknüpften, verloren sich die Enden wieder.

«Was zum Teufel», flüsterte Schauer. Sie ging in die Knie, hob eines der Blätter auf, die er auf dem Boden seiner Wohnung verteilt hatte. Sie las es, legte es wieder an seinen Platz, nahm das nächste. Weil sie Geräusche im Treppenhaus hörte, trat sie in den Wohnungsflur, schloss die Tür hinter sich. Sie zog ihre Jacke aus, hängte sie an die Türklinke. Dann hockte sie sich wieder hin, hob verschiedene Blätter an, legte sie wieder ab.

«Ist das die Akte zum Fall Mahler?», fragte sie, sah jetzt erst zu ihm ins Wohnzimmer. «Was soll das werden?», fragte sie äußerst misstrauisch, beäugte ihn von oben bis unten.

Bruch sah an sich herab. «Ich muss es nutzen, solange es geht», erklärte er.

«Was jetzt genau nutzen?», fragte sie noch skeptischer.

«Das alles, solange es da ist. Kontraste, Farben, Wärme, Kälte, Gedanken.»

Schauer erhob sich, ging zum Bad, sah hinein, lief dann zum Schlafzimmer. Als sie zurückkam, nahm sie nicht so viel Rücksicht auf die Papiere wie er, sie ging einfach über sie hinweg, und wo sie aufgetreten war, zeichneten sich für kurze Zeit blutrote Flecken ab, die vermutlich nur in seinem Kopf existierten. Sie warf ihm etwas zu, ein Bündel Kleidung, das er fangen musste, um es nicht ins Gesicht zu bekommen.

«Zieh das an, das da will jetzt niemand sehen!» Mit dem Kinn deutete sie zu seiner Körpermitte.

Ihr zuliebe streifte Bruch sich Hose und T-Shirt über. Schauer ging derweil zur Katze, kraulte das Tier, gab sich geschäftig, bis er fertig war.

«Ich wurde Waise mit sechs, fast sieben», sagte er und horchte in sich hinein. Tief musste er gehen, ganz tief, doch er fand etwas. Leere, Schmerz, zusammengepresst zu einem winzigen Kügelchen.

«Ich kam zu meinen Großeltern. Sie hatten ein sehr großes Haus. Ein Schloss fast. Mit Eiche vertäfelt. Ich erinnere mich an Stille und Kälte.»

«Felix, sind das die Unterlagen zu dem Mahler-Fall?» Schauer deutete auf den Fußboden.

«Sie hat ihren Mann erschlagen, ich verstehe nur immer noch nicht, warum. Und ich verstehe nicht, wieso sie sich diese seltsame Geschichte ausgedacht hat.»

«Felix, ihr habt nie auch nur in Erwägung gezogen, dass sie es nicht gewesen sein könnte?»

«Sie war es, es gibt keinen Zweifel. Wenn du sie sehen könntest, würdest du es verstehen.»

«War es Michaels Idee, sich auf diese Weise Informationen zu beschaffen, indem er mit Nora Mahler eine Beziehung einging?»

Michael, dem alles gelingen wollte. Der jede Frau bekam, wenn er es darauf anlegte. Der Ergebnisse lieferte. An ihr, an Nora Mahler, scheiterte er. Er bekam sie, doch er musste es bereuen.

«Ich habe keinerlei Erinnerungen an sie.»

«An wen, Felix?» Schauer sah ihn fragend an.

«Meine Eltern. Müsste ein Kind mit sechs Jahren nicht Erinnerungen haben, an seine Mutter, seinen Vater. Ich war schon in die Schule gekommen. Ich finde nichts von ihnen. Einzig das Gefühl des Verlassenseins.»

Schauer sah ihn lange schweigend an. Sie haderte wohl mit sich, entdeckte eine Seite an sich, für die sie andere hasste. Nicht auch noch das, schien sie zu denken, ich kann mich nicht um alles kümmern. Das musste sie auch nicht.

Sie hob langsam die Schultern. «Vielleicht war es damals so, dass man glaubte, Waisen erinnerten sich besser nicht an ihre Eltern. Damals versuchten sie, die Trauer durch Vergessen zu überwinden. Heutzutage ist man weiter. Haben deine Großeltern nie darüber gesprochen?»

Niemals. «Ich war einer von vielen.»

«Wie meinst du das denn? Einer von vielen.»

Bruch lauschte wieder, hörte Kinderstimmen, leise, flüsternd nur, kein lautes Lachen, kein Geschrei.

Schauer fragte nicht weiter. «Felix, die Nachbarn der Mahlers beschrieben die Familie als seltsam. Und Jasmin muss jetzt wohl gelegentlich in dem Haus übernachten.»

«Du warst drinnen.» Er hatte es schon gerochen.

Schauer nickte.

Bruch bückte sich, griff nach einem Blatt, reichte es Schauer. «Jasmin machte eine konkrete Aussage. Dem Polizisten gegenüber, Schubert. Sie sagte, eine dunkle Gestalt wäre in die Küche gekommen, sie hätte ihnen befohlen, an ihren Plätzen zu bleiben. Sie hätte den Hammer aus dem Schrank geholt und auf Mahler eingeschlagen. Ruf die Polizei, hätte sie dann gesagt. Nein, ruf Hilfe, hat sie gesagt. Dann wäre sie wieder hinausgeklettert und verschwunden. Wir haben nie Spuren gefunden.»

Sie sah sich das Blatt an, doch nur beiläufig. «Es hat geregnet an dem Tag, soweit ich weiß.»

«Sie hatte den Hammer in ihrer Hand. Nora. Sie war ganz kalt, sagte Michael, emotional. Sie sprach seltsam mit den Kindern. Nicht liebevoll, oder streng, immer im selben Tonfall. So sprach sie auch mit ihm. Als er sagte, er wolle mit ihr ins Bett, hat sie sich ausgezogen, hingelegt und auf ihn gewartet.»

«Du meinst, sie war hörig? Devot? Allen Männern gegenüber? Sie befreit sich von einem Despoten, um sich sogleich auf den nächsten einzulassen?»

Nein, das war nicht, was Michael damals gesagt hatte. Nicht devot. Eher, als wäre es ihr völlig egal.

Schauer setzte sich, bemühte sich aber jetzt, die Blätter zu ihren Füßen nicht zu berühren. «Darf ich dich mal was fragen?»

Sie sah, dass er gerade offen und ziemlich wehrlos war. Doch, sollte sie. Solange es noch ging. Er nickte.

«Wo hast du die Akte her?»

Das war es nicht, was sie fragen wollte.

«Wir haben Kopien.»

«Ich bin mir aber ziemlich sicher, dass selbst Kopien nicht einfach mit nach Hause genommen werden dürfen. Aber gut, ich frage nicht weiter. Wo bist du in den letzten Nächten gewesen, in denen du nicht geschlafen hast?»

Auch das war nicht, was sie eigentlich wissen wollte. In ihr war ein Verdacht gekeimt.

«Ich bin herumgefahren. Ich kann mich nicht entsinnen, wo. Es gibt solche Phasen.»

Schauer grinste unglücklich. Sie wünschte sicher, alles wäre einfach. War es aber nicht. Nichts war je einfach. Sonst wären sie Tiere. «Du suchst das lila Haus von dieser Fotografie. Was versprichst du dir davon?»

Darüber hatte er sich genug Gedanken gemacht. «Ich erinnere mich an ein großes Haus voller stiller Kinder. Eine Villa, fast wie ein Schloss. Ich erinnere mich an meine Großeltern. Große, strenge Menschen. Doch weiter ist da nichts. Als wären es Erinnerungen eines anderen Menschen. Als hätte man ein Fotoalbum gefunden, sieht Bilder von Menschen, die man aber nicht kennt. Dann ist das Album zu Ende, doch weitere Bilder gibt es nicht. Ich glaube, dieses Haus kann ein Bindeglied sein zwischen meinem jetzigen Leben und dem davor.»

«Felix, warum bist du jetzt so? Es ist, als kenne ich jetzt drei verschiedene Bruchs. Der eine verschlossen, der andere wie auf Speed und der jetzt, der redet und halbwegs normal erscheint, davon abgesehen, dass er nackt in seiner kalten Wohnung sitzt, mit den Ermittlungsunterlagen zu einem Mordfall auf dem Boden. Der letzte ist mir ehrlich gesagt am unheimlichsten.»

Bruch konnte ihr keine Antwort geben. Denn gäbe es sie, gäbe es all diese Bruchs nicht.

Schauer sah ihn fragend an und schien den Tränen nahe. «Wie kann es denn sein, dass jemand wie du nicht in einer Klinik ist? Was auch immer geschehen ist, ob du traumatisiert bist vom Tod deiner Eltern, was in dieser Villa vor sich ging, oder später im Leben. Du bist ein zutiefst verstörter Mensch. Wieso läufst du frei herum? Wieso bist du Polizist? Wieso gibt es Leute, die dich decken, die dich heimlich mit Medikamenten versorgen?»

Für all diese Fragen gab es keine Antworten, zumindest nicht von ihm. Diese Antworten müsste man suchen.

«Felix», sagte sie. «Gerade als ich auf dem Weg zu dir war, rief mich Wenzel an. Er fragte mich, warum ich Claudia Wondrak getroffen habe.»

Sie sah ihn aufmerksam an. Wollte erforschen, ob es ihn traf, ob er es wusste, ob es ihn überraschte. Nichts davon.

«Sie hat mir aufgelauert, vor meiner Wohnung. Ich sagte, ich will von nichts wissen!»

Sie log, er sah es ihr an.

«Felix, woher wusste Wenzel, dass die Wondrak bei mir war? Das ist so gut wie unmöglich, es sei denn ...» Sie verstummte, und er konnte ihr nicht helfen.

«Das Beste wäre wohl, ich würde hier aufhören», sagte sie leise.

«Dafür ist es zu spät», sagte Bruch leise.

Das hatte sie schon befürchtet. Weder war sie enttäuscht noch entsetzt, und außerdem, sie wollte gar nicht weg. Es interessierte sie, was mit Bruch war. Sie wollte wissen, was hier vor sich ging. Sie wollte endlich mal etwas auf die Reihe kriegen, endlich das Gefühl haben, zu etwas nütze gewesen zu sein.

Sie ertappte sich dabei, wie sie Bruch anstarrte, doch es störte ihn nicht. Wie dünn er ohne Kleidung ausgesehen hatte, ausgemergelt. Tragisch, was er erzählt hatte. Mit sechs Jahren die Eltern verloren, dann in ein Heim gesteckt, oder wie immer sie das verstehen musste. Glaubte er nur, es wären seine Großeltern gewesen, oder hatten diese tatsächlich ein Heim geführt? Oder war es eine Klinik?

Und wie er sie jetzt ansah, wusste sicherlich genau, welche Fragen ihr im Kopf herumgeisterten. Vermutlich, weil sie ihm Hunderte Male schon gestellt wurden.

«Felix», überwand sie sich nun endlich. «Wie kann es sein, dass Michael Bartko in dem Auto starb und du völlig unversehrt geblieben bist?»

Bruch atmete einmal durch und wirkte dadurch für einen Moment wie ein ganz normaler Mensch. Für einen winzigen Augenblick bekam sie einen Eindruck davon, wie er einmal gewesen sein mochte als Ehemann, als Vater. «Es war Sommer», antwortete er schließlich, «Michael fuhr, die Fenster waren offen. Wir waren auf einer Landstraße. Er fuhr zu schnell, er sah mich an, kam in einer Kurve von der Straße ab. Der Wagen flog eine Böschung hinunter, verkantete, als er den Boden berührte, und überschlug sich. Ich muss aus dem Wagen geschleudert worden sein, ich kann mich nicht erinnern. Ich kam zu Bewusstsein, da stand ich, sah die Schneise, die der Wagen in den Mais geschlagen hatte. Da stand der Wagen schon komplett in Flammen.»

Nun hatte sie gefragt und doch nicht mehr erfahren, als sie eh schon wusste. Stattdessen wusste er nun, dass sie ihm misstraute.

«Du standest, das heißt, du musst aufgestanden sein. Davon weißt du nichts?»

Bruch schüttelte den Kopf. Wieder ein kurzer Moment, in dem er ganz menschlich schien. Was immer er als Kind durchgemacht haben musste, jemand hatte ihm geholfen, hatte ihn zu einem Menschen gemacht, der einen Beruf erlernt, eine Frau gefunden, ein Kind gezeugt hatte. Und dann war alles zusammengebrochen wegen dieses Kartons? Und hieß das, man konnte aus Bruch wieder einen Menschen machen?

«Bartko hatte keine Frau?», fragte sie nun.

«Doch. Sie heißt Helen.»

Sie hatte so fest damit gerechnet, dass er ihre Frage verneinen würde, sie brauchte einen Moment, um zu realisieren, was sie gehört hatte. «Warte mal», Schauer hob beide Hände, «der hatte eine Frau? Damals schon? Als er diese Geschichte mit Nora Mahler hatte?»

Bruch nickte.

«Aber ...» Nein, frag nicht, dachte sie, es hat keinen Sinn. Welcher Mensch war Michael Bartko gewesen, dass er verheiratet war und zugleich eine Beziehung mit einer Frau einging, die des Mordes verdächtig war? Was ging hier vor sich?

«Felix, hör zu, wir sind zwar beurlaubt, aber es gibt Aufgaben. Simon ist tot, wurde in seinem Büro umgebracht, Jasmin Mahler ist tatverdächtig, einen Mann angeschossen zu haben, der Mord an ihrem Vater kommt morgen neu vor Gericht, und ich werde das üble Gefühl nicht los, dass der Tod deines Kollegen vor ein paar Monaten auch mit der Sache zu tun hat. Auch wenn mir schlecht wird bei dem Gedanken, denn denkt man ihn weiter, kommt man unweigerlich zu dem Schluss, dass hier eine größere Sache am Laufen ist, etwas, das aufgeklärt werden sollte.» Und vor allem wurde sie das Gefühl nicht los, dass selbst Bruchs Vergangenheit mit dem Fall verwoben war.

«Was willst du tun?», fragte er.

Schauer sah auf. Wenn man nicht der Spielball sein wollte, musste man eben mitspielen.

«Ich möchte Jasmin sehen, kannst du das organisieren?»

«Ich kann.»

«Ich meine, schließlich hast du ja auch die Akten ...» Sie unterbrach sich, denn er hatte schon geantwortet. «Jetzt?»

Bruch nickte.

«Und diese Akten. Darf ich ...?» Wieder unterbrach sie sich, doch diesmal ihretwegen. Sicher war es besser für sie, wenn sich diese Unterlagen nicht in ihrem Haus fanden.

Bruch marschierte zum Diensthabenden des Polizeigewahrsams im Mittelbau des Präsidiums auf der Schießgasse, verlangte danach, Jasmin Mahler zu sehen, als wäre es das Normalste auf der

Welt. Der Mann war weder überrascht noch überrumpelt, ließ Jasmin aus der Zelle holen, verlangte keinen Bescheid, keine Vorladung.

«Sag mal, das sind doch hier eigentlich nur Kurzzeitzellen», raunte Schauer Bruch zu, während sie auf Jasmin warteten. «Wird sie nicht in die richtige U-Haft überstellt?»

Warum sie immer nur fragte, dachte sie sich sogleich. Hier galten offenbar andere Gesetze. Bruch schenkte ihr nur einen kurzen Blick. Soweit Schauer wusste, waren diese Zellen wirklich nur zur Bewahrung vorgesehen, bis man entschieden hatte, wie es mit dem Insassen weiterging. Sechs bis zwölf Stunden, länger sollte hier niemand sitzen. Die Zellen gaben nichts her, nichts, woran man für längere Zeit seinen Geist festmachen konnte. Betrunkene schliefen hier ihren Rausch aus. Junkies kamen runter. Hooligans beruhigten sich. Für jemanden wie Jasmin, deren Psyche schon schweren Schaden gelitten hatte, musste das eine zusätzliche Hölle sein.

«Ich meine, die haben doch noch nicht einmal eine richtige Küche hier», fuhr sie aber dann doch fort, denn es konnte nicht angehen.

«Nicht ich entscheide, wie man mit ihr weiterverfährt», sagte Bruch.

Das wusste sie auch. Noch ein weiterer seltsamer Umstand. Da man Jasmin vorwarf, einen Mann mit einer Handfeuerwaffe lebensgefährlich verletzt zu haben, und angesichts ihrer Lebensumstände, der erhöhten Fluchtgefahr, musste es logisch sein, dass sie längere Zeit in U-Haft blieb. Wieso also war sie noch hier, warum nicht längst in die Vollzugsanstalt auf dem Hammerweg überstellt?

Von weiter hinten erklang nun ein schriller Schrei, dann ein lautes Krachen. Bruch zuckte nicht einmal mit der Wimper. Wieder kreischte jemand wild, und der Lärm näherte sich. Zwei der Wachleute kamen um die Ecke, trugen Jasmin zwischen sich, die sich mit aller Kraft wehrte. Für die zwei Männer war sie kaum zu bändigen. Sie strampelte mit den Füßen, ließ sich immer wieder unvermittelt sacken, um sofort wieder hochzuschnellen wie eine Feder, schlug sogar mit dem Kopf aus, versuchte die Männer zu beißen, so heftig, dass ihre Zähne aufeinander knallten, weil sie ins Leere biss. Ein dritter Mann kam hinterhergeeilt, seinen zwei Kollegen zu helfen. Doch das war nicht mehr nötig. In dem Moment, als Jasmin Bruch sah, wurde sie schlagartig ruhig, begann sogar zu grinsen. Als hätte es keinen Kampf gegeben, stand sie artig zwischen den beiden Männern, nur ein wenig Schweiß stand ihr auf der Stirn.

«Gehört ganz Ihnen», meinte der Diensthabende schwitzend. «Hat nichts gegessen, nichts getrunken, dafür in die Zelle uriniert.»

«Hast mich ja nicht in deine Wohnung gelassen, sonst hätte ich da reingepisst», feixte Jasmin ihn an. Jetzt wandte sie sich an Schauer. «Der hat mich angefasst, wollte mich missbrauchen.»

Schauer sah zum Wachhabenden, der verdrehte nur die Augen.

«Alles videoüberwacht», erklärte er, um ganz sicherzugehen.

«Also, wo geht's hin?», fragte Jasmin. Ihr Atem stank nach Fäule. Schauer musste den Kopf wegdrehen.

«In den Vernehmungsraum», antwortete Bruch, wies mit der Hand in die Richtung.

Ihm zu widersprechen, wagte Jasmin offenbar nicht.

«Können Sie etwas zu essen bringen und eine Wasserflasche!», bat Schauer die Wachleute.

«Also was?», fragte Jasmin. Sie hatte die abgepackten Sandwiches aufgerissen, kaum dass der Diensthabende sie ihr auf den Tisch geworfen hatte. Zwei Bissen später schraubte sie hektisch die kleine Flasche auf und trank sie ganz leer, schnappte sich sogleich das Sandwich wieder.

Schauer zögerte, sie hatte Jasmin sehen wollen. Jetzt saß sie hier mit dem Kind. Und es war an ihr, etwas aus dieser Situation zu machen.

«Dieser Mann, Walter Juskat, in dessen Haus du aufgegriffen wurdest. Was hast du bei ihm gemacht? Du hast dort übernachtet?»

«Wasn schon?», kaute Jasmin mit vollem Mund. «So ein alter perverser Sack, was will der schon von mir, ist doch logisch.»

Schauer atmete durch. «Kanntest du ihn schon länger? Warst du schon öfter bei ihm?»

Jasmin schüttelte den Kopf. «Einmal, also vorher. Zum Kennenlernen.» Mit der Sandwichverpackung in der einen und dem angebissenen Sandwich in der anderen Hand malte sie Anführungszeichen in die Luft.

«Sprach er dich an, oder bist du auf ihn zugegangen?» Gab es einen Drogenstrich in Dresden? Nicht dass sie wusste, aber wer suchte, wurde sicherlich auch fündig.

Jasmin sah Bruch wehleidig an, wie eine Schülerin, der man gerade einen mündlichen Vortrag abgefordert hatte. Da sie von Bruch keinerlei Reaktion bekam, sah sie wieder zu Schauer.

«Ein anderer alter perverser Sack hat mich ihm empfohlen. Die kennen sich, tauschen gern.»

«Machst du das oft?», fragte Schauer, hatte alle Mühe, dieses Elend von sich abzuhalten. War es nicht möglich, dieses Kind aus seiner Lage zu befreien?

«Manchmal.»

«Was wollte Juskat von dir?»

«Ach, der war halbwegs normal, das Übliche.» Jasmin winkte ab.

Eigentlich wollte Schauer gar nicht wissen, was das Übliche war. «Was hast du dafür bekommen?»

«Na, Geld.»

«Bei dir wurde kein Geld gefunden.»

«Ihr habt nur nicht richtig gesucht!» Jasmin feixte und biss vom zweiten Sandwich ab. «Ich glaub, mir wird schlecht», sagte sie.

«Was ist gestern Morgen geschehen?»

«Ich hab da gepennt, das war ausgemacht. Was nicht ausgemacht war, dass der Typ noch mal wollte. Ich hab's zugelassen, weil er mir noch mal Geld versprochen hat.»

«Aber dann hat er dir das nicht gegeben?»

«Doch, klar. Ich bin duschen gegangen, noch mal, war ja schon geduscht, aber es ekelt ganz schön. Als ich wiederkam, lag er in der Küche.»

«Er lag da schon?»

«Sag ich doch!»

«Ein Schuss muss gefallen sein. Hast du es knallen hören, als du in der Dusche warst?»

«Knallen? Nee.»

«Also er lag da, und? Was hast du dann gemacht?»

«Ich hab mich hingesetzt und gewartet, ich dachte, der ist tot. Ich dachte, wenn ich abhau, denken alle, ich war's. Also blieb ich da.»

Sie war schon einmal nicht abgehauen, mit ihrer Mutter, und es hatte nicht funktioniert. Schauer konnte sich keinen Reim auf dieses Mädchen machen.

«Wie lang warst du unter der Dusche?»

«Lang, komm ja nicht so oft dazu. Aber wie lang, weiß ich nicht.»

«Hat es geklingelt? Hast du die Tür geöffnet? Könnte es sein, dass noch jemand im Haus war? Hast du jemanden hineingelassen?»

Jasmin lachte laut auf, sah Bruch an. «Ist die dumm? Kann ich nicht mal eine Frage erst beantworten?»

Sie kann nichts dafür, mahnte sich Schauer. An dem, was ihr geschehen ist, muss ein Mensch zerbrechen. «Also bitte», gestand sie Jasmin zu.

«Nein!»

«Und wofür ist das die Antwort?»

«Für alle Fragen!» Jasmin grinste, sie biss noch einmal vom Sandwich ab, verzog dann vor Ekel das Gesicht und warf es auf den Tisch.

«Jasmin, der Mann lag schwer verletzt in der Küche, bisher wurden im Haus keine Spuren von anderen Personen gefunden, du warst da und behauptest, nichts mitbekommen zu haben, siehst ihn liegen, setzt dich hin und wartest auf die Polizei.»

«Ja.» Jasmin nickte bestätigend, dabei war das eigentlich nur Aufforderung gewesen, sich ein bisschen mehr Mühe zu geben.

«Der andere Mann, der dich sozusagen an Walter Juskat vermittelt hat, wie hieß der?»

«Hab ich vergessen.»

Bleib ruhig, ermahnte Schauer sich. Was kann sie anderes tun? Sie muss sich dumm stellen. Eine andere Frage kam Schauer in den Sinn, eine, die nicht direkt mit dem Überfall auf Juskat zu tun hatte.

«Jasmin, bist du vernommen worden, seitdem du hier bist?»

«Na klar. Von euch!»

«Und sonst von niemandem?»

Jasmin rümpfte die Nase, schüttelte den Kopf. «Wo ist denn der mit der Glatze eigentlich?»

Sie meinte Simon. Den musste sie von früher kennen. Grinste sie, fragte sich Schauer. Grinste sie, weil sie wusste, dass Simon tot war?

«Und Michael? Wo ist der?»

Michael. Zuerst stutzte Schauer. Aber natürlich, Jasmin kannte Michael Bartko ja. Es war so surreal, dass sie sich immer wieder vor Augen halten musste, was hier vor sich ging.

«Michael ist tot», sagte Bruch.

Jasmins Grinsen fror ein. Dann wurde sie ganz ernst.

«Ich hab es euch gesagt!», flüsterte sie dann.

«Was hat sie gesagt?», fragte Schauer.

«Nichts!», sagte Bruch so, dass Jasmin verstand, sie sollte weiter nichts sagen.

«Was hast du gesagt?», fragte Schauer noch einmal das Mädchen.

«Das hat damit nichts zu tun!», sagte Bruch.

Nun beugte sich Jasmin vor. «Oh, doch hat's damit zu tun, wie auch der Tod des Alten!»

«Wen meinst du?»

«Den Alten, wo ich gestern war.»

«Aber der lebt noch!»

«Der wird sich noch wünschen zu sterben.»

«Jasmin, red nicht so», mahnte Schauer, «du solltest dir wünschen, dass er überlebt!»

«Ich wünsch mir gar nichts, du blöde Kuh», sagte Jasmin voller Abscheu, «ich wünsch mir gar nichts mehr. Kann man nämlich gar nicht. Weil alles, bei dem du denkst, das ist was Gutes, das nimmt dir einer weg.»

«Das denkst du nur, weil dir bisher nur Schlechtes widerfahren ist, aber es gibt gute Menschen. Es gibt Hilfe.»

«Hilfe wofür? Wer hilft dir denn, wenn sie kommen?»

«Wer kommt denn?»

«Genug!», sagte Bruch mit einem Nachdruck in seiner Stimme, wie Schauer es noch nie von ihm vernommen hatte.

«Wer kommt?», fragte Schauer noch einmal. Doch jetzt schwieg Jasmin, von Bruchs Blick niedergehalten.

Schauer atmete noch einmal tief durch. Sie war Polizistin, sie hatte gelernt, wie man damit umging, wie man Vernehmungen durchführte, wie man sich nicht von Kriminellen ins Bockshorn jagen ließ.

«Jasmin, weißt du, dass morgen der Prozess um deine Mutter neu beginnt?»

«Ich hab's gehört, wird nichts ändern.»

«Warum nicht, wenn sie freigesprochen wird ...»

«Es wird nichts ändern, kapierst es nicht!»

Schauer holte einmal tief Luft. «Jasmin, wenn sie freigesprochen werden sollte, dann könntet ihr wieder in das Haus ziehen, ihr könntet wieder eine Familie sein, du, deine Geschwister.»

Schauer verstummte, denn in Jasmins Gesicht war eine Veränderung vor sich gegangen. War ihre Gesichtsfarbe zuerst ganz weiß geworden, färbte sich ihr Gesicht nun ganz rot. Jeder Spott und Hohn waren verschwunden.

«Es wird nichts ändern! Glaub's mir! Ich weiß es, er weiß es!» Sie zeigte auf Bruch, der sich ungerührt zeigte. «Sie wird nicht freikommen, dann müssten sie zugeben, dass sie es nicht war, dann müssten Sie rausfinden, wer es war, und das wollen die nicht, verstehst du? Deshalb wird sich keiner um mich kümmern. Die wollen, dass ich verrecke, hier drin oder auf der Straße, die wollen mich loswerden. Ich störe nur, verstehst du?»

«Jasmin, wirst du vor Gericht aussagen? Wirst du als Zeugin auftreten?»

«Das muss ich nicht! Und ich werd's nicht. Ich hab es eh schon dreitausendmal erzählt.»

«Jasmin, willst du mir noch einmal erzählen, was damals geschehen ist, wie du es gesehen hast. Ich schreib nicht mit, niemand nimmt etwas auf.»

«Nicole», sagte Bruch, und es mochte sein, dass er ihren Namen das erste Mal aussprach, seitdem sie mit ihm zu tun hatte.

«Ich möchte es nur verstehen, aus deinem Mund hören. Ich bin neu hier, ich kenne die Geschichte nicht, und vielleicht kann ich dir helfen, weißt du?»

«Nicole!», mahnte Bruch deutlicher.

«Ja, was?», ging sie ihn an. «Kannst du nicht konstruktiver sein?»

«Nee!», schrie Jasmin plötzlich und klatschte beide Hände flach auf den Tisch. «Der weiß nämlich, wann es besser ist, das Maul zu halten», sie presste sich die Hand auf den Bauch und sank wie unter einem Krampf zusammen, es dauerte einige Sekunden, dann stemmte sie sich wieder hoch, «der weiß, dass man nicht dagegen ankommt. Aber du, du redest immer weiter und denkst, du kannst helfen, du kapierst es nicht. Das haben so viele schon gesagt, und alle waren sie weg, weil nämlich irgendwann jeder weg ist. Weil jeder irgendwann Angst bekommt. Und auch du wirst Angst bekommen.»

«Jasmin!», versuchte es Schauer noch einmal mit ruhiger Stimme.

«Und hör auf, diesen Namen zu sagen. Ich kann ihn nicht mehr hören. Den haben mir meine Eltern gegeben, doch die sind beide weg. Mein Vater ist tot, verstehst du? Der lag da, der Kopf war aufgeplatzt, als wenn man auf eine Melone tritt, verstehst du? Und meine Mutter ist auch weg. Die war vorher schon weg. Und du, du bist auch nur eine von vielen. Gibst vor, helfen zu wollen, aber eigentlich bist du nur geil darauf, die Geschichte zu hören.»

«Das ist nicht wahr!», widersprach Schauer reflexhaft.

Jasmin verzog das Gesicht vor Schmerzen, bekam einen weiteren Krampf.

«Klar ist es das. Und wer bist du überhaupt? Was glaubst du, mir helfen zu können. Siehst auch nicht grad aus, als kommst du klar im Leben, bestimmt heulst du jede Nacht im Bett und wünschst dir einen Mann und Kinder und ein Haus und dass du nicht allein sein musst für den Rest deines Lebens.»

«Das stimmt nicht!», keuchte Schauer, doch es stimmte so sehr, dass sie sich fragte, ob man ihr es ansah.

«Das stimmt nicht, das stimmt nicht», äffte Jasmin sie nach und war vermutlich noch nicht fertig, doch wieder bekam sie einen Krampf, dann erbrach sie sich unvermittelt.

Bruch wich ein wenig zurück, griff in seine Jackentasche nach dem Telefon, wählte eine Nummer. «Wir brauchen einen Arzt», sagte er, nur das und nicht mehr, und legte wieder auf.

«Bring mich zu Michaels Frau», sagte Schauer.

Sie standen wieder draußen, ihr Atem kondensierte in der eisigen Kälte. Es war schwer, sich zu beruhigen. Wie konnte man dem Kind nur beibringen, sich helfen zu lassen, zwang sie sich zu denken, damit die Wut nicht Oberhand bekam. Klar, dass diese Kinder einen Hass auf die ganze Welt hatten und niemandem trauen wollten, alles von sich stießen. Doch warum mussten sie immer so gemein sein, warum lief es immer darauf hinaus, dass man jemand anderen verletzen musste, um nicht selbst verletzt zu werden?

Ob es am Sandwich lag, dass Jasmin zusammengebrochen war? Ihre Krämpfe waren derart schlimm gewesen, dass der Arzt sie ins Krankenhaus überweisen musste. Sie hätte nicht so hastig essen dürfen, nachdem sie wohl mehr als dreißig Stunden nichts zu sich genommen hatte. Vielleicht war es aber auch etwas Schlimmeres. Als der Arzt sie in der Leistengegend abgetastet hatte, schrie sie auf vor Schmerzen. Das konnte auf eine akute Blinddarmentzündung hindeuten, vielleicht aber auch Nachwirkungen einer Vergewaltigung. Ein junges Mädchen war immer in Gefahr, in allen Kreisen, auch unter Obdachlosen und Junkies. Und trotz ihrer scheinbar grässlichen Schmerzen, rekapitulierte Schauer, war Jasmin nicht müde geworden, den Arzt zu beleidigen, seine Handlungen zu kommentieren, sich zu wehren, sodass man sie schlussendlich fixieren musste.

«Hast du gehört?», brachte sie sich bei Bruch in Erinnerung.

Bruch schob seine Hände in die Manteltaschen. «Das ist nicht gut!», sagte er.

«Kann sein, aber weißt du, du kannst mich hinfahren, oder ich mach es eben allein.»

«Was willst du von ihr?»

«Von Frau zu Frau reden», erwiderte sie spontan, doch das war nur eine Floskel, was sie genau wollte, wusste sie nicht. Eigentlich war sie hilflos, aber sie war keineswegs bereit, einfach so aufzugeben. Man hatte sie in diese Sache hineingezogen, es war zu spät, um auszusteigen, wie Bruch selbst gesagt hatte. Was dachte er sich, was sie jetzt tun würde. «Also?», hakte sie nach.

Bruch nickte knapp. «Fahr du, ich zeig dir den Weg.»

7

«Kommst du mit?», fragte sie, als sie bei dem Haus angelangt waren, in dem Bartkos Witwe wohnte.

Bruch schüttelte knapp den Kopf.

«Hast du eigentlich deine Tabletten genommen?» Sie musste sich auch immer wieder daran erinnern, dass Bartkos Tod nicht Jahre zurücklag, sondern Monate, eigentlich nur ein paar Wochen.

Er nickte.

«Und hat dich diese Frau angerufen? Diese Psychologin?»

Bruch verneinte wieder mit einem Kopfschütteln. Schauer ließ ihren Blick auf ihm ruhen. «Du weißt, ich bin auf deiner Seite», sagte sie. Doch auch das war nur eine Floskel. Was hieß das schon. Sie deutete zu dem Haus, vor dem sie standen. «Ist das seins gewesen?» Seins, kommentierte sie ihre eigene Frage, als ob das Haus immer automatisch dem Mann gehören musste.

«Nein. Sie wohnt seit seinem Tod bei ihren Eltern», erklärte Bruch. «Versprich dir nicht zu viel.»

«Bist du noch da, wenn ich wiederkomme?»

Bruch nickte.

Schauer stieg aus, warf die Tür zu und überquerte die Straße. Sie fand das Gartentor verschlossen, drückte die einzige Klingel. Wenig später öffnete sich die Hauseingangstür ein Stück. Eine kleine Frau von etwa siebzig Jahren steckte den Kopf hinaus.

«Guten Tag, Hauptkommissarin Schauer, ich möchte gern Helen Bartko sprechen.»

Die Frau lächelte. «Kommen Sie rein!»

Das Schloss vom Tor summte. Schauer öffnete es, betrat das Grundstück, stieg die drei Stufen zur Tür hinauf. Inzwischen war die Frau wieder hineingegangen, weiter geschah nichts. «Weiler» stand an der Klingel. Sicher Helen Bartkos Mädchenname.

Schauer trat in den Flur. Unentschlossen blieb sie stehen. Es roch unangenehm, nach Kaffee zwar und Gekochtem, aber über allem lag eine Note, die es ihr unmöglich machen würde, hier etwas zu sich zu nehmen. Sie konnte in einen Wohnraum sehen, mit einer abgenutzten Sofagarnitur und altmodischen Möbeln. Die ältere Frau blieb verschwunden.

«Hallo?», rief sie nun, weil gar nichts geschah.

Schritte näherten sich, kamen von oben herab.

«Frau Bartko?», fragte Schauer.

Eine Frau erschien in der Flurtür. Sie war nicht sehr groß, trug ihr halblanges Haar zu einem pragmatischen Zopf. Mochte sie früher einmal sehr schön gewesen sein, zeigte ihr Gesicht nun tiefe Spuren von Erschöpfung und Leid.

«Helen Bartko?», fragte Schauer.

«Wer hat Sie reingelassen?»

«Eine ältere Frau», erwiderte Schauer.

Die Frau schloss einen Moment die Augen und senkte den Kopf in stiller Verzweiflung. «Meine Mutter. Das soll sie gar nicht, die ist dement, mein Vater auch.»

«Das wusste ich nicht, entschuldigen Sie.»

«Und wer sind Sie?»

«Schauer mein Name, ich bin Kriminalpolizistin.»

Helen Bartko schloss die Augen noch einmal. «Was wollen Sie?», fragte sie dann barsch.

Ja, was? Jetzt im Angesicht der Frau schien alles nicht mehr wichtig. Sie lebte offenbar hier, um ihre Eltern zu pflegen. Hatte keine Aussicht auf Besserung, denn für Demenz gab es keine Heilung, aber es hieß lang noch nicht, dass man bald starb. Ihr

Mann Michael war seit ein paar Monaten tot, und wer weiß, was sie seitdem über ihn erfahren haben mochte. Noch dazu musste sie wissen, dass auch sie zur Demenz veranlagt war, wenn beide Eltern schon daran erkrankt waren.

«Ich bin die neue Kollegin von Felix Bruch», sagte Schauer, weil ihr in diesem Moment nichts Besseres einfallen wollte.

Helen zeigte keine Reaktion. «Was wollen Sie?», fragte sie nur noch einmal.

«Hauptsächlich hatte ich gehofft, etwas über den Fall Mahler zu erfahren.»

«Da kommen Sie zu mir?» Helen schien ehrlich erstaunt.

Schauer zuckte mit den Achseln. «Es ist nicht leicht, Informationen darüber zu bekommen. Ich erfahre nicht die Unterstützung, die ich gern hätte.»

Helen Bartko blickte in Richtung der Wohnungstür. «Sitzt er draußen? Im Auto?»

Schauer nickte. «Er sagt, es wäre nicht gut, mit Ihnen zu sprechen.»

«Ist es auch nicht. Es gibt nichts zu sagen. Nicht für mich. Ich muss damit abschließen, nein, ich habe damit schon abgeschlossen. Hab genug andere Probleme. Hat Simon Sie geschickt?»

«Nein.»

«Natürlich hat er das. Wenn Sie jetzt bitte gehen wollen!» Bartko langte an ihr vorbei zur Haustür.

Schauer legte ihr die Hand auf den Unterarm, sagte leise: «Simon schickt niemanden mehr!»

Helen Bartko sah sie fragend an, dann verstand sie. «Was ist passiert?»

«Jemand hat ihn in seinem Büro erschossen.»

Die Witwe ließ die Türklinke los. «Hat das mit dem Fall zu tun?»

Geschockt war sie nicht. Aber hieß das, sie hatte schon mit etwas Derartigem gerechnet?

«Das hoffe ich herauszufinden.»

«Und Sie haben Michaels Platz eingenommen? Sie sind aber nicht von hier.»

«Aus Hamburg. Seit ein paar Wochen bei der Dresdner Kripo.»

«Setzen wir uns in die Küche!»

«Mutter, lass das, geh ins Wohnzimmer!» Helen Bartko nahm ihre Mutter bei den Schultern, schob sie weg vom Herd, wo die Frau die Kartoffeln im Topf mit dem Messer anstach. «Die müssen noch», sagte sie. Die Herdplatte war noch nicht einmal angestellt.

«Geh jetzt.» Bartko schob sie unsanft aus der Tür, zeigte auf einen Platz, wo Schauer sich setzen sollte.

«Michael war ziemlich beeindruckt damals. Das geschah nicht oft. Er hatte ja schon einiges gesehen, und selbst war er auch nicht zimperlich. Aber das hatte ihn getroffen.»

«Wegen der Brutalität?»

«Nein, eher wegen der Umstände. Wir waren ja im Urlaub, als es geschah. Aber was er danach erfuhr. Der Mann tot in der Küche. Die Frau steht da, das Kind an der Hand. Mitten in der Nacht. Die hat den Hammer in der Hand. Das Kind redet dummes Zeug.»

«Dummes Zeug?»

«Wissen Sie nicht? Fragen Sie den Polizisten, der zuerst vor Ort war, Schulze oder so.»

«Schubert? Was hat Jasmin zu ihm gesagt?»

«Genau weiß ich es nicht, der Mann hat es ja später relativiert, hat gesagt, er wüsste es nicht mehr so genau, weil er selbst geschockt war. Der Teufel wär's gewesen, oder so. Jedenfalls hat die von Anfang an gesagt, ihre Mutter war es nicht.»

«Wussten Sie ... also wussten Sie, was Ihr Mann vorhatte? Sich mit Frau Mahler ...» Schauer sprach es nicht aus.

Helen Bartko schürzte die Lippen, sah auf den Tisch. Dann blickte sie auf, Schauer in die Augen. «Michael war schon immer ...

also, ich wusste schon, worauf ich mich einlasse. Er konnte nichts auslassen. Aber ich wusste das. Ich war da sehr ... na ja, dumm oder eben naiv. Ich dachte, ich lass ihn und komme damit klar. Er war attraktiv, hatte so ein Charisma. Konnte jeden von sich überzeugen, war erfolgreich. Hatte auch Geld. Mehr jedenfalls, als ein Polizist haben sollte. Ich fand es sogar reizvoll. Nicht allein das Geld, sondern der Gedanke, mein Mann wäre so ein ... korrupter Bulle, ein harter Hund, dem sich niemand in den Weg stellt.» Sie lächelte zynisch. «Ich fand das reizvoll, ja. Weiter habe ich nicht gedacht. Nach dem Mord an Mahler, sagte er irgendwann, dass er jetzt längere Zeit wegmuss. Auch darüber habe ich nicht nachgedacht. Ist halt so, als Frau von einem Bullen.»

«Sie erfuhren es durch ihn?»

«Nein, ich habe es von Jasmin Mahler erfahren. Sie stand eines Tages vor der Tür. Es ist noch nicht lang her. Wenige Wochen vor seinem Tod. Ich will die Worte nicht wiedergeben, die sie verwendete, aber sie hat sich sehr deutlich ausgedrückt. Bis dahin wusste ich nichts davon.»

Schauer zögerte, die nächste Frage auszusprechen. «Glauben Sie, der Tod Ihres Mannes steht in einem Zusammenhang mit dem Fall der Familie Mahler?»

Helen Bartko schwieg lang. «Ich habe aufgehört, darüber nachzudenken», antwortete sie schließlich. Dann merkte sie auf. «Hat man Ihnen von dem anderen Mann erzählt?»

Schauer seufzte. «Man erzählt mir gar nichts. Welcher andere Mann?» Sie vernahm Geräusche. Jemand kam die Treppe hinab, schnaufte und grunzte.

Helen Bartko erhob sich, um von der Tür aus nachzusehen, stöhnte dann leise. «Vater, du hast keine Hose an, hörst du? Du musst eine Hose anziehen.» Dann winkte sie ab, kam zum Tisch zurück. «Thomas Mahler hat sich vor seinem Tod mit einem Mann getroffen. Das sagten die Nachbarn aus, die Alten, die direkt neben den Mahlers wohnen. Sie sagten, der Mann wäre einmal da gewesen. Kam mit einem Auto. Mahler hätte ihn so empfangen, wie man einem Fremden das erste Mal begegnet. Es wäre ihnen nur aufgefallen, weil sonst überhaupt niemand kam, höchstens Noras Schwester, einmal im Jahr, oder alle zwei Jahre. Ach, und es war an dem Tag außer Thomas Mahler niemand weiter da. Die Frau war mit den Kindern weg, sie gingen wohl einmal die Woche schwimmen.»

«Und wer war dieser Mann?»

«Das ist der Punkt. Es hat niemanden interessiert. Niemanden, weder die Kripo noch den Staatsanwalt noch den Richter. Michael hat es abgetan, es wäre nicht wichtig, sagte er damals. Mit Felix zu reden, war sowieso zwecklos. Damals schon.»

«Und woher wussten Sie davon?»

«Michael brachte oft Zeug nach Hause, Unterlagen. Ließ es mich auch lesen. Ich wies ihn auf die Aussage des Nachbarn hin, der den anderen Mann gesehen hatte, aber Michael winkte nur ab. Wer weiß, was die Alten gesehen haben?, sagte er.»

«Vielleicht war es wirklich nicht wichtig», wandte Schauer ein. «Dieser unbekannte Mann könnte auch nur ein Versicherungsvertreter gewesen sein, oder ein Handwerker. Oder Thomas Mahler hatte etwas bei Ebay verkauft, und der Mann kam es abholen.»

Helen Bartko nickte, zog dann einen Mundwinkel hoch. «Könnte sein, nur ist Thomas Mahler eine Woche später auf der Autobahn geblitzt worden. Harmlos nur, sieben km/h zu schnell in der Baustelle, auf der A 4, glaub ich, hinter Eisenach. Niemand weiß, was er da gemacht hat. Er muss am Abend losgefahren sein und war am nächsten Morgen wieder zu Hause, keine zehn Stunden später. Er müsste Nachtschicht schieben, hat er seiner Frau gesagt. Bis Eisenach sind es ja schon mal drei Stunden, zurück insgesamt sechs. Mal angenommen, er war noch ein Stück weiter unterwegs, bleibt nicht viel Zeit, für was auch immer.»

«Sie meinen, er könnte diesen anderen Mann besucht haben?»

«Den, oder irgendetwas anderes war. Seltsam genug, dass er

mitten in der Nacht durchs halbe Land hin- und zurückfährt und seine Frau noch dazu belügt.»

«Vielleicht hatte es mit dem Fremden nichts zu tun, vielleicht war es ein Seitensprung?»

«Das könnte er heutzutage auch leichter in der Nähe haben. Aber nicht unwahrscheinlich, stimmt. Wäre da nicht der andere Mann.»

«Konnten die Nachbarn das Kennzeichen sehen?»

Helen Bartko schnaubte leise. «Haben Sie die Nachbarn mal gesehen? Die redeten ja auch schon wirr. Aber in diesem Falle dachte ich mir, warum sollten sich die Alten das ausdenken mit dem Mann. Ich habe damals auch Michael gefragt, warum sie bei der Arbeit von Mahler nicht genauer nachforschen. Er sagte, das hätten sie, aber richtig sicher bin ich mir nicht, nicht mehr.»

«Thomas Mahler arbeitete in einem Institut, soweit ich weiß, als Laborassistent?»

«Ja, und ich weiß nicht, ob das jetzt wirklich eine Rolle spielt, aber die arbeiten da mit Tieren, also betreiben Medikamentenforschung.»

In der Tür raschelte es. Schauer sah sich um. Da stand ein alter Mann, ein Greis fast, gebückt und ausgezehrt, in einem abgewetzten Pullover und nur mit Unterhosen an. Seine dürren Beine waren nackt, die Haut faltig und grau.

«Vater, was machst du hier, geh an deinen Platz.»

«Bumm», sagte der Mann, sah Schauer an, hob die Augenbrauen und lachte zahnlos.

«Du hast ja nicht mal deine Zähne drin.»

«Bumsfallera», lachte der Alte, und es war eindeutig anzüglich, was er dachte.

«Das ist bestimmt, weil Sie da sind, sonst geht er immer an seinen Platz.» Helen Bartko stand auf, drehte den Mann an den Schultern herum, schob ihn aus der Tür. «Geh, sieh dir eine Zeitung an.»

Sie kam an den Tisch zurück, rieb sich über das Gesicht, legte dann mit geschlossenen Augen den Kopf in den Nacken, sah dann wieder Schauer an. «Wo waren wir stehen geblieben?»

«Sie müssen sich ganz allein um die beiden kümmern?», fragte Schauer.

«Ich habe Pflege beantragt, es kommt auch jemand, einmal am Tag. Aber den Rest des Tages bin ich hier. Es ist, als hätte man zwei Kleinkinder, die unkontrolliert durch das Haus ziehen. Ständig muss man ihnen was wegnehmen, ständig geht was kaputt, die Tür muss man zuschließen, und ständig vergessen sie, aufs Klo zu gehen. Aber was soll's, nützt ja nichts.» Sie lächelte, wollte sich fatalistisch geben, doch im nächsten Augenblick schlug das in Verzweiflung um. Sie schlug die Hände vors Gesicht und begann zu schluchzen.

Schauer wartete ein paar Sekunden, erhob sich dann, nahm ihren Stuhl und setzte sich neben Bartkos Witwe, um ihr den Arm um die Schulter zu legen. Die Frau nahm die Berührung dankbar an, lehnte sich leicht gegen Schauer.

Es dauerte eine Weile, bis sie sich wieder gefangen hatte.

«Ich nehme an, es hat sich seit seinem Tod keiner um Sie gekümmert?», fragte Schauer leise.

«Einen Brief vom Polizeipräsidenten habe ich bekommen, vorgedruckt und nur unterschrieben.» Helen Bartko wischte sich mit den flachen Händen über das Gesicht. «Es geht wieder.» Sie lächelte Schauer an.

«Können wir darüber sprechen?»

Helen Bartko nickte. «Felix stand einmal vor meinem Haus, eine Woche nach dem Unfall. Ich sah ihn, ich habe gewartet. Er stand wie erstarrt an der Pforte. Es schien, als wollte er zu mir und als ob ihn etwas davon abhielt. Eine innere Stimme. Und dann, als er sich entschloss, auf die Klingel zu drücken, da klingelte sein Telefon. Er ging ran, wandte sich ab und ging fort.»

«Und früher, konnten Sie mit ihm sprechen?»

«Er war schon immer seltsam. Meistens still. Der war wie so ein Klotz an Michaels Bein. Im guten Sinne, er bremste ihn sozusagen. Ich wusste, dass mit ihm etwas nicht stimmte. Schlimme Geschichte. Er wurde seinen Eltern wohl weggenommen.»

«Ich denke, er war Waise?»

«Genau weiß ich das auch nicht. Vielleicht sind das alles auch nur Gerüchte. Als ich ihn kennenlernte, also da kannten er und Michael sich schon lange, schien er ganz normal, nur still und verschlossen. Und eines Tages geschah etwas mit ihm, vielleicht auch schleichend. Was auch immer, es führte dazu, dass Conny, also seine Frau, sich von ihm trennte. Dann war er kurz mit dieser Claudia zusammen, die vom Fernsehen, doch seit dem Fall Mahler war er wie ausgewechselt. Ja, und dann der Unfall mit Michael, das hat ihm wohl völlig den Boden unter den Füßen weggerissen. Aber seitdem habe ich genug mit mir zu tun und will von alldem nichts mehr wissen.» Helen Bartko holte tief Luft.

«Erzählte Ihr Mann mal etwas darüber, also über Felix?»

Helen schüttelte den Kopf. «Nichts Negatives, der hielt die Hand über ihn. Er wusste, auf Felix konnte er sich hundertpro verlassen. Felix hat nie jemandem irgendwas verraten. Der schien auch irgendwie von Michael abhängig zu sein. Er war nicht unterwürfig oder so, kein bisschen, aber wenn Michael etwas sagte, dann machte Felix das. Als wäre Michael der große Bruder oder so.»

«Und Ihr Mann, der hat nie etwas von früher erzählt, wie er und Felix sich kennenlernten?»

«Wenn ich jetzt so darüber nachdenke, nein, nie.»

Unvermittelt schepperte etwas im Haus. «Oh Mann, ich komme gleich wieder!» Helen Bartko stand auf und lief aus der Küche. «Mensch, Mutti, ich hab doch gesagt, du solltest das nicht machen. Jetzt ist es kaputt, siehst du?»

Schauer kratzte sich am Kopf. Dann bemerkte sie eine Bewegung, drehte sich zur Tür. Dort stand der Alte.

«Molche», sagte er.

«Bitte?» Schauer war nicht sicher, ob sie ihn richtig verstanden hatte.

«Molche. Schwarze. Widerliche kleine Dinger. Fragen Sie!»

«Fragen?»

«Ja, fragen Sie!»

«Ach, Vater, hier, deine Hose!» Helen war zurück, bückte sich. «Hier, Vater, steig rein.»

Der Alte stützte sich auf die Schultern seiner Tochter, hob ein Bein gerade so hoch, dass sie die Jogginghose über seinen Fuß fädeln konnte, genauso verfuhren sie mit dem anderen. Dabei sah der Alte Schauer an und grinste.

Bartko zog ihm die Hose hoch. «So, und jetzt setz dich da hin, ich komm gleich zu euch.»

«Hab acht!», rief der Mann. «Der Zug kommt! Tschuff, tschuff.»

«Bei ihm ist es weiter fortgeschritten?», fragte Schauer, als Helen sich wieder gesetzt hatte.

«Ja, bei ihm wissen wir es seit fünf Jahren, und zuerst hat Mutter sich gekümmert. Aber die bekam es auch. Ist wirklich schlimm, wenn man dem Verfall so zusehen muss.»

«Und Ihr Vater ...»

«Der weiß nicht mal mehr seinen Namen, der weiß nicht, wer ich bin oder wer Mutter ist. In letzter Zeit will er immer heim. Nach Freiberg, da kommt er ursprünglich her.»

Schauer sah sich zur Tür um, doch Helens Vater stand nicht mehr da. «Gerade sagte er, ich solle nach den Molchen fragen.»

Helen Bartko erstarrte, ihre gerade noch aufgeschlossene Miene versteinerte.

«Eben, als Sie nach Ihrer Mutter sehen waren, kam er zu mir und sagte, ich solle nach den schwarzen Molchen fragen», beteuerte Schauer.

«Mein Vater pisst sich dreimal am Tag voll und weiß nicht einmal, wo sein Bett ist. Woher wissen Sie von den Molchen?»

«Ich weiß überhaupt nicht, wovon hier gesprochen wird. Gerade kam er in die Küche, kleine widerliche Dinger, sagte er.»

Helen Bartko sah sich nun ebenfalls nach der Tür um. «Kommen Sie», sagte sie dann schroff und stand wieder auf. «Kommen Sie!»

Schauer folgte ihr ins Wohnzimmer zu einem Esstisch, an dem der Alte nun saß, ihm gegenüber seine Frau. Beide schienen sie gegenseitig nicht wahrzunehmen.

«Vater!», sagte Helen laut, stieß ihn sanft an, da er nicht verstand, dass er gemeint war. «Vater, was ist mit den Molchen?»

Der Mann sah sie nur verständnislos an. Dann begann er zu lächeln. «Ah», sagte er. «Achtung, Zug fährt ein.»

«Molche, Vater, sag, hast du Frau Schauer irgendwas von Molchen erzählt?»

«Haha, der Zug. Tschuu-tschuuuu.»

Helen sah Schauer mit hochgezogenen Augenbrauen an. Es war müßig weiterzubeteuern, dass er es wirklich gesagt hätte. Schauer versuchte es erst gar nicht.

«Aber Sie wissen von Molchen?», hakte sie stattdessen nach.

Helen tat es mit einer Handbewegung ab. «Fragen Sie jemand anderes, fragen Sie Felix. Der weiß mehr als ich. Ich weiß alles nur aus zweiter Hand. Und ich kann Ihnen sagen, es ist wohl besser, Sie halten sich da raus.»

«Wo soll ich mich raushalten?»

«Aus allem. Sie scheinen mir echt eine nette Person zu sein. Also nicht nett wie blöd, sondern ... ich weiß nicht, unverbraucht. Mit Felix zu arbeiten, schlaucht.»

«Haben Sie sich je gefragt, wieso Felix unversehrt aus dem Auto kam?»

«Habe ich, tausendmal. Wie kann es sein, dass Michael stirbt und Felix ohne einen Kratzer dasteht? Aber ich bin zu einem Schluss gekommen, es ist wie mit Besoffenen. Die stürzen, fallen um, werden angefahren, und ihnen passiert nichts. Als ob der

Körper weich wird. Wie Gummi, wissen Sie? Dasselbe, glaube ich, ist mit Felix geschehen.»

«Es heißt, er hätte tatenlos zugesehen, wie …» Wieder wagte sie nicht, bis zum Ende zu sprechen.

Helen Bartko hatte dazu aber auch schon ihre Meinung. «Felix hat manchmal solche Phasen, da ist er weg, geistig. Wie das ausgelöst wird, weiß ich nicht. Aber wer weiß schon, wie man reagiert, in solch einer Situation. Mir ist mal auf der Autobahn ein Reifen abgegangen. Das Auto drehte sich und schleuderte gegen die Leitplanke. Mir ist nichts passiert, aber ich habe in dem Moment nicht kapiert, was passiert, dachte nur, nanu, warum dreht sich alles. Die Leute tratschen, wissen Sie? Die finden es geil, sich Geschichten auszudenken, je schräger, desto besser. Damit man sich schön gruseln kann. Dabei gibt das echte Leben genug her, um sich zu gruseln.» Mit den Augen deutete sie auf ihre Eltern.

Sie sah ihn nachdenklich an, als sie ins Auto stieg. Sie hatte länger mit Helen Bartko gesprochen, als er vermutet hatte. Etwas war geschehen da drinnen, er sah es in ihrem Blick. Wahrscheinlich hatte sie der Anblick der beiden völlig verwirrten Alten deprimiert, möglicherweise hatte sie begonnen auszurechnen, wie viele Jahre ihr blieben, bis ihr das Schicksal so eine Krankheit bescheren mochte.

Inzwischen war ihm kalt geworden, richtig kalt. Er hatte den Motor nicht laufen lassen, der Wagen war schnell ausgekühlt. Seine Füße fühlten sich an, als steckten sie in Eisblöcken, die Kälte zog seine Beine hoch, war längst den Rücken hinaufgekrochen und machte sich in seinen Schultern breit. Lange schon hatte er das nicht mehr fühlen können, weder eisige Kälte noch Wärme noch sonst etwas.

Es reizte ihn, auch alles andere auszukosten.

«Was ist mit dem Mann, den die Nachbarn gesehen haben

wollen, wenige Tage bevor Mahler umgebracht wurde?», fragte Schauer ihn.

Sie startete den Motor, und sogleich kam wärmere Luft aus dem Gebläse. Ein Haar begann sich zu bewegen. Es hatte sich in der Düse verfangen, die auf das Beifahrerfenster gerichtet war. Er hatte es schon beim Einsteigen gesehen. Es war recht lang. Viel länger als sein und Schauers Haar.

«Niemand anderes hat diesen Mann gesehen. Wir glauben, Nora Mahler hat die Nachbarn instruiert, das zu sagen.»

«Warum sollten sie das für sie tun?»

«Sie hat sie auf irgendeine Art unter Druck gesetzt. Sie waren immer sehr angespannt, wenn wir sie nach den Mahlers fragten.»

«Und das Blitzerfoto von Mahler auf der A4?»

Sie hatte wirklich einiges in Erfahrung gebracht. Bruch fragte sich, ob Helen ihr viel erzählt hat, und plötzlich auch, ob sie sich um Helen hätten kümmern müssen. Er kannte sie anders, sie redete nie viel. Nie hatte sie hinterfragt, was geschah. Niemals hatte Michael an ihr gezweifelt. Sie war seine Frau, und sie nahm die Dinge, wie sie kamen. Jetzt aber war Michael tot, Schauer hatte einiges über ihn erfahren, von dem sie noch nicht gewusst hatte, und nun gab es keinen Grund mehr, Michael zu schützen oder wenigstens zu schweigen.

«Wir glauben, Thomas Mahler hatte eine Affäre. Nora erfuhr es. Vielleicht wegen der Geschwindigkeitsüberschreitung. Sie war immer daheim. Sie könnte den Brief empfangen und geöffnet haben. Sie stellte ihn eines Tages zur Rede, dann eskalierte die Sache. Jasmin hörte den Streit, kam dazu. Sie sah, wie ihre Mutter den Vater erschlug. Nora nahm sie beiseite, machte ihr deutlich, dass sie das der Polizei niemals erzählen dürfte, weil sie dann nicht nur den Vater, sondern auch die Mutter verlieren würde.»

Er sah, seine Worte erzielten Wirkung bei Schauer. Es war logisch. Es war schlicht.

«Warum sollte er so was tun, Hunderte Kilometer fahren, für ein paar Stunden mit einer anderen Frau?»

«Männer tun noch ganz andere Dinge dafür.»

«Und warum sollte Jasmin noch immer für ihre Mutter lügen? Es hat sich doch gezeigt, dass es nicht geholfen hat.»

«Sie wird die Lüge zu ihrer Wahrheit gemacht haben. Menschen machen das andauernd. Manche täglich, stellen sich vor den Spiegel und sehen etwas ganz anderes, als die Realität aufzeigt. Manche glauben sich in einem schönen Leben, dabei vertreiben sie nur die Zeit.»

«Felix, weißt du etwas über Molche?», fragte sie unvermittelt, und es war ihm in diesem Augenblick, als schüttete jemand schwarze Tinte in ein Glas, so trübte sich sein Blick in einer dunklen Wolke, die sich in sich selbst drehte, sich wälzte, und es dauerte einige Sekunden, bis sie sich auflöste und nur der Eindruck blieb, ein leichter grauer Schleier bliebe zurück. Schwarze Molche. In seinem Bett. In seinem Schrank.

«Nein», sagte er tonlos.

Schauer hatte nichts anderes erwartet. Ihr Telefon begann zu summen. Sie nahm es aus der Jacke. Es war Simons Nummer.

«Schauer», nahm sie das Gespräch an, stellte es in die Lautsprecheranlage.

«Wenzel hier», sagte ihr neuer Chef. «Haben Sie heute Jasmin Mahler vernommen?»

«Mit *Sie* meinen Sie wen?»

«Sie!»

«Wir haben sie nicht vernommen, nur ein Gespräch mit ihr geführt», versuchte sie erstens zu relativieren und zweitens klarzumachen, dass sie es nicht allein gewesen war.

Wenzel ging darauf gar nicht ein. «Ist dieses Gespräch auf irgendeine Art so eskaliert, dass ein Rettungswagen kommen musste?»

«Nein, eskaliert ist es nicht. Wir gaben ihr etwas zu essen, und offenbar aß sie zu schnell und zu viel. Sie bekam Krämpfe, vielleicht waren es auch Unterleibsschmerzen, die auf ihre sexuellen Aktivitäten zurückzuführen sind ...»

«Sexuelle Aktivitäten?», wiederholte Wenzel fast abschätzig. «Das ist doch noch ein Kind!»

Dass Wenzel so naiv war! «Lassen Sie sich von ihrem Äußeren nicht täuschen ...»

«Kollegin», unterbrach Wenzel scharf, «sie hat ausgesagt, Sie hätten sie geschlagen, in den Bauch geboxt, mit dem Knie in den Unterleib getreten. Sie hätten ihr absichtlich nicht ins Gesicht geschlagen, damit man nichts sieht.»

Schauer blieb der Atem weg, als hätte man ihr in den Magen getreten. Sie sah Bruch an, der nicht einmal reagierte, der sie einfach nur anstarrte.

«Das ist eine Lüge», keuchte sie, «das Kind ist verschlagen ...»

«Laut Ihrer Akte wird Ihnen eine nicht unerhebliche Anzahl von Gewaltausbrüchen im Dienst vorgeworfen, wovon die meisten aus Mangel an Beweisen ungeahndet blieben.»

Gewaltausbrüche, erhebliche Anzahl, die meisten, Mangel an Beweisen.

«Noch dazu gibt es offenbar einige Vorfälle im privaten Bereich.»

Einen! Einen Vorfall! Weil Sebastian, ihre große Liebe, wegen der sie nach Dresden gekommen war, Schluss mit ihr gemacht hatte, nachdem sie vom Krebs geheilt war, weil er, er!, der arme Kerl, so viel gelitten hatte und das nicht noch einmal würde aushalten können. Was hieß, er war während ihrer Behandlung nur mit ihr zusammengeblieben, um nicht als Schwein dazustehen, und dass er wohl schon davon ausging, dass der Krebs wiederkommen wird. Wie sollten einem da nicht die Sicherungen durchbrennen?

«Sie besuchen schließlich nicht ohne Grund einen Antiaggressionskurs», fuhr Wenzel fort, «Frau Hauptkommissarin, mir wird nichts anderes übrig bleiben, als eine Untersuchung dieses Vorfalls anzuordnen, noch dazu, da Sie sich trotz Ihrer Beurlaubung Zutritt verschafften und das Personal genötigt haben, Ihnen Jasmin Mahler vorzuführen.»

Rote Blitze vor ihren Augen, wie ein Sandsturm wurde sie umhüllt, wohin sie sah, war nur Rot, machte sie blind.

«Das sind Lügen!», keuchte sie und war auf einmal wieder das Mädchen in der Schule, auf das sich die ganze Klasse eingeschossen hatte, das für jede kaputte Fensterscheibe, für jedes Geräusch im Unterricht, für jedes verletzte Kind auf dem Schulhof verantwortlich gemacht wurde. Die da war's, die Nicole, die hat's getan.

«Ich will Sie außerdem informieren», sprach Wenzel weiter, so wie auch damals ihre Versuche, sich zu verteidigen, meist einfach ignoriert wurden, «dass es Jasmin Mahler gelungen ist zu entkommen, trotz Handschellen und Überwachung. Sie ist aus dem Krankenhaus geflüchtet. Kollegin, das haben wir Ihrem eigenmächtigen Handeln zu verdanken, und Sie werden sich verantworten müssen!» Wenzel legte auf.

«Warum sagst du nichts!», fuhr sie Bruch an.

«Es ist nicht wichtig», erwiderte er.

«Ja, für dich, du bist ja nicht einmal erwähnt worden von Wenzel. Ich bin ja hier die Dumme!»

«Es ist nicht wichtig!»

«Diese Jasmin. Wir suchen sie jetzt!»

«Wir werden sie nicht finden!»

«Felix, ich fahr zu ihrem Haus, sie wird da hinkommen.»

«Wird sie nicht.»

«Was macht dich so sicher?»

«Sie wird wissen, dass sie dort als Erstes gesucht wird.»

Schauer sah ihn an, völlig erstaunt darüber, wie ungerührt er war. Doch auch wenn sein Gleichmut sie oft zur Weißglut brachte, so wirkte er jetzt ganz anders auf sie. Er hatte recht. Sie lehnte sich zurück, atmete durch. Warum kümmerte sie das alles, warum versuchte sie nicht cool zu bleiben wie Bruch? Sie war Polizistin, und sie musste handeln. Was hatte sie schon groß zu verlieren. Ihren Job? Das wollten sie doch erst mal sehen. Sollte doch Wenzel untersuchen, was er wollte.

«Los!», sagte sie kurz entschlossen. «Finde du raus, wo Jasmin gemeldet ist. Dort fahren wir zuerst hin, und wenn sie da nicht ist», kam sie einem Einwand von Bruch zuvor, «dann klappern wir die ganzen Drogenecken der Stadt ab. Das lass ich mir nicht gefallen!»

«Es hat keinen Zweck», sagte er.

Doch auch er sollte sich die Zähne an ihr ausbeißen. «Hast du irgendeine bessere Idee? Nein? Also?»

Einmal mehr gab er sich schnell geschlagen. «Fahr los, ich weiß, wo sie gemeldet ist.»

Frau Schindler war Leiterin des Kinder- und Jugendnotdienstes in Reick. Ihr Äußeres vereinte eine seltsame Mischung aus einem Hippie und einer Büroangestellten. Ihr Haar war zu Hunderten Rastazöpfen geflochten, und diese waren mit einem Gummi zusammengebunden, sie trug Ohrschmuck aus Holz, ein Nasenpiercing, einen leicht altmodischen Hosenanzug und Mokassins aus dem Dritte-Welt-Laden. Ihr Alter war schwer zu schätzen, sie schien jung, doch der Umgang mit diesen vielen Existenzen, schon ganz am Anfang des Lebens gescheitert, ließ sie im Gesicht viel älter wirken. Besuch von der Polizei war sie gewohnt.

Einrichtungen wie diese kannte Schauer zur Genüge. Sie kannte den Geruch, eine Mischung aus kaltem Zigarettenrauch, Kaffee, billigen Reinigungsmitteln und ungewaschenen Kindern. Die Wände waren bunt gestrichen, der Versuch, durch Farbe ein wenig Freude ins Leben zu bringen. Dies wurde jedoch nicht gewürdigt. Überall waren Schmierereien, die Tapete abgerissen oder achtlos zerschrammt, wo immer eine Tür anschlug, ein Stuhl stand oder einer der Rollwagen dagegenknallte, mit denen das Essen aus der Küche geholt wurde.

«Normalerweise sind wir ja nur für kurzfristige Aufenthalte ausgelegt. Wenn Kinder akut aus ihren Familien geholt oder von der Polizei aufgegriffen werden. Aber ein paar Kandidaten haben wir schon, die mal ein paar Wochen bleiben oder immer wieder hierherkommen. Und Jasmin, die ist ein Sonderfall», erklärte Frau Schindler.

«Wie viele Kinder haben Sie denn hier?»

«Unterschiedlich, manchmal nur drei, manchmal zwanzig oder mehr. Die meisten sind aber jünger als Jasmin.» Die Frau sah Bruch an, der außer einem knappen Nicken zur Begrüßung bisher noch gar nichts beigetragen hatte.

«Wann war sie das letzte Mal hier?», fragte Schauer.

«Das ist schon lang her, sechs Wochen oder länger. Wir haben sie auch bei der Polizei als vermisst gemeldet. Das ist aber eher eine Formalität, es sucht ja nicht wirklich jemand nach ihr. Damit sind wir nur rechtlich abgesichert.»

«Hat sie die Schule noch besucht?»

«Angemeldet ist sie an der Schule zwei Straßen weiter, da war sie nur schon seit einem Jahr oder länger nicht mehr, und vorher nur sporadisch. Dort hatte man auch wenig Interesse an ihr gezeigt. Ist auch nachvollziehbar. Sie stört viel. Sie bringt alles durcheinander, macht die Kinder verrückt mit ihrem dummen Gerede.»

«Inwiefern?»

«Sie macht ihnen Angst.»

«Angst, womit?»

Frau Schindler hob die Schultern. «Ach, mit Geistergeschichten. Und sie ist vor allem aggressiv.»

«Können wir ihr Zimmer sehen?»

Frau Schindler erhob sich. «Ich zeig es Ihnen, aber wir müssen uns beeilen, die Kinder kommen bald aus der Schule, da wird erst mal jede Hand gebraucht.»

Jasmins Zimmer lag zwei Stockwerke weiter oben. Frau Schindler stieß die Tür auf, gab einen Raum preis, in dem ein Bett stand, ein Kleiderschrank und ein Schreibtisch. Sonst nichts. Die Fenster hatten allesamt keine Riegel, waren nicht zu öffnen. Es gab kein Bild, keine Pflanze, kein Buch. An der Decke eine einzige schlichte Lampe. Der Schalter dazu war zerschlagen. Die Steckdosen, sah Schauer, waren allesamt demontiert und verputzt. Es war kalt, da man in Jasmins Abwesenheit nicht heizte.

«Die Etage ist nicht weiter belegt. Sie ist zwar nicht da, aber falls sie kommt, halten wir hier oben so weit wie möglich alle Zimmer frei. Es kommt unweigerlich zu Auseinandersetzungen, wenn sie da ist. Warten Sie mal, ich komme gleich wieder.» Frau Schindler, die etwas gehört hatte, lief den Gang hinab. Schauer betrat derweil das Zimmer. Bruch folgte, wirkte seltsam zögerlich, wo ihn doch sonst nichts anfocht.

«Ich glaub ja wohl, ich spinne!», hörten sie Frau Schindler schimpfen. «Hast du dich hier den ganzen Tag versteckt?»

«Hatte kein Bock auf Schule», maulte eine Mädchenstimme.

«Joline, darum geht es nicht, die rufen hier an und sagen, du bist nicht da, was, wenn ich die Polizei alarmiert hätte?»

«Mir doch egal!»

«Mensch, Joline, das ist jetzt schon das dritte Mal, die schmeißen dich von der Schule.»

«Mir doch egal, können die außerdem gar nicht!»

«Geh jetzt runter in dein Zimmer, ich komme gleich zu dir!»

Wenige Augenblicke später erschien sie wieder in der Tür. «Wie gesagt, Jasmin war schon lang nicht mehr hier. Hier ist auch nichts von ihr. Höchstens ein paar Klamotten.»

«Hier ins Haus kommt niemand einfach so rein oder raus?», fragte Schauer.

Schindler zog einen Mundwinkel und beide Schultern hoch. «Normalerweise nicht, aber wenn ein Kind am Tor klingelt, schlüpft sie mit rein. Und genauso kommt sie wieder raus. Und grundsätzlich, wer wirklich rauswill, schafft es auch über den Zaun, wir sind ja kein Gefängnis hier.»

Ihr Telefon begann zu klingeln. «Was ist denn?», ging sie entnervt ran. «Ja, wartet, ich komme runter.»

Sie steckte das Telefon weg. «Wenn Sie wollen, sehen Sie sich um. Ich muss ins Büro.» Sie hob entschuldigend die Hand und drehte sich auf dem Absatz um, eilte den Flur hinunter.

Schauer sah Bruch an. «Ist was mit dir?»

«Das Bett», sagte Bruch.

Was ist damit, wollte sie fragen, doch es gelang ihr, die Frage zu unterdrücken. Sie musste lernen, cool zu werden. Richtig cool, nicht nur die harte Tussi spielen, sondern auch sein. Deshalb ging sie zu dem Bett. Sie zog das Bettzeug weg, fand nichts Ungewöhnliches. Nun drehte sie sich doch zu Bruch um, der in der Tür stehen geblieben war. Statt aber zu fragen, folgte sie nur seinem Blick, ging in die Hocke und kniete sich schließlich hin, um sich dann noch mit den Händen auf dem Boden abzustützen, und sah unter das Bett.

Sie stand auf, fasste das Bett am Fußende und zerrte es beiseite. «Mach doch einfach den Mund auf!», murrte sie Bruch an, der herangekommen war und das Kopfende packte. Gemeinsam zogen sie das Bett ein ganzes Stück von der Wand weg, offenbarten ein ganzes Sammelsurium an Dingen und vor allem Schmierereien an der Wand.

«Das war in ihrem Zimmer in dem Haus auch an der Wand», stellte Schauer nach kurzer Prüfung fest. «Sind doch irgendwelche Teufelszeichen oder so?» Es waren Runen, Pentagramme, stilisierte Tierköpfe.

Bruch betrachtete die Bilder viel länger als nötig, seine Pupillen hüpften, als bewegten sich die Zeichen. Wie hatte er das eigentlich sehen können, fragte sie sich. Selbst von der Tür aus war der Weg eigentlich zu kurz, der Winkel zu groß, um so unters Bett zu blicken.

Schauer hockte sich hin, griff nach einer Fotografie, die ganz abgegriffen und vergilbt war. Sie zeigte Jasmin und ihre Mutter aus Tagen, in denen ihre Welt noch in Ordnung war. Sie standen vor einem Gartenzaun, Nora Mahlers Hände auf Jasmins Schultern. Schauer überlegte nicht lang, steckte das Bild ein. Dann langte sie nach ein paar Figuren aus Kinderüberraschungseiern, ein paar Stummel von Stiften lagen herum, ein paar Glasmurmeln, ein winziger Plüschteddy, der nur ein Schlüsselanhänger war. Eine Zigarettenschachtel lag noch da, doch keine Zigaretten waren drin, sondern irgendwelcher Stoff, in Alufolien portioniert. Das war hart. Sich auszumalen, welches Leben dieses Kind führte. Hart aber auch zu akzeptieren, dass Jasmin log und behauptete, sie wäre von ihr geschlagen worden. Hart, ihr zu verzeihen, trotz aller Umstände. Doch für Jasmin war sie nur eine von vielen, eine Feindin.

Schauer erhob sich, sah Bruch wieder an. «Schau mich nicht so an, ich flenne nicht!»

«Hat die Scheiße gebaut?», fragte jemand von der Tür, veranlasste beide Polizisten, sich umzudrehen.

«Du bist Joline?», fragte Schauer.

«Kommt die jetzt in Knast?» Das Mädchen war drall, ihr großer Busen in ein viel zu enges Top gequetscht. Ihr Gesicht war überschminkt, ihre Lippen sahen aus, als saugte sie sich jeden Tag stundenlang an einer Flasche fest, damit sie voller wirken.

«Kennst du Jasmin?»

«Heißt die so? Ich dachte, die heißt Psycho. Pennt unterm Bett, wenn die mal da ist. In der Schule hat sie voll den Lehrer angegriffen. Voll 'ne Flasche über den Kopf gehauen und ins Gesicht getreten.»

«Sie hat Schlimmes erlebt.»

«Ach nee. Die Arme. Was is'n nun, geht die in den Knast? Oder in die Klapsmühle. Wär besser. Die ist voll irre, sag ich Ihnen. Die hat mir voll gedroht, wollte mich umbringen. Sag ja nur.»

«Das sagt sie nur, um dir Angst zu machen!»

Joline schüttelte den Kopf. «Nee, Angst macht die ganz anders. Die geht zu den Kleinen und erzählt vom Satan und so. Die sagt, der kommt ins Haus und bringt ihre Väter um. Und man kann dem nicht entkommen, weil, der weiß immer, wo man ist, und dass man sich nicht mit ihr einlassen soll, weil die selbst von Satan bewacht wird, und wer ihr was antut, der legt sich auch mit Satan an. Ich hab die ausgelacht, aber die ist mich voll angegangen und hat das voll ernst gemeint.»

«Joline, das ist alles nur dummes Zeug. Geh wieder zu den anderen.»

Joline dachte nicht daran, sie kam sogar ins Zimmer. «Ich sag Ihnen, die alle denken, ihre Mutter hat ihren Vater totgeschlagen, aber ich sag Ihnen, die war das. Ich hab auch schon dran gedacht, meine Alten totzuschlagen, aber ich mach's nicht. Aber die hat's gemacht. Die ist nicht erst verrückt geworden, wie Sie jetzt alle denken, die war schon vorher irre, das weiß ich von Linda, die war früher bei der in der Schule.»

«Aha, und Linda, ist die hier?»

«Nee, die ist bei ihren Großeltern. Aber gehen Sie doch zu der Schule von Jasmin, dort wo die früher gewohnt hat. Sie sind doch Bull'n, Sie finden das raus.»

«Das ist nur Gerede», sagte Bruch, als Schauer den Wagen vor der Grundschule abstellte. Sie waren fast eine halbe Stunde durch die Stadt gefahren, Schneefall hatte eingesetzt, wenn auch nur ganz wenig. Obwohl es gerade drei Uhr am Nachmittag war, wurde es schon wieder düster. Ihm war nicht wohl, nichts von dem, was sie hier taten, nützte etwas, ganz im Gegenteil, er fühlte fast körperlich, dass es nicht gut war, sich weiter auf Jasmin einzulassen. So, als würde man immer mehr beschleunigen und sah in der Ferne schon die Wand, auf die man zuraste.

Er hatte während der Fahrt überlegt, was er zu dem sagen

konnte, was das andere Mädchen über Jasmin erzählt hatte. Er wollte Schauer dazu bringen abzulassen, doch wusste er auch, dass sie sich davon nur noch mehr angespornt fühlen würde. Als er ihr sagen musste, dass es schon zu spät war auszusteigen, hatte sie das schnell akzeptiert, dabei hatte sie nie wirklich vorgehabt auszusteigen. Sie war neugierig, sie war trotzig, sie war stur. Ihm fehlte die Kraft, dagegen anzukämpfen. Sein Flug durch den leuchtenden Tunnel hatte ihn erschöpft. Jetzt war er kaum mehr als ein Passagier. Und obwohl er froh sein müsste, dass er momentan fühlte und spürte und dachte wie ein normaler Mensch, wünschte er sich, das hätte bald ein Ende, und er könnte zurück in seinen Kokon, der ihn mit geruchs- und geschmacksloser Gräue umhüllte. Denn etwas kam auf sie zu, und auch wenn er nicht wusste, was es war, wollte er dem in seinem Zustand nicht begegnen.

«Dieses andere Mädchen will sich nur wichtigmachen», fügte er hinzu. Noch fühlte er. Doch es schwand. Diese Zeit der Normalität, zumindest das, was er so bezeichnen konnte, war meistens die kürzeste. Er mochte Schauer, stellte er fest, und sosehr er sich in seinen Kokon zurückwünschte, fürchtete er, er könne es wieder vergessen, so wie er vergaß, was Kälte war und Hunger und Angst.

Schauer sagte nichts. Sie stieg aus. Er folgte ihr zur Eingangstür, wo sie klingelte, sich der Kamera als Polizisten vorstellte, ihren Ausweis zeigte. Dann öffnete sich die Tür, ins Schulleiterbüro sollten sie kommen. Schweigend liefen sie, und es gab nichts, womit er Schauer jetzt hätte aufhalten können.

Der Schulleiter war ein älterer Mann mit weißen Haaren, er musste kurz vor der Rente stehen. Er empfing sie freundlich.

«Wissen Sie, ich habe oft über Jasmin nachgedacht, nachdem ich diese ganze Geschichte mitbekommen habe», begann er auf Schauers Frage nach dem Mädchen zu erzählen.

«Man fragt sich ja oft, ob man etwas hätte bemerken müssen.»

«Was bemerken?», fragte Schauer ihn.

Der Geruch von Räucherkerzen stieg Bruch in die Nase, den hatte der Mann von zu Hause mitgebracht. Außerdem eine Note Männerparfüm, nicht von heute. Vermutlich war er gestern mit seiner Frau ausgegangen.

Der Schulleiter wiegte den Kopf. «Grundsätzlich. Das meine ich ja, ob man hätte etwas bemerken müssen.» Er wich aus, wusste Bruch, das war es nicht, was er hatte sagen wollen.

«Was glauben Sie denn, hätte man bemerken können?», hakte Schauer nach.

Sie übte sich in Geduld, das sah Bruch ihr an. Sie hatte die Witterung aufgenommen. Sie wollte jagen. Doch sie war auf der falschen Fährte. Jasmin war nicht die Lösung. Sie war ein Problem.

«Dass in der Familie etwas nicht stimmt.» Der Mann lächelte, doch er hatte schon die Lust verloren. Hatte er gerade noch geglaubt, das Gespräch wäre eine interessante Abwechslung, ein Small Talk über eine Person, die nicht mehr in seinem Verantwortungsbereich lag, musste er nun feststellen, es war ernst, und Schauer ließ nicht ab.

«Wie war Jasmin als Kind?»

«Da fragen wir lieber ihre ehemalige Klassenlehrerin, Frau Zirkow.» Er sah auf die Uhr. «Sie haben Glück, sie ist noch da. Heute ist eine kleine Konferenz.»

«Jasmin war ein sehr stilles Mädchen», sagte Frau Zirkow, sie war ein wenig jünger als der Schulleiter, klein, mit dunkelrot gefärbten Haaren. Sie mochte nicht über Jasmin sprechen, das sah Bruch ihr von der ersten Sekunde an. In ihrem Gesicht hatte sich jedoch keinerlei Überraschung gezeigt, als sie auf ihre ehemalige Schülerin angesprochen wurde.

«Die anderen Kinder mieden sie.» Sie hob die Schultern.

«Einfach so? Ist es nicht so, dass Kinder sich gerade auf die Außenseiter einschießen?» Schauer, vermutete Bruch, schwankte zwischen größtem Mitgefühl für Jasmin und einer schwerwiegenden Vermutung, von dieser Joline ausgelöst. Jetzt klingelte Schauers Handy. Sie nahm es heraus, sah auf das Display, schaltete den Klingelton stumm.

Frau Zirkow nickte. «Na ja, stimmt schon, Jasmin kam ja erst später in die Klasse. Nachdem ihre Eltern in das Haus eingezogen waren. Ihre Mutter war gerade mit dem zweiten Kind schwanger. Manche Kinder waren zuerst sehr nett zu ihr. Ich habe die Mädchen aufgefordert, sie freundlich zu behandeln und mitzunehmen. Aber es zeigte sich, dass Jasmin nicht besonders anschlussfreudig war. Sie wollte einfach nicht. Andersrum ähnlich. Manche Kinder waren gemein zu ihr, eben weil sie still war und auch nicht besonders gut angezogen. Ihre Eltern legten nicht so viel Wert darauf. Aber die Gemeinheiten hörten schnell auf. Ich glaube, Jasmin hat ein kleines Exempel statuiert.» Frau Zirkow lächelte unsicher. «Man ist ja nicht immer dabei. Und keines der Kinder hat mir je was erzählt davon. Aber ich glaube, Jasmin hatte sich einen der Jungen geschnappt, Jonas hieß der, glaube ich. Der war ganz verändert nachher.»

«Verändert?»

«Still, schüchtern, regelrecht verstockt. Ich gebe zu, mir war das ganz recht. Der war vorher ein ziemlicher Störfaktor, laut und frech. Aber Jasmin war schon seltsam. Sie schenkte mir zu Weihnachten mal etwas Gebasteltes, das war ... nicht schön.»

«Was meinen Sie mit nicht schön?», fragte Schauer.

Schauer warf ihm einen kurzen Seitenblick zu. Ihr Blick traf ihn fast körperlich, wie ein Strahl heißer Luft. Es schien noch nicht vorbei, in ihm war ein Kampf, er wandelte auf einem schmalen Pfad, der das grelle Gleißen von dem dunklen Abgrund trennte. Kurz sah er zum Fenster, nach draußen, wo nicht einfach mehr nur Schnee zur Erde fiel, sondern weiße Funken.

Frau Zirkow bemerkte von alldem nichts. «Ein seltsames Gebilde. Zuerst dachte ich, das sei so was wie Indianerschmuck.

Also, das sagt man ja nicht mehr, amerikanische Ureinwohner, aber Sie wissen sicher, diese Traumfänger, nennt man das so? Dann sah ich aber, es war aus Zweigen und Tierknochen gebaut. Also Knöchlein, ganz zierlich, wie von Vögeln, und ich meine, die Fäden waren Haare. Das sorgt für Sie, hatte Jasmin gesagt, als sie es mir gegeben hat.»

Schauer wich ganz unmerklich zurück. «Das sorgt für sie? Also für Sie?»

«Ja, für mich. Ich gestehe, ich hab es weggeworfen, das war mir zu eklig.»

«Sicher haben Sie ihre Eltern gesprochen?», fragte Bruch und erntete einen erstaunten und gleichzeitig ironischen Blick von Schauer. Warum er das gesagt hatte, wusste er nicht recht, es war einfach aus seinem Mund gekommen.

«Ihren Vater nur, bei einem Elterngespräch, ein netter Mann, sehr still, aber freundlich.»

«Hatten Sie das Gefühl, dass in Jasmins Familie etwas nicht mit rechten Dingen zuging?», fragte Schauer und warf ihm noch einmal einen ganz kurzen erstaunten Blick zu.

«Sie waren eben sehr schlicht, legten nicht viel Wert auf Äußeres.»

Bruch sah, dass Schauer auf mehr hinauswollte.

«Hatte Jasmin ein gutes Verhältnis zu ihren Eltern?»

«Das ist ganz schwer zu sagen, die kam ja immer allein und ging nach der Schule auch allein heim. Dabei lief sie hier durch den Wald. Da gibt es einen Weg, der führt zu der Siedlung am Wald, wo sie wohnten. Das hat mich schon gewundert, uns alle, denn Sie sehen ja, gerade im Winter, da ist es schnell finster, und früh am Morgen, da ist es noch wie Nacht. Aber Jasmin schien das nicht gestört zu haben.»

«Aber sie hatte grundsätzlich keine Probleme mit ihren Eltern?»

Frau Zirkow sah zur Tür ihres Zimmers. «Ich weiß schon, es gibt Leute, die glauben, im Nachhinein in Jasmins Verhalten etwas hineininterpretieren zu müssen, oder dass nie jemand zum Elternabend kam. Aber nur weil ein Kind still ist und einen seltsamen Sinn für Kunst und Ästhetik hat, heißt das noch lange nichts. Vor allem geschah dieses Unheil zwei Jahre nach dem Wechsel in die Oberschule, da macht man sich in seiner Erinnerung auch schon mal was zurecht. Vor allem wenn man mit dem Kind gar nicht täglich zu tun hatte.»

Damit war der Schulleiter gemeint. Bruch beschloss, dass es hier nichts mehr zu holen gab. «Also gut», sagte er und erhob sich. Wie erhofft folgte Schauer seinem Beispiel, ihr Blick jedoch konnte kaum verwunderter sein.

«Was hast du erhofft zu erfahren?», überraschte Bruch sie mit seiner Frage, als sie wieder im Auto saßen. War das gerade der echte Felix Bruch, tat sich ihr hier gerade ein winziger Spalt auf, ließ sie in die Vergangenheit blicken, einen Bruch sehen, der sprechen konnte, denken und handeln wie ein Mensch? Gab es noch Hoffnung, dass an ihm etwas zu retten war. War das ihr Verdienst? Oder wen sah sie da gerade?

«Gar nichts», log sie. «Aber als Kriminalist, vor allem in einem solchen Fall, sollte man doch alle Faktoren betrachten. Was hältst du davon, dass sie allein durch den Wald lief? Als Grundschülerin.»

«Sie hat eben keine Angst in der Dunkelheit», erwiderte Bruch. «Hattest du nicht einen Anruf?»

«Stimmt.» Schauer nahm das Telefon heraus, sah, dass es der Anrufer noch zwei weitere Male probiert hatte, und drückte Wiederwahl.

«Voss hier», meldete sich ein Mann. Schauer benötigte einen Moment, dann wusste sie, wer das war. Ein Kollege, Oberkommissar. Spezialisiert auf Bildauswertung und andere technische Angelegenheiten. «Sind Sie grad allein?»

«Ja», sagte Schauer und realisierte erst zu spät, dass das ja gar nicht stimmte. Einen Moment überlegte sie auszusteigen, doch Bruch sollte nicht so offensichtlich mitbekommen, dass er nicht mithören sollte.

Voss tat ihr ungefragt den Gefallen, dass er leise sprach. «Ich habe jetzt den gestrigen und heutigen Tag fast ausschließlich damit verbracht, mir mit anderen Kollegen die Aufnahmen der Überwachungskameras im Präsidium anzusehen. Von den verschiedenen Eingängen, von der Straße, vom Foyer, Sie wissen schon. Es ist unmöglich, irgendeine Person auszumachen, die sich auf eine Art verdächtig verhält oder irgendwie relevant erscheint.»

Das wusste sie im Prinzip schon. Doch sie hielt sich zurück. Er würde nicht umsonst angerufen haben. Dreimal.

«Mir ist aber etwas aufgefallen.» Er hatte die Stimme gesenkt, und es schien, als hätte er sich während des Telefonats nach draußen bewegt. Schauer reagierte schnell, stieg nun doch aus und warf die Autotür zu. «Ich würde es Ihnen gern zeigen. Allein!»

Das war deutlich, Bruch sollte nicht dabei sein.

«Ja, wo, auf der Schießgasse?», fragte sie und drehte sich noch weg dabei, denn es mochte ja sein, Bruch konnte Lippen lesen.

«Nein, ich habe es auf einem Stick gespeichert. Soll ich zu Ihnen kommen, oder ...?»

«Nein», sagte Schauer, «neutral irgendwo, senden Sie mir eine Nachricht.»

Voss verstand. «Geht klar.» Er legte auf.

Schauer stieg wieder ein. «Nichts Besonderes», sagte sie ungefragt.

«Voss?», fragte Bruch.

«Wollte wissen, ob wir wissen, wie lang die Beurlaubung gilt», log Schauer und fand keine schnelle Erklärung, warum sie ausgestiegen war. «Dienstschluss, oder?», versuchte sie abzulenken.

«Wir sind beurlaubt», erwiderte Bruch nur.

«Gut, dann fahr ich dich heim.»

Gerade als er das Haus betrat, erhob sich weiter oben wildes Geschrei. Er schaltete kein Licht an, stieg die Stufen hinauf, hörte aus der Wohnung des jungen Mannes wie immer Schieß- und Explosionsgeräusche von Computerspielen, von der nächsten Etage dumpfe Musik, nebenan hustete der alte Mann. Bruch zögerte, blieb auf dem Halbpodest stehen, lauschte ins Dunkle. Etwas war anders. Etwas hatte sich unter all die Gerüche im Haus gemischt. Unter all den Gewürzen, dem Urin, dem Schweiß, dem Zigarettendunst, dem Haschgeruch lag etwas Bedrohliches. Bruch bewegte sich weiter. Er hatte seine Pistole dabei, doch glaubte er, die würde ihm in diesem Fall nichts nützen. Aus seiner Nachbarwohnung drang das Geräusch vieler Stimmen, die arabisch sprachen. Es roch süßlich, nach Baklava und Tee.

Ehe er den Schlüssel ins Schloss steckte, hielt er noch einmal kurz inne. Die Lichter der Stadt, aus dem Treppenhausfenster gut zu sehen, wurden heller, zu kleinen, grellen Punkten, der Schnee begann zu funkeln, all die Weihnachtsbeleuchtungen der umliegenden Häuser wurden zu einer Kaskade aus buntem Licht. Er schloss die Augen, und es dauerte einige Augenblicke, bis das grelle Glitzern auch in seinem Kopf erlosch. Dann öffnete er die Wohnungstür. Als sie einen Spalt offen stand, hielt er wieder inne. Vom oberen Treppenabsatz erhob sich jemand, der dort gesessen hatte, ging drei, vier Stufen hinab.

Er drehte sich um. «Was willst du hier?», fragte er.

8

Zwar war es ein weiterer Umweg, der sie in die Dresdner Neustadt führte, ins Szeneviertel mit den vielen Cafés und Bars, doch verschaffte ihnen der Trubel dort eine gewisse Anonymität. Voss war ein unscheinbarer Mann mittleren Alters, mit kurz geschnittenem Haar, im gestreiften Pullover.

Nachdem sie sich an einen Tisch gesetzt und Kaffee bestellt hatten, klappte er seinen Laptop auf.

«Ich will jetzt nicht wie so ein Verschwörungstyp rüberkommen. Und ich bin mir auch nicht sicher, deshalb habe ich heute in der Besprechung nichts gesagt. Wir saßen in großer Runde, vom BKA war auch einer da, der als der Super-Experte gilt. Da war es mir zu blöd, mich zu melden, weil sonst keiner etwas registriert hat. Außerdem, na ja», er zuckte mit den Schultern, «haben Sie ja bemerkt, dass hier etwas vor sich geht, Simon wird sicher nicht grundlos umgebracht worden sein. So wie bei dem Fall Mahler, da war etwas, davon sollte keiner wissen. Mir will irgendwie nicht aus dem Kopf, dass die beiden Fälle miteinander zu tun haben. Ich denke, die Richterin morgen, die wird das letzte Urteil gegen Nora Mahler sofort kassieren. Wundert mich schon, dass sie die für den Fall eingesetzt haben. Die gilt als sehr liberal. Der Richter, der damals das Urteil gegen Mahler sprach, war das ganze Gegenteil davon. Bestimmt haben sie jetzt die Kohlmeyer nur eingesetzt, weil der Fall inzwischen bundesweit Aufmerksamkeit erregt hat.»

«Wie hieß der Richter damals?» Sie wusste es, wollte nur zeigen, dass sie dabei war, und hoffte, das Ganze zu beschleunigen, denn sie wollte endlich sehen, was er ihr zeigen wollte.

«Harschner, das ist auch so einer, der Jugendliche zu drei Jahren verknackt, wo andere mit Bewährung davonkommen. Kann man ja geteilter Meinung dazu sein.» Während er sprach, klickte er auf seinem Notebook herum, hatte noch nicht einmal den USB-Stick angeschlossen. Das tat er jetzt endlich.

«Bei einer Sache bin ich mir sicher: Die Kollegen haben damals extrem schlecht gearbeitet. Das Urteil von Harschner beruht außerdem auf zwei, drei Informationen, die entweder nicht ausreichend belegt sind oder nicht zugelassen werden dürften, weil sie auf illegalem Wege erlangt worden sind.»

Schauer nickte freundlich, komm jetzt in die Puschen, dachte sie nervös. Ihr war schon, als drehte sich eine junge Frau weiter vorn im Café ständig nach ihnen um.

«Jedenfalls, schauen Sie mal hier.» Voss klickte eine kleine Videodatei an, auf der das Foyer des Polizeipräsidiums zu erkennen war. Man sah die große Eingangstür, die Pförtnerkabine hinter Panzerglas. Vereinzelt betraten Leute den Raum, zeigten ihre Ausweise vor, nickten, sprachen mit dem Wachmann, der sie durchließ. Viel war vor dem eigentlichen Dienstbeginn noch nicht los. Der Weitwinkel der Kamera ließ zu, dass man die Ankommenden sah, wie sie den Eingang betraten und den Vorraum ins Gebäude hinein verließen. Voss sagte nichts. Schauer starrte, wagte nicht zu blinzeln, um nichts zu verpassen. Nach drei Minuten brach Voss ab.

«Was gesehen?»

«Nein, nichts!» Ein wenig war sie enttäuscht, jedoch war ebenso der Ehrgeiz geweckt zu sehen, was Voss gesehen haben wollte.

«Okay, gut, dann der hier!» Er klickte einen zweiten Film an. Schauer sah schon schwarz, denn es schien noch Dutzende solcher Dateien zu geben. Jetzt erkannte sie die Front des Gebäudes, zumindest einen Teil davon. Er zeigte nur einen Abschnitt, direkt vor dem großen Eingang. Es war noch dunkel, sicherlich früh am Morgen, kurz vor dem Mord an Simon, die Straßenlaternen beleuchteten den Gehweg und die Straße hell. Leute kamen, nicht zu viele, dieselben, die sie gerade in dem anderen Film gesehen hatte. Ab und an fuhr ein Auto vorbei. Die Zeit unten lief durch, ohne Auffälligkeiten. Nun war sie doch enttäuscht. Irgendwie hatte sie geglaubt, ein Ufo landete, so geheimnisvoll, wie Voss sich gab.

«Und?», fragte er jetzt.

«Ich kapier nichts.»

«Ich habe noch Aufnahmen von anderen Kameras, es gibt viele. Diese hier habe ich Ihnen gezeigt, weil sie am auffälligsten sind.» Er spielte den letzten Film noch einmal ab. An einer Stelle hielt er ihn an.

«Hier, beobachten Sie die Schneeflocken. Es sind nur ganz wenige, kaum zu erkennen. Jetzt!» Kaum war der Moment vorbei, ließ Voss ihn wiederholen.

«Kommt es Ihnen nicht so vor, als würden sie langsamer fallen, nur ein paar Augenblicke lang? Zufälligerweise ist kein Passant, kein Fahrzeug zu sehen. Solche Momente gibt's noch zweimal.»

Schauer sah genau hin, konzentrierte sich auf die winzigen weißen Pünktchen, die an der Linse vorbeifielen. Sie schienen wirklich unmerklich langsamer zu werden. Niemals wäre sie darauf gekommen, zumal ein Luftzug, ein Aufwind ihren Fall auch nur gebremst haben könnten.

«Jetzt noch mal der andere.» Er klickte den ersten Film an. «Der Wachmann setzt sich, sehen Sie. Er bewegt sich kaum, aber wenn er sich bewegt ... hier, sehen Sie!»

Der Mann hob die linke Hand ein Stück, drehte das Handgelenk, um auf die Uhr zu sehen. Voss wiederholte die Szene noch einmal. Jetzt erschien es auch Schauer, als drehte der Mann sein Handgelenk in Zeitlupe.

«Und was hat das zu bedeuten?

«Hier ist euer Kaffee», kam die Kellnerin dazwischen, hemmungslos duzend seit der ersten Sekunde, obwohl sie nur halb so alt schien. Sie stellte die Tassen ab, und Schauer war, als zwinkerte sie ihr zu, als sie ging, und als sie ihr nachblickte, glaubte sie zu sehen, wie die Kellnerin die andere junge Frau weiter vorn mit der Hand über die Schulter streifte. Im nächsten Moment sah diese wieder nach hinten, wich aber Schauers Blick sofort aus, wie man es tat, wenn man nicht beim Starren erwischt werden wollte. Sie hatte langes blondes Haar, trug sportliche, schicke Kleidung.

«Also, ich glaube», sagte Voss leise, «es wurde ein Teil entfernt. Ein paar Sekunden nur, so lang, wie es benötigt, in den Blickwinkel der Kamera zu treten und durch das Tor ins Haus zu gehen, drei Sekunden etwa. Und noch mal so viel, oder vielleicht vier, wenn man das Foyer betritt und es durchquert. Das Ganze dann noch einmal, als der Täter das Haus verlässt.»

«Der Täter. Sie glauben, jemand hat den Täter herausgeschnitten?»

Voss, dem die Ungeheuerlichkeit der Annahme bewusst war, nickte, zuckte mit den Achseln, nickte noch mal. «Rausgeschnitten, dann die Aufnahmen an unauffälligen Stellen verlangsamt, statt eine Wiederholung einzubauen, weil das zu riskant wäre. Dann musste die Uhrzeit unten angepasst werden. Der Abschnitt wurde also rausgetrennt und nach der Bildbearbeitung wieder eingefügt.»

«Ist das so einfach machbar?»

«Heutzutage klar, logisch. Nur ich denke, es brauchte in dem Fall jemand mit viel Ahnung, im Grunde einen Spezialisten, weil es schnell gehen musste und eines guten Rechners bedarf. Und es bedarf der Originalaufnahmen. Und der Wachmann, der sagt natürlich, er hätte niemanden vorbeigehen sehen oder unkontrolliert hineingelassen.»

«Sie meinen», jetzt begann auch Schauer zu flüstern und sah wieder zu der jungen Frau hinüber, «das ist von ganz oben manipuliert?»

«Und nicht nur das, so ein Spezi ist nicht schnell zu beschaffen, die richtigen Leute müssen an der Überwachung sitzen, die Aufnahmen sichern. Das heißt ...»

«Die Tat war schon einige Zeit vorher geplant», vollendete Schauer den Satz. «Von ganz oben.»

«Oder zumindest von jemandem ganz oben gedeckelt.»

«Aber wer hätte Interesse, Simon loszuwerden?»

«In solche Spekulationen will ich mich gar nicht wirklich vertiefen.» Voss schaltete den Laptop aus und klappte ihn zu.

«Und warum haben Sie mich angerufen?»

«Weil Sie mir noch als am unvoreingenommensten erscheinen, und vielleicht, weil ich Sie warnen möchte. Ich habe wirklich keine Ahnung, was bei Bruch und Bartko so lief unter Simon, aber da ging einiges nicht mit rechten Dingen zu.» Er trank einen hastigen Schluck Kaffee. «Sagt man so!», fügte er noch schnell hinzu. «Und dass es jetzt diesen Juskat getroffen hat. Der hatte ja gar keine Überlebenschance. Den hätten sie eigentlich gleich da liegen lassen können, anstatt zu operieren.»

«Ist der gestorben?»

«Ja, wussten Sie das noch nicht? Ach so, Sie sind ja beurlaubt. Ja, vor zwei Stunden haben sie ihn für tot erklärt. Ich dachte, das hätte trotzdem schon die Runde gemacht.»

«Und wie meinen Sie das, dass es jetzt den Juskat traf? Was hat der damit zu tun?»

«Na, der ...», Voss sah sich um, doch dass die junge Frau, die weiter vorn saß, sich schon wieder nach ihnen umdrehte, bemerkte er nicht, «der hat doch eine Firma für Betriebsprüfungen. Also richtig solche Dinger im großen Stil, Autoindustrie, Pharma und auch im staatlichen Auftrag, die prüfen auch Arbeitsvorgänge in Rathäusern und so, und kürzlich gab es wohl eine Betriebsprüfung bei Narclab.»

«Ja?» Musste sie da etwas wissen? Narclab, das hatte sie kürzlich gelesen, aber wo?

«Das ist die Firma, bei der Thomas Mahler gearbeitet hat», half Voss nach.

Schauer fuhr es kalt den Rücken hinunter. Das zog immer größere Kreise. Kaum hatte man einen Umstand verkraftet, trat der nächste ein. Bartko war tot, das konnte ein Unfall gewesen sein, Simon aber war eindeutig umgebracht worden, und nun sollte dieser Juskat auch mit in dieser Sache stecken, und ausgerechnet Jasmin war bei ihm gewesen. Wollte sie das? Wollte sie da mit drinstecken? Würden die so einen Aufwand betreiben, sie zu suchen, wenn sie jetzt einfach ihre Sachen packte und verschwand? War es schon zu spät? Sie wusste im Grunde nichts, aber sicherlich doch zu viel.

«Warten Sie mal kurz!», bat Schauer und erhob sich. Sie ging schnurstracks auf die junge Frau zu, die sich schon wieder umgedreht, Schauer angesehen hatte und nun eilig aufstehen wollte. Schauer fasste sie an die Schulter und drückte sie auf den Stuhl zurück, setzte sich auf den Stuhl daneben.

«Kennen wir uns?», fragte sie.

«Nein», gab sich die junge Frau wortkarg. Sie war höchstens zwanzig.

«Gibt's einen Grund, sich immer zu mir umzudrehen?»

«Hab ich gar nicht.»

«Mindestens zehnmal, bin ja nicht bescheuert.»

«Mir war halt langweilig, sorry, und jetzt lassen Sie mich!» Die Frau stand auf, griff ihre Tasche, zwängte sich auf der anderen Seite des Tisches durch und eilte nach draußen. Schauer sah ihr ratlos hinterher, dann kehrte sie an den Tisch zurück.

«Also Juskats Firma macht eine Betriebsprüfung bei der Firma, bei der Thomas Mahler arbeitete?» Sie gab sich gelassen, doch auch diese Begegnung ließ sie nicht einfach los.

«Kannten Sie die?», fragte Voss, nun auch offensichtlich misstrauisch geworden.

Schauer schüttelte den Kopf. «War eine Verwechslung. Also,

Thomas Mahler ist tot. Einer der Ermittler ist tot, Bartko. Dessen Chef, Simon, ist tot. Juskat, der den Betrieb prüft, ist tot. Noch dazu sollen die Aufnahmen der Überwachungskameras des Polizeipräsidiums manipuliert worden sein. Das ist ein bisschen viel.»

Voss nickte. «Und bei zwei von vier Fällen war Jasmin Mahler anwesend. Und jetzt ist sie aus dem Krankenhaus geflüchtet und verschwunden.»

Jasmin trat ihm entgegen. Sie sah ihm fest in die Augen, das konnten nicht viele, auch nicht im Dunkeln.

«Was willst du hier?», fragte er noch einmal, obwohl er sich sonst nie wiederholte.

«Nimm mich in deine Wohnung», sagte sie.

«Warum sollte ich?»

«Du musst. Du weißt, dass du das musst. Ich muss mich waschen, ich muss schlafen, ich muss essen.» Sie trat näher und legte eine Hand auf seine Brust. Obwohl er Jacke und Hemd trug, begann seine Haut unter der Berührung zu glühen. «Du weißt, du musst.»

Bruch schwieg. Aus der Dunkelheit langten Hände nach ihm, fassten ihm um die Knöchel seiner Füße. «Eine Nacht», sagte er.

Jasmin lächelte, denn sie wusste, was er sagte, hatte in diesem Fall keine Relevanz. Er trat ein Stück zurück, und ihr Geruch stieg ihm in die Nase, Dreck, Schweiß, Angst, Wut und Gier. Sie war ein krankes Kind, wusste er, und gleichzeitig war sie viel mehr. Bruch gab ihr den Weg frei, damit sie seine Wohnung betreten konnte. Achtlos lief sie über all das ausgebreitete Papier hinweg, begann sich auszuziehen. Sie warf die Jacke zu Boden, eine zweite Jacke, zog sich den Pullover über den Kopf, streifte sich die Schuhe ab, stieg aus der Hose, zog sich die Strümpfe von den Füßen. Bruch trat in seinen Flur, schloss die Tür, ließ das Licht ausgeschaltet.

Nur in Unterwäsche stand sie nun da, begann jetzt auch diese auszuziehen. Bruch drehte den Kopf weg, sah zu seinem Schlafzimmer.

«Ich gehe in die Badewanne. Hast du etwas zu essen?», fragte Jasmin, ging ins Bad, schaltete das Licht an. Inzwischen war die Katze gekommen, betrachtete Jasmin, zeigte mit keiner Regung, ob ihr gefiel, was sie sah.

«Zwei Regeln», sagte Bruch und musste an die Badtür treten, damit sie ihn hörte, denn sie hatte das Wasser voll aufgedreht. «Dieses Zimmer dort wirst du nicht betreten.» Er zeigt auf die verschlossene Tür hinter ihm, das Zimmer seiner Tochter, auch wenn sie nie darin geschlafen hatte. «Und niemand im Haus erfährt, dass du hier bist.»

«Komm ruhig rein, wenn du willst, ich lass die Tür offen», ignorierte sie einfach, was er gesagt hatte.

«Ich werde deine Wäsche in die Waschmaschine werfen.»

«Dann habe ich nichts anzuziehen», sagte sie.

«Ich gebe dir etwas.» Bruch wollte schon zum Schlafzimmer, um irgendwas zu finden, was sie anziehen konnte, da fiel ihm noch etwas ein. «Und du musst etwas für mich tun», sagte er, ohne sie anzusehen.

«Wusste ich's doch», flüsterte sie, stieg in die Wanne und ließ sich langsam ins heiße Wasser sinken.

«Du wirst mir alles erzählen.»

Jasmins anzüglich wissendes Grinsen verflog und kehrte zurück, wie ein Sonnenfleck am Aprilhimmel. «Du weißt schon alles», sagte sie.

«Nein, ich denke nicht.»

«Ich habe tausendmal schon alles erzählt.»

«Aber nicht die Wahrheit.»

Sie richtete sich in der Wanne auf. «Felix Bruch», sagte sie, und alles Anzügliche, alles Kindische, alles Trotzige war verschwunden, «du kennst die Wahrheit. Sie steckt in dir drin. Die

Wahrheit, wer meinen Vater umgebracht hat, und die Wahrheit über deinen Zustand. Du musst dich nur erinnern. Offenbar haben sie dich bekloppt gemacht, dir dein Gehirn vernebelt. Aber wenn du unbedingt willst, dann erzähle ich dir alles noch mal. Aber gib dann nicht mir die Schuld.»

«Schuld wofür?», fragte er heiser.

«Für alles, was dann geschieht!»

Als sie heimkam, war es Abend. Sie stellte gerade das Auto ab, als ihr Telefon noch einmal klingelte. Ihre Hoffnung, es könnte Bruch sein, verflog, denn die Nummer auf dem Display wurde nicht angezeigt. Zurück blieb die Frage, warum sie gehofft hatte, es könnte Bruch gewesen sein.

«Ja?», nahm sie das Gespräch vorsichtig an, obwohl sie lieber nicht rangegangen wäre. Doch ein Problem zu ignorieren, wäre keine Lösung. Lieber stellte sie sich.

«Ist da Hauptkommissar Schauer?»

«Hauptkommissarin, ja.» Wenn, dann richtig, dachte sie.

«Ja, Kunath hier, Sven, ich hoffe, das ist jetzt nicht zu aufdringlich, aber ich hab mir deine ... Ihre Nummer geben lassen, also vielleicht erinnern Sie sich, gestern früh.»

Es war der Polizist, den sie bei Juskat auf der Straße gesprochen hatte. Der hübsche Kerl. Jünger als sie. Viel jünger. «Ja, worum geht's denn?»

«Ich dachte, wenn Sie Bock haben, also Lust, wir könnten uns mal treffen.»

Wusste er auch etwas, gab es etwas, das er bisher zurückgehalten hatte?

«Und am Telefon lässt sich das nicht klären?», fragte sie.

Kunath schwieg ein wenig zu lang. So lange, bis sie kapierte.

«Ach, du meinst, wir, wir könnten uns treffen, eine Verabredung, ein Date?»

«Na ja, wenn Ihnen, dir ...»

«Duzen wir uns», bot Schauer an und wusste gar nicht, was sie denken sollte, «weißt du, wie alt ich bin?» Sie war locker zehn Jahre älter, wenn nicht zwölf oder mehr.

«Na, genau nicht, aber mir macht das nichts aus, und warum nicht, so schlimm kann es nicht sein.»

Charmeur, dachte sie. Nein, dachte sie noch, das geht nicht. Das kann gar nicht gut gehen. Wie sieht das denn aus, die Leute könnten denken, ich wäre seine Mutter.

«Also, ich kann's verstehen, wenn Sie, wenn du ...»

Verlegen schien er, wer weiß, wie lang der schon das Telefon in der Hand hatte, und was war schon dabei, man musste ja nicht gleich heiraten, und tiefer konnte sie bei ihren Eltern sowieso nicht mehr sinken, und eigentlich gab's hier auch nichts mehr zu verlieren, höchstens zu gewinnen. «Nee, okay, gern. Echt.»

«Super, echt ... und wann? Heut nicht, oder?»

Jetzt musste sie sogar lachen, der schien es ja echt nötig zu haben.

«Nein, heute nicht. Morgen vielleicht? Morgen Abend.»

«Okay, cool. Echt cool, und wo?»

«Neustadt? Café Louise, neunzehn Uhr.» Etwas Besseres war ihr nicht eingefallen als das Café, in dem sie sich vorhin mit Voss getroffen hatte.

«Cool, cool, danke, bis dann, neunzehn Uhr, cool, ich freu mich!»

Der bedankte sich sogar noch, Schauer musste grinsen. Sie schloss das Auto ab, überquerte die Fahrbahn, nachdem sie einen Wagen durchgelassen hatte. Sie sah misstrauisch die Straße auf und ab, dass nicht Claudia Wondrak, oder sonst wer auf sie lauerte, dann betrat sie die Einfahrt zu ihrem Haus. Jetzt im Dunkeln, wenn einem die Kälte wirklich in die Füße biss und der Wind ging, da wurde einem erst richtig klar, was es bedeutete, kein Heim zu haben, dachte Schauer. Irgendwo musste Jasmin jetzt hocken, im Bahnhof vielleicht oder in irgendeinem Pennerunterschlupf. Vielleicht war sie ja doch wieder im Haus ihrer Eltern, und das musste man sich erst mal ausmalen. In dieses dunkle, kalte Haus zu steigen, die Treppe hoch, in dieses stockfinstere Zimmer. Da hörte man sicher auf jedes Geräusch, da knarrte und quietschte es, und draußen rauschte der Wald.

Ob sie doch noch einmal losfahren sollte, um Jasmin zu suchen? Nicht wegen Wenzel, sondern wegen ihres schlechten Gewissens. Doch wo anfangen mit Suchen, und wo aufhören? Hatte Jasmin wirklich Magenschmerzen gehabt, oder war die ganze Sache von Anfang an so geplant gewesen? Wahrscheinlich waren sie schön reingefallen auf das Kind, dachte Schauer.

Sie stand schon im Haus und hatte das Licht angeschaltet, da fiel ihr der Briefkasten ein. Sie ging wieder nach draußen, suchte im Licht des Bewegungsmelders den kleinen Schlüssel am Bund. Sie öffnete die Klappe, ein Brief lag drin und eine kostenlose Werbezeitschrift. Außerdem noch Dreck. Laub oder so was. «Witzig.» Schauer griff hinein, um das Zeug rauszuholen, und spürte eine seltsam gummiartige Konsistenz. Dessen Kälte ließ sie zurückzucken, und was sie in der Hand gehalten hatte, fiel zu Boden. Sie betrachtete es, wie ein Klumpen schwarzer Gummi sah es aus. Vorsichtig streckte sie ihren Fuß aus, berührte es mit der Schuhspitze, fühlte den Widerstand, das Gewicht, schüttelte sich, weil es so eigenartig lebendig wirkte. Dann bückte sie sich, um in den Briefkasten zu schauen. Weil es zu finster war, schaltete sie ihre Handylampe ein und leuchtete hinein.

Das war nicht nur Laub, was da lag. Gummitiere vielleicht, wie große Fledermaus-Lakritzstücke, die man im Kino kaufen konnte, schwarz, matt glänzend. Sie wollte gerade noch einmal hineingreifen, da bewegte sich plötzlich eines. Schauer fuhr zurück und konnte gar nicht aufhören, sich zu ekeln. Das waren Molche, stellte sie fest, kaum zehn Zentimeter lang, von der Kälte träge und widerlich. Vorsichtig, als konnte sie angesprungen werden, nahm sie die Zeitung heraus, rollte sie fest zusammen und versuchte die Tiere aus dem Kasten zu wischen, indem sie den Arm weit ausstreckte, um größtmöglichen Abstand zu halten.

«Herrgott», stöhnte sie, denn so einfach ließen sie sich nicht bewegen, als klebten sie am Metall, drei Stück oder vier, und deren bloße Existenz, dieses kalte Leben, das in ihnen steckte, ließ sie würgen. Ihr blieb keine andere Wahl, als hineinzugreifen. Eigentlich war nichts dabei, das waren nur kleine Tiere, wehrlos, fast erstarrt, und doch löste der Gedanke daran den größten Ekel aus.

Aber wer war sie?, dachte Schauer, eine kleine jämmerliche Pussy, die Angst vor ein paar Tierchen hatte und Streiche mit sich spielen ließ. Sie würde diese Viecher jetzt hier rausholen, würde schon zeigen, dass sie cool war. Schauer holte Luft, trat wieder an den Briefkasten heran. Genau dafür hasste sie sich. Nicht dafür, dass sie Angst hatte und sich ekelte, nein, sondern dafür, dass sie immer wieder das Bedürfnis hatte, etwas beweisen zu müssen. Sich selbst, Bruch, ihren Eltern, ihrer Schwester. Sie rollte die Zeitung auf, nahm ein Blatt heraus. Das wäre ja lächerlich, dachte sie, auf Pferden reiten und sich vor diesen Viechern ekeln, einfach lächerlich. Sie legte das Zeitungsblatt auf die offene Hand, langte damit in den Kasten, griff zu, fühlte durch das Papier die ausgekühlten Leiber. Sie zog die Hand raus, schüttelte sich und wollte alles zu Boden werfen. Doch sie besann sich, lief zur Wiese hinter dem Haus und warf die Molche in die Hecke. Ob denen das was nützte, wusste sie nicht, vielleicht veranlasste irgendein Instinkt sie dazu, noch irgendwo in Sicherheit zu kriechen, aber wenigstens lagen sie nicht hier auf dem Pflaster. Sie ging zurück und hob dann mithilfe der Zeitung noch den Molch vom Boden auf und brachte ihn zu den anderen.

Auf dem Weg zur Mülltonne schüttelte sie sich erneut und hoffte, dieses Gefühl würde sich wieder geben. Was für ein Leben, dachte sie. Angepasst an die Temperaturen, immer feucht, im Winter starr vor sich hin pulsierend, ein Herz, das nur einmal in der Minute schlug. Ekelhaft, erbarmungswürdig.

An der Haustür hielt sie wieder inne. In ihrer ersten Panik hatte sie gar nicht daran gedacht. Doch jetzt traf es sie wie ein Schlag. Molche, hatte Helen Bartkos Vater gesagt. Kleine schwarze widerliche Dinger. Und Helen Bartko hatte so getan, als ob der Alte blöde wäre. Ganz sicher nicht. Schauer schloss auf, trat ein, schaltete Licht an, stieg langsam die erste Treppe hinauf. So würde sie sich nicht auf den Arm nehmen lassen. Hier lief etwas, hier hatte sich etwas verschworen gegen sie. Die steckten doch alle unter einer Decke. Auch Helen und der demente Alte, der von den Molchen sprach. Angeblich hatte sich nach dem Tod ihres Mannes niemand von den alten Kollegen bei Helen gemeldet. Das war doch alles gelogen. Bruch war sogar nach Bartkos Tod in dessen Wohnung gewesen, hatte all das Zeug geholt, von dem die Frau angeblich nichts wissen sollte, Drogen, Geld, Waffen.

Jetzt fiel ihr ein, dass sie den Briefkasten offen gelassen hatte. «Gottverflucht», schimpfte sie leise, ging wieder hinunter. Sie musste wieder hinaus, zur Briefkastenanlage. Sie erledigte das schnell, und kaum war sie wieder im Haus, hatte den Fuß auf die erste Stufe gestellt, ging das Licht aus. Sie kehrte noch einmal zum Schalter um, dessen kleines Lämpchen orange leuchtete. Doch anstatt ihn zu betätigen, erstarrte sie. Sie sah durch das Glas in der Tür nach draußen – in der Hecke zwischen den Grundstücken schien ein Tier zu stehen.

Es trug offenbar ein Geweih, oder Hörner, wie ein Rehbock vielleicht. Es stand ganz still. Schauer wusste, dass sich hier gelegentlich Wildschweine herumtrieben, die sich am Tage im Waldpark versteckten. Dass es dort Rehe geben sollte, wusste sie nicht. Als jedoch das Scheinwerferlicht eines an der Kreuzung abbiegenden Wagens das Tier streifte und es für eine halbe Sekunde zu sehen war, sah Schauer, dass es kein Reh sein konnte. Es sah eher aus wie eine Ziege. Eine lang gezogene Schnauze, weiß, mit schwarzen Flecken, einem langen Kinnbart. Als jedoch das nächste Auto vorbeikam, war nichts dergleichen mehr zu sehen.

Das war doch völlig bescheuert, dachte Schauer. Schon langte sie nach der Türklinke. Doch diesmal beherrschte sie sich. Sie musste aufpassen, nicht verrückt zu werden. Und irgendwann war es auch genug, es gab keinen Grund hinauszugehen, um Hirngespinsten nachzugeben. Sie schaltete das Licht an und ging nach oben.

9

Ehe sie am nächsten Morgen das Haus verließ, ging sie geradewegs auf die Grundstücksgrenze zu. Es war früh, noch immer stockdunkel. Doch am Morgen, wenn man erst einmal darüber geschlafen hatte, schienen viele Dinge ganz anders als in der Nacht. An der Hecke, eher ein schlecht gepflegter struppiger Busch mit großen Lücken, trat sie an die Stelle, wo sie das Tier gesehen haben wollte. Da war nichts, aber ein Stück weiter, im noch weniger gepflegten Nachbargrundstück, hing im Gestrüpp eine weiße Plastiktüte, von Wind und Wetter zerfetzt. Hatte sie wirklich geglaubt, die Tüte wäre die Schnauze einer riesigen Ziege? Schauer schnaubte mäßig belustigt. Dagegen waren die Molche ganz real, sie lagen noch zwischen den Pflanzen, wo sie sie hingetan hatte, und würden den Winter so sicher nicht überleben. Aber vielleicht freute sich der Fuchs oder eine Katze oder wer auch immer so etwas fraß.

Schauer schnaubte erneut und wandte sich ab. Sie hatte zu tun. Zwar begann die Gerichtsverhandlung erst in einigen Stunden, aber vorher wollte sie etwas erledigen. Schlecht geschlafen hatte sie, ganz logisch, wie sollte man gut schlafen bei all diesen Informationen und schlechten Nachrichten. Sie hatte Nachforschungen über die Firma Narclab angestellt, so gut es ging, hatte eine hübsche Homepage gefunden, mit allem, was man wissen wollte: Wo sich das Institut befand, in dem die Firma logierte, wie viele Mitarbeiter es gab. Welche Auszeichnungen man für Forschungen bekommen hat. Die Bilder der wichtigsten Personen waren eingespeist, Professoren, Doktoren, Geldgeber, der Chef des Ganzen, ein gewisser Professor Wallburg. Der Staat förderte das Projekt mit Fördergeldern in zweistelliger Millionenhöhe. Klar, dass eine Betriebsprüfung verlangt wurde. Woran genau diese Firma forschte, war jedoch nicht leicht zu erschließen, hauptsächlich ihrer eigenen Unkenntnis von der Materie geschuldet und all den Fachbegriffen aus der Medizin. Aber anscheinend betrieb man Schlafforschung, suchte nach Mitteln, guten Schlaf ohne schwer abhängig machende Medikamente zu fördern. Das war natürlich wichtiger als Krebsforschung, dachte Schauer zynisch, oder an der Heilung seltener Kinderkrankheiten zu arbeiten, Schlaftabletten ohne Nebenwirkungen versprachen sicherlich viel mehr Rendite.

Schauer war am Auto angekommen und stieg ein. Sie musste sich zwingen, nicht ganz so misanthropisch zu sein, nicht automatisch immer nur das Schlechteste zu denken. Schlechter Schlaf konnte einem auch die Lebensfreude rauben. Sehr sogar. Vielleicht war schlechter Schlaf sogar das elementarste Problem der Menschheit.

Sie fuhr, ohne das Radio angestellt zu haben. Es brauchte ein paar kleine Rutscher, ehe sie realisierte, dass es über Nacht noch ein wenig mehr geschneit hatte und die Straßen wirklich glatt waren. Sie hatte auch überlegt, Bruch anzurufen. Doch warum, dazu fiel ihr nichts ein. Zuerst aber musste sie sowieso allein etwas klären.

So bog sie fast vierzig Minuten später wieder in die Straße ein, in der Bartkos Witwe mit ihren Eltern wohnte.

Sie hielt vor dem Haus, sah, wie vermutet, Lichter. Demenzkranke schliefen nicht lange, das hatte sie geahnt. Sie warf die Tür zu, überquerte im Schein der Straßenlaterne die Straße, passierte das offen stehende Tor, stieg die Treppen hoch und klingelte.

Helen Bartko öffnete so schnell, als hätte sie schon hinter der Tür gewartet.

«Sie?», fragte sie.

«Sagen Sie, finden Sie das witzig?», fragte Schauer, fest entschlossen, sich nicht den Schneid abkaufen zu lassen. Sie fror, stellte sie fest, hatte viel zu wenig angezogen und vor allem einen Schal vergessen.

Helen Bartko sah sie nur an, ganz ernst, fragte nicht einmal, was witzig sein sollte. Schauer vernahm Stimmen von drinnen. «Frau Bartko?», rief eine weibliche Stimme. Hier ging etwas vor sich, stellte Schauer fest und vergaß ihr Vorhaben, Helen Bartko wegen der Molche zur Rede zu stellen.

Die Frau wandte sich ab, öffnete die Durchgangstür zum Wohnzimmer, dort standen ein Mann und eine Frau. Schauer stand noch vor der Außentür, wagte sich nicht hinein, sah nach links, dann nach rechts, dort stand ein ziviles Fahrzeug, schlecht geparkt, auf dem Armaturenbrett ein Schild, Notarzt im Einsatz.

Schauer überwand jetzt ihre Skrupel, ging hinein und trat an die Wohnzimmertür. Die zwei fremden Personen sahen sich nach ihr um, wandten sich sogleich wieder ab, da die Hausherrin keinen Einwand erhob.

«Sie verstehen das hoffentlich», sagte die Ärztin.

Helen Bartko nickte. «Ich kenne die Gepflogenheiten. Bin selbst Frau eines Polizisten. Sie ist übrigens eine.» Sie zeigte auf Schauer.

«Was ist?», fragte Schauer, und stellte sich vor: «Schauer, Hauptkommissarin.»

Der Mann trat auf sie zu. «Meine Frau ist zwar die Ärztin im Dienst, aber ich bin selbst auch Arzt. Kommen Sie, er liegt oben!» Der Mann deutete die Treppe hinauf. Ehe ihr klar wurde, dass der Mann wohl glaubte, sie wäre von Helen Bartko gerufen worden, fand Schauer sich schon auf der Treppe wieder. In der nächsten Etage stand Bartkos Mutter im Nachthemd in einer Tür, guckte nur, scheinbar ahnungslos, was vor sich ging. Schauer folgte dem Mann in ein anderes Zimmer, wo in einem Pflegebett Helens Vater lag.

«Vermutlich ist er in der Nacht einfach gestorben. Herzversagen. Er ist achtundsiebzig, da ist das nicht ungewöhnlich. Wir haben aber in seinem Rachen winzige Blutgerinnsel entdeckt. Sehen Sie!»

Schauer fühlte sich genötigt, sich über den Toten zu beugen und in seinen offenen Mund zu sehen. Der Notarzt reichte ihr eine kleine Taschenlampe. Sie sah gar nicht richtig hin. Zu viel ging ihr durch den Kopf. Zufall, fragte sie sich, war das alles Zufall? Der Alte sprach von Molchen, sie hatte welche im Briefkasten, und nun war er tot, und das alles innerhalb eines Tages.

«In der Regel ist es so, dass man an Demenz erkrankte Menschen ständig zum Trinken auffordern muss, und trotzdem trinken sie zu wenig. Das trocknet die Schleimhäute aus, deshalb diese Risse. Aber um ganz sicher zu sein, müsste man ihn untersuchen.» Jetzt senkte der Arzt die Stimme. «Es ist sehr schwer, einen solchen Menschen zu pflegen, erst recht zwei wie Frau Bartko, über Jahre hinweg. Da ist es nachvollziehbar, wenn der eine oder andere die Nerven verliert. Sie wissen schon.»

Ja, sie wusste. Und war es nicht eigentlich ein Segen für alle, wenn man einem solchen Leben ein halbwegs humanes Ende setzte? Warum dieses ewige Siechen, das einem jeder Liebe zu dieser Person berauben konnte? Wie schwer muss es sein, sich jeden Tag weiszumachen, dass der Kranke für seine Krankheit nichts konnte, dass all der Kot und Urin, die Gemeinheiten, die schlaflosen Nächte nicht vorsätzlich geschahen?

«Ich bin zwar nur zufällig hier», klärte Schauer endlich auf, «aber ich werde alles in die Wege leiten.»

«Gut, gehen wir erst mal wieder runter.»

«Sie haben den totgemacht!», sagte plötzlich die alte Frau von der Tür. «Ich hab Sie hineingelassen, und nun ist er tot.»

Der Arzt blieb gelassen. «Frau Weiler, gehen Sie in Ihr Zimmer und legen Sie sich noch einmal hin!», bat er sie freundlich und half nach, indem er sie sanft anschob.

Die Alte aber sah über ihre Schulter, wehrte sich schwach.

«Sie werden schon noch sehen!», sagte sie.

«Was?», fragte Schauer. «Warten Sie doch einmal kurz. Frau Weiler – wen haben Sie hineingelassen?» Doch nun schaute die Alte sie nur mit aufgerissenen Augen an und begann zu summen.

Der Arzt wurde ungeduldig. «Die Frau ist auch krank.»

«Sie werden schon sehen!», wiederholte die Alte leise und ging in ihr Zimmer.

«Nun ist aber gut, Frau Weiler. Die Frau macht hier nur ihre Arbeit.»

«Nehmen Sie sich das nicht zu Herzen», tröstete der Arzt unten. «Sie kann nichts dafür.»

«Ich hätte gern gewusst, was sie meint.»

«Gar nichts. Sie müssen das verstehen. Frau Weiler ist völlig dement, nichts, was sie erzählt, hat Hand und Fuß. Das kann auch eine Erinnerung sein, etwas, was sie im Fernsehen gesehen hat. Nehmen Sie es nicht ernst, was sie gesagt hat.»

«Was hat sie gesagt?», fragte Helen Bartko. Ihr Gesicht war verquollen. Wie oft mochte sie sich in den letzten Monaten gewünscht haben, das Leiden ihres Vaters fände ein Ende. Nun, da er tot war, trauerte sie.

«Das ist völlig unwichtig, Frau Bartko», erwiderte der Arzt.

«Waren Sie gestern draußen, nachdem ich bei Ihnen gewesen bin?», wandte Schauer sich an Helen Bartko.

«Nein, warum?»

«Haben Sie mit irgendwem telefoniert, gesagt, dass ich bei Ihnen war?»

«Nein, wieso fragen Sie das?»

Schauer kniff die Lippen zusammen. Was sollte sie sagen? Was konnte sie preisgeben? «Sie erinnern sich, gestern sprach mich Ihr Vater an, redete von Molchen, auch wenn Sie mir nicht glauben wollen. Als ich heimkam am Abend, da waren welche im Briefkasten! Molche, lebendige kleine Tiere.»

«Wovon sprechen Sie? Haben wir nicht gerade andere Sorgen?», mischte sich die Ärztin ein, während Helen Bartko schwieg.

«Mischen Sie sich bitte nicht ein!», entfuhr es Schauer. «Also!», ging sie Helen an.

«Hören Sie mal», entrüstete sich die Ärztin.

Schauer ignorierte sie. Helen würde ihren Vater nicht umgebracht haben. Nicht nachdem sie vor ein paar Stunden noch hier gewesen war, das wäre zu auffällig, sollte sie es je vorgehabt haben. Sowieso blieb es bei den meisten Menschen nur bei dem Gedanken. Aber dass der Alte ausgerechnet in dieser Nacht gestorben war, das war ihr zu viel Zufall. «Was läuft hier, was soll das alles?», fragte Schauer. Sie sah, wie Helen Bartko mit sich kämpfte. Sie wollte schweigen, wollte etwas sagen, konnte sich nicht entscheiden, aber etwas war. Eindeutig.

«Bruch», brachte sie hervor, «ich weiß, es wurden Teile der Akten vernichtet, Aussagen. Ich weiß nicht, wer sie vernichtete, oder wer es veranlasste, aber wenn einer etwas weiß, dann er!»

Noch war genug Zeit. Bruch ging nicht ans Telefon, und einfach so zu ihm zu fahren, auf Verdacht, und dann mit hoher Wahrscheinlichkeit unverrichteter Dinge wieder abzuziehen, war für sie keine Option. Hierhin zu fahren, zum Haus der Mahlers, war derselbe Weg. Deshalb war sie nun wieder am Rande des Waldes. Vielleicht war Jasmin doch hier.

Schauer stieg aus, sah sich verstohlen um. Hierher war noch kein Schneeräumdienst gekommen und würde es wohl auch nicht. Die Straße, kaum befahren, zeigte die Spuren dreier Autos. Auf den Gehwegen waren nur wenige Fußspuren. Ein paar Fenster waren beleuchtet, hauptsächlich mit Weihnachtsschmuck. Schwibbögen, die hier fast jeder besaß. Auch Sebastian, ihr Ex-Freund, hatte großen Wert darauf gelegt. Ganz possierlich zuzusehen, wie er die Wohnung mit Erzgebirgszeug schmückte, solange man sich in einer intakten Beziehung wähnte, mit Aussicht auf dauerhafte Fortsetzung, Kinder vielleicht sogar, da fand man diesen Scheiß gemütlich, anheimelnd, nostalgisch. War man aber allein, sitzengelassen, da lösten diese ganzen Lichter in ihr nur Wut aus. Sie verspürte eine Lust, Steine zu werfen, in all die beleuchteten Fenster. Feiert ihr euren Weihnachtsmist, ich werde mir schön eine Flasche Wein reinziehen, laut Musik hören und schlafen gehen.

Sie straffte sich, betrat den Gehweg vorm Haus der Mahlers. Die Sonne ging langsam auf, würde nicht weit kommen, bei dieser grauen Wolkendecke. Die dünne Schneeschicht reflektierte alles zu seltsamem Licht, ließ es aussehen, als leuchtete sie selbst.

Um das Haus der Mahlers gab es keine Spuren, doch das hieß nichts, denn es hatte die ganze Nacht vor sich hin geschneit. Der Zugangsweg zur Haustür war unberührt, zumindest in den letzten paar Stunden war hier niemand gewesen. Drüben bei den alten Nachbarn brannte noch kein Licht. Schauer stapfte über die Wiese ums Haus, wer hier reinwollte, ging durch die Hintertür.

Auf der Rückseite angelangt, stutzte sie. Die Tür stand weit offen. Sie war sich ganz sicher, dass sie die Tür geschlossen hatte. Es konnte auch der Wind gewesen sein, überlegte sie. Bevor sie den nächsten Schritt tun konnte, fielen ihr nun doch Spuren im Schnee auf. Doch es waren keine menschlichen. Es waren die Spuren eines Tieres. Hufabdrücke. Sie führten direkt zur Tür.

Schauer hockte sich hin, betrachtete sie eine Weile. War das nicht seltsam? Der Größe der Abdrücke nach, und vor allem ihrer Tiefe, war es kein kleines Tier gewesen. Wie schwer waren Rehe, wie groß ihre Hufabdrücke? Sie richtete sich wieder auf, ging suchend herum, doch es schien so, dass eine Spur von den Tannen zum Haus, aber keine vom Haus wegführte. Könnte ein Reh gewesen sein. Aber war das hier reinmarschiert? In die Küche? Taten Tiere so etwas?

Schauer nahm ihr Handy heraus und ihre Pistole. Sie schaltete das Licht am Telefon ein. Dann trat sie in das Haus. Sie überlegte zu rufen. Aber sie wollte Jasmin finden und nicht warnen und vertreiben. Durch die Küche ging sie, durchquerte das Wohnzimmer, betrat das Treppenhaus, leuchtete in alle Zimmer im Erdgeschoss, fand diese unberührt und leer vor, versuchte, sich darauf einzustellen, dass in panischem Gezappel ein scheues Tier zu flüchten versuchte. Mahnte sich, nicht auszuflippen, keinen Herzinfarkt zu bekommen. Langsam stieg sie die Treppe hinauf, konnte nicht erkennen, ob es neue Schuhabdrücke auf den Stufen gab.

Sie bewegte sich so leise wie möglich. Warf einen Blick ins Schlafzimmer, in die Kinderzimmer, arbeitete sich bis zu Jasmins Zimmer vor. Dort atmete sie noch einmal tief durch, dann öffnete sie die Tür.

Es hatte sich nichts verändert. Jasmin war nicht da oder hatte sie schon gehört und sich versteckt.

«Jasmin», sagte Schauer deshalb mit halblauter Stimme. «Ich bin's, Nicole Schauer. Die Polizistin. Ich möchte dir helfen. Nicht nur ich, andere wollen dir auch helfen. Jasmin, du bist nicht allein, verstehst du?» Schauer ging zum Schrank, öffnete die Türen, ging dann in die Knie, sah unter dem Bett nach. Auch da nichts, sie richtete sich auf, sah sich um. Es war nicht zu erkennen, ob das Mädchen nun hier gewesen war oder nicht. Ob sie hier geschlafen und sich dann zeitig verdrückt hatte. Hatte die Bettdecke gestern so gelegen, fragte Schauer sich. Sie nahm den Zipfel und schlug sie um. Dann sprang sie zurück.

«Gottverflucht, was soll denn das?», zischte sie und schüttelte sich wieder vor Ekel, denn unter der Bettdecke wanden sich die Leiber von einem halben Dutzend kleiner schwarzer Molche.

«Hier ist doch jemand! Ich lass mich nicht für dumm verkaufen», rief sie laut und hob die Pistole. «Ich knall hier jeden ab, der versucht, mich zu erschrecken, verstanden? Ich komm jetzt raus, und wehe, es wagt sich einer, mich anzuspringen.»

Mit kleinen Schritten schob sie sich wieder hinaus in den Flur, hielt inne, lauschte. Zu hören war nichts. Sie konnte jetzt noch den Dachboden durchsuchen, und einen Keller gab es auch, aber nach ihren Erfahrungen, die sie bei ihrem letzten Fall erst gemacht hatte, würde sie einen Teufel tun, da runterzugehen. Sie hatte genug getan, hatte ihren Willen bekundet, Jasmin hätte sich zeigen können. Wenn sie stattdessen lieber mit Lurchen spielt, sollte sie. Schauer sah auf die Uhr, Zeit, zum Gericht zu fahren.

Der Fall Mahler hatte einiges an Aufmerksamkeit auf sich gezogen. Vor dem Gericht stand mehr Presse, als Schauer erwartet hatte. Sie hatte ihren Wagen weit weg vom Gerichtsgebäude an der Elbe abstellen müssen. Noch ehe sie sich fragen konnte, wie sie in das Gerichtsgebäude hereinkam, löste sich von einer Hauswand eine Person und kam auf sie zu. Claudia Wondrak.

«Gar nicht im Dienst?», fragte Schauer.

«Doch, hab nur auf Sie gewartet. Aber tun Sie nicht vertraut.» Wondrak schritt voran, sie trug wieder überaus schicke Kleidung, ohne allzu auffällig zu sein. Stiefel, Hosen, einen Mantel darüber, der Kragen hochgeschlagen.

«Was erreicht?», fragte sie ganz beiläufig.

«Nichts, nur noch mehr Fragen aufgeworfen.» Schauer kam sich neben der Frau wieder wie ein Mauerblümchen vor. Oder, besser gesagt, wie ein alter Schuh. Irgendetwas, das man noch gut gebrauchen kann und deshalb nicht wegwirft. Was hatte sich diese Frau nur von Bruch erhofft? Hatten sie Sex gehabt? Das konnte sie sich bei Bruch irgendwie gar nicht vorstellen.

«Jasmin ist abgehauen», beschloss sie dann aber doch zu sagen. «Hat uns ausgetrickst.»

Wondrak nahm es gelassen. «Sie hat gelernt zu überleben.»

Ob sie wusste, wo Jasmin war? «Es gibt Leute, die sagen, Jasmin war schon immer ein schwieriger Fall.»

«Das sind genau die Leute, von denen Sie sich Ihre Informationen nicht besorgen sollten.»

Leicht gesagt, dachte Schauer, dann schwieg sie, denn sie hatten den Eingang des Gerichts erreicht. Sie wurden kontrolliert und eingelassen. Wohin sie mussten, wusste sie: Zum großen Gerichtssaal ging es. Davor wurden sie wieder aufgehalten, abermals kontrolliert, dieses Mal mit Scanner und Taschenkontrolle. Doch als Schauer ihren Dienstausweis vorzeigte, ließ der Mann sie einfach nur durch. Mit Waffe.

«Wollen wir uns getrennt setzen?», fragte Schauer.

Wondrak sah sich kurz um, winkte dann ab. «Bruch ist heute noch nicht dran», sagte sie dann. Sie setzten sich in die hinteren Reihen. Es dauerte lange, bis es losging. Schauer kannte das Prozedere.

«Wird er denn kommen?», hakte sie bei Wondrak nach.

«Er kommt, wenn man ihn bestellt. Er scheint gut dressiert.»

Dressiert, dachte Schauer, interessante Formulierung.

Jetzt brandete ein wenig Aufregung auf. Leute drehten sich um. Durch eine Seitentür wurde Nora Mahler in den Saal geführt. Nahm mit ihren Anwälten den Platz auf der rechten Seite des Gerichtssaals ein, sodass Schauer sie im Profil sah. Sie trug keine Handschellen, war in eine schwarze Hose und einen weißen Rollkragenpullover gekleidet. Ihr Haar war glatt und zu einem straffen Zopf gebunden, sie hatte es sich schwarz gefärbt, doch wie bei ihrer großen Tochter war die Farbe an den Ansätzen längst rausgewachsen. Ihre Lippen waren knallrot geschminkt, die Augen mit Kajal schwarz ummalt.

«Was bezweckt sie damit, dass sie sich so geschminkt hat?», fragte Schauer leise, lehnte sich dazu leicht zu Claudia Wondrak rüber.

«Gar nichts», antwortete diese leise. Sie roch sogar gut, stellte Schauer fest, wahrscheinlich konnte die drei Stunden joggen, Sex haben, ging danach Holz hacken und roch noch immer so.

Gar nichts, was das heißen sollte, wer sich die Lippen so rot malte, bezweckte etwas. Nora Mahler lächelte, stellte Schauer fest. Ein leises Lächeln, halb amüsiert, halb als hätte sie mit allem abgeschlossen. Sie blinzelte kaum, wirkte teilnahmslos, als ging es nicht um ihre Freiheit und dass sie ihre Kinder wiederbekam, die sie nun über zwei Jahre schon nicht mehr bei sich hatte.

«Gibt es Videos von ihren ersten Vernehmungen?», fragte Schauer leise.

«Haben Sie die noch nicht gesehen?»

«Woher denn?», schnaubte Schauer.

«Ich lasse Sie Ihnen zukommen.»

«Waren die Kinder sie eigentlich im Gefängnis besuchen?», fragte Schauer ganz leise. Wondrak schüttelte nur den Kopf.

Nora Mahler aber schien, obwohl Schauer wirklich ganz leise gesprochen hatte und sie locker zehn, fünfzehn Meter entfernt saßen, etwas gehört zu haben. Sie drehte den Kopf nach links und sah Schauer an. Schauer bewegte unbehaglich ihre Schultern, sah sich um, doch als sie wieder nach vorn sah, hatte Nora Mahler ihren Blick nicht abgewendet. Er galt ihr, und allein Wondraks Blick bestätigte dies, sie hatte es auch bemerkt. Mahlers Lächeln schien ein klein wenig breiter zu werden, als wüsste sie etwas, als gäbe es etwas, das nur sie beide wussten, ein gemeinsames Geheimnis.

Jetzt erhoben sich die Zuschauer, die Staatsanwaltschaft und die Anwälte, als Richterin Kohlmeyer den Saal betrat. Mahlers Anwälte mahnten Nora, sich ebenfalls zu erheben, sie tat es, ließ dabei jedoch Schauer nicht aus den Augen.

«Kennen Sie sich?», fragte Wondrak nun flüsternd, während sie alle wieder Platz nahmen, Kleidung raschelte und Stühle quietschten.

Schauer schüttelte den Kopf, und obwohl es ganz unmöglich schien, hatte Nora offenbar auch das verstanden. Dafür, dass sie der Richterin keine Beachtung schenkte, wurde sie von ihren Anwälten leise ermahnt. Die Richterin selbst ließ sich bisher nicht beeindrucken, war sicherlich gut informiert über die Verhaltensweisen der Frau. Sie verwies die Fotografen und Kameraleute des Saales und eröffnete die Sitzung.

Schauer bereute es jetzt, hier zu sein. Es war ein Fehler gewesen, sich darauf einzulassen. Zum einen war ihr, als erwarte Nora Mahler etwas von ihr. Zum anderen war es den meisten anderen Anwesenden nicht entgangen, dass Nora Mahler sie mit ihrem Blick fixierte. Einer nach dem anderen drehte sich um, auch Mahlers Anwälte sahen sie fragend an, beugten sich Nora entgegen, fragten sicher, wer sie war.

«Frau Mahler!», hob die Richterin die Stimme. Nora Mahler hörte sie mit Sicherheit, doch sie wandte ihren Blick nicht von Schauer ab. Sie versuchte, unbeteiligt dreinzublicken, versuchte, sich zu geben, als bemerkte sie nichts davon, von der Angeklagten angestarrt zu werden.

«Frau Mahler, ich ermahne Sie, wenn Sie der Sache nicht genügend Aufmerksamkeit schenken, kann ich gegen Sie wegen Missachtung des Gerichts ein Ordnungsgeld von zweihundert Euro verhängen.»

Beide Anwälte Mahlers drangen wieder leise auf Nora ein, und es gelang ihnen, sie dazu zu bringen, die Richterin anzusehen. Diese konnte nun endlich mit der Sitzung beginnen.

Es war eine quälende Zeit für Schauer. Sie sah oft zu Boden, zur Richterin, zum Staatsanwalt, wagte nur selten, Nora Mahler anzusehen, fürchtete, ihre Aufmerksamkeit wieder auf sich zu lenken. Claudia Wondrak schrieb die ganze Zeit mit, verfolgte das Geschehen aufmerksam, während zuerst alle Formalitäten geklärt wurden. Mahlers Anwälte erklärten, dass ihre Mandantin von ihren ursprünglichen Aussagen nicht abweichen wollte, hier ihre Aussage verweigerte. Es wurde verlesen, dass beide Polizisten, Piotrowski und Schubert, ihre Aussagen von damals zurückgezogen hatten und ebenso weitere erneute Aussagen verweigerten, beide hatten über ihre Anwälte ärztliche Atteste vorgelegt, die sie von einem Erscheinen vor Gericht befreiten. Schließlich begannen die Anwälte Mahlers die Gründe für eine Aufhebung des letzten Gerichtsurteils gegen ihre Mandantin vorzutragen. Nora Mahler saß die ganze Zeit regungslos da. Sie hatte die Beine übereinandergeschlagen, die Arme vor der Brust verschränkt. Nichts von dem, was gesagt wurde, löste bei ihr eine Regung aus. Nicht, als die Ereignisse der Nacht besprochen wurden. Nicht, als die Rede auf Jasmin oder die anderen Kinder kam. Auch als angesprochen wurde, dass Michael Bartko ihr eine Beziehung vorgetäuscht hatte, ihr Vertrauen und das der Kinder missbraucht hatte. Nichts davon schien sie irgendwie zu berühren. Endlich, nach knapp drei Stunden, unterbrach die Richterin die Sitzung für eine kurze Pause. Der Saal erhob sich, und Schauer wagte aufzusehen.

Nora Mahler gab sich weiter ganz emotionslos, als ginge sie das alles gar nichts an.

«Wenn das so weitergeht, wird die Richterin die Sache schnell beenden», sagte Wondrak.

«Ich gehe», erwiderte Schauer.

«Sie dürfen sich von Nora Mahler nicht beeindrucken lassen. Keine Ahnung, was sie denkt, aber es ist ihre Art.»

«Was? Jemanden anzustarren? Aber warum gerade mich?»

«Wer weiß, Zufall wahrscheinlich.» Wondrak sah auf und verstummte. Schauer folgte ihrem Blick, sah Nora Mahler, die ihnen wieder das Gesicht zugewandt hatte.

Nein, dachte Schauer. Das war kein Zufall. Nichts davon. Womöglich hatte es auch seine Gründe, warum Wondrak sie überredet hatte, dieser Verhandlung beizuwohnen. «Die weiß irgendwas, durch irgendwen, durch ihre Anwälte vielleicht. Sie weiß, wer ich bin, dass ich mit Bruch arbeite. Ich gehe.»

«Ich komme kurz mit raus.»

«Ich muss Sie noch etwas fragen», begann Schauer im Gang, nachdem sie sich etwas abseits gestellt hatten. «Wissen Sie etwas von Molchen?»

«Molchen?», fragte Wondrak verwundert.

«So groß etwa.» Sie zeigte es mit den Fingern an, fünf, sechs Zentimeter. «Schwarz, braun, dunkel jedenfalls.»

«Also mit Tieren habe ich nicht so viel am Hut.»

Schauer sah Wondrak fest in die Augen. Eigentlich war sie gar nicht so groß, stellte sie fest, sie trug einfach sehr hohe Absätze. Eigentlich war sie selbst größer als die Frau. Und auch wenn Claudia Wondrak wirklich ganz gelassen tat, die Frage nach den Molchen schien bei ihr angeklungen zu sein. «Ich meine, im Zusammenhang mit diesem Fall.»

Wondrak schien zu spüren, dass sie mit Leugnen nicht weiterkam. Sie drehte sich dem Fenster zu, aber offenbar nur, damit niemand sah, was sie sagte.

«Ich kann nur sagen, dass beide Polizisten vor Ort Aussagen machten, die sie beide nach wenigen Tagen wieder zurücknahmen. Irgendwas muss da seltsam gewesen sein, und ich glaube mich zu erinnern, dass einer von denen auch etwas über Tiere sagte, die er gesehen hätte. Mehr weiß ich nicht.»

«Findet man die beiden Männer, wenn man sie sucht?», fragte Schauer, nahm ihr Telefon heraus und schaltete es an.

«Suchen müssen Sie nicht, in den Unterlagen, die ich Ihnen gegeben habe, sind die Adressen. Stimmt es eigentlich, das Schussopfer ist verstorben, Juskat?»

Schauer nickte knapp. Ihr Telefon war hochgefahren. Zwei Nachrichten trafen ein. Die Zentrale hatte sich gemeldet. «Ich muss!», sagte sie und hob entschuldigend das Telefon.

«Haben Sie heute Abend Zeit? Dann erzähle ich Ihnen von der weiteren Verhandlung.»

«Ja», Schauer nickte, «ach, nein, heute habe ich etwas vor», fast hätte sie das vergessen, «morgen vielleicht?»

Wondrak nickte, und in diesem Moment begann Schauers Telefon zu klingeln. Die Zentrale meldete sich erneut. Irgendwas Wichtiges schien anzuliegen.

«Ich muss jetzt wirklich!»

Wondrak winkte knapp und schien irgendwie enttäuscht.

10

«Ist irgendwas mit dir?», fragte Schauer, als er aus seiner Haustür trat. Sie hatte ihn keine zwanzig Minuten zuvor angerufen. Es hatte Neuigkeiten aus der Zentrale gegeben. Ihre Beurlaubung war aufgehoben. Es gab zu tun für sie. Im Hechtviertel hatte es einen Toten gegeben. Ans Telefon war er nur gegangen, weil Jasmin den Anruf angenommen und ihm das Gerät gereicht hatte.

«Ich meine, ich wundere mich, dass du überhaupt ans Telefon gegangen bist», sprach sie weiter, in ihrer typisch ungeduldigen Art. «Also, was ist?»

Bruch wusste nichts zu sagen. Das Mädchen hatte ihr Versprechen gehalten und geredet. Sie hatte ihm in allen Einzelheiten berichtet von dieser Nacht, in der ihr Vater starb, und darüber hinaus. Sie hatte gesehen, welche Wirkung ihre Worte erzielten, und wollte nicht aufhören, auch, als er sie darum bat. Mit boshafter Freude hatte sie in ihm das letzte Feuer erstickt, das noch brannte. Jetzt war alles Licht erloschen. Ihre Worte hatten vage Erinnerungen hervorgebracht. An Furcht und Agonie. An Kälte und Finsternis, die selbst im schönsten Sonnenschein nicht weichen wollte.

«Felix?», drängte Schauer.

Nun saß Jasmin oben in seiner Wohnung. Er hatte ihr sein Bett überlassen, während er auf der Couch geschlafen hatte. Ihr Versprechen, alles an seinem Platz zu lassen, war reiner Hohn, das wusste er. Kein Wort war ihr etwas wert. Sie hatte keine Aussicht auf Erlösung. Keine Handlung verursachte ihr Reue. Sie tat, was immer sie wollte, in jedem Augenblick. Ihr Versprechen zu reden hatte sie nur eingelöst, weil sie wusste, dass sie ihn damit verletzen konnte.

«Mit mir ist nichts», log er, «aber mit dir ist etwas», sagte er. Irritiert sah sie aus, fast verstört.

«Ich habe sie heute früh gesehen. Nora Mahler. Ich war bei der Verhandlung. Sie ist vollkommen abwesend. Müsste man nicht meinen, sie würde alles tun, um die Richterin von ihrer Unschuld zu überzeugen? Hat sie es überhaupt je versucht?»

Das war es also, sie war Nora Mahler begegnet und hatte dasselbe Erlebnis gehabt wie fast alle Menschen, die dieser Frau das erste Mal begegneten. «Nie. Sie saß immer still und lächelte.» Auch sie hatte nichts Gutes zu erwarten, wusste er, ob sie im Gefängnis saß oder nicht.

«Sie hat mich angestarrt! Hat mich im Publikum entdeckt und hörte nicht mehr auf, mich anzustarren, bis die Richterin sie ermahnte.»

«Was hast du getan?»

«Nichts, Felix, das ist es ja. Sie kann mich gar nicht kennen. Ich saß da nur.»

«Nein, was hast du zuvor getan?»

Sie zuckte mit den Achseln. «Ich war noch einmal im Haus, heute Morgen.»

«Was hast du da gesehen?»

Verwundert und doch mit einer Spur Verzweiflung sah sie ihn an. Auch diesen Ausdruck kannte er aus den Gesichtern einiger Leute. Der Polizisten zum Beispiel, die zuerst am Tatort waren, die ihren Augen und Ohren nicht trauen wollten.

«Nichts, was denkst du denn, soll ich gesehen haben? Nur weil sie mich angestarrt hat, soll ich etwas gesehen haben?» Mit erzwungener Belustigung sah sie ihn an. «Du spinnst!», sagte sie entschieden.

Doch er wusste es besser. Vermutlich war es genau so, wie Jasmin sagte. Es gab keinen Ausweg und kein Entkommen.

«Weißte, worüber ich nachgedacht hab?», fragte sie, als sie im Auto saßen.

Natürlich wusste er es nicht, doch er ahnte, dass sie mit ihrem nächsten Satz ihren Finger in eine Wunde stoßen würde. Er erwiderte nichts, doch damit hatte sie wohl auch gar nicht gerechnet.

«Die Trennung von deiner Frau und, na ja, von deiner Tochter, das war doch auch vor vier Jahren ... also wart ihr schon getrennt, als der Mord an Thomas Mahler geschah?»

Bruch schloss die Augen zwar nicht, doch alles um ihn herum verschwand, und er fand sich in der Küche der Mahlers wieder. Er vernahm diesen Geruch von Blut und Hirn, den Geruch von kaltem Essen, von zerstoßenen Kräutern, getrockneten Pflanzen, den Geruch Nora Mahlers. Dieses Gefühl kam zurück, das er spürte, als er Mahler am Boden liegen sah. Als hätte der Hammer ihn getroffen, war er wie betäubt, und alles um ihn herum wurde unwirklich. Nicht der Mord, der war so real, wie es nur ging. Der Leichnam, der zerschlagene Kopf, die Frau im Nachthemd, die beinahe zu grinsen schien. Das alles war real, unwirklich wurde ihm in diesem Moment das Leben, das er bis dahin führte. Wie ein Traum, der sich auflöste, sobald man erwachte. Er erinnerte sich, wie der Uniformierte an ihn herantrat, ihm zuraunte, sie behauptete, ein schwarzes Wesen wäre durch die Tür geklettert und hätte den Mann erschlagen. Er erinnerte sich an Simon, der Michael vertrat, Anweisungen gab. Natürlich war es absurd, was die Frau erzählte, es war offensichtlich, dass sie log.

«Felix?», hörte er Schauer fragen.

«Wir waren noch nicht getrennt», sagte er.

«Darf ich fragen, hatte das irgendwie damit zu tun?» Schauer sah kurz zu ihm herüber. Er konnte nicht sprechen in diesem Augenblick. Ja, das hatte es, wäre die Antwort gewesen. Denn im Haus der Mahlers, in dieser Nacht, da war etwas gewesen, das hatte Witterung aufgenommen, war ihm gefolgt ab diesem

Moment, auf all seinen Wegen, war zu ihm nach Hause gekommen. Es hatte nachts an seine Fensterscheiben geklopft, hatte an seiner Tür gekratzt. Was ist das, hörte er Conny fragen und sah, wie sie angeekelt einen Schritt wegtrat vom Briefkasten. Es war ihnen nachgelaufen, beim Spaziergang im Winter, hatte sich immer in den Schatten versteckt, wenn er sich umdrehte. Nora Mahler log, das hatte er zu Beginn geglaubt, aber bald wusste er es besser. Denn er sah sie, dunkle Gestalten, die ihn besuchten. Die in der Finsternis darauf lauerten, dass er aus dem Fenster sah, um sich dann kurz zu zeigen. Damit er wusste, sie waren da. Bis er eines Tages verstand.

Jasmin hatte völlig recht. Er kannte sie schon, er kannte die ganze Wahrheit. Sie waren es, die ihn in seiner Kindheit besucht hatten. Die dafür gesorgt hatten, dass er ins Bett machte, dass er sich in der Nacht im Schrank versteckte, dass seine Eltern ihn zu Ärzten brachten. Zwar hatte er kein Bild von ihnen vor Augen, doch er erinnerte sich an ihre Verzweiflung, weil ihr Sohn sich so verändert hatte und wirre Geschichten von finsteren Gestalten erzählte.

Sie waren lange Zeit weg gewesen, doch in dieser Nacht in Nora Mahlers Küche, da hatten sie ihn wiederentdeckt. Hatten seine Fährte wieder aufgenommen, und es gab kein Entkommen vor ihnen.

Was ist?, hörte er Conny fragen, mitten in der Nacht. In meinem Zimmer ist ein schwarzer Mann, flüsterte seine Tochter, und während Conny dem Kind gut zuredete, sie tröstete und ihr erklärte, dass es nur ein schlechter Traum war und es keine schwarzen Männer gibt, da wusste er, dass es an der Zeit war zu gehen. Denn er wusste, sie würden mit ihm gehen.

«Nichts», sagte er. Allein dafür waren die Tabletten gut, dachte er, während sich eine graue dichte Wolkendecke über ihm herabsenkte, dass sie allen Schmerz abtöteten.

«Wo müssen wir jetzt hin?», fragte sie.

«Dort links.» Er zeigte auf die nächste Kreuzung. Auf der linken Straßenseite war ein Kino. Sie erkannte es wieder, hier war sie mit Sebastian mal gewesen. Kurz nach ihrer Krebsdiagnose. Sebastian hatte den Film ausgewählt: irgendein Independentfilm, eine Doku, irgendwelche jungen Leute, die ein paar Jahre lang um die Welt gereist waren. Sebastian war ganz geflasht davon gewesen, sie hingegen hatte die Gelegenheit genutzt und zwei Stunden lang leise geflennt. Er hatte es nicht bemerkt, oder so getan. Was hat er sich dabei nur gedacht? Sie glaubte, an Krebs verrecken zu müssen, auf der Leinwand erlebten zwei Leute das Abenteuer ihres Lebens, und er träumte vermutlich davon, dasselbe zu tun.

«Dann wieder rechts. Nach der Eisenbahnbrücke.»

Sie fuhr wie geheißen. Weiter vorn sah sie schon den Streifenwagen. Richtig Platz zum Parken gab's hier nicht. Konnte ihr egal sein, sie stellte den Wagen einfach in der zweiten Reihe ab. Die Kollegen hatten den Gehweg um ein Tattoostudio weiträumig abgesperrt und damit Neugierige herbeigelockt. Innerhalb der Absperrung, aber einige Meter neben dem Eingang standen eine Frau und drei Männer, allesamt tätowiert an Hals, Händen und auch im Gesicht. Als Schauer und Bruch sich unter der Absperrung hindurchbückten, drehten sie sich um. Allen stand der Schock ins Gesicht geschrieben.

Der Uniformierte neben der Tür grüßte, eine weitere Kollegin kam aus dem Laden, steuerte auf Schauer zu. Für Bruch hatte sie nur ein knappes Nicken übrig. Auch sie kannte ihn wohl schon – Schauer hatte sich mittlerweile daran gewöhnt, als Erste angesprochen zu werden. Im Grunde alle, die mit Bruch zu tun hatten, wussten, dass es leichter war, mit ihr zu kommunizieren, denn Bruch war im Prinzip in keinem Zustand kommunikativ. Er grüßte nie und sprach kein Wort zu viel. Legte keinerlei Wert darauf, was andere von ihm halten mochten.

«Die junge Frau da hat den Toten entdeckt. Der mit der karierten Jacke war ihr erster Kunde, sie haben gemeinsam den Laden betreten, um elf war das. Vorher war noch keiner da. Sie haben sich wohl zuerst in der Küche einen Kaffee gemacht, haben besprochen, was sie heute stechen wollen, dann sind sie in ihr Studio. Sie bemerkte, dass sie keine Folie mehr hatte, oder Klebeband, und wollte welches aus einem anderen Zimmer holen. Da sah sie ihn liegen.»

«Also war sie drin, ihr Kunde und Sie beide?», fragte Schauer, schaute ihn und seine Kollegin an.

«Genau so. Ich habe nachgesehen, Rettungsdienst ganz zwecklos. Werden Sie gleich selbst sehen.»

«Sie kennen das Opfer?», fragte Bruch, was immer ihn zu der Frage veranlasst hatte.

Die Polizistin griff sich in den Kragen, zog ihn runter, eine Tätowierung am Hals wurde ansatzweise sichtbar. «Ich war oft hier.»

«Gehen wir rein!», bestimmte Bruch.

Drinnen brannte helles Licht, es war warm. Schauer wusste, wie Tattoostudios heutzutage aussahen, saubere helle Räume, kein Vergleich zu den dunklen verrauchten Höhlen früher. Von den Wandbildern abgesehen, meist Werke der Tattookünstler, machte dieses Studio eher den Eindruck einer Arztpraxis.

«Jens Ollmann heißt der Tote», erklärte die Uniformierte, «der ist in der Branche ziemlich bekannt, arbeitet aber selbst kaum noch, lebt hauptsächlich von der Miete, die er kassiert.»

«Der vermietet die Räume an andere Tätowierer?»

«Ja, er hat da hinten sein kleines Refugium, so ein bisschen Büro, Lager, Wohnzimmer und Studio in einem. Aber genutzt wird es kaum, er selbst macht nur wenige Termine im Jahr. Inzwischen bezahlst du einen Haufen Knete, wenn der dir was sticht. Und ehrlich gesagt, war er gar nicht mehr so gut, das ist nur, weil er einen Namen in der Branche hat. Ich glaube aber, er hat den Raum nur, weil er Gesellschaft suchte. Wollte sichtbar bleiben, sozusagen. Da hinten ist sein Raum.» Die Polizistin zeigte auf die hinterste Tür, dann auf zwei andere. «Hier drin waren die beiden von draußen, und da ist die Küche.»

Schauer folgte der Polizistin, Bruch hatte ihnen den Vortritt gelassen. Sie bewegten sich am Rand, bemühten sich, nichts zu berühren.

«Personendaten sind aufgenommen von den Anwesenden?», fragte Schauer.

«Ja, ist erledigt», antwortete die Polizistin. Jetzt blieb sie stehen, ließ Schauer und Bruch vorbei. «Die Tür war zu, sagt die Frau draußen, sie hat die Klinke angefasst, sonst nichts. Licht brannte, sagte sie.»

Schauer sah durch die Tür und bemühte sich, den Schreck nicht zu zeigen, der ihr durch die Glieder fuhr. Trotzdem fuhr sie zurück. «Sie hätten uns ruhig warnen können!», murrte sie leise.

«Ja, Verzeihung», murmelte die Uniformierte.

Bruch schob sich an ihnen vorbei, machte einen großen Schritt nach links in den Raum. «So lag er? Niemand hat ihn angefasst?»

«Ich», sagte die Polizeimeisterin, «am Handgelenk. Ich hab Puls gesucht, der war aber schon kalt. Das da ist mein Fußabdruck!» Sie zeigte darauf.

Jens Ollmann lag am Boden. Er musste um die fünfzig Jahre alt sein. Ein riesiger Kerl, und ganz im Gegensatz zu seinem Laden entsprach er jedem altmodischen Klischee eines Tätowierers. Sein ergrautes Haar war lang und zu einem Zopf gebunden. Auch sein Bikerbart war grau, seine Arme, nackt bis zur Schulter, waren übersät mit alten Tattoos, bar jeglicher Ästhetik, nackte Frauen, Anker, Herzen, Gesichter. Er trug eine ärmellose Jeansweste und Jeanshosen. Auf seiner Stirn klaffte eine Platzwunde, Scherben einer braunen Bierflasche lagen um ihn herum verstreut, der abgebrochene Hals der Flasche lag auf dem

Boden. Man hatte sie ihm offensichtlich in den Hals gerammt. Die scharfen Glasränder hatten vermutlich die Aorta getroffen, so wie es aussah, musste er innerhalb von Sekunden verblutet sein. Eine riesige Blutlache hatte sich auf seiner linken Seite ausgebreitet. Sein Hosenbund war geöffnet, die Hose war halb über den Hintern gerutscht, das Geschlechtsteil hing heraus. Schauer konnte eine Tätowierung darauf sehen, ohne zu erkennen, was sie bedeutete.

Bruch beugte sich über den Mann. «An seinen Händen ist kein Blut.»

«Du meinst, der Schlag hat ihn vorher bewusstlos gemacht?», fragte Schauer. «Deshalb hat er sich nicht an den Hals gegriffen?»

Bruch nickte, nun beugte er sich über das Geschlechtsteil des Mannes, betrachtete es aus einem Meter Höhe. «Möglich, dass er Geschlechtsverkehr hatte.»

«Dazu müssen Sie eines wissen», mischte die Polizistin sich ein. «Der ist nicht ganz unbescholten. Hatte über die Jahre ein paar Anzeigen wegen sexueller Belästigung und Nötigung. Die letzte ist fünf Jahre alt. Ihm wurde auch vorgeworfen, Frauen mit K.-o.-Tropfen gefügig gemacht zu haben. Konnte bloß nie nachgewiesen werden. Und es weiß auch jeder hier, dass Ollmann sich mit ein paar Leuten aus einer Bikergang gut versteht, die als schwerkriminell gilt.»

«Also könnte das hier möglicherweise Selbstverteidigung gewesen sein?», mutmaßte Schauer, sah sich um. Das Zimmer war nicht ganz so klinisch und hell wie der Rest des Studios. Hier gab es eine Tätowierbank, ein paar Stühle, eine alte Couch in der Ecke. Bierflaschen standen herum, volle und leere, es roch auch leicht nach Zigarette, als hätte Ollmann gelegentlich eine geraucht. Auf einem niedrigen Schrank hatten sich angerissene Whiskyflaschen angesammelt, ein paar Zeitschriften waren verstreut. Die Wände waren voller Fotografien, Motivvorlagen, Zeichnungen, aber auch behängt mit Bildern von Menschen und

Ereignissen aus seinem Leben, es waren Hunderte. Eine altmodische Hi-Fi-Anlage gab es auch, sie war noch eingeschaltet, nur die CD längst abgespielt. Ein ganzer Stapel CD-Hüllen lag da, hauptsächlich Gothic aus den Neunzigern.

Schauer sah sich in Ruhe um, wandte sich dann an Bruch. «Folgende These: Der hatte Besuch, sie haben getrunken, gequatscht, Musik gehört, hier auf der Couch. Er und eine Kundin, oder eine alte Freundin. Irgendwann haben sie sich angenähert, er hat zu viel auf einmal gewollt, oder zu schnell, oder sie wollte gar nicht. Er hat sie überwältigt, sie vergewaltigt. Nachdem er fertig war, ließ er ab, sie nahm eine Flasche und schlug ihn nieder.»

«Warum hat sie ihn getötet?», fragte Bruch.

«Warum ...?» Schauer verstummte einen Moment, sah zu der Polizistin, in der sie in diesem Falle eine Verbündete vermutete, und meinte dann sarkastisch: «Ich könnte mir vorstellen, sie wird ein Motiv gehabt haben, oder was sagen Sie?»

«Affekthandlung, hätte ich vielleicht auch gemacht», bestätigte diese und relativierte sogleich «Oder es war gar keine Absicht gewesen. Falls es überhaupt so war. Feinde hatte der genug.»

Bruch war nicht zufrieden. Er blickte sich suchend um. «Wieso liegt er so?»

«Wie? Wo er liegt? Warum er nicht bei der Couch liegt, sondern so mitten im Raum?»

Er hatte recht, Schauer dachte nach.

«Vielleicht war sie auf Toilette», überlegte sie laut, «er hat ihr hinter der Tür aufgelauert. Sie kam rein, er riss sie zu Boden. Rufen wir Frau Doktor Rundweg an und die Spurensicherung. Sehen wir einfach mal in den Terminplaner, wer seine letzte Kundin war. Wissen Sie zufällig, wo er wohnte?»

Die Polizistin nickte und zeigte nach oben. «Dachgeschoss.»

Schauer sah auf die Uhr. «Schlüsseldienst?», fragte sie. «Oder Schlüssel suchen?»

Bruch gab Antwort, indem er in die Hocke ging und mit spitzen Fingern von einer Gürtelöse der Hose einen Karabiner löste, an dem ein Schlüsselbund hing. Die Polizistin kommentierte das, indem sie ihre Augenbrauen hochzog.

Bruch war das egal. «Weisen Sie die Spurensicherung ein, wenn die kommen. Wir sind oben.»

Die Wohnung war ein Loch. Nicht grundsätzlich. Eigentlich war es eine schöne Dreiraumwohnung, doch was das Studio unten gut kaschierte und sich nur in Ollmanns Refugium leicht andeutete, wurde hier sichtbar: Der Mann hatte die Kontrolle über sein Leben verloren. Er hatte sich glücklich schätzen können, dass er von seinem Ruf leben konnte und von der Arbeit seines früheren Ichs. Dieser Ollmann, der unten tot in seinem Blut lag, hatte längst aufgegeben, seine Wohnung zu putzen, gesund zu essen, aufzuräumen, sich zu organisieren. Wäre er nicht umgebracht worden, es hätte nicht mehr viel gefehlt, und er hätte sich selbst umgebracht. Er schien auf dem besten Wege dahin. Leere Bier- und Schnapsflaschen überall, wohin sie blickten, Briefe vom Finanzamt stapelten sich ungeöffnet. Die Toilette stank erbärmlich, Badewanne und Waschbecken waren verkeimt.

«Will gar nicht wissen, welches Schicksal dahintersteckt», murmelte Schauer und wusste gar nicht, wo anzufangen in diesem Chaos. Bruch erwiderte nichts, blickte sich um, berührte Dinge, als könnten sie sich ihm allein dadurch mitteilen. Er war wieder merklich wortkarger geworden, bewegte sich mit einer subtilen Trägheit. Wenn es so weiterging, würde er wieder der Bruch sein, den sie vor ein paar Wochen kennengelernt hatte. Der nur das Allernötigste sagte und jede hastige Bewegung vermied.

«Es sollte nicht so schwer sein, herauszufinden, wen der Mann erwartet hatte. Spricht man nicht über so etwas? Wollen wir erst mal wieder hinuntergehen und die Tätowierer befragen?»

Bruch nickte, aber ganz lösen wollte er sich nicht von der Wohnung. Schauer hatte inzwischen gelernt, ihn zu beobachten, es war nicht von der Hand zu weisen, dass er Dinge sah, die ihr vielleicht entgehen würden. Bruch stand eine Weile, ließ seinen Blick umherschweifen, fast war es, als nähme er Witterung auf. Er hatte Gedanken, die er ihr nicht mitteilen wollte. Schauer fragte nicht. Aber er hielt etwas zurück.

Der Rest des Tages verlief unbefriedigend. Nach ein paar Stunden am Tatort waren sie noch einmal ins Büro gefahren. Seltsam war es, als wären sie ewig weg gewesen, dabei waren es gerade einmal drei Tage. Auch Simons Bürotür zu passieren, die geschlossen und verplombt war, ein vages Gefühl, kaum greifbar. Jetzt schien sie doch etwas für ihn zu empfinden, auch wenn sie ihn nur ein paar Wochen gekannt hatte. Eine gewisse Fassungslosigkeit war es, dass er tot sein sollte, keine wirkliche Trauer. Und das dumpfe Empfinden, dass dasselbe Schicksal sie ereilen könnte. Die Tür öffnete sich, jemand trat ein, hob eine Waffe, drückte ab. Ob sie in dem Moment so geistesgegenwärtig wäre, nach ihrer Waffe zu greifen? Nicht auszuschließen, dass sie, wie Simon, nur fragend glotzte. Nun saßen sie im Halbdunkeln, nur ihr Computerbildschirm spendete Licht. Sie klickte sich durch Hunderte von Bildern, die sie am Tatort geschossen hatten.

Im Kalender Ollmanns fand sich kein Termin für den vorigen Abend. Von den Tätowierern wusste niemand, mit wem sich der Ladenbesitzer hatte treffen wollen. Sie wussten einzig zu berichten, dass Ollmann oft unten zu übernachten schien. Kein Wunder bei dem Zustand seiner Wohnung. In Ollmanns Telefon befanden sich zwar Tausende Nachrichten, aber keine, die einen Anhaltspunkt geben konnte. Sollte Frau Doktor Rundweg oder die Spurensicherung keinen entscheidenden Hinweis finden, würden sie alle Kontakte abtelefonieren oder besuchen müssen.

Die Gerichtsmedizinerin hatte schnell bestätigen können, dass Ollmann direkt vor seinem Tod oder noch währenddessen

Geschlechtsverkehr vollzogen hatte. Zu einer Ejakulation war es nicht gekommen, was darauf hindeutete, dass es während des Aktes zu einem Kampf gekommen war, der in Ollmanns Tod mündete. Laut den Aussagen aller vernommenen Zeugen, was dessen bisherige Sexualpartner betraf, musste man davon ausgehen, dass es sich bei der anderen Person, mit der er Geschlechtsverkehr hatte, um eine Frau handelte. Doktor Rundweg hatte die Abstriche, die das bestätigen sollten, ins Labor geschickt. Eine DNA-Analyse würde ein paar Tage brauchen, doch war sie nur von Nutzen, wenn sie einen passenden Eintrag in einer Datenbank fanden. Ansonsten gab es kaum Spuren, die auf einen Kampf hindeuteten. Möglich, dass Ollmann allein durch seine riesige Statur und Masse nicht viel Schwierigkeiten hatte, sein Opfer zu überwältigen. Dieses hatte ihn jedoch durch den Schlag mit der Flasche überraschen und den Akt zumindest unterbrechen können.

Klemm, der Chef der Spurensicherung, hatte sich auch gemeldet, wies darauf hin, dass es Anzeichen dafür gab, dass Spuren beseitigt wurden. Einige Oberflächen waren frisch gereinigt, benutzte Flaschen abgewischt, einige der CD-Hüllen, der Tisch und die Bank ebenso, auch an der Tür gab es eindeutige Hinweise, dass sie jemand nachträglich abgewischt hatte, selbst der Flaschenhals wies kaum Spuren auf. Klemm machte sich nur Hoffnungen wegen der Scherben der Flasche, die es noch akribisch zu untersuchen galt.

Bruch hatte all diese Informationen schweigend aufgenommen. Schauer fragte sich, ob er in Gedanken schon wieder weiter war als sie.

«War sie so abgeklärt, dass sie daran dachte, Spuren zu beseitigen?», fragte sie ihn.

«Es wird keine neue Bekannte gewesen sein.»

«Du meinst, eine alte Bekannte kam vorbei, sie tranken etwas zusammen. Dann überkam ihn der Trieb?»

Bruch nickte knapp.

«Sie schlägt ihn nieder, sticht ihm in den Hals. Dann sieht sie, dass sie überreagiert hat. Aus Angst vor Konsequenzen wischt sie Tisch und Tür ab und alles, was sie noch so fand?»

Bruch nickte jetzt nur. Die knappste Bewegung.

«Du meinst also, es könnte eine selbst nicht ganz unbescholtene Person gewesen sein? Abgebrüht.»

«Wenn sie sich schon lange in den Kreisen aufhält.»

«Du meinst unter Tätowierern, oder Rockern?»

Bruch nickte.

«Mensch, Felix, kannst du mal Tacheles sprechen? Wenn diese Frau vielleicht selbst schon mal in Konflikt mit dem Gesetz geraten ist, ist es vielleicht sogar möglich, sie über einen DNA-Abgleich zu finden, meinst du das?»

Plötzlich erhob er sich, kam zu ihr. Das war noch ungewöhnlicher. Sie hatte das Bedürfnis, etwas zu tun, aber ihm auszuweichen, wäre ein zu großer Affront gewesen. Sie konnte ihr Misstrauen nicht ablegen. Als er bei ihr war, sog er Luft ein.

«Was ist denn? Riech ich?»

Bruch gab darauf keine Antwort. Er stellte sich rechts neben sie, nahm ihre Computermaus, klickte das offene Bild weg, suchte unter den unzähligen Bildern im Menü ein ganz bestimmtes heraus, eines, das die Rückwand hinter der Couch in Ollmanns Raum zeigte. Dann ging er an seinen Platz. «Ich habe Kopfschmerzen», sagte er leise.

«Du hast Schmerzen?», fragte sie sarkastisch und rückte näher an den Bildschirm.

Er hatte Schmerzen. Und begrüßte er sonst jedes Gefühl und jede Regung, diesen Schmerz aber konnte er nicht willkommen heißen. Wie hämmernde Glockenschläge schmetterte er in seinem Kopf. Und was ihm noch schlimmere Pein bereitete, war, dass sie von einer ganz bestimmten, ganz kleinen Stelle in seinem Kopf ausgingen. Und obwohl er wusste, dass es eigentlich unmöglich war, schien es Jasmin Mahler gewesen zu sein, die ihm diesen Schmerz eingepflanzt hatte. Denn schon in der Nacht hatte der Schmerz begonnen, hatte sich gesteigert, bis vorhin, als sie den Toten gesehen hatten.

Und er würde es ihr nicht sagen, aber es stimmte: Schauer roch. Sie bemerkte es nicht. Sie roch nach Anspannung und Schweiß, aber das war es nicht, was ihm auffiel. Sie roch nach Unheil. Er wollte sie gern schützen, doch war er kaum in der Lage, sich selbst zu schützen. Nicht umsonst hatte er sich so verschlossen. Doch dieser Kokon hatte Risse bekommen. Jasmin hatte das erkannt, es ausgenutzt, und etwas war eingedrungen.

«Felix, ich verstehe nicht, warum du mir dieses Bild zeigst», sagte Schauer, nachdem sie es eine Zeit lang studiert hatte.

«Es fehlen ...» Er musste seinen Kopf zwischen die Hände nehmen. «... Bilder.» Schon vor Ort war es ihm aufgefallen. Es musste nichts bedeuten. Die Fotos waren mit Tesafilm an die Wand geklebt, das wurde spröde über die Jahre, und der Kleber löste sich. Die Bilder fielen herunter, wurden aufgeklaubt, irgendwo abgelegt. Aber in diesem Fall war es von Bedeutung. Musste von Bedeutung sein.

«Du meinst, sie hat die Bilder abgerissen? Das müsste bedeuten, da waren Bilder von der Täterin. Oder dem Opfer, müsste man ja eigentlich sagen.»

Diese Wortklaubereien, unnötig, zeitraubend. Er nickte, und die Bewegung ließ einen glühenden Spieß in seinen Kopf fahren.

«Das heißt, wir müssen alle Bilder durchsehen, alle Personen identifizieren. Vielleicht hat sie eines übersehen. Gut möglich bei der Vielzahl von Bildern.»

Er konnte nicht mehr reagieren. Er stand wieder auf. Stützte sich an die Wand. «Fahr mich heim», hörte er sich sagen. Dann überkam ihn Schwärze.

11

Er war fast blind, als er die Treppe hochging. In seinem Kopf hämmerte sein Pulsschlag wie ein Dampfhammer. Das Computerspielgeratter stach ihm hinter die Augen. Irgendwo im Haus ging laute Musik. Er würde jetzt eine seiner Tabletten nehmen und sich hinlegen müssen. Er hatte mit solcherart Schmerzen keine Erfahrung, und bestimmt waren seine Tabletten nicht dafür gemacht, diesen Kopfschmerz zu bekämpfen, aber er hatte keine anderen. Irgendetwas würden sie machen. Machten sie ja immer.

Er hatte heute früh eine genommen. So glaubte er zumindest. Doch dieses Kind in seiner Wohnung warf alles durcheinander.

Er versuchte, seinen Schlüssel ins Schloss zu führen, tastete danach. Jetzt wurde ihm erst klar, dass die laute Musik aus seiner Wohnung kam. Er schloss auf, streckte die Hand aus, als könnte sie ihn vor der Lautstärke schützen, taumelte durch den Flur ins Wohnzimmer. Doch da gab es keine Musik. Der Fernseher war aus, ein Radio hatte er nicht. All die Unterlagen, sah er durch schmale Augenschlitze, waren durcheinandergewirbelt, als hätte Jasmin getanzt und sich auf dem Boden gewälzt. In der Küche sah er, dass sie mehrere Packungen seiner Fertiggerichte für die Mikrowelle aufgerissen, teilweise gegessen und stehen gelassen hatte.

Zurück im Flur fiel ihm erst ein, wo eine Musikanlage war. Er stolperte zu dem kleinen Zimmer, in dem niemand etwas verloren hatte. Das er selbst nicht einmal betrat. Er öffnete die Tür, und der Lärm brachte ihn fast um. Mit geschlossenen Augen stürzte er an den Schreibtisch, tastete nach dem pinkfarbenen CD-Radio, drückte irgendwelche Knöpfe und riss schließlich den Stecker heraus.

«Eh!», beschwerte sich Jasmin.

Die Ruhe war wie eine Erlösung, Bruch öffnete die Augen, sah sie im Schneidersitz auf dem Bett seiner Tochter sitzen.

«Niemand soll wissen, dass du hier bist», brachte er hervor. «Das haben wir ausgemacht. Und dieses Zimmer bleibt zu, haben wir ausgemacht.» Jetzt sah er, dass sie neben sich auf dem Bett Sachen aus seinem Schlafzimmer liegen hatte.

«Dein Fressen schmeckt nach Dreck!», sagte Jasmin. Sie hatte ein Hemd von ihm angezogen, es war zu groß, und darunter war sie nackt und machte keinen Hehl daraus.

«Und es ist langweilig hier!»

«Geh!», stöhnte er. «Dann geh doch.»

«Und ich frage mich, warum du all dieses Zeug hier hast!» Sie hob die schwere Pistole hoch, die Michael einst bei einer Hausdurchsuchung gefunden und beiseite geschafft hatte. Man konnte ja nie wissen, hatte er gegrinst, zwei Jahre vor seinem Tod etwa. Die Waffe war sonst nicht geladen, doch jetzt steckte das Magazin drin, und Jasmin hatte sicher auch die Patronen entdeckt.

«Leg die weg!», keuchte er.

«Was ist mit dir? Besoffen? Oder hast du von dem Zeug hier genommen? Koks, oder?» Sie hatte die Tüte aufgeschlitzt, tippte eine Fingerspitze hinein und leckte sie mit der Zungenspitze ab.

«Kopfschmerz», keuchte Bruch. Er musste sich jetzt hinlegen. «Wenn deine Sachen trocken sind, gehst du, wohin ist mir egal.»

«Und was ist denn das für ein Scheiß?», fragte das Mädchen jetzt und hob einen Karton hoch. Den Karton.

«Geht dich nichts an», sagte Bruch, musste sich an die Wand lehnen.

«Ist das dein Teddy? Hast du den angezündet, als du ein Kind warst?»

«Leg ihn wieder rein!»

«Wer ist das?», sie nahm das Polaroid heraus, auf dem eine nackte Schulter zu erkennen war.

«Das geht dich nichts an.» Langsam ließ er sich an der Wand nach unten sinken.

«Und das hier?»

Das Bild mit dem Haus. Lila Fassade, zufällig aus dem Fenster fotografiert. Das wollte er finden. Dort vermutete er eine Spur. Ein Hinweis auf etwas in seinem Leben, das in Vergessenheit geraten war.

«Ich kenne das Haus», sagte Jasmin, als Bruchs Gesäß den Boden berührte. «Es ist nicht mehr lila, die haben es gelb angemalt. Und das Haus, aus dem das Foto gemacht wurde, ist eine Ruine.»

Sie log, dachte er, doch ihr ernsthafter Gesichtsausdruck verriet ihm, dass sie offenbar die Wahrheit sprach. Sie kommt herum in der Stadt, schläft in Abbruchhäusern und Ruinen, warum sollte sie es nicht kennen. Verrate mir, wo es ist, wollte er sagen. Wo ist es? Doch er brachte nichts mehr hervor.

Es war aufregend. Keine Frage. Schon als sie Bruch heimfuhr, hatte diese Aufregung eingesetzt. Sie hatte schon ewig kein richtiges Date mehr gehabt. Nein, im Grunde gar nichts, seitdem Sebastian sich von ihr getrennt hatte. Sie hatte noch nicht einmal feiern können, dass es den Ärzten gelungen war, den Krebs aus ihr zu entfernen. Nichts. Weder gesoffen hatte sie noch laut gesungen oder getanzt, was sie sowieso nicht tat, noch gevögelt. Nichts.

Daheim im Bad hatte die Aufregung noch zugenommen. Sie hatte sich zurechtgemacht, mit allem Drum und Dran. Und allein dieses Zurechtmachen hatte die Aufregung noch gesteigert.

Bleib cool, hatte sie sich gemahnt. Bist ja keine vierzehn mehr.

Hatte dann Mühe gehabt, pünktlich zu erscheinen, weil es um die Zeit mit Parkplätzen schlecht war. Dazu noch kostete ein Parkplatz ein Vermögen, aber das konnte man schon mal investieren.

Sven Kunath erwies sich als guter Gesprächspartner, stellte ihr Fragen, die zeigten, dass er interessiert war. Woher sie kam, wo genau in Hamburg sie gewohnt hat und all diesen Quatsch. Sie hatte sich bemüht, ihn nicht zu tief blicken zu lassen. Wie sie zu ihren Alten stand und zu ihrer Schwester, war jetzt nicht so relevant. Auch die Erkrankung und die Genesung hatte sie ausgelassen. Nur, dass sie wegen eines Typs nach Dresden gekommen und nun nicht mehr mit ihm zusammen war.

Auch wenn das Gespräch nett war, sie merkte, er war jung. Zumindest merkbar jünger als sie, das ließ sich nicht verleugnen. Schon an der Sprache spürte man das, manchmal benutzte er Jugendslang, den sie nicht verstand. Flexen, das hieß angeben oder prahlen, musste sie sich erklären lassen, aber es war fast schon wieder out, fügte er hinzu. Woher sollte ein normaler Mensch das wissen? Sie wollte abwarten. Die Bar füllte sich langsam, und Schauer ertappte sich dabei, wie sie ab und an aufsah, um zu sehen, ob diese junge Frau wieder da war, die sie angeblich nur zufällig immer wieder angesehen hatte.

Sven hatte zwei Schwestern, beide älter, er war das Nesthäkchen gewesen. Seine Eltern gingen bald in Rente. Er ging ins Fitnessstudio, das sah man auch. Er roch nicht schlecht. Hatte es mit dem Parfüm nicht übertrieben. Dumm war er auch nicht. Er wollte auch nicht ewig bei der Polizei bleiben, was er sich sonst vorstellte, ließ er offen, machte aber nicht den Eindruck, ein Spinner oder ein Tagträumer zu sein. Aber eine Beziehung? Mit einem zehn Jahre Jüngeren? Mochte reizvoll sein, aber schnell Reiz verlieren. Vor allem für ihn. Und irgendwann kam der Tag, auch wenn es lang hin sein mochte, da würde sie ihn anschleppen müssen in Hamburg. Da würden sie wieder was haben, sich das Maul zu zerfetzen. Dass er dieselben Initialen hatte wie Sebastian, fiel ihr jetzt erst auf. Wenn das mal kein schlechtes Zeichen war. Sie gab nichts drauf. Außerdem dachte sie schon viel zu weit. Er dachte ganz sicher nicht an eine Beziehung, wer tat das schon beim ersten Date?

Irgendwann kurz vor Mitternacht machte sie ihm klar, dass sie losmusste.

Er bezahlte artig, ließ es sich gar nicht nehmen. «Ich bring dich noch zum Auto», bot er an.

«Steht aber da ziemlich weit oben, beim Alaunpark», sagte sie.

«Gerade deshalb ja.»

Das war ein ganz gutes Argument, auch wenn sie sich selbst gut zu wehren wusste. Sie nahm sein Angebot an, indem sie sich bei ihm einhakte. «Und dein Auto?», fragte sie.

«Ich bin zu Fuß, wohne hier.»

«Hier im Viertel?»

«Da um die Ecke, ist gar nicht schlimm. Selbst für mich.»

Als Bulle, meinte er. Konnte schon sein, dass ein freundlicher Zeitgenosse ihm das Auto zerkratzte in dieser Gegend hier.

«Ist das eine schöne Wohnung?», fragte sie.

«Zweiraum bloß, und nicht sehr groß, aber cool, anders.»

«Anders?», hakte sie nach, denn er hatte das Zeichen offenbar nicht verstanden. Bald würde sie ihn noch fragen müssen, ob er noch Lust auf einen Kaffee hatte. Man lebte wirklich nur einmal, hatte sie beschlossen, und sollte nicht immer alles zerdenken. Heute war heute, morgen war morgen.

«Die hat so einen Schnitt, kann es nicht erklären. Wenn ich ins Bett will, muss ich Stufen hochklettern.»

«Kann ich mal sehen?»

Nun sah er sie verblüfft an, sie grinste. «Aber klar, gern, aber ist nicht so hundertpro aufgeräumt.»

Niedlich, dachte sie. Er hat wohl gar nicht damit gerechnet.

Die Wohnung war wirklich cool. Komplett anders als normal. Eigentlich ja ein Dachboden und im Sommer sicher nicht so ganz cool. Kleiner Balkon, mit Blick über einen Hinterhof voller Gärten, hatte er jedenfalls gesagt, im Finsteren war nichts zu erkennen. Das Bett war ein Eigenbau, mit richtigen Treppen auf beiden Seiten. Von einer Seite ging es in die Küche, von der anderen ins Wohnzimmer. Dort wartete sie, weil er sich kurz ins Bad verabschiedet hatte. Sie war schon gewesen. War nicht so schlimm, wie sie dachte. Für einen Mann ganz sauber. Das ist sexistisch, dachte sie, amüsierte sich über sich selbst, setzte sich auf die Couch. Betrachtete die Möbel, den Fernseher. Eine PlayStation stand da. Fast logisch. Kopfhörer, ein Gamingcontroller. Sie hörte die Tür.

Er kam ins Wohnzimmer, setzte sich zu ihr.

«Und jetzt?», fragte er.

Tja, finde es heraus, dachte sich Schauer, bist doch ein großer Junge.

«Haste Bock zu vögeln?», fragte Sven.

Was immer sie bis gerade geglaubt hatte zu wollen, verflog in diesem Augenblick. Schauer wich ein ganz klein wenig zurück. «Also ... das kann man ja subtiler angehen.»

Sven rückte näher. «Na komm, ich bin halt nur direkt, und spät ist es auch. Das erspart das ganze dumme Gemache.»

«Also bis jetzt fand ich den Abend nicht schlecht», sagte sie und wollte ihre Enttäuschung über diese abrupte Wendung gar nicht verbergen.

«Na komm, Süße. Das willst du doch auch, bin doch nicht bescheuert, warum wolltest du denn sonst mit in meine Wohnung kommen?»

«Ja, schon, aber nicht auf diese Art!» Schon dieses Wort. Süße. Sie fragte sich, ob er im Bad was eingeworfen hatte, oder warum ging er auf einmal so ab?

Sven rückte noch näher heran. «Was hast du denn gedacht? Dass ich dir erst einen Heiratsantrag mache?»

Warum konnte nicht ein Typ normal sein, dachte sie. Warum waren die Hübschen immer bescheuert? Warum waren die anderen Weicheier? Oder verpeilt? Oder dämlich? Gab's keine hübschen normalen Typen mehr? Doch, aber die waren vergeben, an Frauen wie ihre Schwester. Schauer stand auf, wollte weg von der Couch. Sven hielt sie am Handgelenk fest. Er hatte Kraft.

«Na komm.»

Schauer sah auf seine Hand. «Erstens, du lässt mich los. Zweitens hättest du es haben können, wenn du dich einfach mal nicht so dämlich angestellt hättest.»

Sven grinste und riss so unvermittelt an ihrem Arm, dass sie sich unversehens wieder auf der Couch fand und feststellen musste, dass er ihre Hand noch hielt und ihr Arm auf den Rücken gedreht war. Er bog ihn so weit hoch, dass sie nachgeben und sich zur Seite beugen musste. Das nutzte er aus, sie trotz Gegenwehr ganz auf den Bauch zu drehen und sich auf ihre Oberschenkel zu setzen.

Das kann doch nicht wahr sein, dachte sie, das ist jetzt nicht wahr. Sie wollte sich hochstemmen, doch er fasste jetzt auch ihren anderen Arm, bog ihn ihr ebenso auf den Rücken. Er hatte wirklich Kraft und mochte dreißig Kilogramm schwerer sein als sie und war als Polizist natürlich gut trainiert, jemanden zu fixieren. Obwohl sie dagegen ankämpfte, gelang es ihm jetzt, mit nur einer Hand ihre beiden Handgelenke festzuhalten, und versuchte nun, mit der anderen ihre Hose herunterzureißen, sie übers Gesäß zu zerren. Den einzigen wirklichen Widerstand bot nur der feste Stoff ihrer Jeans und ihr Gürtel.

«Das ist Vergewaltigung», keuchte sie, «es gibt mindestens fünf Leute, die wissen, dass ich mich heute mit dir treffen wollte.» Das war gelogen, niemand wusste es, niemand.

«Was willste denen erzählen?», keuchte Sven. Sie bekam eine Hand frei, aber viel nützte es nicht. Er bog ihren anderen Arm so weit nach oben, dass ihr gleich das Schultergelenk rausspringen musste.

Ihr wurde vor Schmerz schwarz vor Augen.

Für einen Moment ließ er von ihrer Hose ab. Sie spürte, wie er sein Gewicht verlagerte. Er beugte sich vor, langte mit seiner freien Hand unter sie, suchte nach der Gürtelschnalle, riss sie auf und mit ihr ein paar Knöpfe, sosehr sie sich auch dagegenstemmte.

«Das kannst du nicht machen!», keuchte sie und holte kurz Luft. «Dafür gehst du in den Bau. Da blüht dir was. Als Bulle! Als Vergewaltiger! Die schlagen dich tot!»

«Die wollte unbedingt ficken, werde ich sagen. Die hat gesagt, wer weiß, wann ich sonst mal wieder einen abkriege?, sagte Sven, riss an der nun gelockerten Hose.

Dass er ihre Stimme so weibisch nachäffte, störte sie mehr, als was er sagte.

Er beugte sich weit vor, bis seine Lippen ihr Ohr berührten. Seine freie Hand schob er unter ihr hindurch, wühlte sich in ihre Hose, in den Slip. «Siehste, hast dich sogar rasiert.»

Schauer gab nach. Sie hörte auf, sich zu wehren. Sie musste Luft schnappen, auf eine Gelegenheit warten. Er riss noch einmal an ihrer Hose. Und nun gelang es ihm, ihr den Bund samt Unterhose über den Hintern zu ziehen. Er machte nicht den Fehler, sie loszulassen. Viel abmühen musste er sich nicht, saß mit seinem gesamten Gewicht auf ihren Oberschenkeln. Jetzt nestelte er an sich herum, sie hörte seinen Reißverschluss, dann beugte er sich vor, musste sich abstützen, lehnte schmerzhaft mit seinem Ellbogen auf ihrem Rücken.

Sie fühlte es an ihrem Steiß. Wenn sie jetzt nicht handelte, war es zu spät, dachte sie, riss den Kopf mit aller Gewalt nach hinten und traf etwas, das leise knackte. Er stöhnte, und schon spürte sie etwas warm in ihren Nacken tropfen. Schon im nächsten Moment traf sie ein Faustschlag hinter dem Ohr, der sie Sterne sehen ließ und für einen Moment bewegungsunfähig machte.

«Das wirst du büßen», sagte Sven, doch hauptsächlich spuckte er Blut, sie spürte die Spritzer auf ihrer rechten Gesichtshälfte. Das löste ihre kurzfristige Betäubung. Sie bäumte sich auf. Es gelang ihr, sich halb nach rechts zu drehen, ihrem linken Arm mehr Bewegungsfreiheit zu verschaffen. Sie nahm den Schwung mit und hieb ihm den rechten Ellbogen gegen den Kopf. Endlich löste sich sein Gewicht von ihr. Fast kippte er von der Couch. Sofort drehte sie sich auf den Rücken, nutzte den wenigen Platz, ihm zwischen die Beine zu treten, doch der Tritt wurde von seiner heruntergelassenen Hose abgefangen, die in seinem Schritt spannte.

Es gelang ihm, das Gleichgewicht zu bewahren und sich an der Rückenlehne festzuhalten. Sie könnte jetzt schreien, wusste sie, um Hilfe rufen. Jemand musste das hören um diese Uhrzeit, jemand würde die Bullen rufen. Doch das hier wollte sie selbst klären. Mister Ich-bin-der-Größte blutete wie ein angestochenes Schwein, sicher war ein Blutgefäß geplatzt. Und ihr Ellbogen hatte sein Jochbein getroffen. Das würde ein schön dickes Gesicht geben. Da ist dann erst mal nix mehr mit Weiberabschleppen.

Er versuchte, sie an den Handgelenken zu packen, während das Blut aus seiner Nase über sein Kinn suppte und ihr nun auf die Brust tropfte. Eines hatte er schon zu fassen bekommen, schließlich packte er auch den anderen Unterarm. Er hatte erstaunliche Kraft. Für den Moment standen sie im Patt.

«Das wirst du büßen», keuchte er noch einmal, und sein Blut lief in bedenklichem Ausmaß.

«Was willst du machen?», fragte sie ihn. «Sobald du mich loslässt, schlag ich dir auf die Nase.»

Darauf wusste er erst mal nichts zu erwidern. Er keuchte, schniefte, doch was immer er hochzog, war sein eigenes Blut, und irgendwann musste er genug davon geschluckt haben.

«Würd mich an deiner Stelle mal kümmern», schlug sie vor. «Scheint was Ernstes.»

«Damit kommst du nicht davon!»

Es war gut, dass sie sprachen. Die Aggression ging verloren. Seine zumindest. Denn je länger sie hier eingezwängt war und den Schock der Situation überwand, desto größer wurde ihr Zorn. Wie sie hier lag, er auf ihr, die Unterleiber nackt, lächerlich und bedrohlich zugleich. Was fiel ihm ein? Was glaubte er zu sein, sich einzubilden, er könnte sich alles erlauben, weil sie zehn Jahre älter war, weil er glaubte, sie müsste froh sein, wenn er sich mit ihr einließ?

«Ich schlage vor, du lässt mich jetzt los und gehst ins Bad, oder am besten rufst du den Notarzt. Du kannst nicht ewig so hocken, und dein kleiner Freund hat seinen Spaß auch verloren, wie man sieht!» Sie musste sich beherrschen. Denn alles in ihr trachtete danach, ihm ins Gesicht zu boxen, ihm in die Rippen zu treten, in seine Genitalien. Sie spürte, wie sein Griff ein wenig nachließ. Sah, wie er begann, sich ernsthaft Sorgen zu machen. Wo sein Schlag sie getroffen hatte, am rechten Hinterkopf, pulsierte der Schmerz. Eine Beule wuchs dort, das fühlte sie, wenn sie den Kopf im Polster leicht drehte.

Sven richtete sich ein Stück auf. Langsam löste er seine Finger, gab ihre Arme frei. Schauer betrachtete ihn misstrauisch, bereit, sofort zu reagieren, sollte er etwas versuchen. Er stieg jedoch von ihr runter, zog sich die Hose hoch, stieß sich das Schienbein am Couchtisch, als er zum Bad lief. Auf dem hellen Teppich blieben Blutstropfen zurück.

Schauer winkelte die Beine an, hob ihre Hüfte hoch, zog sich schnell Slip und Hose zurecht. Dann setzte sie sich auf. Sie sah runter auf ihre Brust, der Stoff ihrer Bluse war von seinem Blut durchtränkt, sie fasste sich ins Genick, fühlte klebrige Feuchtigkeit. So konnte sie nicht heim. Dass sie sich befreit hatte, schön und gut, dafür konnte man eine Bluse opfern, aber ihre Jacke würde sie nicht damit versauen. Sie stand auf und ging in die Küche, wo sie eine Rolle Küchenpapier fand. Sie zog sich das Oberteil aus, begann sich notdürftig zu waschen. Vom Bad hörte sie Sven rumoren, Wasser lief. Er würde es schon überstehen, überlegte sie, besser, wenn sie zusah, dass sie hier wegkam.

Dass du nicht richtig tickst, wissen hier inzwischen alle. Das müsste sie gar nicht aufregen, denn sie hatte es sich schon gedacht. Nein, gewusst hatte sie es. Toll, wirklich. Alles. Und dann triffst du einen, der wirklich okay zu sein scheint und der meint, dich vergewaltigen zu müssen. Bleib cool, mahnte sie sich, denn das Wehleid überkam sie, und gleich würde sie flennen. Doch das würde sie sich schön verkneifen, bis sie daheim war oder wenigstens im Auto.

Als er sie plötzlich an der Schulter packte, war sie nur ganz kurz überrascht, der Rest war Instinkt und Reaktion. Sie hieb ihm den rechten Ellbogen in die Rippen, als er nach unten sackte, hieb sie ihm damit ins Gesicht. Sven prallte gegen die Wand, stürzte über den Mülleimer. Da schau her, er trennt brav seinen Müll, dachte sie und sah durch einen roten Regenschleier, wie sie ihm in den Leib trat und noch einmal. Einzig, dass er sich gar nicht mehr rührte, hielt sie davon ab, noch einmal zuzutreten. Sie taumelte zurück, bis ihr Hintern die Spüle berührte. Nun erst hörte sie das Wasser wieder laufen, stellte es ab, holte Luft. Er bewegte sich gar nicht, und so wie es aussah, war sein Unterkiefer ausgerenkt oder gebrochen. Selbst schuld, dachte sie, selbst schuld. Das konnte sie erklären. Das war ganz logisch. Er hatte sie angegriffen, zweimal.

Zeit aufzubrechen, dachte sie. Sie griff nach der blutigen Bluse, ging in den Flur, nahm ihre Jacke vom Haken, zog sie an, schlüpfte in die Schuhe, die sie brav am Eingang abgestellt hatte. Dann ging sie noch einmal ins Wohnzimmer, sah sich um, tastete sich ab, ob sie Schlüssel, Ausweis und Telefon bei sich hatte und nichts herumlag. Sie stellte einen seiner Schuhe in die Wohnungstür, damit sie nicht zufiel. Während sie im Dunkeln nach unten lief, rief sie den Rettungsdienst an, gab Svens Namen und seine Adresse durch.

Unten angelangt, wartete sie einige Minuten, bis sich Blaulicht näherte. Sie öffnete die Haustür, hakte sie ein und verließ das Haus, bog gleich nach links ab. An der nächsten Ecke wartete sie noch ab, ob der Rettungswagen vor der richtigen Tür hielt, sah, wie die Rettungsassistenten zuerst am Klingelschild nachsahen, dann das Haus betraten. Dann konnte sie endlich los.

Bis sie daheim war, hatte sie sich halbwegs beruhigt. Der Zorn war verraucht. Sie hatte es dem Typen richtig besorgt, das war ein Trost. Dass ihr nun wirklich selbst geschehen war, was sie bisher nur als sekundär Beteiligte erlebt hatte, würde wahrscheinlich erst in den nächsten Tagen richtig einsacken. Aber eins war Fakt, auch wenn sie sich nach außen immer verständnisvoll gab, hatte sie sich doch sehr oft gefragt, wie dämlich manche Frauen nur sein mussten, in solche Situationen zu geraten, die im Nachhinein so offensichtlich schienen. Doch auch sie hatte sich einlullen lassen, von seiner Freundlichkeit, seiner Fähigkeit zuzuhören, seinem angenehmen Geruch und einem guten Glauben, der entgegen aller Erfahrungen wohl in jedem Menschen steckte und einen die Tür öffnen ließ, für windige Geschäftemacher, Betrüger und Heuchler. Jetzt wusste sie selbst, wie es war, musste sich im Geiste entschuldigen bei all den missbrauchten Frauen, denen sie insgeheim eine Mitschuld gegeben hatte. Jetzt war es auch ihr geschehen. Dabei sollte gerade sie es besser gewusst haben. Noch dazu war sie wehrhaft, wer weiß, wie andere Frauen diesem Kerl ausgeliefert gewesen wären. Hätten sich vermutlich nicht getraut, Nein zu sagen, sich im Nachhinein noch eingeredet, sie hätten Spaß dabei gehabt.

Sie hatte es richtig gemacht, den richtigen Moment abgepasst und sich zur Wehr gesetzt. Doch zurück blieb vor allem wieder eines: diese leise Verzweiflung. Diese Ahnung, dass entgegen aller Hoffnung nichts Gutes mehr kommen würde. Man wurde nur älter und glaubte immer, irgendwann käme noch was. Aber was, wenn nicht?

Sie fand einen Parkplatz am Ende der Straße. Schön war das Viertel, in dem sie wohnte, viele Bäume, hübsche Häuser, aber einen Parkplatz wollte man nicht suchen, nachts um eins. Und es mochte ja hübsch und romantisch aussehen mit all den alten Laternen, aber viel Licht brachten die nicht, sie ließen ziemlich viel Finsternis übrig. Nun musste sie ein ganzes Stück laufen. Sie fror, weil sie die Jacke nicht richtig geschlossen hatte. Svens Blut, das noch in ihrem Nacken klebte, ekelte sie an. Sie würde jetzt noch ausgiebig duschen müssen. Und dann konnte sie langsam beginnen, sich Gedanken zu machen, wie sie damit jetzt umgehen sollte. Vermutlich war Sven erst mal ordentlich bedient. Aber es stellte sich die Frage, mit wie vielen Frauen er schon so umgesprungen war. Sollte sie ihn anzeigen oder es dabei belassen und hoffen, er lernte daraus?

Es war sehr kalt und still auf der Straße. Der dünne Schneefilm auf dem Gehsteig war festgetreten, sehr glatt, dort, wo nicht richtig gestreut worden war. Niemand war mehr unterwegs, kein Auto fuhr. Schauer beschleunigte ein wenig, war schon beim Nachbargrundstück ihres Hauses, da raschelte es im Gebüsch.

Sie wich zur Straße aus. Es war zwar ein Zaun dazwischen, doch geheuer war ihr das nicht. Zu sehen war nichts, trotz des Schnees war es zu dunkel zwischen den Bäumen und Büschen. Sie ging ein paar Meter weiter, doch war ihr, als folgte ihr jemand auf der anderen Seite des Zauns. Laub knisterte. Jetzt, als sie stehen blieb, verstummte das Geräusch.

«Ist da jemand?», fragte sie. Natürlich bekam sie keine Antwort. Sie setzte sich wieder in Bewegung, und erneut setzte im Dunkel des Grundstücks das Geräusch wieder ein. Das war kein Tier, das musste ein Mensch sein. Jemand schlich ihr nach.

Sie hatte nichts dabei. Keine Taschenlampe, keine Knarre, nicht einmal Pfefferspray. Das sollte sie sich besorgen, machte die Sache mit solchen Idioten wie Sven auch leichter.

Sie würde nicht rennen, schwor sie sich, sie würde nicht um Hilfe schreien, wer auch immer etwas vorhatte, dem würde sie die Zähne ausschlagen. Jetzt wäre es gut, in Rage zu geraten, wie es gelegentlich geschah, öfter jedenfalls als nötig, dann kannte sie keine Angst und keine Skrupel.

Nun hatte sie das Nachbargrundstück passiert, war am Grundstück ihres Hauses angelangt, noch immer von der Straße getrennt durch einen Zaun. Sie musste erst am Haus vorbei, in die Einfahrt, bis auf die Rückseite zum Eingang, und das hieß, dem Geräusch und seinem Verursacher wieder entgegenzulaufen. Sie wusste, die Grundstücke waren weder durch einen Zaun noch durch Hecken abgetrennt.

Wer konnte das sein, versuchte sie sachlich zu bleiben. Der Mörder von Simon, hatte er es jetzt auf sie abgesehen? Sven? Der hatte sicherlich andere Sorgen, und so schnell konnte er ihr gar nicht gefolgt sein. Jasmin vielleicht? Doch warum sollte die riskieren, wieder eingesperrt zu werden. Oder war es Bruch? Aber wieso sollte er das tun?

Sie blieb stehen. «Felix?», rief sie. Vielleicht brauchte er ja Hilfe.

Ein Geräusch ertönte, leise nur, ein Schnaufen wie von einem Tier.

Nun nahm sie doch ihr Handy hervor, schaltete wieder die Lampe ein, leuchtete ins Grundstück, hin zur Hecke, wo sie am Tag zuvor schon etwas gesehen zu haben glaubte. So hell, wie die Lampe auch schien, das Licht verlor sich zwischen den Bäumen und der Hecke und dem Gestrüpp dahinter. Auf dem dunklen Laub war der wenige Schnee kaum mehr als eine Puderschicht.

«Ich bin Polizistin, ich hab eine Knarre dabei», sagte sie jetzt halblaut, «Ist da wer?»

Es blieb ganz still. Oder auch nicht, wenn man das leise Knistern zählte, ein Rascheln, wie von Mäusen, die unter dem Laub huschten. Das war der Wind, konnte man sich einreden, oder einer, der da stand und ab und an sein Gewicht verlagerte, sie beobachtete, lauerte. Sie konnte zurück zum Auto, wollte sie nicht hinter dem Haus dem nächsten Verbrecher in die Arme laufen. Einige Momente stand sie unentschlossen da. So nah war sie ihrer Wohnung, sie könnte losrennen und schnell aufschließen. Aber schon einmal hatte sie heute eine falsche Entscheidung getroffen. War es nicht besser, den Wagenschlüssel herauszunehmen? Sie könnte rennen, das Auto aus der Ferne öffnen, hineinspringen, die Tür schließen, von innen verriegeln. Dann wäre sie sicher. Und wer auch immer kommen und versuchen würde, sie da rauszuholen, den würde sie überfahren. Sie durfte nur nicht ausrutschen, nicht stürzen.

Schauer steckte die Hand in die Jackentasche, nahm den Schlüssel heraus. Dann drehte sie sich um und erstarrte. In der Einfahrt des Nachbargrundstücks, zwanzig Meter weiter, im Dunkel zwischen den Lichtkreisen zweiter Laternen, noch halb verdeckt von einem Torpfosten, stand eine Person. Sie rührte sich nicht, schien sie anzusehen, es wirkte ganz so, als ob sie sich von hinten hätte anschleichen wollen. Schauer schnappte nach Luft, hatte ganz vergessen zu atmen.

Nun bewegte sich die Gestalt und verschwand ins Grundstück hinein.

Schauer überlegte keine Sekunde mehr. Sie lief los. Sie rannte nicht, das hatte sie sich geschworen. Doch kaum war sie in ihrer Einfahrt angelangt, begann sie doch zu rennen. Es waren nur ein paar Meter bis zur nächsten Hausecke. Konnte ja sein, sie musste mal, versuchte sie sich vor sich selbst zu rechtfertigen und hasste sich dafür, konnte ja sein, ihr war nur kalt, dass sie nun doch rannte, das hatte nichts mit Angst zu tun. Sie sah gar nicht in Richtung des Nachbargrundstücks, wollte gar nicht wissen, wer oder was da war, verzögerte ein wenig, als sie feststellen musste, dass der Bewegungsmelder für die Außenleuchte nicht funktionierte. Sie nahm ihren Schlüssel, steckte ihn ins Schloss. Im Spiegelbild der Glasscheibe in der Tür bewegte sich etwas. Ein weißes, verzerrtes Gesicht, mit schwarzen Augen. Konnte das sein? Endlich gelang es ihr aufzuschließen. Sie huschte ins Haus, konnte nicht warten, bis die Tür von allein zufiel, drückte gegen das Türblatt, ohne hinzusehen. Den Kopf gesenkt, die Augen geschlossen, stemmte sie ihren rechten Fuß unten gegen die Tür, beide Hände flach auf das Türblatt gepresst. So stand sie still da, wartete, dass jemand gegen die Tür sprang, dass jemand hineinwollte.

Wie lang sie so stand, konnte sie nicht schätzen, es fühlte sich sehr lang an, doch mochten es vielleicht nur Minuten gewesen sein, oder Sekunden. Nichts geschah. Niemand wollte hinein. Niemand warf sich gegen die Tür. Sie öffnete die Augen, wagte es, ganz langsam den Kopf zu heben, sah hinaus. Da draußen war nichts. Nichts an der Tür, nichts weiter hinten bei der Hecke. Das hier war in ihrem Kopf. Und einmal mehr könnte sie sich zufriedengeben, doch natürlich war sie es nicht. Sie musste noch einmal hinaus. Musste sich beweisen, dass sie normal war und kein Psycho. So straffte sie sich, holte tief Luft, öffnete die Tür. Sie ging hinaus, die drei Schritte zur Briefkastenanlage, um nachzusehen, was sie heute Nachmittag in ihrer Aufregung und Vorfreude auf Sven Kunath verpasst haben könnte.

Sie tat jede Bewegung mit Bedacht, bemühte sich, kein bisschen Hektik aufkommen zu lassen. Eine normale Frau in einer normalen Stadt. Sie öffnete ihren Briefkasten, wagte einen vorsichtigen Blick, doch keine ekelhaften Viecher waren drin, sondern eine Werbezeitschrift und ein größerer Umschlag, der nicht beschriftet und nicht verklebt war. Eine CD-ROM befand sich darin. Nun ging sie zurück ins Haus, wartete, bis die Tür allein ins Schloss gefallen war. Dann erst schaltete sie das Licht ein.

Nachdem sie ausgiebig geduscht und sich etwas anderes angezogen hatte, legte sie die CD-ROM ins Laufwerk ihres Laptops ein. Claudia Wondrak hatte ihr weitere Dateien zusammengestellt. Videoaufnahmen von Vernehmungen Nora Mahlers und ihrer Tochter.

Dank digitaler Technik waren die Aufnahmen so scharf und gut, als wären sie von gestern und nicht vier Jahre alt, wie die Kennzeichnung unten rechts am Bildschirm aussagte. Es war der zweite Tag nach dem Mord an Thomas Mahler. Allein Bruchs Äußeres war Indiz für das Alter dieser Aufnahme. Er war schlank, aber längst nicht so mager wie jetzt. Seine Haare waren gepflegt. In seinem Gesicht fand sich schon diese leichte Abwesenheit, doch er reagierte, sprach, lächelte sogar. Er wirkte vitaler, agierte schnell. Bereit zum Zugreifen. Seine Kleidung war nicht gerade die beste, wirkte aber, als machte er sich wenigstens Gedanken darüber, wie er das Haus verließ. Nicht so, wie sie ihn kennengelernt hatte, da er immer nur das trug, was ihm in die Hände fiel. Dazu wirkte er auf dieser Aufnahme nicht nur vier, sondern zehn Jahre jünger. Jetzt erst realisierte sie, welchen Verfall er in diesen letzten vier Jahren erlebt hatte. Er war nur noch ein Schatten seiner selbst. Wie ein Gespenst. Was war nur mit ihm geschehen? Einzig in den wenigen Monaten nach Bartkos Tod konnte das nicht geschehen sein. Sein emotionaler Verfall hatte vielleicht mit dem Erscheinen dieses Kartons begonnen, in dem sich diese Fotos und der versengte Teddy befunden haben. Sein offensichtlicher körperlicher Verfall jedoch musste mit dem Fall Mahler und Bartkos Tod zusammenhängen. Vor allem, fragte sich Schauer, wie lang das noch gehen sollte, bis Bruch völlig am Ende war. Oder war er es schon?

Der andere Mann, der auf dieser Aufzeichnung zu sehen war, war Karsten Simon. Michael Bartko war da zu der Zeit im Urlaub gewesen, wusste noch gar nichts vom Mord an Thomas Mahler. Simon sah aus, wie er immer ausgesehen hatte, Glatze, Stiernacken. Bei einem Mann seines Alters machten vier Jahre mehr oder weniger keinen Unterschied.

Schauer ließ die Aufnahme laufen. Beide Männer hatten den Raum betreten, umrundeten den Tisch, setzten sich mit dem Rücken zur Kamera. Simon ein kleines Stück seitlich, sodass man ihn im Profil sehen konnte, wenn er seinen Kopf leicht nach rechts drehte. Von Bruch sah man nur Rücken und Hinterkopf. Bisher hatten die beiden Männer kein Wort gewechselt.

Jetzt öffnete sich die Tür ein weiteres Mal. Nora Mahler wurde von einem Uniformierten ins Zimmer geführt. Sie war nicht in Handschellen, und Schauer musste feststellen, dass sie exakt dieselbe Kleidung trug wie am heutigen Vormittag im Gericht. Eine schwarze Hose, einen weißen Rollkragenpullover. Auch ihre schwarzen Haare waren zu einem straffen Zopf gebunden und die Lippen rot geschminkt. Unabhängig davon, ob sie ihren Mann nun erschlagen hatte oder nicht, dass sie sich die Lippen anmalte, knallrot, am zweiten Tag nachdem ihr Mann umgebracht wurde, war mehr als befremdlich.

Beide Männer hatten sich erhoben, eine seltsame Geste der Höflichkeit, wobei Simon der Erste war, Bruch dieser Bewegung nur folgte.

«Setzen Sie sich, möchten Sie etwas? Wasser?», fragte Simon.

Nora Mahler setzte sich, legte eine Schachtel Zigaretten auf den Tisch.

«Darf ich rauchen?», fragte sie, ohne ihm zu antworten.

«In Ordnung.» Simon sah Bruch an. Bruch beugte sich weit nach rechts aus dem Bild, langte nach etwas, stellte dann einen Aschenbecher auf den Tisch. Nora machte jedoch keine Anstalten, sich eine Zigarette anzuzünden. Sie schlug die Beine übereinander, legte beide Unterarme auf ihrem Oberschenkel ab und sah die Männer mit einem leisen Lächeln auf den Lippen an.

«Wie geht es Ihnen?», fragte Simon.

«Danke, gut.»

Schauer hielt das Video an. Sie lehnte sich zurück. Sie würde es morgen bereuen, es war spät, sie war erschöpft, doch an Schlaf war gerade nicht zu denken. Noch war das Adrenalin nicht abgebaut, und sie war viel zu neugierig, als dass sie bis morgen warten könnte, sich die Aufnahmen anzusehen. Und sie musste sich vergewissern, dass sie nicht schon völlig verrückt geworden war. Sie setzte den Film einige Sekunden zurück und startete neu.

«Wie geht es Ihnen?»

«Danke, gut», sagte Nora noch einmal und ließ dem ein kurzes freundliches Lächeln folgen. Schauer musste sich verinnerlichen, dass diese Frau vorgab, Zeugin gewesen zu sein, als ihr Mann knapp dreißig Stunden zuvor umgebracht worden war. Mit einem Hammer erschlagen. Gerade einmal eine Nacht war dazwischen vergangen.

«Wir sitzen hier, um die Umstände vom Ableben Ihres Mannes zu klären», sagte Simon.

Noras Miene hatte sich wieder zu ihrem ursprünglichen Zustand zurückgewandelt. Ein kaum merkliches, fast spöttisches Lächeln. Sie nahm das Verhör nicht ernst, so wie sie die heutige Verhandlung nicht ernst genommen hatte.

«In der vorletzten Nacht ging um zwei Uhr sieben ein Notruf in der Zentrale ein. Dieser wurde von Ihnen getätigt. Sie sagten aus, jemand wäre in Ihrer Küche und versuchte, Ihren Mann umzubringen. Ist das richtig?»

«Das ist richtig.»

«Als wenige Minuten später, den genauen Zeitpunkt müssen wir noch klären, zwei Kollegen der Schutzpolizei eintrafen, fanden diese Ihren Mann auf dem Boden Ihrer Küche liegend. Sie standen mit Ihrer Tochter Jasmin an der Hand in der Durchgangstür zum Wohnzimmer.»

Nora sah Simon teilnahmslos an.

«Ist das richtig?», musste Simon fragen.

«Das ist richtig.» Nora lächelte wieder für eine Sekunde freundlich.

«In Ihrer rechten Hand hielten Sie einen Hammer, der den ersten Untersuchungen zufolge die Tatwaffe darstellt. Ist das richtig?»

«Das ist richtig.»

«Sie waren den Beamten nicht entgegengelaufen, Sie haben sie nicht durch die Vordertür ins Haus geholt. Auch halfen Sie ihnen nicht, sich zu orientieren. Sie standen mit Ihrer Tochter einfach nur auf der Stelle und warteten, bis Sie angesprochen wurden. Warum?»

«So wurde es uns gesagt.»

«Was gesagt? Von wem?»

Nora lächelte bloß.

«Frau Mahler, was hat man Ihnen gesagt? Da zu stehen?»

«Ja.»

«Wer hat das gesagt?»

Noras Lächeln wurde wieder breiter. Es hinterließ bei Schauer den Eindruck, als glaubte Nora Mahler, Simon wüsste schon alles.

«Der Täter? Hat der Täter Ihnen gesagt, dass Sie da stehen sollen.»

Nora sah einen kurzen Moment zu Bruch, als erwartete sie Hilfe von ihm. Dann hob sie die Schultern.

«Hat der Ihnen auch gesagt, Sie sollen die Polizei rufen?», fragte Simon.

Nora Mahler nickte. Inzwischen schien sie wirklich belustigt.

Nun warf Simon einen Blick auf Bruch. Der aber schwieg.

«Frau Mahler, wie kam der Hammer in Ihre Hand?»

«Ich habe ihn aufgehoben.» Sie zuckte die Achseln, als wäre es ganz logisch.

«Hat das der Täter Ihnen auch befohlen?»

Nun schüttelte sie mit knapper Bewegung den Kopf.

Simon blieb vorerst gelassen, er hatte sicher schon einiges erlebt in seinem Berufsleben. Bruch regte sich nicht einmal, man konnte nicht ausmachen, ob er atmete. «Schildern Sie uns noch einmal aus Ihrer Sicht, wie das alles vor sich ging.»

«Wir aßen zu Abend ...»

«Nachts um zwei?», unterbrach Simon.

Nora verstummte einfach.

«Beginnen Sie bitte damit, wie Sie drei sich in der Nacht in der Küche zusammenfanden. Sie, Ihr Mann und Ihre Tochter», konkretisierte Simon.

«Ich stand mit meinem Mann in der Küche. Jasmin kam dazu. Sie konnte nicht schlafen. Jemand versuchte, die Küchentür zu öffnen. Dann wurde das Fenster eingeschlagen. Jemand kam hereingeklettert, nahm den Hammer und schlug auf meinen Mann ein. Als der tot am Boden lag, kletterte er wieder hinaus. Dann kam die Polizei.» Das alles trug Nora ganz teilnahmslos vor, als würde sie das gar nicht betreffen. Das erinnerte Schauer an Bruch, wie er ihr vor einigen Wochen den tödlichen Unfall seines Kollegen geschildert hatte. Es mochte sein, Nora Mahler stand unter Schock. Doch eher kam es Schauer vor, als wäre es ihr wirklich egal und sie täte nur das Nötigste.

Simon hatte sich kurz Notizen gemacht, nun sah er auf. «Weshalb standen Sie so spät in der Küche? Musste Ihr Mann nicht arbeiten am nächsten Tag? Mussten Sie nicht früh raus?»

«Doch.»

«Also, wieso standen Sie da?»

«Wir redeten.» Mehr sagte sie nicht.

«Worüber?»

«Ich weiß es nicht mehr, ich vergesse solche Dinge.»

Simon nickte. «Es brannte kein Licht?»

«Ja.» Nora lächelte.

«Dann kam Jasmin? Schimpften Sie deshalb mit ihr?»

«Nein.»

«Jasmin wollte etwas trinken?»

«Ja.»

«Deshalb gingen Sie mit ihr zur Spüle?»

«Ja.»

«Und dann schlug jemand die Glasscheibe der Tür ein und kletterte in die Küche?»

«Ja.»

«Sie wissen, das Fenster ist recht klein, es ist sehr umständlich, dort hineinzuklettern. Wenn nicht gar unmöglich.»

Nora reagierte gar nicht, sie verstand das offenbar nicht als Frage.

«Weder Sie noch Ihr Mann taten etwas dagegen?»

«Ja.»

«Und Ihre Tochter? Hatte die keine Angst, schrie sie?»

«Nein.»

«Sie sahen also zu dritt zu, wie jemand durch das sehr kleine Fenster in der Tür kletterte, ohne sich ihm entgegenzustellen? Warum?»

«Es hat keinen Zweck.»

«Es hat keinen Zweck? Können Sie das erklären?»

Nora nickte. «Es hat keinen Sinn.»

Das erste Mal zeigte Simon nun erste Anzeichen von Ungeduld. «Der Täter, oder die Täterin, kam also in die Küche. Sie und Ihre Tochter standen an der Spüle. Ihr Mann auf der anderen Seite des Tisches. Wo befand sich der Hammer zu diesem Zeitpunkt?»

«Im Werkzeugkasten.»

«Und dieser stand unten im Spülschrank? Vor dem Sie standen?»

«Ja.»

«Der Eindringling kommt also zu Ihnen, Sie müssen sogar beiseitetreten, er öffnet den Spülschrank, öffnet den Werkzeugkasten, nimmt den Hammer heraus, geht zu Ihrem Mann und schlägt ihm damit auf den Kopf?»

«Ja.»

«Bis zu diesem Moment hat sich niemand von Ihnen dreien gerührt.»

«Ja.»

«Als der Eindringling Ihren Mann schlug, da begann er sich zu wehren?»

«Ja.»

«Und Sie, taten Sie etwas dagegen?»

«Nein.»

«Aber warum?»

«Es hat keinen Zweck.»

Simon hielt kurz inne, sah Bruch an. Doch der bewegte sich nicht einmal. «Was tat Ihre Tochter?»

«Sie stand bei mir.»

«Sie schrie nicht? Wollte nicht weglaufen oder ihrem Vater helfen?»

«Nein.»

«Verlangte sie nicht von Ihnen, ihrem Vater zu helfen?»

«Nein.»

«Ihr Mann kämpfte um sein Leben. Sie standen und sahen zu. Wann beschlossen Sie, die Polizei zu rufen?»

«Ich beschloss es nicht.»

«Nein? Aber Sie haben es ja getan!»

«Ja.»

Simon atmete durch. «Warum haben Sie die Polizei gerufen und zu welchem Zeitpunkt? Vor, während oder nach dem Kampf?»

«Während des Kampfs. Es wurde mir gesagt.»

«Ihr Mann? Der rief, Sie sollen die Polizei rufen?»

«Nein. Hol Hilfe.»

Einmal mehr musste Simon sich nun um Geduld bemühen. «Hol Hilfe, sagte Ihr Mann?»

«Nein.»

Schauer fragte sich, wann Simon wohl dahinterkam, dass man dieser Frau keine Fragen stellen durfte, die sie mit Ja oder Nein beantworten konnte.

«Wer sagte: Hol Hilfe?»

«Sie.»

«Ihre Tochter?», fragte Simon und korrigierte sich sogleich selbst. «Der Eindringling? Waren es mehrere?»

«Nein.»

«Nur einer?»

«Ja», sagte Nora, doch Schauer war sich nicht sicher, ob mit sie nicht jemand anderes gemeint war. Sie waren vielleicht jene, mit denen es auch Bruch zu tun hatte. Sie waren immer jene, auf die man sich berief, wenn man niemand Bestimmten festmachen konnte.

«Mitten im Kampf sah der Täter auf und sagte: Hol Hilfe.»

«Ja.»

«Sie riefen also die Polizei, mit dem Telefon, das in der Küche lag, in Ihrer Reichweite», setzte Simon erneut an. «Warum haben Sie das nicht gleich getan, von sich aus?»

«Es hat keinen Zweck.»

«Frau Mahler, Sie wissen, warum Sie hier sind? Sie behaupten, Sie wären am Tod Ihres Mannes unschuldig, doch ist Ihnen bewusst, dass alles, was Sie hier aussagen, nicht dazu beiträgt, unseren Verdacht gegen Sie zu entkräften?»

«Ja.»

«Also gut, Sie riefen die Polizei, der Täter schlägt Ihren Mann tot. Ihre Tochter Jasmin sieht zu. Als Ihr Mann tot ist, erhebt sich der Täter, lässt den Hammer liegen, klettert ohne ein weiteres Wort aus dem Fenster? Warum öffnet er nicht die Tür von innen?»

«Ich weiß es nicht.»

«An der Tür und auch an dem Hammer sind nach ersten Untersuchungen keine Spuren einer dritten Person zu erkennen.»

Nora sah Simon nur an. Sie musste anscheinend aufgefordert werden zu reagieren, brauchte klare Fragestellungen. Sie schien kaum zu blinzeln, ihr Blick war offen und freundlich, doch es schien nicht echt, wie eine Maske, die über dem wahren Gesicht lag. Ihre Belustigung schien echt. Doch war sie nicht in dem Sinne belustigt, dass es ihr Freude bereitete. Eher schien es fatalistische Züge zu haben, als erwartete sie sowieso nichts Gutes mehr von der Welt. War dies ein Ergebnis dieser Tat, oder war sie vorher schon so eingestellt gewesen? Hatte sie diese Einstellung auf ihre Kinder übertragen, vor allem auf Jasmin?

«Frau Mahler, haben Sie Ihre Kinder von dem Geschehen unterrichtet?»

«Ja.»

«Sie haben Ihren Kindern gesagt, was geschehen ist?»

«Ja.»

Schauer klickte auf Pause. Sie wusste gerade nicht, was sie mehr störte, Nora, die wenn möglich einsilbig antwortete, Bruch, der gar nichts sagte, oder Simon, der nicht kapierte, wie man mit der Frau sprechen musste. Doch sie wollte wissen, wie es weiterging, und spielte die Aufnahme weiter ab.

«Wie haben Sie ihnen das mitgeteilt?» Simon schien angegriffen, der Gedanke, dass die Frau ihren zwölf, sechs, vier und zwei Jahre alten Kindern gegenübersaß, um ihnen mitzuteilen, dass ihr Vater umgebracht worden war, machte sogar einem hartgesottenen Mann wie ihm zu schaffen. Hatte er selber Kinder? Schauer wusste es nicht.

«Ich habe ihnen gesagt, dass der Vater mit einem Hammer erschlagen wurde.»

«Wie», Simon verstummte, musste sich sammeln, so fassungslos schien er, und wieder grinste Nora. «Wie haben sie es aufgenommen?»

«Gut.»

Simon sah zu Bruch, hilflos fast, erwartete Hilfe und schien doch gleichzeitig zu wissen, er bekam keine. «Wollten Sie nicht rauchen?», lenkte er davon ab, dass er ratlos war.

«Ja.» Nora nahm sich die Schachtel, holte das Feuerzeug heraus, das drinnen steckte, und eine Zigarette. Sie zündete sie an, nahm einen Zug, ohne zu zeigen, dass sie es genoss, dass es ihr irgendein Bedürfnis erfüllte. Sie schien zu rauchen, weil Simon sie darauf hingewiesen hatte.

«Frau Mahler, sollten wir für Ihre Aussagen keinerlei Belege finden, werden Sie für diese Tat angeklagt. Wenn Sie verurteilt werden, kommen Sie ins Gefängnis, man wird Ihnen die Kinder wegnehmen.»

Warum Simon das sagte, verstand Schauer nicht ganz. Vermutlich hoffte er auf irgendeine menschliche Reaktion, er wollte einen wunden Punkt treffen. Nora aber reagierte nicht. Zuckte nicht einmal mit der Wimper.

«Aus unseren Unterlagen geht hervor, dass Sie einmal, als Ihre Nachbarin sich im Garten verletzte, unbeteiligt am Fenster gestanden und zugesehen haben, wie sie hilflos im Gras saß und stark blutete.»

Nora sah Simon an. Simon schnaufte. «Und Zeugen sagen aus, als sich Ihre Tochter Jasmin in der Grundschule einmal über einen Mitschüler beklagte und Sie von der Lehrerin daraufhin angesprochen wurden, seien Sie am nächsten Tag in die Schule gefahren und hätten dem Jungen eine solche Angst eingejagt, dass er buchstäblich zum Bettnässer wurde und wochenlang die Schule nicht mehr besuchen konnte. Was haben Sie gemacht?»

«Ich habe ihm gesagt, was ihm blüht, wenn er Jasmin nicht in Ruhe lässt.»

«Was blüht ihm?»

«Die Hölle.»

Sie sagte es so trocken, als wäre es das Normalste auf der ganzen Welt.

«Die Hölle?»

«Ja.»

Simon musste sich damit zufriedengeben. Was er Nora zu implizieren versuchte, dass sie als kaltherzig, grausam oder empathielos galt, war gescheitert.

«Was wissen Sie von der Arbeit Ihres Mannes?», fragte Bruch.

Simon drehte ihm den Kopf zu. Zuerst glaubte Schauer, er wäre überrascht, dass Bruch überhaupt sprach. Doch offenbar war es die Frage selbst, die ihn verwunderte.

«Er arbeitet in einem Labor. Versuche werden dort angestellt. Medizin wird entwickelt.»

«Sprach er manchmal von der Arbeit? Erzählte er von Ergebnissen?», fragte Bruch weiter.

Beinahe war es, als würden zwei Automaten miteinander sprechen, Bruchs und auch Noras Tonfall klangen ähnlich emotionslos. Schauer setzte das Video um einige Sekunden zurück und betrachtete Noras Miene genauer, als Bruch seine Frage stellte. Da war ein kurzes Innehalten, für einen Moment schienen sich ihre Augen ein wenig zu weiten.

«Felix, das gehört hier nicht her», sagte Simon.

Doch, dachte Schauer. Doch natürlich, es war durchaus relevant. Sie hoffte, Bruch würde dagegen aufbegehren, doch der blieb wieder stumm.

«Frau Mahler, wie ist Ihr Verhältnis zu den Eltern Ihres Mannes?», übernahm Simon wieder.

«Sie reden nicht mit mir.»

«Seit wann?»

«Schon bevor Jasmin geboren wurde.»

«Gibt es einen Grund dafür?», fragte Simon. «Welchen?», fügte er schnell hinzu, hatte offenbar doch dazugelernt.

«Ich habe es ihnen gesagt.»

«Sie haben Ihren Schwiegereltern gesagt, dass sie nicht mehr mit Ihnen reden sollen? Wer hat Ihnen das aufgetragen? Ihr Mann?»

«Nein.»

«Wer dann?»

Wieder antwortete Nora Mahler nicht. Auf alles gab sie Antwort, doch nicht auf diese Fragen. Sie sah Simon nur starr in die Augen, als versuchte sie, ihm die Antwort telepathisch zu übermitteln.

«Noch dazu sind diese aus der Stadt verzogen, nach Leipzig. Soweit wir inzwischen wissen, gibt es keinen Grund. Sie hatten hier ein Haus, das Haus, in dem Sie jetzt wohnen. Sie schenkten es Ihrem Mann, als Ihre Tochter Jasmin geboren wurde.»

Nachdem Nora ihnen den Umgang mit der Familie verboten hatte, stellte Schauer erstaunt fest.

«Wieso taten sie das?», fragte Simon.

«Ich sagte es ihnen.»

«Weil Sie das Haus wollten?»

«Weil es mir so gesagt wurde.»

«Aber wer Ihnen das auftrug, wollen Sie mir sicher wieder nicht sagen?»

«Sie wissen es.» Nora hatte aufgeraucht, legte die Kippe in den Aschenbecher, wo sie weiter vor sich hin glomm. Eine schmale Rauchsäule stieg auf. Simon betrachtete die Zigarette eine Weile, beugte sich dann vor und drückte sie aus. Nora langte nach vorn, berührte Simons Handgelenk und sah dann in die Kamera, sah ihr direkt in die Augen, wie heute im Gerichtssaal. Schauer fuhr erschrocken zurück, doch dann entspannte sie sich. Das galt nicht ihr. Wie konnte sie so bescheuert sein? Nora hatte einfach nur in die Kamera gesehen. Und in die Zukunft konnte sie nicht blicken, konnte nicht wissen, dass Simon jetzt, vier Jahre später, umgebracht worden war und sie, Schauer, das Video sah.

Simon ließ sich erstaunlich lange Zeit damit, seine Hand wegzunehmen. Vermutlich war er einfach überrascht. Jetzt lehnte er sich zurück und nahm seinen Stift wieder auf.

«Frau Mahler, Ihre Eltern starben vor einigen Jahren, können Sie uns sagen, was geschehen war?»

«Es war nur meine Mutter. Mein Vater war es nicht.»

«Gut, es war Ihr Stiefvater. Aber darauf komme ich auch gleich zurück. Wie starben sie?»

«Sie lagen tot im Bett.»

«Sie hatten sich eine Vergiftung zugezogen.»

Nora Mahler sah ihn wieder nur an, wie jedes Mal, wenn sie sich nicht veranlasst sah zu antworten.

«Sie litten beide an einer Herzschwäche. Ihre Mutter war deshalb mehrmals in Behandlung gewesen, darüber lernte sie vor siebzehn Jahren bei einer Kur Ihren Stiefvater kennen, der an derselben Herzschwäche litt. Sie waren zu dem Zeitpunkt gerade dreizehn Jahre alt, so wie ich das sehe.»

Warum das wichtig war, wusste Schauer nicht, aber inzwischen war sie bereit, sich überraschen zu lassen. Ihr Bild von Nora Mahler hatte sich gewandelt. War sie ihr bisher nur als Opfer erschienen, der Willkür verschiedener Männer ausgesetzt, des Täters, ihres Mannes vielleicht und der Willkür der Ermittler und des Richters, so ahnte sie nun, dass mehr dahintersteckte.

«Offenbar hatten beide am Abend vor ihrem Tod Tollkirschen verzehrt. Keine große Menge, aber ausreichend, um einen Menschen mit Herzschwäche umzubringen. Wie sie dazu kamen, Tollkirschen zu essen, wissen Sie nicht?»

«Nein.»

Simon dagegen schien etwas zu wissen. «Am selben Tag holten Sie Ihre Tochter Jasmin bei Ihren Eltern ab, sie war damals sieben. Sie hatten sie offenbar bei ihnen abgegeben, weil Sie mit Ihrem zweiten Kind, Rebecca, zum Arzt mussten und keine andere Möglichkeit fanden, Jasmin unterzubringen. Es schien nicht üblich, dass Jasmin sich sonst bei Ihrer Mutter und ihrem Mann aufhielt. Ist das so?»

«Ja.»

«Warum?»

«Jasmin mochte nicht gern dort sein.»

Wieder schien sie nicht zu verstehen, was Simon implizieren wollte. Dass der Tod ihrer Eltern durch den Verzehr von Tollkirschen in Korrelation mit ihrem Besuch stand.

«Die Gerichtsmedizin urteilte schließlich, dass Ihre Mutter Irina Irmisch und Ihr Stiefvater Rainer Irmisch die Tollkirschen verzehrten in der Absicht, gemeinsamen Suizid zu begehen. Hatten sie denn Gründe dafür? Depressionen oder eine schwere Krankheit?»

«Weiß ich nicht.»

«Hatten Sie ein gutes Verhältnis zu Ihrer Mutter?»

«Ja.»

Simon seufzte, beendete seine Notizen dazu, dann sah er wieder auf.

«Kommen wir zu Ihrem biologischen Vater, Joachim Reutler. Dieser starb vor knapp siebzehn Jahren, ebenfalls unter unnatürlichen Umständen. Kurz bevor Ihre Mutter Rainer Irmisch kennenlernte. Man fand Ihren Vater ertrunken in einem See. Soweit damals ermittelt wurde, hatte er zu diesem Gewässer keinerlei Beziehung, er war weder Angler, noch ging er regelmäßig schwimmen oder hatte ein Boot. Ihre Mutter sagte damals aus, Ihr Vater hätte wortlos das Haus verlassen. Und soweit ich das hier einsehen kann, hatte er sich zwar eine Jacke angezogen, trug aber Hausschuhe. Haben Sie sich damals Gedanken über den Tod Ihres Vaters gemacht?»

«Nein», antwortete Nora.

Schauer hielt das Video kurz an. Nora hatte also mit dreizehn Jahren ihren Vater verloren, fast im selben Alter wie ihre Tochter. Kurz darauf brachte ihre Mutter schon den nächsten Mann nach Hause. Der Jahre später, zusammen mit der Mutter offenbar Selbstmord beging. Drei Fälle von Suizid? Kaum möglich für

Schauer, das alles so schnell zu verarbeiten. Sie setzte das Video fort.

«Wie war Ihr letzter Kontakt mit Ihrem Vater?», fuhr Simon fort.

«Ich sah ihn am Morgen, bevor ich zur Schule ging.»

«Sprachen Sie miteinander?»

«Ich sagte Guten Morgen, er sagte Guten Morgen.»

«Mehr nicht, als Sie von der Schule kamen, war er tot!»

«Er war nicht da. Dass er tot war, wussten wir erst zwei Tage später.»

«Sie haben sich keine Gedanken gemacht? Haben Sie nicht getrauert? Ihn vermisst? Was haben Sie damals gedacht?»

«Es musste so kommen.» Nora sah Simon ganz ausdruckslos an.

«Es musste so kommen? Wie meinen Sie das?»

«Das es so kommen musste.»

«Frau Mahler, das bedeutet aber, dass Sie irgendwie geahnt haben müssen, dass so etwas geschieht, was hat Sie dazu gebracht? Lagen Ihre Eltern im Streit? Hatte Ihr Vater Selbstmordabsichten geäußert? Hat sich die Lage so zugespitzt, dass sie irgendwann eskalieren musste?»

Nora antwortete nicht, da Simon seiner eigentlich eindeutigen Frage wieder zu viele Optionen hinzugefügt hatte. Inzwischen schien er vollkommen nervös, hatte alle Geduld verloren. Was er sagte, wie er es sagte, alles prallte an Nora vollkommen ab.

«Warum glaubten Sie, dass es so kommen musste?», fragte er noch einmal.

«Weil man ihnen nicht entkommt.»

12

Er fand sich auf dem Boden wieder, als er erwachte. In seinem Kopf klang noch der Schmerz nach, doch er war erträglich. Bruch stand auf, stützte sich an der Wand ab. Es war ganz finster, er wusste nicht, ob es noch Nacht war oder früher Morgen. Doch er wusste, wo er sich befand, roch es, fühlte es. Er war nicht gern in diesem Zimmer. An Tagen, in denen das Licht in ihm pulsierte, an denen es in ihm glühte und kochte und alles um ihn herum strahlte und blendete, war dieser Raum so voller Erinnerungen, dass es kaum zu ertragen war. An den meisten Tagen, denjenigen, an denen er sich wie abgeschaltet fühlte, mied er das Zimmer, weil er fürchtete, gar nichts zu fühlen, was noch schlimmer war. Nun war er einfach nur froh, dass der Schmerz nachgelassen hatte.

Jasmin saß nicht mehr auf dem Bett seiner Tochter.

Er verließ den Raum, ließ die Tür offen, der Katze zuliebe, die gern hier schlief, seitdem Schauer sie einmal hineingelassen hatte.

Bruch sah ins Schlafzimmer. Das Bett war leer. Im Wohnzimmer war Jasmin auch nicht. Weder in der Küche noch im Bad. Jasmin war gegangen. Ihre Kleidung fehlte, ihre Schuhe auch. Nun schaltete er doch das Licht an, musste einen Moment die Augen schließen, weil es ihm zu grell war, sah dann auf die Uhr. Es war früher Morgen. Bruch ging zurück ins Kinderzimmer, dann noch einmal ins Schlafzimmer. Michaels Waffe war verschwunden, auch die Tüte mit dem Kokain und das Geld. Der

Pappkarton lag offen auf dem Fußboden, der Ohrschmuck, die Scherbe lagen noch darin, das Plüschtier, auch die Fotografien. Diese Dinge waren, anders als für ihn, für sie vollkommen wertlos. Sie wusste, wo das Haus war, hatte sie gesagt. Es sei nun nicht mehr lila, sondern gelb. Dieser Hinweis ließ ihn glauben, dass sie es wirklich wusste, warum erwähnte sie sonst dieses Detail? Das Haus gegenüber war, was er eigentlich suchte. Das, aus dem heraus das Foto geschossen worden war. Eine Ruine, hatte Jasmin gesagt. Sie würde ihm sagen müssen, wo es stand. Das würde ihn weiterbringen. Konnte er herausfinden, wann das Haus gestrichen worden war, half es vielleicht, zeitlich einzuordnen, wann das Bild entstanden ist. Ein kleines Puzzleteil. Aber vorerst galt es, anderes zu tun.

Bruch ging in die Küche, schüttete Futter in den Fressnapf. Die Katze kam, betrachtete ihn bei seinem Tun, wartete, bis er fertig war. Dann ging er ins Bad und öffnete den Spiegelschrank. Zögernd streckte er die Hand aus, denn er hatte gelernt, nicht alles, was er sah, war real. Er tastete in das Fach, in dem die Dose mit seinen Tabletten stand. Doch sie war weg. Jasmin hatte sie mitgenommen.

Er verharrte eine Weile, gänzlich unfähig zu handeln. Noch einmal hob er die Hand, tastete, ob ihm seine Augen nicht einfach nur einen Streich spielten. Nichts, die Tabletten waren verschwunden. Das war nicht gut.

Er verließ das Bad, fühlte den Boden unter seinen Füßen nachgeben. Er musste sich am Türrahmen, an den Wänden abstützen, die unter seiner Berührung einsanken, als wären sie aus Gummi, lief eine ganze Runde durch die Wohnung, bis er sich besann. Er trug noch immer die Jacke von gestern, sein Handy steckte darin. Er nahm es hervor und wählte die Nummer.

«Felix!», fragte die Frau, sie war so schnell rangegangen, als hätte sie darauf gewartet.

«Sie hat sie mitgenommen. Meine Tabletten», sagte Bruch,

und seine Stimme hörte sich in seinem Kopf dumpf an, als presste er sich Watte aufs Gesicht.

«Schauer?», fragte die Frau streng.

«Nein, das Kind.»

«Jasmin Mahler? Sie war bei dir?»

Sofort hatte sie gewusst, von wem er sprach. «Was soll ich tun?»

«Was hat sie erzählt?»

«Nichts», log er.

Eine Weile blieb sie stumm, er hörte sie atmen. Dachte sie nach? Kommunizierte sie stumm mit jemandem? Die Katze kam, sah zu ihm auf. «Im Büro ist noch immer Ersatz», sagte die Frau schließlich, «in Bartkos Schreibtisch. Sollten sie nicht mehr da sein, ruf mich noch einmal an. Heute Abend wirst du neue bekommen haben.»

«Danke», sagte er, obwohl er nicht wusste, ob er wirklich zu Dank verpflichtet war.

«Felix?»

Er hatte schon auflegen wollen. «Ja?»

«Was hat sie erzählt?», wiederholte sie noch einmal.

«Nichts», log er noch einmal, legte dann auf.

«Was ist mit dir?», fragte er Schauer, als sie im Büro eintraf.

Sie zuckte mit den Achseln.

Doch sie war angeschlagen, hatte nicht nur zu wenig geschlafen. Etwas war mit ihr geschehen. Etwas Drastisches. Etwas klang in ihm an. Ein Gefühl, das er erst ergründen musste, so fremd war es ihm. Es war sein Gewissen. Er hatte das dumpfe Gefühl, er hätte für sie da sein müssen.

«Du fragst, wie es mir geht? Wieder mal ein Upgrade bekommen? Felix Bruch eins Punkt drei?», fragte sie, doch ihr Sarkasmus konnte nicht verdecken, dass sie Angst hatte.

«Was hast du gesehen?», fragte er sie. Denn sie hatte sich verändert, etwas an ihrem Verhalten.

Schauer ging nicht an ihren Platz, stattdessen kam sie zu seinem Tisch. Sie nahm ihr Telefon heraus, tippte auf dem Display, zeigte ihm schließlich ein Foto. «Was ist das?»

«Ein umgekehrtes Pentagramm», sagte er. Sie hätte es auch googeln können. Doch darum ging es nicht, wusste er, sie wollte nicht wissen, was es ist, sie wollte wissen, was es mit ihr zu tun hatte. «Es wird von Satanisten verwendet und symbolisiert einen Ziegenkopf», erklärte er noch, doch auch das wusste sie schon.

Sie ließ den Arm mit dem Handy sinken, als würde es zehn Kilogramm wiegen. «Es war an meiner Wohnungstür. Mit Blut gezeichnet. Mit Blut! Jemand muss in der Nacht im Haus gewesen sein.»

Sie hatte es entfernt, er hatte gesehen, dass die Nagelbetten ihrer Finger rötlich gefärbt waren. Sicher mit Seifenwasser und einer Handbürste. Er sah es vor seinem inneren Auge, wie sie hockte, stumm schrubbte, sich einzureden versuchte, es wäre nur ein Streich gewesen. Nun zahlte sie den Preis dafür, dass sie sich eingemischt hatte.

«Weißt du, wo ich diese Symbole zuletzt gesehen habe?», fragte Schauer, ging zu ihrem Platz und ließ sich schwer in den Stuhl fallen.

Er nickte. In Jasmins Zimmer beim Jugendnotdienst hinter dem Bett. Und vermutlich in ihrem Zimmer im Haus ihrer Mutter.

«Glaubst du, Nora Mahler hat ihren Mann umgebracht?», fragte Schauer. «Sag es ohne Umschweife. Sag, ob du es glaubst.»

«Ich habe es geglaubt. Ich war fest überzeugt. Nicht nur ich, alle. Jetzt bin ich nicht mehr sicher.»

«Sie ist so kalt, so völlig emotionslos.»

Was hatte sie gesehen? Denn nun war sie es, die es glaubte. Jeder, der die Frau sah, der in den Fall involviert war, glaubte es, denn es gab keine andere Lösung. Doch Jasmin hatte ihn verunsichert. Mehr als das.

«Was wirst du heute vor Gericht aussagen?», fragte Schauer und erinnerte ihn damit erst daran, dass er heute erscheinen sollte.

«Was ich schon einmal ausgesagt habe», sagte er. Noch war Zeit.

«Hast du Angst?», fragte sie.

Das verstand er nicht.

«Hast du nicht Angst, dass jemand dich an einer Aussage hindern wird? Bartko ist tot. Simon ist tot.»

Er hatte keine Angst. Vielleicht wäre es besser, er hätte welche.

«Gibt es zum Fall Juskat irgendwelche Neuigkeiten?», fragte Schauer.

«Die Unterlagen der Firma werden gesichtet.»

«Dass Jasmin Mahler vor Ort war, alarmiert niemanden? Veranlasst niemanden, nach einer Verbindung zum Tod ihres Vaters zu suchen? Macht dir das keine Sorgen? Sollten wir nicht kreischend im Kreis rennen oder versuchen, nach Südamerika zu fliehen?»

Es schien ihr unter all ihrem Sarkasmus eine ernst zu nehmende Idee zu sein.

«Das BKA ermittelt auch im Fall Juskat. Wir haben anderes zu tun», sagte er. Natürlich müsste all das beachtet werden. Aber sicher hatte sie schon mitbekommen, dass die Dinge hier einen ganz eigenen Lauf nahmen.

«Ich weiß, lass uns fahren.»

Es wollte ihr die ganze Fahrt über nicht aus dem Kopf. Dieses Zeichen. Mit Blut gemalt. Das hatte dem Ganzen die Krone aufgesetzt. Nicht allein, dass sie sehr schlecht geschlafen hatte und vor allem viel zu wenig, nicht allein, dass ihr beim Aufwachen der Abend mit Sven in den Sinn gekommen war und ihr Nora Mahlers Auftreten nicht aus dem Kopf ging. Sie war aus der Wohnung getreten, war auf einen ihrer Nachbarn getroffen, der auf ihrer Etage stehen geblieben war, um das Werk an ihrer Tür zu betrachten. Es war ihr nicht gelungen, ihr Entsetzen zu verbergen. Nicht das Zeichen störte sie, sondern dass nur zwei, drei Zentimeter Holz sie von dem, der das dahingeschmiert hatte, trennten, machte ihr Sorgen. Nur ein Stück Metall, eingehakt in ein anderes kleines Stück Metall, das ihren Widersacher daran hinderte, in ihre Wohnung einzudringen. Sie hatte nicht einmal abgeschlossen, hatte sie mit noch größerem Entsetzen feststellen müssen. Sie schloss sonst immer ab. Vielleicht begann sie sich auch aufzulösen wie Bruch. Wer hatte denn bitte schön Blut bei sich? Wo bekam man das her? Hatte dafür jemand sogar ein Tier umgebracht? War es derselbe gewesen, der ihr die Molche in den Briefkasten getan hat?

«Das ist ein Streich, weil ich Polizistin bin», hatte sie dem Typen aus dem Haus erklärt. Na toll, hatte der gesagt. Na toll, was sollte das denn heißen? Na toll, weil sie Bulle war?

Nun standen sie in Ollmanns Arbeitsraum, die Blutlache, breit über den Boden verteilt und inzwischen geronnen, hatte Risse bekommen. Überall standen Nummernkärtchen, Pulver, mit dem man Finger- und Handabdrücke sicherte, war großzügig im ganzen Raum verteilt. Mobile Gegenstände waren ins Labor mitgenommen worden. Ihre Aufgabe bestand nun vorerst darin, die Bilder und Unterlagen zu sichten, und dies war ein gigantischer Berg zu erklimmen, denn es schien, als hätte Ollmann Hunderte Freunde und Bekannte gehabt, alte, neue und jene, die ihm in den letzten Jahrzehnten immer mal über den Weg gelaufen sind. Aus seinem Handy, seinen Kalendern und Notizbüchern, den unzähligen Zetteln auf dem Schreibtisch und den Schubladen seines Büros hatten sie Hunderte Telefonnummern gesichert. Das Telefon selbst gab keinen Mitteilungsaustausch preis, der auf einen Besuch bei ihm hindeutete, doch längst waren nicht alle Messengerdienste entschlüsselt, Ollmann hatte nicht nur über WhatsApp kommuniziert, sondern bediente sich fast aller halbwegs bekannten Anbieter, die nicht alle gleich bereit waren, mit der Polizei zusammenzuarbeiten, vor allem weil ihre Betreiber in den USA oder Taiwan oder sonst wo saßen.

Bruch legte sowieso nicht viel Wert auf diese Art von Arbeit, warum auch, dachte sie mürrisch, schließlich hatte man es damit offenbar nie sehr ernst genommen in dieser Abteilung. Wie sonst waren die sehr mangelhaften Ermittlungen im Fall Mahler zu erklären. Mit Voss hatte sie telefoniert, er war der Meinung, es wäre schon möglich, all die Fotos zu scannen, einzulesen und durch Gesichtserkennungsprogramme zu entschlüsseln. Heutzutage ging alles. Doch erstens musste das wieder rechtlich geklärt werden, und zweitens, hatte er angemerkt, handelte es sich hier um einen toten Tätowierer, einen alkoholabhängigen Kleinverbrecher, nicht um ein totes Kind oder einen Politiker. Es würde kaum jemand Interesse daran haben, allzu viel Aufwand zu betreiben.

Schauer gesellte sich zu Bruch, der vor der Fotowand stand und die Bilder betrachtete.

«Suchst du eigentlich jemand Bestimmtes?», fragte sie. Denn wie er so da stand und starrte, glaubte er wohl, ein bekanntes Gesicht zu entdecken.

«Was würdest du tun, wenn jemand versuchte, dich zu vergewaltigen?», fragte Bruch, ohne den Blick von den Bildern zu nehmen.

Schauer sah ihn an. Fragte er das, weil sie hier waren? Weil hier vermutlich eine Frau Opfer einer Vergewaltigung geworden war, sich zur Wehr gesetzt und einen Mann umgebracht hatte? Oder wusste Bruch mehr? War es eine gezielte Frage, wusste er schon davon?

«Ich hätte dasselbe getan», sagte sie.

Bruch schenkte ihr einen ernsten Blick. «Du hättest ihn umgebracht?»

«Vielleicht nicht umgebracht. Aber sicher kann man da nicht

sein. Wenn man in Rage handelt, ist man nicht Herr seiner Sinne. Wäre die Flasche nicht zerbrochen, hätte sie ihn sicher auch nicht umgebracht. So ist es eben passiert.»

«Wäre es dann nicht logisch, sie flieht in Panik, besinnt sich und geht zur Polizei? Eine Handlung in Notwehr, oder im Affekt, würde vor einem Gericht Bestand haben.»

«So weit denkt aber sicher nicht jeder», erwiderte Schauer bitter, doch sie ahnte, worauf Bruch hinauswollte. Immerhin hatte sie auch sehr bewusst gehandelt, nachdem sie Sven krankenhausreif geschlagen hatte.

Bruch sah sie jetzt beinahe genauso emotionslos an, wie der Blick von Nora Mahler sie getroffen hatte. «Aber sie ist eben nicht in Panik davongerannt.»

«Nein?» Natürlich, er hatte recht. Sie wollte es ihm nur nicht so leicht eingestehen.

«Sie hat sich Zeit genommen, Fingerabdrücke zu entfernen und ein paar Fotos von der Wand zu reißen.» Bruch deutete auf zwei weitere Stellen, an denen noch Klebeband an der Wand klebte, an einem hing sogar noch die Ecke eines Fotos.

«Was willst du damit sagen?»

«Im Bericht von Doktor Rundweg steht, dass am Geschlechtsteil des Mannes keinerlei Blutspuren, aber auch keine Reste von künstlichen Gleitmitteln gefunden wurden.»

«Was willst du damit sagen?», fragte sie noch einmal, obwohl sie sich selbst denken konnte, was er meinte. Das hier war vielleicht keine Notwehr, sondern ein Mord.

Offenbar sah er ihr einmal mehr an, was sie dachte. «Lass uns die Wohnung oben genauer ansehen», sagte er und wandte sich zur Tür.

Hatte man erst einmal seine Scheu verloren, in einer derart verwahrlosten, zugemüllten Wohnung zu schnüffeln, war es keine uninteressante Aufgabe. Schauer hatte sich Gummihandschuhe übergezogen und Bruch genötigt, dasselbe zu tun, allein weil sie der Gedanke ekelte, er könnte mit bloßen Händen etwas anfassen, einfach weil es ihm egal war. Bad und Küche ließen sie zuerst außen vor, schon der Geruch hielt sie davon ab, die Räume zu betreten. Ollmann konnte froh sein, dass er unten seinen Laden gehabt hatte, der offenbar von den anderen in Schuss gehalten wurde. Dort benutzte er Bad und Küche, konnte so gut auf diese Räume in seiner Wohnung verzichten. Vermutlich hatte er auch unten geschlafen. Man müsste sich wundern, dass er all die Briefe und Mahnungen vom Finanzamt und anderen Inkassounternehmen ignorierte, sollte er doch Interesse daran gehabt haben, dass alles so blieb. Irgendwann stünden die Steuerfahnder vor seiner Tür, und spätestens dann wäre sein Lebensstil, wie er ihn kannte, zu Ende gewesen. Doch Schauer kannte das auch zur Genüge. Lagen die ersten Briefe erst einmal lange genug ungeöffnet herum, machte es auch keine Umstände, die nächsten dazuzulegen und sie alsbald zu ignorieren wie Werbepost. Diese Art von Verdrängung ging sogar so weit, dass die Leute dann immer aus allen Wolken fielen, wenn sie aus ihrer Wohnung geschmissen wurden. Verdrängung war wirklich eine der menschlichsten Eigenschaften, und es war erstaunlich, was zu verdrängen der Mensch in der Lage war.

Ohne sich abzusprechen, begannen sie in verschiedenen Räumen zu suchen. Bruch im Schlafzimmer, sie im Wohnzimmer. Es war kaum Platz in dieser Wohnung, allenfalls schmale Gänge zwischen hohen Stapeln an Zeitschriften, Kartons, elektrischen Geräten, die aufgetürmt standen neben Säcken voller Kleidung. Eine ziemlich große Schallplattensammlung hatte der Mann besessen, vollkommen unsortiert. Spieleschachteln stapelten sich meterhoch, Legokisten, Carrerabahnen, Modelleisenbahnkartons. Es schien, als hätte er irgendwie versucht, seine Kindheit oder Jugend zu konservieren oder zu kompensieren. Dazwischen fanden sich überall unglaublich viele leere Bier- und Schnapsflaschen. Dass es ihm trotz der Finanzamtsbriefe nicht an Geld gemangelt zu haben schien, hatte sich auf seinen Alkoholkonsum ausgewirkt. Schauer begann von vorn an der Wohnzimmertür, arbeitete sich durch die Stapel, indem sie diese von oben ab- und links neben sich wieder aufbaute. Ihr Plan war, zur Schrankwand zu gelangen, die gänzlich verbaut war.

Nach einer halben Stunde war es ihr gelungen. Darüber war es draußen hell geworden. Sie begann, die Türen und Schubfächer der alten Schrankwand eine nach der anderen zu öffnen. In einem der Klappfächer fand sie Unterlagen, Aktenordner und eine blecherne Keksdose, die mit Geldscheinen vollgestopft war. Wann auch immer Ollmann diese da reingetan hatte, er hatte sie wohl vergessen. Sie versuchte, sich einen kurzen Überblick zu verschaffen, indem sie einen Teil davon zählte und den Rest schätzte. Es mochten zehntausend Euro sein, oder mehr. Die Dose war nicht klein, die Scheine eher von größerem Wert, kaum Fünfer und Zehner, mehr Fünfziger und Hunderter. Ein erster Impuls hatte sie Bruch rufen lassen wollen, doch nun schloss sie den Deckel und stellte die Dose wieder zurück. Es war reizvoll, so etwas zu finden, und noch reizvoller war der Gedanke, sich das einzustecken. Keiner wusste davon. Und für jemanden wie Michael Bartko, den scheinbar Skrupelloseren des Duos Bartko-Bruch, mochte es von diesem Gedanken bis zu seiner Ausführung keinerlei Hemmungen gegeben haben. Bruch schien da eher der Mitläufer gewesen zu sein, und trotzdem wollte sie es gar nicht erst darauf ankommen lassen. Schauer schloss die Klappe, wandte sich den untersten Schrankteilen zu. Zwar hatte sie sich Platz geschaffen, aber nur gerade genug, um sie öffnen zu können. Hineinzusehen und etwas herauszunehmen, ging nur mit größter Anstrengung. Zu ihrer Überraschung sah und ertastete sie noch mehr solcher Blechkisten. Es gelang ihr, eine herauszunehmen, sie war ziemlich schwer und mit einer Hand kaum zu halten. Schauer richtete sich auf, stellte die Kiste auf einem der Stapel ab und öffnete sie, dann entfuhr ihr ein Stöhnen. Die Kiste war voller Fotografien. Sie bückte sich noch einmal, holte eine weitere Kiste heraus, öffnete sie gleich am Boden. Auch sie war voll mit Bildern. Eine dritte Kiste ebenso.

«Felix!», rief sie nun doch.

Bruch kam schnell und fragte gar nicht erst, sondern griff sogleich zu. Eine Kiste nach der anderen reichte sie ihm, er stellte sie auf einer freien Fläche ab.

«Oh Mann», keuchte sie, nachdem sie das nächste Schrankfach durchsucht hatte. «Da kommt Arbeit auf uns zu. Hier sind noch mehr.»

Letztlich waren es um die zwanzig Kisten, größere und kleinere, Schauer öffnete sie stichprobenartig. Sie waren allesamt vollgepackt mit Fotografien. Sie schienen wild durcheinander, einige von ihnen jahrzehntealt, dem Outfit der Fotografierten nach, Ollmann war zu erkennen als etwa Zwanzigjähriger, in seinen Dreißigern, in seinen Vierzigern. Viele Partys schien er gefeiert zu haben. Die Bilder zeigten ihn und viele andere, meist mit einer Bierflasche in der Hand, mal mit einem Feuer im Hintergrund, mal an einer Bar, mal in einem Wohnzimmer, aber auch beim Angeln, auf einem Zeltplatz, bei einem Konzert. Die frühesten Bilder waren voller möchtegernharter Typen, viele mit Glatze und Bomberjacke, manche trugen Hells-Angels-Embleme. Frauen waren auch zu sehen, wenn auch in viel geringerer Anzahl.

«Sieh», sagte Bruch, der eine andere Kiste geöffnet hatte.

Sie sah fast beiläufig hin, denn es gab bei ihr genauso viel zu sehen. Sie brauchte einen zweiten Blick, um zu realisieren, dass es eine Nahaufnahme eines weiblichen Geschlechts war, die obenauf lag. Und es gab nicht nur diese eine, es gab Hunderte.

«Ist es immer dieselbe?», fragte Schauer, ging um den Stapel Müll herum, um sich neben Bruch zu stellen.

«Nein.» Bruch nahm eine Handvoll Bilder heraus, legte sie in eine Reihe.

«Wer macht denn so was?», fragte Schauer leise und meinte nicht Ollmann, sondern die Frauen damit.

«Es ist sehr anonym, nie ist ein Gesicht zu erkennen», sagte Bruch.

«Mensch, das sind ja, keine Ahnung, Hunderte? Ob das alles Kundinnen waren? Man liegt ja schon ziemlich nackt rum, wenn man sich den Rücken oder die Beine tätowieren lässt.»

Bruch hatte eine zweite Kiste geöffnet, eine dritte, eine vierte, alle enthielten normale Fotografien, die nächste aber war wieder voll mit Nacktbildern, weibliche Körper, Brüste, aber hauptsächlich Genitalien aus nächster Nähe, manche Bilder leicht unscharf, weil ältere Kameras nicht so nahe fokussieren konnten, doch Ollmann schienen sie es wert gewesen zu sein, sie aufzubewahren.

«Bisschen krank ist das schon, oder?»

«Vielleicht Trophäen», sagte Bruch. «Es könnte den Zustand seiner Verwahrlosung erklären. Die guten Zeiten sind vorbei. Die alten Freunde haben sich abgewendet. Die Frauen sind nicht mehr willfährig.»

Fünf Sätze, dachte Schauer aus blanker Gewohnheit sarkastisch, doch Bruch hatte recht. Vielleicht ein Grund mehr, warum Ollmann es nicht mehr in seiner Wohnung hielt.

Schauer tat die Fotografien in die Kisten zurück. «Angesichts der Vorwürfe, die es gegen ihn gab, drängt sich da ein gewisser Verdacht auf, meinst du nicht?»

«K.-o.-Tropfen haben wir keine gefunden.»

«Nein, aber die Vorwürfe sind einige Jahre alt. Glaube ich. Er wird das Zeug entsorgt haben. Ich frage mich nur, wie genau diese Ermittlungen wohl waren, wenn man diese Fotos hier nicht gefunden und als Indizien behandelt hat. Die Wohnung wird nicht viel besser ausgesehen haben, so was hier passiert nicht in zwei, drei Jahren.»

Oder vielleicht doch, Schauer verstummte. Einmal mehr hatte sie festgestellt, dass sie selbst voller Vorurteile war und der Dresdner Polizei automatisch schlechte Arbeit unterstellte. Gut möglich, dass sich die damaligen Vorwürfe schnell als falsch entpuppten, es keinen Grund für Hausdurchsuchungen gab. Erfolgreiche Leute hatten immer Neider und Feinde, und manche kämpften mit unfairen Mitteln.

«Wir müssen die alle mitnehmen, nach Kisten sortieren, die sind ja vermutlich eine nach der anderen gefüllt worden. Mit ein bisschen Mühe kann man die sicher nach ihrem Alter einordnen. Und vielleicht ergibt sich doch, dass wir eine Person finden, die auf diesen Bildern auftaucht, aber da unten im Büro an der Wand fehlt», sagte sie.

Bruch sah auf die Uhr.

Sie wusste, er musste bald los. «Na komm, packen wir alles zusammen, ich fahr dich danach direkt zum Gericht.»

13

Es hatte sie nur einen Anruf gekostet, Polizeihauptmeister Piotrowski war nicht schwer zu finden gewesen. Ihn zu treffen, hatte sie sich schon vorgenommen, ehe sie mit Bruch in der Wohnung Ollmanns gewesen war, gleich nachdem sie die Schmiererei an ihrer Wohnungstür gefunden hatte. Und im Prinzip hatte alles ganz gut gepasst – während Bruch vor Gericht auf seinen möglichen Auftritt wartete, hatte sie noch ein wenig in den Bildern Ollmanns gestöbert, hatte angefangen, sie im Beratungsraum auf einzelnen Tischen anzuordnen, so wie sie in den Kisten lagen. Die vielen Nacktbilder sortierte sie heraus, einfach nur um kein wichtiges Bild zu übersehen, das sich dazwischengemogelt haben mochte. Anhand verschiedener Gesichter, die immer mal auftauchten, hatte sie dann die Tische verschoben, je nachdem wie alt ihr die Personen auf den Bildern erschienen, um das Ganze in eine chronologische Reihenfolge zu bringen. Vor allem Ollmann, der die Form des Selfies schon vor vielen Jahren für sich entdeckt hatte, bot ihr gute Referenz, aber auch die Tätowierungen, die nach und nach auf den Armen oder den Hälsen der Fotografierten erschienen, gaben gute Hinweise.

Die wenigen Stunden, die ihr blieben, hatten aber längst nicht gereicht, um alles zu sortieren, zumal sie die Bilder mit Klebeband fixierte, damit sie nicht vom Tisch gefegt wurden, wenn etwa der Reinigungsdienst die Fenster öffnete. Noch dazu müssten sie die Bilder von den Wänden in Ollmanns Büro sorgfältig entfernen und sie denen aus den Kisten zuordnen. Erst dann mochte ihnen die Person auffallen, die ihre Fotos im Büro entfernt hatte.

Nun stand sie am Revier in Leuben, ein Haus, groß wie eine Villa, in Sichtweite großer DDR-Hochhäuser, die sich von den Blocks im Westen auch nicht unterschieden. Sie war in der Nähe einer Kiesgrube, aus der sie gefühlt jeden Sommer einen Ertrunkenen holten, seit sie mit Dresden zu tun hatte.

Das Revier war nicht dauerhaft besetzt. Nach Dienstschluss am Nachmittag wurde das Licht ausgemacht, die Rollläden heruntergelassen.

Piotrowski sollte bald eintreffen. Schauer warf einen Blick auf die Uhr, und schon wenige Augenblicke später kam ein Streifenwagen um die Ecke. Zwei Polizisten saßen darin und steuerten das Tor an, welches sich nun automatisch öffnete. Da sie wartend stand und direkt ins Auto sah, hielt der Passat, der Beifahrer ließ die Scheibe hinab. Er schien recht groß, hatte Oberkopfglatze, den Rest der Haare ganz kurz geschnitten, trug Dreitagebart, allesamt ergraut. Er mochte weit über fünfzig sein.

«Können wir behilflich sein?»

«Ich möchte mit Polizeihauptmeister Piotrowski sprechen. Hauptkommissarin Schauer, Kripo.»

Sofort verhärtete sich die eigentlich freundliche Miene. «Weshalb?»

«Ich weiß, Sie wollen nicht darüber reden ...»

«Genau, damit ist doch alles gesagt! Fahr!», befahl er seinem Kollegen, der jedoch nicht verstand, was vor sich ging.

«Hören Sie. Ich bin die neue Kollegin von Felix Bruch. Etwas passiert hier. Ich will wissen, was!»

«Fahr, habe ich gesagt!», ging Piotrowski seinen Kollegen an, der diesen Ton wohl gar nicht gewöhnt war, unsicher grinste.

«Rein oder was?»

«Weg, fahr weg!» Schon ließ er die Scheibe hoch.

Schauer langte nach dem Türgriff, riss die Tür auf. «Ich will

Ihnen nichts tun, ich will Sie nicht schlechtmachen, ich will nur wissen, was Sie gesehen haben, warum haben Sie die Aussage verweigert?»

«Fahr, verflucht noch mal!», schrie Piotrowski den Fahrer an, riss wild an der Tür, doch Schauer hing mit ihrem Gewicht dran.

«Verstehen Sie nicht? Verdrängen nützt nichts, das kommt alles irgendwann wieder!»

Nun hatte der Fahrer den Ernst der Lage verstanden, hatte den Rückwärtsgang eingelegt und fuhr auf die Straße zurück, wegen des Verkehrs konnte er nicht sogleich einschwenken, schaltete aber das Blaulicht ein, um nachzuhelfen.

Piotrowski riss nun mit beiden Händen an der Tür. Schauer, die ihren guten Stand verloren hatte, musste loslassen. Jetzt schoss der Passat nach vorn, an einem Stromkasten vorbei über den Fußweg, dann erst vom Bordstein hinunter, und Schauer verlor ihn nach wenigen Momenten schon aus dem Blick.

«Verflucht noch mal», keuchte sie und konnte gar nicht so richtig fassen, was gerade geschehen war. Wie wütend der gewesen war. Sein Blick, das war nicht allein Wut. Er war voller Panik, voller Angst gewesen. Es hupte, und sie sah sich um, ein Auto war stehen geblieben, der Fahrer hatte übers Starren vergessen, wieder loszufahren, hinter ihm hatte sich mittlerweile eine Schlange gebildet.

«Was!», fuhr Schauer ihn wütend an. Vor allem, weil sie sich eingestehen musste, dass Piotrowski ihr Angst gemacht hatte. Nichtsdestotrotz, ihr blieb ihr immer noch der zweite Mann, Schubert.

Es dämmerte, als Schauer endlich vor dem kleinen Grundstück der Schuberts stand. Fast eine Stunde hatte es gedauert, mit Berufsverkehr und glatten Straßen. Eigentlich gehörte diese Gegend nicht mehr zu Dresden. Weixdorf hieß der Ort.

Das Grundstück der Schuberts war nur ein größerer Garten,

der kurze Rasen schneebepudert, die Beete lagen brach, die Rosenstöcke winterfest eingepackt. Das Haus darauf ein Bungalow, lediglich mit Wänden aus Holz und Presspappe, kein richtiges Wohnhaus, dahinter Bäume, weitere Gärten. Schauer drückte den Klingelknopf am Torpfosten rechts und wartete. Bissiger Hund, stand auf einem kleinen gelben Schild. Nichts geschah. Ob es im Haus überhaupt geklingelt hatte, wusste sie nicht. Kein Hund bellte. Sie klingelte noch einmal, obwohl es nicht den Anschein machte, dass jemand zu Hause war. Doch plötzlich wurde die Tür aufgerissen, ein ziemlich großer Mann trat nach draußen. Er trug eine Jogginghose, ein Polizeisporthemd.

«Was?», rief er mürrisch.

«Sind Sie Herr Schubert?»

«Was steht denn an der Klingel?», raunzte der Mann. Er schien noch keine sechzig zu sein, doch er stand leicht gebückt, als litte er Rückenschmerzen.

«Kann ich ... darf ich zu Ihnen kommen?»

«Sie bleiben da!» Schubert ging noch einmal in sein Häuschen, erschien jedoch gleich wieder, lief mit der Rechten in der Hosentasche den schmalen, mit Ziegeln gepflasterten Weg bis zum Tor. «Ich habe einen Taser, falls Sie auf die Idee kommen, mein Grundstück zu betreten!»

«Ich will gar nicht auf Ihr Grundstück. Ich belästige Sie auch ungern ...»

«Wer sind Sie?»

«Nicole Schauer ist mein Name, ich bin ...»

«Sie sind doch von der Presse, wegen dem Prozess, stimmt's? Dass mich dieser Dreck aber auch nicht loslässt. Ich will damit nichts mehr zu tun haben. Sie wollen mich doch nur aushorchen. Hauen Sie ab, dalli!»

«Ich bin auch in Ihrem Interesse hier! Ich bin Polizistin ...»

«Nichts, fort jetzt, sonst hetze ich meinen Hund auf Sie.» Der Mann drehte sich abrupt um und ließ Schauer stehen. Sie wartete noch einen Moment, hoffte darauf, dass der pensionierte Polizist sich besann, doch der kehrte in sein Haus zurück, warf die Tür hinter sich zu. Schauer ließ vom Tor ab, nahm ihr Telefon in die Hand und ging ein paar Schritte. Doch das war eine blanke Verlegenheitsgeste, sie wusste gerade nicht weiter, war mit ihrem Latein völlig am Ende. Am besten war, sie fuhr heim.

«Warten Sie!» Eine ältere Frau kam ihr mit dem Fahrrad auf der Straße entgegen, überquerte diese, hielt an und hob es auf den Gehsteig. Im Lenkerkorb stand ein voller Einkaufsbeutel.

«Sie waren gerade bei meinem Mann, ich habe Sie aus der Ferne gesehen. Was wollten Sie von ihm?» Sie schien nicht unfreundlich.

Schauer wich ein kleines Stück zurück. «Ich wollte ihn wegen eines alten Falls befragen, aus rein privatem Interesse.»

«Sind Sie von der Zeitung?»

«Nein, ich bin Polizistin», erwiderte Schauer ehrlich und wenig hoffnungsvoll.

«Geht es um diese furchtbare Frau? Nora Mahler?»

Schauer zwang sich, kühl zu bleiben. Doch hier schien sich eine Tür zu öffnen. «Ja. Ich bekomme leider nicht ausreichend Unterstützung.» Das war nicht gelogen, aber natürlich war es auch nicht die Wahrheit. In Wirklichkeit hatte sie keinen Ermittlungsauftrag für diesen Fall. Alles, was sie hier tat, war im Grunde nicht legal.

Die Frau trat vertraulich näher und flüsterte, obwohl kein Mensch in der Nähe war. «Wundert mich gar nicht, da ist was faul an der Sache, von Anfang an schon. Kommen Sie mit!»

«Wohin?»

«Ins Haus.»

«Ihr Mann wird nicht erfreut sein, mich zu sehen.»

«Kein Wunder, wenn Sie wüssten, wie ihm zugesetzt wurde. Der Staatsanwalt, der damals die Ermittlungen leitete, ich kann Ihnen sagen, das war Mobbing, reinstes Mobbing. Und die Männer erst, die Ermittler. Korrupt, sage ich Ihnen! Wie die ihm zugesetzt haben. Dabei hat mein Mann nur seine Arbeit gemacht. Und als der Bescheid kam, vor Gericht zu erscheinen, ging es wieder los.» Frau Schubert lenkte ihr Fahrrad um, winkte ihr mit dem Kopf zu folgen. Mit ein wenig Abstand, die Hände in den Jackentaschen, lief Schauer ihr nach.

«Was ging los?», fragte sie.

«Belästigungen.»

«Belästigungen?» Schauer beschleunigte ihren Schritt, lief nun gleichauf mit der Frau. «Welcher Art?»

Frau Schubert wollte erst den Mund öffnen, setzte noch einmal an. Dann zuckte sie mit den Achseln. «Na ja, Belästigungen eben.» Es schien, als ob sie bereute, dass ihr dies herausgerutscht war.

«Haben Sie das der Polizei gemeldet?»

«Niemand würde uns glauben! Schon damals hat uns niemand geglaubt. Deshalb sind wir hierhergezogen, in diese Gartenlaube. Dabei hatten wir eine schöne Wohnung.» Dann waren sie bei dem Gartentor angelangt. «Halten Sie mal!»

Schauer hielt das Rad, während die Frau das Gartentor aufschloss. «Meinen Sie nicht, dass er wütend wird, wenn ich mit hineinkomme?»

«Nicht, wenn Sie mit mir kommen. Ich denke schon lange, es wäre besser, einmal Klartext zu reden. Vielleicht können Sie Licht ins Dunkel bringen.»

«Das will ich ja. Es ist einiges passiert.» Schauer betrat nur zögernd das Grundstück, schon öffnete sich die Haustür.

«Belästigt sie dich?», rief Schubert seiner Frau zu.

«Nein, ich habe sie angesprochen. Ich hab gesehen, wie du sie verjagt hast. Kommen Sie», wandte Frau Schubert sich aufmunternd an Schauer.

Schauer sah, wie es im Gesicht des ehemaligen Polizisten arbeitete.

«Rosi, ich hab dir gesagt, ich will mit keinem drüber reden, das nimmt noch ein böses Ende!», knirschte er durch die Zähne.

«Das hat es doch schon.»

«Wir wissen gar nicht, wer sie ist!»

«Herr Schubert», mischte Schauer sich ein. «Ich bin Polizistin, ich bin die neue Kollegin von Hauptkommissar Bruch, sein alter Kollege ist tot.» Sie glaubte, es war besser, sie kam dem Mann mit ein paar Informationen entgegen.

«Das wissen wir längst, stand ja in der Presse. Ich habe alles gesagt. Niemand wollte es hören, dann versuchten sie, mich für verrückt zu erklären.»

«Ich hänge da mit drin, so wie Sie drinhängen. Ich habe mir das nicht ausgesucht, bin hineingeraten, weil ich jetzt Hauptkommissar Bruchs neue Kollegin bin, und ich glaube, es hilft nicht, sich zu verstecken, wir müssen aktiv werden!»

«Sie hängen mit drin?» Schuberts Abwehr bröckelte.

Schauer nickte nur.

«Und niemand hat Sie geschickt?»

«Niemand!»

«Und was ist Ihre Motivation?»

«In erster Linie, der Tochter zu helfen, Jasmin Mahler. Aber auch meinem Kollegen, Felix Bruch. Irgendwas ist an dem Fall, das hat ihn völlig kaputtgemacht.»

Schubert reckte den Hals, sah zur Straße hin und gab sich mit einer resignierten Handbewegung geschlagen.

Schauer betrat das Häuschen in einem winzigen Vorraum, dahinter befand sich das Wohnzimmer. Es war klein, voller Kitsch. Kleine Bildchen, Setzkästen mit Porzellantierchen, Ölgemälde aus dem Möbelmarkt, Sammelteller. Auf den Fensterbänken Blumentöpfe und Figuren, der Couchtisch war aus Eiche, mit Platzdeckchen belegt. Auf den Kopflehnen der Sessel waren mit Sicherheitsnadeln Häkeldecken befestigt. Es roch nach Kaffee und starken Reinigungsmitteln, die Türen zum Schlafzimmer und zur winzigen Küche standen offen, sämtliche Einrichtung besaß den bürgerlichen Charme der frühen Wendejahre. Durch das Schlafzimmerfenster hinten hinaus konnte Schauer einen Hundezwinger erkennen. Vom Hund war nichts zu hören.

Obwohl die Dämmerung eingesetzt hatte und es nun minütlich dunkler wurde, ließen die Schuberts das Licht aus. Schauer wurde ein Platz im Sessel zugewiesen. Erst jetzt fielen ihr die Kruzifixe auf. Ein recht großes an der Wand und mindestens vier weitere kleinere, die zwischen all dem Nippes standen.

«Also, was wollen Sie wissen?» Schubert ließ sich in die Couch sinken, klemmte sich eine umhäkelte Kissenrolle hinter den Rücken.

«Ich weiß nur das Gröbste. Am besten, wir fangen ganz vorn an.»

«Viel mehr habe ich auch nicht zu bieten.»

«Nora Mahler hat den Notruf gewählt. Wann, in der Nacht?»

«Ja, nachts um zwei. Es gibt einen Mitschnitt, oder es gab jedenfalls einen. Sie rief an, behauptete, jemand wäre in ihr Haus eingedrungen und kämpfte nun mit ihrem Mann in der Küche und wäre drauf und dran, ihn umzubringen.»

«Haben Sie das gehört? Den Mitschnitt?»

«Nein, wir hatten nur die Info aus der Zentrale. Ich war mit Henry auf Streife. Wir fuhren hin, hielten vor dem Haus. Ein Einfamilienhaus, zwei Etagen. Nirgendwo war Licht an, alles lag still. Wir sondierten die Lage, entschieden uns, um das Haus herumzugehen. Linksrum, weil rechts eine hohe Hecke war. Auf der Rückseite war ein großes Grundstück, das bis zu einem Wald führte. Die hatten hinten einen Anbau. Also da war eine Hintertür, wie bei den Amis, wissen Sie? Die führte direkt in die Küche. Die Tür war aus Plastik, hatte so ein kleines Fenster, dreißig, vierzig Zentimeter im Quadrat. Das war jedenfalls eingeschlagen, und man sah auch Blutspuren am Türblatt. Wir schauten hinein, mit Taschenlampen. Da lag der Mann auf dem Boden. Die Frau stand mit einem Kind in der Durchgangstür. Wir sprachen sie an, ob der Einbrecher weg wäre, ob es ihr gut ginge. Sie antwortete, der Einbrecher wäre geflüchtet, ihr ginge es sehr gut.»

Schon stutzte Schauer. «Das hat sie gesagt? Sehr gut?»

«Ja! Ich griff dann durch das kaputte Fenster, da war nur so ein Riegel, den schob ich auf, oder ich glaube, man musste drehen, so konnte ich die Tür öffnen. Da war eine große Küche, sechs mal sechs Meter oder so, mit viel Platz in der Mitte, da lag der Mann, auf dem Rücken, in einer großen Blutlache, die Augen offen, leblos. Henry bückte sich hin, tastete nach dem Puls, fand keinen, war auch unwahrscheinlich, der Kopf war richtig eingeschlagen, Hirnwasser lief aus. Ich ging zu der Frau und dem Kind, ein Mädchen, nur im Nachthemd, ganz offensichtlich unter Schock, sie hatte wohl alles mitangesehen. Sie sagte kein Wort, starrte ins Leere. Dann machte Henry so ein Geräusch und deutete auf die Mahler. Die hatte fast nichts an, nur einen Slip und ein dünnes Nachthemd, ihre Beine, die Füße, alles nackt, in der Hand hielt sie den Hammer, den hatte Henry gesehen. Wir forderten Sie auf, den Hammer auf den Boden zu legen. Das tat sie, ging leicht in die Knie und legte ihn ab. Dann riefen wir Verstärkung.»

«Wie reagierte die Frau, was hat sie gesagt?»

Schubert schüttelte langsam den Kopf, verzog die Mundwinkel. «Die war ganz ruhig. Keine Hysterie, keine Panik. Sie hatte keine Angst. Ich dachte erst, das ist der Schock. Aber die war ja immer so, das haben wir später mitbekommen. Auch vor Gericht. Wenn ich aussagte, sah sie mich immer so an. Keine Ahnung, als würde sie sich amüsieren oder hielt uns alle für dumm. Kann man nicht beschreiben. Manchmal hatte ich das Gefühl, sie wollte noch was sagen.»

«Und den Hammer hatte Frau Mahler in der Hand, als Sie kamen?»

«Ja, sie sagte aus, den hätte sie im Reflex aufgenommen, nachdem der Mörder ihn hat fallen lassen.»

«Sagte sie das vor Gericht aus?»

«Nein, sie sagte das zu uns, wie eine Entschuldigung. Der Hammer jedenfalls lag dann auf dem Küchenboden. Das war so alter PVC-Belag. Wir standen alle da, eine Situation, die können Sie sich gar nicht ausmalen. Der Mann tot am Boden, die Mutter halb nackt, die Tochter, die alles gesehen hat, den Toten anstarrt, oben drei Kinder, die schlafen. Ist ja nicht so, dass man das alle Tage erlebt.»

«Von den drei weiteren Kindern wussten Sie schon?»

Schubert hob den Kopf, sah zur Zimmerdecke, dachte nach, dann hob er unschlüssig die Schultern. «Kann auch sein, ich erfuhr das erst später. Jedenfalls stehen wir so, und ehrlich, ich wusste nicht, was zu tun war, habe nur gewartet, auf die Kollegen und die Kripo, hab die ganze Zeit gedacht, beweg dich bloß nicht, niemand soll sich bewegen. Ich war wirklich überfordert. Hab mich umgesehen, die Küche war ziemlich wüst, voller Töpfe mit Pflanzen drin, Kräuter, überall Geschirr, einen Mörser gab es, mit Stößel, nicht gerade gewöhnlich. Und dann fragt mich die Mahler, was tun wir jetzt? Das klang fast so, als wollte sie sauber machen oder ins Bett gehen. Das hat mich wieder in Gang gebracht. Sie bleiben stehen, genau da, nicht rühren, hab ich befohlen. Und um die Zeit zu überbrücken, bis die Kollegen kamen, habe ich ein paar Fragen gestellt. Wo ist der Hammer her, hat den der Mörder mitgebracht? Der ist von dort, sie zeigte auf den Spülschrank, der stand noch offen. Dort war so eine billige Plastikkiste, die man auf dem Baumarkt kaufen kann, verschiedenes Werkzeug drin. Ich habe aber nur mit der Taschenlampe reingeleuchtet. Der Täter ist durch die Tür geklettert, hab ich sie gefragt. Ja, er hat die Scheibe eingeschlagen, von außen, ist durch das Fenster geklettert. Das stimmte insofern, als Scherben drinnen lagen. Fragt sich nur, womit der Täter die

Scheibe eingeschlagen hat, wenn er den Hammer nachher erst aus dem Schrank nahm. Und fragt sich auch, warum der Täter nicht einfach ein Messer genommen hat, ein Messerblock stand gleich neben der Tür. Und stellt sich auch die Frage, warum die Frau nicht selbst ein Messer genommen hat, um ihren Mann zu retten, die stand ja keine zwei Meter daneben. Oder warum sie nicht weggelaufen ist, mit dem Kind, um Hilfe zu holen. Oder hochgerannt, um die anderen Kinder zu beschützen. Nach der Tat ist der Täter wieder aus dem Fenster geklettert, sagte sie. Ein normaler Mensch schafft das nicht, sage ich Ihnen. Ein Akrobat vielleicht. Blutige Spuren waren jedenfalls an der Tür, rings um das Fenster. Aber die Finger der Mahler waren ja auch blutig. Und warum hat der Täter den Riegel nicht einfach aufgemacht? Warum so umständlich? Noch dazu, soweit ich weiß, wurde nie geklärt, womit die Scheibe eingeschlagen wurde. Ich meine, es müsste ja ein Stein gewesen sein. Hat nie einer danach gesucht draußen.»

«Und das Kind?» Schauer bemühte sich, das Gesicht des Mannes zu erkennen, inzwischen kaum mehr als ein grauer Fleck in der Dunkelheit. Durch die beiden Fenster sah man den Garten der Schuberts, gelegentlich huschte Licht von Autoscheinwerfern durch die dürre Hecke. Schauer fragte sich, ob die Schuberts denn wirklich kein Licht machen wollten, versuchte im Finstern zu erkennen, ob es keine Jalousien gab, um die Fenster zu verschließen.

«Diese Jasmin, die stand und starrte, ohne zu blinzeln. Ganz still. Die Mutter schien das alles gar nicht wahrzunehmen. Nora Mahler benahm sich schon sehr verdächtig. Ich sagte Henry, er sollte das Mädchen aus der Küche bringen und irgendwo nach einer Decke suchen. Henry ging zu ihr hin, ich sicherte die ganze Zeit über mit der Waffe. Eine Gefahr schien ja von der Mahler nicht auszugehen, aber ich hielt die Pistole so, dass ich bloß den Arm leicht hätte heben müssen. Also, Henry nahm das Mädchen, und sie ließ sich von ihm aus dem Raum schieben, ohne Widerstand, tat so kleine Tippelschritte. Drehte sich aber um dabei, als wollte sie den Vater bis zum letzten Moment im Blick haben. Als sie raus waren, da fragte ich die Mahler, warum denn das Kind überhaupt in der Küche war um diese Uhrzeit. Hatte sie den Einbrecher gehört? Die Frau schüttelte den Kopf und sagte so was wie, dass sie Jasmin nie schlafen ließen.»

«Sie ließen sie nicht schlafen? Die Eltern? Oder jemand anderes?»

«Das wollte ich die Frau gerade fragen, da…» Schubert hielt inne.

«Na, sag es nur, sie soll es ruhig hören!», munterte ihn seine Frau auf. Endlich kam sie an den Tisch, zündete dort mit einem Feuerzeug ein Teelicht an. Nun konnte Schauer wenigstens die Gesichtszüge des Mannes erkennen. Schubert starrte auf seine Knie, die linke Hand auf der Couchlehne, die rechte hatte er flach auf das Sitzpolster gelegt. Seine Frau setzte sich zu ihm auf die Couch, tätschelte seine Rechte, da sah er auf, Schauer ins Gesicht.

«Also, da sah ich, dass sie etwas betrachtete, und das erste Mal, seitdem wir am Tatort waren, zeigte sie eine Regung. Ihre Augen weiteten sich ein wenig. Es war ja dunkel, nur meine Taschenlampe machte Licht. Ich dachte erst, die will mich ablenken, zwang mich, nicht dahin zu sehen, wo sie hinsah. Dann tat ich es aber doch, und ich schwöre Ihnen, da rutschte so ein schwarzes kleines Vieh über den Boden. Ein Lurch oder irgend so was.»

Es war wie ein elektrischer Schlag, der Schauer vom Gehirn in den Steiß fuhr. «Ein Lurch? Ein Molch?»

«Wie so eine Echse, aber schleimig, zehn Zentimeter lang vielleicht, höchstens. Es schien direkt vom Kopf des Toten zu kommen, als ob es aus dem Gehirn rauskam, zog seine Spur direkt durch die Blutlache. Plötzlich bückte sich die Mahler, griff nach dem Hammer. Und ich denk, die will mich angreifen, schreie: Liegen lassen, aber die hört nicht, und ich drück ab, aber es fiel kein Schuss, ich hatte noch gesichert, und ich weiß auch gar nicht, ob ich sie getroffen hätte. Da war sie schon bei dem Vieh und haut mit dem Hammer drauf, ein paarmal. Das Tier war gleich hin, völlig zermatscht. Den Hammer weg, schrei ich, da tut sie ihn wieder weg, steht auf, als wäre nichts gewesen.»

«Und Ihr Kollege? Piotrowski. Kam der Ihnen nicht zu Hilfe?»

Schubert antwortete nicht gleich. Mit gesenkter Stimme sprach er dann weiter. «Nein, der gab an, das nicht mitbekommen zu haben. Er hat auch, also das sagt er, er hat auch den Lurch nicht gesehen.» Es war ihm anzumerken, dass er seinem Kollegen diesen Verrat nicht verziehen hatte. «Und ich sag Ihnen, der Lurch ist in keiner Akte aufgetaucht. Nicht ein Mal. In mein Protokoll hab ich es hineingeschrieben, aber es wurde nie wieder danach gefragt.»

«Aber der Lurch war doch da, oder? Tot, aber noch zu erkennen?»

«Wissen Sie, erst ist man sich absolut sicher, weil, man hat es ja gesehen, will ich meinen. Aber wenn man dich wieder und wieder fragt. Und fragt, ob du dich nicht getäuscht haben könntest. Ob du dir das eingebildet haben könntest. Weil, Henry hat es nicht gesehen, und die Mahler will auch nichts mehr davon wissen, da wirst du kirre. Da traust du dir selbst nicht mehr. Aber ich meine, die hat den ja völlig kaputt gehauen, also richtig, und zwischen all dem Blut und Haaren und den Schädelstücken, da sah man das gar nicht. Aber nach meiner Aussage hätten sie ja nach den Überresten schauen können, und sicher klebte was am Hammer.»

Eine Weile blieb es still. Von der Straße drangen Verkehrsgeräusche zu ihnen hinein. Es zog ein wenig, die Kerzenflamme flackerte. Im Gesicht des Mannes bewegten sich die Schatten, als wackelte er mit dem Kopf. Doch Schubert zeigte keine Regung, saß an seinem Platz, wie erstarrt, wie eine Wachspuppe, blinzelte nicht einmal, während er wieder auf seine Knie starrte.

«Sie müssen wissen», begann der ehemalige Polizist dann wieder, «Henry brachte das Kind aus der Küche ins Wohnzimmer. Dort ging er mit ihr zur Couch. Von der Straße schien eine Laterne ins Wohnzimmer. Licht hatten wir nicht angeschaltet, weder ich noch er dachten daran. Er nahm eine Decke und legte sie dem Mädchen um die Schultern. Dann hat er sich mit ihr auf die Couch gesetzt und auf die Verstärkung gewartet. Von dem Vorgang in der Küche hat er angeblich nichts mitbekommen, weil er selbst so verstört gewesen war, von dem brutalen Mord und dem Umstand, dass das Kind Zeuge der Tat war. Er meinte, ihm wäre alles wie ein Traum erschienen. So hat er es in sein Protokoll geschrieben. Aber als wir später Dienstschluss hatten und zur Dienststelle fuhren, vertraute er mir etwas an. Während er dem Mädchen die Decke umlegte, begann es plötzlich zu sprechen, zu flüstern nur. Nur zwei Worte: Der war's. Mehr nicht. Und sie sah an ihm vorbei, zum Fenster, zur Straße hinaus. Und da, sagte Henry ...»

Es klopfte an der Tür. Laut und heftig. Dreimal. Schubert unterbrach sich, und Schauer sah, wie sich seine Hand um die Couchlehne krampfte. Auch seine Frau war aufgeschreckt. Wieder klopfte es. Dreimal. Schauer drehte sich nach der Tür um, die sich in ihrem Rücken befand. Sie spürte die Anspannung der Eheleute.

«Wollen Sie nicht aufmachen ...?», drehte sie sich fragend zurück, verstummte, denn beide sahen hoch zur Zimmerdecke. Das Häuschen knarrte leise.

«Es ist besser, Sie gehen jetzt», sagte Schubert, ohne die Zimmerdecke aus den Augen zu lassen. Schauer legte ihren Kopf schief, horchte. Es klang, als strichen die Äste eines Baumes über das Wellpappdach. Doch so nahe stand kein Baum am Haus.

«Was ist das?», fragte Schauer, die Anspannung der Eheleute hatte sich komplett auf sie übertragen.

«Ich hab es ja gewusst!», presste Schubert hervor, sah seine Frau vorwurfsvoll an. Dann erhob er sich. «Sie müssen gehen, schnell, ich hätte gar nicht mit Ihnen sprechen dürfen.» Grob fasste er sie unter den Arm und zog sie hoch. «Gehen Sie ... Gehen Sie schnell, und am besten lassen Sie die Sache auf sich beruhen. Das ist nichts Gutes. Das ist was anderes.»

«Nee, im Ernst jetzt, was ist das? Erwarten Sie jemanden?» Schauer war fest entschlossen, sich nicht auf den Arm nehmen zu lassen.

«Bitte», sagte Frau Schubert, «fragen Sie nicht, gehen Sie bitte. Ich hätte wohl auf meinen Mann hören sollen.»

Schauer stemmte sich gegen Schubert, der größer war und kräftig, doch sein Rücken machte ihm offenbar zu schaffen. Trotzdem es finster war, sah Schauer Tränen in den Augen seiner Frau. «Wer soll denn das sein? Bedroht Sie jemand?»

«Bitte!», flehte Frau Schubert, und ihr Mann schob Schauer zur Tür. Sie wehrte sich nur noch mit halber Kraft. Das Verhalten der beiden imponierte ihr mehr, als sie es sich eingestehen wollte, es verängstigte sie. Nun quietschte etwas, als kratzte jemand mit Fingernägeln über eine Schultafel. Das Geräusch ließ alle für einen Moment lang erstarren.

«Können Sie nicht einfach gehen, bitte», keuchte Frau Schubert, «noch ist Zeit. Es hat uns schon einmal in Ruhe gelassen, es wird wieder weggehen, aber Sie müssen aufhören nachzuforschen. Sonst passiert sicherlich etwas Schlimmes.»

Wie um diese Worte zu unterstreichen, ertönte das Quietschen noch einmal.

«Los jetzt!», knurrte Schubert.

Schauer gehorchte unwillig, ließ sich zur Tür drängen. Doch sträubte sie sich davor, hinaus in die Dunkelheit zu gehen, ohne zu wissen, was sie erwartete. «Aber was ist das auf dem Dach? Und was hat Piotrowski gesehen?»

Schubert ging nicht darauf ein. «Gehen Sie, es ist nicht

schlimm. Eine Warnung nur. Gehen Sie jetzt, bitte! Sehen Sie sich nicht um.» Schubert öffnete die Tür, stieß Schauer regelrecht hinaus. Sie stolperte über die unebenen Gehwegplatten, hörte hinter sich die Tür zuschlagen, den Schlüssel im Schloss drehen, sah im Fenster, wie das Kerzenlicht erlosch. Hastig entfernte sie sich von dem Häuschen, lief rückwärts dabei, sah hinauf aufs Dach, obwohl sie gerade das nicht tun sollte. Doch hinter dem Bungalow bildeten Obstbäume mit weit ausladendem Geäst eine dunkle Kulisse, vor der nichts zu erkennen war. Als sie rücklings gegen das Gartentor stieß, fuhr sie herum, öffnete es hastig, schlüpfte hindurch und schloss es, als wäre es eine Barriere gegen das, was im Garten vor sich ging. Sogleich ging es ihr besser. Sie konnte klarer denken. Gerade noch zur Flucht bereit, hielt sie nun inne. Das war doch Blödsinn, dachte sie. Sie wurde doch auf den Arm genommen. Hier ging etwas nicht mit rechten Dingen zu. Hier wurde manipuliert. Jemand hatte sie verfolgt, oder geahnt, dass sie den Polizisten aufsuchen würde. Vielleicht war es dessen Kollege Piotrowski, hatte Schubert gewarnt, deshalb dieses Schauspiel. Oder jemand, der sie die ganze Zeit schon beobachtete und ihre Wege verfolgte.

«Nicht mit mir», flüsterte sie. Sie wollte agieren, nicht reagieren, sie wollte nicht herumgeschubst werden. Deshalb öffnete sie noch einmal das Tor, betrat das Grundstück wieder. Sie verbot sich, die Waffe zu ziehen, obwohl ihr sehr danach war, doch am Ende ballerte sie nur wild herum, weil ein Waschbär sie erschreckte, die es hier inzwischen auch gab, oder ein Marder, oder erschoss versehentlich ein Nachbarskind, das man angeheuert hatte, hier herumzuspuken.

Niemand rief, niemand hielt sie auf, obwohl man sie sicher sehen konnte vom Fenster aus. Das irritierte sie, denn sie malte sich jetzt aus, wie die Schuberts zusammengeklammert wie kleine Äffchen auf dem Boden kauerten und vor Angst die Augen zukniffen. Inzwischen auf dem halben Weg zurück zur Laube, hielt Schauer inne, sah zum Dach hinauf. Noch immer war da nichts zu sehen. Natürlich, denn es musste ein Waschbär gewesen sein. Schauer ging weiter, trat an das Haus heran, lauschte. Drinnen war es totenstill. Hockten sie wirklich am Boden? Bibberten vor Angst? Würden sie schreien, hämmerte sie jetzt gegen die Tür? Eine böse Lust ließ Schauer die Faust heben. Doch sie überwand diesen Moment, ließ ab von der Tür, trat nach rechts, sah um die Ecke, ein Fass stand da, mit einem Holzbrett bedeckt. Von da müsste man auf das Dach gelangen können. Schauer überlegte nicht lang, sie ging hin, stemmte sich hoch, konnte sich am Fallrohr festhalten. Als sie stand, streckte sie die Arme aus und bekam die Dachkante zu fassen. Sie wollte nicht hochklettern, wollte ihre Jacke nicht schmutzig machen, nur sehen, ob es möglich wäre hinaufzukommen. Sie holte Luft, machte sich darauf gefasst, von einem Tier angeglotzt zu werden. Dann zog sie sich hoch.

Es war nur eine Sekunde, zu kurz eigentlich, um wirklich zu verstehen, doch etwas Großes kam auf sie zu, auf allen vieren, eine Gestalt, die flach auf dem Dach gelegen und gewartet haben musste. Ganz unwirklich aber, ganz ohne Gesicht, kaum Konturen, völlig schwarz, wie in Finsternis gehüllt. Schauer verlor jede Kraft aus den Fingern, sie rutschten ab. Sie fiel auf das Fass, kippte, musste einen Schritt nach hinten machen, trat ins Leere, ihre Hände, nach dem Fallrohr ausgestreckt, griffen ins Nichts. Rücklings stürzte sie auf den hart gefrorenen Boden. Der Aufprall trieb ihr die Luft aus der Lunge. Für einen Moment konnte sie sich nicht bewegen. Doch noch ehe sie Panik bekommen konnte, dass sie sich vielleicht überhaupt nie wieder würde bewegen können, tauchte der Kopf der Gestalt über der Dachkante auf. Da war kein Gesicht, keine Augen, kein Mund, nur Schwärze.

Schauer wollte rufen, wollte aufspringen, wollte weglaufen, doch nichts davon war möglich, sie konnte nicht einmal atmen.

Die Gestalt legte den Kopf schief, schien sie zu betrachten, wie sie wehrlos dalag. Schauer blieb nichts, als gegen den nachtfinsteren Himmel zu starren, panisch die Augen aufgerissen. Einen Lidschlag später war die Gestalt verschwunden. Schauer blieb zurück, spürte nicht einmal ihren Herzschlag. Jetzt schnappte sie nach Luft, als wäre sie unter Wasser gewesen. Doch endlich kam Gefühl in ihren Körper.

Sie begann, ihre Finger wieder zu spüren, konnte sie bewegen, fühlte ihren Rücken wieder, spürte einen Schmerz am Hinterkopf. Sie begann, sich zu regen, den Kopf zu drehen, ganz vorsichtig. All das funktionierte, und langsam wagte sie es, tiefer hineinzuhorchen in ihren Körper, bewegte die Hüfte, konnte sie anheben, fühlte zu ihrer unglaublichen Erleichterung, wie sich die Zehen in ihren Schuhen bewegten. Trotzdem war sie noch nicht in der Lage, sich zu erheben, stand wie unter Schock, nicht vom Sturz, sondern von dem, was sie gesehen haben wollte.

Ob sie um Hilfe rufen sollte? Ob die Schuberts herauskämen? Nein, nichts da, sie wälzte sich herum, auf den Bauch, stemmte sich auf alle viere. Das ging alles, es gab keine bösen Überraschungen. Nichts schien gebrochen oder gestaucht. Endlich gelang es ihr, auf die Beine zu kommen. An dem Fass hielt sie sich kurz fest, bis der Schwindel verflogen war. Dann sah sie sich um, lauschte. Drinnen war noch immer alles still. Auch sonst war nichts zu hören. Nur der Wind, der ging, und aus weiter Ferne das Rauschen der Fahrzeuge auf der Straße.

Aber was hatte sie gesehen? Was war das gewesen? Zu groß, als dass es eine Katze gewesen sein könnte. Ein Mensch, ganz in Schwarz? Etwas Dunkles war durch die Tür geklettert, ein dunkles Wesen, behaupteten Nora Mahler und ihre Tochter Jasmin.

Was hatte Piotrowski gesehen in der Nacht? Worauf hatte Jasmin gezeigt? Sie musste Jasmin darauf ansprechen. Sie mussten sie finden.

Könnte Sie interessieren, stand auf dem Briefumschlag geschrieben, den sie aus ihrem Briefkasten holte. Reflexartig sah sie sich um, tat sich fast weh bei dieser Bewegung, der Sturz war zwar glimpflich ausgegangen, doch alles schmerzte ihr. Viel mehr als das Nachbarhaus, das angrenzende Grundstück und die schlecht beleuchtete Straße gab es hier nicht, es müsste schon jemand am Zaun stehen, oder eben in der Hecke. Gott, wie sie diese Jahreszeit hasste, diese Dunkelheit.

Hastiger als geplant schloss sie die Haustür auf, sah noch einmal nach, ob der Riegel wirklich gesichert war, ehe sie die Tür hinter sich schloss. War er, aber es hatte eh keinen Sinn, wer reinwollte, kam auch irgendwie rein. Man musste nur irgendwo klingeln und sagen, dass man von den Stadtwerken war, oder in der Nische neben der Tür warten, bis jemand das Haus verließ und um die Ecke ging. Der Selbstschließmechanismus der Tür brauchte ewig.

Noch unten im Haus öffnete sie den Umschlag. Sie hatte es schon gefühlt, eine CD-ROM war drin, wie sie schon eine von der Wondrak bekommen hatte. Könnte Sie interessieren. Schauer nahm ihr Telefon und wählte die Nummer der Fernsehfrau.

«Schon die neueste Entwicklung mitbekommen?», fragte Wondrak direkt.

«Nein.»

«Schalten Sie den Fernseher ein.»

«Ist jemand tot?», fragte Schauer leise, und das Bild drängte sich ihr auf, wie Bruch im Gerichtssaal seine Knarre zog, Nora Mahler, deren Anwälte und die Richterin abknallte, ehe er sich selbst richtete. Ein Schläfer, schoss es ihr in den Kopf, ja, er war ein Schläfer, dressiert, um im richtigen Moment zu töten.

«Nein, eine neue Wendung», sagte die Wondrak. «Ich gebe zu, selbst ich wurde davon überrascht. Wenn Sie mögen, können wir später noch einmal darüber sprechen.»

Also gut, dann wollte sie sich auch überraschen lassen. «Haben Sie mir noch eine CD in den Briefkasten gesteckt?»

«Nein, wieso, was ist denn drauf?»

Schauer überlegte einen Moment, ob sie noch irgendwie die Kurve bekam und die Frage irgendwie verallgemeinerte, denn es war klar, dass die Wondrak nun wissen wollte, was darauf zu sehen war. «Ich weiß noch nicht, ich kann es ja dann erzählen.» Und wer, gottverflucht, weiß denn noch, wo ich wohne, und vor allem, woher?, fragte sie sich.

«Gut, bis dann.»

«Moment. War Bruch da? Hat er ausgesagt?»

«Man hat ihn heute nicht aufgerufen. Und ich glaube, es wird vorerst nicht vonnöten sein. Der Prozess wurde vertagt. Es soll erst nächste Woche weitergehen. Bis dann, ich muss.»

Schauer nahm das Telefon herunter, überlegte, ob sie Bruch anrufen sollte, doch eigentlich gab es gerade keinen Grund dazu. Es stellte sich außerdem die Frage, wer ihr diese CD-ROM zugespielt hatte.

Den Fernseher anzuschalten, war für den Moment die einfachste Lösung. Alle drei Nachrichtensender berichteten über den Fall Mahler. Anscheinend gab es gerade nichts Wichtigeres.

Es hatte tatsächlich eine Wendung gegeben, und diese schien alles in ein neues Licht zu rücken. Obwohl es ganz danach ausgesehen hatte, dass die Richterin aufgrund eklatanter Ermittlungsfehler und Mangel an Beweisen das letzte Urteil gegen Nora Mahler aufhob, wurde sie heute von der Staatsanwaltschaft überrascht, die einen ganzen Katalog neuer Indizien vorlegte und vor allem ganz neue Vorwürfe gegen Nora Mahler erhob. Offenbar hatte der Staatsanwalt Belege dafür, dass Nora Mahler einen satanischen Kult betrieb, der ihren Mann und die Kinder einband. Es hieß, sie habe ihre Kinder unter anderem dazu gebracht, kleine Tiere zu quälen und zu töten, aber auch selbst ihre Kinder gefoltert, sie geschnitten oder mit Zigaretten Brandwunden zugefügt. Hierzu legte der Staatsanwalt Befunde verschiedener Kinderärzte vor, die belegen sollten, dass unter der äußerlich verheilten Haut der drei jüngeren Kinder eindeutige Vernarbungen zu finden waren. Auch wenn dies nicht in direktem Zusammenhang mit dem Mord an Thomas Mahler stand, machte der Staatsanwalt deutlich, dass es dringend erforderlich sei, den Prozess zu unterbrechen und neue Ermittlungen anzustrengen, ehe er fortgesetzt werden könne, woraufhin die Richterin die Sitzung vertagte und sich zu Beratungen zurückzog.

Das war allerdings überraschend und gleichzeitig auch wieder nicht. Dass Claudia Wondrak davon nichts wusste, zeugte davon, dass dieser Schachzug von der Staatsanwaltschaft sorgsam und im Geheimen geplant worden war. Die Richterin hatte in manchen Kreisen, vor allem in konservativen, als befangen gegolten, da sie, gerade wenn es um Frauen ging, auffällig parteiisch entschied, bei männlichen Angeklagten oft hohe Haftstrafen verordnete, bei weiblichen dagegen meist mit Hinweis auf diverse Notlagen milde urteilte. Der Staatsanwalt hatte ordentlich Munition gehortet und alles abgefeuert. Nun war es ganz unmöglich, Nora Mahler in die Freiheit zu entlassen, selbst bei einem Freispruch, denn es galt Verdunkelungsgefahr, noch dazu hatten ihre Anwälte schon vor Prozessbeginn medienwirksam angekündigt, bei einem Freispruch die sofortige Rückgabe der Kinder zu verlangen, was unter diesen Umständen sogleich zu einem neuen lang anhaltenden Rechtsstreit führen musste.

Nachdem diese Berichterstattung vorüber war und Schauer nach mehrmaligem Umschalten sicher sein konnte, dass nichts Neues mehr kam, schaltete sie den Fernseher aus und sah an sich herab. Sie hatte noch Jacke und Schuhe an. Sie ging ihr Notebook anschalten, dann in den Flur, um sich auszuziehen, und nahm den Umschlag mit der CD. Außer dem handschriftlichen Vermerk auf der Vorderseite gab es keine weitere Notiz.

Schauer legte die CD-ROM ein, das Gerät lud und bot ihr einige unbeschriftete MP4-Dateien an. Schauer klickte die erste an.

Das Bild, welches erschien, kam ihr sogleich bekannt vor. Es war der Vernehmungsraum, in dem auch Nora Mahler verhört worden war. Nur war die Qualität des Bildes viel schlechter, wackelte sogar manchmal, als wäre es von einem anderen Bildschirm abgefilmt worden. Auch die Hintergrundgeräusche hallten blechern. Zwei Männer befanden sich in dem Raum, einer davon war Bruch, der andere war Bartko. Sie saßen auf ihren Plätzen, Bruch rechts, Bartko links, er war wie Simon in den anderen Videos leicht im Profil zu sehen. Schauer wunderte sich, denn sie spürte Aufregung. Jetzt sah sie ihn das erste Mal lebendig, würde hören, wie er gesprochen, und sehen, wie er sich bewegt hatte.

Stumm saßen beide Männer, dem Datum nach musste die Aufnahme entstanden sein, nachdem Bartko sein halbjähriges Eindringen in Nora Mahlers Familie beendet hatte, in dem er vorgab, Noras Liebhaber und Ersatzvater der Kinder zu sein.

Nun öffnete sich die Tür, und nicht Nora wurde in den Raum geführt, wie Schauer zuerst vermutet hatte, sondern Jasmin, zu dem Zeitpunkt etwa dreizehn Jahre alt. In Begleitung einer Frau mittleren Alters trat sie schüchtern an den Tisch, setzte sich, mit gesenktem Kopf, sah Bartko unter ihren Augenbrauen hindurch an. Was mochte sie denken über ihn, wie verraten musste sie sich fühlen? Die Frau, sicherlich eine Psychologin oder soziale Betreuerin, setzte sich zu ihr, flüsterte Jasmin etwas zu, die reagierte jedoch überhaupt nicht.

«Jasmin, du weißt, wer wir sind?», fragte Bartko, und seine Stimme verursachte Schauer Gänsehaut. Dieser Mann schien die Quintessenz aller feuchten Frauenträume zu sein. Nicht allein, dass er offenbar einen durchtrainierten Körper besaß, sich geschmeidig bewegte, dass sein Gesicht, mit oder ohne Bart, dem einer römischen Statue glich, der Klang seiner Stimme war wie der einer angeschlagenen Bassgitarre, die direkt in die Körpermitte eindrang und sich in alle Richtungen ausbreitete. Selbst Jasmins Begleiterin sah auf und bedachte Bartko mit einem Blick, dessen sie sich vermutlich geschämt hätte, wäre sie sich darüber bewusst geworden.

Bartko deutete auf Bruch. «Das ist Hauptkommissar Felix Bruch, und wir kennen uns natürlich, aber mein Name ist Michael Bartko, nicht Lars, wie ich es dir glauben gemacht habe.»

Dass er ihr das einfach so ins Gesicht sagte, Schauer konnte nur den Kopf schütteln.

«Wir sind hier, um den Mord an deinem Vater aufzuklären, wie du sicherlich weißt. Tötungsdelikt nennen wir das, weil es nicht unbedingt Mord sein muss. Vielleicht war es auch Totschlag, das ist ein Unterschied, weißt du? Wir müssen dir deshalb einige Fragen stellen, die du uns beantworten wirst.»

«Moment», erhob die Frau Einspruch.

Bartko hob die Hand und brachte sie damit tatsächlich zum Schweigen. Schauer konnte nur staunen. Dieser Mann war sich seiner Wirkung, seines Auftretens, zu hundert Prozent bewusst gewesen, und es mochte so gewesen sein, dass es ihn hatte glauben lassen, er könnte sich alles erlauben.

«Du schilderst uns jetzt, was in dieser Nacht vorgefallen ist! Wenn alles gut läuft, kannst du deine Mutti bald wiedersehen.»

«Hören Sie mal!», begann die Frau aufs Neue.

«Was?», fragte Bartko aggressiv.

«Sie können so nicht mit ihr reden, das ist Nötigung. Außerdem ist sie noch ein Kind!»

Bartko sah die Frau an, wandte sich dann an Jasmin. «Bist du das? Ein Kind?»

Das war seltsam, dachte Schauer. Und auch die Frau war dadurch völlig aus dem Konzept gebracht.

«Also, Jasmin Mahler, wir warten!»

Jasmin begann zu sprechen. Zuerst sehr leise, unverständlich, bis jemand den Ton nachregulierte. Sie schien sehr schüchtern, zeigte wie ihre Mutter kaum Emotionen. Ihr Haar war aschblond, ein wenig altmodisch geschnitten, die Kleidung sehr schlicht und farblos.

«... nicht schlafen kann, gehe ich meist in die Küche, um etwas zu trinken.»

«Machst du dir dazu nicht Licht an? Hast du keine Angst im Dunkeln?», fragte Bartko.

«Nein, man braucht kein Licht. Ich ging in die Küche. Da stand Mutter und sprach mit Vater, der saß am Tisch.»

Mutter, wiederholte Schauer in Gedanken, und Vater. Ungewöhnlich, dachte sie.

«Stritten sie?»

«Nein, sie unterhielten sich.»

«Waren sie laut dabei, sahen sie sich wütend an?»

«Nein, sie unterhielten sich.»

«Schimpften sie mit dir, weil du in die Küche kamst?»

«Nein, das machen sie nie.»

«Das passiert also öfter? Wieso, schläfst du schlecht?»

«Ja, oft, manchmal sitzen sie in meinem Zimmer und flüstern. Dann wache ich auf und kann nicht mehr einschlafen.»

«Deine Eltern?», fragte Bartko.

«Nein. Sie, die anderen.»

«Wer?»

«Ich soll nicht darüber reden, sagt Mutter.»

Bartko sah Bruch bedeutungsvoll an. «Als ich bei euch daheim war, bist du nie nachts aufgestanden. Nicht ein Mal.»

«Da waren sie auch nicht da. Seit Vater tot ist, waren sie nicht mehr da.»

«Gut», sagte Bartko, «dein Vater saß am Tisch? Deine Mutter sagte, er hätte gestanden!»

«Er saß zuerst, stand auf, als es klopfte.»

«Moment! Nichts überspringen. Deine Mutter ging mit dir zur Spüle und gab dir ein Glas Wasser?»

«Nein, sie wollte es tun, doch da klopfte es an die Tür. Dreimal. Dann splitterte das Glas, und jemand kam hineingeklettert.»

«Einfach so? Wie?»

«Jemand schlüpfte durch. Ganz leicht.»

«Und ihr alle habt das gesehen, und keiner hat sich bewegt?»

«Nein.»

Bartko wartete, ob noch mehr käme, fuhr dann fort. «Dieser Jemand, wie sah der aus?»

Jasmin spitzte den Mund, dachte nach. «Ein Wesen, eine Gestalt, die war da, aber auch nicht richtig. Wie schwarzer Rauch. Wie ein Vogelschwarm, der sich am Himmel bewegt.» Stellten Kinder solche Vergleiche an, fragte sich Schauer, oder hatte man ihr diese Worte einstudiert?

Bartko hob die Augenbrauen. Ihm schien diese Aussage nicht neu, dagegen sah Jasmins Begleiterin das Mädchen mit einer Mischung aus Unglaube und Besorgnis an.

«Diese Gestalt also kommt durch das Fenster geschlüpft, und dann? Habt ihr sie nicht angesprochen? Habt ihr geschrien? Oder sie angegriffen? Ich würde mich ja sofort auf den Einbrecher stürzen, um meine Frau und mein Kind zu beschützen.»

«Du hast gar kein Kind», sagte Jasmin.

«Das stimmt. Aber warum hat dein Vater nichts getan?»

Jasmin dachte einen Augenblick nach. «Es hätte nichts geändert», sagte sie dann.

«Lieber bleibt man sitzen, meinst du, und wartet, was geschieht?»

«Herr Hauptkommissar!», mahnte die Frau, doch Jasmin bejahte Bartkos Frage mit einem Nicken.

«Dann ging die Gestalt zur Spüle, öffnete den Schrank, nahm den Hammer heraus und ging zu deinem Vater, um ihn auf den

Kopf zu schlagen? Deine Mutter stand bei der Spüle, hat sie selbst gesagt, ist sie beiseitegetreten?»

Jasmin nickte.

«Und dein Vater hat sich nicht gewehrt? In der Küche sah es aus, als hätte es einen Kampf gegeben.»

«Zuerst nicht. Erst als sie ihn mit dem Hammer hauen wollte, hat er die Hände gehoben.» Sie zeigte es vor. Eine erbärmliche Geste, beide Hände hilflos über dem Kopf. «Doch sie hat ihn am Kopf getroffen, da ist die Haut abgegangen, und Blut kam raus.»

«Aber warum erst in diesem Moment, warum hat er sich nicht eher gewehrt?», fragte Bartko.

Jasmin hob die Schultern.

«Hat er nicht damit gerechnet?»

«Das kann sie doch nicht wissen», mischte sich die Betreuerin ein.

«Still!», sagte Bartko nur, ließ Jasmin nicht aus den Augen. «Wie weiter?»

«Mutter nahm das Telefon.»

«Das tat sie nicht von allein», wusste Bartko.

«Nein, sie sagten ihr, sie solle Hilfe holen.»

«Sie? Du meinst, es waren mehrere?»

Jasmin hob die Schultern, konnte oder wollte es nicht erklären. Dann schüttelte sie den Kopf. «Nur eine. Sie sagte, Mutter solle Hilfe holen.»

«Warum, glaubst du, sollte deine Mutter das tun? Es sollte dem Täter doch daran gelegen sein, dass die Polizei nicht kommt.»

Wieder hob Jasmin die Schultern, diese Geste wirkte jedoch so erwachsen, so resigniert, für Schauer bedeutete es vielmehr: Wer weiß schon, was die wollen. Jasmin glaubte an eine höhere Macht, das wurde deutlich. Jasmin glaubte, da wäre jemand, der alles lenkte, gegen den man sich nicht wehren kann, dessen Anweisungen man auszuführen hat. Und wenn sie sich zurückbesann, machte auch Nora Mahler diesen Eindruck, dass alles

Weltliche sie eher belustigte, weil sie wusste, dass es eine ganz andere Ebene gab, dass alles, was der Mensch tat, nur ein Vorspiel war. Das würde erklären, wie sie noch die härtesten Schicksalsschläge mit einem leisen Lächeln überstand.

«Also was dann?»

«Vater war tot, er lag da, sein Kopf war so offen, Blut lief aus und so was wie Wasser. Sie gingen, kletterten durch das kaputte Fenster.»

«Also doch mehrere?», fragte Bartko. Schauer schnaufte. Wollte er nicht verstehen, was sie meinte, wenn Jasmin im Plural sprach, oder verstand er es wirklich nicht?

Jasmin schüttelte den Kopf.

«Gut, wie weiter?»

«Mutter ging hin und hob den Hammer auf, dann nahm sie meine Hand und sagte, wir müssen warten. Dann kam die Polizei. Zwei Männer. Die kamen rein. Einer brachte mich ins Wohnzimmer und hängte mir eine Decke um, obwohl mir gar nicht kalt war.»

Bartko nickte schon ungeduldig, er kannte das alles und hielt es für eine Lüge. «Wieso, glaubst du, hat deine Mutter den Hammer aufgehoben?»

Jasmin hob die Schultern.

«Weißt du, Jasmin. Wir glauben dir nicht. Dir nicht und deiner Mutter auch nicht.»

«Herr Hauptkommissar», versuchte die Frau wieder zu intervenieren.

«Still!», sagte Bartko wieder nur, und einmal mehr verstummte sie. «Jasmin, es ist ganz normal, dass du versuchst, deine Mutter zu beschützen, und grundsätzlich ist das richtig. Aber manchmal, da ist es falsch. Sag, was wirklich geschehen ist.»

«Ich habe gesagt, was geschehen ist.»

«Jasmin, du bist doch jetzt dreizehn, du gehst in die siebte Klasse. Du bist doch nicht dumm. Du wirst doch selbst wissen, wie absurd sich das alles anhört. Das ist erfunden. Da ist niemand durchs Fenster geklettert. Das ist zu klein. Geht dann zum Spülschrank, weil dort der Hammer liegt. Woher soll der das gewusst haben? Sagt dann deiner Mutter noch, sie soll die Polizei rufen, wozu?» Bartko schob sich im Stuhl vor, lehnte sich auf den Tisch, weit nach vorn, dass er fast lag. Hätte er seine Hand ausgestreckt, er hätte Jasmin berühren können. «Ich sag dir, was passiert ist. Deine Mutter hat deinen Vater erschlagen.»

«Nein, so war das nicht!»

«Herr Hauptkommissar!», mahnte die Betreuerin.

«Mischen Sie sich doch nicht jedes Mal ein», schrie Bartko unvermittelt die Frau an, er schnellte vor, «das ist kein Spiel hier, die führen uns an der Nase herum.» Nun packte er sie wirklich an der Nase.

«Au», schrie die Frau, wich entsetzt zurück, hielt sich das Gesicht.

«Die spielen mit uns, Mutter und Tochter, lassen Sie sich nicht einlullen. Und wenn es Ihnen nicht passt, verpissen Sie sich einfach. Jasmin, sag es, sag es uns, hat deine Mutter deinen Vater erschlagen?»

«Nein!», schrie Jasmin.

«Hat dein Vater nicht verlangt, dass du Nacht für Nacht zu ihm kommst, dich vor ihm ausziehst? Dass du ihn anfasst, immer und immer wieder?»

«Nein!», schrie Jasmin.

«Und deine Mutter hat es gesehen und geduldet, lange Zeit, lange Jahre, doch diesmal wollte sie es nicht dulden.»

Jasmin sprang auf. «Das ist nicht wahr, das stimmt nicht!»

«Sie stand an der Spüle, hat den Hammer rausgeholt und auf ihn eingeschlagen!»

«Nein!»

«Du hattest nur ein Nachthemd an, keinen Schlüpfer. Und als

ich bei euch war, da hast du dich auch immer ausgezogen, als ich im Zimmer war.»

«Lüge, das ist eine Lüge», kreischte Jasmin.

Die Frau neben ihr stand unter Schock, sah, was geschah, war unfähig einzuschreiten. Bartko stemmte sich auf den Tisch. Bruch blieb komplett stumm und regungslos.

«Uns machst du nichts vor. Du wirst aussagen, dass es deine Mutter war.»

«Die war das nicht, die war es nicht!»

«Wer war es denn dann?»

«Die waren es, DIE!»

Damit endete die Aufnahme. Schauer atmete einmal mehr durch. Das war harter Tobak. Bartko ignorierte die Psychologin einfach, konfrontierte dieses Kind erbarmungslos mit dem Tod seines Vaters, mit dem Verdacht gegen die Mutter, was erwartete er von Jasmin, dass sie alles aufgab, ihren Vater und ihre Mutter? Fühlte er sich in seiner gnadenlosen Selbstüberschätzung verletzt, da er die Wahrheit nicht so bekam, wie er sie wollte?

Vier weitere Dateien wurden angezeigt, sie klickte die zweite an, eine Aufnahme, nur drei Tage älter als die erste. Diesmal saß eine andere Frau an Jasmins Seite. Eine ältere Frau, in Rock und Bluse, mit einer Brille, die an einer Kette hing. Ihr blondes Haar war zu einem strengen Zopf gebunden. Schauer musste nicht lange zusehen, um zu erkennen, dass Bartko an die vorherige Vernehmung ansatzlos anknüpfte. Er sparte sich jegliches Geplänkel. Ohne eine Alternative zu akzeptieren, verlangte er nur, dass Jasmin die Schuld ihrer Mutter gestand. Nach nur wenigen Minuten eskalierte das Gespräch. Schauer konnte es nicht zu Ende ansehen. Jasmin schien zu dem Zeitpunkt schon ein gebrochenes Kind.

Die nächste Datei war jünger, musste wenige Tage vor dem zweiten Gerichtsprozess ihrer Mutter aufgenommen worden sein, bei dem sie dann schuldig gesprochen worden war. Jasmin, mittlerweile vierzehn, hatte mit ihrer Tante gebrochen, mehrere Heimaufenthalte durchlebt, da ihre Mutter in Untersuchungshaft saß. Eine erschreckende Veränderung war mit ihr geschehen. Innerhalb von wenigen Monaten war aus dem Kind ein Wrack geworden. Schmal war sie, ausgemergelt. Zu Schauers Entsetzen holte sie eine Schachtel Zigaretten hervor und zündete sich eine an, sog daran, gerade so als täte sie das schon seit Jahren. Eine Begleiterin hatte sie diesmal nicht dabei. Ob sie selbst darauf verzichtet hatte, oder ob man es aufgegeben hatte, ihr eine mitzugeben, Schauer konnte es nicht wissen.

Bartko schwieg, Bruch sowieso. So saßen sie eine Weile. Jasmin rauchte ihre Zigarette auf und nahm sich die nächste. Sie kratzte sich am Hals, am Kopf, gelegentlich im Schritt.

«Du weißt, wir können das noch ewig so machen», sagte Bartko. Jasmin zuckte mit den Achseln, doch wirklich egal konnte es ihr nicht sein. Sie wirkte wie ein Junkie, und irgendwann würden ihre Kippen und ihre Geduld am Ende sein, spätestens wenn sie begann, einen Affen zu schieben.

«Wir können hier sitzen und schweigen den ganzen Tag und noch länger. Und weißt du, was der Witz ist? Ich bekomme das sogar noch als Überstunden bezahlt.»

Jasmin sah Bartko nur gelangweilt an, doch das war gespielt. An Bruch verschwendete sie keinen einzigen Blick, längst hatte sie kapiert, dass von ihm nichts kam. Es war eindeutig, dass dies nicht die dritte Vernehmung war, sondern die dreißigste oder dreihundertste. Was die Männer da taten, war keine Polizeiarbeit, das war Folter. Sie wollten ein Ergebnis, und wenn es sein musste, auf Kosten eines Menschenlebens. Sie riskierten das Leben dieses Mädchens, und genau genommen schien es zu diesem Zeitpunkt schon vorbei. Selbst jetzt bedurfte es schon Jahrzehnte an Therapie, um es wieder in richtige Bahnen zu lenken, und seit dieser Aufnahme waren mindestens noch zwei Jahre vergangen, in denen das Kind auf der Straße gelebt hatte.

«Du weißt, deine Mutter wird so oder so verurteilt. Sie hat deinen Vater umgebracht, und deine Lügen machen es bloß noch schlimmer.»

Auch Bartko tat geduldig, als stünde er über den Dingen, doch so war es nicht. Der Zorn nagte an ihm, Wut, aus Angst, an diesem Kind zu scheitern. Er bekam nicht, was er wollte, und das machte ihn rasend. Er kleidete es in überlegenes Lächeln und eine warme Stimme. Doch auch an ihm nagte eine Sucht.

«Wie könnte es schlimmer sein?», fragte Jasmin.

«Wenn einer von euch beiden, du oder deine Mutter, es einfach gestehen würden, dann wäre der Prozess schneller vorbei, dann regelt sich ihr Leben und deines. Und wenn du Glück hast, kannst du sie eines Tages wiederbekommen.»

Das war bösartig, gemein und vor allem alles nicht richtig. Haltlose Drohungen und Versprechen, um ein Kind einzuschüchtern, das nicht mehr einzuschüchtern war.

«Ich werde sie eh nie wiederbekommen», sagte Jasmin.

«Na dann, mach dir doch das Leben leichter, indem du endlich gestehst, was wirklich passiert ist.» Für Bartko war das ein logischer Schluss. «Dann kannst du gehen. Sag, dass deine Mutter deinen Vater totgeschlagen hat.»

«Hat sie nicht. Ich habe alles gesagt. Tausend Mal, ihr wollt es nur nicht hören.»

«Weil es eine Lüge ist. Deswegen wollen wir es nicht hören.»

Plötzlich regte sich Bruch. Er stand auf, ganz langsam, und Schauer befürchtete schon, er könnte etwas tun, das sie nicht sehen wollte, doch er beugte sich nur vor, stützte sich mit einer Hand auf den Tisch, die andere streckte er Jasmin entgegen, tauchte sie in ihre Luft ein, wie man eine Handvoll Wasser aus einem Teich schöpfte. Jasmin wich nur ein wenig zur Seite, schien kaum verwundert über dieses Verhalten. Bruch betrachtete seine hohle Hand, als sähe er etwas zerfließen, spreizte dann die Finger.

Bartko zupfte ihn am Hemd, eine fast zärtliche Berührung.

«Was ist?», fragte er. Bruch sah ihn an, schüttelte nur knapp den Kopf.

Schauer erhaschte einen kurzen Blick auf sein Gesicht und sah, auch an ihm waren diese zwei Jahre nicht spurlos vorübergegangen. Ob es dieser Fall war, der so an ihm zehrte? War diese Tat verknüpft mit seinem Leben?

Mit einem Mal war Schauer ganz elektrisiert. Forschte diese Firma, in der Thomas Mahler gearbeitet hatte, nicht an Medikamenten? Waren die Tabletten, die er ganz ohne Rezept bekam, wirklich Medikamente gegen seine Borderline-Erkrankung, oder woran auch immer er litt? Oder war dies hier ein illegaler Feldversuch? War Nora Mahlers seltsames Verhalten vielleicht damit zu erklären, dass ihr Mann Sachen nach Hause brachte, die eigentlich im Labor hätten bleiben sollen? Versuchten hier Kräfte, die über Polizei und Staatsanwalt verfügten, etwas zu vertuschen? Wenn nun Bartkos Tod gar kein Unfall war? Und Simon sterben musste, um nicht aussagen zu können?

«Himmel», stöhnte Schauer, hielt das Video an und erhob sich. Sie musste dringend aufpassen, dass sie nicht durchdrehte. So eine Verschwörungstheorie war schnell zusammengesponnen, und dann musste man darauf achtgeben, dass man sich nicht darin verlor. Aber dann war da noch Walter Juskat, dessen Firma eine Betriebsprüfung in Mahlers Firma durchführte, in seinem Haus angeschossen worden, im Krankenhaus verstorben, und ausgerechnet Jasmin war bei ihm daheim gewesen. Das war alles zu viel auf einmal.

Schauer nahm ihr Handy und wählte die Nummer von Claudia Wondrak.

«Harter Stoff, oder?», fragte diese, als hätte sie nur auf den Anruf gewartet.

«Was ist denn mit den anderen Kindern? Wurden die jemals zu dem Mord befragt?» Zu spät fiel ihr ein, dass Wondrak nicht von den Verhören sprach.

«Schon, aber die schliefen ja zum Zeitpunkt der Tat. Denen scheint es gut zu gehen. Sie wohnen bei Nora Mahlers Schwester, Hannah Welbe, und deren Mann Stephan.»

«Und Jasmin kam mit denen nicht klar?»

«Nein, ganz und gar nicht. In den ersten Wochen dachten sie noch, Jasmin würde einfach sehr unter dem Erlebten leiden, weil ja auch ihre Mutter in U-Haft kam, aber es besserte sich nicht, im Gegenteil, es wurde viel schlimmer. Jasmin muss wohl sehr ausfällig geworden sein, teilweise gewalttätig.»

«Wie kam es denn jetzt zu den neuen Vorwürfen?», lenkte Schauer das Gespräch in eine andere Richtung.

«Das war sehr überraschend, auch für mich, wie gesagt», gestand Wondrak.

«Wieso kam das nicht eher auf?»

«Das ist die Frage, ich bin der Sache ein wenig nachgegangen. Es ist ja nicht so, dass Nora Mahler offenen Satanismus betrieben hätte. Eher im Geheimen. Offenbar ist es so, dass die Welbes mit den Kindern im Urlaub waren, da muss die Älteste, Rebecca, die jetzt zehn sein müsste, plötzlich irgendwas erzählt haben. Die Welbes haben sie das später wohl wiederholen lassen und haben es gefilmt. Nora hätte ihnen Schnittwunden zugefügt, sie mit Zigaretten verbrannt und manchmal sogar irgendwelche Kräuterpasten in den Po geschmiert. Nicht mit sexuellen Absichten, sondern weil es angeblich stark macht gegen irgendwas. Die Welbes haben die Kinder schließlich zu Ärzten gebracht und untersuchen lassen. Es gibt wohl eindeutige Zeichen, dass Nora die Kinder verletzt hat. Angeblich sollen sie auch Tiere getötet haben, das soll wohl jetzt nachgeprüft werden. Sie wollen auf ihrem Grundstück Grabungen durchführen. Die Nachbarn haben wohl auch ausgesagt, dass die Kinder allesamt extrem zurückgezogen lebten, die waren kaum draußen, das Spielgerät im Garten diente wohl eher zur Tarnung, und dass ihnen Hasen gestohlen wurden.»

«Dic Nachbarn? Die beiden Alten?»

«Ich denke schon, kann ja sonst kaum jemand in das Grundstück einsehen.»

«Aber hat das einen Einfluss auf den Mordprozess?»

«Ich denke nicht. Sie wird vermutlich vom Vorwurf des Mordes vorerst freigesprochen, aber es ist logisch, dass dies in die nächste Instanz geht. Jedoch wird sie aufgrund der Vorwürfe nicht freikommen, vor allem wegen Flucht- oder Verdunklungsgefahr.»

Schauer versuchte, ihre Gedanken zu sammeln. Das war viel. Zu viel auf einmal. «Wann waren die im Urlaub? Die Tante mit den Kindern?»

«Im Sommer.»

«Dann haben sie den Zeitpunkt aber schön abgepasst. Genau zum Prozess damit zu kommen.»

«Sie meinen, das hätte man eher schon tun können?», überlegte die Wondrak laut. «Vielleicht wollten sie es erst gründlich untersuchen lassen, waren ja anscheinend bei einem halben Dutzend Ärzten, immerhin ist es ein schwerwiegender Vorwurf. Und na ja, man weiß ja, wie Anwälte sein können. Manch einer ist schon sehr auf seine Öffentlichkeitswirkung bedacht.»

Schauer schwieg dazu, man wollte es immer nicht glauben, aber offenbar war es wirklich so.

Es war Wondrak, die zuerst wieder sprach. «Sagen Sie, stimmt es, Simon ist tot? Er wurde erschossen?», fragte sie leise.

Schauer antwortete nicht. Das war intern und durfte nicht preisgegeben werden, andererseits war die Wondrak schon ziemlich konkret.

«Also stimmt es!», schlussfolgerte die Fernsehfrau.

«Hören Sie, das haben Sie nicht von mir!», sagte Schauer.

«Ich weiß schon. Was hat das wohl alles zu bedeuten?»

«Wenn ich das wüsste.»

Die restlichen Videos hatten nicht viel Neuigkeitswert. Die Vernehmungen verliefen nach immer demselben Schema. Bartko wollte nur eines hören. Bruch schwieg. Jasmin durchlief verschiedene Stadien, jedoch wurde sie zum Ende hin immer aggressiver. Aus dem verschüchterten kleinen Mädchen war innerhalb von nicht einmal zwei Jahren eine zynische Überlebenskämpferin geworden.

Einem Impuls folgend, nahm Schauer ihr Telefon noch einmal in die Hand, rief Bruch an. Der ging natürlich nicht ran. Wenn sie den Namen der Frau in Erfahrung bringen konnte, die ihm die Tabletten gab, konnte sie vielleicht auch in Erfahrung bringen, ob diese Frau etwas mit der Firma Narclab zu tun hatte, mit einem Mitarbeiter verwandt oder liiert war.

Ob sie Bruch dazu bringen könnte, mit ihr diese Firma zu besuchen? Und wer hatte ihr wohl dieses Video in den Briefkasten gesteckt? Vielleicht war es das Beste, sie stieg in ihr Auto und verschwand von hier. Doch so wie es aussah, steckte sie sowieso schon zu tief drinnen. Das Beste war, sie aß etwas, duschte und ging ins Bett. Schlaf nachzuholen hatte sie genug.

Ihn überraschte nicht, dass man den Prozess gegen Nora Mahler unterbrach. Er beklagte sich nicht über die Stunden, die er nutzlos im Warteraum für die geladenen Zeugen verbracht hatte. Es machte ihm nichts aus. Zeit war für ihn am wenigsten wichtig. Gerade jetzt, da sein Leben wieder in geruchs- und geschmacklose Gräue zu versinken begann. Er hielt seine Anwesenheit vor Gericht sowieso für nicht notwendig, würde ohnehin nichts anderes aussagen, als er schon beim ersten und zweiten Prozess ausgesagt hatte. Und er war sich sicher, egal was er aussagen würde, es würde am Ausgang dieser Verhandlung nichts ändern. Er machte sich Sorgen um Schauer, als er heimfuhr. Sie hatte keine Ahnung, worauf sie sich einließ. Keiner der Beteiligten hatte das. Auch er nicht, aber etwas hatte er den anderen voraus. Er war bereit zu akzeptieren, dass Nora Mahler die Wahrheit sprach. Dass etwas geschehen war, das weder diejenigen verstanden, die überzeugt waren, sie hätte ihren Mann umgebracht, noch diejenigen, die glaubten, sie wäre es nicht gewesen, oder wenn, dass sie einen triftigen Grund dafür gehabt hätte. Alle dachten sie falsch, alle. Noch dazu hatte ihm schon beim Anblick des toten Tätowierers die Ahnung übermannt, dass auch dessen Tod mit dieser Sache in Verbindung stand. Er müsste Schauer sagen, sie sollte verschwinden, ganz weit weg von hier. Und er selbst sollte mitgehen. Doch es hatte keinen Zweck, wusste er, man konnte dem hier nicht entfliehen.

Daheim öffnete er vorsichtig seine Tür, lauschte, roch, durchsuchte alle Räume.

Sie war nicht wiedergekommen. Er müsste darüber froh sein. Doch im Prinzip war es so schlimmer. Sie war unberechenbar. Niemand konnte wissen, was sie als Nächstes tat. Jederzeit konnte sie auftauchen, oder für Monate verschwinden. Sie hatte jetzt eine Waffe. Sie hatte Drogen dabei. Vielleicht nahm sie davon und starb an einer Überdosis. Sie hatte nichts zu verlieren.

Bruch ließ sich auf der Couch nieder. Versank im Nebel, der in ihm aufstieg, ließ es Abend werden. Nichts geschah. Niemand kam. Niemand rief an, und so, wie er dasaß, würde er ewig sitzen können.

Irgendwann war es dunkel. Die Katze hatte sich zu ihm auf die Couch gesellt. Eine leise Unruhe erfasste ihn, eine, die noch anwachsen würde, er kannte sie. Und doch, etwas hatte sich verändert. Seine Gedanken kreisten um das Foto aus seiner Kiste: Das Haus war nicht mehr lila, hatte Jasmin gesagt, es war jetzt gelb, wie hunderttausend andere Häuser in Dresden. Sie hatte ihm einen Hinweis gegeben, der ihn zurückwarf. Sie wüsste, wo das Haus stünde, hatte sie gesagt, dann war sie verschwunden. Gut möglich, dass sie ihn nur provozieren wollte. Wenn sie aber wirklich wusste, wo das Haus war, warum hatte sie es ihm nicht verraten? All die Nächte, die er durchgefahren war, anstatt zu schlafen, hatte er das falsche Haus gesucht. Wie oft mochte er an dem richtigen Haus vorbeigefahren sein?

Bruch spürte Müdigkeit. Einfach nur Müdigkeit. Er taumelte vor Müdigkeit, als er sich erhob. Er sollte schlafen. Vielleicht träumte er irgendwann mal. Vielleicht war einer dieser Träume eine Erinnerung.

Als er Nora Mahler das erste Mal begegnet war, da hatte er an ihr etwas entdeckt, in ihrem Blick, eine Leere, so wie sie in ihm herrschte. Sie schien wie er zu sein, nach außen ein Mensch, der handelte und tat, was andere taten, nicht um nicht aufzufallen, sondern weil er selbst glaubte, so sein zu müssen. Doch irgendwann, wenn man erst verstanden hatte, dass da nichts war in einem, dann fiel es schwerer und schwerer, so zu tun, als wäre man ein Mensch. Dabei war in ihm nur Schwärze. Er und Nora Mahler hatten etwas gemeinsam. Etwas nahm Einfluss auf ihrer beider Leben. Nicht erst seitdem sie der Mord an Thomas Mahler zusammengeführt hatte. Schon im ersten Augenblick, als er das erste Mal im Haus der Mahlers gewesen war, der tote Mann am Boden, die Frau im blutigen Nachthemd, da wusste er, da war etwas, das sie beide schon viel länger verband. Doch er wusste nicht, was. Blickte er in sein Inneres, suchte er in seinen Erinnerungen, da war nichts. Schwärze, Kälte, Bilder von dunklen, kühlen Räumen, leises Kinderweinen. Flure getäfelt mit schwarzer Eiche.

Es half nichts. Dieses Haus. Er musste es finden. Es war sein einziger Halt. Sein einziger Anhaltspunkt. Er nahm die Schlüssel vom Tisch und erhob sich.

14

«Hast du das mitbekommen?», fragte Schauer Bruch am nächsten Morgen und warf ihm eine Zeitung auf den Tisch.

Bruch reagierte verzögert, nahm die Zeitung, es war eine *Bild*, und entfaltete sie.

Satansmutter, lautete die große Überschrift, und im Artikel waren sämtliche Fakten wild zusammengetragen, wirkliche, spekulierte und erfundene. Bruch schien ihn zu lesen, zumindest bewegten sich seine Pupillen hin und her. Und davon abgesehen wirkten die recht groß, seine Augenringe waren dunkler, sein Gesicht noch blasser. So wie es aussah, musste er die ganze Nacht unterwegs gewesen sein. Fraglich, ob er nach dem Gerichtstermin überhaupt daheim gewesen war, höchstens, um seinen Wagen zu holen. So konnte das nicht weitergehen.

«Du musst schlafen!», ermahnte sie ihn. «Daran kann man sterben, an Schlafmangel, ohne Quatsch.»

«Ich weiß», sagte er heiser.

«Und, was sagst du?», fragte sie und deutete auf die Zeitung. Die Satansmutter hatte ihre Kinder gequält, sie mit glühenden Zigaretten verbrannt, mit Messern geritzt, von sexuellem Missbrauch war die Rede, von satanischen Handlungen, dass die Kinder gefährliche Kräutersäfte hätten trinken müssen, dass sie gezwungen wurden, kleine Tiere umzubringen, dass der Mann möglicherweise einer satanischen Handlung zum Opfer gefallen sei. Als Beweis wurde Jasmin angeführt, über die man erfahren haben wollte, dass sie auch in ihren Unterkünften satanische

Rituale vollzog, Drogen nahm und auf den Strich ging. Weitere Beweise waren Tätowierungen an Nora Mahlers Hals, die sonst nicht zu sehen waren, weil sie immer Rollkragenpullover trug. Irgendein raffinierter oder besonders penetranter Fotograf hatte sie einmal fotografieren können, just in dem Moment, als sie sich am Hals kratzte. Die Fotografie, extrem vergrößert und dementsprechend verschwommen, zeigte ein umgekehrtes Pentagramm und ein anderes Zeichen halb verdeckt, beide kaum größer als Eurostücke.

Bruch sagte nichts dazu. Er schien unentschlossen, was er davon halten sollte. Er schob die Zeitung von sich.

«Du musst leugnen, wenn sie dich fragen», sagte er, und es schien ihm größte Mühe zu bereiten.

Was sollte sie leugnen? Dass sie Informationen von der Wondrak bekam oder dass sie bei den Polizisten gewesen war? «Ich verstehe nicht!»

«Wenn sie dich bestellen. Ich habe gesagt, du warst bei mir.» Es schien, als schliefe er auf der Stelle ein.

«Felix, ich ...» Ihr Telefon klingelte. Simons Nummer. Wurde einfach weiter verwendet, als wäre nichts geschehen.

Wenzel musste, solange Simons Büro noch nicht freigegeben war, mit dem kleinen Besprechungsraum als provisorisches Büro vorliebnehmen. Dort empfing er sie, erhob sich dazu nicht, deutete auf den Stuhl seinem Tisch gegenüber.

«Polizeiobermeister Sven Kunath, kennen Sie den?», begann er ohne Umschweife.

Schauer schoss heißes Blut in den Kopf. «Ja», antwortete sie.

«Inwiefern?»

«Der war im Fall Walter Juskat vor Ort. Empfing uns vor dessen Haus, mich und Hauptkommissar Bruch.»

«Darüber hinaus nicht?»

Nun war es an ihr. Du musst leugnen, hatte Bruch gesagt. Sie musste jetzt entscheiden, welchen Weg sie einschlagen wollte. Er war völlig übermüdet, nicht mehr zurechnungsfähig und konnte von alldem nichts wissen, und doch hatte er gesagt, sie sollte leugnen und behaupten, sie wäre bei ihm gewesen. Was bezweckte er damit? Wollte er sie schützen? Sie zu einer von ihnen machen, korrupt, bestechlich, korrumpierbar? Wie stand er da, wenn sie bestritt, bei ihm gewesen zu sein? Wenzel sah sie an.

«Nein», sagte sie.

Wenzel schien damit gerechnet zu haben. Er zögerte keine Sekunde, nahm ein Blatt hervor. «Kunath liegt mit einem doppelten Rippenbruch im Krankenhaus, eine Rippe hat sich in seine Lunge gebohrt. Außerdem ist sein Unterkiefer gebrochen und sein Nasenbein zertrümmert. Dazu ist eine Hand verstaucht, und er hat einige große Hämatome am Körper. Er gibt an, mit Ihnen am vorgestrigen Abend ausgegangen zu sein. In einer Bar in der Neustadt. Anschließend sind Sie mit zu ihm in die Wohnung gegangen. Vielmehr haben Sie ihn aufgefordert, Ihnen die Wohnung zu zeigen.»

Schauer hörte sich das regungslos an, spürte, wie es in ihr zu köcheln begann. Bis jetzt war alles ganz richtig.

Wenzel wartete eine Sekunde auf ihre Reaktion, fuhr dann fort. «Dort, gibt er an, hat er die von Ihnen gesendeten Zeichen wohl falsch interpretiert, ist Ihnen sexuell zu nahe getreten ...»

Zu nahe getreten, fuhr sie innerlich auf, das war doch ein Witz. Sie musste nach außen Ruhe bewahren, denn all das konnte ja gar nicht geschehen sein, weil sie bei Bruch gewesen war.

«... er sagt, er hat versucht, Sie zu vergewaltigen. Er hätte Ihnen auf seiner Couch die Arme verdreht. Es wäre ihm gelungen, Ihnen die Hose und den Slip runterzureißen, und er gesteht, es wäre sicher noch mehr passiert, hätten Sie ihm nicht mit einem Hinterkopfstoß die Nase zertrümmert.»

Schauer blieb weiter stumm. Mit allem hatte sie gerechnet,

nur nicht mit einem Eingeständnis. Schon bereute sie, gelogen zu haben.

Wenzel hob die Augenbrauen und setzte fort: «Kunath gibt an, er hätte im Bad versucht, die Blutung zu stillen. Währenddessen sei ihm die Tragweite seiner Handlung bewusst geworden, er sei zur Besinnung gekommen.»

Da war's, dieses Schwein versuchte, noch die Kurve zu kriegen, und wie es schien, fand er bei Wenzel damit schon mal Anklang. Sie musste schweigen, sie hatte gelogen, musste dabeibleiben und an ihrer Lüge festhalten.

«Er sei mit dem Vorsatz in die Küche gegangen, sich bei Ihnen zu entschuldigen. Er wollte Ihnen klarmachen, dass es ein Fehler war, wollte sich entschuldigen und fragen, wie er es wiedergutmachen könnte.»

«Das ist gelogen!», keuchte sie leise.

«Was?»

«Das ...», sie atmete durch, «das alles ist gelogen. Frei erfunden.»

Wenzel blieb unbeirrt. «Er sagt aus, sie hätten ihn nicht zu Wort kommen lassen und angegriffen, obwohl er mit verstauchter Hand und zertrümmerter Nase im Prinzip wehrlos gewesen sei.»

Dieses Schwein, dachte sie, dieser Lügner.

Wenzel sah vom Papier auf. «Was sagen Sie dazu?», fragte er.

Die Bilder des Abends tauchten vor ihren Augen auf. Svens Atem in ihrem Nacken, das Ding an ihrem Steiß, das Knacken seiner Nase. Sie in seiner Küche. «Du ...» Seine Hand auf ihrer Schulter. «Du, hör mal ...» Ihr Ellbogen in seinem Gesicht, in seinen Rippen, der Tritt. «Du, hör mal, ich wollte das nicht ...» Möglich, dass sie das nicht gehört hatte oder nicht hatte hören wollen. Dachte er vielleicht, eine Entschuldigung hätte es besser gemacht?

«Nichts», sagte sie, gab sich gelassen. «Dazu kann ich nichts sagen. Wann soll das gewesen sein? Gestern?»

«Vorgestern», korrigierte Wenzel. Sie wussten beide, dass sie log.

«Keine Ahnung, was der Typ sich ausdenkt. Wenn er versucht hätte, mich zu vergewaltigen, warum sollte ich ihn dann nicht angezeigt haben?» Sie hatte sich entschlossen. Konnte sein, dass er seine Hand auf ihre Schulter gelegt hat. Dass er etwas hatte sagen wollen. «Du, hör mal, das wollte ich nicht.» Ein weißes Handtuch vorm Gesicht, ganz durchtränkt von Blut. Sie hatte sich entschlossen, dabei zu sein, wo sie sowieso schon drinsteckte. Wenn Bruch ihr schon einmal die Hand reichte, konnte sie diese nicht wegschlagen. Ihr Leben lang hatte sie versucht, immer alles richtig zu machen, korrekt zu sein, von ihren gelegentlichen Ausrutschern abgesehen. Und was hatte es ihr gebracht? Nichts. Vielleicht war es an der Zeit, etwas zu ändern. «Ich war bei Bruch an dem Abend.» Aber Herrgott, was fasste dieser Idiot sie auch noch einmal an, was glaubte er denn, wie sie reagierte, nachdem er versucht hatte, sie zu vergewaltigen?

Wenzel sah ihr lang in die Augen, als könnte er mit väterlichem gütigem Druck die Wahrheit rausquetschen. Tja, dann versuch's mal.

«Bruch hat das auch ausgesagt, dass Sie bei ihm waren», gestand er schließlich ein.

«Ja, warum auch nicht!» Warum sollte sie hier immer die Dumme sein. Sollte Wenzel sich doch die Zähne ausbeißen.

«Aber warum sollte sich Kollege Kunath so etwas ausdenken?»

«Keine Ahnung, fragen Sie ihn!» Fast hatte sie Spaß daran. Sollte doch dieser junge Schnösel mal fühlen, wie das ist, wenn man ins Leere lief mit seinen Aussagen. Dachte, er kommt davon, wenn er zugibt, dass ihm die Pferde ein bisschen durchgegangen sind. Dachte, er bekommt noch Mitleid, weil sie ihm die Scheiße aus dem Leib geprügelt hat.

«Frau Hauptkommissarin, ist alles gut bei Ihnen?» Wenzel schien tatsächlich besorgt.

«Natürlich, ja.» Lassen Sie ihm doch gute Besserung von mir zukommen, konnte sie sich gerade noch beherrschen zu sagen.

«Sie haben sich ja ordentlich ausgebreitet im Konferenzraum, benötigen Sie Leute, um all die Fotos zu sichten?»

«Ich habe schon darüber nachgedacht», jetzt begann ein hysterisches Kichern ihre Kehle zu kitzeln. War das so einfach? Sie log, Bruch log, und alles ging gut aus? Jetzt war Wenzel sogar noch besorgt um sie? Hatte er schon die Anweisung bekommen, Bruch und alles um ihn herum in Frieden zu lassen? War sie jetzt drin, in dieser Blase? «Ich meine, wir versuchen uns erst einmal einen Überblick zu verschaffen. Wir gehen bei Ollmanns Tod noch immer von einer Notwehrhandlung aus. Ich denke sogar, das Opfer wird sich in den nächsten Tagen melden.»

«Hat das irgendeinen Sinn?», fragte sie nach einer Weile.

Offenbar nicht, sonst fragte sie nicht. Bruch stellte fest, dass er die letzten zwei Stunden zwar die Bilder gesichtet hatte, doch konnte er sich an keines bewusst erinnern, konnte nicht einmal sagen, ob er nicht mit offenen Augen geschlafen hatte.

«Felix?»

Sie schwankte. Zwischen Entschlossenheit und Aufgabe, zwischen Mut und Panik. Er sah ihr den Kampf an. «Sie weiß, wo das Haus ist, hat sie gesagt.» Die Worte kamen aus seinem Mund, als hätte ein anderer gesprochen, nicht er. Auch konnte er sich an die letzte Nacht nicht mehr erinnern, an kaum eine dieser Nächte eigentlich. Nur an den kalten Fahrtwind, an Lichter, die an ihm vorbeizogen. Als hätte ein anderer das Steuer übernommen.

«Das Haus von dem Bild in deiner Kiste?» Sie erhob sich, kam auf ihn zu. «Wer hat das gesagt? Jasmin? Wann?»

Er brachte es nicht heraus. Auch in ihm wurde ein Kampf ausgefochten. Ein Teil von ihm wollte Nicole als eine Freundin, der andere betrachtete sie als Gefahr. Sie tat ihm gut, wusste er, sie half ihm, doch sie war wie eine bittere Medizin, wie eine Spritze, die man sich jeden Tag in die Bauchdecke rammen musste, wie eine schmerzhafte Korrektur, Knochen, die noch einmal gebrochen werden mussten, um sie richten zu können. Er sträubte sich gegen diese Kur.

«Wann, Felix? War sie bei dir, hat sie die Dinge in der Kiste gesehen?» Sie stellte sich ihm gegenüber. «Sie ist nicht mehr bei dir?»

Schauer wusste etwas, das sah er ihr an. Aber nicht genug. «Sie ist gefährlich», brachte er hervor.

«Ja, euretwegen. Ihr habt sie kaputtgemacht, du und Bartko und Simon. Ihr habt das Kind in die Hölle geschickt.»

«Nein, da war sie schon!»

«Felix, ich will sie finden. Wo könnte sie noch sein? Sicher hat sie einen Unterschlupf, zu dem sie immer zurückkehrt, wenn nichts anderes mehr geht.»

«Es gibt noch das Haus, in dem ihre Mutter aufgewachsen ist. Das ihrer Großmutter gehörte.» Nein, das war nicht er, der sprach. Er hatte schweigen wollen.

«Weißt du, wo es ist?»

Er kämpfte dagegen an, doch etwas zwang ihn zu nicken.

Sie fuhr, musste sich darauf verlassen, dass Bruch ihr den richtigen Weg zeigte. Das Haus, in dem Nora Mahler groß geworden war, lag offenbar nicht weit entfernt vom Gartengrundstück der Schuberts, zumindest in derselben Richtung.

Bruch wies ihr den Weg in eine größere Wohnsiedlung. Zwar gab es hier gelegentlich Häuser, die erst in den letzten zwanzig Jahren erbaut worden waren, doch hauptsächlich waren es ältere Gebäude, die hier standen. Die Grundstücke waren relativ groß.

Sie wusste ohne Bruchs Hilfe, welches das richtige Haus war, als sie in die hinterste Straße der Siedlung einbogen. Als einziges Grundstück war es völlig verwildert, Büsche wuchsen hoch, Brombeergestrüpp hatte sich weit ausgebreitet, umwucherte Tannen und Kiefern, hatte sich das Haus fast schon einverleibt, so ähnelte es dem Haus der Mahlers sehr. Eine Garage war so zugewachsen, dass sie nicht mehr nutzbar war, müsste erst freigeschlagen werden. Das Haus hockte feucht und träge, wie eine fette Kröte, in der Mitte des Grundstücks. Allein der Anblick ließ die beste Laune in Depression umschlagen, und dabei hatte sie gar keine gute Laune.

Schauer stellte den Wagen direkt vor dem Grundstück ab und atmete tief durch. Es schien kein Ende zu nehmen. Als ob sie in einem immerwährenden Albtraum steckte.

Als sie die Tür öffnete, sah er auf, machte aber keine Anstalten, sich abzuschnallen. «Kommst du mit?», fragte sie ihn.

Sah man es ihm nicht an? Sah sie nicht, wie ihn der Schlag getroffen hatte, wie es ihm die Luft aus der Lunge presste?

Er nickte, öffnete seine Tür, tastete mit dem Fuß vorsichtig nach dem Boden. Nur weil Schauer nicht ins Bodenlose gestürzt war, stieg er aus. Schon hatte sie das Grundstück betreten. Er wollte sie aufhalten, bremsen. Wollte ihr sagen, dass es nicht gut war, hier zu sein. Denn er wusste es. Seit ein paar wenigen Sekunden wusste er es wieder. Es war nicht gut, hier zu sein. Ihm war, als hätte sich in seinem Geist gerade eine Tür geöffnet, eine Tür zu seinen frühesten Erinnerungen, doch es schien die Tür zu einem finsteren Verlies, das er nicht betreten wollte.

«Wollen wir uns mal umsehen?», fragte Schauer ihn laut und ging bereits zur Einfahrt.

Er ging zu ihr, sie sollte hier nicht rumschreien. «Was erhoffst du dir?», fragte er und wunderte sich, dass sich kein Schlund auftat, dass dieses Haus nicht in Bewegung geriet, wie ein Tier, das hier Jahre, Jahrzehnte gelauert hatte und dem sie nun als Beute direkt vors Maul liefen. Hier war Nora Mahler aufgewachsen, hier war etwas mit Nora geschehen, das sie zu der Frau gemacht hatte, die sie heute war.

Schauer zuckte mit den Achseln, sah nichts, verstand nichts, war ganz arglos. «Jasmin finden.»

Wie sollte er ihr deutlich machen, dass sie dieses Haus nicht betreten durften, was konnte er tun? Denn alles, was er sagte, würde sie nur noch mehr animieren.

«Kannst auch hierbleiben», bot sie an, doch er schüttelte den Kopf, winkte ihr zu gehen. Er wollte nicht in dieses Haus, doch er durfte sie nicht allein gehen lassen. Wenn er von irgendeinem Menschen Hilfe erwarten konnte, dann von ihr. Von allen Menschen schien sie die Ehrlichste zu sein. Von allen Menschen die Einzige, die offenbar wirklich nur Gutes von ihm wollte.

Er schüttelte den Kopf, deutete dann mit der Hand an, sie sollte vorangehen. Schauer zögerte, eine ältere Frau war aus dem Nachbarhaus gekommen. Es sah aus, als hätte sie sich nur einen Mantel übergeworfen und hastig ein Paar Schuhe angezogen, die gar nicht zur Jahreszeit passten. Und sie steuerte direkt auf sie zu. Also gut, wappnete sich Schauer.

«Da wohnt niemand!», rief die Alte schon aus der Ferne.

«Bitte?»

«Da wohnt niemand, seit zehn Jahren etwa.» Nun war die Frau herangekommen.

«Ja, und?»

«Sie müssen hier nichts nachsehen. Da gibt es nichts zu sehen.»

«Wir sind von der Polizei.» Sie müsste mit der Frau gar nicht diskutieren.

«Ja, das habe ich mir schon gedacht, aber glauben Sie mir nur, da gibt es nichts zu sehen. Die Irmischs sind beide verstorben, seitdem steht das Haus leer.»

«Das können Sie ja gar nicht einschätzen.»

«Hören Sie.» Die Frau wandte sich an Bruch, doch anstatt weiterzusprechen, stutzte sie. Bruch starrte sie ausdruckslos an. Nach einigen Augenblicken drehte sich die Frau wieder zu ihr um, ohne zu erkennen zu geben, was sie stutzig gemacht hatte. «Hören Sie, hier ist nichts. Besser, es bleibt so.»

«Kannten Sie die Besitzer?»

«Natürlich. Ja.»

«Kannten Sie auch Nora Mahler?»

Die Frau nickte. «Bitte belassen Sie es dabei.»

«Was wissen Sie denn über Frau Mahler?»

Die Alte sah sich wieder zu Bruch um, als wäre ihr ein Gedanke gekommen, den sie sogleich kopfschüttelnd wieder verwarf. «Sie war kein gutes Kind. Sehr seltsam.»

«Wie, seltsam? Wie, kein gutes Kind?»

«Ach, sehr ... schon als sie noch klein war. Da gab es Situationen ... Stand manchmal regungslos im Garten, in der Sonne. Bekam richtigen Sonnenbrand.»

«Stand einfach in der Sonne?»

«Ja, oder im Regen, ohne Jacke, bis ihre Mutter sie reinholte. In der Schule sprach wohl kaum jemand mit ihr. Aber hören Sie ...»

«Und? Da ist noch mehr, oder?»

Die Frau öffnete den Mund, dann sah sie wieder zu Bruch. «Sagen Sie ...»

Bruch starrte, ohne zu blinzeln. Er zeigte keine Reaktion, kein Erkennen, doch Schauer wurde in diesem Moment klar, dass diese Frau ihn kannte. Die alte Frau war sich nur nicht sicher, oder besser, sie schien es nicht glauben zu können.

«Was war mit Nora Mahler?», hakte Schauer nach.

«Manchmal stand sie bei uns vor der Tür. Einfach so. Klingelte nicht. Ich wollte hinaus, und da stand sie, ich wusste nicht, wie lang schon. Und einmal, da sah mein Mann aus dem Fenster, in der Nacht, da stand sie auf unserem Grundstück. Einfach so. Starrte in den Wald.»

«Dahinter ist ein Wald?», fragte Schauer, von hier war das nicht zu erkennen, das Haus und das übermannshohe Gestrüpp versperrten die Sicht. «Haben Sie mit den Eltern gesprochen? Mit Noras Mutter?»

«In dieser Nacht habe ich meinen Mann rübergeschickt. Er ging gar nicht gern, sag ich Ihnen. Er hat die Eltern geweckt, musste ewig klingeln, als wollten sie nicht aufmachen. Er sagte ihnen, dass Nora auf unserem Grundstück steht. Da wollten sie gar nichts machen. Die tut doch nichts, haben die gesagt. Stellen Sie sich das vor. Stellen Sie sich vor, Ihr Kind steht mitten in der Nacht draußen, auf dem Nachbargrundstück, und Sie wollen nichts dagegen tun. Die hatten Angst, sag ich Ihnen, vor dem eigenen Kind. Deshalb sag ich Ihnen, belassen Sie es dabei. Gehen Sie da nicht rein.»

«Aber Nora ist doch im Gefängnis.»

«Sehen Sie.» Jetzt sah sie Bruch an. «Ich könnte mich irren, aber ... Felix, nicht wahr?»

Bruch sah auf, als nahm er die Frau jetzt erst wirklich wahr.

«Bist du nicht mit ihrer Schwester in eine Klasse gegangen? Mit Hannah?»

«In dieselbe Schule. Sie war älter», sagte er leise.

Sie kannten sich, verstand Schauer in diesem Moment, Bruch und Nora Mahler kannten sich. Das warf sie fast um. Das ließ sie schon wieder zweifeln. Warum hatte man ihr das nicht gesagt? Warum hatte Bruch das verschwiegen? Oder wusste er das nicht mehr, war es ihm gerade eingefallen? War das der Grund, warum er das Haus nicht betreten wollte?

«Aber du wohntest da drüben, das muss über dreißig Jahre her sein. Ich sehe dich als kleinen Jungen vor mir, und dann warst du ...» Die Frau verstummte.

Weg, beendete Schauer den Satz für sich. Bruch hatte hier gewohnt. Als Kind mit seinen Eltern. Er kannte Nora Mahler. War mit ihrer Schwester Hannah in dieselbe Schule gegangen.

Zumindest die erste Klasse musste er hier noch besucht haben. Dann starben seine Eltern. Bruch sah aus, als würde er gleich das Bewusstsein verlieren. Hatte er das alles nicht mehr gewusst? Völlig vergessen? Eine Welle von Mitleid übermannte sie. In diesem Moment bereute sie jeden schlechten Gedanken über ihn.

«Felix?», fragte sie besorgt. Dabei war ihr selbst übel.

«Und dieses Haus steht leer, seit Noras Eltern starben?»

«Ja, seit ihre Mutter starb. Und deren neuer Mann. Selbstmord, sagte man.»

«War er nicht Hannahs Vater?» Die Alte hatte es so seltsam ausgesprochen.

«Nein, nein, ihr Vater ging weg, eines Tages. Hat sie einfach verlassen. Da war Hannah wohl zehn oder so. Niemand weiß, ob sie da den anderen schon hatte, Noras Vater also, aber der zog hier schon wenige Wochen später ein.»

Also hatten Hannah und Nora verschiedene Väter, rekapitulierte Schauer. «Wollte niemand hier einziehen? Weder Nora noch Hannah? Und nicht einmal verkaufen? Das war doch sicherlich einiges Geld wert.»

«Sie sehen ja, offenbar nicht. Manchmal glauben wir ja, da ist noch jemand.»

«Der da wohnt?», keuchte Schauer.

Jetzt kniff die Nachbarin die Lippen zusammen, denn gerade hatte sie noch gesagt, es gäbe hier nichts zu sehen. «Nicht immer, manchmal, eher selten», gestand sie ein.

Jasmin, dachte Schauer. Sie sollten hineingehen und nach ihr suchen, sicher gab es einen Zugang. Doch Bruch schwankte, konnte jeden Moment umfallen, streckte sogar die Hand nach dem Auto aus, um sich festzuhalten, und sicherlich würde sie nicht allein hineingehen.

«Du kennst diese Frau?», fragte sie Bruch im Auto. «Du hast hier gewohnt? Hier in der Siedlung, oder wo?»

Bruch hob den Blick an. «Da drüben in dem Haus.»

Schauer betrachtete das Haus schräg über der nächsten Kreuzung. Es war bewohnt und modernisiert. Der Garten säuberlich gepflegt.

«Bis du sechs warst, fast sieben, sagtest du? Danach kamst du zu deinen Großeltern?»

Er sah sie mit einem fast verzweifelten Gesichtsausdruck an, verzweifelt vermutlich, weil sie nicht verstehen wollte. «Das alles hier war verschwunden. Als ich dieses Haus sah, löste es in mir etwas aus, ein dumpfes Angstgefühl.»

«Du fühlst Angst?», fragte sie, und es war gar nicht sarkastisch gemeint. Er bemerkte es gar nicht.

«Es ist keine Angst, die ich jetzt verspüre, sondern eine Erinnerung daran. Ich habe vor diesem Haus Angst gehabt.» Er zeigte auf das Haus, in dem Nora und Hannah groß geworden waren. «Ich hatte vor dem Weg zur Schule Angst, weil ich an diesem Haus vorbeimusste. Noras Schwester nahm mich bei der Hand, Hannah, sie war älter als ich, zwei, drei Jahre.» Schauer betrachtete Bruch verstohlen, sie wagte sich kaum zu rühren, da sie fürchtete, jede Bewegung könnte seinen Redefluss unterbrechen. «Ich stand an der Kreuzung da und wagte mich nicht weiter. Ich musste allein gehen. Ich stand und wagte mich einfach nicht weiter. Hannah kam und nahm mich bei der Hand. Aber da war Furcht. Mein Leben war von Furcht erfüllt.»

«Erinnerst du dich an deine Eltern?», wagte sie zu fragen, nachdem er doch verstummt war.

Bruch starrte eine Weile ins Leere. «Nein. An die Frau, mit der wir gerade sprachen, erinnere ich mich, jetzt. Sie jagte einmal andere Kinder weg, die über den Zaun klettern wollten, ihren Ball holen. Ich sah es aus meinem Fenster.»

«Felix, wie starben deine Eltern?»

«Ein Unfall. So hat man es mir gesagt.»

«Wo warst du?»

«Ich weiß es nicht.»

Vielleicht war er dabei gewesen? Ein Unfall, sie starben, er erlitt eine Amnesie?

«Und dann?»

«Bis ich die Schule verließ, ist alles wie im Nebel. Ich habe einige Bilder vor Augen, höre Worte, die ich in keinen Zusammenhang mehr bringen kann. Ich weiß nicht, was ist echt, was falsch. Und selbst danach scheint mir alles verschwommen, lückenhaft, vieles bekomme ich jetzt nicht mehr logisch zusammengesetzt. Ich erinnere mich an die Zeit, in der ich mit Cornelia zusammen war und unser Kind auf die Welt kam. Aber wie ich Cornelia kennenlernte, ich weiß es nicht mehr genau.»

«Dieses Paket hat ausgelöst, dass dir das bewusst wurde?»

«Mir war schon immer bewusst, dass mir ein Teil meiner Erinnerungen fehlt. Als ich das Paket öffnete, das Bild von dem lila Haus sah, löste es in mir eine Unruhe aus, einen Zwiespalt, als würde sich gelegentlich ein Teil von mir abspalten und die Kontrolle übernehmen. Ich wusste, ich bin nicht der Mensch, der ich eigentlich war oder hätte sein sollen.»

«Felix, dafür gibt es Ärzte!», mahnte sie leise. Dies hier war nichts als eine schwere psychosomatische Störung oder wie auch immer das hieß, Schizophrenie, Paranoia, Persönlichkeitsstörung.

«Meine Großeltern führten ein Heim», sagte er. Langsam, als glaubte er sich selbst nicht. «Ein Waisenhaus. Eine große Villa im Wald. Ich erinnere mich an dunkle Gänge. Eichenholz. Kälte. Immer nur Kälte. Mehr nicht. Ich war eines von vielen Kindern.»

«Deine Großeltern führten ein Waisenhaus?», musste Schauer nachfragen.

Er nickte nur.

«Und dann? Du warst im Waisenhaus, bei deinen Großeltern.»

So viel wollte sie fragen, wohnten sie da? Musste er mit den anderen Kindern wohnen? Fuhren sie gar am Wochenende nach Hause, und er musste im Heim bleiben? Sie durfte ihn jedoch nicht überfordern. «Was kam danach?»

«Es brannte ab.»

«Das weißt du?», staunte sie.

Er drehte seinen Kopf und sah sie an. «Es fällt mir jetzt ein. Eines Tages brannte es. Da war ich fast schon erwachsen. Einige starben.»

«Deine Großeltern?»

«Die nicht.»

«Dieser Teddy in der Kiste, der ist angesengt. War das deiner oder der eines anderen Kindes?» Es war ihr herausgerutscht, und es war zu viel gewesen, sie sah es ihm augenblicklich an. Er schwieg.

«Felix, diese Frau, die anruft, ist das deine Großmutter?»

«Nein. Das ist eine Ärztin. Ich habe es dir bereits erzählt.»

«Seit wann bekommst du diese Tabletten?»

Bruch dachte nach, kam wohl zu keinem Schluss. Sie selbst aber hatte eine Idee. «War es zur selben Zeit, als du die Kiste bekamst?»

In Bruchs Gesicht ging etwas vor. Hatte sie ins Schwarze getroffen? Er straffte sich plötzlich, sein Gesichtsausdruck veränderte sich. «Genug jetzt.»

Schauer widersprach nicht. «Fühlst du dich in der Lage, dieses Haus zu betreten?», fragte sie ihn jedoch.

«Sie ist nicht hier, es sind keine Spuren im Schnee.»

Er hatte recht, doch sicher bestand die Möglichkeit, von der Rückseite ans Haus zu kommen. Doch Bruch wollte nicht, das war offensichtlich. Er würde das Haus mit Sicherheit nicht betreten, nicht heute. Schauer warf noch einmal einen Blick auf das Gebäude. Stand sie da? Beobachtete Jasmin sie durch eines der blinden Fenster? Sicher hatte sie längst mitbekommen, dass hier draußen etwas vor sich ging, und war verschwunden oder hatte sich versteckt.

«Na gut, was soll's?», sagte sie und startete den Motor.

«Wo fahren wir hin?», fragte Bruch nur wenige Minuten später, als sie auf dem Weg zurück unvermittelt abbog.

Alles oder nichts, dachte sie sich. «Ich will jemandem einen kurzen Besuch abstatten.» Schon tauchte das Grundstück der Schuberts vor ihnen auf.

«Das ist keine gute Idee», sagte Bruch. Er wusste anscheinend, wer hier wohnte. «Kehr um, lass sie in Ruhe.»

«Ich war schon hier, habe mit ihnen gesprochen. Schubert hat mir erzählt, dass neben dem toten Thomas Mahler in der Küche ein Molch gelegen hätte, und Nora hat das Tier mit dem Hammer erschlagen. Er sagte, man habe den Molch aus seinem Protokoll gestrichen und ihn nie wieder erwähnt. Und ich soll auf die Molche achten, sagte Helens Vater. In derselben Nacht starb er. Und wieso weiß der überhaupt davon? Ich sag es dir, wahrscheinlich haben Michael und seine Frau in seiner Gegenwart darüber gesprochen, der war da schon dement, die dachten, der merkt das eh nicht! Und am selben Tag, als Helens Vater das zu mir sagt, fand ich diese Viecher in meinem Briefkasten. Und am nächsten Tag in Jasmins Bett in Mahlers Haus. Und hier kriecht eine schwarze Gestalt übers Dach, und ich fliege vor Schreck rücklings auf meinen Arsch. Mir ist das jetzt endlich genug. Ab jetzt machen wir, was ich sage.»

Sie hielt am Straßenrand. «Komm!»

Bruch zögerte eine Sekunde und stieg dann aus. «Hier ist etwas geschehen», sagte er.

«Was …?» Sie verstummte, trat ans Gartentor. Es stand offen. Genau wie die Eingangstür zur Laube.

«Geh nicht rein», sagte Bruch.

Schauer öffnete das Tor ganz, betrat das Grundstück. Sie gab sich gelassen, doch das Herz schlug ihr bis zum Hals. «Herr Schubert?», rief sie aus etwa zehn Metern Entfernung. Sie hörte leise Schritte. Bruch folgte ihr, doch Schuberts rührten sich nicht. Schauer lief bis zur Eingangstür der Laube. «Hallo?», rief sie hinein. Sie zog ihre Pistole, betrat das Haus. Bruch folgte ihr weiter, doch seine Waffe zog er nicht. Das Wohnzimmer war leer, das kleine Bad auch, ebenso das Schlafzimmer. Die Betten waren gemacht, alles ganz säuberlich, ohne Falten. Durch das rückseitige Fenster sah sie eine Gitterbox. Sie trat näher ans Fenster und blickte hinaus. Es war ein Hundezwinger. Die Tür war zu.

«Sie hatten es eilig», sagte Bruch. Auf dem Tisch im Wohnzimmer stand alles angerichtet für ein Abendessen. Teller, Besteck, Butterdose, das Gurkenglas und eine Wurstdose standen offen, die oberen Wurstscheiben waren bräunlich angelaufen und wölbten sich.

Schauer sah ins Bad, der Toilettendeckel stand offen, Urin im Becken, nicht gespült. Schuhe lagen im Vorraum, die Jacken hingen an der Garderobe.

«Sie sind mit Hausschuhen hinaus», stellte sie fest, sah Bruch ratlos an. «Ihre Jacken hängen hier. Felix, sind die einfach davongelaufen? Wieso läuft man einfach davon? In Hausschuhen und ohne Jacke bei dieser Kälte? Die müssen seit gestern Abend weg sein oder länger, und die Tür stand offen und vorn das Tor? Felix, sag was!»

Bruch sagte nichts. Er trat an den Esstisch, nahm das Gurkenglas, hielt es so, dass sie es sehen konnte. Sie musste nahe herantreten, um zu erkennen. Zwischen den dunkelgrünen sauren Gurken schwamm ein toter Molch.

Schauer schluckte schwer. Konnte sich die Panik nicht ausmalen, die die beiden erfasst haben musste, als sie den beim Abendbrot entdeckten. «Ich will etwas nachsehen», brachte sie heiser hervor.

Bruch folgte ihr ums Haus, zum Zwinger. Sie musste nicht

nahe herantreten. Schuberts Schäferhund lag auf dem Boden. Er war tot. Nicht erst seit ein paar Stunden. Eingefallen, wie er aussah, das Fell noch voll Schnee, lag er Tage hier oder Wochen, so lange vielleicht, wie eine Zeugenvorladung vor einem Gerichtstermin verschickt wurde.

«Felix», flüsterte sie. «Es ist Zeit, die Wahrheit zu sagen! Was hat Piotrowski gesagt? Was hat er gesehen? Der war's, hat Jasmin gesagt, als er mit ihr im Wohnzimmer saß, und zum Fenster gezeigt. Was hat er gesehen? Felix, als ich hier war, mit Schubert sprach, da hämmerte es plötzlich an die Tür, und dann kratzte jemand übers Dach. Als ich nachsah, da lag eine schwarze Gestalt da. Ich bin vor Schreck runterfallen. Die sah noch zu mir herunter und verschwand dann.»

Bruch schien nicht verwundert. Stellte weder diese Information noch ihren Geisteszustand infrage.

«Felix, was war das? Was, wenn es stimmt, was Nora sagte, dass eine schwarze Gestalt ihren Mann erschlagen hat? Sag was!»

«Ich kann nicht», sagte er leise, «aber ich will dir etwas zeigen», fügte er hinzu, ehe sie aus der Haut fahren konnte. «Wir müssen zu mir fahren, dann ins Büro. Oder besser zu dir.»

«Zu mir?»

«Ich habe keinen Computer.»

«Also, es ist vielleicht nicht perfekt aufgeräumt ...» Ach, was redete sie, als ob es den interessierte. Schauer schloss ihre Wohnung auf und ließ Bruch eintreten. «Im Wohnzimmer liegt mein Laptop.»

Bruch blieb im Flur stehen. Er sah sich nicht um, wie es sonst wohl jeder tun würde, der eine fremde Wohnung betrat. Er stand einfach und wartete, bis sie ins Wohnzimmer ging, dann erst folgte er ihr. Sie klappte das Gerät auf, ließ es hochfahren. Dann nahm sie die CD-ROM aus der Tasche, die Bruch aus seiner Wohnung geholt hatte.

«Was ist das, woher ist die?», fragte Schauer.

«Jemand hat sie anonym der Polizei zugesendet, kurz nach Thomas Mahlers Tod. Man hat sie ausgewertet und als nichtig abgetan», erklärte er.

«Dir aber war es wert, sie aufzuheben?»

«Michael hat sie aufgehoben, ich habe sie in seinen Sachen gefunden.»

Schauer öffnete das Laufwerk und entnahm ganz beiläufig die noch darin liegende CD, auf der die Verhöre mit Jasmin gespeichert waren. Zum Glück war sie nicht beschriftet. Sie legte Bruchs CD ein, auf der mit einem schwarzen Eddingstift Narclab geschrieben stand. Ohne ihren leicht veralteten Laptop mit Laufwerk, stellte sie fest, wäre sie in den letzten drei Tagen aufgeschmissen gewesen. Die aktuellen Modelle hatten so was gar nicht mehr eingebaut.

Schauer wartete, bis die Datei sich öffnete. Diesmal war es nur ein Video. Es begann mit einer sehr verwackelten Aufnahme, deren Schärfe sich immer wieder von selbst verstellte. Sie zeigte Plastikbehälter, die allesamt gleich aussahen. Graue Schalen mit durchsichtigem Gehäuse, oben offen, aber so gewölbt, dass ein Entkommen unmöglich war. Heu lag in ihnen, eine Trinkflasche hing an der Seite, in einem Futterspender lagen kleine Pellets, jeweils eine weiße Ratte in jedem der Behälter. Die Person mit der sicherlich versteckten Kamera lief eine ganze Reihe dieser Behälter ab. Nun trat sie ganz beiläufig an einen Tisch, an dem eine weitere Person im weißen Kittel stand, deren Gesicht nicht zu sehen war. Diese entnahm einem der Behälter eine Ratte, musste dazu einen dicken Handschuh tragen, gleich einem Asbesthandschuh der Feuerwehr, denn die Ratte begann sich bei der ersten Berührung sofort zu wehren, wand sich und biss. Als sie zu einer anderen Ratte in einen Behälter gesetzt wurde, griffen sich die beiden Tiere sofort gegenseitig mit einer Heftigkeit an, die es der Person im Kittel unmöglich machte, sie zu trennen.

Die Tiere kämpften mit einer Vehemenz, bluteten alsbald so sehr, dass selbst der Sieger dieses Kampfes mit tödlichen Verwundungen verenden musste.

Das Video war stumm, doch die Person im Kittel schien etwas zu erklären, deutete mit dem Handschuh auf verschiedene Behälter, woraufhin die Person mit der Kamera versuchte, eine Aufnahme von ihnen zu machen. Es gelang nur schlecht, möglicherweise war die Kamera in der Brusttasche eines Kittels installiert, doch immerhin konnte Schauer erkennen, dass in mehreren dieser Behälter schon tote Ratten lagen oder gerade zuckend verendeten.

«Das kann alles bedeuten und überall sein», kommentierte Schauer das Gesehene. «Nirgendwo hab ich einen Hinweis auf Narclab gesehen.»

«Wenn du genau hinsiehst, erkennst du einen Kugelschreiber, auf dem Narclab steht.» Bruch setzte das Video zurück und zeigte auf betreffende Stelle.

Das musste auch nichts weiter bedeuten, dachte sich Schauer. Einen Kugelschreiber konnte man mitgenommen, ihn geschenkt bekommen oder gefunden haben. Doch vorerst schwieg sie. Inzwischen hatte es einen Schnitt gegeben, das Labor sah anders aus, die Versuchsanordnung hatte sich verändert. Zwei Mitarbeiter, mit ihren Haarnetzen, Gesichtsvisieren und in ihren weißen Kitteln nicht einmal als Mann oder Frau zu erkennen, entnahmen je eine Ratte aus den Behältern, sie spritzten ihnen eine geringe Menge eines farblosen Mittels in den Nacken und setzten sie zusammen in einen größeren Behälter, wo die Tiere zuerst gänzlich unbeeindruckt die Wände und sich gegenseitig beschnupperten, dann langsam träge wurden, bis sie schließlich leicht zu zittern begannen und umfielen. Nach wenigen Sekunden jedoch erwachten sie wieder. Zuerst eine Ratte, dann wenige Augenblicke später die andere. In derselben Sekunde gingen sie aufeinander los. Es gab einen Schnitt. Nun wurde nur eine Ratte geimpft und zu einer anderen gesetzt. Sie durchlief dieselben Phasen, doch als sie erwachte, blieben beide Ratten friedlich. Die zweite Ratte wurde daraufhin geimpft, durchlief ebenso alle Phasen. Als sie aus dem Sekundenschlaf erwachte, sprangen sich beide Ratten wieder voller Aggression an. Wieder gab es einen Schnitt im Video.

Dieser nächste Teil des Videos war ganz offen aufgenommen. Nun gab es auch eine Tonspur. Eine Frau führte von einem Parkplatz in ein freudloses Betongebäude hinein, sprach englisch mit starkem Akzent. Offenbar betraten sie eine Auffangstation für Menschenaffen, die von Niederländern geführt wurde. Durch eine große Glasscheibe im Gebäude konnte man auf ein recht großes Freigehege blicken, das in mehrere kleine Abschnitte unterteilt war, in denen je ein Schimpanse saß. Man hatte sich Mühe gegeben, einen natürlichen Lebensraum nachzuempfinden, soweit es der Platz hergab. Die Mittel waren begrenzt, verstand Schauer, man lebte von Spenden, offenbar befanden sie sich in Spanien, des Klimas wegen. Die Frau erklärte ganz sachlich, dass all diese Tiere aus Laboren in ganz Europa stammten, dass man mit ihnen meist medizinische Forschung betrieben hätte. Viele Tiere saßen apathisch, manche turnten in ihren Gehegen oder schliefen, manche hatten zueinandergefunden, saßen in Grüppchen wie verstörte Kinder. Man konnte Einzelheiten nicht gut erkennen, meist blendete das Sonnenlicht im Glas. Doch diese Tiere in den Außengehegen waren nicht relevant, die Führerin kündigte an, die schweren Fälle zeigen zu wollen, führte den Besucher mit der Kamera in einen Abschnitt, der wie ein Hochsicherheitstrakt im Gefängnis gesichert war. Dort hockten in verschiedenen Käfigen, in denen es keine losen Gegenstände gab, sondern nur angeschweißte Metallstangen oder Plattformen, einzelne Tiere. Es handelte sich um Männchen und Weibchen gleichermaßen, erklärte die Führerin. Sie machten allesamt körperlich einen sehr schlechten Eindruck, die meisten waren ganz nackt, voller Narben von verheilten Verletzungen. Die meisten zeigten seltsames Fehlverhalten. Eines der Tiere drehte sich dauerhaft im Kreis, eines schlug zwar nur leicht, aber doch ausdauernd mit den Fingerknöcheln gegen das Panzerglas und tat das wohl schon so lang, dass die Finger bis auf die Knochen wund waren und das Glas voller Blutflecken. Ein anderes Tier starrte nur auf den Boden. Die Führerin erklärte, dass es ganz unmöglich sei, speziell diese Tiere zu sozialisieren, während man mit anderen durchaus schon gute Erfahrungen gemacht hätte. Zum Beweis bediente sie eine Zugvorrichtung, mit der sich zwischen zwei Gehegen ein Schieber öffnete. Normalerweise wäre das ein Durchgang, erklärte die Frau, sie hätten ihn aber mit einem schweren Gitter verschweißen müssen.

Kaum hatte sie den Schieber hochgezogen, erwachten beide Tiere rechts und links aus ihrer Lethargie, rasten schreiend und kreischend auf die Öffnung zu und hätten sich zweifellos angegriffen, hätte das Gitter dazwischen sie nicht voneinander abgehalten. Schnell ließ die Frau den Schieber wieder hinab, und in dem Moment, als die Tiere sich aus den Augen verloren, verschwand auch ihre Aggressivität. Diese Tiere seien aus Deutschland, erklärte sie, und es hörte sich wirklich an, als nannte sie den Namen Narclab. Schauer setzte das Video ein paar Sekunden zurück, hörte es sich noch einmal an und noch einmal. Dann ließ sie es weiterlaufen. Nun wurde eine Videosequenz gezeigt, deren Qualität schlechter war, vermutlich von einem Pfleger selbst aufgenommen, in einer Zeit, als Handykameras noch nicht so gut waren wie heutzutage. Zuerst war das Bild extrem verwackelt, der Ton setzte erst kurze Zeit später ein und machte das Ganze dadurch umso erschreckender. Ganz unvermittelt war wildes Kreischen zu vernehmen, infernalisches Affengebrüll, metallisches Klirren und Scheppern. Pfleger rannten aufgeregt durchs Bild, riefen sich Anweisungen zu, stritten, jemand weinte. Endlich richtete sich die Kamera aufs eigentliche Geschehen. Zwei

Schimpansen kämpften miteinander. Sie bissen sich, rissen sich an den Gliedmaßen, an den Ohren. Sie brachen sich Knochen, schlugen wild aufeinander ein, fügten sich schreckliche Wunden zu und gaben doch beide nicht auf. Die Pfleger konnten nichts tun. Auch als einer von hinten durch die Käfiggitter mit dem Wasserschlauch spritzte, hielt es die Tiere nicht davon ab, sich gegenseitig umzubringen. Stattdessen lief das Blut nun durch den ganzen Käfig, ließ die Tiere auf dem feuchten Boden stürzen. Eins behielt schließlich die Oberhand, drosch, begleitet von irrsinnigem Gebrüll, auf das andere ein, so lange, bis es offensichtlich tot schien. Dann ließ es schlagartig ab, ging, um sich in eine Ecke zu hocken, wo es nach wenigen Minuten umfiel und aufgrund seiner Verletzungen und des Blutverlustes starb. Dann war das Video zu Ende.

«Das ist alles furchtbar, aber nichts davon lässt sich gegen Narclab anwenden oder beweist im Fall Mahler irgendwas», flüsterte Schauer, erschüttert von den Aufnahmen.

Bruch sah sie nur an. Natürlich, was sollte er auch antworten. Doch er war es, der ihr das Video gegeben hatte. Sie müssten im Büro sein, müssten die Fotos Ollmanns sichten, seine Adresslisten durchgehen, Zeugenaussagen sortieren, die Labordaten auswerten, wenn sie eingingen. Sie benahm sich gar nicht mehr wie eine Polizistin. Aber das hier schien wichtiger. Hier konnte man helfen, entweder Nora Mahler, indem man ihre Unschuld bewies, oder wenigstens Jasmin, indem man für klare Verhältnisse um den Tod ihres Vaters sorgte.

«Fahren wir einfach hin, in dieses Institut?», überlegte sie weiter. Wenn dieses Medikament, an dem geforscht wurde, diese Aggressionen auslöste, aber immer nur, wenn zwei Probanden aufeinandertrafen, konnte das nicht Auslöser für den Mord an Thomas Mahler gewesen sein? Wusste man schon, ob und wie verzögert dies auf Menschen wirkt? Was, wenn Mahler glaubte, ein besseres, weiterentwickeltes Produkt an sich und seiner Frau zu probieren? Könnte es nicht ihre Teilnahmslosigkeit erklären und die Aggression, mit der Mahler der Kopf eingeschlagen worden war. Von wegen Satanismus. Das passte dann nur den Leuten ganz gut in den Kram, die nicht wollten, dass solche missglückten Experimente bekannt wurden. «Wir haben nicht viel mehr.»

«Gibt es einen Grund, warum du all das an dich genommen hast, als Michael starb?», fragte sie ihn auf der Fahrt ins Institut. «Oder war es nur, um dich selbst zu schützen? Hattest du Angst, Helen könnte das alles finden?»

Bruch konnte nicht darauf antworten. Er wusste es nicht mehr. Und einmal mehr hatte er das Gefühl, gelenkt zu werden. Nicht jetzt, nicht in diesem Augenblick. Doch so vieles in seinem Leben schien nicht aus seinem Willen heraus geschehen zu sein. Er konnte sich erinnern, in Michaels Haus gewesen zu sein. Sah sich all die Sachen in eine Kiste legen, die Michael beiseitegeschafft hatte. Die Waffe, die Munition, die Tüte mit Koks, Papiere, USB-Sticks, CD-ROM. Aber was hatte ihn dazu veranlasst?

«Ich denke, Helen rief mich an und bat mich, diese Sachen zu holen», antwortete er, um sich mehr Zeit zu verschaffen.

«Sie sagt, seit seinem Tod wärst du nicht bei ihr gewesen», hielt Schauer dagegen.

Auch das war möglich. Zwei Realitäten, beide verwaschen und grau.

«Man kann niemandem trauen.»

«Felix, was hier geschieht, scheint so absurd. Die Ermittlungen im Fall Mahler waren so einseitig. So viele Spuren, denen nicht nachgegangen wurde und jetzt immer noch nicht nachgegangen wird. Das BKA ermittelt in Juskats Fall, wir erfahren von nichts. Wir erfahren auch nichts über Simons Tod. Nachdem sie mich befragt haben, ist nichts mehr passiert. Wollen die das totschweigen? Sind die Aufnahmen der Überwachungskameras manipuliert?»

Bruch sah zu ihr hinüber. Davon hatte sie noch nichts erzählt, und wahrscheinlich war ihr gar nicht bewusst, dass sie sich damit gerade verraten hatte.

«Felix, das ist der Traum eines jeden Verschwörungstheoretikers. Ist Nora nur eine verwirrte Frau? Geht es um einen Medizinskandal? Kann es sein, dass wir irgendwann einfach verschwinden, dass einer in unser Büro tritt und uns abknallt?»

Bruch nahm seinen Blick nicht von ihr. Sie schien es nicht zu bemerken, war so auf das Fahren fokussiert, auf ihre Sorgen und Ängste. Sie hatte Angst. Vor dem, was sie entdecken konnten, vor einem unbekannten Gegner. Hatte Angst um ihr Leben. Und darüber verstand sie nicht, was wirklich mit ihr geschah.

«Felix, sag was!», fuhr sie ihn an. Realisierte erst jetzt, dass er sie anstarrte. «Was?», entfuhr es ihr.

«Spürst du es nicht?»

«Was?»

«Du lebst.»

Sie dachte kurz darüber nach, sah ihn fragend an. «Ja, na klar, was dachtest du denn ...»

Er schwieg. Sie musste von selbst darauf kommen. An einer Ampel musste sie halten, drehte sich leicht nach rechts, holte Luft, um zu sprechen. Dann aber besann sie sich, ging noch einmal kurz in sich, und ein Grinsen huschte über ihr Gesicht.

Konnte er so tief hineinsehen, dass er es noch vor ihr erkannt hatte, oder war es ihr so offensichtlich anzusehen? Und hatte er recht? War es das, was ihr bisher gefehlt hatte? Kämpfte sie ihr Leben lang gegen etwas an? Versuchte sie, es allen recht zu machen und sich gleichzeitig zu beweisen, dass sie es gar nicht allen recht machen musste? Sollte sie stattdessen loslassen, sich diesem Leben hingeben, die Regeln außer Acht lassen, sich weniger den Kopf zerbrechen, Skrupel ignorieren? Ja, je länger sie darüber nachdachte, desto mehr gefiel ihr der Gedanke. Sie wollte kein Bösewicht sein, kein skrupelloser Bulle, so was funktionierte sowieso nicht in der Realität. Aber sie könnte sich aus ihren Zwängen befreien. Doch wollte sie sich zugestehen, dass es eines Menschen wie Bruch bedurfte, eines von Psychosen, von Paranoia, von Medikamenten zerstörten Menschen, um das zu erkennen? Nein, sie musste gar nichts. Sie gestand ihm einzig zu, dass er sie zum Nachdenken gebracht hatte.

Dann erreichten sie ihr Ziel, und sie musste beinahe über sich selbst lachen. Das hatte sie sich ganz anders ausgemalt. Das Institut war ein riesiges modernes Gebäude auf offenem Gelände, kein altes Schloss, umgeben von Stacheldrahtzäunen, und gehörte längst nicht allein Narclab. Dutzende Firmen und Forschungseinrichtungen teilten sich das Gebäude, brachten die Miete für Labore und Büros mithilfe von staatlichen Fördergeldern und privaten Investoren auf. Studenten, Doktoren, technisches Personal, Verwaltungsangestellte gingen ein und aus, trafen sich in der Vorhalle, in der auch die Kantine untergebracht war.

Nachdem sie lange nach einem Parkplatz hatten suchen müssen, betraten sie nun das riesige Foyer, ein Atrium, das bis unter das Dach reichte und welches im Erdgeschoss nahtlos in eine Kantine überging und in dessen Mitte in einem Betonschacht ein Aufzug bis ins sechste Stockwerk fuhr, wo man auf brückenähnlichen Gängen die beiden Gebäudeteile links und rechts erreichte. Inzwischen verspürte sie Hunger, es war schon früher Nachmittag, und sie hatte noch nichts gegessen.

Die junge Frau an der Rezeption sah freundlich und leicht gelangweilt auf.

«Sind Sie angemeldet?», fragte sie, nachdem Schauer sich und Bruch vorgestellt und ihr Anliegen vorgebracht hatte.

«Nein, aber sicher haben Sie in der Presse vom Fall Mahler mitbekommen.»

«Davon weiß ich nichts», sagte die junge Frau und nahm den Telefonhörer ans Ohr.

«Fahren Sie hinauf in die dritte Etage, Sie werden erwartet», sagte sie nach einem kurzen Telefonat. «Bitte tragen Sie diese hier lesbar an Ihrer Kleidung!» Sie schob zwei Plastikausweise mit Clips über den Tisch, auf denen ‹Besucher› stand und zwei verschiedene Nummern.

«Mein Name ist Steinlechner, ich bringe Sie zu Professor Wallburg, er ist der Forschungsleiter», empfing sie ein junger Mann im weißen Kittel, als sie aus dem Aufzug traten.

Sie folgten ihm über die Galerie zu einer großen automatischen Tür, die aufsprang, als er seine Chipkarte an ein Lesegerät hielt.

«Sagen Sie, kannten Sie Thomas Mahler?», fragte Schauer, einem Impuls folgend.

«Wen bitte?» Der junge Mann sah sich freundlich fragend um. «Ich bin erst neu hier.»

«Schon gut», Schauer winkte ab. Sie waren bereits angekommen, vor einem Büro hielt der junge Mann, winkte sie durch die offene Tür hinein. Ein älterer Mann hinter dem Schreibtisch erhob sich, bot ihr und Bruch an, auf Stühlen Platz zu nehmen. Er war sehr groß, hatte graues Haar, wirkte auf Schauer sehr distinguiert, obwohl er auf eine förmliche Begrüßung verzichtete. Weil der junge Doktorand gegangen war, ohne die Tür zu schließen, erhob er sich, ging selbst, es zu tun. Erst als er wieder hinter seinem Schreibtisch saß, begann er zu sprechen.

«Wie kann ich Ihnen denn jetzt noch weiterhelfen?», fragte er.

Schauer wunderte sich über diese seltsame Formulierung. «War denn schon jemand da gewesen?»

«Nun ja, zwei Herren vom Bundeskriminalamt waren hier, gestern erst, der unglücklichen Angelegenheit um Herrn Juskat geschuldet. Wir sahen uns gezwungen, all unsere firmeninternen Unterlagen herauszugeben. Man möchte wohl überprüfen, ob sein Tod in irgendeinem Zusammenhang mit der von seiner Firma durchgeführten Betriebsprüfung in Zusammenhang steht. Ich halte das für unnötig, da nicht Herr Juskat selbst, sondern zwei seiner Angestellten diese Prüfung vollzogen haben. Sie hatten sich deshalb zwei Wochen in unseren Räumlichkeiten aufgehalten.»

Schauer gefiel, dass er sie ansprach, nicht Bruch. Er ging nicht automatisch davon aus, dass der Mann Ansprechpartner war, wie es noch so oft geschah.

«Wir sind in einer anderen Angelegenheit hier, wir sind auch nicht vom BKA, sondern von der Kripo Dresden. Wir müssen Ihnen zu einem Ihrer früheren Mitarbeiter ein paar Fragen stellen.»

«Darf ich Ihre Dienstausweise noch einmal sehen!» Wallburg beugte sich vor, setzte die Brille auf, las aufmerksam ihren und Bruchs Ausweis durch. «Wir hatten doch das Vergnügen schon mal», meinte er dann zu Bruch. «Sie haben sich jedoch sehr verändert, nicht zu Ihren Gunsten, sind Sie krank? Haben Sie Krebs?», fragte er ohne Umschweife.

Bruch konnte nur den Kopf schütteln.

«Und Ihr Kollege von damals? Wo ist der?»

Schauer wurde es jetzt ein bisschen zu bunt. «Der ist im Dienst ums Leben gekommen, und ich hatte Krebs, falls es Sie interessiert», riss sie die Gesprächsinitiative an sich.

Der Professor verstand das Zeichen, er verschränkte die Arme, schlug die Beine übereinander und lehnte sich zurück, so weit, wie es die Lehne seines teuren Stuhls mitmachte. «Also, wie kann ich helfen?»

«Es geht um einen Ihrer ehemaligen Angestellten, Thomas Mahler.»

Der Professor seufzte leise. «Ist darüber nicht auch alles schon gesagt?»

«Da ich ganz neu in dieser Angelegenheit bin, muss ich mit grundlegenden Dingen beginnen. Thomas Mahler arbeitete vor seinem Tod schon lange bei Ihnen?»

«Seit Gründung des Unternehmens vor acht Jahren.»

«Sie kannten ihn, oder war er nur einer von vielen?»

«Zu Beginn hatte ich gerade einmal fünf Kollegen an meiner Seite, ich kannte ihn also sehr gut.»

«War er in die Prozesse eingeweiht, oder arbeitete er nur nach Anweisung?»

«Prozesse?», fragte der Professor.

«Na ja, die Forschungsarbeit, Ergebnisse, den Fortschritt, wie Sie wollen, oder führte er nur angewiesene Arbeit aus? Wie so ein, was weiß ich, Betonbauer, der nach Anweisung des Architekten arbeitet.»

Den Mann schien diese Umschreibung zu amüsieren. «Man kann schon sagen, dass Herr Mahler tief in diese Prozesse», er holte Luft und sagte ganz ironisch betont, «involviert war. Aber wissen Sie, mag sein, dass Sie neu in dieser Angelegenheit sind, doch Sie stellen Fragen, die Sie sich aus dem Internet selbst beantworten können, oder verschaffen Sie sich einfach einen Einblick in die Ermittlungsakten. Oder sind Sie etwa ganz auf eigenes Betreiben hier? Welcher Staatsanwalt ist denn für diese Ermittlungen zuständig?»

«Bösner.» Der Name war ihr als Erstes eingefallen. Er führte die Verhandlung für die Staatsanwaltschaft im Fall Nora Mahler.

«Harald also», sagte Professor Wallburg in amüsierter Verwunderung.

Damit war das schon mal klar, der Herr Professor hatte weitreichende Kontakte, schien dem Staatsanwalt freundschaftlich verbunden. Dieser Schuss war also nach hinten losgegangen.

Das Lächeln im Gesicht des Professors wich einer strengen Miene. «Weshalb sind Sie denn eigentlich hier?»

Schauer ließ sich die Abfuhr gern gefallen, so war der Ton wenigstens klar, in dem sie sich unterhielten. «Ist Ihnen vor seinem Tod jemals der Verdacht gekommen, Thomas Mahler könnte Ihre Forschungen auf irgendeine Weise gewinnbringend an Konkurrenten veräußern oder auf andere Art sabotieren?»

Wallburg ließ sich Zeit mit der Antwort, nahm die Brille ab, putzte die Gläser mit dem Saum seines Pullovers. Dann setzte er sie wieder auf. «Haben Sie irgendeine Ahnung, was hier läuft, wie das funktioniert?»

«Nein, ich bin Polizistin. Und wenn demnächst ein Fleischer ums Leben kommt, muss ich auch nicht wissen, wie man Wurst macht. Deshalb frage ich.» Schauer spürte schon wieder Aggressionen in sich aufsteigen. Ihr fiel außerdem ein, dass sie den gestrigen Kurs verpasst hatte.

«Das ist hier nicht wie im Kino, dass einer einen Chip stiehlt und den irgendwo abliefert. Unsere Forschung basiert auf unzähligen Puzzleteilchen ...»

«Es wäre nicht das erste Mal, dass Wirtschaftsspionage betrieben wird», unterbrach sie. «Und sicher weiß jemand vom Fach auch mit Puzzleteilchen etwas anzufangen, so wie uns auch manchmal nur ein kleines Indiz genügt, um auf die richtige Spur zu kommen.» Sie hatte keine Lust, sich als dumm verkaufen zu lassen. «Aber meine Fragen haben Sie nicht beantwortet, gab es je einen Verdacht?»

«Natürlich nicht. Thomas Mahler war ein sehr loyaler, etwas stiller, aber freundlicher, umgänglicher Zeitgenosse.»

«Könnte es sein, dass er Proben aus dem Labor mit nach Hause nahm ...»

«Hören Sie, nein, wir stellen hier keine Medizin her, wir betreiben Forschung. Unsere Ergebnisse führen dazu, dass anderswo Produkte, medizinische Präparate weiterentwickelt werden können ...»

«Könnte es sein?», unterbrach Schauer nun ihrerseits wieder.

«Nein!», schnitt er ihr das Wort ab.

«Soweit ich weiß, dauert es Jahre, manchmal Jahrzehnte, bis ein neues Mittel, ein Präparat ausreichend getestet …»

«Hören Sie auf, ich weiß, worauf Sie hinauswollen, das ist absurd, das ist Ihrer unwürdig», echauffierte sich Wallburg.

«Was ist absurd daran, dass einer Ihrer Angestellten etwas aus dem Haus schmuggelt?» Ihrer unwürdig, wie übergriffig das war. Es begann in ihr zu köcheln.

«Nichts, da haben Sie recht. Aber worauf wollen Sie hinaus? Was soll er damit, was stellt man mit einem Präparat in der ersten Entwicklungsstufe an? Es an jemandem probieren? Wie denn? Wie soll eine Studie angefertigt werden, wenn die Probanden nicht vorher klinisch getestet sind, wenn sie nicht unter dauerhafter Beobachtung stehen? Das ist wirklich Blödsinn, vergessen Sie das. Was immer Thomas geschehen ist, es hat mit dieser Firma nichts zu tun.»

Schauer schloss für einen Moment den Mund, ließ das Gehörte sacken. Ein kurzer Blick zu Bruch genügte zu sehen, von da kam keine Hilfe. Er hatte sie auf die Idee gebracht, hatte sie begleitet, doch mehr würde nicht geschehen.

«Forschen Sie mit Tieren?», fragte sie, um einen gesetzten Tonfall bemüht.

Der Professor schloss ganz kurz die Augen, als wäre er es leid, immer mit denselben Fragen belästigt zu werden. «Ja, das bleibt nicht aus. Wir und viele andere hier. Im Nebengebäude werden Obstfliegen gezüchtet, Fische, Mäuse, Axolotl. Genetisch identische Tiere sind eine der Voraussetzungen für die Forschung, es senkt die Fehlerquote. Ich weiß, dass viele Menschen gegen diese Versuche sind, wir haben es fast wöchentlich mit Tierrechtlern zu tun, die uns irgendwie angreifen, inzwischen gibt es Politiker, die versuchen, unsere Arbeit zu torpedieren, doch es geht einfach nicht ohne Tierversuche, nur so wird man Krebs heilen können und alle möglichen anderen Krankheiten.»

«Werden Versuche an Affen durchgeführt?»

Mit einem Schlag schien sich alle Anspannung bei Wallburg zu lösen. Er setzte sogar wieder ein Lächeln auf. «Daher weht der Wind! Sie haben diese investigativen Aufnahmen gesehen?» Er setzte es in Anführungsstriche. «Die sind seit Jahren in Umlauf und haben uns schon viel Ärger bereitet. Das sind willkürlich zusammengeschnittene Filme. Keiner weiß, woher sie kommen. Keiner weiß, was mit diesen Schimpansen geschehen ist. Jahrelange Einsamkeit genügt jedenfalls, diese Art von Aggressivität auszulösen. Haben Sie schon einmal gesehen, wie Tiere früher im Zirkus gehalten wurden oder noch immer werden, in vielen Ländern? Kragenbären in Vietnam, denen man Galle abzapft, in winzigen Käfigen? Haben Sie eine Ahnung, wie viele Schimpansen sich derzeit in privatem Besitz befinden? Tausende, hier, in Europa. Das hat mit Narclab nichts zu tun. Und es gibt nicht den geringsten Anlass, dies irgendwie mit Mahlers Tod in Verbindung zu bringen.»

«Forschen Sie auch an Affen?» Er hatte ihre Frage nicht beantwortet.

«Was glauben Sie denn? Dass Mahler heimlich im Labor gefilmt hat, dann hat er die Filme nach draußen geschmuggelt, und wir lassen ihn umbringen dafür? Das ist lächerlich!»

«Inzwischen haben Sie an die hundert Leute, habe ich gelesen, die in Schichten arbeiten. Studenten, Doktoranden, Laborangestellte, Techniker, Bürokräfte, Reinigungspersonal. Können Sie jedem trauen? Ist der Film mit den Ratten von hier? Sicher lässt sich das nachprüfen.»

«Dann prüfen Sie es, prüfen Sie, für mich ist die Sache hier beendet.» Der Professor erhob sich, ging zur Tür, um sie demonstrativ zu öffnen. Bruch hatte anscheinend nur auf diesen Moment gewartet, er erhob sich und ging hinaus. Schauer blieb nichts, als ihm zu folgen. Als sie an Wallburg vorbeiwollte, hielt der sie mit einer Handbewegung auf.

«Sie sind hier an der falschen Adresse. Kommen Sie gern wieder, wenn Sie einen richtigen Auftrag vom Staatsanwalt haben. Sie werden nichts weiter erfahren, aber ich heiße Sie gern willkommen.»

«Danke», sagte Schauer und wollte vorbei, doch der Professor war noch nicht fertig.

«Diese beiden Männer, Ihr Kollege hier und der andere, von dem Sie sagen, der wäre tot, das waren keine guten Ermittler», sagte er, obwohl Bruch nur ein paar Schritte weiter war und ihn sicher hören konnte. «Werden Sie nicht wie die.»

Schauer schnaubte, was wusste dieser Mann schon? «Danke für den Tipp!», sagte sie zynisch, und doch blieb ein komisches Gefühl, als sie den Trakt verließen, um zum Aufzug zu gehen. Wallburg blieb in der Tür stehen, schien zu warten, ob sie wirklich gingen, und als der Aufzug unten im Erdgeschoss ankam, sie hinaustraten, sah ihn Schauer oben an der Brüstung stehen und zu ihnen hinunterblicken.

Sie sagte nichts, als sie die breite Einfahrt mit der Grünanlage und dem Brunnen davor passierten, um das Firmengelände zu verlassen.

«Und wenn es nun Tierschützer waren, die Mahler umgebracht haben?», überlegte sie laut, als sie schon eine Straße weiter waren, wo ihr Auto stand. Diese Begegnung mit dem Professor hing ihr nach. Man wollte von einem Mann wie diesem eigentlich gemocht werden. Man wollte hören, was er zu sagen hatte. Doch sicher hatte der auch keine weiße Weste.

«Hallo», rief da jemand. Schauer blieb stehen, zwang Bruch, es ihr gleichzutun.

«Warten Sie mal bitte.» Eine Frau sah nach dem Verkehr, überquerte dann eiligen Schrittes die Straße. Sie war etwa dreißig Jahre alt, trug einen Kittel zusammengeknüllt in der Hand. «Warten Sie», rief sie noch einmal, es war ihr anscheinend sehr wichtig.

«Sie waren doch gerade bei Professor Wallburg, es ging doch sicherlich um Thomas, oder? Thomas Mahler?»

Schauer nickte zögerlich, «Ja, wieso?»

«Wissen Sie, ich kannte Thomas gut, wir waren befreundet, schon seit der Ausbildung. Ich habe ihn mit in die Firma geholt, als mir der Professor die Stelle anbot und sagte, er suchte noch Leute.»

Befreundet nur, oder gab es da mehr, fragte sich Schauer.

«Thomas war zwar schon immer sehr still, aber im Laufe der Jahre hatte ich das Gefühl, er veränderte sich. Er erzählte kaum noch von daheim. Ich glaube, es lag an seiner Frau, die hat ihn sehr vereinnahmt. Er hat ja früher mal gesagt, dass er am liebsten keine Kinder hätte, und dann wurden es vier. Ich weiß auch, dass er seine Eltern sehr mochte, er war gern bei denen. Und zum Schluss sah er sie wohl kaum noch oder gar nicht mehr.»

«Worauf wollen Sie denn hinaus? Wie heißen Sie denn?»

«Silke Trobisch, Entschuldigung. Ich wollte sagen, dass Thomas sich in den Wochen, bevor er starb, mit jemandem traf, mit einem Mann. Er hat nie davon erzählt. Ich weiß nur, dass er ein-, zweimal darum bat, eher gehen zu dürfen.»

«Woher wissen Sie das dann?»

«Ja, das ist es ja, einmal, da war ich gerade von der Mittagspause zurück. Ich esse nicht hier in der Kantine, die ist zu teuer, ich gehe zur nächsten Kreuzung da hinten, da ist ein Imbiss. Da sah ich ihn aus dem Gebäude kommen. Er lief eine Straße weiter in die andere Richtung, da stand ein Auto, und der Fahrer stieg aus, und ich sah sie sprechen. Ich habe ein Foto mit dem Handy gemacht.»

«Warum?»

Trobisch hob die Schultern. «Das war so ein Gefühl, Thomas war sehr introvertiert und traf kaum andere Leute, und sie begrüßten sich so seltsam, nicht wie Bekannte, aber auch nicht wie Geschäftsleute. Eher wie, lachen Sie mich nicht aus, wie Agenten, so geheimnisvoll.»

«Und das Bild haben Sie hier?»

«Das ist es ja, deshalb habe ich Sie nicht gleich angesprochen, ich habe es suchen müssen. Hab ja längst ein anderes Handy. Aber ich hatte es abgespeichert und hab es vorhin noch schnell ausgedruckt.» Sie nestelte, während sie sprach, in der Tasche ihres Kittels. «Es ist nicht besonders gut, kaum etwas zu erkennen.» Nun hatte sie es draußen, reichte Schauer ein zweimal gefaltetes Blatt.

Schauer faltete es auf, hielt es so, dass auch Bruch sehen konnte. Tatsächlich war das Bild nicht besonders gut, aus weiter Entfernung gemacht, herangezoomt. Thomas Mahler war gerade noch zu erkennen, von dem anderen Mann war der Rücken zu sehen. Er stand in der offenen Fahrertür, trug ganz alltägliche Kleidung. Jeanshosen, hellbraune Schuhe. Der Stil der Jacke ließ darauf schließen, dass er nicht ganz der Jüngste war. Möglicherweise hatte er eine kahle Stelle auf dem Kopf, oder das Sonnenlicht reflektierte nur auf seinem Haar. Sein Auto war ein VW Passat, aber ein sehr altes Modell. Weil Trobisch von der anderen Straßenseite fotografiert hatte und der Wagen in einer Parklücke stand, waren nur die ersten Buchstaben zu sehen und sehr unscharf.

«Kannst du das erkennen?», fragte Schauer ihren stummen Kollegen.

«Fulda», sagte Bruch. Bisher hatten weder er noch Trobisch zu erkennen gegeben, ob sie sich kannten. Doch da der Professor Bruch wiedererkannt hatte, sollte es wahrscheinlich sein, dass sie sich bei den Ermittlungen vor vier Jahren begegnet waren.

«Haben Sie das der Polizei damals auch gezeigt?», fragte Schauer. Ohne zu fragen, faltete sie das Blatt zusammen und steckte es ein.

«Zuerst nicht. Ich war damals so geschockt von der Nachricht. Wissen Sie, insgeheim, na ja, ich mochte ihn schon sehr, ich dachte immer, vielleicht schafft er es einmal, sich von seiner Frau zu trennen.»

«Stand das denn im Raum?»

«Nein, gesagt hat er es nie, aber man bekommt ja schon einiges mit. Wie einer redet oder sich benimmt. Sie war ja auch mal hier, das war ganz seltsam.»

«Ja? Wie?»

«Ach, die war wie, ich weiß nicht, auf Drogen vielleicht? So abwesend, sie lächelte immer, total unheimlich. Stand ja auch in der Zeitung, dass die nicht richtig tickt. Und mich hat die angesehen, uh, da dachte ich, da lass ich mal die Finger von dem Mann.»

«Können Sie das konkretisieren?»

«Nein, die war einfach nur unheimlich. Es ist ja sowieso komisch gewesen, wie Thomas die kennengelernt hat. Es sah nämlich eigentlich aus, als könnte was aus uns werden. Schon als wir noch ganz jung waren. Und eines Tages kam der und sagte, er hätte jetzt eine Frau. So hat er es gesagt, nicht Freundin oder so, sondern eine Frau. Ich glaube ja, der war noch Jungfrau, wie gesagt, sehr still und schüchtern. Na ja.» Frau Trobisch hing ein paar Momente in Gedanken dem Leben nach, das nun ein für alle Mal ungelebt bleiben musste, und kehrte dann wieder in die Gegenwart zurück. «Jedenfalls war ich dann doch bei der Polizei, ein paar Monate später. Mit dem Bild. Die haben sich bedankt, aber ich wette, die haben das gar nicht ernst genommen.»

«Bei wem waren Sie genau?»

«Keine Ahnung. Ich bin einfach auf ein Revier gegangen, hab denen das gesagt. Bestimmt hielten die mich für eine Spinnerin.»

Schauer sah Bruch nicht an, doch es war klar, sie hatten das Bild damals gesehen. Er hatte das Nummernschild nicht jetzt erkannt, sondern kannte es schon, wusste, der andere kam aus Fulda.

«Ich muss jetzt, bin sowieso schon zu lange weg.»

«Warten Sie noch kurz. Machen Sie da drinnen Versuche an

Tieren? Und glauben Sie, Thomas Mahler könnte irgendwie aus dem Labor etwas mit nach Hause genommen haben?»

«Also ja, wir machen Tierversuche, das ist ganz normal, anders geht es ja auch nicht. Und zweitens, früher hätte ich sofort gesagt, nein, der Thomas würde nie so was machen, aber inzwischen bin ich mir nicht so sicher. Es kommt immer mal was weg.»

«Ich meine, von den Sachen, an denen Sie forschen.»

«Also das wäre schon möglich, aber was hätte er denn damit gewollt?»

Bruch drehte ihr den Kopf zu. Sie bemerkte die Bewegung, reagierte aber nicht, starrte nach vorn, als konzentrierte sie sich voll und ganz auf den Verkehr. Sie wusste, sie müssten im Präsidium sein, sich um Ollmanns Tod kümmern, doch das lief nicht weg, das würden sie im Anschluss tun.

Sie fuhr, sie bestimmte, wo es langging. Wenn er ein Problem damit hatte, sollte er es sagen. Tat er aber nicht, tat er nie. Als sie eine knappe Viertelstunde später ein letztes Mal abbog und die Bäckerei vor ihnen erschien, sah er sie noch einmal an. Er sagte nichts, fragte nichts. So sah sie keinen Anlass, sich zu erklären.

So mochte es wohl früher schon gewesen sein, dachte Schauer, und nicht das erste Mal kam ihr ein Gedanke. Der Gedanke, dass sie offenbar, ob sie es wollte oder nicht, sukzessive in Michael Bartkos Rolle schlüpfte. Von anderen wurde ihr sowieso schon unterstellt, sich zu schnell an die Gepflogenheiten dieser Abteilung gewöhnt zu haben, der Professor hatte sie eindringlich ermahnt, nicht so zu werden, und sie selbst übernahm nun gezwungenermaßen die Initiative bei ihren Handlungen, weil ihr gar nichts anderes übrig blieb, mit diesem Menschen an ihrer Seite. Er hatte sie gedeckt, hatte gelogen für sie, sie hatte es geduldet, so wie sie duldete, dass Jasmin bei ihm gewesen war, und es nicht meldete, wie sie es hätte tun müssen.

Jetzt stellte sie den Wagen ab, hier war es ruhig, und es gab viel Platz. Briesnitz hieß der Ortsteil. Sie sah auf die Uhr. Hannah Welbe, Nora Mahlers Halbschwester, müsste ihre Schicht begonnen haben. Soweit sie den Unterlagen hatte entnehmen können, arbeitete Welbe etwa zwanzig Stunden in der Woche als Verkäuferin in dieser Bäckerei.

Schauer stieg aus, Bruch tat es ihr gleich.

Bruch musste schon vor vier Jahren mit Hannah Welbe zu tun gehabt haben, jedoch schien ihm da nicht bewusst geworden zu sein, dass ihn etwas mit der Frau und seiner Vergangenheit verband. Immerhin war er damals noch ein kleines Kind gewesen, so wie sie auch. Außerdem hatte er zumindest für seinen Teil zwischenzeitlich alles vergessen. Bruch lief neben ihr über die Straße, die Hände in den Jackentaschen.

Im Laden stand eine Frau hinter dem Tresen.

«Das ist sie nicht», sagte Bruch leise.

«Entschuldigen Sie, wir suchen Frau Welbe», fragte Schauer deshalb.

«Sind Sie Journalisten?», fragte die Verkäuferin sehr unfreundlich.

Schauer ersparte sich eine Antwort, zeigte stattdessen ihren Dienstausweis.

Die Verkäuferin las ihn gar nicht, ging nach hinten. «Hannah?», hörten sie sie rufen. «Polizei.» Schauer sah sich um. Es gab ein kleines Café, drei kleine Tische mit Stühlen. Ein alter Mann saß am Fenster, trank allein Kaffee.

Jetzt kam eine Frau aus der Durchgangstür, zwar zierlicher, aber eindeutig als Schwester von Nora Mahler zu erkennen, auch wenn ihr Kleidungsstil ganz anders war. Sie trug einen Rock, eine fast altmodische Bluse, ihre Frisur schien von einem Dorffriseur zu sein, der seit vier Jahrzehnten den gleichen modernen Haarschnitt verkaufte. Auch ihre Brille war nicht das neueste Modell. Sie sah erschöpft aus, vorzeitig gealtert. Sie war zehn

Jahre älter als ihre Halbschwester Nora, wirkte mit diesem Auftreten aber noch mal zehn Jahre älter.

«Wie kann ich helfen?», fragte sie nicht unfreundlich, aber auch nicht erfreut.

«Schauer, Bruch, Kripo. Haben Sie Zeit, uns ein paar Fragen zu beantworten?»

Frau Welbe sah in Richtung Sitzecke, entdeckte dann aber den alten Mann.

Der hatte die Situation offenbar erkannt. «Ich geh schon, bin sowieso fertig!»

«Das ist nicht nötig!»

«Doch, doch, machen Sie nur.» Der Mann hatte sich schon erhoben, nahm seine Jacke von der Stuhllehne, auch seine Tasse und den Teller nahm er mit.

«Sicher wollen Sie mehr über unsere Anschuldigungen erfahren?», fragte Welbe, als sie sich gesetzt hatten. Bruch schenkte sie keine besondere Aufmerksamkeit, zeigte kein Erkennen. Er selbst blieb wie immer reaktionslos.

«Ja, auch, aber zuerst würde ich gern erfahren, ob Sie etwas über die Arbeit ihres verstorbenen Schwagers wissen?», fragte Schauer.

«Wir hatten kaum Kontakt. Er hat in einem Labor gearbeitet, soweit ich weiß.»

«Hatten Sie auch mit Ihrer Schwester wenig Kontakt?»

«Wir haben es immer versucht. Aber sie war sehr abweisend.»

«Wie war das in Ihrer Kindheit, mochten Sie sich als Schwestern?»

«Das war schwierig, gebe ich zu. Erstens war ich ja viel älter, mein Vater ging weg, Mutter lernte einen neuen Mann kennen, Noras Vater. Dann wurde sie schwanger. Später starb er, und Mutter hatte wieder einen neuen Mann. Aber da war ich ja schon längst ausgezogen. Na ja, und Nora war schon von Anfang an ein wirklich seltsames Kind.»

«Wissen Sie, das hören wir oft in letzter Zeit.»

Hannah Welbe hob fast bedauernd die Schultern. «Redet ja auch jeder darüber. Jeder glaubt, irgendetwas zu wissen. Als Kleinkind schon war sie ganz anders als jedes andere Kind. Starrte oft lange aus dem Fenster. Mochte kein Spielzeug. Sie machte oft Dinge kaputt, die mir gehörten. Ich hab sie oft angeschrien, zu oft vielleicht. Mutter schimpfte aber nie. Am Anfang schon, aber später nicht mehr.»

«Sie sagen das so, als bedeutete es etwas?»

Frau Welbe wiegte den Kopf. «Ich kann es nicht beschreiben. Manchmal glaube ich, die beiden hatten ein besonderes Verhältnis zueinander.»

«Waren Sie eifersüchtig?»

«Natürlich, was denken Sie denn? Es war ja meine Mutter. Aber die war selbst manchmal seltsam, im Nachhinein wurde mir das erst bewusst. Die Leute wichen uns aus, habe ich bemerkt. Unsere Nachbarin schrie mal ein paar Jungs an, die sollten nicht an unserem Grundstück spielen, so als wären wir, was weiß ich, Verrückte oder so.»

«Ihre Mutter war seltsam? Würden Sie meinen, das, was Sie Ihrer Schwester jetzt vorwerfen, wurde von Ihrer Mutter ausgelöst? Satanskult?»

«Himmel, nein, Mutter wollte mit Satan nichts am Hut haben, eher umgekehrt, die hatte es eher mit Jesus, hatte Kreuze überall, Kruzifixe. Die war halt auch manchmal so, saß ewig da, konnte sich zu nichts motivieren, manchmal habe ich das Essen gemacht, sonst hätte es nichts gegeben. Und dann war es ja so, dass die Leute schon tuschelten, mein Papa war weg, schon kam ein Neuer.»

«Das war sicher für Sie schwer?»

«Ha, was denken Sie. Stellen Sie sich vor, Ihr Vater ginge weg, schon bald darauf ist ein neuer Mann da. Und dann sollen Sie ja trotzdem noch loyal Ihrer Mutter gegenüber sein.» Hannah

Welbe schloss den Mund schnell, versuchte sich an einem Lächeln.

«Haben Sie noch Kontakt zu Ihrem Vater?»

«Der ist seit zwölf Jahren in einem Pflegeheim, Demenz, letztes Stadium. Vergisst sogar zu sterben.» Sie sagte es ganz trocken, ohne jeden Funken Humor.

«Konnten Sie mit ihm darüber sprechen, dass er wegging?»

«Ich hatte, nachdem er weggegangen war, viele Jahre keinen Kontakt. Er meldete sich bei mir eines Tages, da war ich lang schon erwachsen, und er zeigte bereits erste Zeichen von Demenz. Ich war damals so hin- und hergerissen von meinen Gefühlen. Einerseits wollte ich wissen, warum er damals wegging, andererseits fürchtete ich, er würde wieder verschwinden, würde ich ihn fragen.» Wieder verstummte sie abrupt.

Schauer ließ ihr eine Sekunde. «Hat Ihre Schwester je mit Ihnen über diese Nacht gesprochen, in der Thomas umgebracht wurde?»

Nun schüttelte Hannah heftig den Kopf. «Nein, niemals, ich habe sie nicht gesprochen seitdem. Sie hatte kein Interesse, und ich gebe zu, ich auch nicht. Wieso soll ich mir anhören, dass der Teufel da durchs Fenster gekrochen ist?» Welbe winkte ab.

«Hat sie das gesagt? In einem Interview?»

«Dass der Teufel durchs Fenster geklettert ist? Nein, nicht zu mir, aber zu den Polizisten wohl. Aber so was hat sie als Kind schon erzählt. Als Jugendliche, meine ich, ging das richtig los. Oje. Sie sagte mal, wenn man lang genug etwas anstarrt, dann sieht man den Teufel, der sich dahinter versteckt.»

«Wie meinte sie das?» Schauer konnte nicht umhin, sich einzugestehen, dass diese Worte Eindruck bei ihr hinterließen.

Welbe tat es mit einem Achselzucken ab. «Was weiß ich, sie meinte, hinter allen Dingen stecken finstere Mächte. Und du siehst in die Landschaft, siehst zum Beispiel einen Stein, einen Fels, wenn du ihn nur lang genug anstarrst, ohne zu blinzeln, sagte sie mal, dann wird das Wesen in dem Stein ungeduldig, und irgendwann bewegt es sich. Oder sie meinte, du glaubst, mit einem Menschen zu sprechen, doch das wäre nur eine Hülle, drinnen steckte der Teufel selbst, und wenn du ihm lang genug in die Augen schaust, siehst du ihn, denn auch der Teufel muss blinzeln, und er blinzelt immer, wenn man selbst blinzelt. Deshalb starrt sie immer, ohne zu blinzeln, bis der Teufel blinzeln muss, dann siehst du es. Seine Augen wären anders, hat so Häute wie eine Echse oder so.» Sie winkte ab.

Schauer ließ das kurz auf sich wirken, sah verstohlen zu Bruch, der starrte und genauso wenig blinzelte. Zumindest wenn er drauf war wie jetzt.

«Es war sicher schwer für die Kinder, nachdem ihr Vater tot war und ihre Mutter im Gefängnis. War es Ihre Idee, die Kinder zu sich zu nehmen, oder wie kam es dazu?»

Noras Schwester sah auf den Tisch, kratzte mit dem Finger an einem imaginären Fleck. «Ich hoffe, Sie verurteilen mich nicht, aber besonders begeistert war ich nicht. Zum einen, weil ich und mein Mann nur ein Kind haben. Unsere Wohnung war viel zu klein, deshalb mussten wir umziehen. Zum anderen kannte ich die Kinder kaum. Bis auf Jasmin, die ich früher gelegentlich noch sah, aber wir hatten keinen guten Draht mehr zueinander. Sie mochte mich nicht mehr besonders, ich denke, das habe ich ihrer Mutter zu verdanken. Die drei Kleinen jedenfalls habe ich bis dahin so gut wie nie zu Gesicht bekommen. Als das Jugendamt kam und fragte, ob ich die Kinder zeitweise nehmen könnte, habe ich erst abgelehnt. Dann hieß es aber, sie müssten ins Heim und würden im schlimmsten Fall sogar getrennt. Da dachten wir, also ich und mein Mann Stephan, das können wir auch nicht machen. Wir haben sie zu uns genommen, und, oh Mann, ich sage Ihnen, das war nicht leicht. Von einem plötzlich auf fünf Kinder. Vor allem Jasmin hat es uns schwer gemacht.»

«Auf die will ich gleich zurückkommen. Was war mit den

Eltern von Ihrem Schwager? Konnten sie die Kinder nicht nehmen?»

«Die waren schon zu alt. Und ...», sie zögerte, «na ja, eine vom Jugendamt, das soll ich aber eigentlich für mich behalten, hat mir gesagt, dass sie die Kinder nicht wollten, weil sie Angst hatten. Vor Nora.»

«Angst? Inwiefern? Die saß ja im Gefängnis.»

«Ja, ich weiß, aber sie hatten Angst, richtige Angst, hat die vom Jugendamt gesagt. Deshalb sind die ja auch aus dem Haus da weggezogen, wo Nora und Thomas dann wohnten, also wo er umgebracht wurde, sie haben es Thomas überlassen und sind weggezogen, in eine andere Stadt! Das wurde denen dort unheimlich, und es hieß, Nora wäre dran schuld.»

«Und wie?»

Frau Welbe holte tief Luft und machte große Augen. «Was weiß ich. Das haben ja die Leute früher auch gesagt, als wir als Kinder noch zusammenwohnten. Wenn was passierte, hieß es immer, Nora wär's gewesen. Zu Hause oder in der Schule.»

«Aber das Haus Ihrer Mutter, dort, wo Sie auch aufgewachsen sind, es strahlte schon immer eine gewisse Präsenz aus, nicht wahr? Es wirkt sehr düster.»

«Hat Ihnen bestimmt die alte Nachbarin erzählt, die Kuhlig. Lebt die noch? Das ist die, die die Jungen angeschrien hat, dass sie von unserem Haus wegbleiben sollen. Wie gesagt, ich weiß auch nicht, ich bin ja drin aufgewachsen, mir kam es nicht besonders vor. Kann schon sein, dass es düster war und kalt, hinten im Garten wuchs auch nichts richtig. Aber wissen Sie, die Leute, die lieben es doch, zu tuscheln und alles geheimnisvoll zu machen ...» Sie winkte ab.

«Was geschah mit Jasmin?»

«Also Jasmin, das ist so eine Sache. Die könnte einem ja wirklich nur leidtun. Erst ein Einzelkind, sechs Jahre lang, dann drei Geschwister, eins nach dem anderen. Vielleicht haben Sie es ja gesehen in dem Haus. Immer im Dunkeln gesessen, kaum Spielzeug. Die durften ja nicht mal im Garten spielen. Keine richtigen Freunde. Das ist Noras Schuld. Dann das. Dass sie das mit ansehen musste. Ihr eigener Vater. Was immer geschehen ist, selbst wenn es Nora nicht war, dass sie nicht eingeschritten ist, nichts getan hat, im Beisein ihrer Tochter. Da verliert man doch jedes Vertrauen ins Leben. Na ja, und dann wird sie von den Polizisten behandelt wie der letzte Dreck, die wollten sie ja nötigen, gegen ihre Mutter auszusagen. Also, es ist alles ganz schlimm. Aber ich sage ihnen, Jasmin kann so garstig sein, so böse, da vergeht Ihnen alles Mitleid. Ich habe wirklich mein Bestes versucht, wir sind umgezogen, in ein Haus, sie bekam als Einzige ein eigenes Zimmer, mein eigener Sohn musste zurückstecken. Aber von Jasmin kam nur Ablehnung, Widerstand, regelrechter Hass. Die hat mein Essen in den Müll geworfen, wollte nichts anziehen, was ich gekauft hab, hat nie gemacht, was sie sollte. Das war wirklich nicht auszuhalten. Ich hoffe, Sie denken jetzt nicht schlecht, aber ich habe kein schlechtes Gewissen ihretwegen. Man kann einem Menschen helfen, oder entgegenkommen, und kann auch viel Rücksicht nehmen auf die Vorgeschichte. Aber irgendwann ist genug.»

«Haben die Kinder denn damals, als sie zu Ihnen kamen, den Eindruck gemacht, dass sie verstört wären oder von ihrer Mutter misshandelt?»

«Natürlich waren die verstört. Vom Verlust ihres Vaters und dann auch ihrer Mutter, zumindest dachten wir das zu Beginn. Er war ja derjenige, der so ein wenig Normalität ins Haus brachte. Später begannen sie, die Situation zu akzeptieren, und ich glaube, die mögen uns sehr und denen geht es auch gut. Aber wir begannen schon nach ein paar Wochen, einige seltsame Verhaltensweisen an ihnen wahrzunehmen. Sie fragten zum Beispiel nie, ob sie draußen spielen dürften, wir mussten sie regelrecht überreden, in den Garten zu gehen. Und nachts, da machten die keinen Mucks, selbst die ganz Kleine nicht. Das ist natürlich angenehm, sollte man meinen, aber das war unheimlich. Wir standen oft auf und gingen nachsehen, ob noch alles in Ordnung ist.»

«Und jetzt, im Sommerurlaub, da begannen sie zu erzählen?»

«Wir waren in Schweden, auf einem Boot. Das hatten wir uns schon lange mal gewünscht. Da fing zuerst die Große an, Rebecca, die sagte, Mutti hätte sie manchmal verbrannt, oder sie hätte Jasmin gesagt, sie sollte es tun, mit Zigaretten.»

«Nora Mahler hat Jasmin dazu aufgefordert?», fragte Schauer ungläubig.

Hannah hob die Schultern. «So hat Rebecca es gesagt. Und dann fragten wir nach, mein Mann nahm das mit dem Handy auf, sonst weiß man nachher wieder nicht, wer was gesagt hat, oder es glaubt einem keiner. Sie erzählten, sie hätten ekliges Zeug trinken müssen, bittere Säfte, weil es sie gesund machte und gegen böse Kräfte stärkte, und dass ihre Mutter ihnen gezeigt hätte, wie man kleine Tiere umbringt, und manchmal hätte sie sie geschnitten, mit einem Küchenmesser. Also eher geritzt, so nennt man das. Das wurde untersucht in der Klinik, Röntgenbilder wurden angefertigt, und in diesen Geräten waren sie drin, Sie wissen schon, in dieser Röhre. Es ist zwar so, dass sich die Haut von Kindern schnell erholt und man oberflächlich nichts sieht, aber unter der Haut, in der zweiten Schicht, bleiben trotzdem Narben zurück, die man wohl sogar bei Schwarzlicht erkennt. Das war natürlich schon sehr schockierend.»

Schauer sah noch einmal zu Bruch, der starrte die Welbe unentwegt an, blinzelte kaum, als erwartete er, den Dämon zu sehen, der in ihr steckte. Wie viele kaputte Menschen wohl Tag für Tag durchs Leben taumelten, staunte Schauer, fasziniert und ungläubig zugleich. Das mit der Intelligenz hat sich die Natur nicht so gut ausgedacht, oder der liebe Gott. Es schien keine gute Idee, ständig über mehr nachzudenken, als über die nächste Mahlzeit und einen Geschlechtspartner.

«Wissen Sie etwas über Molche?»

Frau Welbe stutzte. «Meinen Sie im Allgemeinen? Oder wie ist das gemeint?»

«Nein, schon gut», Schauer winkte ab. «Hat sich, trotz aller Differenzen, Jasmin bei Ihnen gemeldet?»

«Nicht ein einziges Mal.»

«Also auch in den letzten zwei Tagen nicht?»

«Nein. Und ich sage Ihnen was: Das soll auch so bleiben. Wir haben sogar Angst davor. Deshalb ist immer jemand da. Deshalb holen wir die Kinder aus dem Kindergarten und der Schule ab und bringen sie hin. Es muss ja gar nichts passieren, aber allein der Gedanke, sie könnte ihren Geschwistern Drogen anbieten oder ihnen Angst machen. Es hat so lang gedauert, bis sie keine Angst mehr hatten.»

«Was meinen Sie mit Angst, sagten Sie nicht, die wären still, die ganze Zeit?»

«Ja, eben, die waren völlig verängstigt. Die sahen sich anfangs nach jedem Geräusch um. Dann hockten sie sich zusammen, zu dritt. Das war harte Arbeit, sag ich ihnen, wir haben uns ja auch Rat geholt. Das soll nicht wieder kaputtgemacht werden.»

Schauer nickte, sie war ein wenig ratlos. Sie hatte sich mehr erhofft von diesem Gespräch und von diesem Tag. Zwar hatte sie Informationen bekommen, nur halfen sie ihr kein bisschen weiter. Einzig, dass an die Polizeidirektion in Fulda eine Anfrage gegangen ist, wer dieser Mann mit dem alten VW Passat gewesen sein könnte. Irgendwie hatte sie gehofft, Bruch oder Welbe würden aufeinander reagieren, wie ein Laie, der im Labor zwei Chemikalien mischte. Das war alles so unbefriedigend. Hannah Welbe schien ihr das anzusehen, hob bedauernd die Schultern, weil sie nicht mehr zu bieten hatte.

«Vielen Dank.» Schauer erhob sich, wandte sich an Bruch. «Fahren wir ins Büro und sichten weiter die Fotos von Ollmann.»

Der nickte und stand ebenfalls auf. Inzwischen schien er wieder genau so zu sein wie an dem Tag, als sie ihn kennengelernt hatte, als sie bei Simon im Büro saß und Bruch nicht zum ersten Termin erschien. Das war der Moment gewesen, an dem sie hätte ausscheren müssen. An dem sie hätte aufstehen und gehen müssen. Ins Büro zu gehen, wo er im Dunkel saß, ihn kennenzulernen, das war der Fehler gewesen.

15

Bilder, Bilder, Bilder. Wiederkehrende Gesichter. Momentaufnahmen fremder Leben. Immer wieder das Antlitz Ollmanns. Der sich einredete, ein harter Mann zu sein. Der Rocker sein wollte. Reich sein wollte. Anerkannt unter seinesgleichen. Immer wieder Abgleiche. Zettel, mit denen Schauer die Bilder markierte. Listen, die sie anfertigten, Lebenswege, die sich kreuzten. Bei manchen oft, bei anderen nur einmal. Nichtig, was Schauer tat, all das Sortieren und Vergleichen. Er war sich sicher, würden sie das entscheidende Foto finden, sie wüssten es sofort. Es würde ihnen entgegenspringen. Nicole fühlte sicher dasselbe, doch sie war eine, der es half, etwas zu tun, selbst wenn sie wusste, dass es nutzlos war.

Ihm jedoch schlugen die Fotografien aufs Gemüt, die sich gleichenden Motive, die ewig grinsenden Gesichter, die erhobenen Bierflaschen, die Geschlechtsteile. All das goss sich wie flüssiges Blei über ihn, machte ihn schwer und träge. Hannah Welbe gesehen zu haben und damit die Erinnerung daran, wie sie ihn damals an die Hand genommen hatte, ihn über die Straße brachte, das war wie Gift für ihn gewesen. Es war endgültig vorbei, das kurze Aufbäumen. Der grelle Tunnel, die schillernden Farben, die Welt voller Empfindungen und Gerüche, sie hatte sich ihm wieder verschlossen, war schon wieder vergessen, hatte nichts Bleibendes hinterlassen. Irgendwann hielt er inne, unfähig, noch eine Fotografie anzusehen, weil sie alle gleich aussahen, weil er meinte, die Menschen auf den Bildern blinzeln zu sehen. Schauer sah auf, sah ihn besorgt an. Ob auch ein Teufel in ihr steckte, wenn man sie nur lang genug anstarrte, fragte er sich, dann verlor er sich in seinen Erinnerungen, die Jasmin hervorgerufen hatte.

Er fand, es war an der Zeit, in seine Wohnung zu fahren.

Als er dort war, fraß die Katze, er musste ihr Futter gegeben haben. So wie der Nebel ab und an die Sicht freigab, schwebten ihm Bilder vor, hörte er Schauers Stimme. Er sah, wie sie im Morast versank, er müsste ihr die Hand reichen, sie herausziehen, doch er selbst stand zu tief darin.

Der fremde Mann, mit dem Mahler sich vor seinem Tod traf, der war nicht wichtig, hatte Michael damals zu ihm gesagt, und die Suche nach ihm hatte nichts ergeben. Es gab das Auto nicht, es gab den Mann nicht. Michael war es auch, der gesagt hatte, einen Molch konnte es bei Mahlers Leiche nicht gegeben haben. Der ihm gesagt hatte, dass es keine dunklen Gestalten gab, die nachts an seine Fenster klopfen oder ins Zimmer seiner Tochter eindringen. Es bestand die Möglichkeit, dass Michael doch nicht so ein guter Freund und Kollege gewesen war, wie er es immer glauben gemacht hatte.

Zu starren, ohne zu blinzeln, damit man den Grund der Dinge sah, das hatte ihm einst jemand gesagt. Das hatte er gelernt auszuhalten, nicht zu blinzeln, bis ihm die Augen brannten. Vor vielen Jahren schon, da war er noch ein kleines Kind gewesen. Es half einem, die wahre Natur der Dinge zu erkennen. Dann konnte man in die Finsternis starren, bis man sah, was sie verbarg. Bis man sah, was sich hinter den Dingen und den Gesichtern befand. Nur war, was man sah, meist etwas, das man nicht sehen wollte. War es dann nicht besser, man lief unwissend durch sein Leben? War der Preis dafür, die Wahrheit zu sehen, ein Leben wie seines oder das von Nora Mahler? Bruch starrte die Wand an. Es war dunkel in der Wohnung. Die Katze sah von ihrem Futter auf. Die Schatten in den finsteren Ecken begannen sich zu bewegen. Das hatte er schon lange nicht mehr gesehen. Viele Jahre schienen sie verschwunden. Im Dunkel hockten sie, wie sie in den Ecken des Schlafsaals gehockt hatten, in den langen Fluren. Weder waren sie Freunde noch Feinde. Sie waren einfach da.

Warum musste Simon sterben, warum Walter Juskat? Warum war er aber noch am Leben? Was war an ihm, dass man ihn leben ließ, wenn es doch etwas zu verbergen gab? Nicole. Sie war ungeschützt, sie würde keinen Wert haben, so wie er offenbar einen besaß. Er spürte, wie ihn die Lethargie zu übermannen drohte, die dann wieder für Wochen und Monate sein Handeln bestimmen würde. Bevor das geschah, musste er etwas tun. Ihr helfen.

Er nahm sein Telefon, wollte Schauers Nummer wählen.

«Nicht», flüsterte es aus der Finsternis.

Ganz so einfach zu finden war es nicht. Zwar glaubte man, das Internet würde nichts vergessen, doch wenn einem die Suchmaschinen immer nur die Ergebnisse lieferten, die von den meisten Benutzern gefragt waren, begann man sich schnell im Kreis zu drehen. Die Suchbegriffe ‹Brand im Waisenhaus› und ‹Dresden› brachten sie immer nur wieder auf die Zerstörung der Stadt im Krieg zurück. Der Suchbegriff ‹Waisenhaus Dresden› führte sie immer wieder in die Zeit der DDR. Wenn man keine konkreten Daten hatte, keine Namen, ging gar nichts voran. Warum sie überhaupt suchte, konnte sie sich selbst kaum erklären, vielleicht weil es so frustrierend war, dass sie nichts erfuhr. Dass keiner wirklich redete, ihr bestenfalls Andeutungen machte. Alle wussten sie mehr. Bruchs Ex-Frau, Helen Bartko, Claudia Wondrak, selbst die Kollegen der Abteilung. Sie wollte mehr wissen, wollte Bruch helfen, doch in erster Linie, musste sie sich eingestehen, war sie einfach neugierig. Schließlich fand sie etwas. Die PDF-Datei einer Dissertation, die irgendwann ins Internet gespeist worden war. Hundertzwanzig Seiten, von denen nur wenige Zeilen relevant waren. Der Brand einer Gründerzeitvilla, die als Kinderklinik genutzt worden war. Eigentlich nicht, wonach sie gesucht hatte. Doch wenige Zeilen später las sie, dass es sich um eine Klinik für verhaltensauffällige, traumatisierte oder emotional belastete Kinder handelte, die von einem Professor Hirte und seiner Frau geleitet wurde. Vier Kinder waren ums Leben gekommen. Viele verletzt. Die Klinik wurde daraufhin geschlossen. Mehr nicht, keine Aufarbeitung der Ereignisse, kein Wort über den Verbleib von Kindern und Personal, keine Adresse, kein genaues Datum, nur den Namen des Verfassers hatte sie. Christian Kleiber, offenbar ein Historiker. Wieder so etwas. Ein winziger Schritt vorwärts und doch nichts Konkretes.

Schauer gab den Namen des Professors ein. Möglich, dass Hirte und dessen Frau wirklich Bruchs Großeltern waren, doch das Internet gab keine weiteren Informationen heraus, zwischen den Namen gab es offenbar keine Querverbindungen, egal in welcher Konstellation sie diese als Suchbegriffe eingab. Sie müsste Bruch selbst fragen, sehen, ob der Name Hirte bei ihm anschlug, oder nach seinen Eltern forschen. Doch damit ginge sie wirklich zu weit, ohne sein Einverständnis.

Schauer stand von ihrer Couch auf, drückte ihren Rücken durch, streckte sich. Auf dem Weg in die Küche blieb ihr Blick an dem Wohnhaus gegenüber hängen. In jedem Fenster war Weihnachtsbeleuchtung. Vermutlich war ihre Wohnung die einzige in der ganzen Straße, die nicht geschmückt war.

Was wohl die Leute über sie dachten? Dass sie einsam war? Hatten sie Mitleid? Sah irgendwer hier rüber und dachte sich: Die arme Sau, hockt da ganz allein?

Schauer reckte sich ein wenig, beugte sich näher zur Scheibe. Ihr war gewesen, als liefe rechts im Augenwinkel jemand vorbei, presste sich nun gegen das Stück Mauer, als sei er vor ihrem

Blick in Deckung gegangen. Eine Weile stand sie still da. Dann griff sie nach dem Strick ihrer Rolljalousie und ließ sie herunter. Genug für heute, sie sollte nun essen und schlafen. Wieder ein Tag überstanden. Sie könnte sich ein fertiges Fischfilet in den Ofen tun. Reis kochen oder Gemüse, doch dazu war sie zu müde. Sie würde einen Toast dazu essen. Oder eben nichts. Auch nicht viel besser als Bruch mit seinem Fertigessen, dachte sie auf dem Weg ins Schlafzimmer. Sie wollte erst einmal raus aus ihren Klamotten.

Im Flur blieb sie stehen, und es stellten sich ihr die Haare auf. Es hörte sich an, als kratzte ein Tier an ihrer Wohnungstür. Auf Zehenspitzen trat sie heran, lehnte sich mit offenen Handflächen an, drückte ihr Ohr dagegen. Wirklich, es war, als schabte jemand am Holz. Versuchte hier jemand einzudringen? Lautlos löste sie ihr Ohr, blickte durch den Spion. Im Treppenhaus war es ganz finster.

«Ist da wer?», fragte sie halblaut, weil sie sich irgendwie genierte, so wie man sich genierte, laut nach Hilfe zu schreien, auch in der höchsten Not, so wie man erst zu rennen begann, wenn es eigentlich schon zu spät war.

Das Kratzen verstummte.

«Wer ist da?», fragte sie. Die Pistole hatte sie auf der Couch liegen, ebenso den Schlüssel. Doch hatte sie das Gefühl, ginge sie jetzt weg von der Tür und kehrte ihr den Rücken zu, würde sie sogleich aufspringen.

«Lass mich rein», flüsterte es draußen.

«Wer ist da?»

«Bitte! Bitte lass mich rein.»

Jasmin, dachte Schauer verblüfft. Sie sank auf die Knie, denn Jasmins Stimme schien von unten zu kommen. «Wie bist du ins Haus gekommen?», sprach sie gegen die Tür. Und woher wusste sie, wo sie wohnte? War sie es gewesen, die ihr die CD-ROM von den Vernehmungen in den Briefkasten getan hatte?

«Bitte!», flüsterte Jasmin.

«Mach Licht, mach das Hauslicht an!»

«Kann nicht! Bitte.»

Sie durfte nicht, dachte Schauer, sie durfte nicht, als Polizistin, als intelligenter Mensch. Sie konnte den Notarzt rufen, aber sie durfte die Tür nicht öffnen. Aber wie viele Enttäuschungen hatte Jasmin erlebt! Wie viel Ablehnung! Was war sie für ein Mensch, wenn sie dem Kind jetzt Hilfe verwehrte?

«Kannst du dich nicht strecken? Ich will nur sehen, dass du allein bist!»

Es raschelte, ein leises Stöhnen war zu vernehmen. Man durfte nicht vergessen, was dieses Mädchen durchgemacht hatte. Was ihre Tante sagte, war falsch. Es genügte längst nicht, sich ein wenig zu bemühen. Ein so tief traumatisierter Mensch konnte nicht durch ein wenig Zureden geheilt werden. Es gab keinen Moment, an dem genug geholfen war, es war ein Kampf, der ein Leben lang andauerte.

Schauer erhob sich, öffnete die Tür. Jasmin saß auf der Schwelle, lehnte am Türrahmen, kippte in die Wohnung. Schauer fing sie ab, stützte sie.

«Was ist mit dir?», fragte sie. Jasmin war völlig verdreckt. Als wäre sie gestürzt oder verprügelt worden, ihre Hände bluteten aus vielen kleinen Wunden.

«Schmerzen», flüsterte Jasmin.

«Wo? Im Unterleib?» Schon einmal waren sie von ihr ausgetrickst worden. Schauer zerrte an Jasmins Jacke, der Knopf ihrer Hose war abgesprungen, der Reißverschluss aufgerissen. War sie vergewaltigt worden? «Ich muss einen Arzt rufen», sagte sie.

Jasmin griff ihren Arm, sah sie flehend an. Einen Arzt zu rufen, kam einer Verhaftung gleich, eins würde ins andere greifen. Und das war es, was sie eigentlich tun müsste. Die Kollegen rufen, Jasmin festnehmen lassen.

«Will nur schlafen», flüsterte Jasmin.

Schauer hörte, wie unten an der Haustür aufgeschlossen wurde, das Hauslicht sprang an. «Komm», sagte sie, wollte Jasmin aufhelfen, doch die war zu schwach. So zog sie sie kurzerhand in die Wohnung, schloss die Tür.

«Mir ist kalt», sagte Jasmin, sie zitterte.

«Willst du in die Wanne? Etwas essen auch?»

«Schlafen. Ich muss schlafen.»

«Was hast du bei Felix Bruch gemacht?» Wenigstens das musste sie fragen.

«Geschlafen, die Katze gestreichelt.» Über Jasmins Gesicht huschte ein Lächeln. «Hast du eine Katze?», lallte sie, schien kurz davor, einzuschlafen oder das Bewusstsein zu verlieren.

«Nein, keine Katze. Hör zu. Du trinkst etwas, isst etwas, eine Kleinigkeit wenigstens. Dann gehst du in die Wanne. Ansonsten rufe ich den Rettungsdienst. Du dürftest nicht hier sein, ich müsste dich eigentlich ins Präsidium bringen. Hast du verstanden?»

Jasmin nickte und stemmte sich gegen den Boden. «Ich versuch's.»

Die Unentschlossenheit, der Zwiespalt lähmten sie. Sie stand in der Badtür, musste da stehen, damit Jasmin nicht ohnmächtig wurde und ertrank. Sie sah diesen geschundenen Körper, der ihrem nicht unähnlich war, mager, fast knochig. Mit Narben. Ihre waren Folge der Brustoperationen, Jasmins Narben stammten vom Leben auf der Straße. Dieses Mädchen hatte vermutlich schlimmere Dinge erlebt, als ihr im ganzen Leben widerfahren würden. Allein wie sie von Bartko verhört worden war, wie Bruch tatenlos dabeigesessen hatte.

Schauer hatte sich oft selbst gewünscht, ihre Eltern wären tot, das waren aber nur die Gedanken einer Pubertierenden gewesen, nicht wirklich ernst gemeint, nicht aus tiefstem Herzen. Sich auszumalen, wie es war zuzusehen, wie der Vater erschlagen wurde, wie es die Mutter tat, oder jemand anderes, und niemand glaubte ihr und der Mutter, das gelang ihr kaum.

«Jasmin?»

«Ja.»

«Wo bist du gewesen?»

«Hier und dort. Hab Leute gesucht, die Stoff verticken.»

«Bist du gerade drauf?»

«Hab schlechtes Zeug bekommen.»

Schauer rieb sich das Gesicht. Das alles war falsch hier. Hatte nichts mit Polizeiarbeit zu tun. Sie steckte schon mittendrin, ein paar Wochen hatte es gebraucht und aus ihr war eine Polizistin geworden, die sie nie hatte sein wollen.

«Jasmin, hat deine Mutter deinen Vater umgebracht?»

«Nein», sagte Jasmin, wurde nicht einmal wütend.

«Hat deine Mutter euch gequält, gefoltert? Hat sie euch geschnitten?»

«Sie hat uns beigebracht zu überleben.»

Wie einstudiert, wie tausendmal gesagt. Und was hieß das schon, sie lebten nicht im Kriegsgebiet, dies hier war keine Apokalypse. Sie lebten zivilisiert, in einer Demokratie, in Freiheit mehr oder weniger. Zu überleben, das war fast lächerlich, wie diese Rapper, die ständig vom Ghetto lamentieren und dem Leben auf der Straße.

«Wie meinst du das?»

«Sie hat uns gelehrt, mit ihnen umzugehen, ihnen zu gehorchen.»

«Ihnen?» Allein dieses Wort verursachte ihr Müdigkeit. Gerade noch hatte sie Hoffnung, Jasmins Erschöpfung ausnutzen zu können, ein halbwegs vernünftiges Gespräch zu führen, jetzt ging das wieder los.

«Ihnen, jenen, die lauern, die im Schatten sitzen, man sieht sie, wenn man lang genug hinsieht, man hört sie, wenn man es zulässt.»

«Jasmin, das ist dummes Zeug! Hast du mir diese Viecher in den Briefkasten getan?»

«Die kleinen Teufelsboten?» Jasmin zog sich mit beiden Händen am Wannenrand hoch. «Sie waren also schon bei dir?»

Das war nur Teil der Show, wusste Schauer, sie ließ sich keine Angst machen. Und doch. Doch machte es ihr Angst. Denn es war dunkel, und sie hatte die Tür geöffnet.

«Diese Zeichen, die du malst, was ist das?», fragte sie.

«Nichts, nicht wichtig, es schützt, es zeigt ihnen nur, dass sie dir nicht wehtun müssen.»

«An meiner Tür, das Pentagramm mit dem Blut, warst du das?»

«Nein.» Jasmin setzte sich auf, sie nahm ein Shampoo, tat sich viel zu viel auf die Hand, begann ihre Haare zu waschen.

«Jasmin, was hat es mit der Ziege auf sich? Ein umgekehrtes Pentagramm soll einen Ziegenkopf symbolisieren.»

«Manchmal zeigt er sich so.»

«Er zeigt sich in Ziegenform? Wer, Satan?» Jetzt müsste sie sarkastisch lachen, doch ihr war nicht danach.

Jasmin zuckte mit den Schultern, glaub's halt oder nicht, hieß das.

«Jasmin, wieso hast du Bruch so angesehen? Weil du ihn von früher kennst?»

«Weil er Bescheid weiß.»

Während sie die Arme hob, um sich das Haar zu waschen, sah Schauer Bissspuren an ihrer noch mädchenhaften Brust. Warum sollte sie Walter Juskat nicht erschossen haben, fragte sie sich. Es gab keinen Grund, es nicht zu tun. Alles Zufall, die Betriebsprüfung, dass sie Nora Mahlers Tochter war. All das hatte nichts miteinander zu tun. Ein lüsterner Pädo, ein Mädchen ohne Skrupel. Er hatte übertrieben, sie hatte ihn büßen lassen.

«Jasmin, deine Mutter, vorgestern saß ich im Gerichtssaal, da hat sie mich angesehen. Kennt sie mich? Weiß sie, wer ich bin? Hast du Kontakt zu ihr?»

Jasmin hielt inne, wischte sich das Gesicht, die Augen frei. «Sie hat dich angesehen, weil du auch Bescheid weißt.»

«Was weiß ich denn?»

«Du weißt es, du willst es nur nicht akzeptieren. Aber das ist ein Unterschied, etwas nicht zu wissen und etwas nicht akzeptieren zu wollen.»

Das galt genauso andersherum. «Jasmin», begann sie, sie sollte hier die Vernünftige sein, durfte sich nicht darauf einlassen, dass sich Angst bei ihr einschlich. «Das, was du führst, ist nicht das richtige Leben. Du hattest Pech. Viel Unglück. Aber was du da erlebst, ist die Ausnahme.»

«Nein», widersprach Jasmin, «mag sein, es scheint dir so, aber alle anderen, die führen nicht das richtige Leben, aber die haben Glück, die sind mit Blindheit gesegnet. Aber du nicht, du denkst nur, du gehörst zu denen, aber in Wahrheit bist du wie ich, oder wie Felix, oder meine Mutter.»

Ganz sicher nicht, dachte Schauer, ganz sicher nicht, und gab es für diesen Moment erst mal auf. «Mach du dich hier fertig, ja? Ich geh schon mal ins Wohnzimmer.»

Christian Kleiber, gab sie den Namen des Historikers in den Computer ein, der den Brand im Waisenhaus erwähnt hatte, während Jasmin leise in der Wanne plätscherte. Es sollte machbar sein, ihn ausfindig zu machen. Wenn er promoviert hatte, würde er an irgendeinem Institut arbeiten. Die ersten Suchergebnisse waren Traueranzeigen. Vier verschiedene Christian Kleibers verschiedensten Alters waren in den letzten sechs Jahren gestorben.

Christian Kleiber, Historiker, schrieb sie jetzt. Erneut tauchten die Traueranzeigen auf. Entnervt suchte sie das PDF-Dokument nach Hinweisen auf einen Ort ab, fand aber nichts, nahm dann die einfachste Lösung und fügte den Suchbegriffen das Wort Dresden hinzu. Blieb eine Traueranzeige. Kein Institut, keine Schule, keine Universität, keine Veröffentlichung in seinem Namen. Der Christian Kleiber von der Todesanzeige war zu seinem Tod sechsundzwanzig Jahre alt gewesen. In tiefer Trauer, las Schauer, plötzlich und unerwartet, deine Eltern, deine Schwester, dein Schwager, deine Nichten. Zufall, dachte sie, konnte nicht anders sein. Krebs. Unfall. Herzinfarkt. Irgendwas. Schreibt seine Doktorarbeit, erwähnt den Brand in einer psychiatrischen Klinik für Kinder. Stirbt. Kann passieren.

«Wo kann ich schlafen?», fragte Jasmin von der Zimmertür. Zierlich, dünn, Haut und Knochen, kleine Brüste, der Traum eines jeden Perversen.

«Nimm dir wenigstens ein Handtuch!», mahnte Schauer. «Was war mit deiner Tante?», rief sie ihr ins Bad hinterher, gab sich beiläufig.

«Was soll mit der sein, die versteht nichts. Die wollte mich loswerden vom ersten Moment an», kam Jasmin mit dem Handtuch um den Leib zurück.

«Früher hattest du Kontakt zu ihr.»

«Kann sein, aber später, da wollte sie sich einmischen in unser Leben, und Mutter hat ihr gesagt, sie soll ihren eigenen Kram machen. Und eigentlich wollte die uns gar nicht am Anfang.»

«Und deine Geschwister, vermisst du die?»

«Die sind ja noch klein. Hab sie ewig nicht gesehen. Ich hatte zu tun.»

«Nimmst du Drogen?»

«Alles, was ich so kriegen kann, aber ich hab ja kaum Geld.»

«Verkaufst du dich?»

Jasmin stöhnte genervt. «Manchmal lässt mich einer bei sich pennen und gibt mir bisschen Geld. Da ist es okay, wenn der seinen Kram macht. Ist mir egal, völlig. Ich lach dann bloß innerlich, wenn ich die sehe, wie sie schwitzen und geil sind. Dann denk ich, euch wird die gerechte Strafe einholen.»

«Wie Walter Juskat?»

«Wer?» Sie dachte kurz nach. «Ach, der Typ, der jetzt tot ist?»

«Woher weißt du, dass der tot ist?» Musste Bruch ihr verraten haben.

«Weiß es eben.»

«Was war da geschehen? Willst du es mir erzählen?»

«Ich habe es schon gesagt, ich war duschen. Als ich wiederkam, lag der da, und die Pistole lag auf dem Tisch. Hab ich mich hingesetzt und gewartet, bis die Bullen kamen. Nichts weiter. Habe nichts gehört, niemanden gesehen. Aber echt jetzt, kann ich pennen, können wir morgen reden?»

«Schlaf du in meinem Bett, ich schlafe hier auf der Couch. Aber ich sag dir eins, bau keinen Mist, sonst nehm ich dich fest und bring dich aufs Revier.»

Schauer hatte sich überlegt, dass es besser so war. Hier war der Weg kürzer zur Wohnungstür, und zur Küche musste man hier vorbei. Außerdem gab es im Schlafzimmer kaum etwas kaputt zu machen oder zu klauen.

«Geht klar», sagte Jasmin und machte auf der Stelle kehrt. Kaum war sie weg, fielen Schauer noch zehn Fragen ein, die sie stellen müsste. Doch das musste warten. Sie horchte, bis im Schlafzimmer Ruhe war, ging dann in den Flur, die Wohnungstür abzuschließen, den Schlüssel, ihre Waffe, alles Wichtige nahm sie mit ins Wohnzimmer. Die Couch war zum Schlafen leidlich geeignet. Nachdem Sebastian mit ihr Schluss gemacht hatte, hatte sie einige Nächte freiwillig darauf verbracht, bis er ausgezogen war. Hatte schön geflennt, heimlich, still und leise, und hasste sich jetzt noch dafür.

Sie zog sich bis auf die Unterwäsche aus, zu müde, um selbst noch zu duschen, machte es sich auf der breiten Liegefläche bequem, stopfte sich ein Kissen unter den Kopf, nahm die Wolldecke.

Lange lag sie, konnte nicht einschlafen, lauschte nach jedem Geräusch. All das Gesagte ging ihr durch den Kopf, das Gesehene. Viel zu viel, das alles zu verarbeiten. Bruch, der seine Kindheit möglicherweise nicht in einem Heim, sondern in einer Heilanstalt verbracht hat. Ein junger Historiker, der gestorben war. Jasmin völlig verstört, glaubte die Gruselgeschichten ihrer Mutter. Es war dumm, sie bei sich aufzunehmen. Doch vielleicht war es möglich, so Zugang zu ihr zu finden.

Erstaunlich angenehm war ihr Schlaf. Fühlte sich an wie dieser kurze Moment des süßen Nichtwissens, wenn man morgens erwachte und einen die harten Fakten des Lebens noch nicht eingeholt hatten.

Dies hier aber hielt an, dehnte sich in die Länge, wiegte einen in wohliger Wärme, ließ sie sich strecken, in der Hüfte bewegen, leise gurren. So mochte es sein, wenn man keinerlei Sorgen hatte, wenn einen der Morgen empfing, mit warmem Sonnenlicht, mit dem Duft von Kaffee und lauer Sommerluft und der Geschäftigkeit jener auf der Straße, die es nötig hatten, früh rausmussten.

So mochte es sein, wenn man jemanden an seiner Seite hatte, dem man vertraute, dessen Gesicht man sah, auch wenn man die Augen gar nicht öffnete.

Umso härter schlug die Realität zu, als sie verstand, was vor sich ging. Schauer reagierte mit ihrem ganzen Körper, der hochschnellte wie eine Feder.

«Nimm deine Pfoten weg!», fuhr sie Jasmin an, hatte sie an den Handgelenken gepackt.

«Hat dir doch gefallen», flüsterte diese.

«Hör auf», keuchte Schauer, von dieser Anmaßung vollkommen überrumpelt und entsetzt.

Jasmin lachte durch die Nase, schien dieses Kräftemessen zu genießen. «Wehr dich doch nicht dagegen. Jeder weiß doch, dass du 'ne Lesbe bist!»

Jeder, dachte Schauer, als ob dies im Moment der wichtigste

Gedanke wäre. Und sie war keine Lesbe, der nächste, ebenso unnötige Gedanke. «Raus jetzt!» Sie stemmte sich über Jasmin, hielt sie nieder wie eine Ringkämpferin. Jasmin wehrte sich, noch immer ganz spielerisch, bewegte ihren Körper unter ihr, rieb sich, wo sie konnte, drehte den Kopf nach rechts und links, versuchte, an Schauers Händen zu lecken, die ihr die Handgelenke aufs Kopfteil pressten.

«Jasmin, hör auf! Du bist ein Kind, verstehst du!»

«Ich mach, was du willst, alles. Was glaubst du, warum dir diese Frau aus dem Fernsehen nachläuft, die ist doch selbst eine Lesbe, die denkt, die kann landen bei dir. Die will dich lecken, verstehst du, die will, dass du sie leckst.»

«Die will dir helfen, so wie ich!»

«Helfen, glaubst du das? Du bist noch blöder, als ich dachte. Die denkt nur ans Geschäft, was denkst du, warum die sich auf den Bruch eingelassen hat? Denkst du, die wollte Kinder mit dem? Die wollte den aushorchen! Wie Michael Bartko meine Mutter aushorchen wollte.» Jasmin lachte, lachte sie aus.

«Jasmin, hör auf, mach dich jetzt raus hier. Ich ruf die Bullen, hörst du!»

«Mach doch!» Noch lachte sie, doch Schauer sah, wie sie den Spaß verlor, wie sie Wut bekam.

«Jasmin, bitte, versuch doch vernünftig zu sein. Ich helfe dir. Ich helf dir ja schon. Auch einfach so. Du musst das nicht machen, verstehst du?»

«Wieso willst du das denn nicht? Bin ich dir nicht gut genug? Ekelst du dich vor mir?» Jetzt begann sie verbissener zu kämpfen, und Schauer musste feststellen, dass sie erstaunlich kräftig und vor allem biegsam und geschmeidig war, sobald sie losließ, wurde sie beißen, kratzen, treten, wie eine Katze beim Tierarzt.

«Ich ekel mich nicht. Aber ich bin nicht lesbisch, und du bist ein Kind, eine Schutzbefohlene, verstehst du?»

«Niemand kann mich schützen!» Jetzt riss sie wild mit ihren

Armen, begann mit den Beinen zu strampeln, und es war kaum noch möglich, sie in Schach zu halten. «Du kannst nur eines machen, nämlich gehorchen!» Mit unbändiger Kraft stemmte sie nun ihren Unterleib hoch, bäumte, riss, zuckte vollkommen unberechenbar.

«Hör auf!», keuchte Schauer. «Hör auf, ich lass dich ja los. Aber hör auf!»

Jasmin gehorchte nicht, sie bleckte die Zähne, ihr Gesicht verhärtete sich, nahm fast teuflische Züge an. Sie bäumte sich auf, versuchte sich unter Schauer herauszuwinden, riss den Kopf hoch und biss ihr in den Arm. Schauer wusste, sie konnte jetzt nicht loslassen, doch ein Biss von Jasmin konnte gefährlich sein. Als Schauer ihr Gewicht zu verlagern versuchte, gab sie Jasmin etwas Bewegungsfreiheit, die zog sofort das Knie an und traf sie schmerzhaft zwischen den Beinen. Es passierte ganz automatisch, dass sie Jasmins rechtes Handgelenk losließ und ihr eine Ohrfeige verpasste.

Jasmin spuckte sie an, schlug nun selbst nach ihr, und es entstand ein regelrechtes Gefecht, als Schauer versuchte, die Hand wieder zu fixieren. Zwar gelang es ihr nach einigen heftigen Schlägen und Kratzern, doch nun hockten sie wieder im Patt.

«Du hast mich geschlagen!», keuchte Jasmin voller Hass.

«Ich bin auf deiner Seite.» Schauer spürte schon wieder diese Hilflosigkeit, diese Fassungslosigkeit, dass Worte überhaupt nichts ausrichten konnten.

Jasmin sah aus, als wollte sie etwas antworten, doch dann riss sie den Kopf nach links, in Richtung Flur. Ihr Widerstand ließ augenblicklich nach.

«Was ist da?», hauchte Schauer, doch es war nur eine Finte. Mit aller Kraft riss Jasmin sich los, versuchte, sich herauszuwinden. Sie schlug so heftig nach Schauer, dass sie einen Moment überrumpelt war. Jasmin versetzte ihr kurze, heftige Faustschläge in den Leib, die ihr regelrecht die Luft aus der Lunge trieben. Das hier hatte sie noch nie, stellte Schauer fest, bisher waren es immer große Typen gewesen, Hooligans, Besoffene, Männer auf Droge, Halbstarke, solche wie Sven, mit denen sie umgehen konnte, denen sie Schläge dorthin verpasst hatte, wo es Wirkung zeigte. Bestenfalls besoffene Tussen, die kaum stehen konnten auf ihren High Heels, die wild, aber ungezielt schlugen und einen an den Haaren zu reißen versuchten oder ihre Handtaschen schwangen, die ihnen dann selbst um die Beine schlugen. Dies hier aber war ganz neu, eine Gegnerin auf ganz anderer Ebene, wie eine Wildkatze, die nichts anderes gelernt hatte, als zu überleben. Sie hatte keine Luft zum Reden. Sie musste sich zur Wehr setzen, keuchend fielen sie von der Couch, Jasmin stieß mit den Füßen, stemmte ihre Beine unter sie, hob Schauer aus wie eine Judoka, die machte sich breit und schwer, durfte nicht auf den Rücken fallen. Doch ihr Zorn wuchs und mit ihm die Kraft. Nach ein paar heftigen Treffern, die sie noch einstecken musste, hatte sie Jasmins linken Arm gepackt und verdrehte ihn schnell und heftig. Jasmin stöhnte und musste sich auf den Bauch drehen, weil sie gar nicht anders konnte, und stöhnte noch einmal, als Schauer ihr den Arm so weit bog, dass ihre Hand auf dem rechten Schulterblatt lag. So konnte Schauer sie mit einer Hand halten, mit der anderen presste sie jetzt Jasmins Kopf auf den Boden.

«Hör auf!», zischte Schauer. «Hör auf! Ich will gar nicht kämpfen. Hör auf!»

«Was jetzt? Würdest mich gern bumsen, was, hast aber keinen Schwanz! Das ist doch dein Problem, oder? Du wärst doch gern ein Mann! Willst mir helfen, dass ich nicht lache. Kannst dir selbst nicht helfen. Eine einsame alte Fotze bist du, niemand will dich, dein dummer Kollege nicht und nicht einmal deine Eltern.»

Woher weiß sie das?, dachte Schauer, schon wieder ein unnützer Gedanke, Jasmin wusste gar nichts, die wollte nur gemein sein.

«Angst hast du», kicherte Jasmin, versuchte, sich zu bewegen, kam aber nicht mehr raus aus dieser Lage.

«Halt dein Maul!», zischte Schauer durch die Zähne.

«Der Krebs wird wiederkommen und dich umbringen.»

«Halt dein Maul!» Woher wusste sie das? Wieso wusste sie all das?

«Aber das wird gar nicht das Schlimmste sein. Das Schlimmste ist, du wirst ganz allein verrecken, und niemanden interessiert's.»

Schauer packte Jasmins Hals, drückte zu. Zwar griff sie übers Genick, doch auch so konnte man jemandem die Schlagadern abdrücken. Und sie sah, dass sie dabei war. Jasmin lachte, sie hatte Schmerzen, aber sie lachte.

«Ja, mach doch», krächzte sie, «denkst du, es würd mich stören? Mach mich tot, dann gäb's ein Problem weniger.»

Schauer besann sich, ließ locker. «Jasmin, ich hab dich reingelassen, ich will dir helfen. Ich will nicht kämpfen, und ich will auch keinen Sex.»

«Lass mich los, du dämliche Kuh!», zischte Jasmin.

«Hörst du, ich will dir helfen, ich will nicht, dass du stirbst, hörst du!»

«Alle, alle wollen mich tot!»

«Nein, das ist falsch. Das stimmt nicht. Ich nicht, und deine Mutter sicher auch nicht.»

«Die!», lachte Jasmin böse auf. «Die interessiert sich einen Scheiß, die nimmt ihr Zeug, Hauptsache, sie werden nicht böse auf sie.»

Was für Zeug? Was nahm ihre Mutter? Tabletten? Im Gefängnis? «Jasmin, ich lass dich jetzt los. Ich habe dich reingelassen und Bruch auch, wir wollen nicht, dass du stirbst. Es gibt Menschen, die wollen dir helfen, du müsstest sie nur lassen, du müsstest Vertrauen haben. Du müsstest irgendwo mal anfangen. Falls deine Mutter freikommt ...»

«Nie, die kommt nie frei, sie werden sie immer behalten.»

«Aber trotzdem, du bist so jung, noch kann alles gut werden.»

«Das sagst du, aber guck dich an ...»

«Du kannst ruhig gemein sein. Ich hab das alles schon gehört, weißt du? Du hast recht, ich will nicht allein sein, ich wollte Kinder und habe keine, ich wollte keinen Krebs und habe Angst, er kommt wieder. Ich will nicht hier sein, aber daheim will ich auch nicht sein. Ist so. Hab ich Pech. Aber heul ich? Bin ich unglücklich? Nein, ich mach meinen Kram, gehe arbeiten, trink einen Wein, geh joggen ab und zu, und ab und zu treff ich einen Typen.» Lüge, Lüge, Lüge. «Das heißt noch lange nicht, dass es bei dir so sein muss. Siehst du, ich lass dich los. Du ziehst dir was an. Okay?»

Jasmin kämpfte nicht mehr, lag still. Konnte wieder eine Falle sein.

«Siehst du, ich stehe jetzt auf und du auch. Du kannst mir vertrauen, hörst du? Hab ich die Bullen gerufen, nein.» Schauer ließ ab, stemmte sich hoch, stand auf, trat weg von dem Mädchen.

Jasmin blieb eine Sekunde liegen, dann zog sie die Beine an, stand auch langsam auf. So standen sie ein paar Sekunden, keuchten beide noch, beäugten sich misstrauisch. Schauer griff sich an die Wange, einen ordentlichen Kratzer hatte sie da, der blutete. «Ich gehe das jetzt abwaschen, ja? Du gehst dir etwas anziehen. Wir können reden, wenn du willst, können einen Plan schmieden, denn einen Plan brauchen wir.»

«Wieso?»

«Normalerweise müsste ich dich in Gewahrsam nehmen. Weil ich das aber nicht mache, bringe ich mich in Schwierigkeiten.»

Jasmin hob skeptisch das Kinn. «Ach so.»

Schauer wartete noch einen Augenblick, dann lief sie an dem Mädchen vorbei zur Küche. Für einen Moment fürchtete sie, Jasmin könnte sie von hinten angreifen, doch nichts geschah. Sie trat an die Küchenspüle, drehte den Wasserhahn auf, warf sich Wasser ins Gesicht, rieb sich kaltes Wasser ins Genick. Dann nahm sie ein Glas, das neben der Spüle stand, füllte es, trank es in einem Zug aus. Dass es bitter schmeckte, spürte sie erst zu spät.

Sie sah zur Tür, wo Jasmin stand. Es war zu dunkel, doch sie war sich sicher, das Mädchen lächelte boshaft.

«Hast du was ins Glas getan? Was war das?»

«Weiß ich doch nicht, hab's bei Felix gefunden.» Jasmin trat näher. Erst jetzt kam Schauer der Gedanke, sich den Finger in den Hals zu stecken. Sie tat es, doch verfehlte den Mund, griff sich nur taub ins Gesicht.

«Jasmin», sagte sie, aus ihrem Magen stieg eiskalte Hitze auf. «Wie viel? Was, wie viel hast du …?»

Jasmin trat näher, ihr schmaler Körper ganz schwarz von Boshaftigkeit. «Weiß nicht.» Sie strich Schauer über das Gesicht.

Schauer wollte zurückweichen, doch die Welt gab nach, sie griff nach Halt, doch ihr Griff war wie feuchte Pappe. Ihre Beine knickten ein, sie spürte es aber kaum, sondern sah nur, wie sie zu Boden sank.

«Warum machst du das?» Sie schien gelähmt, und konnte nur hoffen, dass die Wirkung sich abschwächte, ehe Lunge und Herz betroffen waren. War es das, was Bruch fühlte, wenn er die Tabletten nahm? Machte es das mit ihm, dass er taub wurde am ganzen Leib? Musste sie sich dann wundern, dass er so kalt erschien? Ein armer Junge, der seine Eltern verliert und in einer Klapsmühle landet. Der scheinbar sein Leben auf die Reihe kriegt, dann wieder alles verliert. Dem man Tabletten gibt, anstatt ihm wirklich zu helfen?

«Ich mach das, weil ich muss», sagte Jasmin.

«Du bist krank», sagte Schauer, nuschelte nur noch, fühlte ihre Zunge nicht mehr. Sie hatte nicht einmal mehr Kraft, den Arm zu heben, geschweige denn einen Finger.

Jasmin zuckte mit den Schultern. «Kann sein.» Damit verschwand sie aus Schauers Blickfeld.

Schauer wusste, sie musste die Gelegenheit nutzen, sie musste zusehen, dass sie in die Senkrechte kam. Doch es war ihr wirklich unmöglich, sich zu regen, auch nur die geringste Bewegung zu tun, sie lag ganz hilflos auf dem Rücken, wie sie bei den Schuberts im Garten gelegen hatte, konnte nicht mal ihren Kopf bewegen. Schon kam Jasmin zurück, hatte etwas dabei, Schauer erkannte es nicht, erst als es leise rasselte, wusste sie, was es war.

«Jasmin, bitte, hör doch auf, bitte!», lallte sie fast unverständlich.

Das Mädchen ging darauf gar nicht ein, sie ließ die Handschellen um Schauers Handgelenke schnappen, dann fasste sie ihr ins Gesicht, ans Kinn, wackelte an ihrem Kopf.

«Die ist ja völlig hinüber», sprach sie mit sich selbst. Schauer war nicht mehr in der Lage zu sprechen.

Sie hatte ihre Jacke mitgebracht, begann Dinge herauszuholen, die Schauer oft genug gesehen hatte. Wie dumm und naiv war sie gewesen, nicht einmal Jasmins Jackentaschen durchsucht zu haben.

«Nicht», brachte sie hervor, eigentlich nur ein Geräusch, doch Jasmin ließ sich gar nicht stören, hatte ihre Utensilien vor sich ausgebreitet, hatte dabei, was ein Heroinjunkie brauchte, mit einem Gummiband begann sie Schauers rechten Oberarm abzuschnüren. Tat auf einen schwarz verbrannten Löffel etwas weißes Pulver, träufelte Zitronensaft darauf. Dann suchte sie den Boden, dann ihre Jacke ab. Sie fand nicht, was sie suchte, legte den Löffel ab, ging aus dem Zimmer.

Schauer versuchte, sich zu bewegen, wollte mit dem Knie oder dem Fuß den Löffel umwerfen, ihn wegtreten. Doch sie spürte ihre Gliedmaßen nicht mehr. Schon kam Jasmin wieder, hatte das Feuerzeug im Wohnzimmer gefunden, mit dem sie sich gelegentlich Kerzen anzündete, damit es gemütlicher wurde. So hilflos, wie Schauer gerade war, verfluchte sie sich und ihre Dummheit und warum sie diese Kerzen überhaupt brauchte, denn ohne die müsste sie gar kein Feuerzeug im Haus haben.

Nun ließ Jasmin das Gemisch im Löffel kurz aufköcheln, nahm eine Spritze.

«Nicht, Jasmin, bitte», versuchte Schauer zu flehen, denn sicher war diese Spritze nicht neu, die war gebraucht, gefunden vielleicht sogar, ein Todesurteil, Garant für einen langsamen, siechenden Tod. «Du bringst mich um!», versuchte sie zu sagen. Doch ihre Zunge war selbst nur ein lebloser, kalter Molch.

Jasmin reagierte nicht, sie zog die Flüssigkeit auf, fasste dann Schauers Arm. Mit aller Kraft wollte Schauer sich aufbäumen, doch nicht die geringste Bewegung war ihr möglich, so spürte sie, wie die Nadel eindrang, wie Jasmin abdrückte, wie ihr das Gift in die Ader schoss. Sie könnte sterben, dachte sie, jetzt, jetzt gleich, Jasmin konnte gar nicht wissen, wie der Stoff mit Bruchs Tabletten reagierte, ob es überhaupt Heroin war, ob es die richtige Menge war, für jemanden, der noch nie Drogen genommen hatte. Sie könnte hier und jetzt sterben, und das wäre noch nicht einmal das schlimmste Schicksal.

Jasmin zog die Nadel heraus. «Na?», flüsterte sie direkt in ihr Gesicht. «Spürst du es schon?»

Schauer spürte es, es breitete sich in Windeseile in ihrem ganzen Körper aus, fuhr in jede Faser, jede Zelle. Wie flüssiges Licht durchdrang es sie. Doch das goldene Gleißen konnte nicht entweichen, konnte sie nicht fliegen lassen, denn etwas hielt sie nieder, etwas machte aus diesem warmen Glücksgefühl etwas Düsteres, ließ die Wellen aus Wohlsein an einer schwarzen Felsmauer branden und zerschellen. Es waren Bruchs Medikamente, seine Tabletten, die sie lähmten und alles Schöne stumpf machten, zäh und bitter.

Jasmin sprach noch, doch Schauer verstand sie nicht mehr. Sie spürte ihr Bewusstsein schwinden, einzig der Gedanke blieb, die dumpfe Panik, was Jasmin mit ihr weiter anstellen mochte.

So völlig wehrlos war sie, ein lebendiger Gedanke in einer toten Hülle, aus der sie vielleicht nie wieder ausbrechen sollte. Das Letzte, was sie sah, war ein Schemen, jemand beugte sich herab, Jasmin vielleicht. Doch die Gestalt schien viel zu groß, das Gesicht war verzerrt. Die Augen schwarze Höhlen, ein Kopf wie der einer Ziege.

«Nicht», ließ das letzte bisschen Verstand sie krächzen. «Bitte nicht.» Dann senkte sich gnädige Dunkelheit über sie.

16

«Frau Schauer?», fragte sie jemand.

Schauer versuchte die Augen zu öffnen, es fühlte sich an, als wären sie zugeklebt. Mit äußerster Anstrengung gelang es ihr schließlich. Sie fuhr sich mit der Zunge durch den Mund, leckte sich die Lippen.

«Wo bin ich denn?», fragte sie, denn ihr wurde schnell klar, dass sie nicht daheim war.

«Im Sankt-Joseph-Stift, im Krankenhaus. Ich bin Schwester Martina, ich gehe und hole die Oberärztin. Sie müssen sich keine Sorgen machen.»

«Warten Sie doch bitte, wie bin ich denn hergekommen?»

«Das klären Sie mit der Ärztin.»

Schauer nickte, wollte warten, die Augen offen halten. Sie fühlte sich schwach und krank, fühlte ein Vibrieren in sich, als liefe ein Motor unrund.

«Frau Schauer?», sprach sie eine weitere Stimme an, sie musste also doch wieder weggedöst sein. «Dellmann mein Name.»

«Was ist mit mir?»

«Jemand hat gestern den Notarzt zu Ihrer Wohnung gerufen, besser gesagt, heute Nacht. Der brachte Sie zu uns. Zuerst dachten wir, Sie hätten einen anaphylaktischen Schock erlitten. Es schien, als wären einige Organsysteme zusammengebrochen. Inzwischen glauben wir, Sie haben eine Vergiftung erlitten. Wir haben Ihnen Blut genommen, lassen es untersuchen.»

«Worauf wird es untersucht?»

«Wie meinen Sie? Ein toxikologischer Befund soll erstellt werden.»

«Kann man es auf ... was weiß ich, HIV, Hepatitis untersuchen? Können Sie das machen?» Eine heißkalte Welle der Panik schwappte durch sie hindurch.

«Frau Schauer, darf ich fragen, warum? Sie sind doch Polizistin, nicht wahr, ist etwas vorgefallen? Man fand Sie in Ihrem Erbrochenen liegen und ihrem Urin. Und leichte Verletzungen haben Sie auch. Abschürfungen, Hämatome.»

«Können Sie die Untersuchungen veranlassen? Ich bezahle das auch selbst.»

«Frau Schauer, was ist denn passiert, sind Sie überfallen worden?»

«Das ist ...» Nun saß sie in der Falle, nun steckte sie mittendrin. «Was ist mit meiner Wohnung?»

«Also, das weiß ich nicht. Ich kann diese Untersuchungen gern veranlassen, dann müssen wir aber noch einmal Blut abnehmen. Aber es scheint doch, Sie haben einen bestimmten Verdacht?»

Schauer nickte, doch sagen konnte sie nichts. Sie wusste, man wurde nicht gleich süchtig, nicht nach einem Schuss Heroin. Und sie hatte ihn überlebt. Die schlimmste Befürchtung war nicht eingetroffen. Wenn es Heroin gewesen war. Was war es, was sie fühlte? Eine Blutvergiftung? Ein Infekt? Selbst wenn jetzt eine Untersuchung auf HIV veranlasst wurde, würde das Ergebnis nur den Zustand von vor sechs Wochen zeigen. Sie musste erst zwei Monate warten, bis sie wirklich erfuhr, was Jasmin ihr da angetan hatte.

«Können Sie alle Untersuchungen machen? Alle? Wissen Sie, ich hatte Krebs, er ist geheilt, aber ich meine, es ist doch nicht normal, dass ich ...»

Die Ärztin machte eine gütige Miene und tätschelte ihr mütterlich den Arm. «Machen Sie sich keine Gedanken, Ihre Werte sind stabil, Sie haben sich gut erholt.» Sie erhob sich, um zu gehen.

«Warten Sie noch, wissen Sie, wer den Notarzt gerufen hat?»

«Das weiß ich zufällig. Also nicht genau, ihr Name fällt mir nicht ein. Eine Frau, die kennt man sogar vom Fernsehen!»

«Claudia Wondrak.»

«Ja, genau, das hat sich hier herumgesprochen.»

Schauer lehnte sich zurück. Claudia Wondrak. Warum ausgerechnet sie? Mitten in der Nacht. Die letzte Uhrzeit, an die sie sich erinnern konnte, war null Uhr dreißig gewesen. Sie griff nach der Bedienung fürs Krankenbett, damit kannte sie sich gut aus, stellte das Kopfende hoch. Dann sah sie sich um. Viel hatte sie vermutlich nicht dabei. Das Letzte, was sie trug, war ihre Unterwäsche gewesen. Sie hatte nicht einmal ihr Handy. Die Uhr an der Wand zeigte kurz nach sieben. Wie lange würde Bruch benötigen, um zu kapieren, dass sie nicht zur Arbeit kam? Und würde es ihn tangieren in dem Zustand, in dem er sich jetzt wieder befand?

Eine Schwester kam ins Zimmer. Sie war eine Ordensschwester, sah man an Kittel und Haube, sie trug ein kleines Kreuz als Brosche. «Frau Schauer, ich soll Ihnen noch einmal Blut abnehmen.»

«Ist gut», Schauer setzte sich richtig auf, reichte der Frau ihren linken Arm.

Die stellte ihr kleines Tablett auf dem Tisch ab, nahm Desinfektionsmittel, hielt dann inne. «Sagen Sie, haben Sie sich dabei etwas gedacht?», fragte sie dann leise, jedoch nicht ganz ohne Vorwurf in ihrer Stimme.

«Wobei?», fragte Schauer, und wieder wäre es besser gewesen, sie hätte erst hingesehen und dann gesprochen. Auf ihrem linken Innenarm, fast in der Beuge, befand sich ein kleines, aber doch deutlich sichtbares Zeichen wie ein kleines t, dessen Füßchen in ein geschwungenes z überging oder eine Zwei.

Schauers Kopf zuckte nach rechts, wo sich an derselben Stelle ihres rechten Armes ein Symbol befand, drei kleine Kreise mit je einem kleinen Schwänzchen, wie Samenzellen, die sich in der Mitte berührten. Beide Symbole waren kaum größer als ein Zehncentstück, die Haut ringsum war gerötet und leicht geschwollen.

«Was ist das?», fragte Schauer.

«Nun, das ist Zeug, mit dem man keinen Spaß treiben sollte», sagte die Ordensschwester ganz ernst.

«Sehe ich aus, als hätte ich Spaß gehabt?», fragte Schauer und bemühte sich sehr, nicht gleich wieder zornig zu werden.

«Nun, dies hier nennt man wohl Saturnzeichen oder, wenn es auf dem Kopf steht, die Satansgabel oder den Teufelshaken, das da drüben ist die dreifache Sechs, die Zahl des großen Tieres oder des Antichrist. Wer Verstand hat, deutet die Zahl des Tieres; denn es ist die Zahl eines Menschen, und es ist die Zahl 666», zitierte die Frau aus der Bibel und bekreuzigte sich.

Schauer betrachtete noch einmal die seltsame Blume, es waren tatsächlich drei Sechsen im Kreis angeordnet, deren Bögen sich in der Mitte trafen.

«Dieses Miststück», flüsterte Schauer.

«Wissen Sie, wer das war?»

«Allerdings», sagte Schauer.

«Darf ich fragen, so wie ich gehört habe, sind Sie Polizistin?»

«Ja.» Worauf wollte die Schwester hinaus?

«Haben Sie mit diesem Kind zu tun? Jasmin Mahler.»

Schauer war zu verblüfft, um zu antworten.

Die Ordensschwester nickte bedächtig und ging nun ihrer Arbeit nach. Geschickt führte sie die Kanüle ein und nahm drei Phiolen Blut. «Ich kann Ihnen nur den Rat geben, halten Sie sich fern von ihr, soweit es geht. Sie scheint eine Ausgeburt der Hölle.»

Bei jedem anderen Menschen hätte man diesen Satz für einen Witz halten können, für Ironie oder einfache Übertreibung. Wenn es aber jemand ernst nehmen sollte, dann sie, eine Nonne, überlegte Schauer. Hatte ihr ganzes Leben darauf ausgerichtet, wenn sie nicht daran glaubte, wer sonst. «Sollten Sie nicht bemüht sein um solche Kinder? Sollten Sie sich nicht wünschen, man könnte ihr helfen?» Schauers Zorn wuchs, denn das Gerede der Schwester machte ihr Angst.

«Manche Seelen können wohl nicht errettet werden, denen ist ein anderes Schicksal bestimmt. So ich weiß, wurde sie schon mit einem Teufelsmal geboren, es befindet sich unter dem Bauchnabel, nahe der Scham.» Die Schwester schien schneller zu arbeiten, ruppiger, als wollte sie zügig fertig werden.

«Ernsthaft? So etwas wollen Sie mir weismachen?» Konnte sie sich entsinnen, ein Muttermal auf dem Unterleib? Nein, mahnte sie sich, selbst wenn, dummer Aberglaube!

Die Frau sah sie nicht an, wischte die Einstichstelle ab, drückte heftig eine kleine Kompresse darauf. «Bei ihrer Geburt fielen die Lichter aus, und ihrer Hebamme erschien einige Tage später ein Wesen, das sie den Verstand verlieren ließ.»

«Ein Wesen?»

«Ein Ding. Sie konnte es nicht beschreiben. Sie ist buchstäblich verrückt geworden.»

«Reden Sie doch kein dummes Zeug!»

«Das können Sie nachprüfen. Dieses Kind, sag ich Ihnen, von dem lassen Sie lieber, hören Sie einfach auf mich. Dem traue ich noch viel schlimmere Sachen zu.»

«Können Sie nicht mal konkret werden?», fuhr Schauer die Frau an.

«Nun, ich bin hier fertig.» Die Schwester erhob sich, schlug noch ein Kreuz und eilte aus dem Zimmer.

Schauer musste sich einen Moment besinnen. Inzwischen war ihr wirklich, als sei sie in einem Albtraum gefangen. Sie musste Bruch erreichen, sie wusste nun, wonach sie suchen mussten. Jetzt schlug sie die Decke gänzlich zurück. Na toll, dachte sie, nur ein Krankenhausleibchen. Das war ein Problem, schließlich konnte sie nicht mit nacktem Arsch durch die Gegend rennen. Missmutig überlegte sie, kaute auf ihrer Unterlippe. In ihr rumorte es, körperlich und seelisch. Sie war verletzt, vor allem von sich selbst, von ihrer Naivität. Was sie aber hauptsächlich antrieb, war der Gedanke, Jasmin so nicht davonkommen zu lassen. Dieses Kind gehörte in die geschlossene Anstalt. Sie gehörte weggesperrt, trotz oder gerade wegen ihrer Vergangenheit.

Sie begutachtete die Flexüle an ihrem rechten Unterarm. Auch damit hatte sie genug Erfahrung. Sie entfernte den Schlauch, erhob sich vom Bett. Barfuß tapste sie, etwas unsicher noch, zu dem Schwesternschrank, öffnete die Klappen, bis sie Verbandszeug und Pflaster fand. Dann löste sie das Pflaster, mit dem die Flexüle fixiert war, kniff die Lippen zusammen und zog sie mit einer kurzen Bewegung raus. Es brannte nur kurz, doch das war harmlos. Sie klebte sich eine Minikompresse auf den Einstich. Dann trat sie an die Tür, sah hinaus. Weiter hinten verteilte jemand Frühstück, doch die Schwestern schienen alle beschäftigt. Schauer huschte hinaus, nahm den kürzesten Weg ins Zimmer gegenüber, dort lagen zwei ältere Frauen, die sie erstaunt ansahen und deren Kleidung ihr sicher nicht passen würde.

«Das Schwesternzimmer ist weiter vorn, oder?», fragte sie und zog sich sogleich zurück. Wechselte nach schräg gegenüber, fand in diesem Zimmer eine ganz junge Frau und eine im mittleren Alter vor, deren Statur ihrer gleichen mochte.

«Was machen Sie denn hier?», fragte die auch gleich.

«Verzeihung, falsches Zimmer», sagte Schauer, ging aber nicht hinaus, sondern zum Schrank neben dem Bett der Frau.

«He, was machen Sie denn da?», entrüstete sich diese.

«Ich brauch mal ein paar Klamotten, ein Notfall, ich bin von der Polizei. Sie bekommen alles wieder!»

«Hören Sie, hallo!», rief die ältere Frau, selbst an einen Tropf gefesselt.

«Soll ich den Schwesternruf drücken?», fragte die Jüngere ganz schüchtern.

Schauer, die schon eine Hose, einen Pullover und eine Jacke gefunden hatte, hielt inne. Es arbeitete in ihr. Doch dieses Schwitzen und Frieren, diese latente Übelkeit, das war ihr Körper, der das Gift abbaute, ahnte sie. Wer wusste schon, was Jasmin ihr da für eine Ladung verpasst hatte, wer wusste schon, woraus Bruchs Tabletten bestanden. Sie musste das aushalten, sich beherrschen, den Nebel vor ihren Augen vertreiben. Vor allem hatte sie keine Zeit zu diskutieren. Sie warf die Kleidung aufs Bett der Älteren.

«Halt einfach den Mund, und du auch da drüben», zischte Schauer, «Ich brauch nur ein paar Klamotten, davon geht die Welt nicht unter. Ein Notfall, verstehst du?»

Die Frau nickte eingeschüchtert. Schauer sah ihr noch kurz in die Augen. «Keinen Piep!», befahl sie. Sie fetzte sich das Leibchen runter, stieg in die Jeans der Frau, zog sich den Pullover über, dann die Jacke. Unten im Schrank stand ein Paar Winterstiefel. Schauer schlüpfte hinein, sie passten.

«Könntet ihr bitte nicht gleich um Hilfe schreien. Ich will nur von der Station runter. Eine Minute, ja?», sagte sie.

Beide nickten, völlig überwältigt von dieser Situation, so sehr, dass es Schauer schon wieder leidtat. «Danke noch mal, Sie kriegen das Zeug wieder!»

Auf dem Gang war einiges los. Schauer tat so normal wie möglich. Es war ihr nicht verboten zu gehen, sie wollte nur nicht noch mehr unnötige Zeit verschwenden. Es gelang ihr, unbemerkt am Schwesternzimmer vorbeizukommen, grüßte den Mann, der das Frühstück verteilte. Ein letztes Risiko musste sie an der Tür eingehen. Die Scheiben waren verklebt, man konnte nicht sehen, was draußen vor sich ging. So hieb sie auf den Türöffner, die Tür schwang auf, und Schauer eilte hinaus.

«He», rief jetzt jemand, doch nun war es zu spät. Sie eilte los, durch den breiten Flur, in Richtung des Treppenhauses. Die Stufen hinab musste sie sich am Geländer festhalten. Unten im Eingangsbereich war es kühler, das half für den Moment, doch jetzt, als sie draußen stand, wurde ihr erst bewusst, wie aufgeschmissen sie war. Weder hatte sie ein Telefon, noch kannte sie Bruchs Nummer auswendig. Geschweige denn, dass sie Geld für ein Taxi hatte. Doch Rettung nahte. Auf dem Weg nach draußen, in der Hoffnung, einen Taxifahrer überreden zu können, sie erst mal heimzufahren, stand wie eine Engelserscheinung Claudia Wondrak.

«Sie sind nicht ans Telefon gegangen», begann Wondrak, nachdem sie sich in ihr Auto gesetzt hatten, einen niedrigen Mercedes, dessen Innenausstattung allein den Wert ihres Autos überstieg. «Und ich dachte mir, jemand wie Sie stellt es bestimmt nicht stumm, es wäre besser, mal nachzusehen.»

«Wann?»

«Gegen zwei in der Nacht.»

«So spät rufen Sie an, warum?»

«Nur so ein Gefühl. Wollte wissen, ob Sie noch etwas in Erfahrung bringen konnten.» Die Fernsehfrau bedachte sie mit einem besorgten Blick.

Schauer hob die Schultern. «Das Waisenhaus, in dem Bruch als Kind war, war eigentlich eine Klinik, und die brannte ab. Ich fand kaum Informationen darüber. Nur ein junger Mann, der es in einer Dissertation erwähnte, starb kurze Zeit darauf.»

«Christian Kleiber», wusste Wondrak sofort. «Selbstmord.»

Schauer sah sie an. «Woher wissen Sie das alles?»

«Es ist mein Job, Dinge in Erfahrung zu bringen.»

Mehr zu fragen, fiel Schauer nicht ein. Sie schwitzte und fror in kurzen Schüben. Wondrak schwieg, bis sie bei Schauers Wohnhaus angelangt waren.

«Ich habe gar keinen Schlüssel. Ich habe nichts.»

«Ich habe ihn.» Wondrak griff sich in die Manteltasche, nahm den Schlüsselbund heraus.

«Wie? Waren Sie in meiner Wohnung?»

«Ins Haus unten bin ich hineingekommen, die Tür war nicht verriegelt. Und Ihre Wohnung stand offen.»

«Und wie sah sie aus?»

«Nichts Ungewöhnliches, nur Sie lagen in der Küche.»

«Waren Sie in jedem Zimmer?»

«Sie meinen, jemand könnte da gewesen sein? Wer?»

«Sie wissen nicht, was mit mir geschehen ist?»

«Überdosis», erwiderte Wondrak knapp.

«Sie meinen, ich ...»

«Es ist mir egal, ich habe kein Recht zu urteilen.»

«Es gibt nichts zu urteilen. Ich nehme keine Drogen.»

«Gehen wir hoch?»

Schauer nickte, und sie stiegen aus.

Nichts. Es war nichts in der Wohnung, das an die Ereignisse der Nacht erinnerte. Kein Zeichen von Jasmin, nichts schien gestohlen. Nichts beschmiert. Selbst in der Küche war der Boden blank. Man könnte meinen, die letzte Nacht wäre nur ein schlimmer Traum gewesen. Wären da nicht diese zwei Stellen in ihren Armbeugen, die wuchtig pulsierten wie Brandblasen.

«Ich habe es weggemacht. Ich dachte, so könnte es nicht bleiben», kommentierte Wondrak.

«Die Küche?», fragte Schauer und sah sich genauer um.

«Ja. Suchen Sie etwas?», fragte Wondrak.

Schauer schüttelte langsam den Kopf.

«Das Besteck habe ich da reingetan.» Wondrak zeigte auf eine Schublade.

Schauer verstand nicht gleich, zog sie auf, sah die Nadel, den Löffel, eine kleine Tüte voll weißen Pulvers.

«Das ist nicht von mir ...» Schauer verstummte, jede Beteuerung machte sie bloß verdächtiger. Wondrak schwieg dazu. Sie dachte sich sowieso ihren Teil. Was war dran an dem, was Jasmin gesagt hatte? War sie vielleicht wirklich eine Lesbe, glaubte Claudia, sie wäre auch eine? Lag es nur an dem Haarschnitt und dass sie keinen Mann hatte und dass ihr schnell die Hand zuckte?

«Ich gehe mich mal waschen und umziehen. Wollen Sie sich so lange setzen?» So dankbar, wie sie war, dass Wondrak sie abgeholt, ihr womöglich auch das Leben gerettet hatte, sie konnte jetzt hier nicht bleiben.

«War sie das?», fragte Wondrak und deutete vage auf ihre Armbeugen mit den Tätowierungen.

Natürlich, sie musste es gesehen haben. Und natürlich musste sie die Handschellen gesehen haben, vermutlich hatte sie sie sogar daraus befreit.

Wondrak überging das Schweigen. «Das ist sicher mit einer Nadel und Ruß gemacht, lässt sich, glaub ich, leicht entfernen. Mit Laser. Wenn es nicht sowieso ausfällt. Frag mich nur, warum sie das Bedürfnis hat, so was zu tun.»

«Wenn man das wüsste.» Schauer hatte keine Lust, darüber zu sprechen.

«Vielleicht wollte sie Sie markieren. Oder vielleicht soll es so was wie ein Schutzzauber sein.»

Schauer hätte fast gelacht, so dämlich war das, Schutzzauber, doch ehe sie etwas erwidern konnte, begann irgendwo ihr Telefon zu klingeln. Das musste Bruch sein. Sie war schon weit über der Zeit.

Sie fand das Telefon im Schlafzimmer, und es war nicht Bruch, der anrief, es war Voss, der Mann von der Spurentechnik, der sie auf die Glitches in den Überwachungsaufnahmen hingewiesen hat.

«Ich hatte gehofft, Sie im Präsidium anzutreffen», begann er.

«Ich komme später, wurde aufgehalten.»

«Nein, Sie müssen nicht extra kommen. Hören Sie, ich habe es nur zufällig mitbekommen. Nach ersten Auswertungen der Ballistik stammen die Kugeln, mit denen Simon und Juskat umgebracht wurden, aus derselben Waffe. Dieselbe Waffe, verstehen Sie!»

Schauer hatte alle Mühe, ihr Entsetzen zu verbergen. Das war der endgültige Beweis, dass hier alles zusammenhing. Simon und Juskat waren mit derselben Waffe umgebracht worden. Der Waffe, die man zusammen mit Jasmin bei Juskat fand.

«Danke für die Information», gab sie sich neutral, damit die Wondrak nicht stutzig wurde.

Schauer legte auf, dann nahm sie sich neue Kleidung aus dem Schrank. Wondrak saß im Wohnzimmer. «Bruch?», fragte sie.

Schauer lachte zynisch. «Der ist gerade gar nicht zu gebrauchen.» An der Badtür hielt sie noch einmal inne. «Sie hätten mich warnen können, wie gefährlich sie ist.»

«Ich meine, das war doch klar, oder?» Wondrak erhob sich, trat in den Flur. Näherte sich ihr, bis sie direkt vor ihr stand und ihr Atem Schauer streifte. Sie hob die Hand, berührte Schauers Schulter. «Ich muss los, rufen Sie mich an, wenn Sie mich brauchen oder vielleicht einfach zum Reden.»

«Ich danke Ihnen, dass Sie ...» Sie nickte in Richtung Küche. Gerade war ihr ein Gedanke gekommen. Im Prinzip hatte Jasmin sie darauf gebracht.

«Schon gut.» Wondrak drückte nun die Wange gegen ihre, musste wegen ihrer hohen Schuhe dazu ganz leicht die Knie beugen. «Passen Sie auf sich auf.»

Bruch sah auf. Schauer betrat den Raum, mit ihr kam dunkler Nebel. Sie setzte sich wortlos. Es ging ihr nicht gut. Schweiß stand ihr auf der Stirn.

«Was hast du gemacht, bisher?», fragte sie unvermittelt.

Er hatte gesessen und gewartet.

«Felix!», fuhr sie ihn an.

Sie war gezeichnet.

«Hast du hier gesessen? Die ganze Zeit? Hast dich nicht gewundert, warum ich nicht da bin? Hast nicht angerufen? Hast nicht gedacht, ich frag mal, wo sie bleibt?»

All das hatte er tun wollen, doch ihm war gesagt worden, zu sitzen und zu harren. «Siehst du das?» Sie hob eine Fotografie hoch. «Ich war gerade im Konferenzraum, wo die ganzen Fotos aus Ollmanns Wohnung liegen. Nachdem ich wusste, wonach ich suchen musste, habe ich gar nicht lange gebraucht. Siehst du das?»

Er sah, doch es war falsch, sie war auf dem falschen Weg.

«Du machst mich wahnsinnig mit deinem Schweigen.» Sie wedelte mit dem Foto vor seinen Augen. «Man braucht zwar ein paar Momente, ehe man es versteht, die Frisur ist anders, und sie ist viel jünger, aber das ist Nora Mahler! Auf Ollmanns Schoß. Wie konnten wir das übersehen? Er hat ihr vermutlich die Tätowierungen am Hals gemacht. Vor fünfzehn Jahren. Hörst du, Felix? Oder hast du sie erkannt und es mir absichtlich verschwiegen? Was läuft hier, was?»

Er hörte sie. Er wollte ihr zu Hilfe eilen. So wie er früher hatte ausbrechen wollen, aus dieser dunklen, kalten Hölle, die sich seine Kindheit nannte. Wie er den anderen hatte helfen wollen. Doch so wie er es damals nicht gewagt hatte, wagte er es auch jetzt nicht.

«Wir müssen Jasmin zur Fahndung ausrufen. Jetzt! Man muss sie finden. Sie ist eine Gefahr. Und sie muss sagen, was in der Nacht wirklich geschah.»

«Das ist der falsche Weg», sagte Bruch.

«Ach ja? Da schau mal einer an. Er spricht. Der falsche Weg? Was hat sie denn mit dir gemacht? Hat sie dich befummelt? Hat sie dich vergiftet? Dir Heroin gespritzt? Dir irgendwelche Zeichen in die Haut gestochen?»

Sie wartete gar nicht auf eine Antwort.

«Felix, die Waffe, die wir bei Juskat fanden, ist dieselbe, mit der Simon erschossen wurde. Noch dazu jetzt dieser tote Tätowierer. Alles, all das hängt zusammen. Nora Mahler wollte Ollmann loswerden. Weil sie fürchtete, er könnte etwas über sie aussagen, was sie noch mehr belastet, und um zu verhindern, dass wir die Verbindung zwischen ihr und Ollmann finden, musste sie die Fotos beseitigen. Aber sie kann es nicht gewesen sein, sie sitzt im Gefängnis. Jasmin aber nicht! Jasmin hat keine Scheu, ihren Körper zu verkaufen. Und sie hat keine Skrupel, zu verletzen und sicher auch nicht zu töten. Vielleicht sollten wir noch mal ganz von vorn anfangen, darüber nachzudenken.»

Er nickte, doch wie sollte er ihr das noch erklären? Wie sollte er ihr weismachen, dass sie hinter ihr lauerten? Direkt hinter ihr. Im Schatten, er sah sie. Wie sie ihren Bewegungen folgten, ihren Worten lauschten.

Schauer sah auf. «Wo warst du letzte Nacht?»

Daheim, er hatte daheim gesessen, im Finstern. So wie sie früher manchmal hatten hocken müssen. Ganz im Dunklen, ohne ein Geräusch von sich zu geben. So lange, bis die Kälte schmerzhaft wurde.

«Wir müssen sie finden, Felix, komm mit.» Sie erhob sich, musste sich kurz an der Tischkante festhalten.

«Man kann ihnen nicht entkommen», sagte er leise. Ein paar Tage vielleicht, oder sogar ein paar Jahre, aber irgendwann fanden sie einen wieder. Ihn hatten sie wiedergefunden, als er vor vier Jahren Nora Mahlers Haus betrat.

«Halt deinen Mund, das ist dummes Gewäsch. Du redest wie sie, wie Jasmin, Felix. Als wärst du angesteckt mit irgend so einer Krankheit. Komm jetzt.»

«Wo willst du hin?»

«Zu ihrem Haus wieder, es ist Winter. Sie weiß nicht, wohin. Irgendwo muss sie sein. Oder hast du Angst?»

Bruch erhob sich. Er würde mitgehen. Angst hatte er nicht. Aber sie sollte Angst haben.

Es hätte ihr schon eher auffallen müssen, warf sie sich vor. Aber vielleicht waren es zu viele Fotos gewesen, zu viele Gesichter, zu viele Gedanken, die sie sich um andere Dinge gemacht hatte. Natürlich waren ihre Züge viel weicher, die Frisur anders, die Augen anders geschminkt. Doch ein wenig mehr Konzentration, und sie hätte Nora Mahler erkannt. Vielleicht wäre es ihr dann leichter gefallen, Jasmin an der Tür abzuweisen, die Kollegen zu rufen, sie festnehmen zu lassen. Dieses Foto, Nora Mahler, damals noch Nora Irmisch, auf dem Schoß von Jens Ollmann, die Arme um seinen Hals geschlungen, Wange an Wange, bei einer Feier. Nicht wie irgendwelche Bekannte. Eher wie Freunde. Eher wie ein Paar. Wenn es auch nur kurze Zeit so gewesen sein mochte. Die Leute ringsum unwichtig. Wichtig nur, dass Nora diesen Mann kannte und ihm diese Bekanntschaft nun offenbar zum Verhängnis geworden war.

Vielleicht wäre es besser gewesen, Bruch wäre nicht mitgekommen. Als Mensch, Kollege, geschweige denn Freund kaum zu gebrauchen. Dieser Fall triggerte seine Psychosen, seine Kindheitsalbträume, seine verdrängten Ängste. Es war kein Zufall, dass sein geistiger Verfall im selben Jahr so drastisch einsetzte, als Thomas Mahler umgebracht wurde.

«Der Name Christian Kleiber ist dir bekannt?», fragte sie, nachdem sie schon zwanzig Minuten im Auto gesessen hatten.

«Er ist von einem Hochhaus gesprungen.»

«Er hatte etwas über das Heim geschrieben. Über den Brand. Kurz darauf musste er sich umgebracht haben.»

«Seine Freundin verließ ihn. Er wollte sie heiraten, und sie war schon schwanger von ihm.»

«Du meinst, er brachte sich aus Liebeskummer um?»

Bruch nickte.

«Felix, deine Großeltern, die leiteten kein Heim. Eine Klinik war das. Eine Kinderklinik. Für geistige Erkrankungen. Verstehst du? Verstehst du das? Ich möchte gern wissen, was dort vor sich ging! Hat diese Kiste unter deinem Bett etwas damit zu tun? Der angeschmorte Teddy? Warst du dabei bei dem Brand? Vier Kinder sollen ums Leben gekommen sein.»

Bruch blieb ganz stumm. Was in seinem Inneren vor sich ging, war nicht zu erkennen.

«Felix, auf welcher Seite stehst du? Wenn wir Jasmin finden sollten, in diesem Haus. Wenn sie anfängt zu sprechen, wo stehst du?»

Bruch schwieg.

Schauer wartete zehn Sekunden, zählte sie einzeln ab. Dann trat sie voll in die Bremse. Bruchs Hand zuckte vor, stemmte sich am Armaturenbrett ab. Ausdruckslos sah er sie an, wie ein Kind, das es schon gewohnt war, ausgeschimpft zu werden.

«Die hat mir Heroin gespritzt! Mit einer dreckigen Spritze», zischte Schauer ihn an. «Die hat mich begrabscht im Schlaf und mir von deinen Tabletten gegeben. Die hat möglicherweise zwei oder drei Menschen umgebracht. Wo stehst du? Was gibt es da nachzudenken?»

Sie hörte sich reden und verstummte. Es war zwecklos. Er war genauso kaputt wie Jasmin oder Nora. Und er konnte gar nichts dafür.

«Man kann es sich nicht aussuchen», sagte Bruch leise. «Piotrowski saß im Wohnzimmer mit Jasmin, nachdem ihr Vater erschlagen worden war. Er saß und wusste selbst nichts zu sagen. Da zeigte sie auf das Fenster und sagte: Der war's. Piotrowski sah hin. Als ich kurz darauf mit Simon ankam, kam er zu mir und sagte, eine Gestalt hätte dort gestanden und ins Fenster geblickt. Sie muss groß gewesen sein, und ihr Gesicht war nicht das eines Menschen.»

Er sprach wie eine Maschine.

«Er wollte zu Schubert gehen, es ihm erzählen, sagte er mir. Er wollte ihn fragen, ob sie nachsehen wollten. Doch Schubert war mit Nora beschäftigt, die den Molch mit dem Hammer erschlug. Der Molch, sagte Schubert aus, wäre aus Thomas Mahlers Mund gefallen. Später sagte Piotrowski, es könnte ein Tier gewesen sein, das ins Fenster geblickt habe. Manchmal kommen Wildschweine aus dem Wald, manchmal Rehe. Warum nicht ein Hirsch? Bei der nächsten Befragung nahm er das alles zurück, sagte wie Schubert aus, von allem nichts gesehen zu haben.»

«Und der Molch, der tote Molch?»

Bruch sah sie nicht an, starrte in die Vergangenheit. «Simon veranlasste, dass all diese Aussagen von Piotrowski und Schubert aus den Protokollen entfernt wurden, da sie als Reaktion auf den ersten Schock von geringer Aussagekraft waren.»

«Aber du glaubst, es war nicht der Schock, du glaubst, es war so?»

Er nickte.

«Was willst du mir mit alldem sagen? Dass jemand anders all das arrangiert haben könnte?»

Bruch sah ihr nun in die Augen und schüttelte ganz knapp den Kopf.

Schauer wich im Sitz zurück. «Felix, du glaubst den ganzen Mist? Du glaubst daran, stimmt's? Statt den Tatsachen nachzugehen, dass entweder jemand Thomas Mahler beseitigen wollte oder dass vielleicht sogar Jasmin ihren Vater umgebracht hat, glaubst du, der Teufel wär's gewesen?» Sie lachte, jedoch nur, weil es zu absurd war. «Felix, das ist Humbug. Das haben die euch eingeredet, wie den Weihnachtsmann. Irgendjemand, in der Klinik vielleicht. Das haben die gemacht, damit ihr artig seid und folgt! Der schwarze Mann, der sich in dein Zimmer schleicht, die alte Muhme, die Kinder ins Getreidefeld lockt,

Gonger sagen manche im Norden, ein Wiedergänger. Das sind Sagengestalten, die nur dazu dienen, kleinen Kindern Angst zu machen. Du bist doch erwachsen!» Aber war es Humbug? Glaubten nicht Milliarden Menschen an Götter, richteten ihr ganzes Leben nach ihnen aus, so wie diese Nonne ihr Leben dem lieben Gott gewidmet hatte, selbst glaubte, dass der Teufel existierte? Warum sollte Bruch nicht daran glauben dürfen, dass es den Teufel gab?

«Ich hab sie gesehen», flüsterte Bruch, und ihr schien, als könnte sie den kleinen Jungen erkennen, der er einst gewesen war. Ein einsamer Junge ohne Eltern. «Ich hab sie gesehen und du auch!»

«Seitdem Jasmin bei dir war, bist du völlig irre, Felix. Was hat sie dir bloß eingeredet?», fragte sie ganz ohne Kraft. Aber was hatte sie gesehen? Die Gestalt auf dem Dach von Schuberts Laube, dieses komische Ding, bei ihr daheim, was war das?

«Sie sind da. Sie verstecken sich hinter Dingen, und manchmal zeigen sie sich. Sie sind hier.»

Nein, sie durfte sich nicht anstecken lassen. «Felix, du gehörst in eine Anstalt. Weggesperrt. Wie Jasmin.»

«Ich habe sie gesehen, sie kamen mich schon besuchen, da war ich noch ein ganz kleines Kind. Sie kamen an mein Bett und sahen hinein, und nur wenn man ganz still war und sich nicht regte, gingen sie wieder. Nachdem ich vor vier Jahren am Tatort war, begann es wieder. Sie kamen zu mir nach Hause, sie kamen ins Zimmer meiner Tochter. Deshalb ging ich weg. Nahm mir eine Wohnung, deshalb habe ich sie seitdem nicht mehr gesehen.»

Er schien es ernst zu meinen. Vollkommen ernst. Da gab es keine Pointe, keine Auflösung. «Lieber Herr im Himmel», flüsterte sie. Dann fuhr sie wieder an. «Komm mit rein, oder nicht. Ist mir egal.»

Etwas war anders als bei ihrem ersten Besuch, ohne dass sie hätte beziffern können, was es war. Als läge ein neuer Geruch in der Luft, eine ganz leichte Note. Sie war nicht mehr bereit, sich auf irgendwelche Kompromisse einzulassen, hatte ihre Pistole gezogen. Bruch folgte ihr, doch während sie sich mit vorgehaltener Waffe wenigstens vorsichtig vorantastete, lief er aufrecht, als wäre er gar nicht beteiligt, sah sich nur gelegentlich nach hinten um.

Schauer betrat die Küche, wo es nach Tier roch, bewegte sich langsam zum Wohnzimmer. Sie folgte einer Eingabe, ging zum Sofa und setzte sich, so wie Jasmin mit Piotrowski gesessen haben mochte. Zwei Fenster gab es hier, eines vor zur Straße, eines zum Grundstück, in Richtung der alten Nachbarn.

«Wohin sollte Jasmin gezeigt haben?», fragte Schauer.

Bruch antwortete nicht, wusste es nicht, oder war gar nicht anwesend. Er sah zum seitlichen Fenster hinaus.

Schauer stand auf, es hatte sowieso keinen Zweck. «Komm», sagte sie. Ein Gefühl beschlich sie, mehr als nur die Kälte in diesem Haus. Etwas war geschehen. Jasmin war hier gewesen, oder war noch hier, sie oder jemand anderes. «Komm», sagte sie noch einmal, schon in der Tür zum Treppenhaus, denn Bruch hatte sich nicht bewegt.

«Sie waren hier», sagte Bruch.

Schauer seufzte, kehrte zu ihm zurück, blickte aus dem Fenster. Viel war nicht zu sehen, die Wiese neben dem Haus mit dem Spielplatz, der nie genutzt worden war, ein alter Obstbaum, dahinter die hohe dichte Hecke, hinter der das Haus der Alten kaum auszumachen war, so hoch und dicht war sie. Nur das oberste Fenster war zu sehen, und weil es leicht versetzt stand, der obere Teil der Rückseite. Ansonsten nichts.

Dafür hatte sie eine ganz andere Idee. «Komm mal mit!», bestimmte sie, und Bruch folgte ihr in die Küche, zur Ausgangstür.

«Hilf mir!», bat sie und versuchte die Holzplanke abzureißen, mit der das kaputte Fenster in der Tür provisorisch repariert worden war. Bruch griff mit zu, und gemeinsam gelang es ihnen, das Brett abzureißen.

Schauer ging raus, zog die Tür hinter sich zu. Nur für sich ahmte sie einen Schlag nach, mit dem das Glas zerbrochen wurde. Die Scheibe sollte nicht viel Widerstand geboten haben, die Tür war keine Sicherheitstür. Schauer griff in die Fensteröffnung, sah sich unten um, fand einen kleinen Sockelabsatz, auf den sie ihren Fuß stellen konnte, und gewann so noch vierzig Zentimeter Höhe, sodass sie schon ohne Mühe den Oberkörper durch die Fensteröffnung schieben konnte. Zwar bekam sie das Bein nicht hinein, doch gelang es ihr, mit einer Rolle vorwärts in die Küche zu kommen, auch wenn sie etwas unsanft landete. Sie streckte die Hand nach Bruch aus, der ihr seine bot, um sie hochzuziehen.

«Mit etwas Übung ist das überhaupt kein Problem. Und hier!» Sie griff wieder hinein, sprang ab und gelangte auf dieselbe Weise wieder ins Freie. «Sogar du kämst durch. Wer soll denn probiert haben, durch die Tür zu steigen?», fragte sie Bruch durch das offene Fenster.

«Lass uns ...» Ihr Telefon unterbrach sie. Buchholz rief an.

«Was ist?», fragte sie.

«Haben Sie Kontakt zur Polizei in Fulda aufgenommen?», fragte der Kollege. «Es rief gerade jemand an. Sie sagen, es sei zwar nicht möglich, das Fahrzeug zu identifizieren, doch es wäre möglich, dass es sich bei dem Mann auf dem Bild um einen Kollegen handelt.»

«Einen Polizisten?»

«Ja, aus Fulda. Sein Name ist Sören Hertwig. Hauptkommissar. Die haben eine E-Mail geschickt, mit einem Foto von ihm.»

Buchholz hörte sich seltsam an, ein wenig außer Atem.

«Schicken Sie mir das! Als E-Mail, oder fotografieren Sie es vom Bildschirm ab!» Damit könnten sie jetzt gleich zu den Nachbarn gehen, sie fragen, ob er der Mann war, den sie gemeinsam mit Thomas Mahler gesehen hatten. «Und haben die eine Telefonnummer hinterlassen, können wir ihn sprechen?»

Buchholz räusperte sich. «Mit dem können Sie nicht sprechen, der Mann ist tot!»

Schauer schloss die Augen. Für einen Moment verlor sie alle Kraft. Es hatte keinen Sinn, dagegen anzurennen. Das konnte alles einfach kein Zufall sein.

«Und jetzt kommt was, das werden Sie nicht glauben.» Buchholz schnaufte. «Der Mann starb in derselben Nacht wie Thomas Mahler. Seine Frau meldete ihn vermisst. Man fand sein Auto in der Nähe eines Teichs, und wenige Stunden später fanden Taucher seine Leiche. Man ging damals von Selbstmord aus.»

«Er starb am selben Tag wie Thomas Mahler?», flüsterte Schauer und sah Bruch durch die Fensteröffnung in der Tür an, der unverwandt zurückstarrte.

«Seine Frau sagte aus, er wäre in den Monaten zuvor mehrmals über Nacht weggeblieben, ohne zu sagen, wo er war, und auch in dieser Nacht war er weggefahren. Nur dass er eben nicht wiederkam. Da sie sowieso schon besorgt war, rief sie gleich die Polizei.»

«Mehr konnte sie nicht sagen, mit wem er sich traf und warum?»

«Nein, aber die Fuldaer Polizei sagte, man hätte sich damals mit der Dresdner Polizei in Verbindung gesetzt und sie darüber informiert. Denn man fand in seinem E-Mail-Postfach eine E-Mail von Thomas Mahler, die mehrere Monate alt war und in der er Hertwig fragte, ob sie sich treffen könnten.»

«Die Dresdner Polizei wusste davon?», keuchte Schauer. «Sie auch?»

«Ich, nein», sagte Buchholz, und diese zwei Wörter bekamen durch ihre Betonung gleich noch eine andere Bedeutung. Er mochte nichts davon gewusst haben. Andere schon.

Schauer erwiderte Bruchs starren Blick, bis ihr selbst die Augen brannten. «Danke erst mal, das Bild hätte ich trotzdem gern noch», sagte sie ins Telefon und legte auf. Sie öffnete die Tür und betrat die Küche. «Ihr wusstet von dem Beamten aus Fulda, du und Bartko und Simon», wandte sie sich an Bruch.

«Er hätte sich nicht einmischen dürfen», erwiderte Bruch.

«Wo einmischen?»

«Er war gewarnt worden.»

«Felix! Wo einmischen? Wie wurde er gewarnt? Von wem?»

«So wie du. Auch du wurdest gewarnt.»

Es passierte so schnell. Ihre Hand zuckte vor, und es klatschte regelrecht, als sie Bruch ins Gesicht fuhr. Bruchs Kopf drehte sich zur Seite. Schauer sah ihn entsetzt an, fürchtete, er könnte sich vergessen. Doch nichts geschah, nur dass sich seine linke Gesichtshälfte rot färbte.

«Felix, komm zu dir», bat sie, «das hier, das ist alles nur ... keine Ahnung, das ist nicht real, verstehst du? Ich habe von deinen Tabletten bekommen, du ... du darfst die nicht mehr nehmen, die verändern dich, die lassen dich Dinge sehen, die nicht real sind, sie töten alles ab, was ...» Schauer verstummte. Was immer sie sagte, es fand kein Gehör. Sie war allein.

«Gottverdammt», fluchte Schauer leise, und nur mit Mühe hielt sie ihre Tränen zurück, so verzweifelt war sie. «Wo bin ich hier nur reingeraten?» Ihr Telefon begann in ihrer Jacke zu vibrieren. Ließ sie erneut zusammenfahren. Sie musste cool bleiben. Vernunft bewahren. Als Einzige. Sich sammeln.

«Schauer», sagte sie, obwohl sie schon Simons Nummer erkannt hatte. Sie musste unbedingt den Namen im Telefonspeicher ändern.

«Frau Kollegin», begann Wenzel in einem Tonfall, der nichts Gutes verhieß. «Haben Sie in letzter Zeit den Fernseher eingeschaltet oder ins Internet gesehen?»

«Nein, hab gerade andere Sorgen.»

Wenzel blieb für einen Moment stumm. «Schauer, Sie sind heute Morgen mit dieser Wondrak von, was ist das?, RTL, gesehen worden. Hier läuft gerade eine Sondermeldung, und auf allen sozialen Medien wird über Simons Tod berichtet, und er wird in Zusammenhang gebracht mit Juskats Tod und Mahlers Tod vor vier Jahren. Noch dazu ist die Firma Narclab erwähnt worden. Und sogar der tote Tätowierer wird dort mit aufgezählt. Schauer, das sind Interna, Unterlagen der strengsten Geheimhaltung. Hier werden Dinge vermischt, die stehen in gar keinem Zusammenhang. Hier entsteht Schaden, verstehen Sie? Für uns und für andere. Narclab steht kurz davor, verkauft zu werden, das ist eine halbstaatliche Firma, hier geht es um Millionen, um Hunderte Millionen, verstehen Sie? Und, Schauer, uns ist zu Ohren gekommen, Sie hätten einen ärztlichen Befund, der auf eine Straftat nach dem Betäubungsmittelgesetz hinweist.»

«Es besteht ein Zusammenhang, wir haben Nora Mahler auf Fotografien mit Ollmann entdeckt, sie kannten sich, waren einmal ein Paar!», sagte Schauer so bedacht wie möglich.

«Frau Hauptkommissar», stöhnte Wenzel fast verzweifelt, «Nicole, darum kümmern wir uns», nun senkte er die Stimme, «was ist denn nur los mit Ihnen!»

«Und wir sind auf einen Mann gestoßen, Sören Hertwig, aus Fulda …»

«Fulda, ich weiß gar nicht …»

Schauer hob die Stimme. «Der hatte Kontakt zu Thomas Mahler, Wochen vor dessen Tod, und er starb am selben Tag wie Mahler, am selben Tag, hören Sie! Und die Ermittler hier wussten das, und trotzdem hat man Nora Mahler des Mordes angeklagt, aber hier läuft etwas anderes, verstehen Sie?»

«Nein, Schauer, ich verstehe nicht, und ich will auch gar nicht. Ich weiß nur, dass Sie sich nicht mit Presseleuten unterhalten und denen irgendwelche Interna mitteilen sollten. Und ich weiß, dass Sie keine Drogen nehmen sollten, wo drauf sind Sie denn jetzt gerade? Sie sind wieder beurlaubt, verstehen Sie? Ich werde eine Dienstbeschwerde gegen Sie anstrengen. Ich brauche eine Stellungnahme zu Ihrer Blutprobe und eine Stellungnahme zu Ihrem Kontakt zu dieser Fernsehfrau! Und ich brauche eine Stellungnahme zu dem Vorfall mit Sven Kunath, dass Sie bei ihm waren, ist nachgewiesen, verstehen Sie das? Nach-ge-wiesen! Sie fahren jetzt nach Hause, oder gehen Sie zum Arzt, mir egal. Bruch übernimmt solange und übergibt dann sämtliche Unterlagen an die Kollegen vom BKA.»

«Was haben die jetzt damit zu tun?», fragte sie wütend. Bruch sollte übernehmen, das war geradezu lächerlich. Und noch lächerlicher, dass sie geglaubt hatte, Claudia Wondrak könnte tatsächlich so etwas wie eine Freundin werden.

«Sie selbst haben das aufgebracht, Schauer, dass Jasmin Mahler Simon erschossen haben soll, und Sie implizieren, dass Jasmin auch diesen Ollmann umgebracht hat und vielleicht sogar ihren Vater, ein damals zwölfjähriges Kind.»

«Und ich soll jetzt nach Hause gehen? Die Einzige, die hier nicht versucht, etwas zu vertuschen?»

«Etwas zu vertuschen?» Wenzels Stimme wurde fast schrill.

«Merken Sie nicht, was hier läuft. Jemand versucht hier, massiv einzugreifen. Hier werden wehrlose Menschen zu Schuldigen gemacht.»

«Schauer, Sie sind ja völlig abgedreht!» Jetzt schien Wenzel sogar zu lachen.

Sie konnte gar nicht mehr auseinanderhalten, ob sie wütend war, verzweifelt, oder ob sie gerade verstand, was vor sich ging. Hier war jemand dabei, sie fertigzumachen. Sie beherrschte die Wut und zwang sich zu gemäßigtem Ton. Bruch nahm sie am Rande wahr, wie er seinen Kopf gedreht hatte und in den dunklen Flur starrte.

«Dann erklären Sie mir doch den Aussetzer der gesamten Videoanlage der Sicherheitskameras», sagte sie so beherrscht wie möglich.

«Welche Aussetzer? An der Videoanlage wurde gearbeitet in den Tagen davor, eine Systemumstellung, aber die verlief einwandfrei!»

«Es gibt Aussetzer, ausgerechnet zu zwei Zeitpunkten, gerade dann, als Simons Mörder das Gebäude betreten und wieder verlassen haben könnte. Da wurde an der Zeitanzeige manipuliert, da wurden Aufnahmen verfälscht», keuchte Schauer.

«Woher wollen Sie denn wissen, wann der Täter kam und ging? Aber wissen Sie, ich habe keine Lust, sinnlos zu diskutieren. Sie werden ...»

«Nora Mahler war auf einem Bild aus den Fotokisten von Ollmann, haben wir aus seiner Wohnung geholt. Sie hat sich von ihm tätowieren lassen. Sie wollte Beweise vernichten. Sie hat Jasmin auf den Mann gehetzt.»

«Haben Sie das lückenlos dokumentiert? Dass das Bild wirklich aus Ollmanns Besitz stammt?»

Hatten sie nicht, weil hier nichts nach normalen Regeln ablief. «Es ist doch vollkommen egal, woher das Bild stammt, wichtig ist doch, dass es existiert», presste sie durch die Zähne.

«Schauer, genug jetzt, gehen Sie heim. Sie sind beurlaubt. Sollten Sie sich weigern, sehe ich mich gezwungen, Sie in Gewahrsam zu nehmen.»

Bruch sah sie an, sah sie das Telefon wegstecken. Sie sah ihn an. Die blanke Verzweiflung im Gesicht, Fassungslosigkeit und Wut. Er wollte ihr sagen, dass sie gehen sollte. Rennen. Fliehen. Er wollte ihr helfen. Er sah ihre Verzweiflung, so wie er früher die Verzweiflung in den Gesichtern der anderen Kinder gesehen hatte. So wie er ihnen hatte helfen wollen und es doch nicht getan hatte.

Es war alles zurück. Er konnte sich an alles erinnern, die

Ängste, die langen Stunden in Stille und Kälte, an den Geruch von Urin, an ihre Schatten. Sie hatten ihre Klauen nach ihm ausgestreckt, hatten ihn erfasst, hielten ihn fest und machten ihn taub und steif. Einzig seine Wange war warm, als weckte ihn der Sonnenschein an einem Sommertag.

«Ich gehe nach Hause», sagte sie, und Bruch sah, alle Kraft war ihr entwichen.

17

Es ging ihr schlecht, als sie daheim ankam. Logisch, diese Nacht konnte rein körperlich nicht spurlos an ihr vorbeigegangen sein. Es war gut möglich, dass Wondrak ihr das Leben gerettet hatte. Doch musste sie dieser Frau dankbar dafür sein? Immerhin hatte sie ihr diesen Trip erst eingebrockt, indem sie ihr ans Herz gelegt hatte, sich um Jasmin zu kümmern. Sie hatte Mühe, das Auto zu parken. Jetzt war es offensichtlich, dass die Wondrak sie auch nur ausgenutzt hatte. So wie sie sich vor ein paar Jahren an Bruch herangemacht hatte. Da war kein Mitleid mit Jasmin, keine Zuneigung. Alles, was sie tat, geschah wohl nur ihrem Job zuliebe, den Schlagzeilen, die sie machte. Alles, was sie gesagt hatte, dass sie ihr geholfen hatte, nur Heuchelei, hatte ihr schlimmsten Ärger eingebracht. Und schlimmer noch, trotz ihrer Vorsätze, cool zu sein, bedacht, hart, sich nicht unterkriegen zu lassen, war sie in die Falle getappt wie ein kleines dummes Mädchen. Einmal mehr hatte sie jemandem Vertrauen geschenkt und war enttäuscht worden.

Nun schwitzte und fror sie gleichzeitig, ihr war übel, und Hunger hatte sie, Gedanken wie Fieberträume kreisten in ihrem Kopf, ließen sich nicht ausschalten, obwohl sie wach und bei Sinnen war. Dieser Molch, was hatte das für einen Sinn? Wieso soll ein solches Vieh aus Mahlers Mund gekrochen sein? Das war ein richtiger Albtraum, alles, das alles. Ihr Chef wurde erschossen, sie wurde fast vergewaltigt, sie bekam Drogen gespritzt, niemand glaubte ihr, ihr neuer Chef suspendierte sie, sie war hier die Dumme, obwohl sie die einzige Vernünftige schien. Das vorher war doch alles nur lächerlich gewesen. Was war schon ein Typ, der sie verlassen hatte, oder Eltern, die ihre Schwester bevorzugten, dagegen, läch-er-lich. Glaubte sie vorher, Probleme gehabt zu haben; jetzt hatte sie wirklich welche.

«Entschuldigen Sie», rief jemand. Die Straßenlaternen waren schon angesprungen, es war früher Nachmittag, es roch, als würde es bald wieder schneien, es wurde kälter, der Wind biss im Gesicht. Der reinste Himmel für all die normalen Menschen, die auf weiße Weihnacht hofften. Eine Frau kam heran. Schauer glaubte sie schon einmal gesehen zu haben. Mittelgroß, zweckmäßige Kleidung, Ende zwanzig vielleicht, aber sie wirkte viel älter durch ihr Auftreten und die altmodische Kurzhaarfrisur.

«Entschuldigen Sie.» Nun war die Frau herangekommen, blieb aber in respektvollem Abstand stehen. «Sie sind doch die Polizistin, die im Heim nach Jasmin gefragt hat?»

Daher kannte sie das Gesicht. «Wieso, verflucht noch mal, weiß jeder, wo ich wohne?», fragte Schauer. Und wieso überhaupt gab das Krankenhaus irgendwelche Untersuchungsergebnisse an ihren Chef weiter, kam es ihr unvermittelt in den Sinn.

«Ich war schon einmal bei Ihnen, ich war es, die Ihnen die CD-ROM in den Briefkasten getan hat. Ich bin Ihnen einfach gefolgt, mit dem Auto. Ich habe Sie gesehen und mitbekommen, dass Sie Jasmin suchen, und nun erfahre ich aus dem Fernsehen, dass man sie sogar verdächtigt, sie könnte jemanden umgebracht haben. Ihren Vater sogar, vermutet man jetzt. Im Radio wird davon berichtet, überall. Das ist völlig absurd. Jasmin ist doch keine Mörderin.»

«Hören Sie, ich hatte echt einen schweren Tag.» Schauer wollte sich abwenden, doch die Frau schnellte vor, fasste sie am Arm.

«Nicht!», zischte Schauer.

«Ich bin Psychologin, ich hatte schon mit Jasmin zu tun. Ich habe versucht, sie zu behandeln. Deshalb habe ich Ihnen die Aufnahmen gegeben, um zu zeigen, was mit ihr geschehen ist. Ich will nur, dass Sie verstehen, Jasmin hatte es schwer. Sehr schwer.»

«Wer hat das nicht!»

«Können wir nicht …?»

«Nein, sagen Sie hier, was Sie sagen wollen.»

«Nora Mahler leidet unter verschiedenen Störungen, verstehen Sie, sie ist nicht die gefühlskalte Mörderin, als die sie dargestellt wird. Es heißt immer, sie lächelt nur, doch das erscheint nur so. Das ist kein Lächeln. Sie kann die Gesichtsausdrücke anderer Menschen nicht lesen, eine Form von Autismus ist das. Ironie, Sarkasmus, all das versteht sie nicht. Sie hätte schon vor vielen Jahren zum Psychiater gemusst, man hätte ihre Krankheit diagnostizieren müssen. Sie hätte gar nicht angeklagt werden dürfen. Sie versteht nicht, was wirklich vorgeht, weder in dem Mordfall noch im richtigen Leben. Sie ist gar nicht in der Lage, ohne Hilfe auszukommen, deshalb ist sie nicht dazu in der Lage, sich zu wehren, sie ist nur ein Opfer, verstehen Sie das? Und dass es jetzt heißt, sie hätte die Kinder gequält, gefoltert, diese angeblichen Beweise. Kinder verletzen sich andauernd, immerzu, wissen Sie? Die reißen sich an Ästen, die schürfen sich die Handflächen auf, die Knie, die Ellbogen. Mückenstiche, wissen Sie, Mückenstiche verheilen, doch unter der ersten Hautschicht bleiben Narben zurück, Stellen, die aussehen wie Verbrennungen von einer Zigarette, wenn man es darauf anlegen will, jeder Kratzer kann später einmal als Schnitt ausgelegt werden. Kleine Tiere sollen sie umgebracht haben, das ist lächerlich, wirklich. Die hatten Mäuse und Hamster daheim und haben sie beerdigt, wenn sie gestorben waren. Diese Tiere leben immer nur ein, zwei Jahre, überlegen Sie, wie viele da zusammenkommen.»

«Und warum sollen sich die Kinder das ausgedacht haben, wie

kommen die darauf, so etwas zu erzählen?» Schauer war nicht bereit, sich schon wieder von irgendeiner dahergelaufenen Person etwas vormachen zu lassen.

«Überlegen Sie mal, wie alt die waren. Das Älteste gerade mal sechs. Wie alt die jetzt sind. Woran können Sie sich erinnern, als Sie in dem Alter waren? Man kann Kindern in diesem Alter buchstäblich alles weismachen. Die Zahnfee, den Weihnachtsmann, denen kann man weismachen, dass sie vom Storch gebracht wurden.»

«Wollen Sie behaupten, die Hannah Welbe hätte die Kinder dazu gebracht, so etwas von ihrer Mutter zu behaupten? Ihre Tante, ihr Onkel?», fragte Schauer, hörte selbst den Hohn in ihrer Stimme.

«Das scheint Ihnen zu abwegig?», fragte die Frau spitz. «Die Welbes bekommen für die Betreuung der Kinder viel Geld. Mehrere Tausend Euro im Monat. Sie wohnen inzwischen in einem großen Haus, sie fahren einen großen Wagen und haben sich kürzlich ein Segelboot gekauft. Denen hat sich da eine schöne Einkommensquelle aufgetan. Die leben davon ...»

«Wieso arbeitet Hannah Welbe dann in einer Bäckerei?»

«Das müsste sie gar nicht, sie will nur den Schein wahren. Und natürlich hätten sie Interesse, dass Nora Mahler in Haft bleibt oder wenigstens für das Jugendamt als Vormund für die Kinder untragbar bleibt. Noch dazu kommt, dass das einzige Kind der Welbes geistig beeinträchtigt ist.»

«Sie meinen, der ist behindert?»

«Dann nennen Sie es eben so», fuhr die Frau sie wütend an. «Und auch wenn die Welbes es nicht zugeben wollen, sie fühlen sich nicht als gleichwertige Eltern mit ihrem beeinträchtigten Sohn. Jetzt, mit drei Pflegekindern, stellen sie etwas dar, haben eine Sonderrolle. Das wollen sie sich nicht nehmen lassen.»

Dagegen konnte Schauer kaum argumentieren, sie hatte zu wenig Kenntnisse über Jasmins Onkel und Tante.

«Und die Ärzte, der Staatsanwalt, wieso sollten die das alle behaupten, dass die Kinder gefoltert wurden?»

«Man kann das fehlinterpretieren, versehentlich oder mit Absicht. Seien Sie doch nicht so naiv, auch Staatsanwälte wollen sich profilieren. Darum geht es doch heutzutage fast immer, um Aufmerksamkeit, die Wahrheit ist doch völlig egal.»

«Aber was hat das alles mit Jasmin zu tun?», hielt sie dagegen, denn schließlich erklärte das nicht deren Verhalten und befreite sie nicht vom Verdacht des Mordes oder des Totschlags.

«Alles», fiel es aus der Frau heraus, als wäre es logisch und Schauer nur zu einfältig, es zu verstehen, «einfach alles. Sie hat jetzt schon eine schwere Persönlichkeitsstörung entwickelt, eine seelische Abartigkeit. Extremer emotionaler Stress in ihrer Kindheit, emotionale Verwahrlosung, vermutlich auch verursacht von dem Verhalten der Mutter und von dem Ihrer Kollegen, Bruch und vor allem dieser Bartko haben die neuronale Reifung im limbischen System beeinflusst, haben die Affektkontrolle, die Emotionsregulierung gestört. Das zeigt sich in einer erhöhten Sensitivität gegenüber emotionalen Reizen, in verzögerter Emotionsrückbildung, gesteigerter Intensität von Emotionen.»

«Das ist aber ...»

«Lassen Sie mich ausreden», sagte die Frau aufgebracht, «solche Menschen sind gar nicht in der Lage, normale menschliche Beziehungen aufzubauen, sie schwanken zwischen Idealisierung und kompletter Selbstentwertung, neigen zu selbstzerstörerischen Handlungen, im sexuellen Bereich, durch Drogen, Essstörung, erhöhte Risikobereitschaft. Sie leben in ständiger Angst, verlassen zu werden, wollen es einerseits mit allen Mitteln verhindern und zerstören doch meist selbst jede Form einer Annäherung, um einem Verlassenwerden zuvorzukommen, um wenigstens das Gefühl zu haben, Einfluss ausüben zu können.»

«Und trotzdem sind diese Menschen durchaus in der Lage, die Konsequenzen ihrer Handlungen zu erkennen», hielt Schauer entgegen, denn ganz unbewandert war sie nicht, hatte genug mit Drogen- und Gewaltopfern zu tun gehabt, «das macht sie längst nicht schuldunfähig.»

«Drehen Sie doch nicht alle Tatsachen um. Dieses Kind ist ein Opfer und kein Täter.»

«Sie wissen ja gar nicht, was sie getan hat! Was sie mir angetan hat!»

Die Psychologin schüttelte den Kopf. «Leute wie Sie machen es sich immer so einfach. Sie denken, ein bisschen gut zureden reicht aus, dann hat man guten Willen gezeigt. Sie denken, man müsste sich nur mal ein bisschen zusammenreißen, dann wird das schon wieder. Wenn das so einfach wäre, wieso sind denn die Kliniken voll von Menschen mit Psychosen, mit Burnout? Wieso können alte Menschen noch immer nicht über den Krieg sprechen? Wieso schweigen Opfer von sexuellem Missbrauch? Und was ist denn mit Ihnen? Was ist Ihnen denn Schlimmes im Leben widerfahren? Sie sehen schon so aus, alle Welt hat sich gegen Sie verschworen, Ihr Daddy mag Sie nicht.»

Woher wollte die das alles wissen? Schauer bebte vor Wut. Diese Gehässigkeit hatte sie nicht verdient. «Ich hatte Krebs!», zischte sie.

Das zog bei der Frau kein bisschen. «Na und, wer hat das nicht? Millionen andere! Die sind daran gestorben und haben weniger geklagt als Sie.»

Schauer konnte nicht anders, sie packte die Frau am Kragen, stemmte sie mit steifen Armen von sich. Sie wollte das nicht, wollte ihre Finger lösen, doch die waren wie verkrampft, klammerten sich in den Stoff der Jacke. Die Frau griff mit beiden Händen nach ihren Armen, wollte sie wegreißen, doch Schauers Wut war stärker.

«Schauen Sie sich doch an, gerade aus der Schule gekommen», knurrte sie. «Wie lang haben Sie denn studiert? Zehn Jahre? Zwölf? Voller Ideale, voller falschen Mitgefühls.»

«Was ist denn falsch an Mitgefühl? Seien Sie froh, dass es noch Menschen gibt mit Mitgefühl, glauben Sie, ein Mensch hat kein Mitgefühl mehr verdient, weil er schwer zu behandeln ist? Ich will helfen, ich habe Ihnen die Informationen gegeben, weil ich dachte, Sie verstehen das und sind nicht wie die anderen, die mir alle nicht glauben wollen, die Jasmin aufgegeben haben, die mich auslachen, weil ich angeblich zu jung bin, das Leben zu verstehen ...»

Schauer schüttelte die Frau. «Ich habe schon so viel Elend gesehen. So viele kaputte Menschen, die sich ihr Elend selbst eingebrockt haben, die einen anspucken und beißen und schlagen, die keine Skrupel haben, jemanden umzubringen ...»

«Sind Sie dumm, oder was?», fuhr die Frau sie an und riss nun mit einem Ruck Schauers Arme herunter.

«Was haben Sie gesagt?», keuchte Schauer, und blinde Wut regnete in roten Sturzbächen auf sie herab.

«Jasmins Vater wurde umgebracht», stöhnte die Frau und stieß nun ihrerseits Schauer vor die Brust, «vor ihren Augen. Erschlagen mit einem Hammer. Verstehen Sie das? Sie war zwölf!» Mit jedem Satz versetzte die Frau ihr einen Stoß vor die Brust, der sie jedes Mal einen Schritt rückwärts gehen ließ. «Dann nahm man ihr die Mutter weg. Dann nahm man ihr die Geschwister weg.»

«Hören Sie auf», mahnte Schauer. Doch die Frau hörte nicht auf.

«Waren Sie mal in einem Heim? Was glauben Sie, wie es sich da lebt? Glauben Sie, die Leute da haben Zeit, sich ständig mit dir zu beschäftigen? Zu reden, zu kuscheln? Es ist kalt. Es ist nicht dein Zuhause. Du weißt nicht mehr, was du gesehen hast, weil alle versuchen, dir etwas anderes einzureden. Du glaubst, du bist an allem schuld. Und überall fühlst du dich verstoßen, bis du auf der Straße landest. Und jeder draußen nutzt dich aus.»

«Hören Sie auf!»

«Du spritzt dir Dreck, du rauchst Dreck, du frisst Dreck, und selbst die, die schon ganz unten sind, versuchen, dich noch zu ficken. Sie denken sicher, Sie haben ein schweres Leben. Gott ja, Sie hatten Krebs, und bestimmt sind Sie auch schon mal belästigt worden. Aber das ist ein Scheiß dagegen.»

«Schluss!», zischte Schauer und packte die Frau am Handgelenk.

«Ich will nur, dass Sie verstehen, was mit Jasmin ist. Sie ist keine Täterin. Sie ist Opfer. Sie bringt keine Menschen um.»

«Sie hat mir Heroin gespritzt, mir Tabletten verabreicht», sprach Schauer durch ihre Zähne, sie hatte jetzt genug, sie fühlte die Stöße der Frau auf ihrem Brustbein, jeden einzelnen, «sie verschafft sich Zutritt, sie lügt, gibt sich hilflos, man kann ihr nicht trauen, nicht eine Sekunde. Sie stiehlt und schlägt, und sie bringt Menschen um. Ich kann es nur noch nicht beweisen, aber das werde ich. Kann sein, dass Jasmin furchtbare Dinge erlebt hat. Trotzdem ist sie boshaft und gefährlich und muss aus dem Verkehr gezogen werden. Dann können sich Leute wie Sie mit ihr abgeben. Vermutlich für den Rest ihres Lebens.»

Die Psychologin schüttelte traurig und resigniert den Kopf, und das störte Schauer am meisten. «Sie haben es immer noch nicht verstanden.»

«Kann ich irgendwie helfen?», fragte ein Mann aus relativ sicherer Entfernung.

«Verschwinden Sie!», fuhr Schauer ihn an.

«Wir klären das schon», sagte auch die Psychologin.

Schauer ließ sie los und trat ein Stück zurück.

Die Psychologin wich auch ein Stück von ihr weg. «Es tut mir leid, ich hatte gehofft, Sie als Frau hätten mehr Verständnis.»

«Ich habe Verständnis, aber irgendwann ist es genug!»

«Nein, das ist es ja, es ist nie genug! Nora und Jasmin, das sind Opfer. Ich hoffe, Sie denken daran, wenn es darauf ankommt.

Nichts mehr und nichts weniger. Opfer.» Sie öffnete noch einmal den Mund, doch alles schien gesagt. Sie ließ die Schultern fallen, wandte sich ab und ging davon.

Das hatte sie noch gebraucht, dachte sich Schauer, als sie ihre Wohnung betrat. Sie schloss die Tür hinter sich, warf sich, wie sie war, auf die Couch. Sie war vollkommen erschöpft, müsste auf der Stelle schlafen, doch in ihrem Kopf tosten tausend Gedanken. Natürlich war Jasmin ein Opfer. Ein Opfer aller Umstände. Sie war krank und kaputt im Kopf, aber gerade das machte sie so gefährlich. Gerade das machte sie verdächtig.

Schauer erhob sich wieder, riss sich die Jacke vom Leib, denn sie schwitzte unglaublich, warm war ihr geworden. Sie taumelte in die Küche, nahm ein Glas aus dem Schrank, trank Wasser aus dem Hahn, zwei ganze Gläser, atmete durch. So schwach fühlte sie sich. Fühlte sich, als könnte sie jeden Moment zusammenbrechen. Sie zog die Schublade auf. Es war da. Alles. Die Spritze, das Feuerzeug, der Beutel mit dem weißen Stoff. Schauer nahm ihn. Vielleicht war es kein Heroin, vielleicht Koks, doch Koks hätte sie eigentlich hochgebracht, aber vielleicht waren es Bruchs Tabletten gewesen, dass sie so reagiert hatte. Sie öffnete den Beutel, nur um nachzusehen. Tippte mit der Fingerspitze hinein. Vielleicht war es nur Mehl oder Backpulver. Sie könnte einen kleinen Zug nehmen. Nur um zu sehen, ob es half, sich zu beruhigen. Heroin konnte man schnupfen, wie Koks. Sie konnte es ganz gering dosieren. Den Rest warf sie dann weg.

Nein, Schauer stellte den Beutel ab, verließ die Küche. Das half nicht. Machte nur alles schlimmer. Stattdessen besann sie sich auf ihr Telefon. Buchholz hatte eine E-Mail geschickt. Schauer ging ins Bad, ließ sich eine Wanne ein.

Dann nahm sie ihr Telefon und öffnete die E-Mail. Das Bild zeigte einen Mann um die fünfzig, keine besonderen Merkmale. Man hatte seinen Wagen gefunden, auf einer Nebenstraße, irgendwo siebzig Kilometer vor Fulda aus Richtung Dresden. Der Motor lief noch, die Tür stand offen. Sogar davon gab es Bilder. Er war von der Autobahn gefahren, hatte auch die Bundesstraße verlassen. Die Straße, an der man sein Auto fand, war wenig frequentiert. Sie führte durch den Wald, vorbei an mehreren kleinen Teichen, die ganz früher zu einer Forellenzucht gehörten und längst verwildert waren. Den Spuren nach musste Hertwig aus seinem Auto gestiegen sein, ging direkt zum Teich, fiel oder sprang ins Wasser und ertrank. Wie Nora Mahlers Vater. Er hinterließ keinen Abschiedsbrief, keine Botschaft. Schauer öffnete ein nächstes Bild. Es zeigte das Innere des Wagens, den Fahrer- und Beifahrersitz. Hertwigs Jacke lag da, für die Fahrt ausgezogen. Eine aufgerissene Packung Kekse daneben und unter der zusammengerafften Jacke der Rücken eines hellblauen Aktenordners. Schauer musste nicht lange nachdenken, wo sie diese Farbe schon einmal gesehen hatte. In Professor Wallburgs Büro. Sie berührte mit den Fingern das Display, zoomte das Bild heran, erkannte verschwommen, aber doch eindeutig die Buchstaben Narc...

Schauer vernahm ein seltsames Geräusch, ungewohnt, stetig und doch vertraut. Ehe sie verstand, lief das Wasser in den Flur, verteilte sich ins Schlaf- und Wohnzimmer. Schauer rannte ins Bad, drehte den Hahn zu. Sie riss Handtücher aus dem Regal, breitete sie auf dem Boden aus, versuchte aufzuwischen, wrang das Handtuch über der Wanne aus. Dann erst fiel ihr ein, den Stöpsel zu lösen. «Gottverflucht», stöhnte sie, das Parkett war rettungslos verloren, wenn sie nicht sofort alles aufwischte. Über die vollgesogenen Handtücher lief sie ins Schlafzimmer, wollte Bettwäsche aus dem Schrank holen. Wieder zurück, rutschte sie aus, schlug lang hin, auf den Hinterkopf.

Für ein paar Sekunden lag sie betäubt wie in Schuberts Gartengrundstück, musste den Schmerz erst vergehen lassen, rappelte sich dann langsam auf, war völlig durchnässt. Noch im

Sitzen breitete sie die Betttücher und Bezüge auf dem Boden aus, überlegte, ob sie ihr Telefon irgendwo abgelegt hatte, und fand es zu allem Ärger unter dem Garderobenschrank, wo es bei ihrem Sturz hingerutscht war und im Wasser lag. Es war schon ausgegangen, als sie es aufhob. Es jetzt einzuschalten, wäre der schlimmste Fehler, sie musste es trocknen und hoffen, es wäre nicht verloren. Sie erhob sich, indem sie sich mit beiden Händen an der Wand abstützte, brachte das Handy ins Schlafzimmer, legte es dort auf die Heizung. Dann taumelte sie in Richtung Wohnzimmer, um auch dort das Wasser aufzufangen. Zuerst schob sie die großen Pfützen zusammen, lief zehn-, fünfzehnmal ins Bad, um die Tücher auszuwringen. Stellenweise war das Wasser schon durch den Lack gedrungen, färbte das Holz dunkel. Schließlich war das Gröbste geschafft, sie holte sich dann die letzten Wischtücher aus dem Schrank in der Küche, um den Boden ganz trocken zu reiben. Inzwischen hatte sie Licht in der ganzen Wohnung eingeschaltet, weil es schon wieder dunkel geworden war. Sie schwitzte, war durstig, und der Kopf schmerzte vom Sturz, ebenso der Steiß, der sich noch nicht einmal vom ersten Sturz erholt hatte. Vor allem aber die Knie taten ihr weh, seit einer Stunde oder länger musste sie übers Parkett rutschen, als schrubbte sie ein Schiffsdeck.

Sie zuckte zusammen, als es an ihrer Tür klingelte.

Was sollte sie tun? Sich tot stellen? Noch einmal klingelte es, drängte, forderte, zwang sie, in den Flur zu gehen. Langsam nahm sie den Hörer der Sprechanlage ab.

Es knackte leise und rauschte. Sie hörte den Wind, hörte das Rascheln vertrockneten Laubs. Und Atem.

«Wer ist da?», fragte sie leise, und viel zu lange blieb es still. Sie könnte aufhängen, es bleiben lassen. Die Anlage stumm stellen.

«Ich bin's», flüsterte jemand. So leise, sie verstand es kaum.

«Hallo?»

«Ich bin's, lässt du mich rein?»

Schauer schnappte nach Luft, so unverfroren war das. «Dass du es wagst.»

«Bitte, mir geht es schlecht. Bitte, ich weiß nicht wohin.»

«Geh, geh weg, ich will dich nicht sehen. Du hast mich ... Ich ruf die Polizei!» Konnte sie gar nicht. Ihr Telefon war kaputt. Ein anderes hatte sie nicht.

«Bitte.» Jasmin begann leise zu schluchzen. «Ich werde auch nichts machen. Ich wollte dir nicht wehtun. Die haben mir das so befohlen.»

«Und wenn sie dir noch einmal befehlen, mir wehzutun?»

«Nein, bitte, ich mach nichts. Ich weiß nicht wohin, ich friere, bitte, ich flehe dich an, bitte!»

Sie durfte das Mädchen nicht einlassen, auf keinen Fall. Sie musste hart bleiben.

«Bitte», hauchte Jasmin.

«Wieso kommst du zu mir?»

«Ich habe niemanden mehr. Niemanden, und die suchen mich. Wenn ich ins Gefängnis komme, dann bringen die mich um.»

«Wieso sollten sie?»

«Weil ich Bescheid weiß, weil ich weiß, was geschehen ist.»

«Worüber weißt du Bescheid?»

«Papa, Papa hat was mitgebracht, aus dem Labor, hat gesagt, wir müssten das nehmen, damit es uns besser geht.»

«Was? Tabletten?»

«Zuerst war es eine Flüssigkeit. Er hatte sie von der Arbeit mitgebracht. Heimlich. Er hat gesagt, keiner dürfte es erfahren.»

«Wozu waren die gut?»

«Kannst du mich nicht reinlassen, ich erfriere!»

«Gleich, antworte erst. Wozu sollten die Tabletten gut sein?»

«Ich weiß nicht. Bitte, bitte lass mich jetzt rein.»

Sie drückte auf den Türöffner.

Bruch saß in seinem dunklen Wohnzimmer auf der Couch. Seit er hergekommen war, hatte er sich nicht bewegt. Einzig der Katze hatte er Futter gegeben, mehr zu tun, wagte er nicht. Danach hatte er sich gesetzt, und so saß er und wartete. Er wartete auf nichts Besonderes. Nur darauf, dass sie ihn gehen ließen. Die Katze hatte sich auf das andere Ende gesetzt, auf ihren Stammplatz. Sie schlief nicht, schaute in die Dunkelheit, in die dunkelste Ecke, wo sich die Schatten trafen.

So hatte er lange Stunden in seiner Kindheit verbracht, wusste er inzwischen wieder. Er erinnerte sich, und wie er immer befürchtet hatte, war es kein Glücksfall, sich wieder erinnern zu können. An das riesige düstere Haus im Wald, die langen dunklen Flure, die großen finsteren Säle, die Treppenhäuser, in denen man nicht wusste, ob man nicht hinablief, obwohl man stieg und stieg. Die bleichen, stummen Gesichter der anderen Kinder, die Strenge der Erzieherinnen. Kälte und Langeweile, die an Agonie grenzte. Die absolute Leere, die in ihm herrschte, weil die Zukunft nichts bereithielt, worauf es sich zu freuen lohnte. Es galt nur, zu überleben und nicht darüber nachzudenken, wozu. Dies alles hatte er verdrängt, hatte es verbannen wollen, und nach dem Brand war es ihm wohl gelungen, ein halbwegs normales Leben zu führen.

Doch zu entkommen, war unmöglich. Sie fanden einen irgendwann wieder, und nun hatten sie ihn gefunden. Nun waren sie hier, zwangen ihn zu sitzen, zu warten. Er wusste, dass Nicole Hilfe brauchte. Er sah, wie sie zerbrach, an ihm und was ihr geschah. Er wollte ihr helfen, doch er durfte nicht. Er saß hier und musste warten, denn ihre Hände lagen auf seinen Schultern, ihre Klauen umschlossen seine Fußknöchel, und ihr kalter Atem ging neben seinem Ohr.

18

Diesmal konnte ihr das Kind nichts anhaben. Diesmal war sie gewappnet. In ihren Adern pulsierte Leben, jegliche Müdigkeit war verflogen.

Sie öffnete Jasmin die Tür, drückte das Mädchen sogleich gegen die Wand, durchsuchte ihre Taschen, tastete ihren Körper ab. Dann schob sie sie ins Wohnzimmer, zwang sie, sich auf die Couch zu setzen, und bedrohte sie mit der Pistole, die sie vorsorglich bei sich trug.

«Wer ist es, der dir sagt, was du machen sollst? Dämonen? Teufel?» Es klang sarkastisch. Sie musste so reden, um zu zeigen, dass sie sich nicht darauf einlassen wollte.

«Nenn sie, wie du willst», sagte Jasmin leise.

«Hast du Angst vor ihnen?»

«Ich habe Angst, doch man lernt damit umzugehen. Sie lassen einen, wenn man tut, was sie sagen.»

«Was tun sie?»

«Sie kommen und gehen. Mutter sprach schon früh von ihnen, sie lehrte uns, Schmerzen auszuhalten, auszuharren, Bitteres zu schlucken, sie lehrte uns zu gehorchen. Sie brannte uns und schnitt uns und brachte uns bei, wie man Opfer gibt.»

Nun sagte es Jasmin selbst, triumphierte Schauer innerlich, was auch immer diese Psychologin vorhin gesagt hatte, es war falsch. «Wann hast du diese Wesen das erste Mal gesehen?»

«Schon früh, da war ich noch klein, aber da wusste ich nicht, ob ich wach war oder träumte. Eines sah ich nachts, das weiß ich wirklich, kurze Zeit bevor mein Vater starb, da wachte ich auf, da sah ich, wie sich etwas bewegte, und zuerst dachte ich, es wäre Mutter, die manchmal im Dunkeln stand und über uns wachte. Aber es bewegte sich und kam auf mich zu. Zu meinem Bett. Es trat heran, und ich stellte mich schlafend.»

«Weißt du, woran die Firma deines Vaters forschte?», wechselte Schauer das Thema. Für diesen Augenblick hatte sie erst mal genug von dunklen Gestalten.

«Angeblich entwickeln sie ein neues Schlafmittel. Es muss Probleme gegeben haben. Zuerst schien alles gut zu sein, doch dann brachten sich die Versuchstiere um. Und Menschen, die freiwillig an Studien teilnahmen, wurden seltsam. Manche aggressiv, andere ganz still, so als wären sie tot, obwohl sie noch liefen und aßen und fernsahen.»

«Diese Wesen kamen, nachdem dein Vater etwas mit nach Hause brachte?»

«Kann sein, aber Mutter kannte sie schon länger. Ich weiß nicht. Ich sah sie, da war ich noch nicht ganz zwölf. Ab da sah ich sie öfter. Sie waren manchmal im Haus, manchmal standen sie im Dunkeln auf dem Grundstück oder am Waldrand.»

«Was ist mit den Molchen?»

«Mutter sagt, es sind Boten. Manchmal dienen sie als Warnung, manchmal sind sie nur Zeichen dafür, dass sie da waren.»

«Hast du Walter Juskat erschossen?»

«Er lag da, als ich aus der Dusche kam.»

«Woher war die Waffe?»

«Die war einfach da. Er lag da, und die Pistole lag da. Ich setzte mich und habe auf die Polizei gewartet.»

«Jens Ollmann, kennst du den?»

«Wer soll das sein?»

«Ein Tätowierer, ein großer Mann, älter als ich, kräftig, mit Bart, überall Tattoos.»

«So einen kenne ich nicht!»

«Jasmin, du hast mir diese Tattoos gemacht», Schauer zeigte ihre Arme vor, «hat er dir das beigebracht?»

«Ich kenne den nicht, und das da war nicht ich, das waren sie!»

«Sie, diese Wesen? Sie waren hier, als ich bewusstlos war?» Was hatte sie gesehen? Was hatte sich nach ihr gebückt, sie berührt?

Jasmin nickte nur.

Schauer konnte keine Zeit daran verschwenden. «Dein Vater traf sich mit einem Mann aus Fulda. Hast du den jemals gesehen?»

«Einmal. Da kam er zu uns nach Hause. Man hatte mich von der Schule eher nach Hause geschickt. Das geschah manchmal. Ich fragte ihn, wer der Mann war, da saßen wir beim Abendessen, und Mutter war dabei. Vater sagte, er wüsste nicht, wovon ich rede.»

«Hat er dem Mann Unterlagen gegeben?»

«Das weiß ich nicht. Aber Vater war still geworden in den letzten Wochen vor seinem Tod. Und manchmal war er nicht da. Sonst war er immer da. Und wenn ich ihn fragte, wo er war, sagte er, das ginge mich nichts an.»

«Und er hat euch Tabletten gegeben?»

«Am Anfang war es eine Flüssigkeit. Nur ganz wenig. Er hat gesagt, das hilft gegen die Angst. Dann später war es Pulver, wir haben es ins Wasser getan.»

«Wie hast du dich gefühlt, als du es nahmst?»

«Gut, sehr schläfrig. Dann schlief ich ganz fest.»

«Wer nahm es noch?»

«Ich weiß nicht, Mutter vielleicht, die Kleinen nicht. Und er.»

«Er nahm es auch?»

Jasmin nickte.

«Jasmin, hast du ihn erschlagen?» Sie musste fragen.

«Nein.» Sie empörte sich nicht einmal.

«Hat deine Mutter ihn erschlagen?»

«Nein, es hat sich so zugetragen, wie ich es hundertmal schon gesagt habe.»

«Kanntest du Felix Bruch schon, bevor dein Vater starb?»

«Nein, erst danach habe ich ihn kennengelernt, in der Nacht, als Vater starb.»

«Und deine Mutter, kannte sie ihn?»

«Das hat sie nie gesagt. Ich glaube nicht.»

«Wieso hat sie sich so schnell auf Michael Bartko eingelassen?»

«Ich weiß nicht. Über so etwas haben wie nie gesprochen. Aber ich vermute, er hat ihr gesagt, dass sie jetzt zusammen sind, und Mutter nahm es hin. Mutter ist so.»

Schauer schüttelte ungläubig den Kopf. «Das Haus, nach dem Bruch sucht, du kennst es, hast du zu ihm gesagt?»

«Ich kenne es. Ich kenne es, weil das Haus gegenüber leer steht und man dort im Notfall übernachten kann.»

Schauer drehte Jasmin den Laptop zu, wo sie eine Karte geöffnet hatte. «Zeig, wo es ist!»

Jasmin beugte sich vor, suchte, suchte lang, dann deutete sie auf eine Stelle.

Schauer betrachtete die Straßennamen, versuchte, sie sich zu merken. «Warum steht das Haus deiner Großmutter leer?», fragte sie dann.

«Niemand wollte dort wohnen. Tante Hannah nicht und Mutter auch nicht.»

«Wusste dein Vater davon?»

«Von dem Haus? Ja, na klar.»

«Dann fahren wir jetzt da hin.»

Jasmin sah sie an, schüttelte langsam den Kopf. «Da willst du nicht hin!»

«Doch, jetzt, und du kommst mit!»

Jasmin stand zwar auf, doch eher schien es, als machte sie sich zur Flucht bereit. Schauer hob die Pistole an.

«Du gehst mit, noch einmal werde ich nicht auf dich hereinfallen. Ich werde herausfinden, was vor sich geht.»

«Das wirst du bereuen! Lass uns morgen gehen!»

«Geh! Vor mir. Ich warne dich, ich schieße. Ich hab gerade nichts mehr zu verlieren. Auch dank dir! Viel schlimmer kann es nicht werden.»

Jasmin schnaubte, aber ohne weitere Widerworte setzte sie sich in Bewegung. Sie zog ihre Jacke wieder an, legte sich ein Tuch um den Hals, betrachtete dann mit leisem Spott, wie Schauer sich anzog, umständlich, mit der Pistole in der Hand.

«Du hast es immer noch nicht verstanden», sagte sie, als Schauer fertig war.

Das war schon das zweite Mal, dass heute jemand so etwas zu ihr sagte. Es war genug. «Rede nicht, geh!»

Bruch saß, hörte all das Leben um sich herum. Reden, Lachen, Schreien, Musik, Hundegebell. Er sah die Lichter der Fahrzeuge, die an seiner Zimmerdecke reflektierten, sah die Schatten, die sie warfen, wie sie sich bewegten. Er roch all das Leben um sich herum. Roch sich selbst, die Katze, ihr Futter, den Uringestank aus dem Keller, den alten Mann unten im Haus, das Essen aus einem Dutzend Küchen.

Er sah seine Katze, wie sie saß, wie ihre Augen in der Finsternis leuchteten, während sie unbewegt in die finstere Ecke blickte, wo sie darauf lauerten, dass er sich bewegte.

Er bewegte sich nicht. Doch seine Gedanken konnten sie nicht lesen. Wussten nicht, dass die Wirkung seiner Tabletten nachließ, dass die latenten Zweifel, die schon immer an ihm nagten, zu Hemmnissen geworden waren. Immer weniger schien ihm, dass es jemanden gab, der ihm helfen wollte, immer mehr war es, als wäre er Teil eines Experimentes. Der Teil von ihm, der sich manchmal loslöste, wie es schon als Kind geschehen war, wenn ihm der Schmerz und die Angst zu groß geworden waren, der die Schmutzarbeit verrichtete, der all die Last trug, der die schlechten Erinnerungen beherbergte, der verlangte nach Aufmerksamkeit, schien Kontakt zu suchen. Eine Klinik, in der er gelebt hatte. Kein Heim. Doch sollte es eine Klinik gewesen sein, wie Nicole sagte, schien nicht die Heilung der Patienten oberstes Gebot.

Bruch stand auf. Er wartete. Sah, wie die Schatten sich ihm zuwandten, ihn beobachteten, was er wohl tun würde.

Er setzte einen Fuß vor und einen nächsten. Er ging in den Flur, wandte sich nach rechts. In das Zimmer, das zu seinem Tempel geworden war, von diesem schrecklichen, erbarmungswürdigen Kind geschändet.

Lange stand er in der Tür, wagte sich nicht weiter vor. Michaels Tod schien zuerst eine Katastrophe für ihn gewesen zu sein. Bartko war der, an dem er sich festhielt. Er war die Konstante gewesen. Und ausgerechnet als der einmal nicht da gewesen war, hatte sich der Mord an Thomas Mahler ereignet. Etwas wie eine Krankheit schien sich eingeschlichen zu haben, hatte sein Leben mehr und mehr außer Kontrolle geraten lassen. Doch war es vielleicht gar keine Krankheit gewesen, sondern schon der Beginn der Heilung.

Dann war Schauer erschienen, die ihn so belastete mit ihren Fragen, mit ihren schnellen Handlungen und dieser leisen Verzweiflung, die sie aus ihren Poren schwitzte, diesem hastigen Drängen, als scheuchte sie jemand die ganze Zeit.

Doch nun schien es immer mehr, als wäre Bartko auch nur ein Teil einer Maschinerie gewesen, die nun ins Stocken geraten war. Er war gar kein Freund. Denn plötzlich gab es Licht, wo früher nur Nebel gewesen war.

Bruch streckte die Hand nach dem Lichtschalter aus, betätigte ihn, betrachtete das Zimmer seiner Tochter. Er sah das Bett mit dem kitschigen Bettbezug, nie benutzt, die Puppen und Plüschtiere, die nie eine Bedeutung für sie gehabt hatten, den Schrank voller Spielzeug, dem sie nun längst entwachsen war, den Schreibtisch mit dem Stuhl, vermutlich viel zu klein inzwischen.

Bruch sah über seine Schulter. Im Flur war es viel finsterer geworden. Sie waren ihm gefolgt, und nun würde er für seinen Mut und Ungehorsam bestraft werden. Er konnte es noch hinauszögern, indem er das Licht anließ. Doch er wusste, die Strafe würde nur schlimmer. So streckte er seine Hand noch einmal aus und schaltete das Licht ab.

Das Licht war flüssig, stellte sie fest. Ampeln schalteten nicht einfach um, Grün, Gelb und Rot glühten lange noch nach. Bremslichter erloschen nicht einfach, das Licht der Laternen waberte wie grelle Nebelschwaden. Die kleinen Lämpchen in ihrer Armatur tanzten vor ihren Augen. Wie schnell sie fuhr, konnte sie nicht erkennen.

«Bist du drauf?», fragte Jasmin leise und hatte schon mehrmals verstohlen über die Schulter geblickt, als fürchtete sie, jemand säße auf der Rücksitzbank.

Schauer antwortete nicht, sie glühte, innen und außen, und öffnete das Fenster während der Fahrt, obwohl es Minusgrade waren. Nein, sie war nicht drauf.

Dieses Kind neben ihr konnte ihr nichts mehr anhaben. Ob sie nun eine Mörderin war oder nur ein Opfer, ob sie mit dem Teufel im Bunde stand oder nicht. Sie hatte das unter Kontrolle.

Was sie zu finden hoffte, war ihr nicht ganz klar. Ein Labor vielleicht. Versteckte Unterlagen. Irgendwas würde sie finden, einen Anhaltspunkt, eine Spur. Etwas, das sie zu Sören Hertwig, dem Mann aus Fulda, zu Professor Wallburg, dem Chef von Narclab, führte oder zu den Leuten, die hier die Fäden zogen. Nein, sie war nicht drauf. Felix Bruch hatte es schon vor ihr erkannt. Sie lebte. Trotz der Angst, der Müdigkeit, der Schmerzen und obwohl sie alle Regeln brach, sie war lebendig. Das erste Mal in ihrem Leben.

Jasmin akzeptierte das Schweigen schließlich, zog sich die Jacke fest und lehnte sich zurück. In etwa einer Viertelstunde würden sie mehr wissen.

Er sah sich gezwungen, im Dunkeln zu stehen. Sie machten ihm deutlich, dass er sich keine weitere Verfehlung leisten durfte. Hier stehst du, sagten sie, so wie es früher schon in der Nacht in seinem Zimmer geflüstert hatte, hier stehst du in der Dunkelheit, so lange, bis wir dir erlauben zu gehen.

Doch in ihm wuchs der Widerstand. Er sollte handeln. Er sollte widerstehen, sich lösen und losgehen. Zu Schauer. Sie warnen.

Das verlassene Wohnhaus, in dem die Schwestern Hannah und Nora mit ihrer Mutter und deren wechselnden Männern aufgewachsen waren, lag dunkel. Ringsum die Häuser, beleuchtet von Weihnachtsschmuck, doch die Fenster alle finster. Alles schlief.

Es war eisig kalt, als sie ausstiegen. Jasmin folgte ihr ohne Aufforderung und betrat mit ihr die Einfahrt. Der unberührte Schnee knirschte unter ihren Schuhsohlen. Sie schaltete die Taschenlampe an. Die Pistole entsicherte sie.

«Wann warst du das letzte Mal hier?»

«Kann mich nicht erinnern!»

Schauer sah Jasmin an. Sie log. Sie konnte es sehen, ein zweites Gesicht hatte sich auf Jasmins gelegt.

Der Vordereingang war verschlossen, der Weg dahin fast zugewachsen. Auch die Garage war zu. Doch es gab einen Weg ums Haus und sicher einen Hintereingang.

Schauer leuchtete. «Geh voran!», befahl sie, und Jasmin fügte sich. Sie ging, als hätte sie keine Furcht. Wie Bruch war sie. Offenbar gab es eine Sache, die alles andere überwog, die sie Schmerzen, Hunger, Müdigkeit und Angst überwinden ließ.

Jasmin führte sie an der Seite des Hauses entlang, bis die Büsche den Blick auf ein großes, völlig verwildertes Grundstück freigaben, hinter dem der Wald wie eine schwarze Mauer aufragte, wie auch bei Nora Mahlers Haus. Im Schnee waren Spuren von Tieren zu erkennen. Hasen, Rehe vielleicht.

«Hier!», sagte Jasmin und deutete auf eine Treppe, die hinabführte zu einer Tür, die halb offen stand. Die Spuren einiger Tiere führten hinab.

«Geh voran!», sagte Schauer. Jasmin war ihr Puffer, ihr Schutzschild.

Jasmin lief die Treppe hinab, drückte die Tür auf, wartete, bis Schauer unten war, trat dann ins Haus.

Es roch nach Tier und Staub. Im Licht der Taschenlampe war Laub auf dem Boden zu erkennen, tierische Hinterlassenschaften. Der Keller war vollgestellt, Kisten stapelten sich, Säcke schienen mit Kleidung vollgestopft, alte Möbel und diverses Gerümpel blockierten den Gang. Schauer leuchtete zur Treppe, die hinaufführte. Schauer sah, dass sie benutzt worden war, winkte Jasmin mit der Pistole hinauf. Die zuckte mit den Achseln, stieg gelangweilt nach oben.

Sie erreichten einen recht großen Flur, der aussah, als wäre das Haus gerade eben erst verlassen worden. Alles schien noch an seinem Platz, gerade so, als könnten die Besitzer bald wieder nach Hause kommen.

Schauer sog Luft durch die Nase. Ein wenig roch es nach einem erkalteten Feuer, nach Kerzenrauch, umso stärker aber nach Tier.

«Und jetzt, wohin?», fragte Jasmin.

«Still!», befahl Schauer. Wege waren zu erkennen im Staub, zu einer geschlossenen Tür führten sie. «Da lang!», zeigte sie.

Jasmin gehorchte, berührte die Türklinke.

«Soll ich?» Sie drehte sich um, zuckte dann erschrocken zurück. «Hab getan, was ihr wolltet», keuchte sie.

Schauer wollte sich nicht auf den Arm nehmen lassen. Noch einmal fiel sie nicht auf das Kind herein. «Los, geh vorwärts!», sagte sie.

Jasmin aber war erstarrt, hielt stummes Zwiegespräch, nickte und huschte davon.

Schauer wollte ihr nach, doch jemand griff ihr ins Haar, krallte sich fest, riss ihren Kopf nach hinten, eine Pfote, denn etwas anderes war das nicht, griff nach ihrer rechten Hand, vor Entsetzen wich alle Kraft aus ihrem Leib, sie ließ die Pistole und auch die Taschenlampe fallen. Die erlosch. Schauers Knie knickten ein, als aus einer finsteren Ecke ein Wesen trat, das der Hölle entsprungen sein musste. Riesig war es, zwei Köpfe größer als sie, mit langen Armen, Klauen und dem Kopf einer Ziege, Ohren, die zur Seite hingen, und gewundenen Hörnern. Es ging auf Hufen, und es stank so scharf nach Exkrementen, dass es ihr die Tränen in die Augen trieb. Das konnte nicht sein, wusste sie, das mussten die Drogen sein, die noch in ihrem Blut waren, die sie das sehen und riechen ließen, wie schon in ihrer Wohnung, als sie auf dem Küchenboden lag, doch inzwischen hatte das Ding hinter ihr ihre Hand losgelassen und drückte seine stinkende Pfote auf ihr Gesicht.

Schauer griff nach dem Arm, denn so drohte sie zu ersticken. Sie riss an Haut, riss ganze Fetzen aus dem Fell, doch die Pfote presste sich auf ihr Gesicht, auf Mund und Nase, und der Gestank ließ sie das Bewusstsein verlieren.

Bleib, befahlen sie. Sie berührten ihn, hielten seine Gliedmaßen fest. Sie versuchten, ihm zu schmeicheln, drohten ihm gleichsam. Bleib hier, mahnten sie. Bruch bewegte ein Bein, setzte einen Fuß vor. Es fiel ihm schwer, als klebten seine Sohlen auf dem Boden, als stakte er durch knietiefen Schlamm. Bleib, mahnten sie dringlicher. Wag es nicht. Weißt, was geschieht. Doch was mehr sollte geschehen?, fragte er sich. Was mehr konnte noch passieren? Er hatte doch schon alles verloren.

Einiges, sagten sie, noch einiges konnte geschehen. Es gab noch viel zu verlieren, flüsterten sie in sein Ohr.

Er wollte sich wehren, wollte nicht noch jemanden verlieren. Wollte nicht, dass Nicole glaubte, allein zu sein. Wollte nicht, dass sie sich von ihm alleingelassen fühlte.

Doch sie hielten ihn fest. Mit aller Kraft versuchten sie ihn hierzubehalten, wollten ihn zu Boden ziehen, ihn festnageln, sich mit allem Gewicht auf ihn legen. Bleib hier, zischte es hundertfach in seinem Ohr, und wie er es trainiert war, von den vielen Jahren im kalten Haus, blieb ihm nichts, als zu gehorchen.

Als sie zu sich kam, sah sie zuerst Jasmin. Im Schein einiger Kerzen saß sie, tat etwas, das Schauer nicht erkennen konnte. Nun versuchte sie, sich zu bewegen, und musste feststellen, dass sie es nicht konnte. Sie war festgebunden, die Arme von sich gestreckt, stand sie wie Jesus am Kreuz. Anscheinend war sie nackt. Sie fror, doch das war das geringste Problem. Nicht einmal etwas sagen konnte sie, ein dickes Bündel Stoff war ihr als Knebel zwischen die Zähne gebunden. Allein dass sie die Aussichtslosigkeit ihrer Lage erkannte, ließ sie fast wieder das Bewusstsein verlieren.

Jasmin schien ihr Erwachen bemerkt zu haben. Sie kam heran. «Es tut mir leid», flüsterte sie. «Wirklich.»

Schauer sah die Nadel in ihrer Hand. Nicht, Jasmin, presste sie in den Knebel, mach das nicht.

«Ich muss das tun!», flüsterte Jasmin. Im schwachen Licht suchte sie nach der Vene in Schauers Armbeuge.

Jasmin, du musst das nicht, das ist falsch, versuchte Schauer zu sagen, kaum mehr als Nuscheln und Stöhnen. Aber Jasmin zögerte, irgendwo in ihr, ganz tief, schien noch ein bisschen normaler Verstand zu sein.

Nun aber lösten sich die Schatten von den Wänden. Zwei Wesen traten an sie heran, fleischgewordene Albträume, nackte Chimären, mit menschlichen Leibern, Fell, Hörnern und Hufen. Eins stieß Jasmin unsanft in den Rücken. Das Mädchen nickte.

Schauer konnte nichts tun. Sie war hilflos in Körper und Geist. Keine Möglichkeit abzuwenden, was geschehen sollte. Doch bei allem, was geschehen würde, ob sie nun starb, vergewaltigt wurde oder den Verstand verlor, war eines das Schlimmste.

Sie war allein.

Von allen verlassen.

«Lasst sie!», sagte jemand, veranlasste Jasmin und die beiden Gestalten, sich umzudrehen. Bruch stand in der Tür, trat in den Raum.

«Lasst sie in Frieden», sagte er, doch seine Stimme bebte. Er hielt etwas in der Hand, eine Schaufel vielleicht oder einen Spaten, zum Schlag erhoben.

Die Wesen ließen von Jasmin ab, traten auf ihn zu, eines streckte die Hand nach der Schaufel aus, und Bruch schien der Mut zu verlassen, das Schaufelblatt sank zu Boden.

«Schlag zu!», versuchte Schauer zu rufen, doch nur unverständliches Stöhnen entwich ihr. Sie hatte verstanden. Sie hatte verstanden, was vor sich ging. Es war ganz einfach. Sie hatte einen Fehler gemacht. Es war keine helfende Hand, die sich Bruch einst entgegengestreckt hatte, als er ein Kind gewesen war.

«Jasmin!», sagte sie leise, versuchte, mit dem Hals zu sprechen wie eine Bauchrednerin, und das Mädchen drehte sich tatsächlich nach ihr um, während Bruch die Arme hob, um die Schaufel aus der Hand zu geben. «Den Knebel!», versuchte Schauer zu artikulieren. «Mach meinen Mund frei!» Es war zum Verzweifeln, nur dumpfe Töne kamen heraus, doch Jasmin verstand, sie griff in den Stoff und zog ihn Schauer übers Kinn.

«Felix, das ist alles nicht echt!», rief Schauer. «Das war nicht Nora auf dem Foto mit Ollmann, das war ihre Schwester Hannah!»

Bruch hob den Kopf, nahm die Schaufel vor die Brust. Die Wesen hatten sich nach Schauer umgedreht, eines stieß Jasmin wütend zur Seite, das andere trat zu Schauer hin, schlug ihr ins Gesicht, ein harter Schlag, der ihr den Kopf zur Seite riss. Es holte noch einmal aus, wurde aber von Bruchs Schaufel in die

Seite getroffen. Es taumelte, stolperte über seine Beine, stürzte. Bruch holte noch einmal aus, und Schauer sah halb betäubt von dem Schlag ins Gesicht, wie er das Wesen am Kopf traf und es haltlos zu Boden ging.

Das andere Wesen hatte Jasmin derweil die Spritze aus der Hand gerissen, hob sie, um sie Schauer in die Brust zu rammen, doch noch einmal holte Bruch zum Schlag aus, die Schaufel fuhr auf den Arm des Wesens hinab, dass es laut knackte, als Knochen brachen. Mit einem ganz menschlichen Schmerzensschrei ging es in die Knie.

Bruch riss an Jasmin, die nichts verstand, erstarrt zusah, was geschah. «Hilf ihr!», befahl er und wandte sich um, denn das andere Wesen hatte sich wieder erhoben, sein Kopf war schief, ungelenk stakte es auf seinen Beinen. Bruch war jetzt ganz bei Sinnen, wich dem unwirschen Angriff aus. Er trat nach dem Unterleib des Angreifers, schlug ihm dann die Faust ins Gesicht.

Währenddessen bemühte Jasmin sich, die Fesseln zu lösen, nestelte an den Knoten.

«Du!», kreischte das Wesen am Boden und fasste nach Jasmins Beinen, zerrte an ihrer Kleidung, riss sie halb zu sich hinab. «Hilf mir, schieß ihn tot!»

Gar nichts Höllisches war mehr an ihm, doch Jasmin erstarrte in Angst. Das Wesen langte an ihr hoch, zerrte an ihrer Jacke, an ihrem Hosenbund, in dem eine Waffe steckte. Bartkos Pistole, die sie Bruch gestohlen haben musste.

«Gib sie mir, los!», fauchte das Ding am Boden. Jasmin nahm die Waffe bei ihrem Griff und wollte sie nach unten reichen, da trat Bruch heran. Er umfasste Jasmins Hand mit seiner, griff mit der anderen nach dem Ziegenschädel, riss an ihm, riss ihn ab.

«Sieh hin», sagte er.

Jasmin starrte, sie sah, was sie sehen sollte, doch sie schien nichts zu verstehen.

«Sie haben euch betrogen», half Schauer. «Das ist nur deine Tante!»

«Du hast keine Ahnung, was du angerichtet hast», keuchte Hannah Welbe. Verschwitzt war sie, eingeschmiert mit Dreck, die Augenhöhlen schwarz geschminkt, lächerlich, wenn man sie jetzt so sah, wenn man es wusste. Sie hielt ihren gebrochenen Arm, musste schlimme Schmerzen haben, doch sie hielt ihnen stand.

Bruch beachtete sie nicht, er wand Jasmin die Pistole aus der Hand und steckte sie in seinen Hosenbund. «Sieh ihn dir an!», befahl er, nahm Jasmin unter dem Arm, zerrte sie zu dem anderen Wesen, das bewusstlos am Boden lag. Er bückte sich und hob eine Maske auf. «Das ist Pappmaché und Farbe. Dein Leben lang schon wurdest du betrogen, deine Mutter auch, dein Vater und ich.»

«Das ist Onkel Stephan», flüsterte Jasmin.

«Und hier.» Bruch bückte sich nach dem Bein des Bewusstlosen, zerrte an der Fellhose, zeigte Jasmin ein kurzes Stück Holz, kaum dreißig Zentimeter lang, mit Riemchen als Stelze an den Fuß geschnallt. «Nichts ist echt. Jetzt hilf mir, Nicole loszumachen. Hol ihre Sachen.»

Er löste die Knoten, die Schauer hielten, musste sich im ersten Moment gegen sie stemmen, damit sie nicht haltlos umfiel. Jasmin kam mit ihrer Kleidung, half Schauer, sich anzuziehen.

«Ich verstehe das alles nicht», flüsterte Jasmin. «Ich versteh das nicht.»

«Ich habe es selbst gerade erst verstanden», sagte er.

«Warum haben die das angezogen?»

«Weil sie mit uns spielen.»

«Du weißt, was geschieht, wenn du böse bist, Felix», flüsterte Hannah. Sie hatte sich aufgesetzt, an die Wand gelehnt. Sie litt die schlimmsten Schmerzen, war aber nicht bereit aufzugeben. «Du weißt, was geschieht.»

Bruch sah sie an. Er spürte, dass ihre Worte an ihm nagten.

Sich von der Dunkelheit seiner Wohnung zu lösen, hatte ihn alle Kraft gekostet. Was man ihm eine ganze Kindheit lang eingeflüstert hatte, ließ sich nicht in einem Moment entfernen.

Jetzt war es Jasmin, die handelte. Sie ging zu ihrer Tante hin. «Du hast das alles getan?», fragte sie, langte nach dem Schädel, der nun einfach nur albern erschien, die Stelzen, das Fell, Kostüme, Masken aus Pappe, die Hörner aus Plastik. Ihre Tante, mit Farbe und Dreck beschmiert, wirkte kein bisschen gefährlich mehr, nur noch abstoßend. Sogar Kontaktlinsen trug sie, die waren jetzt verrutscht.

«Hast du meinen Vater umgebracht?», fragte Jasmin und bückte sich nach der Schaufel.

Hannah sah ihr fest in die Augen. «Er hatte sich in Dinge eingemischt, die ihn nichts angingen. Wir haben ihn gewarnt, aber er wollte ja nicht hören!»

«Deinetwegen ist Papa tot», sagte Jasmin, «und Mama sitzt im Gefängnis, und ich bin auf der Straße.»

«Deinetwegen. Weil du ein böses, ungezogenes Mädchen bist!», sagte ihre Tante.

Jasmin hob die Schaufel über den Kopf.

Bruch langte nach ihrem Arm. «Nicht!», sagte er. Doch er fragte sich, ob das alles wirklich nur Einbildung gewesen sein konnte. Die Schatten, die sich bewegten, die dunklen Nebel, das Flüstern in der Dunkelheit. Mochte sein, dass diese Frau und ihr Mann hier ein Spiel betrieben hatten, doch hieß es lang noch nicht, dass nicht doch Wahrheit dahintersteckte. Hinter ihm raschelte es, weil Schauer näher trat. Jasmin war noch nicht bereit nachzugeben, stumm kämpfte sie gegen seinen Griff an. Doch so, wie er mit ihr rang, rang er auch mit sich und dem, was er gesehen hatte, was er gehört hatte. Die Schatten, die sich bewegten, die dunklen Gestalten in seinem Zimmer, das Flüstern in der Nacht, das Rascheln, in all den vielen Jahren. Das konnte nicht alles Einbildung gewesen sein.

«Verstehst du nicht, Felix?», fragte Schauer. «Sie war der Grund allen Übels. Sie hat dir nicht die Hand zur Hilfe geboten, als du ein kleiner Junge warst, sie hat sich deine Hand genommen! Sie hat dich damals tyrannisiert, und als du weg warst, ihre kleine Schwester. Sie kannte Ollmann, ich habe sie auf dem Foto verwechselt. Sie hat Ollmann umgebracht.»

«Was weißt du schon?» Jasmins Tante hielt das Kinn stolz erhoben. «Du weißt nichts. Ihr werdet noch sehen, was ihr davon habt», sagte sie und lachte unter Schmerzen. «Es wird euch einholen. Ihr werdet niemals ...»

«Ach, halt doch deinen Mund, dein Geschwätz kannst du dir für den Knast aufheben», sagte Schauer und brachte die Frau damit zum Schweigen.

19

Noch in der Wohnzimmertür von Bruchs Wohnung ging sie in die Hocke und kraulte die Katze. Sie hätte es beenden können, war ihr am Morgen klar geworden, schon vor ein paar Tagen im Garten der Schuberts, dann wäre ihr der ganze Trip erspart geblieben. Sie hätte der Wondrak nicht so naiv Informationen weitergegeben, sie hätte Jasmin nicht in ihrer Wohnung gehabt, sie hätte sich die gestrige Nacht erspart. Doch sie hatte sich wie ein kleines Kind vom schwarzen Mann erschrecken lassen. Hätte sie zugegriffen, dieser Gestalt die Faust ins Gesicht gehauen, ihr den schwarzen Strumpf vom Kopf gezerrt, alles wäre ans Licht gekommen. Stattdessen war sie auf ihren Arsch geflogen.

«Wie bist du denn darauf gekommen, dass wir in diesem Haus sind?», fragte Schauer. Sie hatte gut geschlafen. Erstaunlich gut, sie fühlte sich deshalb in der Lage, Bruch in seiner Wohnung zu besuchen. Die Katze schien ihre Berührung zu genießen. Kaum auszumalen, welches Leben sie hier führte.

Bruch ging zu seiner Couch, setzte sich. Er schwitzte, es ging ihm nicht gut. Sehr mitgenommen sah er aus. Vielleicht, weil er die Tabletten nicht nahm, vielleicht, weil er noch immer nicht alles verstanden hatte, sicherlich hatte er nicht geschlafen. «Ich habe zuerst versucht, dich anzurufen», sagte er mit rauer Stimme, «dann war ich bei dir daheim. Dann dachte ich mir, alles Üble schien seinen Ursprung in diesem Haus zu haben, das habe ich schon gefühlt, als wir das erste Mal da waren.»

«Du hast also in dem Moment noch gar nicht gewusst, dass

Noras Schwester für all das verantwortlich ist?», fragte Schauer, und tatsächlich machte ihr Herz einen kleinen Hüpfer, als Bruch den Kopf schüttelte, denn das hieß, er hatte seine Ängste und Zwänge überwunden, um ihr zu Hilfe zu kommen. Vielleicht war sie doch nicht ganz allein. Vielleicht war wenigstens ihm noch zu helfen.

«Bei dem Haus wurde mir klar, dass nicht Nora der Grund allen Übels sein konnte, denn sie war noch gar nicht geboren, als ich meine Eltern verlor und zu meinen Großeltern kam. Aber Hannah, die lebte da schon.»

«Ich glaube, sie ist einfach nur eine gemeine Person», begann Schauer, weil er nichts mehr sagte, «schon immer. Vermutlich hat sie von Beginn an ihre Eltern und die Nachbarschaft terrorisiert. Du hattest einfach nur Pech, in ihrer Nähe zu wohnen. Es bereitete ihr sicherlich Freude, andere zu quälen und ihnen Angst einzujagen, Tiere, kleine Kinder. Und jetzt stell dir nur vor, ihr Vater geht plötzlich weg, ihre Mutter hat einen neuen Mann, und Nora wird geboren. Nora hatte keine Chance. Sicher hat sie sie vom ersten Moment an manipuliert. Deshalb stand Nora stundenlang in der Sonne oder im Regen.»

«Du denkst, sie hat diese Menschen alle umgebracht?», fragte Bruch.

«Oder dazu gebracht, sich umzubringen», sagte Schauer. Ihre Mutter, ihre Stiefväter, zählte sie in Gedanken auf. Ihren Schwager Thomas Mahler. Den Mann aus Fulda, den Tätowierer Ollmann. «Oder hat sie so erschreckt, dass sie über nichts mehr reden wollten oder alles stehen und liegen ließen und abhauten wie die Schuberts.» Schauer hob die Schultern, sah nicht ihn an, sondern die Katze, die sich ihre Streicheleinheiten gefallen ließ. Je mehr sie darüber nachdachte, desto ungeheuerlicher wurde es. Es war alles logisch, aber wenn man es aussprach, wurde es absurd. «Ich denke, man darf es nicht im Ganzen betrachten, sondern muss überlegen, wie es begann. Zuerst ließ sie ihre

Boshaftigkeit nur an ihrer näheren Umgebung aus, an kleineren Kindern wie dir, später an ihrer Schwester Nora. Ich glaube, sie hasste Nora abgrundtief, machte sie verantwortlich dafür, dass ihr eigener Vater ging. Später, als sie älter wurde, rächte sie sich auch an ihrer Mutter. Ich glaube, als es ihr gelang, Noras Vater in den Selbstmord zu treiben, kam sie sich von diesem Moment an allmächtig vor, so was gibt's ja zur Genüge.» Trotzdem, dachte sich Schauer, trotzdem erklärte das nicht alles, warum die Ermittlungen so schlecht, so einseitig gewesen waren zum Beispiel. «Ollmann dagegen hat sie ganz bewusst umgebracht, hat sich mit ihm getroffen, sogar Sex gehabt und ihn dabei niedergeschlagen und ihm den Flaschenhals in die Kehle gerammt. Dann hat sie alle Fotos von der Wand entfernt, auf denen sie zu sehen war. Unser Glück war, dass sie oben in seiner Wohnung in all dem Chaos die Kisten nicht fand.»

«Warum?»

«Weil er es wohl war, der Nora diese Tätowierungen am Hals gemacht hat, sicherlich auf Hannahs Betreiben, sie waren wohl damals ein Paar. Sie musste befürchten, das käme heraus.»

Bruch schwieg lang, dachte wohl nach. «Wir haben kaum Beweise.»

«Es genügt, wenn wir etwas beweisen. Der Mord an Ollmann sollte machbar sein. Es genügt sicher schon der Abstrich. Hannah Welbes DNA sollte ausreichend nachweisbar sein, jetzt, da sie verhaftet ist, können wir DNA-Proben von ihr nehmen. Und ich denke, den Mord an Thomas Mahler nachzuweisen, müsste ebenso machbar sein, auch jetzt noch. Es scheint alles logisch. Es muss nur alles neu betrachtet werden, die vorhandenen Indizien müssen viel gründlicher untersucht werden. Sie ist schlank und sportlich, kann durch das Fenster klettern, so wie sie bei den Schuberts aufs Dach der Laube geklettert ist. Sie hatte völlige Kontrolle über alle Anwesenden. Nora, Jasmin und Thomas, die waren durch jahrelange Manipulation völlig abgestumpft, deshalb haben die nicht reagiert. Sie weiß, wo der Hammer liegt. Sie weiß, wie Nora handeln wird. Wir müssten noch herausfinden, was mit diesem Hertwig aus Fulda war.»

Bruch sprach langsam, mit Bedacht. «Hast du die Nachricht nicht gelesen?»

«Mein Telefon ist kaputt!», sagte Schauer mit Nachdruck, sie hatte es ihm schon dreimal sagen müssen. Bruch langte nach seinem Telefon, öffnete das Display mit seinem Fingerabdruck, schob ihr dann das Gerät ein paar Zentimeter entgegen. Sie musste sich erheben und zum Tisch gehen, um es zu nehmen. Die Katze folgte ihr.

Die Nachricht war von Buchholz. Schauer las sie zweimal. Sören Hertwig galt als Experte für Straftaten mit okkultem Hintergrund, hatte dazu auch Bücher veröffentlicht. Thomas Mahler hatte ihn im Internet gefunden und Kontakt mit ihm aufgenommen. Offenbar hatte er ihm detailliert von seltsamen Ereignissen in seinem Haus berichtet, woraufhin Hertwig um ein Treffen und eine Besichtigung bat und Mahler seine Hilfe versprach.

Schauer sah auf. «Dann muss Hannah irgendwie Wind davon bekommen haben, vielleicht hat Thomas ihr sogar selbst davon erzählt. Im Vertrauen, weil sie seine Schwägerin war. Dafür haben sie ihn umgebracht und Hertwig ebenso. Denn hätte er herausgefunden, dass Hannah für alles verantwortlich ist, wären der Tod ihrer Mutter und deren Männer sicherlich genauer untersucht worden. Ich vermute, Hannah selbst hat Thomas Mahler erschlagen. Vielleicht hatte sie gar nicht damit gerechnet, dass sie alle in der Küche waren, wollte Thomas Mahler eigentlich im Bett erschlagen. Ihr Mann musste sich um Hertwig kümmern. Er ist ihm wohl gefolgt, und irgendwie ist es ihm gelungen, den Mann zum Anhalten zu zwingen. Dann haben sie alles so arrangiert, dass Nora und Jasmin glauben mussten, der Teufel wär's gewesen, und so nach außen natürlich vollkommen irre erscheinen. Habt ihr Hannah Welbe nach der Tat auch befragt?»

Bruch nickte knapp.

«Da muss sie dich erkannt haben, sie wusste, du warst der kleine Junge, mit dem sie früher ihre Spielchen gespielt hat, und sicher hat sie auch erkannt, dass mit dir etwas nicht stimmt. Das hat sie sogleich ausgenutzt. Felix, sie ist dafür verantwortlich, dass du deine Tochter nicht mehr siehst.»

Bruch reagierte darauf gar nicht, schien in die Ferne zu starren. Das alles war auch zu viel, um es so schnell zu verarbeiten. Und mochten die einzelnen Teile logisch erscheinen, war es in seiner Gesamtheit einfach nur zu gewaltig, um es akzeptieren zu können.

«Frag mich nur, wo sie die Viecher herhat, diese Molche. Aber vermutlich kann man so etwas heutzutage auch im Internet finden.»

Bruch regte sich. «Hinter dem Haus ihrer Mutter ist ein alter Teich, weiter hinten im Wald gibt es noch mehr solcher Teiche, dort finden sich die Molche.» Was er wirklich dachte, konnte sie ihm nicht ansehen. Sicherlich war es schwer zu akzeptieren, dass man ein Leben lang einem solchen Humbug auf den Leim gegangen war.

«Aber warum schickten sie Jasmin zu mir?», fragte Schauer.

«Weil du ihnen zu gefährlich wurdest.»

«Warum verlangten sie, dass sie mir Heroin spritzt? Warum brachten sie mich nicht um? Oder war das ein Mordversuch? Aber mir scheint, letzte Nacht hatten sie nicht vor, mich umzubringen.»

Bruch antwortete nicht, sah zwar jetzt in ihre Richtung, aber durch sie hindurch.

«Mich umzubringen, wäre wohl zu gefährlich gewesen», überlegte Schauer laut weiter. «Aber mich verrückt zu machen, zu diskreditieren und ihren Spaß mit mir zu haben, das gefiel ihnen, so sadistisch, wie sie veranlagt sind. Vielleicht kennen sie noch mehr solcher Leute und verkehren mit ihnen, üben sexuelle Praktiken aus oder auch Rituale. Möglicherweise glauben sie selbst wirklich an Satan.»

Bruch schwieg. Fast schien es ihr, je mehr sie redete, desto unsicherer wurde er.

«Und mit dieser Firma Narclab soll das alles nichts zu tun haben? Blanker Zufall, dass Thomas Mahler da arbeitete?», fragte Schauer. «Und was Jasmin zu mir sagte, dass ihr Vater aus dem Labor etwas mitgebracht hat und sie es nehmen sollten, das hat sie nur gesagt, um mich noch verrückter zu machen?»

Bruch konnte nur noch starren. Sie konnte nur hoffen, dass er nicht wieder in tiefe Depression verfiel. Sie brauchte ihn jetzt. Musste sich rechtfertigen und verteidigen, weil sie der Wondrak diese Informationen gegeben hatte.

Schauer ließ von der Katze ab, setzte sich ans andere Ende der Couch. Das Tier folgte ihr, legte sich neben sie. «Aber, Felix, all das erklärt weder den Mord an Simon noch den an Juskat.» Sie wusste, dass er keine Antwort darauf haben konnte, doch sie wollte ihn bei der Stange halten.

Bruch nickte, doch vermutlich nur, um irgendwie zu reagieren.

«Felix, du bist zutiefst traumatisiert. Du hattest keine Kindheit, hast deine Eltern verloren, bist misshandelt worden, belogen. Du musst in Behandlung, in eine Klinik. In eine richtige. Ich glaube, all das zu wissen, ist eine gute Voraussetzung für eine Therapie. Etwas, wo man ansetzen kann, anstatt erst jahrelang nach Ursachen zu forschen. Felix, hörst du zu?»

Bruch nickte, starrte weiter durch sie hindurch. Dann aber fokussierte er für einen Moment seinen Blick, sah ihr in die Augen. «Wir wissen beide, dass so etwas nicht geschehen wird», sagte er. Dann verlor sich sein Blick wieder.

Schauer gelang es, die nächsten Worte für sich zu behalten.

Der erste Impuls wollte sie widersprechen lassen, wollte sie ihm gut zureden lassen. Doch er hatte recht. Hier galten andere Regeln.

«Du willst selbst herausfinden, was geschah», sagte sie. Das war eine Feststellung und beendete vorerst das sehr einseitige Gespräch. Eines aber musste noch besprochen werden.

«Was ist mit Jasmin?», fragte sie.

Bruch regte sich unmerklich, deutete nur mit den Augen auf sein Telefon, das sie noch immer in der Hand hielt. Offenbar war ihres wirklich zum schlechtesten Zeitpunkt kaputtgegangen. Ohne weiter zu fragen, schloss sie die letzte Nachricht, fand eine E-Mail von Wenzel. In dieser teilte ihr neuer Chef mit, dass die Kollegen vom BKA zum Schluss gekommen waren, dass Jasmin Walter Juskat erschossen hat. In dessen Haus hatten sich keine weiteren Spuren befunden, nur die von Juskat und von Jasmin. Bis dahin ging Schauer mit, doch der zweite Teil der Nachricht ließ sie verblüfft keuchen. Die Ermittler vom BKA gingen ebenso davon aus, dass es Jasmin gelungen sein muss, unbemerkt ins Präsidium einzudringen und Karsten Simon zu erschießen. Man ging davon aus, dass die Waffe sich ursprünglich in Juskats Besitz befand. Jasmin fand die Waffe, weil sie bei Juskat übernachtete, mit Geld, das sie von ihm stahl oder bekommen hatte, fuhr sie am frühen Morgen oder noch in der Nacht zum Präsidium, drang unbemerkt ein, erschoss Simon, verließ ebenso unbemerkt das Haus und kehrte zu Juskat zurück. Als dieser ihr gegenüber entgegen den Absprachen noch einmal übergriffig wurde oder sogar bemerkte, dass sie ihm die Waffe entwendet hatte, erschoss sie ihn.

«Das ist völliger Blödsinn. Simon starb am Tag, bevor Juskat angeschossen und schwer verletzt wurde», sagte Schauer leise.

Bruch erwiderte nichts, nur seine Augen deuteten ein weiteres Mal auf das Handy. Schauer las weiter, dass Jasmin wohl mehrere Nächste bei Juskat gewesen sein soll, wenigstens aber zwei. Juskat hatte einen Waffenschein. «Ob die Waffe gemeldet war, muss noch geprüft werden», las Schauer laut. «Sie nächtigt also bei Juskat, findet bei dem eine Waffe, die nimmt sie, schleicht sich ins Präsidium, erschießt Simon? Und dann kehrt sie zu Juskat zurück, übernachtet noch einmal dort und erschießt den dann auch? Das ist ja völlig hirnrissig! Und vor allem, warum sollte sie Simon erschießen?»

Bruch musste gar nichts tun, sie gab sich sogleich wieder selbst Antwort. Wenn es ihr doch einmal gelingen könnte, erst zu denken und dann zu reden. «Um sich zu rächen», las sie weiter, «wegen der einseitigen Ermittlungen, wegen der schrecklichen Verhöre. Bartko war tot und du ja ganz offensichtlich nicht zurechnungsfähig. Selbst für Jasmin.» Dass Bruch schon wieder so war, machte sie zornig, obwohl sie dagegen anzukämpfen versuchte. «Das war es also jetzt? Jasmin ist schuldig. Hat Simon umgebracht und Juskat? Aus Rache?»

Bruch reagierte nicht und machte sie zornig.

«Obwohl sie auf keiner Überwachungskamera auftaucht?», ging sie ihn an, dabei wusste sie, dass er sicher nichts dafürkonnte. «Und jetzt, was passiert mit ihr?»

«Sie ist in einer forensischen Klinik untergebracht. In einer geschlossenen Abteilung.»

Da, wo du auch hingehörst, dachte Schauer. «Felix», sagte sie leise. «Sie wird nicht einfach so verschwinden?»

«Nein.»

«Versprichst du es mir?»

«Ich verspreche es. Soweit ich es versprechen kann.»

Toll. Das musste sie so hinnehmen. Mehr konnte sie gerade nicht erwarten.

«Und du weißt, dass diese Geschichte absurd ist! Jemand anderes hat Simon umgebracht!»

Bruch sah sie nur an. Natürlich wusste er das, jeder wusste das.

«Weißt du, dass in zwei Tagen Heiligabend ist?», fragte sie Bruch.

Der sah nun auf und schüttelte den Kopf.

War ja klar, dachte sie. «Hast du ein Geschenk für mich?», fragte Schauer.

«Ich … nein …»

«Ich habe nämlich eins für dich!»

«Was ist es denn?», fragte er und zeigte nun doch ein gewisses Erstaunen.

Das ließ sie sich gern gefallen. «Wart's ab!»

20

Mit weichen Knien stieg sie aus ihrem Auto. Ihr war schwindlig, aber es ging ihr gut. Erleichterung hatte sich breitgemacht. Vorerst schien alles in Ordnung. Sie war beurlaubt, konnte sich einschließen, ausschlafen, fernsehen, schlafen. Sie konnte gleich damit beginnen, obwohl gerade erst Mittag war.

Sie betrat die Einfahrt, lief ein paar Meter. Dann ließ sie ein seltsames Gefühl anhalten und sich umdrehen. Eine Frau war in die Toreinfahrt getreten. Sie trug graues, sehr gepflegtes Haar, einen schwarzen Wintermantel, den Kragen hochgeschlagen, und eine Sonnenbrille. Ihre Hände hatte sie in den Manteltaschen versenkt.

Schauer zögerte, sie war nicht bereit, sich ihre Laune verderben zu lassen. Ihre Waffe trug sie unter der Jacke.

Die fremde Frau schwieg. Schauer bewegte sich nicht, wartete ab. Nun setzte sich die andere in Bewegung, kam ein paar Schritte auf sie zu, nahm die Sonnenbrille ab. Sie hatte blaue Augen.

«Sie sind Nicole Schauer?»

«Kann ich helfen?», fragte Schauer, und jetzt erst verstand sie, wer die Frau war. Nur um die Fronten zu klären, zog sie den Reißverschluss ihrer Jacke auf und öffnete sie so weit, dass die Frau den Griff der Pistole sehen musste.

«Geht es ihm gut?», fragte diese.

«Noch, aber es lässt nach. Er wird wohl die Tabletten nicht mehr nehmen.»

Der Frau schien das nicht zu behagen. «Das ist nicht gut, Sie sollten ihm sagen, dass er sie nehmen soll.»

«Wofür sind die denn gut?»

«Sie sind gut für ihn und für Sie, glauben Sie mir!»

«Er ist manisch-depressiv, nicht wahr? Oder was ist das, Borderlinesyndrom?»

«Sie vermischen hier einiges, von dem Sie nichts verstehen. Aber sagen wir, er ist unter sehr ungünstigen Umständen aufgewachsen. Hier kommt einiges zusammen. Es ist nur unbedingt wichtig, dass er die Tabletten weiter nimmt.»

«Was geschieht sonst?»

Die Frau antwortete nicht gleich. «Ich erkläre es Ihnen. Irgendwann. Wenn Sie mir versprechen, ihn die Tabletten nehmen zu lassen. Und wenn Sie so weit sind, ohne Vorurteile zuzuhören.»

«Und Sie?», fragte Schauer, schluckte diese Anmaßung vorerst. «Wer sind Sie eigentlich?»

«Ich bin nur eine Ärztin.»

Schauer nickte. «Sie sind viel mehr als das. Sie haben in der Klinik gearbeitet, in der er als Kind war! Waren dort angestellt, habe ich recht? Bei Professor Hirte.»

Die Fremde seufzte. «Sie wissen offenbar schon eine ganze Menge.»

«Sie kannten Professor Hirte und seine Frau?»

Die Fremde nickte leicht, hob die Hand. «Nicht. Nicht hier und jetzt.»

«Was ist dort geschehen? Was hat man in dieser Klinik mit den Kindern gemacht?»

Die Frau schien zu überlegen. «Er hat schlimme Dinge erlebt», wich sie einer richtigen Antwort aus. «Dinge, die einen Menschen völlig zerstören können.»

Schauer stöhnte entnervt. «Das kann ich mir alles schon denken. Ich meine aber, was ist jetzt mit ihm? Wieso läuft er als Polizist draußen herum, wieso ist er nicht Patient in einer Nervenheilanstalt?»

Die Frau lächelte traurig. «Das hätte er nicht verdient. Er hat es schon einmal geschafft, ein normales Leben zu führen. Es kann ihm wieder gelingen. Versprechen Sie mir, auf ihn aufzupassen! Rufen Sie mich an.» Sie zögerte kurz. «Im Notfall. Auf Wiedersehen.»

21

Bruch fragte nicht. Er hatte sich ins Auto gesetzt, ohne wissen zu wollen, wohin die Fahrt ging. Es war wenig Verkehr auf den Straßen. Seltsam war die Stimmung. So anders die Menschen an diesem Tag. Die meisten saßen zusammen, bei manchen hatte die Bescherung wohl schon begonnen.

Er hatte ihr etwas mitgebracht. Ein Geschenk. Das war fast schon niedlich. Er hatte es sogar einpacken lassen. Ein Buch vermutlich. Sie müsste sich darüber freuen, und irgendwie tat sie es auch. Es zeigte, dass noch ein wenig Normalität in ihm steckte, dass nicht alles verloren war. Doch einiges hatte sich verändert in den letzten zwei Tagen.

Sie war runtergekommen. Keine Frage. Der Irrsinn, der sie gefangen gehalten hatte, war verschwunden, hatte sich aufgelöst wie eine übel riechende Wolke Auspuffgas. All das Geheimnisvolle, Erschreckende war zu einer lächerlichen Maskerade geworden, die nur bei Menschen funktionierte, die psychisch labil waren, die schon von Kindheit an konditioniert waren. Fraglich, wie erwachsene Männer, wie Schubert und Piotrowski es waren, oder erwachsene Frauen wie sie auf dieses Schauspiel hereinfallen konnten. Sie mochte gar nicht daran denken, wie sie schreckensstarr von dem Fass gestürzt war. Doch vermutlich war es eine menschliche Veranlagung, in allem auch immer etwas Übermächtiges erkennen zu wollen. Eine Bestimmung, ein Schicksal, eine höhere Macht. Die Geschichten der Menschheit waren voller Geister, Unwesen und Dämonen.

Nichts war geschehen. Ihre Beurlaubung war mit der Verhaftung der Welbes aufgehoben und damit, dass Jasmin für die Morde an Simon und Juskat als Hauptverdächtige galt. Man zog inzwischen auch in Erwägung, dass Hannah Welbe die Morde begangen hatte, wobei ihr jegliche Motive fehlten, Juskat umzubringen, aber das war gerade nicht Schauers Problem. Ihre heroinverseuchte Blutprobe wurde nicht mehr erwähnt, genauso wenig die Verletzungen, die sie Kunath zugefügt hatte, ebenso die nicht genehmigten Ermittlungen. Alle taten, als wäre nichts gewesen. Sie sollte froh darüber sein, war sie aber nicht. Denn all das zeigte nur umso mehr, hier ging etwas nicht mit rechten Dingen zu. Wenzel schien involviert, oder man hatte ihn in seine Schranken verwiesen.

Noch immer gab es diese Firma Narclab, von der sie inzwischen erfahren hatte, dass diese einer anderen Firma entsprungen war, nachdem diesem sauberen Professor Wallburg bei seinen vorherigen Forschungen schwere Verstöße gegen verschiedene Richtlinien vorgeworfen wurden, die jedoch offenbar nicht weiterverfolgt worden waren. Hier war vieles noch offen. Besonders aber eines. Das würde sie heute klären.

Als sie nun in die Straße bog, in der sich das Haus befinden sollte, wie Jasmin es ihr gezeigt hatte, sah sie in seinem Gesicht nun doch eine Veränderung. Kaum merklich zwar, doch bei einem, der sonst nie eine Miene verzog, deutlich zu erkennen.

Es war keine sehr ansehnliche Ecke dieser Stadt, obwohl nahe beim Zentrum gelegen. Ein großes Krankenhaus gab es hier, *Bahnhof Mitte* hatte sie bei der Herfahrt gelesen.

Sie lenkte den BMW an einem Plattenbau vorbei, bog in eine Nebenstraße ab, hielt in Sichtweite eines Abbruchhauses an. Dem gegenüber stand jenes Haus, das auf einem der beiden Fotos zu erkennen gewesen war.

«Sie hat es dir gesagt», stellte Bruch fest.

«Wollen wir hineingehen?», fragte Schauer, deutete mit dem Kinn auf das Haus, beinahe nur noch eine Ruine.

Bruch zögerte und nickte dann.

Bruch betrachtete den Eingang. Lang war es her, mochten es zwanzig Jahre sein. Inzwischen war der Lack der Tür vom Alter gesprungen, der Putz von den Wänden geplatzt. Feuchtigkeit war im Gemäuer aufgestiegen. Moos hatte sich angesetzt. Die Fenster waren verzogen. Die Dachrinnen kaputt. Aber es war das richtige Haus. Hier hatte er einmal gewohnt. Wie lang und mit wem, wusste er nicht.

Schauer wartete neben ihm, sprach nicht.

Er bewegte sich vorwärts, streckte die Hand aus, die Tür ließ sich öffnen. Es war kühl im Haus. Es roch nach Moder und Schimmel, nach Staub und Teer. Hier wohnte niemand mehr, nicht einmal Obdachlose.

«Und, fühlst du etwas? Erinnerst du dich?», fragte Schauer, und hinter ihr fiel die Haustür ins Schloss.

Er fühlte etwas und erinnerte sich. Er hatte hier gelebt. Einige Zeit. Und ihm schien, als ob dies eine gute Zeit gewesen war. Jung war er gewesen und befreit, der Dunkelheit entflohen. Eine kurze Phase des Glücks, der Freiheit, in der die Fotos entstanden sein mussten, aus dem Erdgeschossfenster heraus. Jemand war bei ihm gewesen.

Warum sie ihm ausgerechnet jetzt das Haus zeigte, fragte er sich. Während alle anderen im Licht beisammensaßen.

«Weißt du», sagte sie, «diese wenigen Wochen hier haben mich verändert. Und die ganze Zeit glaubte ich, ich wollte das nicht. Ich wollte so schnell wie möglich wieder weg von hier. Und jetzt sieh mich an. Ich bin schon fast so bekloppt wie du!»

Er sah sie an.

«Aber weißt du, du hattest auch recht, mein ganzes Leben schon fühle ich mich unecht. Nirgendwo gemocht. Nirgendwo dazugehörig. Ich hielt mich an Regeln und Vorschriften, aber eigentlich widern sie mich an. Und ich musste feststellen, was mir hier geschehen ist, das war gar nichts Schlechtes. Vielleicht ist es ja das, was ich will. Ich möchte gern wissen, was dir passiert ist. Ich möchte wissen, was in dieser Firma vor sich geht. Ich bin bereit, mitzumachen und die Regeln gelegentlich außer Acht zu lassen.»

Bruch wartete ab. Dies hier schien auf etwas hinauszulaufen.

«Aber ehe ich mich ganz darauf einlasse», sagte Schauer, «bevor ich hier mein Leben riskiere, muss ich eines wissen: Warum hast du Simon und Juskat erschossen?»